艺术类专业实践教学创新成果·大型舞台剧

丝路·青春

—— ·创作、演出与教学纪实· ——

王贤俊　主编

红旗出版社

图书在版编目（CIP）数据

丝路·青春 / 王贤俊主编.

—— 北京 ： 红旗出版社,2018.4

ISBN 978-7-5051-4629-7

Ⅰ．①丝… Ⅱ．①王… Ⅲ．①纪实文学－中国－当代

Ⅳ．①I25

中国版本图书馆 CIP 数据核字(2018)第 069648 号

书　　名	丝路·青春			
主　　编	王贤俊			
出 品 人	高海浩	责任编辑	刘险涛　周艳玲	
总 监 制	李仁国	封面设计	孙求一	
出版发行	红旗出版社	地　　址	北京市沙滩北街 2 号	
邮政编码	100727	编 辑 部	010-57274526	
印　　刷	北京中科印刷有限公司			
幅面尺寸	开本 889mmx1194mm	印　　张	31	
字　　数	480 千字			
版　　次	2018 年 5 月北京第 1 版	印　　次	2018 年 5 月北京第 1 次印刷	
书　　号	ISBN 978-7-5051-4629-7	定　　价	97.00 元	

欢迎品牌畅销图书项目合作联系电话：010-57274627

目 录

《丝路·青春》创作、演出与教学纪实

序言 丝路青春 岁月留痕

王贤俊

大连艺术学院董事长

2018年4月，大连艺术学院沐浴在柔美的春光之中。我望着繁花似锦的校园，回首刚刚走过的2017，感慨万千。我相信对于每一个大艺人来说，2017年的回忆注定是不同寻常的。

2017年，大连艺术学院历时一年，倾心打造了原创实践教学剧目——大型舞台剧《丝路·青春》。这部乘着党的"十九大"东风，讴歌"一带一路"伟大构想的大型舞台剧目是大连艺术学院实践教学的又一硕果。2017年11月24日，她如一朵秋日里盛开的海棠花，在北京人民大会堂的舞台华美绽放。今天回想起来，当时演出的艰辛，观众的掌声，中国人民对外友好协会、辽宁省教育厅、大连市委宣传部、中友国际艺术交流院、大连金普新区党工委、大连市文学艺术界联合会的大力支持，领导、专家的高度肯定，社会媒体的争相报道，本书有所记载。所有的画面如梦中的景象，那么切近。这一切只因为《丝路·青春》之于大连艺术学院有着别样的含义。而我作为大艺的创办者，本剧的总策划、总撰稿、总导演，主编的这本关于《丝路·青春》创作演出纪实的书，也正是为了承载、解读、传递这份特殊的意义。

《丝路·青春》记录了大艺的一段难忘岁月

《丝路·青春》的成功上演，来之不易。2016年学院刚刚经历了教育部的本科教学合格评估，我个人也刚刚做完了两次手术，学院从上到下都处在紧张工作之后的连续缓解之中。但一个想法始终萦绕在我的心头，那就是如何通过一部讴歌"一带一路"伟大构想的大型舞台剧目创新艺术人才培养模式，探索出大艺转型发展的路径，让党中央、国务院领导绘制的宏伟蓝图深入人心，也让大连艺术学院的实践教学这片沃土再结出一颗更丰硕的果实，让学院的社会知名度再提升一个层次。于是，我咬牙选择了坚持，决定鼓起勇气再去拼一次。令我尤为感动的是，我身后上万名的大艺师生也选择了与我一同去干去闯。连续几次的不同层面学者、专家剧本研讨会，形式多样的教学公开课，为《丝路·青春》的剧本创作奠定了坚实的基础；音乐学院的师生放弃了暑假的休息，封闭创作，学生暑假半路提前返校排练，为《丝路·青春》的精雕细琢争取了时间；《丝路·青春》的多次连续创作排演从夏天一直持续到了冬天，老师们与同学们穿着单薄的演出服在老校区体育馆里一遍遍彩排的身影，给我留下了难忘的印象。大连、沈阳、北京三地三场演出，大艺的师生们克服了重重困难，把艺术的精彩与青春的活力一路展示，尽情挥洒……

这是一段激情的岁月，更是一段难忘的岁月。它承载了大艺人在这一年的辛苦付出，承载了大艺师生在这一年的心路历程与人生的历练成长。大艺人在2017走过了他们生命历程中不平凡的一年，也成为了大艺发展历史中具有特殊意义的一年。2017之于大艺值得铭记，《丝路·青春》之于大艺值得铭记。它为今后学院发展、学科建设、实践教学打下坚实的基础。

《丝路·青春》为大艺的后人留下了一笔宝贵的财富

实践教学是大连艺术学院的办学特色，更是大连艺术学院谋求发展的根本。作为学院的创办者我始终坚持着"三个一切"即"一切为了学生""一切为了教学""一切为了学院发展"的办学理念。而"和平三部曲"与《丝路·青春》正是建立在"三个一切"办学理念基础之上所搭建起来的历史性、科学性的实践教学平台。

《丝路·青春》虽是一场演出，她为大艺学子提供了登上人民大会堂舞台的宝贵机遇。《丝路·青春》是一个平台，她融入了教学、科研、教师成长、学生实践等所有学院的重要育人项目，让师生全员都有施展才华的机会。《丝路·青春》之于大艺的后人更是一笔宝贵的财富。在《丝路·青春》的剧本创作中，所呈现出的"以老带新"的教师成长模式；在曲目创作中所涌现出的勇挑重担、爱岗敬业的先进典型；在朗诵组排练过程中所形成的舞台上、灯光下"一生多师"与学科、专业的交叉互融；等等，都为大艺日后的实践教学既提供了理论支撑，又留下了鲜活的创作案例。

《丝路·青春》她是大连艺术学院实践教学活动一本生动的教科书，为日后的实践教学发展闯出一条鲜活的途径，指明了方向。

《丝路·青春》传承发扬了令人动容的"大艺精神"

大连艺术学院是一所年轻的大学。十八年来，大艺人风雨兼程、披荆斩棘，多少次百转千回，多少次绝境逢生。总在续写着传奇的大连艺术学院之所以能有今天的成绩，恰恰是大艺人所信奉的办党和人民满意大学的坚定信念并传承的"大艺精神"！在我看来，"大艺精神"就是办党和人民满意大学的初心不改；"大艺精神"就是坚持"三个一切"的办学理念；"大艺精神"就是学生口中的"我爱大艺，从未离开"；"大艺精神"就是我们始终在幸福地追逐着梦想，并为之快乐地奋斗！

大艺人所有这些精神与品质，在《丝路·青春》的创作排演过程中都得到了完美的诠释，《丝路·青春》就是"大艺精神"的印征！

自2012年原创清唱剧《汤若望》在国家大剧院首演以来，大艺人逐渐走出了一条实践教学的康庄大道。这条路大艺人走得艰辛，走得执着，走得勇敢。而《丝路·青春》所获得的成功，更是坚定了我们在这条路上走下去的信心。

关于《丝路·青春》的所有经验与成果，感动与收获都凝聚在这本书里。

这本书既是写给今天的大艺人，更是写给明天的大艺人，也是写给后天的大艺人。年轻的后生们，你们好！你们是幸福的！许多年后，当你们在图书馆，在校史馆，在课堂里翻开这本书时，你们一定能看到2017年大连艺术学院的英姿，一定能感受到2017年《丝路·青春》的精彩，一定能诠释你内心的困惑心境，一定能给你为了学生，为了教学，为了学院发展无穷的力量，也一定能感受到此时此刻我们这代大艺人的信念与情怀，因为大艺人永远前进在追梦的路上。

我相信那时候的大艺一定会续写中国艺术高等教育的传奇！

2018年4月7日

第一篇

谋划篇

谋划纪实

甘竹溪

一、缘起——执着梦想、家国情怀

2017年11月25日，北京。冬日的冷意早已弥漫在了这座古老的都城。但在人民大会堂，却因为一所来自大连的民办艺术高校的精彩演出，而余温未尽。上午9时许，人民大会堂重庆厅召开了大连艺术学院原创实践教学剧目——大型舞台剧《丝路·青春》学术研讨会。来自国内外的几十位顶尖级业界专家汇聚一堂，在会议的最后，当大连艺术学院驻校执行董事王晶女士饱含深情地对董事长王贤俊先生道一声"您辛苦了！"之后，泪水瞬间模糊了他的双眼。在会议的现场，你能看到他在努力控制着自己的情绪，用尽量不被人察觉的，小的动作擦去流下的泪水。但可以想象，王贤俊先生在闪烁的泪花里分明看到了关于《丝路·青春》的往事种种，一幕幕浮现在眼前。

时间回到2016年年底，大雪纷飞的12月，彼时的大连艺术学院刚刚结束了教育部的教学合格评估，全院上下处于高度紧张之后的休整状态。回望过去几年，学院创作的"和平三部曲"即《汤若望》《樱之魂》《和平颂》先后在国家大剧院、人民大会堂的舞台上演，学院人才培养模式与教学模式的转型也初具规模，董事长王贤俊先生望着大艺美丽的雪景，感慨万千。然而有一件事却始终萦绕在他的心头，让他感到明明是该休息了，但又不能休息，不舍得放过这样一个好机会，好题材。就在几天前，学院的资深教授、国家一级作家阮振铭教授向他提出一个创作议题，要创作一部讴歌"一带一路"国家构想的大型舞台剧目，恰逢2017年又是党的十九大召开。学院如果能赶在"十九大"召开前后拿出这样一个反映国家战略构想的重量级作品，作为"十九大"的献礼，那么学院在社会上的声望和影响力将会得到进一步的提升。阮教授的多次提议和已然成型的第一版文学剧本让王贤俊先生心生向往，可现实的情况又摆在眼前。休养生息就意味着止步不前，砥砺奋进就意味着要持续作战。王贤俊先生的内心在犹豫着、踟蹰着、选择着……

纷纷扬扬的雪终于停了，大艺的校园一片银装素裹。学生三五成群地在雪地里挥洒着他们的青春。此刻的王贤俊先生，心中已经有了答案。为了大连艺术学院的学生们，为了大连艺术学院的未来。作为大艺这个大家庭的家长，他决定放手一搏，再拼一次。

二、创作——丝路畅想、青春启程

《丝路·青春》文学剧本的创作是一个漫长的过程，或者说文学剧本的创作延续了这出戏的整个创作排练过程。自第一版剧本诞生到在北京人民大会堂最终呈现，前后一共经历了5次大的结构性的调整，其中篇章与内容的修改经历了38个版本，小的细节修改不下上百次。负责剧本的整理与汇总的项目组秘书景鹏宇曾感慨地说："《丝路·青春》的剧本版本是以日为单位进行修改的。"这句听起来夸张至极的话的背后凝聚着创作团队对文学剧本的精益求精与整个文本创作过程的艰辛。

2017年5月，《丝路·青春》正式立项。随之而来的是数次的创作研讨会与主创人员的每日碰头会。在这些已经模糊了细节的日日夜夜里，作为总策划、总撰稿的王贤俊先生对文学剧本的每一个字都仔细推敲，反复琢磨。很多时候单单是一句台词都要经过反复的修改与调整。而大连艺术学院作为一所综合类的艺术院校，在文学剧本的创作阶段也发挥出了她艺术学科丰富的优势。

"集体即兴创作"是成名已久的台湾戏剧团体表演工作坊赖以成名的创作方式。人们所熟知的《暗恋·桃花源》《如梦之梦》等经典作品正是通过这样的方式创作完成的。《丝路·青春》的文学剧本创作无意之中也在摸索和探寻中走过了这样一条道路。表面上看，《丝路·青春》的文学剧本创作团队是由"二老一新"来组成的，即作为总撰稿的董事长王贤俊，作为主笔与原则把控的年过七旬的阮振铭教授，和作为内容撰写的传媒学院此前并没有大型剧目创作经验的青年教师甘竹溪。然而在文学剧本的实际创作过程中，来自音乐学院、影视学院、传媒学院甚至服装学院的专家、教授、老师和同学们都参与到了文本创作之中，整个大连艺术学院成了文学剧本创组的坚强后盾。音乐学院从原创歌词与乐曲的契合度与歌词的演唱性方面给出了指导意见；影视学院从场面调度，人物形象塑造的角度对台词进行了深入的二度创作；传媒学院的播音专业从发声的角度对人物对白进行了修改……每一个学院，每一个专业都发挥了自身专业的特长与优势为《丝路·青春》的文学剧本注入了专业的血液。各分院也紧密围绕《丝路·青春》的主题，开展了一系列的具有针对性和主题性质的科研与教学工作，从学院内部挖掘潜力，挖掘剧本创作的素材与内容，从而提升剧本的整体水准。与此同时，我们并没有故步自封，闭门造车。在整个文学剧本创作阶段，乃至剧本的排演阶段，学院组织了数次形式各异的文学剧本研讨会与公开课，邀请国内知名的业界专家为《丝路·青春》献计献策，专家的意见和建议提升了文学剧本的艺术水准与理论高度，也为我们的创作指明了方向，也增强了我们的信心与勇气。这种集体创作的模式无形中为我们日后创作此类大型剧目提供了一个宝贵的经验，即充分发挥我校作为综合类艺术大学学科丰富的优势，博采众长，海纳百川，内部挖潜，合力而为。

如果说"集体"是《丝路·青春》文学剧本创作的关键词的话，那么"感动"则是《丝路·青春》音乐创作最好的注脚。

封闭创作也就是创作组笑称的"闭关修炼"是自《和平颂》以来音乐创作形成的习惯。2017年的暑假开始了，而音乐创作组的工作则在炎炎夏日里徐徐展开。以学院艺术总监高大林为首的音乐创作团队进驻宾馆，开始了为期15天的封闭创作。对于每一个有过此种经验的艺术创作者而言，个中的辛苦甚至是折磨都是刻骨铭心的。时间短，任务重，需要了解的背景资料信息量巨大，要创作出既符合剧目需要，又能体现丝绸之路沿线国家音乐风貌的原创音乐作品，等等问题都需要创作组在15天之内给出完美的答案。然而当"闭关"结束之后，当创作组一行人"心力交瘁"走出宾馆的时候，人们在音乐排练厅，听到的是一段段悠扬而深情的旋律。当人们称赞《丝路·青春》的原创音乐旋律优美，歌曲动听的时候，创作的艰难与辛苦只有音乐创作组的成员自己知道。

《丝路·青春》的文本与音乐创作过程，是学院青年教师继"和平三部曲"之后的又一次实践能力提升的过程。几次大型剧目的创作，在学院专家教授和前辈学者的带领和指导下，学院大型剧目的原创能力得到了显著提升，青年教师逐步成为创作的主力。大连艺术学院对于《丝路·青春》的艺术畅想，从学院的年轻一代启程出发。

三、磨砺——寒来暑往、方得始终

寒来暑往、冬去春来。2017年的四季更迭成为大连艺术学院创作排演工作的自然背景图。当学院完成了剧本与音乐创作之后，紧张的排练工作和演出事宜便近在眼前了。

音乐学院一如既往地承担了演出过程之中的主要部分，即交响乐团、合唱团、舞蹈团以及音乐剧的演出工作，戏剧与传媒学院承担了演出中朗诵、情景表演以及LED制作的任务，服装学院、美术学院分别立足于各自专业的特点积极地参与到了演出实践当中。而学院的其他各个分院和部门也都结合自身特点，纷纷登上《丝路·青春》这个实践教学的大舞台。大艺人实践教学理念所提供的理论经验，"和平三部曲"所提供的舞台实践经验，为大艺人的这次拼搏保驾护航。而大艺人广泛参与、积极响应号召的精神也成了《丝路·青春》项目的强大动力。

在各个演出组中，有一群学生显得尤为特殊，他们便是朗诵组。这6个来自不同学院、不同专业的学生是名副其实的"多国部队"。然而看似相距甚远的他们却因为这次大型实践教学活动而紧密地联系在了一起。当这些青春的面孔登上舞台之时，台下的观众根本无从想到，他们不仅有来自戏剧影视表演专业，更多的是来自播音与主持专业、音乐剧专业的学生。跨专业、跨学科、一生多师、联合教学的新式教育理念在朗诵组的同学们身上得到了很好的诠释。而这种模式也丰富了学院实践教学的理论成果与实践经验，从而在后续的工作中继续发挥它的作用。

《丝路·青春》的创作排练过程，是大连艺术学院完成人才培养模式改革、教学方法改革的过程，也是把教学内容从教室搬到舞台的过程。在《丝路·青春》的排演过程中，从剧本筹划到音乐创作、舞蹈创作、视频创作、服装设计、舞美道具设计及舞台表演均由师生共同完成，真正实现了在灯光下舞台上进行实践教学的授课模式，使学生在二度创作的过程中完成知识的积累与艺术技能的磨练。与此同时，学院还开展了数次形式各异、内容丰富的教学实践公开课，并邀请多位业界专家参与，使学生在参与教学剧目的创作过程中，完成艺术水准的逐步提高。

终于，所有的磨砺要化作绽放的年华，所有的等待只为灯光亮起的那一刻。大艺人准备好了！《丝路·青春》准备好了！大艺人的梦想乘着金秋十月的微风，扬帆起航！

2017年9月20日，《丝路·青春》在大连开发区大剧院首演，10月25日又在沈阳盛京大剧院再次上演。精彩的演出获得了省教育厅相关领导、国内外专家学者与社会各界人士的高度肯定，也博得了大连沈阳两地观众真诚而热烈的掌声。

2017年11月24日。《丝路·青春》终于迎来了她此次演出行程的终点站——北京人民大会堂。演出当晚，各部门主管领导、首都高校专家学者、驻华外国使节以及现场的近千名观众对精彩的演出报以热烈的掌声。大连艺术学院的艺术之花，在人民大会堂尽情绽放。

11月25日，在北京人民大会堂重庆厅召开的《丝路·青春》学术研讨会汇聚了国内外数十名顶尖级的业界专家。专家学者们对《丝路·青春》一剧给予了高度评价。

演出结束后，包括央视在内的多家媒体，对大连艺术学院在人民大会堂的精彩演出都进行了详尽的报道。由中国作家协会主办的《文艺报》专门刊载了两千多字的长篇评论，对《丝路·青春》的思想艺术成就以及艺术实践教育特色进行了深度探析……

所有的这一切都回应了埋藏在每一个大艺人心中的梦想。所有的艰辛也都在演出成功和获得各方肯定的那一刻化作了每一个大艺人脸上绽放的笑容。

2017年《丝路·青春》的创作排演工作落下了帷幕。2018年初的大艺校园又一次被洁白大雪所覆盖。这景象不由得让人想起一年前《丝路·青春》项目刚刚启动的时候董事长王贤俊先生执着而坚毅的眼神。

《丝路·青春》是一座丰碑，她记录着大艺人奋勇拼搏，开拓进取的峥嵘岁月。《丝路·青春》是一段回忆，她记录了大连艺术学院在2017年走过的一段不同寻常的美好时光。

领导讲话

在《丝路·青春》全院动员大会上的讲话

王贤俊

大连艺术学院董事长

老师们，同志们：

大家下午好！今天我们利用这个时间召开《丝路·青春》全院动员大会，一是想让大家知晓，学院全面启动《丝路·青春》项目后的进展程度；二是在放假前，借此机会，总结上半年工作，对《丝路·青春》项目及接下来学院的各项工作做一个整体动员。

《丝路·青春》项目于今年年初启动，因为有之前"和平三部曲"的成功上演，这次《丝路·青春》的创作更加有条不紊，无论词曲的创作，服装、道具等的筹备，还是实践教学、科研工作的同步开展。接下来，我们共同观赏一下《丝路·青春》截止到目前的一个花絮短片。

一部原创作品的诞生，需要付出的艰辛汗水，也许只有创作者和参与者体会得最深，但我希望通过今天这样一个形式，让在座的大家都能够切实感受，并参与其中。目前《丝路·青春》的创作演出，是学院极为重要的事情，希望大家在做好本职工作的基础上，都能积极投身到这个项目中来。接下来我也想讲几点：

一、紧跟形势，响应国家号召

高校作为教育的最高端，是要承担一定的社会责任，弘扬主旋律的。我们培养的学生，绝不能只是单纯地只懂自己专业领域，而是要全面发展，综合素质极强。不得不说，大艺的学生们参与原创"和平三部曲"后，无论是从专业技能还是政治素养，以及个人的综合能力都有了极大的提高，我想这是我们培养人才的真正目的所在。包括这次的《丝路·青春》，我希望有更多的老师和学生参与进来。

二、做好《丝路·青春》项目前期筹备阶段、演出展示阶段、后期总结提升阶段的各项工作

目前，《丝路·青春》项目正处于前期筹备阶段，各方面工作都在紧锣密鼓地进行，根据之前工作部署会议上姜院长宣读的实施方案，项目各小组必须在负责人的带领下如期高质量完成所有工作。在刚才的片子中大家也看到了我们进一步完善了项目的一级领导组织：

总导演、总策划、总撰稿：王贤俊

总制片人：王晶

总监制：姜茂发 于爱华

统筹：姜茂发 张欢

总协调：王贤章

安全、保障：刘永福 梁云

艺术总监：高大林

希望各位领导，其实应该是要求各位领导，高度重视《丝路·青春》各项工作，将其作为2017年学院工作的一号工程，完美顺利完成！

三、做好《丝路·青春》实践教学各项工作，确保纳入绩效考核数据当中

《丝路·青春》项目启动伊始，我就一直在强调一定要提前策划好各个项目的实践教学课程，真正达到实践教学的目的，确保相关的所有专业师生都可以加入其中，有所收获。当然，更重要的是，我们的所有努力，绝不能付诸东流，前几次的会议中我都提到，我们做的所有工作一定要根据绩效考核数据填报的要求去做。

四、做好《丝路·青春》科研工作，确保国家艺术基金、"五个一"等各类奖项的参评准备工作

有了先前"和平三部曲"的申报经验，相信这次的项目申报工作应该得心应手了，我们这些准备工作都要想到前面，做到前面。

五、做好大部制改革各项工作，力求取得显著成效

不觉间，上半年工作已接近尾声，对于学院而言，上半年主要以实施大部制改革和《丝路·青春》创作排练为核心开展各项工作，我们在讲今年头号工程《丝路·青春》高质高效进行的同时，还要继续做好、抓实大部制改革的各项工

作，力求取得显著效果，推动学院更快发展。

六、充分利用假期时间整理工作思路，制定规划下半年工作计划目标

　　说到这儿，我想讲一下近期出访泰国博仁大学的成果，不仅得到了博仁大学的盛情接待，而且与博仁大学董事长达成了友好合作意向，共同建立"DAC·D-PU丝路国际艺术学院"，并且签订友好合作协议，大艺的优秀青年老师可以到博仁大学进修，做访问学者，可以一边工作一边学习，搞科研，继续深造。大艺的同学们可以享有预科班、专升本、"2+2"、本硕连读、硕博连读等，这是学院原创"和平三部曲"以及《丝路·青春》带给我们的幸运，我们要倍加珍惜，抓住机遇。

2017年7月21日

讲述《丝路·青春》实践教学背后的故事

王贤俊

大连艺术学院董事长

老师们、同学们：

大家下午好！根据省教育厅思政课教学质量年听课调研工作的相关安排，全省高校都在进行校际同行专家互听互评工作，前几日，王贤章副院长和我汇报上述相关情况时，交谈中提到邀请我来为大家进行一场公开课。实话讲，最近我的工作日程非常满，本是没有这样的空闲时间为大家好好讲一课的，但是，又想把近来积攒在我脑海当中的一些正能量的事儿，积极向上的典范，以及学院实践教学的累累硕果和大家一起分享一下。今天的公开课，我主要想以《丝路·青春》背后的故事，带大家一同去探索艺术类大学实践教学的创新成果。

一、"和平三部曲"创作的不易

1.《汤若望》是2012年6月在国家大剧院上演的，是学院第一部原创作品，当时，很多领导都不理解为什么要花几百万打造原创作品，甚至院务会公开反对，但我的坚持，以及余加祐院长的支持促成此事，演出极其成功，使刚刚满十岁的大艺在京城初露头角。

2.《樱之魂》是2014年10月、2015年5月在大连开发区大剧院上演的。2013年10月访问日本创价大学归来后，感慨创价大学的创办人池田大作先生与我对"和平、文化、教育"的相同理念与追求而创作。当时正值中日关系最为紧张的时期，一方面来自学院的压力，一方面因为剧目唱词被日方提出疑义，导致进展并不是很顺利。不能忘寒冷的冬日，我们几人为协调此事来回奔波的身影。2014年10月19日剧目呈现在舞台的那一刻，我落泪了；当高大林总监把总谱递到我手中的那一刻，我激动地发表讲话，因为这其中的心酸只有我最了解。2015年5月，《樱之魂》再次上演，值得欣喜的是两次演出时隔七个月，我们加入了LED背景、实践教学公开课、转播车现场录制等，真正从一部剧目的演出变为了高校艺术类专业大型实践教学活动。

3.大型音画舞蹈交响史诗《和平颂》是2015年6月27、28、29日，9月22日，9月29日，12月8、9、10日在大连开发区大剧院、沈阳盛京大剧院、北京人民大会堂三地上演10场。它的成功基于前两部原创作品的呈现。这是我们举全院之力第一次如此之大规模打造这样一部作品，能够在中国政治最高的殿堂——人民大会堂上演。与友协、与大会堂、与各政府部门得沟通协调，整个剧目不断打磨修改，现在想想都和做梦一般的经历。但我们做到了，大艺人做到了。我看到了我们把课堂搬到剧院，看到了我们的孩子在灯光下、舞台上实现自己的艺术梦想，看到了我们大艺所创的"一生多师"的教学模式淋漓尽致地体现……发自内心的欣慰油然而生。《和平颂》带给我们的宝贵财富是取之不尽，用之不竭的。它成为学院2016年教育部本科教学合格评估的亮点特色，成为大艺一张靓丽的名片，当然也为今天的《丝路·青春》打下很好的基础。

二、《丝路·青春》的诞生

2016年9月。学院迎来了教育部专家组本科教学合格评估进校考察工作，可以说我所有思想都全部投入到评估工作中。但其实在十九大前呈现这样的一部作品是我很早就有的想法，但由于评估工作的繁重，就逐渐淡化此事。其实这几部原创作品还真得感谢阮老师，是他执着的坚持，不断地提醒我，向前推进此事。人有的时候就是这样，一念之间可能就会决定失去或得到。所以，2017年初，当时刚刚做完两个大手术的我，又全身心投入到了剧本的创作当中。三月份开学后，我又一次想要放弃，一是考虑到前两年大家的辛苦，二是我自己身体的原因，但原创作品是大艺的特色，能让老师们、学生们真正达到提升，如果咬牙坚持一下，很有可能在十九大前后拿出这部作品……现在看来，当时的坚持是多么地正确。因为有了先前"和平三部曲"的成功经验，《丝路·青春》的创作演出还是很顺利的，能够在这个过程中感受到全院上下的同心协力。当然，对于我来说，现在要想的便是如何更好地将这部剧呈现，更好地展示大艺的艺术水准，更全面地开展实践教学活动……真正让它堪称"精品"。通过之前的创作、排练、演出过程，今天我也想用《丝路·青春》台前幕后的故事，讲讲大艺这丰硕的实践教学的创新成果。

三、《丝路·青春》背后的故事

1.今天我想先从我们的剧本创作团队说起，可以说这次剧目的创作、排练、演出有一个人的身影最为活跃，大家知道我说的谁吗？就是传媒学院的青年教师甘竹溪。我们真正实现了以老带青的教师培养模式，他是我们这次实践教学最大的产物之一。甘老师是很低调、好学、做事踏实的青年教师，随叫随到，任劳任怨，他把能够加入这个核心团队当成了至高无上的荣誉，把工作的过程变为了提升自我，不断学习的机会。能看到他非常珍惜这个机会。

2.接下来我想给大家讲的是我们朗诵团的故事。8月上旬，正值高大林总监带领创作团队闭关创作之际，我想此刻就要开始打造整个剧目的朗诵团队，之前《和平颂》期间任思宇的事例证明，学生的潜能是要被激发的，也是要施压的。经过选拔推荐，成立了以黄潇潇和郑帅为首的主持朗诵团队，我们这两场演出的主持人嵇含、传媒学院的李向丽、声音颇具特点的刚刚升入大二的学生彭帅男……都是这次主持朗诵团队实践教学的最大亮点。

3.当然，台前很重要，幕后保障团队也付出很多。2015年的时候，我曾经亲自给音乐学院的剧务组颁发特殊贡献奖，孩子们真的很辛苦，一直都是默默无闻地付出，所以《和平颂》最后一场演出结束后，我把他们请到了台前，为他们点赞。实践教学创新成果，我们的创新不单单体现在演出者，这次沈阳演出还体现在我们幕后的工作者中，我听说了760个箱子的故事，包括我们的财务工作也在创新，这次沈阳的演出，财务处实行了移动办公形式，为演出活动进行了财务保障。

4.大家都说，我们学院有两位最具特点的领导，长得还比较像，平日里看起来随意，但大事面前一点儿都不糊涂。要说《丝路·青春》背后的故事，怎么能少了这二位。那便是这次负责演出的高大林总监和负责研讨会的张欢副院长。我想二位此次活动承担重任，但必将完美呈现。

5.最后，我想说说最应该感谢学院的一位中层干部，实践中心王雪梅主任。我想说我们所有做的一切努力都在把实践教学推向一个高度，真正打造成大艺的特色亮点。

四、探索课堂教学新模式

前天受邀讲这一课，说实话，给我的准备时间只有一天多，但我丝毫没有懈怠，甚至可以说精心准备。今天，在座大家都是有多年教学经验的老师。"师者，传道授业解惑。"教师是天底下最阳光的职业，三尺讲台是神圣的，只要站在这里，我们就应该时刻警醒自己所承担的使命和职责。那么，如何去准备一堂课？一堂吸引学生，形式多样，真正能够达到教学目的课程。我想我们必须做到以下几点：

1.提前准备，制定课程计划。

2.查阅资料，用发生在我们身边的实际例子让学生更为贴切地去理解。

3.用视频、图像、现场互动等多种方式将知识点融入其中。

4."五心"守则，必须坚守耐心、细心、用心、悉心、恒心。

5.立德树人，必须要不断提高自身综合素质。

老师们，同学们！在刚刚闭幕的十九大会议中，习近平总书记提出了新时代中国特色社会主义思想，并用"八个明确"和"十四个坚持"完美阐释。10月18日开幕式报告中提出的"新时代、新使命、新征程"已然成为这次大会的关键词，在此，我也希望，我们全体大艺人能够深入学习贯彻十九大精神，用新时代中国特色社会主义思想武装头脑，不忘初心，牢记使命，开启大艺新时期的新思路、新目标、新征程！

谢谢大家！

2017年11月9日

不忘初心　努力实现大艺梦

王贤俊

大连艺术学院董事长

老师们、同学们：

大家下午好！今天我们在这里召开大型舞台剧《丝路·青春》研究课题结项报告会暨工作总结大会，为我们2017《丝路·青春》一路走来，画上圆满的句点。首先，我想对刚刚获奖的各位老师表示祝贺，《丝路·青春》并没有结束，我们要将演出、实践、科研紧密地结合起来，继续不断总结，深层次挖掘。

2017年，在党的十九大精神指引下，我们走过了不平凡的一年。从年初的"坚持改革创新，传承大艺初心"到"五月的鲜花"完美绽放；从"愿你历尽千帆，归来仍是少年"学院第一届校友返校日的盛大开启，到"四季情韵"的如约而至；从国家艺术基金实现历史性的突破到新校区二期工程的规划建设；从《丝路·青春》创作思想的萌发，到大连、沈阳、北京人民大会堂的震撼上演，大艺人一步一个脚印，在追梦的路上续写着辉煌！人的一生要有追求，更要为之去努力奋斗。当每到一个时间节点，我们去回顾过去的时候，总是那么地充实和踏实，总是有那么多值得我们去总结回味的事情，便会觉得快乐而又幸福。这几天大家可能都在看冯小刚导演的新作品《芳华》，"芳华"不是一个人名，而是指芬芳的年华，也就是青春，在我看来，青春是美丽的象征，是无穷的希望，是生命的深泉在涌流，是炽热的感情，是力量的绽放。所以，我感恩于在座每一位在最美好的年纪选择了大艺，将青春的热血挥洒于大艺，用我们的"芳华"打造大艺的"芳华"！

一、《丝路·青春》伴我们一路走来

还有几页，2017的日历将会被翻完。我们举全院之力打造的大型舞台剧《丝路·青春》在2017的大艺史册上留下了浓墨重彩的一笔，所以，今天的讲话，我首先要讲到的是《丝路·青春》。为了更加直观完整地总结，传媒学院制作了《丝路·青春》整体宣传片，让我们跟随视频一同回顾《丝路·青春》的点滴。

中国，正在当今世界格局中发挥着越来越重要的作用，随着"一带一路"政策的稳步推进，沿线各国人民积极参与。这项促进全球合作共赢的中国方案，彰显了令人赞叹的中国智慧，也让世界人民看到了具有大国担当的中国力量。而青年学子是一个国家的未来和希望，作为时代的朝阳，他们有义务投身到这一宏大的历史诗篇中去，并且深切地感受到"一带一路"倡议给全世界各国人民尤其是青年人的生活所带来的喜人变化。

《丝路·青春》的创作演出实质是以习近平总书记提出的"一带一路"重要倡议为指导，以学生为主体，以舞台为课堂，以创新创业为动力，以实践演出为途径，以培养应用型人才为目标，以服务地方经济文化建设为宗旨。

2017年初我萌生了创作《丝路·青春》的念头，随即学院成立了《丝路·青春》创作组，开始进行最初的文学剧本创作。

5月22日，历经数个日夜，阅读近数十万字材料，我与阮振铭教授创作出《丝路·青春》文学剧本的初稿。

5月24日，学院召开了《丝路·青春》剧本讨论会。

5月30日，学院召开《丝路·青春》项目动员会议。

6月5日，在新校区一号演播厅和图书馆报告厅两场联动召开了《丝路·青春》文学剧本创作实践教学公开课。

6月7日，央视王昌智导演一行抵达大连，与学院核心创作组对剧本进行深入研究和探讨。

6月23日，央视导演再度抵达大连，大家对《丝路·青春》项目的创作排练演出进行了整体规划。

6月28日，在新校区行政楼419会议室召开了《丝路·青春》项目工作部署会议。

7月2日，央视核心导演组再度赴连与大艺核心创作组进行了舞台剧本的修改确定，舞美、服装、道具等各项工作组的工作正式启动。

7月6日，在新校区行政楼五楼会议室学院召开大型舞台剧《丝路·青春》剧本研讨会。

……

《丝路·青春》2017年所经历的点点滴滴，相信大家都和我一样，都历历在目，包括我们进行的三地演出。回忆一路走来，心里有说不出的感受，我们感慨于这一年大家付出的辛苦，感动于台前幕后那些默默奉献的参与者，感恩于给予我们支持和肯定的各级政府和领导，一部作品的诞生，倾注了很多人的心血。

我们举全院之力打造大型舞台剧《丝路·青春》，通过青春的视角，运用人屏互动、情景表演、跨界创新等丰富的舞台表现形式，发掘各国文化遗产，撷取全世界不同地域、不同民族充满活力的文化元素，将"一带一路"的精神实质呈现出来。

老师们、同学们，《丝路·青春》带给我们太多了，我们要去好好总结，前几天我收到的信息是各部门的总结收集工作做得都很好，在这里我也提出要求，《丝路·青春》的所有后续工作必须在寒假前高质高效完成，包括各类奖项的申报筹备工作等。

二、对各工作小组的进一步要求

1.演出组

演出组是我们这次活动的核心工作组，在高大林总监的带领下，在央视几位导演的配合下，三地的演出逐步提升，好评如潮。八百余名演员以及服装道具等幕后工作人员，淋漓尽致地展示着大艺人的风采。在这里，我还是要提出，我们的剧目还是要继续精雕细琢，北京演出的圆满也许只是《丝路·青春》的开始，回来后，创作组、导演组还是要不断打磨，根据研讨会上、各级领导提出的修改意见，让我们的剧目更加完美。"一带一路"这一主题是我们要不断发扬的，所以我们的剧目要升华，甚至可以打造缩编版的，或是打造几个保留节目，这几日收到各方邀请，邀请我们巡演，到"一带一路"沿线国家，到各地方政府等，所以我们现在就要着手准备。还有服装、道具、LED等各个环节，一定要好好总结，让这次演出的经验成为我们宝贵的财富。

2.研讨会组

我认为你们的工作可提升的空间还很大。这次北京研讨会经过再三斟酌，还是决定放在大会堂召开，友协前期也邀请咱们到友协里开，包括其他院校，都发来邀请，但我们最终还是选择大会堂的重庆厅，希望我们的研讨会是有一定规模和规格的。所以，我们还是不能太随意，从嘉宾的邀请到会议的组织，都要进行深度总结。接下来，研讨会组的任务可以说是最为重要的，首先要总结好研讨会上各位专家的发言，总结好《丝路·青春》演出；其次要抓紧时间申报各类奖项，不能有任何纰漏；还有就是搞好我们的科研工作，真正使演出、教学、科研一体化。

3.教学、实践教学组

（1）实践教学成果展，是我们每次演出的一个重要组成部分，这次人民大会堂中央大厅的布展，增加了新的元素，观众也很喜欢。但我们还是要不断总结、提升、创新，能够让观众通过展览展示深入地了解大艺，感受大艺，我想你们是成功的。

（2）总结好这场大型实践教学活动，以老带青、一生多师、灯光下、舞台上、朗诵小组的蜕变、服装的用心设计制作等，乃至我们的演出纪念品，都是我们学生制作。这是一个大的工程，总结非常重要，所以，我想王贤章副院长这一块必须要高度重视起来，我要看到你们总结的成果。

（3）《丝路·青春》还是要进入我们的课本中，用我们自己原创的作品做教材，进入课堂，代代传承，这点是非常必要的。

4.宣传联络组

（1）大连市委宣传部、金普新区政府等的支持，包括友协、大会堂、省委宣传部、省教育厅，对我们的大力支持，使得各项工作都能够顺利进展。我们要总结好，更要联系好，建立好这个关系，包括接下来的宣传、播出、巡演等，还要不断地完善各项工作。

（2）演出结束后，电视、广播、网络、纸媒等都在进行着宣传，在继续扩大宣传，制造舆论的同时，还要把这些宣传总结好，整理好。包括我们微信平台的策划，要创新，要吸引人，马上又要专业加试，怎样紧密结合，我们要提前策划。

5.保障组

在刘永福、梁云副院长的带领下，保障组可以说是圆满完成任务。全部赴沈、赴京人员安全地去，顺利地回，内心里真的很感谢你们。后勤工作保障得好，才能有台前绽放的华彩。但通过几次的大活动，我们也要好好总结，逐步提升。比如我们的接待工作，会有一些不细致不周到的地方；再如我们的学生管理方面，还是存在欠缺，不过大家能够反思到、意识到就是不错的，更要提升。

6.花絮摄制组

这次我们的"小红马甲"又成了一大亮点。大家很辛苦，每天都是第一拨到现场，最后一拨离开的，生怕漏掉哪个画面花絮。传媒学院的孩子们很辛苦，从这次花絮片的制作上就可以看出，通过这样不断实践历练，大家都有所进步，我也很欣慰。当然接下来的工作更不能疏忽，我们所有视频材料要整理，我们大连、沈阳、北京演出和研讨会的花絮片要尽快制作。

7.档案组

《丝路·青春》项目所有材料的收集整理，重中之重，这项工作不能拖，立即执行。还有就是校史馆等展览展示宣传的板块，要抓紧加上《丝路·青春》这一板块，实时更新。

8.督导组

演出前的动员会上，宣读的奖励机制，督导组已经落实，另外就是要把我们的《丝路·青春》纳入绩效考核中去，包括创新创业这一块。

不忘初心，牢记使命。我们大艺人的使命就是要共同努力，把大艺打造成党和人民满意的大学，使大艺成为全中国乃至世界一流的民办艺术大学，为后来的大艺人留下更多的"财富"。当然，我这里所说的财富不是金钱的意思，是要奠定深厚的基石。要做到这些，我们就必须不断追求，不断前进，我们不能停歇，所以我们的大艺速度只能越来越快。2019年、2021年……我们北京再见！

2017年12月25日

格物致知：从《丝路·青春》看大艺未来

王晶

大连艺术学院执行董事

《丝路·青春》是大连艺术学院为响应国家"一带一路"的伟大倡议，展现青年一代积极投入"一带一路"建设的精神风貌，而进行的大型舞台艺术实践。在近一年的时间里，全校师生以精益求精、崇实尚美的创作态度，从剧本编写、舞台创作到演出实践，大艺演出团队沿着大连、沈阳，一路走向北京人民大会堂这个国家级的政治文化舞台。大艺人不断求索创新艺术实践方式，不断以更好更高的标准来实现自我突破，期待着《丝路·青春》是一部不仅与时代发展同步，更是一部能承载艺术之美和文化内涵的优秀作品；同时以《丝路·青春》大型舞台实践项目，为应用型艺术人才提供更真实、更具影响力的平台，激发广大青年学子与时俱进、更具生命力的艺术创新力，把他们培养成适应新时代需要的应用型人才，满足新时代下人们不断增长的美好生活需求。

这些年，大艺人在生成性大学文化的积淀中，在校本艺术作品的原创路上，从未停止过求索和实践的脚步，前有"和平三部曲"，今有《丝路·青春》，未来已在酝酿筹谋之中。有多大的努力与坚持，就有多大的创造力和爆发力；大艺的生命之树，在一代又一代大艺人智慧和心血的浇灌下，盎然而生。有时候我在思考，这种生命力背后的动力之源是什么？百转千回之后，我找到了四个字"格物致知"。中国古代儒家思想给我们中华民族留下了丰富的思想遗产，当下的中国人和中国大学有责任去重新解读并践行之，特别如我们大艺这样的民办大学，更要在新时代中发出声音，以我们的思考、我们的行动和我们特有的方式，回应一所大学应该在时代发展中肩负的使命，正所谓"不忘初心，方得始终"。

大艺的发端与创建，遵循了"格物致知"这四个字，是摸着石头、执着探求的成长历程；大艺的当下与前行，还要坚定地遵循"格物致知"这个方向，义无反顾、朝气蓬勃地走向未来。因此，大艺把"格物致知"这四个字用校训的八个字"明德、精艺、充实、尚美"具象出来，它成为大艺人的人生信念和事业格局，值得大艺人用一生去努力追求。大艺的未来就是这样一群一群、一代一代大艺人共同的未来，也是民族的未来、国家的未来。

当下与未来，大艺是一所感恩时代并回报社会的大学。

大艺十八年伴随着政府支持、社会关爱、同行互助，给大艺人面对挑战的勇气、执着奋斗的决心和迎接机遇的从容；正如学院创办者、掌门人王贤俊先生的办学初心——我们要成为无愧于社会的大学，历史选择大艺，大艺感恩时代。他对兴办教育的执念，对回报时代的真诚，对形势格局的把握，对超越自我的勇敢，无不激励和聚集着大艺人，一路风雨兼程奔向未来彼岸。所以，这些年大艺积极参与城市公益文化事业，"四季情韵音乐会""新年音乐会""凤凰市集"为城市艺术生活画上了亮丽色彩；这些年大艺还积极响应国家战略，构建创业生态，"大艺文创园"不遗余力为青年创客们打造事业平台。创办者的办学初心，汇聚成大艺人万众一心的感恩之情，回报社会的努力始终在路上。

当下与未来，大艺是一所求实创新并超越自我的大学。

从《汤若望》《樱之魂》《和平颂》到《丝路·青春》，短短数年四部大戏，倾全力、大投入，既是我们回报社会的心意，也是我们创新人才培养的特色，更是我们留给时代的艺术创作成果。大艺人用行动表明，我们要成为一所践行"格物致知"文化追求的大学，大艺要成为不断创新培养应用型艺术人才的摇篮，大艺要让每一个学生有机会站在真正的舞台上实现人生价值，有机会成长起来，去兑现复兴中华文明的未来。为了这个目标，不管付出怎样的努力、付出多大的代价，都是值得的。所以，大艺人秉承着超越自我的精神追求，求实创新的努力始终在路上。

当下与未来，大艺是一所肩负使命并敢为人先的大学。

十九大之后中国迎来新时代、新使命；《丝路·青春》之后，大艺人还要面对新挑战、新高度。两者的契合，恰逢中华文明复兴与传承的契机。《礼记·大学》中提到"格物、致知、诚意、正心、修身、齐家、治国、平天下"，作为中国民办大学版图中独特而鲜明的一员，大艺该用怎样的声音和态度去诠释当代中国"格物致知"的内涵？大艺在唤醒当代青年人文化自觉的使命中该做些什么？大艺在文化传承与文化创新中该怎样发挥积极作用？这是大艺人当下与未来始终不可懈怠的思考与行动。历史机遇也好，时代使命也罢，都不会恰好守在路口等我们误打误撞；从《丝路·青春》开始，我们将努力探索；未来之路，大艺必须以敢为人先的精神，肩负使命，始终在路上。

"格物致知"，让我们大艺人做在当下、放眼未来，共勉之！

2018年1月9日

艺术实践教学的又一成功案例

姜茂发

大连艺术学院院长

在人类文明史上，古代丝绸之路建立的东西方经济文化交流传统，演化成两千多年来人们津津乐道的宏大历史叙事，成为人类共享的文明遗产。

习近平总书记倡导的"一带一路"伟大构想，正是对这一历史传统的"创造性改造和创新性发展"，获得全球广泛赞同和参与。"一带一路"是我们国家提出的伟大倡言，其目标就是要打造互利共赢的"利益共同体"和共同发展繁荣的"命运共同体"，这顺应了和平、发展、合作、共赢的时代潮流，赋予了古老的丝绸之路以崭新的时代内涵，其主要内容是政策沟通、设施联通、贸易畅通、资金融通和民心相通。而要把这样的愿景变为现实，教育是桥梁、人才是支撑，高校承担着义不容辞的责任和义务。

大型舞台剧《丝路·青春》由大连艺术学院王贤俊董事长担任总策划、总导演、总撰稿；由国家一级作家、学院阮振铭教授及青年教师甘竹溪执笔；作曲家高大林作曲，并由学院的专家和教授牵头，各专业骨干教师参与，以学生为演出主体，举全院之力倾情打造的一部集音乐、舞蹈、戏剧、文学、多媒体、服装、服饰、人物造型等多种艺术表现形式为一体的大型剧目。

中国传统文化博大精深，源远流长。该剧继承了盛唐"歌舞大曲"的体裁形式，运用了大量的民族歌舞元素和外域的艺术元素，创造性地运用了歌舞诗画等综艺形式，是以舞台为课堂，以练、演、创为途径，理论与实践相结合，课堂与舞台相链接，排练与实训为一体，专业与行业相契合，教学与科研并重，多专业综合实作的高素质应用型艺术人才培养的最佳载体。

大型舞台剧《丝路·青春》分别在大连、沈阳和北京人民大会堂上演，受到了社会各界的高度赞誉。该剧以青年人的视角，把丝绸之路的历史与现实联系起来，以融于一体的歌舞诗画形式，讴歌了"一带一路"的伟大构想，展现了青年学子对"一带一路"倡言的理解、关注和向往，是一台集思想性、艺术性、教育性和创新性于一体的新时代的舞台作品，是寓政治思想教育于专业教育为一体的优秀教材，也是学院艺术实践教学特色的又一成功案例。

　　大型舞台剧《丝路·青春》也是大连艺术学院在人才培养模式改革上的积极探索和实践，是实践教学的又一成果，也是推进应用型转型试点高校建设的重大举措。大连艺术学院在建校初期就确立了培养"应用型艺术人才"的人才培养目标。王贤俊董事长说："灯光下、舞台上，是学生实践最好的场地；一生多师、多元化教学、优势相长，是实践教学最有效的方式"。《丝路·青春》在编剧、作曲、舞蹈、服装、灯光等所有创作和设计过程中多次举行研讨会、公开课、现场实践教学、专家讲座等活动，涉及全校20多个专业，演职人员近千人，参与师生3000余人，极大地提高了学生的专业水平和合作能力。

　　大连艺术学院以宣传"一带一路"倡言为深化培养应用型艺术人才的突破口，以剧目拉动了学校的教学改革，促进了人才培养模式的"多元化"，充实了实践教学特色的内涵，践行了"一切为了学生"的办学理念。在创作、研究、设计、排练、演出的各个环节，都充分考虑了培养方案、培养目标、师资队伍、教学资源、课程安排以及育人效果，使课堂教学与实践教学的衔接更加紧密、有序和有效。

　　厚积而薄发，原创出这样一台大型舞台剧绝非偶然。这是大连艺术学院继"和平三部曲"——《汤若望》《樱之魂》《和平颂》以及五项国家艺术基金立项项目之后，又一次倾情推出的精品力作，是坚持先进的办学理念、正确的办学道路和明确的办学目标的必然体现。

　　《丝路·青春》演出虽已落下帷幕，但这将又是新的开始。演出启示我们，传承是根基，创新是生命，最好的艺术作品和艺术教育必然是传承与创新的完美结合。它将带着大艺不忘初心，继续前行。大连艺术学院将以一个个新的发展目标为引领，向着中华民族伟大复兴的中国梦不断前进！

2018年4月9日

演出实践教学与学术研讨会实施方案

一、活动概况

（一）大型舞台剧——《丝路·青春》演出

1.支持单位

中国人民对外友好协会

辽宁省教育厅

2.主办单位

大连市委宣传部

中友国际艺术交流院

大连金普新区党工委

大连市文学艺术界联合会

大连艺术学院

3.演出时间及演出地点

（1）2017年9月20日 19:30-21:30

大连开发区大剧院

（2）2017年10月25日19:30-21:30

沈阳盛京大剧院

（3）2017年11月24日 19:30-21:30

北京人民大会堂

注：演出 万人礼堂

中方贵宾 湖南厅

外方贵宾 四川厅

4.莅临嘉宾

国家领导人、国家部委领导、友协顾问；辽宁省委省政府领导，辽宁省各厅、局领导；大连市委市政府领导、大连金普新区管委会领导以及驻华使节、国际友人、外国留学生、国外友好院校代表；北京11所艺术院校、沈阳各高校、大连市各高校代表。

（二）大型舞台剧——《丝路·青春》学术研讨会

1.支持单位

中国人民对外友好协会

辽宁省教育厅

2.主办单位

大连市委宣传部

中友国际艺术交流院

大连金普新区党工委

大连市文学艺术界联合会

大连艺术学院

3.召开时间及召开地点

（1）2017年9月21日 9:00-11:00

大连艺术学院国际交流中心

（2）2017年10月25日14:30-16：30

沈阳皇朝万鑫酒店会议室

（3）2017年11月25日 9:00-11:00

人民大会堂重庆厅

4.参会人员

国家友协领导；教育部、文化部领导；辽宁省教育厅领导；大连市委宣传部、大连金普新区管委会领导；国外友好院校、国内院校代表。

二、进程安排

1.4月30日前文学脚本暨唱词定稿

2.5月30日前演出本定稿

3.6月30日前所有曲目创作完毕

4.7月份进行各团分组排练

5.8月份进行整体合排

6.9月20日大连首演

7.10月25日沈阳公演

8.11月24日北京演出

三、演职人员

总策划、总导演、总撰稿：王贤俊

出品人：王晶

总监制：王合善 李鹏宇 纪政 刘军

监 制：吴作江 邢德武 柳金红

统 筹：姜茂发 于爱华 俞晓东 娄山良

总制片：王毅 张景兰

总协调：翁铭峰 王贤章 刘永福 张欢 安思国 梁云 张小梅

艺术总监：高大林

撰 稿：阮振铭 甘竹溪

作 曲：高大林 孙毅 王辉 金怡 范维 鲍之光 陈俊虎 高昂

舞蹈总监：小船

宣传联络：李天斌 韩群 田苗苗

协 调：李剑 董新华 王忠森 王慧英 孙海涛 王雪梅 任思斌

执行导演：王昌智 小兽 小船 于玲

乐团指挥：高大林

合唱统筹：孙毅 孙洪一

舞蹈统筹：董询 田雪

乐队统筹：孙孝野 陈佳

台词指导：黄潇潇 郑帅

花絮录制：刘奕 金云学

灯光设计：董江 卢晓伟

音响设计：吴天军 王旭 周斯桐

视频设计：郭小 戴金玲 王圣瑛 高强 郑孝龙

舞美设计：孙伟 张振华 李东升 刘爽

舞美制作：张峻祥 孙富强

平面设计：张妹 孙求一 包思汉

服 装：巴妍 刘姮 于述平 王晓林

道 具：丛鹏 汪杰颖

化 妆：韩雪飞 金令男 韩明 张羽檬

主持人：李克振 嵇晗

四、各工作小组工作

（一）演出组

组　长：高大林 王昌智

负责剧务的整体修改、排练及所涉及的各项工作。

（二）研讨会组

组　长：张欢

副组长：孙海涛

负责研讨会的策划、组织和召开。

（三）实践教学组

组　长：王贤章

副组长：张小梅 王忠森 王雪梅

负责组织《丝路·青春》演出的实践教学及实践教学成果展。

（四）宣传组

组　长：李天斌

副组长：韩群

负责演出、研讨会的前期、期间、活动后的宣传工作，制定宣传方案，联络各大媒体，做好新闻发布。

（五）花絮录制组

组　长：安思国

副组长：于玲 刘奕

负责此次活动的花絮文字记录、影像录制、收集、整理工作以及花絮片制作。

（六）接待保障组

组　长：梁云

副组长：李剑 田苗苗

负责活动的吃、住、行保障工作，负责嘉宾的邀请、接待工作，负责票务工作。

（七）安全保障组

组　长：刘永福

副组长：任思斌

负责所有演职人员活动期间的安全保障工作。

（八）后勤保障组

组　　长：刘永福

副组长：张峻祥

负责演出服装、道具的采购、制作、运输，负责活动期间所需的所有物资准备。

（九）财务保障组

组　　长：张景兰

成　　员：邢杨 王红

负责《丝路·青春》活动经费的审批与支出。

（十）档案组

组　　长：王贤章

副组长：范晶

负责此次活动所有资料的存档工作。

（十一）督导组

组　　长：姜茂发

副组长：董新华

负责此次活动所有工作的监督。

院党办公室

2017年3月15日

第二篇 （创作篇）

创作纪实

甘竹溪

2017年，对于大连艺术学院来说注定是不平凡的一年。在党的十九大胜利召开之际，大连艺术学院大型实践教学剧目——大型舞台剧《丝路·青春》分别在大连开发区大剧院、沈阳盛京大剧院、北京人民大会堂华美绽放。社会各界对于这一演出盛况给予了高度关注，业内专业也对《丝路·青春》给予高度的肯定。大艺人用情怀与梦想又一次书写了一段精彩纷呈的"大艺传奇"！一路走来，大连艺术学院董事长王贤俊先生的家国情怀与执着的梦想，尤为令人感动。

一、创作背景

党的十八大以来，以习近平同志为核心的党中央高度重视教育工作，习总书记的一系列重要讲话深刻阐释了"培养什么样的人、如何培养人、为谁培养人、办什么样的教育、如何办教育、为谁办教育"等重大理论和实践问题。在党的十九大报告中更是明确指出："建设教育强国是中华民族伟大复兴的基础工程。"

在大连艺术学院董事会办公室，王贤俊先生"无论公办民办都是为党办"苍劲古朴的字迹就高悬在办公室一处显眼的墙壁上。在这样的时代背景下，大连艺术学院董事长王贤俊先生发出了一个民办教育家的宣言。无论是公办院校，还是民办院校。为党和国家，为中华民族培养有能力、有道德、有担当、有情怀的青年才俊是每一个教育工作者当仁不让的责任与义务。这几个字是一句宣言，更是一种态度，一种精神。它诉说着大连艺术学院最根本的办学理念，也昭示着王贤俊董事长的教育理念。

自2012起，大连艺术学院陆续推出了"和平三部曲"即《汤若望》《樱之魂》《和平颂》三部实践教学剧目，并逐渐确立了大连艺术学院的实践教学特色。

2012年，于中德建交40周年之际，大连艺术学院清唱剧《汤若望》让大艺的学生第一次登上了国家大剧院这样一个艺术殿堂，也拉开了大连艺术学院实践教学这出大戏的帷幕。

2013年，王贤俊董事长因有感于前一年率大连艺术学院代表团访问日本创价大学，于2014年动意创作了清唱剧《樱之魂》。这部从剧目到曲目再到演奏演唱，完全由大艺师生独立创作完成的作品，标志着大连艺术学院的实践教学能力迈上了一个新台阶。

2015年，为纪念中国人民抗日战争暨世界反法西斯胜利70周年。大连艺术学院创作了大型音画舞蹈交响史诗《和平颂》，并成功地在北京人民大会堂上演。

回眸往事，数年来大艺人一步一个脚印，紧跟时代步伐，积极响应国家号召与时代精神，创作了一个个在题材上与党和国家主旋律紧密相扣、在形式上不断创新丰富、在艺术水准上不断提高完善的艺术佳作。

如果说《汤若望》让大艺的学子真正登上了舞台，《樱之魂》让大艺的学子真正创作出了属于自己的作品，《和平颂》不但让大艺的学子登上了北京人民大会堂的舞台，更重要的是让大艺人通过编创这一目剧感受到了历史的印记与民族的复兴。那么在"和平三部曲"基础上创作的大型舞台剧《丝路·青春》则是真正意义上地让大连艺术学院的艺术实践与时代的脉搏律动在了一起，更是让大艺人切身的参与到了"一带一路"这一党、国家、中华民族乃至人类命运共同体的宏伟构想中去了。

所有的这一切都彰显了一位民办教育家作为共产党员的党性与情怀，初心与梦想。董事长王贤俊先生曾在《丝路·青春》的创作研讨会上说："'一带一路'伟大倡言改变了世界的格局，是当下世界和平发展的必由之路，为人类未来的发展指明了方向，描绘了人类命运共同体的宏伟蓝图。我们就是要创作一部能够改变国人尤其当代年轻人世界观、价值观，能够使人们认清'一带一路'对中国，尤其是对中国年轻人重要意义的剧目。"

在剧本创作会议上，在演出排练现场，王贤俊董事长不止一次动情地对同学们说："创作《丝路·青春》就是要推动人们的思维认识，就是要阐明'一带一路'如何满足了全球可持续发展的需要，是全人类的共性需要！同学们，你们能参与到这样的剧目中，能参与到歌颂'一带一路'倡言的剧目中，你们应当为自己的选择而感到骄傲！"

"无论公办民办都是为党办"这是一位教育工作者内心的自白，更是一位共产党员的责任与操守。《丝路·青春》是对这份赤诚之心的最好见证，也是一所民办艺术院校投身于时代洪流之中的最好注脚。

二、创作意义

在大连艺术学院新校区正门，一块古朴的巨石之上，镌刻着"一切为了学生，一切为了教学，一切为了学院发展"这样一段话。这是董事长王贤俊先生总结的办学理念，也是大艺人十八年来无畏艰险、风雨兼程的核心驱动力。而《丝路·青春》的创作排演与收获正是对这种精神的最好诠释。

（一）一切为了学生——提升学生能力，促进学生就业

应当说《丝路·青春》平台的搭建，学生是最大的受益群体。王贤俊董事长曾不止一次地说道："学习艺术专业的学生，必须要具备登台演出的能力。学生在校学习期间，我们就要给他们提供这样的机会。"

大连艺术学院戏剧与传媒学院2014级播音与主持艺术专业的同学朱荣鑫对此深有体会。在校学习期间，朱荣鑫就是实践教学活动的积极参与者，他有幸参与《和平颂》《丝路·青春》两部大型剧目的演出任务。两次登上人民大会堂舞台的演出经历，让他相比于其他同学而言，无论是在专业能力上，还是在心理素质上都略胜一筹。实习期间，因为用人单位了解到了大艺的《丝路·青春》在北京人民大会堂上演的新闻，当得知朱荣鑫是其中的演员时，马上对他另眼相看，不但在应聘环节就把他请入贵宾室，而且还给了这位刚刚毕业的大学生一份非常优厚的工资待遇。当天晚上，激动万分的朱荣鑫用手机向王贤俊董事长发去了一段视频。视频中这个一向沉稳内敛的男孩流下了感动的泪水，他激动地说："感谢母校给我这样的机会，是学校的实践教学成就了今天的我，是《和平颂》和《丝路·青春》的演出经历造就了我。"

真正赋予学生安身立命的本领，让那些热爱艺术的学子能实现深埋心底的舞台梦，正是大连艺术学院"一切为了学生"办学宗旨的体现。

2014年，教育部年度工作要点明确指出，要引导一批本科高校向应用技术类高校转型。探索发展本科层次、艺术类专业的应用型人才培养模式，是大连艺术学院数年来持之以恒的工作。大艺人响应国家号召、完成人才培养模式转型、摸索一条具有大艺特色的办学道路一条崎岖蜿蜒，而终将走向光明的大路！"和平三部曲"的成功上演、《丝路·青春》从立项，到创作到排演，再到最后的收获都是这条道路上的一座座丰碑。大艺的学子们也确实在这样的理念下，学得了真本领，积累了舞台演出的经验并由此从大艺走向了更为宽广的人生舞台。

（二）一切为了教学——提升学院的办学能力

《丝路·青春》是学院举全院之力搭建的一个多功能、多层面、多收益的大型平台。全院的所有院系，所有专业都充分发挥自身的学科特长与优势，积极的参与其中。以《丝路·青春》剧目为土壤，以创作、排练、演出过程引水灌溉，盛

开出了一朵朵绚丽多彩的实践教学之花。这其中首先受益的是学院教师的教学、科研、创作能力。而随之提升的是学院整体的办学能力。

灯光下，舞台上，一生多师。是对学生实践能力的提升，更是对教师跨学科、跨专业协同教学能力的培养，很多老师在参与到《丝路·青春》的过程中，实践能力、科研能力、教学能力都得到了显著提升。

在剧目的创作排练阶段，董事长要求老师与学生同台演出。把日常的教学工作有计划、有目的地融汇到《丝路·青春》的创作排演中去。于是各专业教师积极响应学校号召，针对《丝路·青春》的具体内容，有针对性的重新设计了教学模式、重新编写了教案，把课堂拓展到排练厅，理论知识化解成实践操作，把科研工作的调查研究真正深入到了排练现场。于是一场浩浩荡荡的关于《丝路·青春》的教学改革运动在大艺展开。不觉间，随着排练的深入，教学的进行，很多执教多年老教师在这种新模式下对旧有的知识体系完成了更新与升级，刚参加工作的年轻教师通过历练，增进了自己专业能力和教学能力。曾经在各个院团的聚光灯下绽放青春的老师们，在大艺的舞台上又找到了从前的影子……

（三）一切为了学院发展——科研、招生、合作办学，百花齐放

以《丝路·青春》为代表的实践教学理念，之于学院的意义是广泛而深远的。科研象征着一所大学的硬实力。多年来，学院一直大力扶植科研工作，并竭力探寻一条将实践教学与科研立项结合在一起的创新道路。2017年，学院科研工作取得突破性进展。一次性五项科研项目获得国家艺术基金的支持。其中改编自实践教学剧目《樱之魂》的交响组曲《海路的交响》更成为其中的优秀代表。实践教学项目带动了科研工作，科研工作的发展拓展了学院在学术领域的知名度，至此由实践带动科研，由科研带动学院发展，形成互为影响的良性循环。

《丝路·青春》在北京的成功上演，极大地提高了学院在社会上的影响和知名度。这直接反应在了2017——2018年的招生工作中，据统计2018年大连艺术学院专业加试报名人数共58707人，比去年增加12040人，上涨幅度25.8%。其中河南省报名人数达14115人，安徽省报名人数达15168人。均创历年之最。在全国艺考招生人数呈下降趋势的大背景下，我院专业加试报名人数不降反增，大艺人又一次用敢于拼搏、不断进取的精神创造了令人惊叹的"大艺奇迹"。在招生报名现场，慕大艺之名而来的全国各地学子络绎不绝，当问及他们对大连艺术学院的印象时，很多人的回答都和《丝路·青春》在人民大会堂上演有关。

2018年初，王贤俊董事长携《丝路·青春》部分演员，来到泰国博仁大学进行学术访问。《丝路·青春》中的精彩瞬间走出了国门，走向了世界。会议期间，当包括博仁大学在内的泰国多所知名院校，在看到《丝路·青春》的演出视频之后，被我院的实践教学能力和艺术创作能力所深深折服了。他们惊叹于这样大规模的演出阵势，也陶醉于每一个节目的精巧细节。也正是因为《丝路·青春》，让博仁大学见识到了大连艺术学院的办学实力，也间接促成了我校与博仁大学的国际交流合作项目。

《丝路·青春》所带来的实际意义远不止于次，她正用独特的艺术魅力和感染力影响着学院工作的方方面面。而这种影响还将因为实践教学模式的深化而不断的散射着她耀眼的光芒。

三、创作感悟

2018年3月16日，在学院第二届二次教职工代表大会上，董事长王贤俊先生做了题为《初心铭记，努力实现大艺梦》的讲话。讲话中董事长提出的"快乐的奋斗，幸福的追梦"尤其引人关注。回望《丝路·青春》的创作排演历程。大艺人也正是在这种快乐而幸福的情感中，奋斗着，追梦着。

《丝路·青春》一剧的由来，还要从2016年说起。彼时大连艺术学院刚刚经历了教育部的本科合格评估工作，紧张工作之后，学院恢复了正常的工作节奏。学院资深教授，国家一级作家、编剧阮振铭教授向董事长提出了一个要乘着2017年党的十九大胜利召开的东风，创作一部展现"一带一路"伟大倡言的艺术作品。年过七旬的两位老师被这个弘扬主旋律、展现正能量的主题深深吸引着，他们不顾年事已高，不顾工作带来的身心疲惫，当即一拍即合，决定开启这个艰难却有意义的重大项目。

大艺人对待艺术作品的态度是严谨而认真的。剧目的名称几经修改，又最初的《一带一路颂歌》，到《颂一带一路》；从大连演出版本的《新丝路》到修改阶段的《华彩丝路》《丝路梦》，再到最后定稿的《丝路·青春》。每一次改动都意味着，文学剧本、乐谱、舞蹈编排、灯光音响设计的大量调整。这其中涌现出了一批又责任、有担当、有理想、有情怀的大艺师生，他们用自己的实际行动践行了一个大艺人的准则，《丝路·青春》也由此成了他们人生道路上的一座特殊的纪念碑。

《丝路·青春》的创作排演，从2017年的春天一路走到了这一年的年终岁尾。

繁花落尽，盛夏融融，秋叶金黄，隆冬贺岁。大艺人走过了2017年的春夏秋冬。《丝路·青春》也在这四季更迭之中孕育而出。

《丝路·青春》是一座丰碑，一段记忆更是一种精神。她承载着大艺人18年来从无到有、披荆斩棘、不断进取、勇于创新的品质。她也象征大艺人在追求梦想的道路上一路积极向上的心态、一路快乐幸福的笑容。

奋斗意味着要付出，有付出就会有奉献。追逐梦想就意味着要不断前行，就意味着不甘于现状奋勇拼搏。在实现我的梦、大艺梦、中国梦这条道路上。《丝路·青春》成了大艺人美好的回忆。大艺人曾在2017这个年份里，一同奋斗过，一同追逐过。而因为这份奋斗与追梦，他们也将永远快乐着，幸福着。

剧目创作

甘竹溪

  《丝路·青春》是大连艺术学院原创的一部大型舞台剧。全剧以青春的视角讲述了一群即将毕业的大学生，沿着丝绸之路艺术采风的故事。通过学生们的所见所感把古老的丝路精神与现代的青春理想融汇在一起，通过学生们的一路见闻，剧目也将丝绸之路沿线国家的风土人情和艺术风貌展现出来，从而呈现除了古今交融，弘扬"一带一路"的主题。从《丝路·青春》的题材来看，这是一出具有典型意味的主旋律题材剧目。但从剧目的艺术呈现，尤其是文学剧本的叙事表达来看，《丝路·青春》又具有非典型性和创新性的特征。大连艺术学院的《丝路·青春》在文学剧本的创作上，正积极探索着一条兼顾思想性与艺术性的创新之路。

一、创作背景

  自2013年中国政府提出"一带一路"的伟大构想以来，几年间，世界各国人民积极响应，一个个彰显着中国智慧与中国力量的跨国项目在"一带一路"沿线国家如雨后春素一般出现。中国凭借"一带一路"构想，又一次体现了大国担当的责任感。而在这样的历史洪流当中，在一个个"一带一路"的建设项目当中，我们看到了大量的年轻人的身影。80后，甚至90后往往成了这些项目的中坚力量。他们以年轻人的新思想、新理念为古老丝路精神和国家战略注入了新的活力和新血液。中国年轻人，乃至世界年轻人关注"一带一路"、积极参与"一带一路"已然成了一种世界性的新现象。这一情况为《丝路·青春》的文本创作提供了重要的现实依据。

  大连艺术学院，除了要完成正常教学任务之外，作为一所艺术类高校更承担着服务社会、塑造学生品质与灵魂的重任。在学院实践教学理念的背景下，在学院完成人才培养模式转型的背景下，举全院之力打造一部即能体现实践教学成果，又能紧跟时代步伐，在实践教学剧目的排演过程中完成应用型人才的培养，完成对学生思想和灵魂的塑造，完成对学生进行爱国主义教育，使学生具有时代意识，具有社会与国家责任感的教育，是《丝路·青春》一剧的重要创作初衷。同事，由于剧目的题材可以归类为"主旋律"题材。剧目的创作也希望借此机会完成对主旋律题材剧目的创新性创造进行一次深入的实践与探究。以上种种都是《丝路·青春》的创作背景与创作动意。于是在这样的情形下，大连艺术院要创作一部完全原创的、以学生为创作演出主体的、以展现丝路精神与青春理想为主题的剧目的构思，逐渐清晰起来。

二、主题的呈现

《丝路·青春》即是一部给歌颂国家伟大构想的作品，同时也是彰显着当代年轻人，尤其中国青年学子的时代感、使命感、人生观、价值观的一曲青春赞歌。对于《丝路·青春》主题呈现的解读，从创作组对剧目名称的修改可以从中看到他们的心路历程。

2016年，"一带一路"伟大构想已然成为世界的主旋律，全世界都接纳并认同了这一符合世界发展趋势的伟大倡言。而大连艺术学院在2016年也完成教育部的本科教学合格评估工作，我校也成了培养实践型人才的试点院校。2017年全国又会迎来党的十九大胜利召开。在这样的大背景之下，董事长王贤俊先生和学院的资深教授阮振铭先生一拍即合，要创作一部反映"一带一路"的大型实践教学剧目。要乘着十九大的东风，乘着"一带一路"高端峰会的热点，将大连艺术学院的实践教学能力与社会影响力再提升一个层次。这是《丝路·青春》这出戏最初的创作缘由。

剧目的名称一开始延续着"和平三部曲"的体例。最初的名字叫作《一带一路颂》，而后修改为《颂一带一路》。随着创作组对剧目的深入研讨与创作的不断进行。剧目的名称也经历了《新丝路》《华彩丝路》《丝路梦》等几个不同阶段。但最终随着创作意图的逐渐清晰，主题的逐渐明朗。《丝路·青春》这个名字渐渐的成了人们的共识。大家都觉得这个名字最能体现剧目的主题与内容。

"丝路"是丝绸之路。这条绵亘了数千年的东西方文化通途，承载着远远超过了经贸往来的意义。多少美丽的传说诞生于此，一座座神秘而美丽的城市在丝路沿线崛起，又因为丝路的陨落而荒凉，东西方的文化元素、宗教元素、政治元素、经济元素在丝绸之路这条奔腾的大河中川流不息。于是一提到"丝路"。人们自然而然就会联想到历史的厚重。

"青春"是一个人生命当中的最好年华。人们往往也愿意用青春去赞美一切美好的事物。当代大学生正值青春！他们有着旺盛的生命力，有着令人惊叹的创造力，他们也有着肩负起祖国与民族未来的担当与责任。青春象征年轻与活力。

在剧目的题目中，把古老的丝路与年轻的青春碰撞在一起，在表面上赋予了剧目当代青年学子投身一带一路建设的主题与内容，在深层次则可以解读为古老的丝路正焕发着年轻的活力。青春版的丝路也就是"一带一路"正在启程。

三、叙事结构的创新性选择

无论是罗伯特·麦基的《故事》还是希德菲尔德的《电影剧本创作指南》，在这些教导编剧如何讲述"主旋律"故事的著作中都极其看重故事的结构。《丝路·青春》的文学剧本在叙事结构的选择与创造上也力求新颖。

展现丝路精神与"一带一路"这样的宏大主题，意味着要对海量的素材和文化艺术元素进行选择，并且用一种最为合理有效的方式把这些选择后的素材进行重新地组装与安排。这个类似于电影艺术中"蒙太奇"组接镜头与段落的过程也就是《丝路·青春》确立叙事结构的过程。《丝路·青春》的叙事结构借鉴了中国传统绘画艺术中散点透视的原理，把单一情节线索通过群像展览的人物塑造方式打散，从而以点带面的将厚重宏大的丝路精神与广阔丰富的"一带一路"构想展现出来。全剧分为六个部分，即：

序　　曲：薪火相传

第一篇章：文明瑰宝

第二篇章：古今求索

第三篇章：中外荟萃

第四篇章：丝路青春

尾　　声：千年之约

以同样的青春的视角，以丝绸之路上不同的路线，不同的情感体验与人文体验将"一带一路"的全貌尽可能地展现出来。如：序曲展现的学生踏上采风之旅的兴奋与期待；第一篇章展现的是陆上丝绸之路中敦煌莫高窟的唯美与中巴公路的往事；第二篇章展现的是海上丝绸之路的波澜壮阔；第三篇章则从中国南方的烟雨水乡为开端，描绘了一幅中外荟萃、世界融合的美丽画卷。而第四篇章则把视角又移回了充满青春气息的校园，尾声则是从宏观的角度歌颂了"一带一路"的伟大。至此宏大的主题与丰富的内容，通过创新性的结构有机地组合在了一起。为全剧的细节呈现奠定了基础。

四、人物形象的年轻化设计

作为一部展现当代年轻人投身"一带一路"建设的剧目，其受众主体显然是当代中国年轻人。在文学剧本的创作上，叙述的视角被设定为具有代表性的当代中国大学生。而为了能把"一带一路"沿线国家的历史文化风貌呈现出来，也为了能合理串联起不同地域的歌舞段落。大学生的专业被设置成了艺术专业。于是，以当代艺术类专业大学生沿古丝绸之路方向艺术采风的情节主线被确立起来，而以青春的视角去面对厚重历史的表述方式也明确起来。至此，《丝路·青春》一剧确立了在典型环境下塑造典型人物的构思方向。在具体的人物形象设计上，《丝路·青春》把亲情、友情、爱情融入青年学子的情怀之中，使得人物的真实性与立体性大大提升。从而避免了传统主旋律题材人物形象没有"七情六欲"的弊病。比如在第二篇章的情景表演《远方的父亲》中，剧目把儿子对父亲的思念与父亲作为远洋货轮船长的责任感与使命感构建成了二元的矛盾对立点，在表现了奋战在21世纪海上丝绸之路的人们的伟大的同时，也勾勒出了深沉动人的父子情谊。这样的情节设计具有情感的代入感，从而避免了传统主旋律题材剧目耳提面命式的说教意味。

五、规定情境的典型性构建

在《丝路·青春》的戏剧情境构建上，剧目采用了典型性的构建原则。如在序曲部分的塞外戈壁；第一篇章的月牙泉、敦煌莫高窟、中巴公路；第二篇章的泰国港口、第三篇章的中国江南水乡；第四篇章的大学校园；尾声的雁栖湖等等。剧目所涉及的场景都紧密围绕在丝路精神与"一带一路"建设的主题之上。这些具有代表性、典型性的场景会把观众尽快地代入规定情境之中，从而通过学生的视角将故事情节与主题呈现出来。

无论是古丝绸之路，还是今天的"一带一路"。本就是连接欧亚大陆的通途，其沿线国家的自然景观、人文景观极其丰富。其中有很多都有极强的地域性和民族代表性。在这样的创作背景下，对规定情境的构建更多是在做减法而不是做加法。创作组在完成文学剧本的时候积极的于剧目的其他构成部分沟通，形成了联合创作的一种创新模式。即规定情境的选择在主题和内容上符合剧目的要求，在具体节目的呈现上又能和舞蹈、音乐、情景表演有机地结合在一起。从未使得剧目在文学剧本的创作过程之初即具有很强的可操作性。

结语

中国自古既有"文以载道"的思想。而"主旋律题材艺术作品"在今天的文化语境之下已经被赋予了新的含义。在今天的时代背景下，文艺作品更应该承载着一定的社会责任与意义。如何在"娱乐至死"的时代中把主旋律题材的故事讲好，让更多的人接受并感动。成为当代有责任感的文艺工作者必须要解决的问题。大连艺术学院原创大型舞台剧《丝路·青春》为我们提供了一种可能，也为我们呈现了一场精彩的艺术盛宴。

曲目创作之一

高大林

能够成为大连艺术学院《丝路·青春》音乐创作者之一，我是非常荣幸的，尽管此前已经有了多部作品的创作经验积累，但是这样一部多样性、多元化的音乐创作，还是一个挑战，充满着期待和兴奋。整部《丝路·青春》的音乐创作，可以有这样几个特点：

一、注重叙事，在娓娓道来中塑造形象

黑格尔说："艺术形式就是诉诸感官的形象。"费尔巴哈也提出过"声音形象"观点，他说："音乐家也是雕塑家，只不过他使他的形象沉浸于空气的流动着的元素之中。"这说明，音乐是塑造舞台形象的重要手段，且具有语言、动作等其他形式无法比拟的美感。《丝路·青春》的音乐创作正是这样，它注重了叙事的原则，在富于逻辑、娓娓道来中塑造了一个个鲜活、生动的音乐形象。

（一）刻画音乐形象准确。"叮铃铃，叮铃铃，叮铃铃……"舞台上从远到近、由弱渐强的打击乐所奏出的驼铃声，把观众带入了张骞出使西域的舞蹈场景—大漠戈壁，飞沙走石，人烟稀少，食物奇缺；中国使者，擎着手杖，风餐露宿，蹒跚前行……由弦乐、木管乐所演奏出的低沉、雄浑的音乐，表现了重大历史事实的厚重与久远；弦乐所演奏出的颤动、悠长的音乐，表现了使者们在漫长征途上的艰辛与不易；由弦乐、木管、铜管所合奏出的快节奏的短促激越、刚劲有力的音乐，表现了中国使者们战胜大漠孤烟、胜利完成使命的壮怀激烈。在西洋交响乐中又加上了唢呐、琵琶、古筝、二胡等中国元素，为观众准确刻画出了一幅生动鲜活的、张骞出使西域的群体形象。

（二）塑造音乐形象丰满。单薄的音乐形象就像天上的流星，虽也耀眼但却转瞬即逝，难留痕迹；只有丰满的音乐形象，才能在人们心中留下深刻记忆，弥久不散。第二篇章《探索求知—悠悠丝路韵》，反映明代航海家郑和七下西洋、传播中华文明、开通了中国到印度洋及大西洋东岸的海上丝绸之路的内容，就是丰满音乐形象的典范：一是情景舞蹈《郑和下西洋》+合唱+领唱《行无畏》，保证了表现手段的多样性；二是采用多层次的表现手法，丰满了音乐形象，第一层次用平和的弦乐反映风和日丽、船队出发、亲人相送的温暖情景，第二层次用管乐

不和谐和旋，表现船队战风斗浪、奋勇前行的情景，第三层次用弦乐、管乐、打击乐表现自然轻松、温暖友善的情感，反映中国与世界友好相处、平等交往的事实，使得郑和下西洋的群体音乐形象非常丰满。

（三）描述音乐形象灵动。灵动的音乐形象，指的是音乐形象的活灵活现。《丝路·青春》第四乐章的原创歌伴舞《梦在飞》，描述了在毕业季的校园里，同学们即将奔赴"一带一路"沿线国家工作的场景。为了生动表达同学们兴奋、欣喜、欢乐、激动以及跃跃欲试的心情，音乐采用了"分解和旋"手法，展示了强烈的律动感；又大量使用了流行音乐元素，让乐曲变得亲切、亲近，更符合大学毕业生的心理状态；加上打击乐的辅助，使得整段音乐节奏明快，轻灵活泼，充满了青春气息，强烈地感染了观众。

二、善于抒情，在波澜起伏中表达情感

情到深处音自华。音乐在表达情感上有自己的独特性，作曲家总是发挥音色、声部等不同手段的特性，充分地表达作品本身蕴含或自身领悟出的情感体验或感受，进而把这种情感用音乐的形式传递给观众。《丝路·青春》音乐创作中的抒情非常充分，集中表现在如下方面：

（一）抒共商共建之情。孟加拉国作为"一带一路"倡议重要参与国，具有巨大的发展潜力。2016年10月14日，习近平主席访问孟加拉国期间，与孟加拉国哈西娜总理共同见证签约项目融资协议，并登中孟联合公报，成为"一带一路"PPP项目案例。为了抒发中国与"一带一路"沿线国家共商、共建、共享之情，《丝路·青春》专门创作了中国的单鼓舞（大连）与孟加拉国脚铃舞的"拼接合体"—手上表演中国单鼓舞，脚上表演孟加拉国脚铃舞。举手投足身相连，一上一下总关情，两国舞蹈作品高度融合，形式绝无仅有，舞蹈音乐充分发挥了打击乐的专长，活泼愉快，轻松诙谐，节奏紧凑，浑然一体，很好地表达了中国与孟加拉国的共商、共建、共享之情。

（二）抒传统友好之情。历史上，我国与"一带一路"沿线国家友好交往，演绎过许多动人佳话，讴歌这种动人佳话，是音乐创作中的应有之义。在第一篇章，舞台上的女老师深情地讲述了一位名叫玛哈马德的巴基斯坦老人，五十年来不计报酬、无怨无悔地为修建中巴天路而英勇牺牲的88位中国烈士守灵的动人故事。当五声调式的中国音乐响起的时候，弦乐演奏出的如泣如诉、如醉如痴、如梦如幻的美妙旋律，倾诉了中巴友谊的源远流长，倾诉了对巴基斯坦老人的深深

敬意，倾诉了对牺牲烈士的深切怀念，倾诉了对中巴友谊未来的美好憧憬，给观众带来了心灵的思考与震撼。

（三）抒大国担当之情。《丝路·青春》的音乐抒情，不仅体现在对感人细节的渲染，更体现在对大国情怀的张扬。在第一篇章中的独唱歌曲《启迪》，就是抒大国担当之情的经典，音乐紧紧围绕习近平主席"世界怎么了，我们怎么办？"的主题展开旋律，对思索的、探求的部分采用平均型的音乐节奏；对"这是中国高识远见的凝聚，这是中国高风亮节的呈现，这是中国高台明镜的举措"等结论性歌词进行重点强调，采用切分音符的模进手段，对同一主题不停地进行模进转调，重复强调，一次次地强调、升华，最后切入混声合唱，形成庞大气势，尽情地抒发了中国的大国担当之情。

三、追求卓越，在优化旋律中高扬主题

用艺术的形式表现和反映"一带一路"倡议，无疑具有重大、深刻、鲜明的主题，音乐创作中如何很好地表现主题？《丝路·青春》做了有益探索，取得了明显成效。

（一）开门见山，直奔主题。能否在开头部分迅速引出主题，点明主题，揭示主题，是衡量音乐创作水准的一条重要标准。《丝路·青春》的音乐创作进入主题非常迅速、快捷。当序曲中"沙漠音乐""驼队音乐"等完成后，立即转入合唱歌曲主题曲《丝路·青春》的旋律 "你是塞外的大漠孤烟，你是旅途的山高路远，你是西洋的波涌浪翻，你是岁月的海枯石烂……"弦乐、木管乐演奏出的既柔美舒缓，又低沉悠长且经过三次反复的主题旋律，表达了对古丝路厚重历史、天地沧桑的敬畏、仰慕、赞美之情；"望不断，千百年的长路漫漫，听不完，敦煌楼兰的琵琶反弹"……渐进加快的音乐节奏，表现了生生不息的历史演进，强调了代代求索的薪火相传，音乐以其独特的功能和魅力，很好地揭示了主题，给观众带来了美的享受和体验。

（二）适时跟进，渲染主题。当剧情发展到一定程度，人的认知、情感积累需要肯定和释放的时候，音乐就要适时跟进，对主题进行进一步渲染，以增强艺术的感染力。第三篇章《精彩纷呈—眷眷丝路梦》中，当"一带一路"为沿线国家创造了一个又一个发展奇迹，一个个港口在南亚各国兴建，一条条铁路在非洲大草原上伸展的字幕出现时，女声独唱歌曲《礼赞》适时推出，以优美的旋律和磅礴的气概，演绎出一曲精彩纷呈的和平礼赞—"你前行的脚步，丈量着古老的土地；

你流淌的音符，诉说着世界的美丽"，音乐以舒缓的、优美的、高雅的、向往和平的旋律，倾诉着歌词的内涵；"飞越高山，摘一片云朵做翅膀，跨越海洋，架一段彩虹做桥梁"，音乐用级进音阶以6度跳进，演奏出了大气磅礴、胸襟坦荡的大国情怀，表现了让梦绽放、让爱飞翔的崇高意境。

（三）浓墨重彩，深化主题。《丝路·青春》尾声"华彩乐章"展现出这样的场景—雁栖湖畔，"一带一路"高端峰会召开，首脑聚集，代表云集，记者蜂拥，全球关注。国家主席习近平"'一带一路'就像一对腾飞的翅膀，让我们以雁栖湖为新的起点，张开双翼，一起飞向辽阔的蓝天，飞向和平发展、合作共赢的远方"的讲话原音回放，把剧情推向了高潮。此时，歌舞合唱表演主歌《满江红·千年之约》开唱"北京春色,千年约,款款协和……"，最具北京特色的京韵大鼓音调和女声无伴奏合唱前所未有，像清泉，似溪流，极具深情；"花钿侧，犹鲜活，人间事，何堪说"，用陕北欢音音阶领唱的民歌非常朴实，是地道的中国音乐元素，且是古丝路起点的音乐符号，极具历史厚重感；优雅的美声四重唱，表现了世界对中国倡议的普遍认同与参与；最后加入打击乐和民乐，用卡农形式进行演奏，从单一声部开始，逐渐汇入多声部，让同一旋律以同度或五度等不同的高度在各声部先后出现，造成由少到多、由弱到强、此起彼落、连续不断的冲击效果。从极具震撼力的音乐中，我们听到了中国倡议的铿锵，听到了中国和平崛起的鼓点，听到了构建人类命运共同体的群山轰鸣……音乐把主题推向高潮，也把观众带入了沉思与遐想。

曲目创作之二

王 辉

2017年暑假前夕，我接到了学校原创大型舞台剧《丝路·青春》写的曲目创作任务的通知，非常荣幸地再一次与创作组的同事们共同创作音乐。在暑假到来的第一天开始了封闭创作。在当天的创作会议中，高大林艺术总监进行了六个篇章的音乐创作工作的具体分工，我具体负责第一篇章《文明经典.翩翩丝路魂》（除西班牙斗牛舞之外）整个篇章的创作与配器工作。此外还有第二篇章的《郑和下西洋》与《马刀舞》的音乐创作及配器工作。第三篇章的《单鼓舞》。第四篇章的背景音乐创作编配与歌曲《梦在飞》的配器工作。接下来我详细说一说我的创作思路与体会。

一、第一篇章创作与配器

第一篇章分为八个部分组成，其顺序为：背景音乐一、丝路花雨、阿拉伯舞蹈、背景音乐二、巴基斯坦舞蹈、背景音乐三、西班牙斗牛舞、歌曲《启迪》。

1.背景音乐一、背景音乐二、背景音乐三

第一篇章这三部分的背景音乐为了第一篇章的统一性，主要取材于第一篇章结尾的主题歌《启迪》，采用了影视配乐的手法写作而成，主题旋律非常符合剧本所传达出的内容，通过乐句内部偶尔出现的八度跳进来深化抒情性。乐曲的曲式结构按照歌曲旋律化的思维写作出来的，分为对比型的单二部曲式和三部曲式。

在配器上整体构思是由静到动，由木管组乐器和弦乐组乐器演奏旋律、竖琴伴奏的安静的背景下层层深入，随着剧本的内容适当调配配器的厚度。

2.丝路花雨

这个部分的音乐取材于西域风格的写法写作而成，这段音乐提高了乐曲速度，主奏乐器变成了竹笛，曲式结构上采用了单三部曲式写作而成。在调式的选择上采用了多利亚调式，通过升高调式的六级音来制造西域特性。在A和B两个段落中采用了并置型的写法写作而成，A段活泼、B段抒情。结构上采用了方整性结构。

3.阿拉伯舞蹈

这个部分的音乐比较难写作，非常棘手。因为对阿拉伯的音乐风格不了解，面对管弦乐队这样庞大的乐队编制不知道如何下手才能编配出符合阿拉伯的民族风格。在创作前期费了很多时间去寻找素材破译阿拉伯民族代表性的特性音阶，最后选出了由手风琴为主的旋律。由于这段音乐需要与丝路花雨进行组合，所以音乐创作中乐句组合很规整，易于拆分和分解。

4. 巴基斯坦音乐

这个部分音乐采用了巴基斯坦民歌《美丽的国土》，需要做的工作是对原有歌曲进行重新配器，这首歌曲旋律相对比较平淡，没有很强的戏剧性，给人悠扬恬静的感觉，所以在配器中用单簧管乐器进行和弦分解，构成比较灵活的伴奏音型。

在节奏上侧重于打击乐器，用康加鼓带动整个乐队的基本律动，同时抓住巴基斯坦国家的特性音阶进行配器。

5. 主题歌《启迪》

这首歌曲是封闭初期最先完成的歌曲。在高院长的指导下共修改了十次，前六次是歌曲旋律写作部分的修改，后四次为配器修改。这十次修改具体情况如下：由于歌词部分是一种情绪贯穿始终，歌词非常的长，又要求男中音演唱，这就增加了歌曲创作的难度。因为男中音局限于本身的音域，不可以写太高的音，但是如果一直在中音区写作，容易产生听觉上的倦怠感。所以高院长在第一次对歌曲整体的旋律的修改中进行全部的推翻，尤其前奏部分不具有时代感，乐曲段落的划分也与歌词体现的具体情绪有很大差异。经过重新创作后，第二次修改了旋律与歌词是否存在倒字问题以及旋律气息长短等细节问题。第三次修改关于歌曲结尾的处理方法以及下一步配器的总体构思的汇报。第四次进行男中音与合唱团的整体设计布局。第五次对音域进行调配。第六次进行结尾的修改。剩余四次的修改是关于配器的细节，在高院长的指导下，重新设计了和声，以及每个段落细节部分的乐器组合。

《启迪》的歌曲曲式结构采用了并列曲式，共由六个部分组成。整体的图示如下：

前奏 + A + B + C + D + 结尾

《启迪》从和声上采用了流行和声进行打底，整体的配器思维按照电影音乐的配器方式来进行编配。具体如下：

前奏：用比较安静的方式进入，与第一篇章开始进入的方式遥相呼应，弦乐以比较安静的弦乐拨奏为主，在旋律相对静止时整体乐队进行呼应的方式写作而成，旋律声部开放型的结构，结束在调式属音上。伴奏声部用连接的手法进入到主和弦，做了个收拢性的结束。

A段：旋律声部由男中音进入，配器在舒缓的弦乐伴奏的背景下，双簧管和长笛进行副旋律的吹奏，与主旋律形成呼应关系，结构采用了方整性的结构，最后落于调式的主和弦形成收拢性的乐段。

B段：在继承了A段的情绪的基础上进行了升华，由男中音与合唱团进行乐句的交替延长。和声由下属和弦开始层层递进，着重突出终止式二级五级一级的强力度和声进行，使乐曲抒情性唱法得到了最高点。最后也是落于主调的主和弦，构成收拢型乐段。

C段：由于歌词部分出现了戏剧性的转折，这个段落采用了以小调与大调交替的方式写作而成，配器方面采用了采用了弦乐组进行十六分音符为主的和弦分解的手法，男中音单独演唱，突显出对"世界怎么了？我们怎么办？"的深刻思考。

D段：作为结尾的段落，这部分的创作尤其艰难，创作思路又回到独唱与合唱交替演唱的方式为主。D段后面采用对比式复调的写法，合唱团演唱一条旋律，独唱在上方叠加一条对比式旋律创作而成。

结尾：在乐曲的结尾音乐戛然而止，男中音唱词部分做总结性的叙述，最后一句歌词"这是世界大合唱的诗篇"反复加深音乐的感染力和推动力，最后男中音与混声合唱团在辉煌的配器背景的衬托下全曲结束。

二、第二篇章创作与配器

第二乐章本人共完成了两段音乐的创作与配器，分别为：《郑和下西洋》和《马刀舞》。

1.《郑和下西洋》

这部分音乐风格与第一篇章大相径庭，配器以铜管组为主奏乐器来描写大气恢宏的历史事件。曲式采用了对比式单二部写作而成，整体的创作基调按照电影音乐写作的手法完成。这使得该部分音乐通俗易懂，AB两段交织呼应，从A段的悲壮的旋律式动机转化为B段的抒情性的旋律两个方面来描写后人对郑和下西洋这个重大历史事件产生的重大影响的心理活动。

2.《马刀舞》

这个部分的音乐以鞑靼民族的两段民歌为素材创作而成，由唢呐来模仿鞑靼民族的特性乐器来进行音乐开头的前奏。进入正题时运用第二个素材来进行创作。采用了回旋曲式来进行主题与抒情类主题的对比。

三、第三篇章《单鼓舞》创作

《单鼓舞》这个素材是来源于我创作过的民族管弦乐作品《辽东情》。对这首作品的主题进行管弦乐配器。使用了《辽东情》第一个段落编配而成，最后这个片段要与脚铃舞进行拼贴。最后由陈俊虎老师进行整体的布局统筹。

四、第四篇章创作

这个篇章比较短，共有三个部分组成。第一个部分《课桌舞》由陈俊虎老师编配完成，我负责背景音乐与《梦在飞》歌曲的配器工作。背景音乐根据《梦在飞》的主题改编成，这样会显得乐章整体风格比较统一。在《梦在飞》的配器中要突出学生们充满朝气的特点，配器采用比较流行化的配器方式创作而成。

曲目创作之三

金 怡

我是音乐学院音乐理论教研室的一名教师，同时也是音乐创作组的一员。在此次《丝路·青春》的音乐创作中，由于我的身体状况比较特殊，所以并没有参加创作组的封闭创作。我于7月15日，产假期间接到高大林艺术总监部署创作任务的电话，那时候我的孩子刚满月，而且是一对双胞胎宝宝。他征求我的意见，问我能否参与音乐创作。我丝毫没有犹豫就答应了，但是我的家人挺为我担心的，怕我身体吃不消，经过努力我说服了家人，积极投入到创作工作中。我热爱我的专业，来到大艺的十一年中，学院进行了一系列大型演出的音乐创作，我基本都参与了。比如四季情韵音乐会、清唱剧《樱之魂》以及大型音画舞蹈交响史诗《和平颂》等等，所以我自身再有困难，也不想错过这次宝贵的创作机会。

创作是复杂的灵感思维活动，需要连续性地全身心投入，然而在整个创作过程中，对于我这样一个新手妈妈来说，经常是精力不足。由于我是剖宫产刚过一个月，加之天气十分炎热，身体恢复得很慢，刀口经常是疼痛难忍。一对双胞胎男孩，更是不好照顾，每天两个宝宝哭闹不止，总是缠着我抱着他们。我就边换着抱宝宝边写作，有时候需要借助钢琴和电脑来配器，有的时候还要通过网络和大家共同讨论，协同合作。创作很抽象，有时候突然有了灵感，就立刻需要把孩子放在床上或交给家人，这期间每天我都要断断续续地抽出三个多小时的时间进行编曲和创作。我负责的是第四乐章主题歌的配器，同时这首作品也是整部交响诗的主题曲。作品采用通俗演唱法，在和声方面做了精心的设计，外音和弦与高叠和弦交叉运用。调性上，主部使用降A大调，通过几个离调和弦流畅的过渡到降B大调的副部主题，两者为二度关系的远关系调。创作期间，我每天和创作组通过网络沟通，高大林老师是学院的艺术总监，也是整场演出的艺术总监，他起着统领全局的重要作用。在音乐创作上，他还是我们的专业导师。我们的每首作品、每个音符，都要经过高老师的严格把关。通过阅读大量的历史文献和资料，再结合钢琴即兴弹奏，反复摸索，拓展思路。家人有时候还帮我拍摄一些弹奏出来的音乐部分的视频，发给高老师还有其他组员，集思广益共同参考，大家一起反复打磨，这都给了我灵感，经过和创作组团队的努力，终于完成了此次创作的任务，并如期呈现在了人民大会堂的舞台上。

舞蹈创作

田 雪

一

实践演出《丝路·青春》从创作初期到最后完成，历时一年多的时间。这场演出聚集舞蹈、声乐、交响乐等艺术表现形式为一体，旨在呈现出音画交响史诗的宏伟。在《丝路·青春》舞段中，共200多名学生参加了演出，其中很多学生是第一次登台，所以排练过程尤为辛苦。从创作到排练到修改再到最后成品并展示在舞台上，学生收获了不可多得的实践磨砺。

在整场演出中，《丝路花雨》舞段以敦煌壁画为原型，通过大唐盛世的景象，来凸显一带一路在历史中的作用，通过婀娜多姿的壁画如飞天、反弹琵琶、羯鼓等动作元素编创，诠释出盛唐的繁荣景象。

舞蹈片段《倡言》使用的道具是油纸伞，充分运用古典舞的舞蹈特性和现代的表达方式，展示了一个优美的情境。《倡言》以宁静飘逸、佳人美景为衬托，营造出浪漫唯美的氛围。而古典舞的身法，韵律，包括指间延伸的感觉，都很符合舞蹈《倡言》细腻唯美的风格。舞蹈《倡言》的前调是借助了男女对话的情绪通道，为整个舞蹈的情绪奠定了基础，使其展现了一个更具感染力和表现力的诗性世界。手撑油纸伞的姑娘们在柔和的灯光掩映下，目不斜视，步调轻缓，伴着音乐姑娘们变成一排，姿态静止，精致而又各不相同。透着江南姑娘的灵秀之气、风韵之美，再配上背后屏幕上的徽派建筑，显得格外的清雅。

舞蹈片段《长甲舞》是结合泰国"佛龛"舞进行演绎的。由20名女同学和6名男同学共同完成。排练中，首先要解决学生对泰国舞蹈的基本了解，形体形态和长甲的运用。其次要美化动作和对情感表达上的完善工作。

在舞蹈片段《孟加拉脚铃舞》中，背景音乐别具特色，伴奏的乐器多为当地独有的手鼓"托普拉"和一种类似手风琴的"哈姆尼姆"。歌者边奏边唱，音色纯清、音域宽广。

舞蹈片段《阿拉伯》。阿拉伯舞蹈以神秘而著称，舞姿优美，变化多端，彰显阿拉伯风情。运用人屏互动、情景表演、多层穿插等丰富的表演形式，吸取不同地域、不同国家、不同民族充满活力的文化艺术元素，将"一带一路"伟大倡言的精神实质以艺术表演形式予以呈现。

舞蹈片段《西域风情》。这个节目的创作背景是根据古丝绸之路的商道为点，讲述古丝绸之路通过古西域地区到达整个欧洲与南亚，途中见到的当地民俗风情。而我国生活在古西域地区民族主要以哈萨克族、塔吉克斯坦族与新疆维吾尔族为主，这些的民族风情、地域文化均有着独特的代表性。

舞蹈片段《西班牙》。让学生掌握要点眼神和神态是需要重点去解决的。这个过程难度很大，期间反复修改多次，包括服装，动作编排，还有民族文化特色展现等问题。

舞蹈片段《课桌舞》以青春为主题，以富有俏皮感的旋律释放活力，展现青春的活力之美。"青春"有两层含义，一是讲古老的丝绸之路，在"一带一路"倡议下，实现了历史与现实对接，让历史焕发了青春；二是年轻人讲青春，青春人演青春剧，带来的是青春的气息和青春的张力。学生们需要跳出了中国力量，用活力四射的表演倡导青年学子志存高远，脚踏实地。

二

《丝路花雨》舞蹈片段最开始由40个学生独立完成，他们分别来自不同的年级。同学们通过自己的刻苦努力、牺牲休息时间来更好地完成老师的要求，第一场后反响很好，来自外界的高度赞扬是对学生也是对我们幕后工作人员是最好的回报。

在排练舞蹈《倡言》时，设计的舞蹈动作符合实际生活，一举一动都表露着江南姑娘特有的含蓄、内敛的性格特点。动作不难也不复杂，其核心是丰富的内心情感，抓住江南女子的特点，通过眼神去传情表意。起初，同学们不太会把握该舞的特点，做的动作只是形似，无法体现含蓄害羞的感觉，后来教师建议大家通过去感受生活中美好的感情来唤起内心的情绪，迅速见效。再通过多次的排练，联排，姑娘对情绪的掌握越发的熟练，一颦一笑，都很符合江南女子的小巧动人的特点。

《长甲舞》前期编导排练时，我全程跟排，一是为了辅助编导完成舞蹈编排，掌握学生学习动态，监督学生的学习态度，维持良好的排练秩序；二是为了能够与编导交流学习长甲舞，牢记动作要求要领，在今后的排练中注意和解决的细节动作。排练过程中，以动作的准确度、心理节奏的统一性训练、面部表情的训练等方面进行训练。在开发区大剧院首演后，针对反映出的一系列问题，在后期排练中不断修正加强，从而在盛京大剧院的第二场演出中，就有很大幅度的进步和提高。

《孟加拉脚铃》排练过程中从单一动作到动作短句再到剧目完成，过程中除了舞蹈风格性不是很好掌握，舞蹈表演的特征也是表演过程中的难题，经过一段时间的细抠和合成，学生终于能驾轻就熟的掌握这段舞蹈的表演风格。

《阿拉伯》舞段在几个月的排练过程中，学生们的状态一直保持积极主动，从对每个舞段最初的不熟练到现在的完成演绎，这与老师的悉心讲解和学生的不懈努力有着密切联系。经过一次次排练的磨炼，以及对舞蹈理解的提升，在过程中反复雕琢，学生很好地掌握住了剧目的难点和重点。

《西域风情》这只舞蹈在核心动作编排上是根据哈萨克族的民族性、地域性进行的编排，以诙谐幽默,热情奔放的表演形式出现。在一开始就以天鹅的静美与诙谐幽默的哈萨克少年为引子，牵出少年出游看到天鹅群,并被美丽天鹅所吸引，想到了自己心爱的姑娘。因此，少年对天鹅的美产生了爱意的美丽故事,舞蹈中通过人与天鹅之间的互动来体现哈萨克族人民热情洋溢对、积极向上的生活状态。在队形编排上，采用了双横线错落、蛇摆S、漩涡、圈以及具有冲击力的三角形和满天星，来增加舞蹈表演过程中的流动性与饱满度。在画面编排上,运用了三度空间交替、叠加、卡农等手法来提升舞蹈画面感与观赏性。正因为如此，才有了完整的《西域风情》舞蹈的诞生。

《课桌舞》使用大量的街舞和流行舞元素，突出青年学子积极进取，朝气蓬勃的群体形象，以充满活力的舞步和炙热如火的激情点燃舞台。一个个青年在征途上奋勇拼搏，展现自我，青春活力和激情动感的舞步、自信昂然的面孔，表达勇于进取的生活态度，表现出当代大学生的朝气蓬勃、永不言败的精神。将课桌安上无声滑轮，以"会跑会跳"的形式衬托舞者跳跃的身躯。

《丝路·青春》的演出启示我们，传承是根基，创新是生命，最好的艺术作品和艺术教育必然是传承与创新的完美结合。

三

《丝路·青春》是以实际项目作为教学内容的开放式实践教学，极大激发了教师与学生的教学热情，为老师和学生提供了广阔的学习空间和自我展示平台。

首先，为符合舞台剧的创作，《丝路·青春》整体舞蹈是多样性的。有中国民族舞，也有各个国家的民族代表性舞蹈，此次，编导对于舞蹈大胆的构想，把音乐和舞蹈交织成一幅大的画卷，将"一带一路"所经沿线的国家和地区当地的文化形态和民族特色用舞蹈的方式绘画出来，演绎了中国敦煌舞、巴基斯坦舞、西班牙斗牛舞、孟加拉脚铃舞、泰国长甲舞等等处于"一带一路"沿路各地富有浓郁民族特色的舞蹈样式。这使得学生掌握了除了课堂上接触到的有限制的舞蹈类种以外的舞蹈文化特征，扩充了自身对于舞蹈的认知，通过"以演带学"，提高学生舞台实战经验，做到教学与实践相结合，积极探索教学舞台化，并学以致用。以舞台实践化为教学手段，培养学生从非职业走入职业舞蹈演员，扩展自身的"舞者经验"。

其次，在教学方法上，老师们要在短时间内发现问题解决问题，采用训练过程全程录制视频的方法，舞蹈结束后马立刻回放观看，分析动作、寻找问题并及时纠正。在音乐掌握上，由于现场乐队的音乐伴奏，舞蹈需要与交响乐团默契配合，增加了即兴性和反应能力的转换。在表演能力上，舞蹈演员们承担着不只是舞蹈动作的肢体展现，也是整部剧情景的展示，要求舞蹈者更加具备表演的成分，去理解舞蹈创作背景，表现舞蹈内涵和情绪。

再次，在《丝路·青春》中真正实现师生同台、教学相长。这些原创的全新的舞蹈元素和原创型舞蹈的实践性教学将老师和学生同时放在起跑线上，师生在专业上互相支撑。赵倩雯老师出演《盛唐乐舞》舞蹈中，不但要完成好演员的角色，也要指导学生排练。通过翻阅关于敦煌舞蹈的资料，查找舞蹈史论，敦煌舞的来源发展等来更多地了解敦煌舞蹈。同时，把这些知识融入指导学生排演的过程中，通过学习、揣摩和再创作，让学生对该段舞蹈形成进一步理解，在表达动作和表现情感时形成自己的处理方式。以学生的角度看舞台，以演员的角度看教学，更加了解舞台，了解学生的需要，这种实践教学的方式，真正实现了教学相长，共同进步。

在这次《丝路·青春》排练工作中，刘书男老师与学生共同参演了《孟加拉脚玲舞》。通过此次师生同台的演出，教师形成了不断提升自我、完善自我、激励自我的理念，促进了自身的专业成长。同时进一步激发了学生的表演能力和表现欲望。师生同台的益处首先是教师在排练的过程中积累了教学经验。其次，师生之间增进了互动和了解，创建了和谐师生的关系。学生们不仅感受到了教师的言传身教，在思想阅历上也得到了提高。

朱柯老师同样参加了整部剧前期的排练过程，并参与了在开发区大剧院的首场演出，表演了两段以采风为主题的双人舞。与其搭档的是另一位民族舞老师，朱柯老师的专业是芭蕾舞，所以不同舞种的演员之间配合对两人也是一种尝试和创新。

四

通过四个月的磨炼，在学院领导支持和师生的共同努力下，在大连开发区剧院、沈阳盛京大剧院以及在北京人民大会堂顺利完成了《丝路·青春》的演出。编导和导演在整个编排舞剧的过程中，费尽心思，以高标准严要求的目标，完成了一台高水准、高艺术含量、深层次的会演。在排练过程中反复雕琢，通过剧目使学生舞蹈能力得到巩固和提高，了解并掌握各种不同地域和国家舞蹈风格的特点；提高学生的接受能力和舞台表演能力，熟练掌握各舞段的连接和困难片段的训练方法。锻炼和培养学生的独立思考能力、集体舞协作能力和整体的专业素养。最终能够让学生理解和掌握舞剧的难点和重点，展现出每段舞蹈的内涵以及整体效果。

综上所述，大型原创舞台剧《丝路·青春》的创作到演出很成功。而大连艺术学院作为一所年轻又充满活力的学校，在当下党的中国特色社会主义新时代里，一次又一次地将不可能变为可能,一次又一次的进行大型剧目的创作，是一个相当很了不起的举动，不仅为全国人民献上了一份充满艺术价值的演出，更为大连艺术学院的实践教学成果提交了一份满意的答卷。

音乐剧创作

陈 晨

一、创作纪实

大连艺术学院原创大型舞台剧《丝路·青春》演出得非常成功。由于学生们四个月以来的勤奋与努力，第四篇章小型音乐剧《梦在飞》才能展现地淋漓尽致。这个节目旨在体现当代大学生朝气蓬勃的精神面貌，运用唱、跳、演、台词相融合的表现形式将当代大学生富有青春活力、努力进取、奋勇直前的精神展现出来。创作初期，我们决定选用课桌舞带动整体氛围，营造校园的环境。一段课桌舞结束，由十二名即将毕业的大学生对未来的远大理想，对脚下的路和对未来美好憧憬的向往将观众带入到毕业典礼的场景中去。十二名同学诉说自己的梦想，决定奋勇直前，引入主题曲《梦在飞》。

这次参加音乐剧的排演的同学们共有12个人，6男6女，其中包括，音乐表演（音乐剧）6人，音乐表演（流行演唱）3人，影视表演2人，音乐表演（声乐演唱）1人。经过四个月的排演和打磨，经历三次精彩的演出，从大连开发区大剧院到沈阳盛京大剧院再到北京人民大会堂，收获了飞跃式的演出效果。

在排练期间，根据导演动作编排，音乐剧专业老师带领学生们反复训练巩固和细化动作。在教学过程中主要完成以下四个目标：

一是使学生了解第四篇章的创作背景，熟悉台词、塑造人物、并理解音乐的风格和需要表达的情感。

二是通过唱、跳、演综合素质的训练，使学生能够掌握音乐剧表演的基本技能要求，能完成音乐剧表演的技术技巧，增强学生的身体控制能力和表演能力。

三是音乐和舞蹈相结合，体会剧本编写和音乐创作的意图，将唱、跳、演生动的结合于一身。

在整个排练过程中，首先分配角色，熟读台词，运用启发法挖掘学生内心世界，更好的塑造人物。其次，熟练唱段和对音乐的理解，达到声情并茂的演绎歌曲。最后在舞蹈部分，运用模仿法学会舞蹈动作，掌握流行舞风格，律动并配合唱段完成整体人物塑造。

在训练中，我们侧重了以下几点要求：一是掌握正确演唱方法，增长舞台经验；二是能够快速完成演唱部分，并加以肢体动作的配合；三是注重将所学知识正确运用到作品中；四增强学生的体能训练，为了更好地呈现作品。

通过第四篇章：志在四方《梦在飞》音乐剧段落的创作和训练及演出实践，对音乐剧专业教师和学生在舞台掌控上得到了飞跃的进步。

二、学生的心得体会

2015级音乐剧专业 赵申：

这次演出我在第二章情景剧中出演角色，对我来说是一个极大的挑战和突破。此外，我在第四篇章志在四方情景剧中扮演毕业学生角色，有三四句台词，虽然这个情景剧戏份和台词都没有远方的父亲多，但每一句台词都包含了各自的内容，在台下自己尝试着各种语气读台词，找到适合情景的感觉。这个故事主要是讲述同学们都即将毕业，即将奔赴广阔的天地中。我作为一个大三学生，也即将面临毕业的不舍和步入社会的动力，有着很大的感触。

在第四篇章《梦在飞》舞蹈里，主要体现年轻人的青春与活力。其实最辛苦的还是对这段舞蹈的反复练习，还有与乐团音乐的配合。最开始学这段舞蹈时候，导演排完，老师就领着同学们回到自己的排练厅排练，每天都练习到晚上10点11点，从每一个动作的细化到强化，每一个动作的点都进行了强度的训练，老师和同学们都特别的辛苦。虽然这是一个群体舞段，但是我们12个人每一个都那么闪光。正是因为同学们的付出和努力还有团结，才能构成这么完美的节目！

每一位同学都是这场舞台剧的主角，我们会以这次经历引以为傲，以后会更加努力！有一天我们毕业了，我也会骄傲地说出我是大艺人，我曾经和大艺一起在中国最顶尖的舞台上奋斗过！

2015级流行专业 宋佳仪：

很荣幸能够作为流行专业的学生参加音乐剧排练，感受音乐剧排练的欢乐与其中的辛苦，是一种掺杂着很多美好回忆的辛苦。

我们音乐剧小分队是由12个来自不同学院选出来的"精英"，让来自不同学院的我们因为同一件事情集结在一起，从不同的人身上学到各自的优点。

从大连开发区大剧院的首演到沈阳盛京大剧院到最后走上人民大会堂的舞台，我们中间付出了很多的努力，被赞扬过也被批评过。期间，剧本改了很多次，台词改了很多遍，舞蹈动作、队形都有变化，在短时间中把所有的变化记住，这对于大家来说可能就是最大的挑战。不过想要做一名合格的舞台表演者，这些挑战只是最基本的，面对这些改动，大家都没有惧怕，在一遍遍地磨合和熟练中，大家又有所提高了。在舞蹈编排过程中，大家遇到的困难有很多，有很多舞蹈动作都不能第一时间完全记下来，也会出现肢体不协调等问题，但是经过反复的练习，大家还是把舞蹈动作顺下来了，并且跳的一遍比一遍好。

在参加《丝路·青春》前，台词是我的硬伤，但是老师给特意我安排了一段台词，我当时下定决心一定要说好这短短的几句话，从调值、情绪、语调、动作上反复揣摩，刻苦练习。功夫不负有心人，最后呈现出来效果得到了大家的肯定。在独唱部分，起初我听到了很多的否定，自己默默流过泪，请教过很多老师，私底下练了无数回，现在这首巴基斯坦民歌《美丽的国土》已经深深地印在了我的脑海里，甚至成了我的"艺名"。

2015级音乐剧专业 余和：

这是我们第一次参加这么大型的演出，因为时间紧任务重所以我们每天都会在排练厅练习到很晚，要一遍一遍地熟练动作，而我记动作很慢，而且不太协调，只能靠一遍又一遍地跳来记忆。虽然只是群演但还是要进入情感，真听真看真感受，这些在排练的时候都不太明显，然后一句一句的开始练习台词，每句的情感，刚开始都没有什么感情慢慢地磨合，进入角色。

后来，第二次我们去了盛京大剧院的演出，又去人民大会堂演出，我们对动作的熟练度慢慢提高，要跳好每一步，是需要不断的练习和思考，过于急进等，坏习惯和坏毛病一旦固定，就要花费大量的时间去修正了。端正心态以后，谁都可以跳得很好，关键在于恒心和坚持。老师对我们动作的要求标准也慢慢提高了。我们排练精确到了每一个动作，这对我们自身对动作的把握，以及对自身肌肉的控制又是一个提升。

先后上了三个这么大的舞台，每次的感受和状态都不一样，第一次在大连开发区大剧院大家都非常紧张，在后台都在练习自己的词，第二次在盛京大剧院大家都情绪饱满顺利地完成节目，然后最后终于到了人民大会堂，大家经过前两次演出的磨炼，没有了紧张感更多的是期待和上台的欲望。

还有在排练之余，导演利用自己宝贵的休息时间给我们上了四节大师课，知道了什么是元素和每个关节的训练方法，懂得了在舞蹈你要听里面的鼓点和还有歌词。

在排演过程中，我深刻地体会到自身要加强的东西实在太多了。导演和老师不但教会了我们舞蹈上的技巧，还教会了我们如何把我们的人生过得有意义、有价值，让我受益匪浅。

2015级表演专业 张晓美：

这次很荣幸的能够加入音乐剧的大家庭，在陈晨老师的带领下，完成《丝路·青春》第四篇章《梦在飞》的演出，从大连到沈阳再到北京的人民大会堂，我们历时四个月的排练。刚开始排练的时候，我们经常排练到后半夜，陈老师对我们细心指导，一直陪伴着我们，见证我们的成长。到后来联排的时候，导演对我们的舞蹈也给予了很大的帮助，利用自己私人的时间专门为我们上"大师课"，加强我们的肢体分解训练，让舞蹈更加张弛有力，呈现的效果更加完美。

我是一名学表演的学生，平时不太擅长唱歌，在唱歌方面弱一些，同学们帮我弹钢琴一句一句地教我还给我加油打气，教我如何的控制气息，运用气息，老师和同学们给予了我很大的帮助。就这样我在寝室的时候唱，走路的时候唱，下课的时候唱……熟能生巧，一边唱一边录，然后听再录再唱，慢慢得唱的越来越好，我唱歌方面得到很大提升。这次也让我尝试到了不同形式的演出，第一次体验在二百多人的交响乐团前尽情地展现自己，享受舞台，把我专业所学的知识和音乐相结合，融为一体，更生动新颖。

能在人民大会堂的舞台上演出，要感谢学校和所有的老师同学，谢谢大家对我的帮助和包容。

站在舞台上，我第一次感到作为大艺人如此骄傲，希望大艺可以越来越好，今日我以大艺为荣，明天大艺以我为傲。

2015级表演专业 霍文琦：

首先，我特别荣幸能参加《丝路·青春》的演出。因为我是一名表演专业的学生，所以在舞蹈方面还是有一定的欠缺，特别是在流行舞方面，但是在导演和老师的指导下，我在舞蹈方面的知识，技能从无到有，取得了跨越式的进步。刚开始排练时，我们先一起先分开跳，一周的工夫，整套舞蹈动作的雏形已经基本确定。在排练的过程中，发现流行舞蹈完全不是我们想象的那么简单，看似很轻盈简单的动作，一落到实处，就怎么也学不会。在音乐中，平时精干灵动的我竟是如此的笨拙。一曲下来，整套动作稀里哗啦，记了这个动作，忘了下个动作。而其中最困难的部分是需要跳出青年的那种蓬勃的朝气，而唱跳结合对体力也有相当大的要求。需要在跳舞中保持气息的稳定，这样才能在唱的过程中不会出现气息不稳定的状况。我们不仅在排练中练习跳舞，还需要在每天的早上一起去跑步，一起练习气息，一起练习吐字，一起练习发音，后来经过一遍一遍地磨合，一遍一遍地努力，终于在最后把舞蹈整体的呈现出来一种青春蓬勃的气息。

三、结语

本次实践教学活动《丝路·青春》中，学生能够综合的完成音乐剧的表演形式，按照导演的要求，较好地发挥了自身优势，将唱、跳、演有机地结合到一起，并发挥出积极的精神面貌和表演状态。经过系统的学习和循序渐进的实际演练，学生在舞台表演方面日臻完美，做到了塑造人物形象鲜明、舞蹈动作熟练、载歌载舞综合呈现的要求，并得到了专家以及领导们的一致好评。

主持与朗诵创作

郑 帅

2017年，党的十九大胜利召开，中国特色社会主义进入新时代，新时代、新征程，不忘初心、牢记使命。在这个具有划时代意义的一年，大艺人响应国家号召，全体师生参与了大型舞台剧《丝路·青春》，作为党的十九大的真挚贺礼。

作为参与其中的指导老师，肩负着落实董事长"播音与表演专业互补，在舞台上展现全新状态"的殷切希望。

主持篇

作为学院如此大型演出的主持人，舞台主持有别于电视节目主持，特殊的环境也需要主持人具有"不可出错性"，那么舞台主持人更需要锻炼自身的心理素质、思维能力以及控场意识。在平时也应多多训练这几方面的内容。在董事长的亲自筛选下，播音教研室的嵇晗老师被选为女主持人，李克振作为男主持人，在一次次的排演中，我一次次给他们录音录像，我们一字一句地去斟酌主持词，把握语感，揣摩手势，女主持人之前没有登上过人民大会堂这么大的舞台演出，我为了缓解她的紧张情绪，让她每天采用对镜子练习、自我心理暗示、多进行演讲活动等训练，从而提升心理素质。

对于一个舞台主持人，具有较高的审美能力也是主持人必备的技能之一。在服装的选择搭配上，应注意选择与舞台整场布景的搭配统一、与男主持人之间的服装搭配和谐以及可以突出自身特点、彰显个人魅力的服饰。为此，我特意找到了服装学院巴妍院长，挑选了六七套礼服，搭配男主持的礼服，并多次请导演、领导定夺。服装选定好了，配饰也得一一筛选，敲定的同时也需要注意主持人自身的体态美，从侧幕出场以及下场的走路姿态，我们也一一细抠，力争做到完美，既要做到庄重大方，又要舒展、自然、亲切，这其实也是彰显主持人魅力的又一需求。

朗诵篇

在《丝路·青春》中，播音专业和表演专业得到了飞速成长，这背后，推行的就是跨专业，跨学科，交叉教学的理念。播音指导表演台词，表演带着播音走调度。《丝路·青春》在每一篇章中都会运用到有声语言，交响乐、伴奏等乐器的声音以及合唱、朗诵等人声的交替配合与使用，都是有声语言在舞台艺术中所展现的魅力。有声语言的使用不仅能够反映和传达表达者的思想感情，同时通过声音与受众进行思想的交流与情感的传递，因而有声语言在舞台艺术中的表现主要是艺术审美空间经过感受、想象、认知和再现这一过程。这也是这一创新举措的具体实施和展现。

董事长在八月份最初给我们朗诵团开会时就说过，要打破播音学生的"被动僵硬"状态，在舞台上要会说会演会走路。我和影视学院黄潇潇院长商议，打破常规，播音和表演切磋语言，表演指导播音演技。播音实训室、表演排练场，时刻都能看到我们切磋研究的身影，一字一句地指导学生台词和调度。2014级朱荣新、2015级韩佩璇和李向丽、2016级彭帅男，这四名播音专业的同学专业能力不在话下，但是欠缺舞台的张力和表现力，在台上跑、跳都有些刻意的痕迹，为此我们又吸纳进来了2014级表演专业学生李国栋，用他的热情情绪带动播音同学。李国栋也确实发挥出了表演功力，台上台下调侃耍宝，沟通磨合，渐渐的他们五人打成了一团，彼此亲密无间，默契十足。其实无论是播音生还是表演生，他们本身的共同点就是热爱舞台，于是台下的他们自如的挥洒汗水和泪水，舞台上他们尽情地展现和绽放，因此得到了大家的一致好评。而这其中凝聚了很多汗水与泪水。

作为朗诵团的唯一一名刚上大二的学生感触会更加深刻。大二的彭帅男是播音学生，他的声音很有质感，但是由于刚刚结束了大一的基本功课，他没有舞台实践的经验，在第一次与乐队联排时就出现了很大纰漏，高大林指挥的音乐响起时，他总是找不到节奏点，合着音乐说话，完全听不进音乐，读稿时总是先大喘气，再说话，黄院长和我在一边帮他数拍子也不好用，大家都束手无策。于是就在每次和音乐的时候，到了节点我就拍他一下，天气较热，看到他头上满是汗水，我又得安抚他慢慢来不着急，一遍一遍听伊藤老师传给我的音乐录音，让他记旋律、记节奏，以便提升他对音乐美和播音视像感的感知力和创造力，就这样经过了无数次的反复磨合，他学会了举一反三、活学活用，对作品语言的把控能力得到了明显的提高。他本人说：通过《丝路·青春》的实践教学，使他有了飞跃的进步，他的学习热情高涨，平时课堂所学专业知识有了实践平台，朗诵团的五位学生们在舞台上充分发挥他们的主体作用，大大提高了学生们的专业技能和艺术修养。

参与这次大型的实践演出，对大三学生李向丽而言是一个来之不易的好机会，也让大三的她更刻苦、更努力、更学会了反思。她是一名学习播音主持的学生，但在这次演出中要做的是情景表演。从有腔带调、一板一眼端庄的主播台下来、转到释放天性、塑造生动形象、灵活表演这一个专业大跨度真的不容易。这意味着在短时间内，我们必须挖掘出一个全新的自己。在这期间，她自己几乎处处碰壁。但是她是一个很要强的人，她深知：要做一件事就必须做到最好，不能辜负老师和领导的殷切希望。在最初，我每天带领学生们在传媒楼304会议室出早功，舞台上的声音要求特别严格，基本功的要求容不得一点马虎，因为在话筒前和舞台上，一点瑕疵都会暴露无遗。我开始辅导学生最基础的背词，我听说李向丽没日没夜的背，寝室熄灯就打灯背，早上没亮灯就开手电筒背，力求把稿子吃透。接着便在表演上缠着老师指导，在台词老师的指导下分析人物角色，再进行形体的表达和规范。我们不断的练习，在每一场的演出中寻求突破，一刻也不敢松懈。

经过了《丝路·青春》的多专业实践，交响乐是灵魂，朗诵和配乐合唱调动这听觉和想象力，通过全面、全程、实地的、针对性的指导，学生普遍反映他们的舞台表现能力、音乐感受力、配合度、心理素质都有很大的提高。事实证明，董事长这种创新思想呈现在舞台上效果非常不错。

我们都知道朗诵者作为美的传播者，主要通过有声语言与副语言的交叉使用，密切配合来实现最佳的传播效果。有声语言是观众听觉的需要（播音），副语言则是观众视觉的需要（表演）。如《丝路·青春》演出过程中的朗诵学生需要感受语言，体会音乐和意境，结合舞蹈情境。副语言中，手势语也是最常用的，手势语可以起到补充口语表达效果，增强生动性和感染力的作用，如学生们在台上的手势动作，走路都是副语言的最好例证。这也正是播音与表演跨专业交叉排演的最佳体现。

表演篇

在《丝路·青春》的排演中，无论是主持还是朗诵，最后展现在舞台上，都离不开表演。在几个月的排练磨合中，学生们慢慢体会到了什么是真正的表演，他不是做作，不是在演戏，而是真正融入其中，我们都知道，表演来源于生活，又高于生活，生活就是艺术取之不尽用之不竭的宝藏。在排练中，需要让学生具备细致的观察力，敏锐的感受力，深刻的理解力；具备丰富的想象力，开阔的创造力，而在每次排练时又必须具备专注的注意力，恰好的表现力，生动的模仿力，快捷的适应力. 准确的判断力，坚定的信念感，和在舞台上应该具备的真实感、适应感、节奏感、幽默感。观察人物要从人物的内心，再到人物的语言，再到人物的动作特点，再到人物的职业特点，再看此人物对待其他人的不同的态度，自己再试着与人物进行由浅入深的接触，试着成为朋友，让这个人物在自己的心里永远扎下了根。

在锻炼了学生如何将原剧本中相对完整的一件事、有意思的人物关系、有立意的中心事件和丰富、具体的规定情境浓缩在舞台上来体现的同时，也锻炼了学生如何从组织自我的行动过渡到组织角色的行动，指导老师都给学生提供了规定情境、人物关系等。

其中在排练中，有一个片段叫作《远方的父亲》是需要音乐剧、播音、表演的学生共同在台上展现完成的，有一个环节特别感人，（当一艘飘扬着五星红旗的中国邮轮驶过港口时），已经多年没有见到在船上工作的父亲的男学生，目不转睛地盯着海上的船，从包里拿出水壶，对着海上的船大声地呼喊：爸，这是老家的高粱红，每到过年的时候，你都会打电话回来，让我替你喝一口，你说不管走多远，不管海上的风浪有多大，喝上一碗高粱红，就当回家了！（看一下手中的酒）儿子替你喝下这碗家乡的酒啦！（于是一饮而尽）三个学生一起喊道：爸，（叔叔）你尝到了吗？好喝吗？

其实对这个规定情境的开掘、对人物理解程度的深浅直接关系到在舞台上组织角色行动的准确与否。我们在角色的塑造上不能丢掉了自我，更不能没把握好人物的欲望去完成舞台上的最高任务，这样就有不鲜活、不丰满的人物展现出来。刚开始排练学生没有一个角色的感觉能在身体、思想中流动起来，老师在充分理解剧本，了解了导演的意图后，对学生饰演的人物从多种渠道中进行了解，就像观察生活一样从他们的职业特点、外形特点来深入了解他们的内心特点（思维逻辑的特点），通过想象使学生的音容笑貌在我们脑中更加清晰.最后在舞台演出时，学生们丝毫不做作，因为他们就是剧本塑造的人物本身，他就是那个人，那么从他嘴里流出来的话，就是最真实，最富有情感的。

从演出的情况来看，诞生在学生身上的角色都会带有他们自身或多或少特有的形体、语言、思维逻辑的习惯特点，所以拉近自身和角色的距离是十分必要的，但又不能模仿角色外在的一言一行，所以就要用自己所能理解的角色的说话方式、行动、思维逻辑方式进行生活和创作。专业老师曾说过"表演是实践的艺术。"只有通过多次排练、演出，才能得到专业上的提高，这实践是要靠理论支持的。短短一段时间，无论在表演专业技巧上，还是语言功力展现上，和"表演"二字的重新认识与理解上，及对生活的全新体验，学生们都有了很大程度的提高。

通过这次实践演出，我觉得在今后的教学过程中，应做到着重加强学生们综合能力的培养，做到不仅对播音主持专业的重视，更要对相关专业的重视，真正地让学生成为"应用型、复合型、一专多能"的复合型人才。

《丝路·青春》的舞台光芒和震撼效果虽定格在我们的记忆深处，但是它带来的教学反思是持续性、科学性、高效性的，这样的内容应充分调动戏剧影视与传媒学院的整体资源，各部门通力合作，项目责任制，导师带队制的将科研与教学一体化融入并整合。

《丝路·青春》中不同地域文化的交融、碰撞，让我们看到了艺术作品的完美呈现。我们对艺术的崇高追求和对历史重现的敬畏之心是赤诚的，论其诗不如听其声，听其声不如察其形，而参与则是对作品最好的诠释。

第三篇　演出篇

演出纪实

高大林

经过一年多的精心创作和准备,在继"和平三部曲"之后,原创大型舞台剧《丝路·青春》分别于9月20日在大连开发区大剧院、10月25日在沈阳盛京大剧院、11月24日在北京人民大会堂成功上演,我校的实践教学演出成果硕硕。

一、三地演出,层层递进

大连开发区的首演十分成功,之后大家期待着一台什么样的节目?如何呈现最好的舞台表演效果?是我们一直在思考的问题。在近一年的时间里,不断地打造,多次推翻重来,几十次的演练,最终呈现了一台美轮美奂,精彩绝伦的演出。

交响乐团、合唱团、民乐团、舞蹈团、朗诵团、LED、灯光舞美等全景展现舞台效果。记得第一次演出的时候,音乐学院副院长孙毅在侧台说,"高大林老师的指挥棒一抬起,就意味着大连艺术学院的艺术实践教学又上了一个台阶。"的确如此。毋庸置疑,开发区大剧院的首演是成功的,轰动的!奠定了《丝路·青春》进京演出的基础。随后的沈阳盛京大剧院的演出,较之大连开发区大剧院的演出,有了一些修改,节奏更加紧凑,参与人员更加娴熟。在开发区大剧院和沈阳盛京大剧院的演出基础和经验,《丝路·青春》全体人员信心满满地走进了人民大会堂。在人民大会堂的演出是精彩的,绽放的!连续看了三场的观众说,大连艺术学院原创舞台剧《丝路·青春》三地演出,层层递进,节目精彩,百看不厌!

二、不断总结,不断提升

三地演出的精彩不断,来源于不断地总结,不断地提升。每次演出过后,艺术总监高大林,都带领大家开总结会,总结演出过程中发现的问题,节目流程上出现的不足。大家总结修改,进入排练厅修改,再进行合排。这一个过程是残酷的,是一个不断地自我否定的过程,但是,正是有了这种不断自我否定,才有了一次次的进步。最终在人民大会堂演出的《丝路·青春》版和第一版已经有很大的不同了,这些不同正是一次次不断总结、不断提升的结果!

三、积累经验，堪比专业

较之专业的演出团体，我们毕竟是一所学院。要把教学和实践有机地结合在一起，需要一个过程；加之，我们的学生舞台表演的经验不足。经过一次次的演出磨炼，最终我们真的堪比专业。不论是后台的准备，台口的预备，台上的演出直至演出后的撤台，都是专业化的操作，精准化的流程，是我们能够成功演出的重要保障！

四、主次有序，团队合作

任何一台晚会都有主有次，有动有静。高大林指挥当然是整个演出的核心人物，舞台上的每一刻他都是高度集中。因为是现场演奏，每一个音符，每一个唱词，每一个舞蹈动作都在他的指挥棒下，丝毫不能放松。合唱团的每一个成员、舞蹈队的每一个成员也是至关重要的，他们演出的七百分之一，但就是这七百分之一，任何人都不能出差错，他们和指挥一样是高度紧张的。虽然有主有次，但是整体一心，主次有序，团队密切合作！

排练过程

高大林

一、合唱团排练

　　《丝路·青春》合唱团由208人组成，从8月20日开学就开始排练，其中涉及的有2016级音乐表演和音乐学部分同学。虽然大家专业不同，但经过了将近一个学期的努力排练，大家逐渐地学习成长，融合为一个整体，共同努力，更好地去用声音去完成、诠释声部的旋律与表演。排练下来，每一个人都成了不可或缺的那一个，最后在舞台上唱出那共同的旋律，以合唱多声部展现出来的时候，那声音似乎有着鲜活的生命力，扣动着每一个人的心弦。当演出圆满成功，每个人都欣喜激动，感谢《丝路·青春》让我们有这样的机会，曾一同努力付出过，始终是我们难忘的回忆。《丝路·青春》的排练任务在假期的时候就已经提前下发，同学们早已关注着，期待着，做着积极的准备。在8月20日，《丝路·青春》序曲拉开了帷幕，其中有苦，也有乐，排练途中，男中音的张家旗同学因为长时间站立，加上课下运动的时候受伤，膝关节积水，导致下不了地、走不了路，但他仍然坚持来排练，甚至坐着轮椅来到排练厅。当我问他："为什么这么拼，路都走不了还要坚持排练？"他说："因为我不想耽误排练，任务那么重，等我伤好了再回来，会影响到你们排练的进度。"为此，传媒学院的学生也曾多次采访过他。就这样，我们合唱团同学们万众一心。排练初期由孙毅院长带领我们学习与排练，并在孙毅院长的指点下深入理解，做到更好地诠释，又通过不断重复排练去掌握。

　　《丝路·青春》针对我院实践教学的特色，突出学科优势，优化专业布局；针对"培养高素质应用型人才模式、服务地方经济文化事业的发展、产业融合、校企合作、培养学生创业就业能力、创新教学方式方法"，进一步准确把握应用型本科高校的建设内涵、建设途径，探索科学合理的培养模式，提高学生的艺术能力和综合素质，真正达到实践教学培养高素质应用复合型人才的最终目标。

二、管弦乐团排练

　　"台上一分钟，台下十年功。"此次演出能取得如此的成功，除了有优秀的创作团队外，还有每一位老师、学生背后的默默付出。在接到《丝路·青春》的剧本之后，乐团的指挥高大林先生就带领着优秀的团队开始创作。正值学生的暑假期间，但是为了这次的排练，所有的学生都在规定的时间内提前一周返校。学校也积极动员学生，与此同时，有部分学生因为个别原因未能提前返校，学校亲自给家长打电话，说明此次演出的重要性。所有参与排练的老师都放下手头的事情，在规定时间内返校参与排练。在开始排练时，每天的整个排练时间、排练任务都是异常的艰巨。管弦教研室的两位老师在自身特殊的情况下积极参与排练，一位是阎奕妃老师，交响乐团的首席长笛；另一位是万思璐老师，交响乐团的首席竖琴。都在怀有身孕的情况下坚持排练，从排练到演出的几个月内，坚持每天参与乐团的排练。当时正值夏天，天气酷热，排练厅内的温度异常高。由于参与排练的人数较多，就导致了空气不流通。为了解决这个问题，只能打开窗户进行排练，防止学生中暑。尽管如此，所有的学生、老师都认真排练，没有任何的怨言，因为他们都明白此次演出的重要性。有些学生因为是第一次参与交响乐团的排练，就出现了不理解指挥的手势、识谱有困难、对于乐曲的理解不到位等问题。所以在刚开始的排练中，就显得尤为困难。为了解决这些问题，学生们都会选择在休息时间进行练习、向专业老师请教，想各种方法来解决这些问题。有时为了完成当天的排练任务，乐团还会加排，直到完成任务为止。在之后的合排期间，不时就会有好多的问题出现，例如在录音时会严格要求每个小乐曲的时间，还会因为其他的原因临时修改谱子，这就要求所有的排练人员在排练时带上铅笔，必须把心思都放在排练上、聚精会神地听从指挥对谱子的改动。也正是因为有这样的精神和意志，交响乐团如期完成了对整个乐曲的排练。

在演出的前一个月，因为场地不足，之后的排练都会在老校区的体育馆内进行。学生们都会每天早起坐班车去老校区排练，直到排练完成才返回学校，学生也会因为排练到很晚才回寝室。我经常可以看到学生在班车上睡着的画面，他们的脸上总会挂着笑容，因为他们成功地完成了当天的合排任务。每天的排练任务特别多，排练的环境也是特别的艰苦，体育馆内特别闷热，每个人脸上都时不时地挂着汗水。正是在这种艰苦条件下，交响乐团在整个的排练过程中，积极配合其他学院完成每天的排练。

2018年10月13日出发去沈阳的盛京大剧院演出《丝路·青春》，所有人员早晨6点坐车出发，我带领音乐学院学生会冲在第一线。在整个过程中，上下协调一致，提前一天到达沈阳。完成了对乐器的运送过程，在保证乐器安全的前提下，布置场景，为乐团的演出做好准备。经历了很长的车程之后，到达沈阳。在吃过午饭后开始排练。在排练开始时，出现了很多的问题，例如场地、麦克等等。但是在所有的人积极配合下，很快就完成了当天的排练任务。因为交响乐团全体人员的辛苦付出，沈阳盛京大剧院演出特别成功，获得了业内外人士的一致好评，现场的观众也是掌声不断。11月24日的那一晚，让整个大艺人为之自豪的夜晚，大连艺术学院《丝路·青春》在人民大会堂演出完美落幕。

《丝路·青春》从开始的艰难排练到最后的演出成功，离不开乐团的每一位老师、学生的辛苦付出。

三、民乐团排练

民族乐团在这场剧目演出中，担任外场迎宾的重要任务。而我，作为民族乐团外场演出的指挥，更是肩负着光荣的使命。由于当时民族乐团迎来换血的时间点，这么大型迎宾演出，又是作为整体演出中率先呈现给观众的面貌，意义重大！我深知时间紧、任务重，常常放弃了下班以后和周末的休息时间，加班加点地给民族乐团进行排练，最终顺利完成任务，与其他工种确保了演出质量。

接到任务时，民乐教研室的全体师生便已经有了高度的热情，不光是老师，同学们的思想也十分一致，每个人都非常明白外场的迎宾演出的意义，没有人因为是在大厅演出而感到懈怠，每个演奏员都自觉地对自己所演奏的每一个音符都更加地精益求精。因为他们知道，大厅的演出在某种程度上其实反而比在舞台更加重要，也更有难度。而这难就难在和观众的距离非常近，整个乐团从前到后都将和观众保持着非常近的距离。而通常，近距离的演奏都会更加考验演奏者的水准。所以，不需要各声部老师要求，每个演奏员从接到任务开始，就不约而同地将演出的几首乐曲分谱开始重新练习，哪怕那几首乐曲已经是乐团在之前的音乐会中已经演奏过。我们，就是要在这么近的距离中，让所有刚刚进入大厅准备观看演出的观众们第一时间感受到其中的主题 ——青春。感受青春的朝气，更有青春的努力！在整个排练演出的过程中，从乐谱排版到乐谱打印，从各声部分排到乐队合排，从参加《丝路·青春》剧目独奏的老师为了能够依然参加民乐迎宾演出所做的努力，到乐团老队员为了让新队员尽快熟悉乐曲、熟悉乐队所做的努力，老师和学生们都在积极配合，严格遵守排练时间，遵守排练制度。虽然大家都很疲惫，但是为了演出的成功，为了学院的发展，为了将自己最完美的青春展现给观众，大家克服了一切困难，在高大林院长的不断鼓舞、激励以及以身作则的精神下，完成了我们的任务。

　　人民大会堂演出当天，在学院各部门同事的努力下，乐团得以在中午进场，并允许在下午2点半开始走台。在大厅迎宾演出，没有后台，没有化妆间，我们的演奏员早早换好了演出服，并将各自的琴盒整齐地放置在预先准备好的区域中。他们中，有曾经参加过2015年《和平颂》剧目人民大会堂公演迎宾演出的，也有刚刚步入大学、刚刚加入民族乐团的2017级的新生。那天的他们，没有一丝慌乱与紧张，每个人都显得那么自信，更有一种兴奋。这种兴奋，后来回想起来，我觉得就像要上战场的战士那样充满斗志，或者对于一个演奏员来说，更准确地应该是对于即将到来的演出那种期待与渴望。他们坚信，几个小时后的大厅内，围在他们身边的观众都会为他们热烈的鼓掌，而这个掌声，他们会听很久，并且对每个演奏员来说，更加真切。几个小时后，他们做到了。

演出体会

多彩国乐勾勒《丝路·青春》

陈 佳

2017年的11月23日晨,初冬的北京已泛起丝丝寒意,北京站的南广场迎来了一批批青春的面孔。大连艺术学院的千名师生们迎着朝霞再一次来到首都北京,准备着又一次踏上首都人民大会堂的舞台。也是学院继2015年原创的《和平颂》后又一次赴京演出。2017年11月24日的晚上,人民大会堂的金色大厅灯火辉煌,6000余名来自全国各界的观众齐聚人民大会堂,观看大连艺术学院又一实践力作。这次,我们带着一部洋溢着青春气息的大型舞台剧《丝路·青春》。用青春的方式去解读古老的丝路精神,用学子们的谆谆报国之心来响应"一带一路"号召,正是这部《丝路·青春》剧目的内涵。

《丝路·青春》是大连艺术学院完全自主原创的一部大型舞台剧,用大型交响乐队和合唱团铺底,用台词、舞蹈、音乐剧、播音、表演朗诵、LED灯光等为媒介,以青年学子艺术采风为线,交织起"丝绸之路"和"一带一路"多元的前世今生。古老的丝路文明,孕育了缤纷多彩的各民族文化和民族音乐,每一个地区和每个民族的音乐都有着特有的民族元素在里面。能够用中国民族乐器特有民族属性来诠释《丝路·青春》里的华美乐章也是这部剧目的点睛之笔。此次演出中,大连艺术学院民族管弦乐团的师生们就用手中的民族乐器在人民大会堂的舞台上奏响丝路华章。24日19时的人民大会堂东大厅外,6000余名观演群众在门外进行验票安检。此时,场内悠扬的民乐合奏缓缓奏响,观众们鱼贯而入后,被这悠扬的旋律吸引,慢慢凑前欣赏这支由大艺民乐师生组成的百余人的民族乐团的迎宾演出,他们演奏的音乐时而温婉款款,时而奋进有力,张弛有度。现场观众不时驻足聆听,拍照留念。对大艺民族乐团的曲目甄选和现场演出表示了极大赞许。民族乐团的师生们持续演出了近四十分钟,迎来送往了一批又一批观演群众,直到内场《丝路·青春》的演出即将开始才停止演奏。

演出开始后,人民大会堂一二层座无虚席,观众聚精会神地欣赏大连艺术学院带来的艺术震撼。民族乐团的近10名教师,在担任完迎宾演出后,迅速回到人民大会堂主舞台，参与《丝路·青春》的剧目演出。随着莘莘学子的采风路线，在交响乐团厚重的音乐包裹下，一件件中国民族乐器在《丝路·青春》篇章中闪露。从敦煌壁画中的唐代乐舞到泰国的长甲舞，从哈萨克的火热舞蹈到江南水乡款款柔情，从东北单鼓舞到孟加拉国的脚铃舞。中国的二胡、笛箫、中阮、琵琶、古筝、唢呐、笙，手鼓都不时地展现其中。用民族乐器的特征来更好地丰富丝绸之路上的多彩是主创人员的绝妙构思。大连艺术学院的民乐师生也用手中的民族乐器一次次精雕细琢《丝路·青春》中的音乐篇幅，可谓用国乐中的多彩来书写属于青春的丝路蓝图。

你可能会费解，为什么这所来自滨城大连的高校可以又一次登上北京人民大会堂的舞台。确实，大艺是一所年轻的艺术高校，是一所年轻的民办艺术院校，我们没有深厚的积淀，但我们的信念是一切为了学生。所以我们可以举全院之力，筑师生实践舞台。我们大艺人正在用一部部实践力作来书写这属于中国民办艺术高校自己的办学篇章。

以演出为平台 在二次创作中培养学生的表演能力

范 维

大型舞台剧《丝路·青春》是大连艺术学院举全院之力打造的经典之作，这是大艺继"和平三部曲"——《汤若望》《樱之魂》《和平颂》又一次亲情推出的精品力作。其匠心的创作，精心的编排，用心的呈现受到了国内业界，乃至国际高等院校的高度认可和赞誉。

整场演出的台前幕后三千人全出自大艺。各学院专业骨干教师参与，以学生为演出主体。从音乐创作、舞蹈、戏剧、多媒体、服装服饰和人物设定，都是我院精心创作、创造而成。该剧以"大漠驼铃"的情景表演为开端，叙述了大学生跟随老师，在"一带一路"沿线国家艺术采风时的故事。接下来就谈谈与我相关的音乐部分。在第一篇章中有一首巴基斯坦民歌《美丽的国土》这是关牧村老师演唱为数不多的歌曲，歌曲悠扬婉转、深沉动人。这首歌由我院大二学生宋嘉怡演唱，由我负责演唱指导，这首歌曲虽音域不高，但是要求演唱者音色淳美，且唱功扎实，一个大二的学生是很难驾驭的，我把她叫到琴房，她小心翼翼地唱给我听，心理压力很大，我告诉她，演员如果中规中矩地演唱是吸引不到观众的，首先要了解歌曲内容，根据内容铺满情绪，声音的大小、强弱都是由情绪和唱功来控制的。若小心翼翼，中规中矩，又怎么随着旋律翩翩起舞呢？演唱要和肢体动作相互成就。后又逐字逐句进行示范，就这样一点点的，她越来越放松了，大胆了。在彩排时她的服装很受限，我问她为什么裙子长到影响舞步和演唱却不改短呢，她告诉我是统一的、没法改。我笑了笑告诉她，作为演员你要知道什么效果是加分的，什么是减分的，虽然统一尺码，但是不合适你，一不注意就会绊倒，这样的风险是绝对不可以有的，况且表演时要全情投入，你却惦记裙子受限，舞步局促，又怎么自如发挥呢？听了我的话她恍然大悟，立即去更改了长短，自信地上台了。大学四年学生都应该通过比赛、演出来丰富自己的舞台经验和实践经验，只有给学生更多更好的平台发挥，才能在实践中收获更多，越来越自信，越来越好。接下来说说第三篇章，由我演唱原创歌曲《凝望》，这首歌曲的创作应该说是一波三折了，经过了改词、换曲，音乐走向控制在我的音域之内，更加适合我了，作为演唱者我们很希望能够拿到适合自己的曲子，有发挥的空间，这样才能更好地表现和表达，并且让大家记住歌曲，记住演唱者，反之倾尽全力也无法做到。我想这样专业的认知和调整，唯有我院高大林院长了，他凭借专业的造诣和娴熟的作曲技能，为我可以更好地演唱该作品做了很大的努力，因为时间有限，所以只能对主歌部分重新编曲创造。我也把一些我的想法说给高院长，高院长一直强调在相邻的旋律中，哪个旋律你唱时感觉更舒服咱们就用哪个，就这样一次次地推敲，一次次地试唱，才有了如今的《凝望》，可以说他给了这个作品第二次生命。我也在"凝望"中等到了好作品。

大艺以"一带一路"国家重大倡议为主体，培养应用型艺术人才为突破口，以舞台剧形式证实了育人成果的养成。"大艺的速度"是惊人的，大艺对作品精雕细琢的精神也令人赞叹，同时也在造福学院师生，师生们是真正的受益者。《丝路·青春》落下帷幕，却是新目标新征程的开始，为梦想继续前行，向着中华民族伟大复兴的中国梦不断前进。

在演出创作中历练自我

王雄雄

2017年对于我来说是收获颇多的一年，刚毕业就来大艺工作，很幸运；刚工作就参加《丝路·青春》的排练演出，更幸运。

在我2017年8月份来到大艺时，还没有开学，但是校园里已经有很多学生和老师们在忙碌了，他们已经投身于《丝路·青春》排练当中，后来才得知，原来创作组的专家和老师们甚至暑假都没休息，集体闭关创作，我想，这就是大艺的凝聚力，这就是大艺精神！

大型舞台剧《丝路·青春》是继大型音画舞蹈交响史诗《和平颂》之后，大连艺术学院在人民大会堂展演的第二部原创剧目，它深邃而蕴含文化积淀，唯美而富有青春气息。把历史与现代、东方与西方的时空元素优化融合，以序幕、尾声、四个篇章的脉络进行组合，呈现出了一幅古今交织，中外交流的舞台视听盛宴。以"大漠驼铃"的情景表演为开端，剧目叙述了一组大学生，在"一带一路"沿线国家艺术采风时所发生的故事。历史回眸，时光流转，以张骞出使西域、郑和下西洋等为引线，在原汁原味的民族音乐的铺垫中，让人们跟随青年们一起欣赏了"一带一路"文史色彩浓郁的磅礴画卷。

刚到学校，我没有赶上《和平颂》的成功，却赶上的《丝路·青春》的辉煌。很遗憾我没参与到《丝路·青春》起始的创作，也没能参加《丝路·青春》起初的排练，只是作为观众在平常看大家排练，希望能够从中学习一些有关乐队常识和知识。虽然作为民族乐团的一员，也能够参加了每次演出的迎宾工作，已经很知足了，但还是想如果能加入整个《丝路·青春》的舞台中，肯定是一件特别自豪的事情。

就在去北京人民大会堂演出前，经过董事长、高大林艺术总监等其他专家老师商定，决定在《丝路·青春》部分乐段加入笙的演奏。当我接到了高老师的紧急通知，让我参加到交响乐团中一起去演出时又激动又紧张，激动的是我能参与其中的梦想成真，紧张的是我在交响乐团排练的经验不足。时间紧、任务重，在正式演出前排练的次数有限，但是每一次都得到了高老师和其他同事的指点和帮助，逐渐地建立了信心，能够顺利地完成演出任务，真的很感谢大家。

在人民大会堂演出时，我身临其境地感受到了《丝路·青春》带给人们的神秘的色彩、探索的精神和西域的文化风貌。整个剧目以雄浑有力的交响乐、特色器乐、合唱、领唱、独唱、生动的表演、朗诵、音乐剧，以及舞蹈等艺术形态，体现了多时空、多情境、多点式表演完美搭配的精妙；以LED、灯光、音响、服装、道具极致渲染的综合视觉效果，呈现出舞台艺术与舞台科技交汇融合的巧妙。

正如王贤俊董事长说："高校不仅要为青年的发展搭建大舞台，提供大平台，让他们成才，而且要承担社会责任，弘扬主旋律。剧目可以在教学实践过程中给大艺学子带来思想政治觉悟上的提升，使他们具有大视野、大格局、'有理想、有本领、有担当'。培养应用型艺术人才也是大艺梦汇入中国梦的一个必要过程。"

在《丝路·青春》成功的背后是全校三千多人师生的参与其中，是涉及二十多个专业的完美结合，每个大艺人都在尽心竭力地付出，这对于刚步入大艺的我来说，是一次历练，是一次成长，更是一次精神上的洗礼。

师生同台　教学相长

赵倩雯

　　《丝路·青春》由大连艺术学院董事长王贤俊担任总策划、总导演、总撰稿，台前幕后参与的师生有3000多人，涉及20多个专业，是大连艺术学院继"和平三部曲"——《汤若望》《樱之魂》《和平颂》以及五项国家艺术基金立项项目之后，又一次倾情推出的精品力作。

　　这种以实际项目作为教学的内容的开放式的实践教学，极大激发了教师与学生的教学热情，为老师和学生提供了巨大的学习空间和展示自我的平台。作为音乐学院舞蹈专业的一名教师，在这次《丝路·青春》的演出中我担任的不仅是一名舞蹈教师，而且还是其中的一名舞蹈演员；不仅我要教学生在舞台更好地表现舞蹈，也要与他们同台演出，共同演示我们用舞蹈来表达的内容与情感。师生同台、教学相长。

　　首先，为符合舞台剧的创作，《丝路·青春》整体舞蹈是多样性的。有中国民族舞，也有其他国家的代表性舞蹈，此次，编导对于舞蹈大胆的构想，把音乐和舞蹈交织成一幅大的画卷，将"一带一路"所经沿线的国家和地区当地的文化形态，民族特色用舞蹈的方式绘画出来，演绎了中国敦煌舞、巴基斯坦舞、西班牙斗牛舞、孟加拉脚铃舞、泰国长甲舞等处于"一带一路"沿线富有浓郁民族特色的舞蹈样式，展现具有各国民族特点的风格舞蹈。这使得学生掌握了除他们在课堂上接触到的有限制的舞蹈类种以外的舞蹈文化特征，扩充了自身对于舞蹈的认知，通过"以演带学"，提高学生舞台实战经验，做到教学与实践相结合——把教学舞台化，积极探索，并学以致用。以舞台实践化为教学手段，培养学生从非职业走入职业舞蹈演员，扩展自身的"舞者经验"，丰富了舞蹈专业实践教学的内涵，也展示了我院舞蹈教学的新优势，实现了舞蹈教学内容的多元化与层次化。

　　其次，在此次舞蹈教学中也采用了新的教学方式和手段。

　　在教学方法上，老师们要在短时间内发现问题解决问题，训练过程全程录制视频，舞蹈结束后可以马上让学生观看，去做动作分析，实现多媒体教学。在音乐掌握上，我们是现场乐队的音乐伴奏，舞蹈需要与交响乐团默契配合，增加了即兴性和反应能力的转换。在表演能力上，舞蹈演员们承担着不只是舞蹈动作的肢体展现，也是整部剧情景的展示，要求舞蹈者更加具有表演的成分，去理解舞蹈创作背景，表现舞蹈内涵和情绪。

再次，在《丝路·青春》中真正实现师生同台、教学相长。这些原创的全新的舞蹈元素和这种舞蹈原创型的实践性教学将老师和学生都放在初始起跑线上，师生在专业上互相支撑，教师与学生同台演出，共同进步，教学相长。此次，我作为舞蹈专业的教师，就是以指导老师和演员的双重身份参与到排演中，出演《盛唐乐舞》舞蹈演出和承担"单鼓舞"排练内容。其中最让我提高和进步的就是在《盛唐乐舞》排演这个阶段，以前我作为一名教师，主要任务就是想如何教好我的学生，如何能够帮助学生解决问题，但现在我也要完成好我的演员角色。既然作为一名教师，就一定要做学生们的榜样。以前从未接触过敦煌舞蹈类型，但为了自己和学生都能够更好地理解并完成这段舞蹈，我翻阅一些关于敦煌舞蹈相关的舞蹈资料，查找一些舞蹈史论，敦煌舞的来源发展等让我更多地了解敦煌舞蹈，也会讲给我的学生听，希望她们不仅只会这一段舞蹈，而是学会举一反三，了解敦煌舞蹈的根源。我也会到洛阳的龙门石窟采风，去鉴赏几百年前我们的祖先在石窟里留下的敦煌飞天的形象，那环绕飞翔的八身飞天刻画得栩栩如生，通过观察形态、体态、神态，根深蒂固地融入我的脑子里、融入我的舞蹈里，融入这段丝路花雨般的《盛唐乐舞》里。通过我自己的学习、揣摩和再创作，对这段舞蹈有了新的理解，表达动作和表现情感时也有了自己的处理方式。我会把我的领悟和理解转化为我对整个舞蹈的表达，更好地在舞台上演绎这段舞蹈，也会把它转化为教学理念分享给我的学生们，共同演绎此段作品。这种实践教学的方式，师生同台真正实现了教学相长，共同进步。以学生的角度看舞台，以演员的角度看教学，更加了解舞台，了解学生的需要，了解创新发展的教学模式。学院舞台剧《丝路·青春》通过师生同台促进实践教学，以演带学，这种模式无论是对教师还是对学生，都是受益无穷的。

《丝路·青春》的创作以及完成是把舞台作为教室的延伸，完成了搭建实践性教学的最终目标。提升了师生的舞台专业水平、激发了艺术创作热情，这种舞台实践、实战经验，对大艺师生而言弥足珍贵。我相信，大艺人会一直在追梦的路上铭记初心，砥砺前行，再创辉煌。

第四篇

教学篇

实践教学纪实

姜元杰　王忠森

大型舞台剧《丝路·青春》是继《汤若望》《樱之魂》《和平颂》之后又一盛大艺术实践教学活动。该剧目主题鲜明、立意高远，由王贤俊董事长亲自策划、撰稿、导演，它反映出大艺创办者对党的方针政策的深邃理解，反映出创办者的办学理念，更反映出创办者对艺术教育的执着追求和对社会的高度责任感。《丝路·青春》与《汤若望》《樱之魂》《和平颂》一起，既是大连艺术学院具有代表性的艺术作品，也是大连艺术学院宝贵的精神文化财富。这些剧目是交响乐、合唱、独唱、舞蹈、朗诵、舞台美术和LED视频等多种艺术形式的巧妙融合，它们的成功演出展现了高校在人才培养、科学研究、社会服务、文化传承与创新方面的作用，是高校特色鲜明的艺术实践教学典范。

以《丝路·青春》为代表的系列舞台剧用音画、舞蹈和诗歌全方位、多层次地真诚赞颂了和平，充分表达了中国倡导"一带一路"的大国担当。筹备、创作、教学、演出的过程是对培养适应经济文化新常态需要的艺术创新人才的大胆尝试，是大连艺术学院多年坚持实践教学特色结出的硕果，是学校以舞台为课堂，以创作演出为路径，用剧目、曲目、节目和项目实践教学模式取得的令人瞩目的成效。

通过大型舞台剧《丝路·青春》的创、教、排、演，大连艺术学院在实践教学方面收获颇丰。

一、探索了应用型创新人才培养的新模式

学校的人才培养目标是培养高素质、应用型创新人才。这里讲的创新人才是以创新为基础、以就业创业为目标，更加强调学生创新精神、创业意识和创新创业能力培养。在这样的人才培养目标指引下，我们提出了"创新融合专业、创新引领创业、创业融入专业、创业带动就业"的人才培养理念，强调要将创新创业教育改革融入人才培养体系中，贯穿人才培养全过程。

自创、自编、自导、自演、自制的原创性是《丝路·青春》的突出特点。这符合学校培养高素质应用型创新人才的目标。在老师带领学生共同完成原创曲目、

原创剧目、原创服装、原创舞台设计等创新性实践教学活动中，学校探索出了"一个目标、两个平台、三个合作、四种模式、五大模块"的应用型创新人才培养新模式。一个目标：以培养应用型创新人才为目标；两个平台：建立创新创业公共素质平台和创新创业实践平台；三个合作：加强校企合作、校地合作、校台合作，为学生创新创业拓宽了渠道；四种模式：实施剧目教学、曲目教学、项目教学、工作室教学模式，促进学生创新创业能力培养；五大模块：针对学生创新创业能力培养，构建了通识教育与公共基础、专业基础、专业方向与技能、素质拓展、能力与实践等五大课程模块。

二、凝结了艺术实践教学体系的新硕果

（一）实现了跨专业开展艺术实践教学

以剧目（曲目、项目等）为纽带，实现各个专业之间的联动，使第三课堂的实践教学不断地服务社会、走向社会，并多次走进首都大舞台，是大艺实践教学的新特色。以《丝路·青春》为例，从创作、教学、排练到演出，20多个专业的学生和教师实践团队深度参与其中，800余人同台，3000余名学生参加，所有演出、服装、道具、摄影摄像、新闻采编等均由各专业的师生们共同完成。

（二）实现了用学分激励学生参与实践创新活动

把学分作为纽带，将"三个课堂"联动起来，是大连艺术学院艺术实践教学体系的核心理念和创新之处。正是这一理念的形成与实施，才使学校三个课堂的实践教学产生出了1+1+1>3的整体效应。在《丝路·青春》剧目创、教、排、演活动的带动促进下，学校完善了激发和培养学生的创新精神、创业意识和实践能力的规章制度。例如：

1.完善了创新创业综合实践学分认定办法。将学生参加创新实践、发表论文、获得专利、参加创新创业项目和竞赛等纳入学分认定管理，创新创业学分超出规定部分可以顶替选修课学分，目前已为近2000名学生进行了学分互换。

2.建立了学生创新学分认定手册。客观记录并量化评价学生参与实践和创新创业活动情况。

3.将创新创业纳入学籍管理。针对创新创业学生放宽修业年限，允许调整学业进程、保留学籍休学创业。对于积极参加创新创业活动或取得了一定创新创业成果的学生，在评优评先中给予认定加分。

三、破解了艺术实践教学的五大难题

（一）如何为学生搭建有效的实践平台问题

实践教学在重理论轻实践的氛围下，存在着第一课堂的实践教学内容陈旧、滞后，往往停留在验证的层面上；第二课堂与专业教学严重脱节；第三课堂的实践教学与社会、企业缺乏紧密的联系等诸多问题。造成的后果则是学生实践能力弱，进入社会后很难适应工作岗位的需要。

为录制《丝路·青春》，学院请中央电视台、辽宁电视台和总政歌舞团各类行业人员来校授课，派教师、学生到中央、辽宁电视台实习，实现校台、校团合作，创、演、教、做一体化，体现了"一课多师""一生多师"，有效破解了实践指导力量弱、实践平台不足的难题。

《丝路·青春》的推出不仅体现了以舞台为课堂，以创作演出为路径，用剧目、曲目、节目和项目教学破解了应用型艺术人才培养中艺术实践机会、平台少的难题，更为学生艺术实践搭建起了规模更大、层次更高的实践教学平台（央视、盛京剧院、人民大会堂、辽台等多家高层次实践单位）。在这个平台上，学生以练带学，教师以演促教，创作排练演出过程成了名副其实的教学过程，全面检验并提高了教师、学生的艺术实践能力；也反映了学校培养学生以党以国为己任的责任情怀，培养学生积极响应国家号召、参与到"一带一路"建设中去，为国家繁荣、经济腾飞做出应有的贡献。

（二）如何有效管理实践环节问题

为了把《丝路·青春》变成培养人才的大舞台，教务处对《丝路·青春》教学过程进行了全新的设计，编制出两个过程：一是创作演出过程：包括构思主题，撰写文稿，创作曲目，编创舞蹈，设计舞台声、光、电、美，分组排练，分幕合练，彩排演出等。二是实践教学过程：包括申报开课，设计教学内容，撰写教学大纲，编制教学实施计划，安排课表，组织演出前实践教学，开展评创、评演、评教、评学，登录学生成绩等。实践中，将两个过程融为一体，边排练，边授课，以练带学，以演促教，把创作演出过程变成名副其实的教学过程、人才培养过程、教师实践能力提高过程。同时，以提高学生专业技能为主线，进行一系列改革。如：创新排课方法，破解排练演出与常态化教学在时间、空间上的冲突；创新教学内容，重新编配各种专业知识、技能，破解演出内容与课程内容两层皮的矛盾。

（三）如何拓宽实践演出受益面问题

为做好《丝路·青春》实践教学工作，增加实践教学受益面，教务处制定下发了《丝路·青春》实践教学方案，提出了各教学单位结合专业特点将《丝路·青春》相关内容有机融入课堂教学过程中，达到了教学与实训的双重效果。在《丝路·青春》剧目排练阶段，许多专业教师带领学生到乐团排练现场或舞蹈排练现场进行观摩、现场讲解，这种理论与实践融合，课堂与舞台链接、教学与排练一体的实践教学过程，从另一个侧面彰显出了艺术实践教学大舞台、大课堂、大实践的特色。为了展示实践教学成果，教学工作部还将在《丝路·青春》实践教学中表现突出的13个实践项目，以公开课的形式进行现场实践教学，打开了教师的教学思路，得到了校领导和专家的肯定。

通过创新教学方式，实行跨专业训练，将音乐表演、舞蹈表演、舞蹈编导、播音与主持等7个专业融入演出之中，让动画、广播电视编导、服装与服饰设计、产品设计等12个专业为演出提供支持，重点进行剧目录制、人物形象设计、服饰设计、舞美设计、道具设计、LED屏幕设计，先后有3000多名学生、300多名教师参与演出，成功破解了演出实践教学受益面小的难题。

（四）如何提高教师实践能力问题

一方面，学校通过定期推出原创剧目的方式，有效激励了教师必须亲自参与创作作品、编排舞蹈、设计服装等活动，为其成长为"双师双能型"教师提供了动力；另一方面，通过搭建与众多国内外优秀的行业、企业人员合作的平台，有效促进了教师专业技能提高。例如，2017年6月，央视导演王昌智导演一行三人多次来大连，与大艺教师一起进行剧本的修改和再创作；2017年7月6日，在新校区行政楼五楼会议室召开《丝路·青春》剧本研讨会议，与会来宾有国家一级编剧、原八一电影制片厂副厂长刘星，中国艺术研究所舞蹈研究所副所长江东，著名文学评论家、原文艺报主编张凌，央视资深编导吴济榕，大连市委宣传部文艺处处长、文艺学教授李英姿，大连文艺评论家协会主席、研究员、著名剧作家杨锦峰，国家一级编导、大连舞蹈家协会名誉主席、原大连艺术学校校长马志广，高级记者、文学（舞台表演）评论家、大连日报集团副社长、大连晚报总编辑赵振江等。与各类行业、企业专家们的合作让学校教师收益颇丰。

（五）如何将创意教学转化为创作实践问题

在《丝路·青春》的创作和呈现过程中，学校多个实践教学团队教师带领学生艰难但完美地完成了从课堂中的创意教学到实践创作的转化。例如：

服装学院将演出服装设计与制作、演员化妆与造型作为重要实践课程内容，组建实践教学团队策划完成。演出服装设计制作团队，在校内实训室完成设计，然后带领学生到校外实践教学基地进行现场教学，完成裁剪、制作，使学生真正体悟到完整的与产业一致的生产流程以及工作内容和能力要求。艺术设计学院也组建实践教学团队，剧目中80%的道具都是由产品设计专业师生采用38种不同材料制作而成。传媒学院广播电视编导专业进行采、编、播一体化实践教学设计，有效地将课本上的内容与剧目新闻采编相结合。

音乐学院由音乐基础理论教研室、音乐学教研室教师，结合课程内容，整理《丝路·青春》进入课堂教学的部分，进行分析、编写，形成实践辅助教材；由管弦教研室、声乐教研室、钢琴教研室结合《丝路·青春》曲谱编写实践教学谱例，作为经典剧目实践教材。组建曲目创作团队，完成了曲目创作和配器。组织教师认真学习《丝路·青春》剧目的词、曲、旋律和总谱，将其融入民族民间音乐、中国音乐史、教学剧目、舞蹈作品分析、视唱练耳、基本乐理、基础和声学、曲式与作品分析、声乐（器乐）专业课、合唱课、合奏课、小组课等课程的教学中。

四、服务了区域文化发展

创新是《丝路·青春》的灵魂，实践是《丝路·青春》的主要特征。《丝路·青春》创作、教学、演出的成功，引发了我院艺术类专业实践教学改革一系列可喜变化：它有力地改变了传统的艺术教学理念和教学组织方式，以高层次的指导、高水平的要求，激发了学生的专业兴趣和学习热情。交响乐、合唱、独唱、舞蹈、朗诵、LED、舞美、音响、灯光等多种艺术形式高度融合，改变了单人、单科、单艺术形式的渐进式的教学模式，使教师、学生的艺术技能和舞台表演能力获得飞跃式的提升；协调、统一、吃苦、流汗，大强度、高难度地排练演出培育了敢于创新、敢于拼搏的艺术职业素养。

《丝路·青春》创作、教学、演出成功使我们更加相信：应用型艺术人才不是课堂教出来的，是在艺术的创作演出中练出来的。实践出真知，实践出技艺，实践出人才、出高水平人才。同样，它的创作和成功也激发了各专业群探索领域内的实践教学新模式，并取得了一系列丰硕的成果，有效地服务了区域文化发展，产生了良好的社会反响。

（一）大连艺术学院以《丝路·青春》为代表的一系列原创舞台剧演出产生了良好的社会反响，为提升民众文化自信、推动文化繁荣做出了贡献。近几年学校与大连金普新区党工委宣传部达成合作意向，举办"四季情韵"音乐会、金州新区新年音乐会、大连市人民文化俱乐部跨年音乐会等惠民音乐会，累计举办20余场、惠民几万人次。通过对200余部经典作品的演绎，提升了市民的艺术情操，对培育高雅音乐受众群体、引领市民音乐先进文化具有重大意义。

（二）2017年10月10日，国家艺术基金人才培养资助项目《满族民间手工艺创新人才培养》在我校举行开班仪式，文化部原副部长周和平、大连市文广局艺术处副处长苗玉君等领导出席，来自四省一区的14所高校和企业的30名学员参加了开班仪式。截至目前，已举办了12期讲座。

（三）承办了辽宁省旅游产品设计大赛。我校工艺美术专业受到了包括辽宁省创意产业协会、中国国家旅游商品研发中心、大连市旅游局、大连金州新区旅游局、义乌市创意产业园、大连市工艺美术行业协会、大连世翔文化产业有限公司等社会各界的支持与好评。辽宁省创意产业协会入驻我校，将我校作为试点建设单位；受大连金州新区旅游局委托成立"金州新区旅游商品研发中心"，为金州新区旅游商品进行系列产品研发，并取得了良好的效果。

（四）近几年先后完成了内蒙古鄂尔多斯体育公园奥运人物雕塑、大连舰艇学院"大海方阵"主题雕塑、大连坦克训练基地组雕，台安县张学良雕塑等10余项大型社会项目，实现了教学与社会的无缝链接，为学生的创业、就业奠定了良好的基础。

（五）与葫芦岛德容集团成立葫芦岛德容集团&大连艺术学院泳装研发中心，在服装与服饰设计专业人才培养方案中增设泳装设计课程，帮助企业设计泳装样式，学生每年为企业设计泳装效果图800余幅。设计方案被企业选用的学生可以到葫芦岛德容工厂和企业技术人员一起研究制作。成立大连贤珥贸易有限责任公司&大连艺术学院研发中心，学生们为该企业"伊美雅"女装品牌设计女装款式累计200多款，目前已被企业采用30多款。

围绕培养高素质应用型创新人才的目标定位，本着培育办学特色，为学生成长提供有效载体和平台，学校员工自觉践行"三个一切"办学理念、"明德、精艺、崇实、尚美"的校训和"追求卓越，敢为人先"的大艺精神，将艺术创作融入教学改革，成功地探索了思想与艺术、课堂与舞台、理论与实践、传承与创新、教学与管理结合的新途径和新方法，丰富和发展了已形成的"三个课堂联动""项目教学、剧目教学、校企合作教学、服务社会教学和展演赛教学"的特色和优势，提高了学生的艺术感受力、表现力、应变能力、知识应用能力、创新力、心理承受能力。未来，我们还将进一步拓宽人才培养路径、提升人才培养质量，为更好地服务学生、服务社会做出贡献。

实践教学计划安排

大连艺术学院《丝路·青春》实践教学方案

姜元杰　王忠森

为全面贯彻"三个一切"的办学理念，体现学校在人才培养、社会服务、文化传承创新中应有的担当，学校在"和平三部曲"的基础上又倾力打造了新的实践教学品牌项目——《丝路·青春》，《丝路·青春》的推出为应用型艺术人才培养搭建了实践平台，也必将带动全校实践教学整体水平跃升到一个新的高度。根据王贤俊董事长和姜茂发院长关于做好《丝路·青春》剧目教学与学校各专业实践教学全面融合、互促多赢的指示精神，现对《丝路·青春》实践教学活动安排如下：

一、教学目的

积极创设实践教学环境，努力营造实践教学氛围，精心搭建实践教学平台，将《丝路·青春》分解为不同专业课程的教学内容，融入专业教学之中，充分发挥《丝路·青春》剧目教学对全校实践教学的示范引领作用，结合专业教学展示各专业围绕《丝路·青春》在实践教学方面取得的最新成果，提升实践教学整体水平，为应用型艺术人才培养打下坚实的基础。

二、教学任务

（一）音乐学院负责《丝路·青春》教学剧目的乐曲创作和交响乐团、合唱团、舞蹈团、音乐剧部分的编排、教学，并按照剧目教学要求，重新编班、编制课表、重新调整教学内容、编写教案，制定实践教学考核标准，组织好过程检查和课终考试。

（二）传媒学院负责参与剧本创作、LED编创和创作、教学、演出过程的照相、摄像及纪录片的编辑制作，广播电视编导专业、播音与主持专业和动画专业要分别制定教学实施计划，选好实验班，并做好实践教学对比研究，探索实践教学的新途径和新方法。

（三）影视学院和传媒学院应按照拔尖人才培养要求，选拔主持人和朗诵人员，制定拔尖人才培养计划，提出拔尖人才学分认定转换建议，组织对主持人、朗诵人员的培训指导，形成一套拔尖人才培养的经验和做法。

（四）服装学院负责剧目所需舞台服装的设计制作、参演人员化妆和服装展示。通过教学探索开设舞台服装设计方向的可行性，为服装与服饰专业教学改革积累经验和素材。

（五）艺术设计学院负责剧目所需道具的设计制作和宣传材料的平面设计，产品设计专业要将道具设计作为项目教学的主要内容，拿出项目教学的实施方案，在教学中探索产品设计专业学生创新创业能力培养的方法和途径。

（六）其他教学应结合剧目教学主动设计开展好实践教学活动，多方位、多途径、多渠道探索为学生搭建实践教学平台，为学生实践应用能力培养营造良好的教学环境，推出一批实践教学改革成果，整体提升学校的实践教学水平。

三、教学时间安排

2017年8月14日至11月24日，教学周12周。12周教学划分为三个阶段：

第一阶段（8月14日至8月25日）为准备阶段：各学院（部）完成教学任务分解，各教研室结合相关课程制定教学计划，编写教案，完成教学准备。

第二阶段（8月26日至11月5日）为教学实施阶段：各学院（部）、各专业和各团队根据教学任务分工组织实施教学，在教学中完成相应的教学任务。

第三阶段（11月6日至11月24日）为完善提高阶段：各学院（部）、各专业和各团队根据剧目教学合练中提出的新问题和新要求，完善不足，提高质量，为剧目最后演出做好一切准备。

四、组织领导

成立《丝路·青春》剧目教学工作领导小组，负责《丝路·青春》实践教学工作的统筹协调，研究审定各学院的教学计划安排，检查教学落实情况，解决教学中遇到的困难和问题。

组长：张小梅

成员：徐艳 王雪梅 刘湛 刘奕 巴妍 刘爽 黄潇潇 张振华 柳娜 陈长东

五、教学要求

（一）高度重视。实践教学是应用型艺术人才培养的有效途径，《丝路·青春》剧目教学是学校为培养应用型艺术人才而精心设计打造的实践教学平台，全院上下一定要统一思想，形成共识，高度重视并自觉抓好实践教学工作。

（二）积极参与。实践教学是师生共同行为，需要广大师生积极参与，勤于思考，勇于创新，大胆改革，全院师生都要做实践教学的践行者，通过全校师生的共同参与，推动实践教学改革不断深化，促进学校应用型艺术人才培养质量的提高。

（三）打造精品。各单位要从接受教学任务开始就树立精品意识，无论是教学准备还是教学组织实施都要按照打造精品的要求进行，要将《丝路·青春》打造成剧目教学的精品、演出的精品和人才培养的精品，使教师和学生在教学实践与演出中受到锻炼、得到提高。

（四）加强总结。机关和各院（部）都应认真总结实践教学中好的经验、做法，形成可供借鉴的实践教学成果，同时要注意发现问题，不断改进，进一步凝练实践教学特色，提升实践教学整体水平。

音乐学院《丝路·青春》实践教学实施计划

刘 湛

根据学校2017年8月11日"新学期工作会议"的精神，按照学校总体工作部署，结合音乐学院本学期工作重点，为进一步构建"演学创"一体化应用型艺术表演人才培养模式，推进转型发展专业建设，特制定《丝路·青春》教学剧目实施方案如下：

一、工作内容

（一）《丝路·青春》教学剧目的乐曲创作。

（二）《丝路·青春》教学剧目交响、合唱、舞蹈、音乐剧部分的排演。

（三）《丝路·青春》教学剧目实践教学安排。

（四）《丝路·青春》教学剧目实践教材编写。

（五）《丝路·青春》教学剧目科研项目申报。

二、预期目标

（一）完成《丝路·青春》教学剧目曲的创作，打造我院原创音乐精品。

（二）完成《丝路·青春》教学剧目大连、沈阳、北京人民大会堂的演出，在舞台实践中，最直接、有效的培养学生专业技能，提升教师专业指导能力，创新实践教学形式，培养应用型艺术表演人才。

（三）将《丝路·青春》的词曲学习、排练、演出与课堂教学有效融合，构建实施"演学创"一体化应用型音乐、舞蹈人才培养模式，形成实践教学系列材料。

（四）完成实践教学辅助教材的编写，包括《丝路·青春》曲片段的视唱、曲式分析、代表性音乐（舞蹈）鉴赏、合唱（合奏）谱集等。

（五）完成1项国家艺术基金项目申报，15项校级科研招标课题申报。

三、完成责任人

（一）乐曲创作：高大林、孙毅

（二）排演：高大林、孙毅、刘黎芹、董询、孙洪一、田雪、陈晨

（三）教学安排：张小梅、刘湛、吕程、各教研室主任

（四）教材编写：张小梅、刘湛、常薇、各教研室主任

（五）科研申报：张小梅、刘湛、常薇、各教研室主任

四、教学实施

（一）实践教学时间

2017年8月14日——2017年11月24日，教学周12周。

（二）实践教学内容

1.《丝路·青春》序曲、四个乐章、尾声的乐曲创作部分。

2.《丝路·青春》序曲、四个乐章、尾声的乐曲演奏部分。

3.《丝路·青春》序曲、四个乐章、尾声的合唱部分。

4.《丝路·青春》序曲、四个乐章、尾声的独唱、重唱部分。

5.《丝路·青春》序曲、四个乐章、尾声的舞蹈部分。

6.《丝路·青春》第四乐章的音乐剧部分。

7.《丝路·青春》交响、合唱、舞蹈、音乐剧合排、首演。

8.《丝路·青春》的修改、合排、舞台呈现。

（三）《丝路·青春》词、曲内容与专业课教学的融合

1.组织教师认真学习《丝路·青春》剧目的词、曲，将精髓内容融入安排到民族民间音乐、中国音乐史、教学剧目、舞蹈作品分析课程的理论教学中。

2.组织教师认真学习《丝路·青春》的主题旋律、总谱，将代表性片段融入视唱练耳、基本乐理、基础和声学、曲式与作品分析、声乐（器乐）专业课、合唱课、合奏课、小组课课程的教学中。

（四）《丝路·青春》排演期间专业课调整计划

根据《丝路·青春》排练及演出时间的安排，音乐学院对所涉及学生及教师的教学安排进行了调整，具体计划如下：

1.声乐专业参与排练与演出的学生为2016级本科全部声乐专业150人，这些学生的专业课全部安排到"十一"以后专班授课。2017级新生不参加排演，报到后由4名专家教授分小组安排大师课，"十一"以后再分专业课教师。声乐专业教师安排为每天抽调4名无课教师带领学生排练，其余教师正常上课。14名外聘教师多承担一些教学任务，参与排练和演出的教师将课程安排至无排练时间。

2.音乐剧2名教师参与排练，根据这两位教师的课程安排，他们将利用无课时间进入排练，因此按原课程安排正常授课。

3.民乐8位教师参与排练和演出,其专业课除正常上课时间外,安排到中午、9、10节以及周末。

4.管弦专业师生排练时间已全部进课表,按课表正常授课。

5.舞蹈专业每天抽调部分不同的学生进行排练,其余学生正常上课,老师将对参与排练学生在该周内进行补课,补课安排一周一报,实施动态化管理。

6.所有参演学生,9、10节课的排练按公共选修课计学分。

(五)实践教学考核方案

1.《丝路·青春》实践考核成绩分为优秀、良好、中等、及格、不及格五个等级;

2.《丝路·青春》实践考核成绩由指导教师,在综合编导、导演、指挥、作曲等人员评分后,给出总评成绩。

五、具体措施

(一)组建曲创作团队,于8月10日之前完成曲创作和配器。

(二)分别由管弦教研室、声乐教研室、舞蹈教研室、音乐剧教研室选拔师生组建团队,按照排演计划于9月30日之前完成《丝路·青春》教学剧目的排练、大连演出;10月25日完成修改和沈阳演出;11月24日完成北京演出。

(三)编写实践教材。由音乐基础理论教研室、音乐学教研室教师,结合课程内容,整理《丝路·青春》进入课堂教学的部分,进行分析、编写,形成实践辅助教材;由管弦教研室、声乐教研室、钢琴教研室结合《丝路·青春》曲谱编写实践教学谱例,作为经典剧目实践教材。

(四)组织全体教师结合自己本专业方向,积极申报国家艺术基金项目和校级科研招标课题。

动画专业《丝路·青春》实践教学实施计划

戴金玲 方楠 高强 王圣瑛

根据学校2017年8月11日"新学期工作会议"的精神，按照学校总体工作部署，结合动画本学期工作重点，为进一步构建"产学研"一体化应用型动画人才培养模式，推进转型发展专业建设，特制定《丝路·青春》教学剧目实施方案如下：

一、工作内容

（一）《丝路·青春》舞台剧在动画专业实践教学安排。

（二）《丝路·青春》舞台剧动画专业实践教学记录。

（三）《丝路·青春》舞台剧动画专业科研项目申报。

（四）《丝路·青春》舞台剧动画专业汇报总结。

二、预期目标

（一）完成《丝路·青春》舞台剧中LED背景制作，在舞台制作实践中，最直接、有效的培养学生专业技能，提升教师专业指导能力，创新实践教学形式，培养应用型动画人才。

（二）完成《丝路·青春》舞台剧LED背景制作与课堂教学有效融合，构建实施"产学研"一体化应用型动画人才培养模式，形成实践教学系列材料。

（三）完成1项校级科研招标课题申报。

（四）总结在《丝路·青春》舞台剧背景制作中的经验与不足。

三、完成责任人

（一）教学安排：戴金玲、各工作室老师

（二）教学记录：戴金玲、方楠、王圣瑛、高强、郑孝龙

（三）科研申报：戴金玲、方楠、王圣瑛、高强、刘柳、毕文、宋鹤

（四）专业汇报：戴金玲

四、教学实施

（一）实践教学时间

2017年8月14日——2017年11月24日，教学周12周。

（二）实践教学内容

1.《丝路·青春》舞台剧的序背景LED制作。

2.《丝路·青春》舞台剧的第一章节、第二章节背景LED制作。

3.《丝路·青春》舞台剧的第三章节背景LED制作。

4.《丝路·青春》舞台剧的第四章节、尾声背景LED制作。

（三）《丝路·青春》舞台剧中背景LED制作与专业课教学的融合

组织教师认真学习《丝路·青春》舞台剧剧本，同时，参与制作老师亲临排练现场感受舞台剧的氛围来设计背景，通过对音乐、词曲的了解，将融入影视后期制作、动画速写、动画剧本创作课程中实践。

（四）《丝路·青春》舞台剧背景LED制作与专业课调整计划

根据《丝路·青春》演出时间的安排，传媒学院对所涉及LED背景制作的班级学生及教师的教学安排进行了调整，具体计划如下：

1.在剧目排练中带领2015级及2016级部分学生还有2016级专科进行现场体验感受，回去在背景创作中寻找与现在音乐及台词一直的背景素材进行合成，

2.所有参与制作LED背景的学生，正课均为随堂跟老师制作，涉及9、10节课的制作的学生按公共选修课记学分。

（五）实践教学考核方案

1.《丝路·青春》舞台剧实践教学成绩分为优秀、良好、中等、及格、不及格五个等级；

2.《丝路·青春》舞台剧实践教学成绩由指导教师，结合LED制作效果最终给出总评成绩。

五、具体措施

（一）LED背景创作团队，于9月30日之前完成大连演出舞台背景；10月25日前完成修改和沈阳演出；11月24日前完成北京演出。

（二）组织全体教师结合本次LED制作，申报校级科研招标课题。

服装学院《丝路·青春》实践教学实施计划

巴 妍

项目引导教学模式是指以学生为中心、以项目活动为载体，通过师生之间的亲密合作来解决跨专业问题的教学活动形式。实践教学作为服装专业教学的重要组成部分，承载着将理论转化为实践的关键任务。实践教学的组织与管理的成效，是充分体现服装专业教学特点和检验服装类高等教育人才培养成果的重要标准。以具体的项目作为工作目标，引导实践教学方向和实践教学计划拟定，并围绕具体项目开展实践教学工作，明确学生具体工作能力养成，使人才培养和教育教学有的放矢。

班级	课程名称	剧目	具体完成内容	指导老师	教研室
16级1、2班3、4班	服装结构制图基础（二）	舞蹈表演：《郑和下西洋》男声独唱：行无畏（郑和下西洋包装）	40件虎皮抹胸\虎皮裙、制板、排料、裁剪、制作 11件披风、制板、排版、排料、裁剪、制作	冯素杰 李晓梅	服装工程教研室
15级3、4班、男装班	服装CAD设计与制板）、针织服装工艺与设计	领唱歌伴舞：《夜莺》女声独唱+行为舞蹈：《五彩之路》	30件拟人树带咖啡色，带帽子、一脚蹬，五指、尼龙衣制板、排版、排料、裁剪、制作 5色连体紧身衣	于述平 王琳	
15级5、7班	服装结构制图（休闲）	情景舞蹈表演：非洲舞	40件印第安人，咖啡色尼龙衣，一脚蹬，五指、制板、排版、排料、裁剪、制作	王秀彦 赵一美	
16级5、6班	绘图软件基础	长甲舞	26套长甲舞服装制版，排料，制作，后期处理	张春夏	服装设计教研室
17级5、6班	图案设计基础	第二幕引子舞台剧	古埃及2男2女斯里兰卡2男2女土耳其2男2女	刘冲	
舞台服装工作室	第二课堂	第二幕引子舞台剧	古埃及2男2女斯里兰卡2男2女土耳其2男2女	刘冲	
2017级7、8班	图案设计基础	沙漠驼队 单鼓舞	驼队男女14人、单鼓舞男女20人	王杨	
2017级3、4班	图案设计基础	哈萨克斯坦舞蹈	哈萨克斯坦男20	樊一霖	
2016人物专1、2班	服装设计女装	巴基斯坦女声独唱+歌舞表演：巴基斯坦舞蹈	巴基斯坦21套	刘楠楠	
2016级5、6班	服装材料设计	西班牙舞蹈男、女服装	西班牙舞蹈男12套女12套	高明	
2016级7、8班	手工设计基础二	引子：舞台剧	威亚女2套舞蹈女：黄色，10	崔欣	
	第二课堂				
15级服装设计女装（专）1、2班	立裁基础	合唱《五彩丝路》	女裙20套（五色）男衬衫16套（白色）男衬衫20套（五色）	李源	
15级1、2班	服装设计（休闲）	阿拉伯民族舞蹈	阿拉伯民族服装30套（红、黄、湖蓝）	励姣	
	第二课堂	西班牙舞蹈男、女服装	西班牙舞蹈男12套女12套	高明	
14级（1、2）	项目课题设计	舞台剧《课桌舞》	男18套，女18套	王晓林	
		领唱歌伴舞	旁白		

	第二课堂	剧情剧《志在四方》 引子：舞台剧	英伦校服 仙女裙	李冰	服装表演及人物形象设计教研室
服设 15(本) 人物 1、2 班	时尚发型	序曲、第一篇章所有剧目	序曲、第一篇章服饰配件的制作、妆面及发型设计、绘制与制作	韩明	
16 级人物形象 1、2 班	美甲	第二篇章所有剧目	第二篇章发型及妆面的设计与绘制、服饰配件的制作	张羽檬	
服设 14(本) 人物 1、2 班	人物整体形象设计	第三篇章、第四篇章及尾声	第三篇章、第四篇章及尾声发型及妆面的设计与绘制、服饰配件的制作	金令男	

备注：1. 采取第一课堂、第二课堂联动方式。本时间段内原有课程于课内实践环节增加《丝路青春》项目相关内容，本阶段无课教师以第二课堂形式带领自己项目组学生成员，完成相应工作内容。

2. 三个教研室全覆盖，学生班级基本覆盖，责任到人。

3. 分组进行，阶段验收，每周汇报进度，三个教研室交流。

4. 原有服装出库及过程保障由戴文翠老师负责。

道具项目教学实施计划

丛 鹏

一、《道具设计与制作》教学目标

目标性的项目实践教学能把以前理论知识与实际操作相结合，制作出符合剧目要求的道具。

（一）第一阶段目标

1.了解舞蹈艺术的深厚蕴意和历史知识。

2.掌握彩绘和调色的技能，提升学生的动手能力和绘画技能。

3.提高学生实践动手能力，拓宽学生视野，增强学生创新意识。

4.思考方法不断充实，收获颇多的经验。

（二）第二阶段目标

1.了解中华文化的历史知识，感受舞蹈和设计道具相结合的艺术之美。

2.掌握背景板的安装技能以及了解舞台的幕后程序。

3.提高学生实践动手能力，拓宽学生视野，增强学生创新意识。

4.开阔了更广的思路，体会到团结合作的重要性。

（三）第三阶段目标

1.学习各种设计道具和制作道具的工序，体会理论与实践两者的结合。

2.对设计和产品专业的理解更加深刻，思考问题的方式更开拓。

3.提高学生实践动手能力，拓宽学生视野，增强学生创新意识。

4.体会到团结合作的重要性，掌握一些舞台的幕后程序的技能。

二、《道具设计与制作》教学内容 （略）

三、《道具设计与制作》教学安排及方式

（一）学时安排

本课程总学时64学时，理论授课16学时（含调研与考察8学时），实践48学时。

（二）课程进度

《道具设计与制作》课程进度表

教学环节 教学时数 课程内容	讲课	市场调研与考察	习题作业	小计
概论	2			2
道具的应用范围及意义	2			2
道具的分类	2			2
道具的设计原则	2			
道具的材料		8		8
道具设计实例分析			48	48
总　　计	8	8	48	64

四、《道具设计与制作》考核内容及要求

（一）内容

1.《郑和下西洋》舞蹈道具：船桨涂装＋彩绘，40把；

2.《丝路花雨》舞蹈道具：琵琶涂装＋彩绘，5把；

3.《长甲舞》舞蹈道具：大型佛龛门造型，3组；

4.《夜莺》舞蹈道具：拟人树造型，44棵；

5.《非洲舞》舞蹈道具：发光长矛，44根；

6.《课桌舞》舞蹈道具：课桌改装，24张。

（二）要求

1.对于制作道具过程中学到的专业性知识。

2.对艺术文化的蕴意的了解以及舞蹈魅力的认知。

3.对于道具的改装制作得到的专业性的启示以及精神上的收获。

4.在实践的过程中根据自己所经历的情况去感悟和思考，从而收获得到的经验。

5.在活动结束后，感悟舞蹈的和道具结合的魅力，体会到舞台的魅力。

6.通过这次的活动体会对待设计严谨和认真的态度。

实践教学总结

音乐学院《丝路·青春》实践教学总结

刘 湛

大型原创舞台剧《丝路·青春》是我院为培养适应经济文化新常态需要的艺术创新人才，以舞台为课堂，以创作演出为路径，用剧目、曲目教学形式进行的人才培养模式的改革，取得令人瞩目的成效。在《丝路·青春》实践教学过程中，音乐学院作为主力军，以交响乐团、合唱团、舞蹈团、音乐剧等实践教学团队为依托，带动了音乐、舞蹈专业实践教学模式的改革和创新，凝练出了"演学创"一体化实践教学模式和成果。

一、成果意义

音乐、舞蹈专业应用型人才培养的最佳途径，是以市场岗位需求为导向，按照职业岗位的基本要求、标准和必须具备的基本知识、技能，来制定人才培养的计划和方案。同时在人才培养的过程中，借助教学和演出的平台，不断研究、创作、创新，推出优秀的原创作品、艺术表现形式等成果，服务于教学，惠及行业和社会。

在这样的人才培养思路指导下，我们推出了"演学创"一体化教学模式，是非艺术类专业"产学研合作教育"在音乐舞蹈专业教学上的体现。"产"在音乐舞蹈专业教学上的体现是"演"，"研"在音乐舞蹈专业教学上的体现是"创"。"演学创"中的"演"是音乐舞蹈的表演、排练、演出，"演"是实践教学内容；其中的"学"是教学活动的总称；"创"是创新教育及演原创作品。三者的关系为，教学是主体，演为教学服务，目的是使学生有足够的时间在实践的课堂中学，将知识、技能尽快转化为能力，尽快向应用型人才的方向发展。音乐、舞蹈专业的创新教育，对"演"的依赖性较大，"演"的时间越长，剧目越大，样式越多，创意就越多、越好，培育学生创新能力的效果就越好。从培养应用型音乐、舞蹈人才上说，"演学创"一体化教学以演出为导向施教，以教学为宗旨排演，以创新为质量要求，来实现多能型应用人才的培养目标，是值得研究、尝试的教学模式。

音乐、舞蹈专业"演学创"一体化人才培养模式将理论教学、实践演出、创新教育及演原创作品融合统一于舞台表演综合能力的培养。围绕舞台这一中心，一方面，构建与舞台职业能力相对应的课程体系，整合课程，优化结构，实现理论课程与技能实践的有效融合和相互促进；另一方面，增加实践学时，丰富实践形式，加强实践指导，重视艺术实践项目管理和指导，搭建教学、原创一体化路径；第三，将原创音乐作品、剧目纳入教学大纲，展示表演于舞台之上，提升学生音乐表演中把握作品、处理作品、演绎作品的二度创作的创新意识和能力。

"演学创"一体化教学模式推进教学、实践和创新高效统一于应用型人才的培养：

（一）有助于应用型人才培养目标的实现。"演学创"一体化教学模式遵循了艺术教育规律，符合音乐、舞蹈专业教学特点。打破了传统教学以课堂教学为主体、理论与实践教学分开进行的普通教育模式，强调以市场需求和就业为导向，把职业能力对应融入各教学环节，塑造实践能力强、综合素质高的多元化人才，从而实现应用型人才的培养。

（二）有助于探索新型实践教学形式。艺术实践教学对应用型艺术人才的培养起着举足轻重的作用，究竟如何开展有效实践教学，是音乐、舞蹈专业面临的普遍又亟须解决的问题。该教学模式提供了"演学创"一体化的艺术实践教学渠道和思路，构建了在实践演出与理论教学、创作创新相互融合基础上的实践教学模式。

（三）有助于培养学生创新思维和就业能力。原创作品本身就是对教学内容和实践演出内容的创新，是结合文化市场需求和学生实际专业水平进行的创作。同时原创作品的教学和演绎没有榜样可借鉴，学生只有融入和参与到有效的实践教学中，才能激发其对作品进行二度创作的意识和激情，才能激发其表演和提升自身专业技能的欲望。所以，"演学创"一体化教学模式能使学生紧跟文化社会发展动态，把握和顺应文化发展趋势，提高职业素养和就业能力。

二、主要内容

音乐、舞蹈专业"演学创"一体化教学模式的核心构成包括五个纳入、四重情境、三个阶段、两个融合、一个目标。

（一）五个纳入

"演学创"一体化是将实践演出、作品创作创新纳入人才培养中，实现教学和职业岗位的零距离对接。

1.纳入人才培养方案：将音乐、舞蹈专业实践演出、作品创作创新纳入人才培养方案，在能力与实践课群中设置独立的"创新创业综合训练课"，作为演学创一体化实施的载体和依据。

2.纳入课程：按照音乐、舞蹈专业人才培养目标，将"演学创"一体化于创新创业综合训练课的教学大纲，在大纲中设置演学创的项目内容、项目形式、项目要求、项目标准。进而据此开展一系列教学活动，制定一系列教学文件，包括教学实施计划、课程表、教案、教学日志、教学考核、教学总结等。

3.纳入人才培养全过程：音乐、舞蹈专业学生按照创新创业综合训练课的教学安排，在四个学年1—7学期中，完成不同教学情境、不同教学内容、不同教学梯度的实践演出内容和创作创新项目，实现演学创人才培养全过程的一体化。

4.纳入教材：将音乐舞蹈原创曲目、剧目作为创新创业综合训练课教材的同时，纳入合唱课、合奏课、剧目教学等课程教材。让学生在课堂中学习原创、理解原创，进而在舞台上的实践演出中领悟原创、表演原创，对原创进行二度创作和创新。

5.纳入考核：将音乐、舞蹈专业学生参与的实践演出项目，纳入创新创业综合训练课的课程考核。教师根据学生的出勤率、舞台表现、与人合作等综合表现进行测评和打分，成绩合格即可获取相应学期的学分，总计12学分。

（二）四重情境

音乐、舞蹈专业学生在教室/琴房、排练厅、校外实践基地、社会舞台等由低到高多重教学情境中实现"演学创"一体化，最终归一到培养和提高学生的演奏水平与艺术素养的人才培养目标。

1.第一重情境——课堂基础教学：本情境的教学在教室、琴房中实现；教学载体为教材（包含原创曲目、剧目）；教学目标是培养学生掌握专业领域的基础知识和基本技能。

2.第二重情境——实践排练教学：本情境的教学是第一重情境教学的延伸，是将所学专业基础知识和技能熟练、领悟、内化的过程，是学生在排练中学习、提升和二度创作、创新的过程；教学环境为校内实训室、排练厅；授课形式为分排和合排。

3.第三重情境——舞台演出教学：本情境的环境为舞台上、灯光下；通过原创曲目、剧目的舞台呈现，培养学生专业技能、舞台表现、与人合作等综合职业能力和素养。前两重情景教学能够涵盖所有层次和水平的学生，第三重舞台教学突出了拔尖人才的培养，专业突出、技能全面的学生得到了最高平台的锻炼和展示，没有登上舞台的学生则可以通过参与排练、演出观摩得到不同程度的进步和提升。

4.第四重情境——总结回炉教学：本情境教学是对上述三重教学情境的评价、考核、总结和回炉。评价是教师、学生对原创作品、演出过程、教师指导、学生表现、教学效果等情况进行测评和评价；考核是教师根据学生在排演过程中的出勤率、态度、专业表现、协作精神等方面进行考核；总结是教师、学生对实践演出进行总结和反思，发扬优点、查找不足；回炉是在总结的基础上，凝练出人才培养过程中和职业能力、岗位技能对接不够紧密的内容和环节，然后在教学中有针对性的查缺补漏。

（三）三个阶段

"演学创"一体化按照时间顺序，通过三个阶段来实现和完成。

1.实践演出前：按照实践教学的环节，在实践演出前，我们要做出实践教学实施方案。根据方案的进程，首先进行演出词、曲的创作或改编；其次要制定排练课程表，撰写教案；最后，组织学生进行排练，在排练中完成对学生专业技能、舞台表现、与人合作等综合技能的指导和集中训练。

2.实践演出中：是在舞台上、灯光下进行职业技能塑造的过程，首先要进行舞台的布局，节目的策划，让学生了解和熟悉与演出相关的准备工作；其次，通过真切的舞台演出，节目的表现，与其他艺术形式的配合等渠道，使学生的专业技能得到最大程度和强度的训练和转化，并最终内化为演员职业技能，实现高素质的音乐、舞蹈应用型人才的培养。

3.实践演出后：在实践演出后，我们组织对教师、学生进行考核、评价和总结，这是一个反思和反哺的过程。通过实践演出的整体表现和反思学生在演出中出现的问题，来调整音乐、舞蹈基础理论教学的内容和侧重点；来加强教师专业指导的针对性和重点；来凝练团队建设的思路和方法；来增强教学管理的组织协调；来找准科学研究的切入点。

（四）两个融合

我们对"演学创"一体化人才培养模式进行了全新的设计，编制出两个过程。

1.创作演出过程：包括构思主题，词曲的创作，配器的合成，舞蹈的编排，舞台的设计，分组排练，分幕合练，彩排演出等一系列环节。

2.实践教学过程：包括申报开课，设计教学内容，撰写教学大纲，编制教学实施计划，安排课表，组织实践演出，开展评创评演评教评学，考核，成绩认定等。

在实践中，我们将两个过程融为一体，遍排练遍授课，以练带学，以演促教，把创作演出过程变成名副其实的教学过程、人才培养过程、教师实践教学能力提高的过程。

（五）一个目标

通过将理论教学、实践演出和作品创作创新统一于音乐、舞蹈专业人才培养的体系中，并使之互相支撑、互相促进，最终形成合力，实现音乐、舞蹈专业具备舞台表演综合能力的应用型、创新人才的培养。

三、成果创新点

本成果以社会文化和行业发展需求为导向，以学生岗位职业技能和创新创业能力培养为目标，以舞台实践教学为途径，构建了音乐、舞蹈专业"演学创"一体化教学模式。打破了传统音乐、舞蹈专业教学教育思想趋同的误区，解决了教学方式单一、综合素质教育失衡、实践训练被动、不规范等问题。

（一）理论创新：以马克思主义实践观为指导，明确音乐、舞蹈专业艺术实践教学的创新理念；艺术实践教学必须与文化发展需求接轨，将艺术实践教学贯穿于人才培养全过程，以创新机制横向整合教学、科研和社会实践各个环节，纵向整合课内、校内、校外"三个课堂"的实践教学维度，实现应用型、创新人才的培养。

（二）实践创新：将音乐、舞蹈专业理论教学、实践演出、作品创作创新高效融合，形成合力于应用型艺术人才的培养。一方面，将实践演出纳入理论教学的课程体系，建立学生社会艺术实践的长效机制；另一方面，以原创作品的教学、演练为推手，激发学生学习、表演、创新的激情和动力，进而提升舞台表演综合素质和职业技能。

四、成果特色

在我国"文化立国""文化大发展大繁荣"和提高国家文化软实力的政策推动下，文化市场和文化产业发展获得广阔的空间，艺术教育越来越受到社会的重视和市场的青睐。同时，高校要主动适应我国经济发展新常态，把办学思路转到服务地方经济社会发展上来，转到产教融合校企合作上来，转到培养应用型人才上来，转到增强学生就业创业能力上来。本成果是在这样的大背景下，对音乐、舞蹈专业实践教学进行探索、研究和实践，为培养应用型艺术人才和提高学生就业能力和职业素养提供了有效的途径和方法。

（一）将实践教学纳入人才培养方案，把课堂教学和实践训练进行科学、合理的安排，建立学生社会实践的长效机制。改革以课堂教学为主体，理论与实践教学分开进行的传统艺术教育模式。

（二）以音乐、舞蹈专业原创作品为抓手，通过原创经典的教学、演绎、传承来培养音乐、舞蹈专业学生的创新意识、创新精神、创新能力。

（三）构建音乐、舞蹈专业"演学创"一体化教学模式，将理论教学、实践演出、作品创作创新贯穿于人才培养全过程，以创新机制横向整合教学、科研和社会实践各个环节，纵向整合课内、校内、校外"三个课堂"的实践教学维度，实现应用型、创新人才的培养。

表演专业《丝路·青春》实践教学总结

管月月 刘海书 李超

　　《丝路·青春》大型舞台剧不但是一场成功的演出，同时，也是堂生动的实践教学课程，无论是学生还是老师，都在剧目排演过程中受益匪浅。而这次《丝路·青春》的排演，也正是围绕着董事长的初衷，围绕着大连艺术学院的办学宗旨，围绕着实践教学来展开的。

　　经过一个月的《丝路·青春》走进课堂的表演学习，学生慢慢知道什么是真正的表演。表演来源于生活，生活就是艺术取之不尽用之不竭的宝藏。引用一句俗语，却是真理——艺术来源于生活。

　　我院教师有幸带领学生走进《丝路·青春》的排练厅，进行现场观摩，现场教学，每个学生都在观看排练中对大型舞台剧有了一个全新的认知。台词的处理，舞蹈的编排，乐队与合唱团的配合，都在给学生们诠释一个道理：从个体到整体，从小我到大我，是需要整合需要打磨的。

　　观摩排练之后，学生回到课堂上进行了积极的充分的讨论，并且每个人都讲述了观摩排练后自己的所见所闻所感，激起了学生的学习热情。

　　表演专业的学生都有很强的表现力和表演的欲望，他们在课堂上生动地分析了所有在舞台上出现的人物的心理活动，也在角色的外部塑造上进行了一轮深刻的讨论，然后，在表演老师的带领下，学生们在课堂上以《丝路·青春》、“一带一路”为主题，进行了单人或多人的小品创作，每一个作品都深究历史背景，人物心理活动和对当下对手的判断和反应。也有很多同学把《丝路·青春》中的舞蹈片段，改编成了生动的富有戏剧色彩的短剧，很多独特的想法，都是在观看了《丝路·青春》的排练后萌生的。正因为有了《丝路·青春》，有了这次丰富多彩的实践教学，学生们得以开阔自己的视野，增长自己的见识，丰富自己的想象，提升了自己的专业水平，确立了由一名表演专业的学生成长为专业演员的目标。

　　每个学生都渴望着能有机会到更大的舞台上演出历练，在课堂学习上，在专业能力的探索和追求上，都有了一个全新的改变。学生们经过这次实践教学，对舞台的渴望变得更加热烈，可以说，是《丝路·青春》唤醒了很多学生的舞台梦，因为舞台就在身边，只要努力就会有收获。

正如董事长所说："灯光下、舞台上，是学生实践最好的场地，一生多师、多元化教学、优势相长，是实践教学最有效的方式。"每个学生心中都有属于自己的梦想，而我们作为老师，最希望看到的就是学生们能去为了自己心中的梦想努力拼搏，脚踏实地的奋斗。可见《丝路·青春》实践教学对学生们起到的作用是不可估量的。

表演艺术有别于其他的艺术，它是一门由专项到多项的艺术，想成为一名优秀的演员，必须对事物拥有更深层次的理解，对人物要有更准确地剖析，同时，也要掌握很多个艺术种类。通常一名好演员，都会演奏一种乐器，演唱歌曲作品的时候也会很专业，这就涉及了音乐艺术，还有，作为演员，身体的协调性柔韧性是必须掌握的一种能力，而这种能力一定要经过舞蹈基本功和肢体语言表达的训练才能具备，这又会涉及到舞蹈艺术。

俄罗斯著名导演聂米罗维奇·丹钦科说："什么都不会的人，可以成为一名演员；什么都会的人，可以成为一名好演员。"在教研室会议中，所有的表演专业教师都在讨论如何进行专业融合，如何培养表演专业的学生进行多元化多方面多专业的学习，我们始终认为，艺术是相通的，同时也是相融的，无论什么艺术，都会有共同点，就是给人以美的享受。当我们想给学生传递这样想法的时候，却苦于没有生活中的典型的例子，网络上的例子又太遥远。而就在这个时候，《丝路·青春》生动形象地向我们展示了什么叫专业融合，什么叫互通有无，什么叫相互促进相互影响。

这次剧目的排练和演出，就是真正意义上实现了多专业的融汇、交叉以及互相促进，艺术是相通的，它们有区别，又有共同之处；它们相互联系，相互影响，在联系与影响中互相促进，互相借鉴。这次活动，董事长将各个专业进行融合排练，为了一个剧目的呈现共同努力，包括教师、学生以及台前幕后的众多工作人员，积极地调动起大家的工作热情，可谓是意义深远。

这次活动也成了校园里的热门话题，有幸参与的学生会带着排练的疲惫与成功的骄傲对同学们讲述排练的所思所得，参与活动的老师结合排练心得，在课堂上引用这次实践案例，充分和调动了学生们的创作积极性，学生们说的最多的话就是"下一次什么时候""我能不能上"。在学生群体中，引发了"他行，我为什么不行"的良性竞争趋势，学生的学习热情得到了空前的提高。

十年打基础，二十年出风采，三十年实现大艺梦。我相信，通过实践教学，是可以为培养应用型人才打下优良基础的，不仅仅是表演专业的学生，所有艺术专业的学生想要得到锻炼得到提升，最主要的就是要有实践的机会，要有从学生到专业的艺术人才转换的过程，而实践教学恰恰就是这个转换过程中最好的助力。通过培养一批又一批的实践人才，来进行艺术探索，实现专业追求，弘扬大艺精神，使每一位师生都能不断地在追梦的路上前行，把每一个大艺人的梦想汇聚起来，是实现大艺梦的必要过程，完成培养应用型艺术人才也是大艺梦汇入中国梦的一个必要过程。

服装学院《丝路·青春》实践教学总结

巴 妍

2017年9月20日，我院在大连开发区大剧院隆重推出的大型舞台剧《丝路·青春》为全校各个专业提供了良好的实践教学平台，服装学院参与了服装、服饰、化妆部分，从前期筹备到后期保障，参与完成600余套服装筹备，使服装学院整体实践教学组织、教学效果都得到了巨大的提升。现将整体工作情况总结如下：

一、反应迅速，全员参与，分工明确，责任到人

7月5日，服装学院召开全体教师会议，成立《丝路·青春》大型实践教学项目组，每位老师结合自身特长，主动认领各自负责的节目所对应的服装、服饰、化妆造型任务，并根据各自任务选拔学生，组成项目组。7月6日和7月10日，分两次完成245名舞蹈演员的量体任务，并完成相关数据的整理及号型划分、归档。各教研室多次分组研究、讨论，做到整体有计划，实施有步骤，阶段有成效。

二、做好前期理论研究，使设计有的放矢

《丝路·青春》项目涉及"一带一路"沿线多个国家，其中部分国家的服装与服饰相似度很高，为做好整体设计，7月14日，组织服装学院全体师生参加苏文灏老师主讲的《"一带一路"沿途国家服装与服饰分析与比较》讲座，从理论研究入手，作为后期完成整体服装与服饰统筹工作的基础。细致分析一带一路沿线国家服装与服饰文化背景及特点，针对具体项目内容，结合专业理论，有计划地做好集中教研，将整体项目分解为若干子项目，并针对教师专业能力倾向做好任务分配，有针对性地从解决子项目入手，将工作内容细化，最终完成该整体项目筹备。

三、与课程相结合，项目为引导，实践教学落到实处

整体组织方面：针对《丝路·青春》项目实践教学部分，开学后至9月底，服装学院综合原有专业课程内容和完成《丝路·青春》项目教学的需要，做出相应的教学计划。采取第一课堂与第二课堂联动方式，以第一课堂教学内容调整为主，第二课堂作为有效补充，全力协调整体项目与固有教学内容的结合与拓展。涉及服装学院一至四年级的27个班级，占服装学院全体学生的75%。

　　服装制作方面：在完成《丝路·青春》项目《非洲舞》节目、《夜莺》节目的服装制作过程中，分别为整体包裹身体的深咖色高弹面料服装40套与虎皮裙40套，拟人树30套，涉及针织弹力面料多层裁剪问题，服装工艺教研室结合校外实践基地的教学任务，带领学生到开展校企合作的永诚制衣服装有限公司完成现场教学，利用工厂裁断车间完成面料排料及工业电剪子裁剪。以《丝路·青春》实际项目为引导，以校企合作平台为基础，将实践教学与校企合作向纵深发展，以工厂车间的现场教学解决实际问题。

　　服饰品制作方面：为了使部分饰品达到更好的演出效果，教师带领学生利用简单工具进行反复修改，应用二次加长、喷漆、改色、加子母扣固定等手法满足了实际演出需要，同时达到较好的视觉效果。

　　演员化妆及抢妆方面：根据不同节目需要，将化妆人员分组，专门针对具体抢妆节目进行强化训练，在演出过程中安排至两侧台口，以方便协助演员换服装，同时完成抢妆。演员众多约有600多名，跟随演出的化妆学生只有35名，而且一个演员会表演多个节目，演出开始时化妆师需要待命给演员改妆，还有一部分演员所表演节目时间间距较短，这时就需要化妆师抢妆，化妆组统计出7个节目需要给演员抢妆，最长时间只有7分钟，最短只有2分钟，这对于化妆组来说是一个巨大的难题，第一是化妆师不够用，在一个化妆师已经至少负责30名演员的情况下还要改妆与抢妆；第二抢妆时间太短。于是调整方案，每两个节目设立一个小组，每一个小组抽出1-2人负责抢妆，其他人在化妆间待命负责改妆，妆面发型责任到人，并且任命一位学生作为抢妆协调负责人，提前在舞台两侧定点定位，与演员沟通协调好，节省抢妆时间，这样既能保证抢妆又能保证其他演员的改妆问题。

四、全程跟踪，做好保障

　　基于《和平颂》等多次演出保障经验，针对《丝路·青春》项目特殊性，其涉及服装、服饰的类别、数量极多，服装学院专门成立了保障小组，由专门教师带领学生组成，完成服装与服饰的跟踪发放、回收、修改、修补等一系列工作。

五、资料整理，总结存档

　　在项目整体完成以后，做好相关的资料收集及整理工作，所有参与的教师、学生做好总结，将在此次项目中的收获、经验、不足分别做好后期讨论及反思，针对如何进一步完善项目引导实践教学整理成一套体系和办法，以期在今后的工作中不断调整、不断进步。

六、思考与启示

(一)剧目实践教学是服装专业应用型人才培养重要平台

从"和平三部曲"到大型舞台剧《丝路·青春》是学院为我们各个专业提供的良好的实践教学平台,针对整体项目实践教学部分,综合原有专业课程内容和完成项目教学需要,做出相应整体教学计划。而以具体项目引导实践教学是艺术类院校各个专业转型发展的重大尝试以及重大突破,是各专业交叉、各二级学院协作的有效方式。以具体工作内容为引导,将具体问题引入传统专业教学并将二者有机融合、充分协调,使之既不影响正常教学工作的开展,又能以实践教学环节完成所承担的工作任务,全面达到专业班级覆盖、专业教师覆盖、专业学生覆盖。

(二)对于人才培养模式和方向具有指导性作用

对于高校专业人才培养而言,一个项目的完成,不仅在于承接和完成过程,更要做好后期的资料整理和总结归档。系统化的归档对于后期人才培养方向的调整、人才核心能力的培养等等都将起到指导作用,对于新生人才培养方案课程、学时的调整、教学大纲内容的调整、自编教材的方向与内容等都是极其重要的。

《丝路·青春》项目作为大型综合性项目,服装学院承担的是其中一部分工作内容,整体完成离不开各个学院各个部门的整体配合,各个环节工作进行中,得到了学院领导的大力支持以及各二级学院和机关部门的全力协助。服装学院将以此次项目引导的实践教学作为契机,将教学、实践、科研"三位一体"作为服装与服饰设计专业转型发展的一次重要尝试,将工作落到实处,跟随学院发展的脚步,将本专业做大、做强。

广播电视编导专业《丝路·青春》实践教学总结

郑孝龙

2017年8月24日，在大艺微信新闻平台上，刊发了一则"有一拨人，专业决定他们就爱'搞事情'"的新闻：最近几天，音乐学院排练厅《丝路·青春》排练现场，突然来了一群"不速之客"，他们不仅来了就不肯走，还把这里"霸占"为自己的课堂。他们扛着"长枪短炮"（摄像、照相设备），拿着本、笔、麦克，作为传媒学院的师生，到音乐学院究竟要做什么，难道是要"搞事情"？这则新闻，引起了广大师生的广泛关注。

是的，传媒学院的师生扛着"长枪短炮"来到《丝路·青春》排练现场，他们就是专门来"搞事情"的——他们认真贯彻落实学院王贤俊董事长关于"打造实践教学平台，加强实践教学育人"的指示精神，是来搞《丝路·青春》实践教学大事情的。

自2017年7月中下旬开始，传媒学院编导教研室就积极组织教师开会，研究策划如何有效贯彻落实《丝路·青春》实践教学问题。每位教师都根据自己所授课程内容制定了新的实践教学大纲，调整和充实了实践教学内容，把课堂搬到了《丝路·青春》排练现场，现场学，现场教，现场练，教师们说："现场教学讲台新颖，情绪高涨，讲得带劲"；学生们反映："现场听课生动活泼，触景生情，听得有味"，取得了良好的教学效果，无论是教师授课的积极性还是学生学习的满意度都是非常理想的。概括起来，我们主要有以下几点收获体会：

一、有的放矢，实现实践教学的精准对接

俗话说放箭要对准靶子，《丝路·青春》的实践教学要有明确的目的性和针对性，才能保证实打实的教学效果。

为了使课程知识和《丝路·青春》实践现场内容精准对接，高度契合，编导教研室的教师们做了许多功课：他们带领学生深入了解《丝路·青春》创作的前期背景，领会学校创作《丝路·青春》的初衷，深刻理解国家"一带一路"倡议内涵及其意义，以及这给当代大学生带来的要求与机遇，使学生学有"底气"。每个教师都带领学生到影视学院舞蹈排练厅，音乐学院合唱排练厅，以及服装学

院的大货制作现场，观摩《丝路·青春》的舞蹈排练，学会观察和搜集信息，培养策划人的信息敏感度，从中感受《丝路·青春》艺术风格的包罗万象，从艺术的角度对"一带一路"倡议的精彩诠释，从专业角度进行现场教学。

实现实践教学的精准对接，编导教研室特别重视《丝路·青春》的排练现场内容与授课专业知识的高度契合，防止出现"两张皮"现象。如有几位教师所讲授的课程是新闻采访与写作。这几位教师得知要结合《丝路·青春》大型舞台剧的排练进行现场实践教学后，他们自觉地组织起来，认真地研究修订教学计划与方案，迅速制定出了新的教学大纲。老教授郑孝龙、许安国率先将教学班的学生带到交响乐、合唱团、舞蹈队的排练现场，进行如何顺利完成现场观察、现场拍摄的新闻专业课教学——先远后近，由内到外，从上到下，平角、仰角、俯角，中心观察点与辅助拍摄点，必采点与点缀点……新闻专业的知识点在《丝路·青春》排练现场得到生动形象、具体可感的讲授。教师讲得激情澎湃，学生听得聚精会神。排练休息的间隙，学生们纷纷主动地去采访现场排练的师生。正如一些同学所言，这是他们平生第一次接触到过去只能景仰的演艺人员，他们真的是既兴奋又好奇，感到这种近距离的接触"新闻人物"，仿佛真的在进行新闻采写一般，这种教学模式不仅生动真实，更是印象深刻，效果超好！

老教授率先垂范，年轻教师后来居上。编导教研室高盼盼是一名青年教师，在《丝路·青春》剧目开始排练到结束的整个过程中，她带领学生深入排练现场进行现场教学，真正实现了采编播一体的全方位实践教学，将理论学习与实践紧密结合，收获颇丰，不仅为学生学习理论课奠定了坚实的基础，同时也丰富和开阔了教师的视野，达到了教学相长的目的。

二、协同作战，打好实践教学的"组合拳"

《丝路·青春》剧目本身就是"组合拳"的产物：它是以学院国家级专家教授牵头，各专业骨干教师参与，全院学生为演出创作主体，师生同创，倾力打造的集音乐、舞蹈、戏剧、文学、多媒体等多种艺术表现形式为一体的大型舞台教学剧目。显然，要搞好《丝路·青春》的实践教学，单一专业、单个教师的力量毕竟单薄、有限，需要发挥各专业教师的群体智慧，打好"组合拳"。

打好"组合拳"，必须做好方案。编导教研室要求授课教师一定要制定好现场授课方案后，才能带学生进入排练现场，这样即可避免盲目教学造成现场混乱，影响现场排练的正常进行，更重要的是要收到最佳的实践教学效果。在这方面于泳老师做得非常好，他认为：作为直接锻炼学生实际动手能力和工作能力的实践课程，它并不是孤立存在，更不能盲目进行。要想实践课程取得良好的效果，必须以理论知识做指导。在学生进行实践之前，教师要把实践过程中涉及的重要的相关知识点等理论知识教授给学生，必要时要让学生先记住整个实践的流程，让学生带着任务，带着探索的精神进行实践操作。在实践教学环节中，在学生动手操作之前，作为学生引导者的老师，必须做好相关的前期准备工作。结合实践创作中遇到的问题，向学生们讲解诸如人物微纪录片采访的基本方法和手段、前期拍摄的技术要领、修辞和语法的运用以及后期剪辑制作的技巧等方面的知识，学生们再将这些知识应用于实践创作。教师心中有数，实践教学才能更好地进行。他是这样说的，也是这么做的，他的实践教学受到学生的高度称赞。基于此，一些年轻教师结合授课内容，进行了有机组合，将一个或几个班的学生一齐带到现场，然后几个教师分别进行授课，现场气氛也是相当的活跃，同学们对这样的"组合拳"赞赏有加。

打好"组合拳"，不仅仅是各相关教师的人员组合，还包括每个教师的实践教学流程、内容、方法的有机组合，这样才能保证教学的连贯性与系统性。《丝路·青春》舞台剧是学院把各二级学院的教材、课程和教法全部与剧目相对接，并确保其发挥最强的育人效力，使学生们能够在舞台上、灯光下，实现一生多师和多专业门类的交叉学习，实现学习与实践的完美结合，体现了大连艺术学院的凝聚力和号召力，展现了青年才俊热爱探索与创新，胸怀远大理想的锐气与活力，以及将"一带一路"理念传承深远的信念，倡导更多学子积极投入到"一带一路"建设的伟大事业中。基于这种综合育人的教学理念，编导教研室白珊珊老师在《丝路·青春》的演出彩排期间，带领学生进行了现场观摩，讲解舞台摄影的基础知识，如何抓拍演员的瞬间状态，指导学生实践训练，为《丝路·青春》拍摄幕后花絮照片。通过带领学生的观摩与实践，实现了真正的理论与实践相结合，把课堂搬到排练场，把课堂搬到大剧院，让学生真正地参与进来，在得到了广大师生认可的同时，教师和学生们都得到了相应的锻炼。

三、独辟蹊径，拓展实践教学的深度广度

2017年9月1日，一号演播厅，传媒学院2016级编导一班和二班的学生们沸腾了，他们在李天斌教授的课堂上有了一次现场教学的非常体验——面对面地访谈了学院创办者，《丝路·青春》的总策划、总导演、总撰稿王贤俊董事长。这不

仅让同学们感到荣幸，同时也感悟深刻。学生们根据所学新闻专业理论，调动个体思维，列出采访题目，走上演播厅，当上真记者，与董事长近距离、面对面对话，着着实实过了一把"采访瘾"。这次访谈是一场联动大型公开课直播，这不正是最好的实践教学吗？这是传媒学院众多现场教学课堂中的一个，掌声不断，精彩纷呈，反响巨大……

编导教研室李天斌教授风趣幽默、寥寥数语就道破了实践教学的"天机"——现场教学在哪里，现场教学在哪里，就在大艺校园里，就在《丝路·青春》排练现场里！

正是在这次大型实践教学课上，董事长深情地说道：当今的教学环境，必须要以一个实践教学相结合的过程去全面地展现大艺实践教学成果，将高等教育与国家战略相融，展现青年学子的风采。而《丝路·青春》既贴合了国家实现"一带一路"战略目标，又同时深具无限挖掘的艺术潜力，完全可以塑造出一个将正确的政治观念与优秀的艺术理念完美融合的艺术作品。在教学实践过程中给大艺学子带来思想政治上的提升，真正具有当代大学生应有的高度和格局。为了达到这一点，不仅学院专家、教授参与，还广泛邀请了来自央视的导演、编导，让同学们长见识，实践出真知。

这个活动，体现了编导教研室教师善于策划，善于思考，独辟蹊径，追求卓越的精神和勇气。

编导教研室不仅在实践教学工作中下了大气力，而且在科研方面也是积极参与。在此次校级课题申报过程中，编导教研室多位老师参与了课题申报与研究，并均顺利结题，展现出对于《丝路·青春》相关研究的极大热情。其中由许安国教授带领的侯香夷、纪景文、靳依蒙、张萌参与的课题《<丝路·青春>剧目的时代意义与审美价值研究》获批重点课题。在小组成员的共同努力下完成了课题；郑孝龙主任带领韩莹、高盼盼等教师完成了课题《艺术高校贯彻"一带一路"战略思想的重要意义和创新发展研究》，苏娜老师完成了课题《丝路·青春剧目的动态艺术形式》的研究，靳依蒙老师还独立发表了论文《高屋建瓴见功力—— <丝路·青春>剧目的主题价值探析》。

四、学以致用，实践教学成果吐露芳华

如果说大连艺术学院的原创大型舞台剧《丝路·青春》，在金州开发区、沈阳盛京大剧院和人民大会堂的成功演出是全校师生共同倾力完成的，那么，这几次

成功演出的影像资料则是由编导教研室师生拍摄、收集、制作的。尤其是演出前的宣传片和几部花絮短片，都可以说是在老师的亲自指导下，师生共同完成的。这无疑是实践教学之花结出的丰硕成果！正如有些媒体对我们编导专业的学生这样描述的：有这样一群"传媒人"，他们扛着"长枪短炮"，手执纸笔与麦克。他们一双双有"特异功能"的"新闻眼"使实践视角也独特起来，何时出击，什么素材有怎样的新闻价值，让我们跟随"新闻眼"换个角度看别样的《丝路·青春》吧！

学生李晨溪：《丝路·青春》在人民大会堂上演期间，我有幸作为学生记者，对来观看演出的外宾进行了采访。演出过后，对于《丝路·青春》的评价，外宾丝毫不吝啬溢美之词。"I can't find words to say,this is wonderful!"在对几位外宾的采访中，"Great!""Wonderful!"是我听到的最多的词。在采访过程中，身为大艺学子我感到非常骄傲，也感受到了中国文化的巨大魅力和"一带一路"倡议的国际影响力。

学生赵子安：台前看得见的是精彩，化妆间里看得到的是另一种涂抹的缤纷。化妆师们，没有机会去台前亮相，但每个演员的妆容都是他们用心之作。这些化妆师们都来自服装学院，他们每人平均每天要画15到20个妆，大大小小的补妆更是不计其数，但是他们始终是一群快乐的化妆师。录制期间，我还注意到，不少大三、大四的化妆师一边化妆，一边指导低年级的同学，他们的手法越来越娴熟。台前、幕后，不一样的实践，一样的绚丽多彩。这些表述，试想没有经过实践教学的摸爬滚打，学生们怎么会有这么深刻的体会呢？

学生常云辉：在《丝路·青春》展板前徘徊参观的部分青年人，似乎和其他观众不一样，他们的眼神里写满了回忆。他们就是大艺毕业生——我们的学长、学姐。在采访时，镜头前的他们，讲述了太多大艺故事、大艺深情，还有更多的大艺自豪。在这群优秀的学长中，有的也曾参加过"和平三部曲"剧目的演出，对此他们说"难忘"。看到师弟师妹在人民大会堂精彩演出，他们说"羡慕"。我想，如果我毕业后，只要大艺有重大演出，天南海北我一定会去看！对母校的情怀，是无法替代的！

听到这铿锵有力，掷地有声的话语，许多老师都为之动容，他们深情地说，实践教学不只让学生们学到了知识与技能，也提高和培育了他们认识世界，了解社会，关爱他人的能力！由此可见，实践教学活动为学生们的成长、成熟，提供的难得的实习平台，这也正是大艺"三个一切"的具体体现！

总之，通过此次《丝路·青春》实践教学活动，我们编导教研室全体教师都深刻地认识到，我们的教学目的不仅要让学生学到一定的知识，更重要的是要让学生能够自己去探索知识、发现知识，具有自我教育的能力，具有分析问题、解决问题的能力，从而能让自身在不断尝试、不断修正错误的过程中进行知识的探索。学生们如果能够在实践中去真正的完成各项技能的操作，才能发现工作过程中可能存在的问题，才能够真正地去解决问题，这样既可避免未来在真正工作岗位上出现问题，导致一些不必要的损失，更重要的是他们真正达到了在学校"学"的目标。

播音与主持专业《丝路·青春》实践教学总结

郑帅　李忠华

按照学校的总体工作部署，结合我专业实践教学的特点，为进一步构建"应用性、复合型、一专多能"的人才培养机制，积极推进"创新型"教学模式，播音教研室在接到上级的任务后，第一时间积极配合学校的安排，通过主持人的选拔、培训、调整、排练及联排几个阶段之后，为全国人民献上了这一成功之作。

一、主持人的选拔与培训

（一）主持人的选拔

播音教研室在接到这一重大的任务之后，利用暑假期间开始筹备主持人的选拔工作，共在我专业四个年级中初步选拔出主持人10人。在初步选定主持人后，播音教研室主任郑帅利用暑假时间，每天与几位主持人共同探讨此次在舞台中所需呈现出的理想方式。以及如何响应董事长的号召，将表演与主持两个专业融合到一起，以一种全新的方式呈现给大众。

（二）主持人的集中培训

在初步方案确定后，郑帅主任从暑假期间开始对主持人进行台词理解、表达上的集中培训，并针对不同学生存在的问题进行一对一的辅导和解决。培训结束后，我们对几人主持人进行了初步的筛选，并根据每人适合的角色进行定位，同时带领学生近距离的理解和感受故事的背景、台词内容及人物的性格特点等内容。在各主持人初步确定后，郑帅主任带领播音教研室《播音创作基础》课程教学小组耿渤添、周洋老师，从台词的背景、创作目次、理解、感受和表达等方面，对学生进行朗诵环节的指导培训工作。

二、舞台上的主持人

（一）主持人的舞台表演培训与联排

台词表达基本成型后，郑帅主任带领播音教研室表演课程的李忠华、邬靖州老师，开始对主持人进行表演、调度和形体等舞台综合表现的细化工作，从而使主持人朗诵环节的内容基本成型。在准备联排之前，董事长王贤俊先生亲自带领导演组人员来到学院一号演播厅对主持人朗诵环节的演员进行最终选定，并结合整个剧目的要求和学生存在的问题进行指导和纠正，从而为联排工作奠定了坚实的基础。各角色的人选确定后，主持人嵇晗、李克振老师，共同与合唱团、器乐团及舞蹈团的演员分别在新校区音乐排练厅和老校区体育场进行了为期半个多月的联排工作，郑帅主任与朱杰、韩璐老师，进行现场教学，分别对学生所存在的问题及时进行指导和讲解。

（二）主持人的舞台呈现与状态调整

2017年9月17日至20日，郑帅主任带领主持人及朗诵演员朱荣新、李国栋、李向丽、韩佩璇、彭帅男，跟随《丝路·青春》节目组来到大连开发区大剧院进行为期三天的演出，为大连市民献上了三场文化盛宴。大连开发区大剧院演出结束了，根据现场的演出情况，剧本进行了一定的调整，郑帅主任及时对几位演员进行新剧本的讲解，并根据大连开发区大剧院演出过程中所存在的问题进行了指导工作。2017年10月22日至26日，郑帅主任带领几位主持人演员跟随《丝路·青春》节目组到沈阳盛京大剧院进行为期两天的演出，为全省市民献上了精彩的文化盛宴。沈阳盛京大剧院演出结束后，《丝路·青春》导演组又指出了沈阳演出过程中发现的问题并提出了新的要求，郑帅主任第一时间带领我专业的相关课程教师对朗诵演员的舞台综合表现进行了细化讲解工作，充分备战人民大会堂的演出任务。2017年11月20日至25日，郑帅主任带领几位主持人演员跟随《丝路·青春》节目组到北京人民大会堂进行为期三天的演出，同时中央电视台进行了全场演出的录制工作并在央视平台播出，为全国观众献上了一场饕餮盛宴。

三、教学过程小结

演出任务结束了，郑帅主任在后台与朗诵演员们针对主持人的舞台综合表现能力这一问题与各位同学进行了交流和学习，希望各位同学能够以此次来之不易的演出机会中汲取经验和方法，为以后的学生、工作生活奠定坚实的基础。演出工作全部结束后，播音教研室全体专业教师进行了实践教学的相关改革创新工作，同时结合我校的实际情况，对今后我专业的学生培养方面、重点及日常教学中存在的问题进行了总结和探讨。

此次演出以艺术类专业实践教学创新成果的形式，向全国人民展示了大连艺术学院的风采，同时更说明了大艺的实践教学的新举措和新理念，这对于传媒学院的师生来说是难得的契机，更是理论与实践结合的完美体现。艺术实践教学在实践中作用突出，对学生提升明显，应长期坚持。我们将尽全力为社会培养，播音与主持专业相关的复合型、应用型的创新人才。

公共基础课《丝路·青春》实践教学总结

张秋　陈长东

一直以来，公共基础课的实践教学被认为是无可争议的"弱项"，进入2017年，学院以推出大型舞剧《丝路·青春》作为艺术实践性教学的"第一工程"。基础部和思政部的教师们借助这样的契机和东风，也对部分公共基础课程的实践教学结合《丝路·青春》的教学元素同时宣讲国家"一带一路"战略等进行一番大胆而有益的尝试。

一、"一带一路"倡议和《丝路·青春》主题思想进入公共基础课教学的过程

为更好地保障《丝路·青春》这一实践教学剧目的公共基础课元素，能够深入大艺学生们的心里，基础部按照学院和教务处的要求，首先制定了参演《丝路·青春》学生公共基础课教学调整方案并严格执行。各教研室和涉及的各门课程有效作为的具体体现是：

（一）英语教研室

1.设计和组织现场教学。英语教研室安排教研室副主任宋平副教授，针对舞蹈团的学生专门设计了一堂"排练现场特色英语课"的教学，把"一带一路"相关内容有机地融入课堂实践教学之中，取得良好效果。

2.给16本参演《丝路·青春》学生进行灵活补课。教研室于10月18日-20日9-10节针对参演《丝路·青春》学生安排四次英语补课，并将其中两次设置为平行课，原则上学生按照课表安排上课，如有特殊情况，可在平行班内自行申请并调整，但需在任课教师处签到。

（二）思政部

思政部的思政教研室除音乐学院学生外，在其他学院大二学生中也同期进行《丝路·青春》和"一带一路"的宣传引导。比如：根据"马克思主义基本原理"课程的内容和特点，在教学第二周和第三周结合本课第一章第一节"物质与意识"和第二节"联系与发展"的内容融入《丝路·青春》元素的实践教学内容，并展开了全院范围的教学观摩。

（三）综合素质教研室

综合素质教研室在大学生国防教育（军事理论）课程的"中国周边安全环境"专题中，我国新时期建设睦邻友好关系，政治上讲授"与邻为善，以邻为伴"原则；经济上讲授"一带一路"、共享经济、互利互惠、共同发展主张；文化上讲授历史渊源、艺术传统、文化传播，把《丝路·青春》内容融入其中。

（四）中文教研室

中文教研室在大学生人文素养课程第一讲"课程导论"中，理论联系实际将"一带一路"国家战略思想融合到课堂教学内容中。教育学生要立足优秀传统文化，同时拓展思路，扩大视野，在跟世界各国进行文化沟通和交流的同时，不断吸收外来文化中的养分，从而不断提高中国文化在国际文化格局中的竞争力，不断增强大学生们的文化自信。

（五）《丝路·青春》参演学生非英语类公共基础课程网络学习安排（略）

（六）《丝路·青春》参演学生的体育课采取自修模式灵活教学

体育教研室对参演《丝路·青春》学生本学期的体育课采取自修模式，灵活施教，把舞台基本功训练与体育锻炼相结合，但要求大学生们必须通过"体质健康测试"，并以体测成绩作为该门课程的期末成绩。

二、各门课程教学改革的实践和收获

思政部教师首先围绕董事长的"《丝路·青春》实践教学公开课"展开了深入研讨和思考，并结合课程特点，进行了特色化的设计，设计并讲授了三场别具生面的公开课。

思政部《丝路·青春》实践教学第一讲。由16本"原理"课任课教师亢莹讲授。授课题目是"从物质与意识的辩证关系角度解读《丝路·青春》"，时间是2017年9月1日3-4节，地点是综合楼210。亢老师以我院大型舞台剧《丝路·青春》为切入点，引出了对"一带一路"倡议的哲学思考，即从物质与意识的辩证关系角度来解读"一带一路"。告知学生要正确认识到推进"一带一路"建设必须一切从实际出发，勇于开拓，并且要积极发挥正确意识的能动作用。此外，再次强调了大艺的社会担当，强调是董事长带领大艺人发挥积极性和能动性，以原创《丝路·青春》激发社会人们投身"一带一路"建设之中，激发大艺学子奋发学习的热情。讲课之后，引出讨论题："谈谈物质与意识的辩证关系原理对同学们在大艺求学艺术的启示"。

思政部《丝路·青春》实践教学第二讲。由16本"原理"课任课教师邹芳芳讲授。授课题目是"以联系和发展的观点解读《丝路·青春》"，时间是2017年9月8日1-2节，地点是综合楼211。邹老师以我院舞台剧《丝路·青春》为切入点，在思考《丝路·青春》和个人的关系中引出联系的含义，并让学生们讨论古代丝绸之路和"一带一路"倡议以及我院《丝路·青春》的联系。在讨论中引出发展的含义，此外再重点讲述"一带一路"的"五通"内容，即"政策沟通、设施联通、贸易畅通、资金融通、民心相通"，引导学生深刻理解"五通发展"的内容。讲课之后，引出讨论题："从古代丝绸之路到'一带一路'的提出再到大连艺术学院《丝路·青春》的创作问世，体现了辩证法的哪些原理？"

思政部《丝路·青春》实践教学第三讲。由17本"思修"课任课教师刘国辉教授讲授。授课时间是2017年9月8日5-6节，地点是综合楼420。本次课授课对象是大一新生，授课内容是"思想道德修养与法律基础"的第一次课。由于本课程常规序列第一次应该是新生教育，即教材内容导论"珍惜大学生活　开拓新的境界"，考虑到《丝路·青春》与了解大学、了解大艺的相关性，把《丝路·青春》相关内容切入其中非常合适。教学内容以"路"为牵引，以"丝绸之路""一带一路"《丝路·青春》为线索，突显了《丝路·青春》的特色和价值，旨在使大一新生通过《丝路·青春》了解大艺、热爱大艺，并以此开启自己新的人生之路。全体新生认真听讲，积极互动，达到了良好的引导和教育教学效果。

中文教研室的大学生人文素养课程也很好地与《丝路·青春》剧目精神的宣传贯彻结合起来。因为人文素养课的绪论部分要阐述"人文素养"的主要内容，其中首要的内容是"爱国主义"与"创新精神"，而我们大连艺术学院创作并排练演出《丝路·青春》这个剧目，就充分体现了高度的爱国主义精神，是"以天下为己任"的具体担当；充分表现了创新精神，这个剧目从理念到内容形式都有重大创新。这样可以在人文素养课的绪论部分很自然地结合《丝路·青春》剧目进行讲解。

英语教研室在学校进行《丝路·青春》准备和排演之际，在课堂教学过程中加入了实践教学的环节，即针对舞蹈专业学生进行排练厅基础课教学。为了让学生在排练之余对英语实践课程更感兴趣，实践教学内容首选"一带一路"沿线国家舞蹈类型和特点，可以让学生把第二语言知识和专业知识更好的结合，从理论层面辅助学生专业能力的上升。

综合素质教研室在讲解中国新时期处理周边安全问题策略时，其中中国与周边国家的睦邻方针是"与邻为善，以邻为伴"，自然插入"一带一路"内容，拓展讲授"一带一路"的含义，沿途主要国家的国防战略；我国倡导并推行"一带一路"的战略意义；中国倡导的"一带一路"倡议遇到的现实问题等知识和内容。

三、公共基础课在实践教学推进中的作为反思

（一）艺术无国界，用艺术的语言进行无障碍沟通，可以更好地促进文化融合，缩减文化差异和宗教冲突，这是艺术院校的优势，更是责任。《丝路·青春》进课堂是趋势，清华大学率先提出并践行了"一带一路"沿途国家文化进课堂活动。我院这一实践教学剧目更具时代性、独特性和创新性，对推进我院艺术实践性教学具有划时代的重大意义。

（二）公共基础课在《丝路·青春》进课堂的推进过程中，不断进行实践性教学的探索与改革，在教学思路、教学形式和教学方法上均有一定程度的突破，使公共基础课的课堂在逐渐地"活"起来。但围绕《丝路·青春》进课堂教学教改的步子仍需迈得再大一点，力争让公共基础课的实践教学"火"起来。

实践教学研究

剧目牵引下艺术管理人才培养的教学体系重构

李 君

以剧目为牵引，实现"创、教、练、演"一体化实践教学模式，在"和平三部曲"等大型剧目中，为大连艺术学院应用型"艺术专业"人才培养积累了成功经验，也为"艺术管理学"范畴内的人才培养提出了全新的挑战。以《丝路·青春》剧目为契机，文化艺术管理学院进行了剧目下艺术管理人才培养的教学改革探索与实践。文管人将《丝路·青春》与当下文化产业发展相融合，用开放的产业视角和商业创新思维，以"如何实现高校原创艺术资源向文化资本及生产力转化，并找到适用的商业运营模式与方法"为研究目标，探索科学研究与人才培养的协同路径，对"生成性学校文化"产生的高校原创艺术资源进行"产学研"模式下的教学体系重构，旨在达到两个基本目标，一是发掘高校文化创新力的社会价值和商业价值，二是在价值实现的过程中提升艺术管理人才的培养质量。

一、教学体系重构的背景

（一）文化产业发展新趋势

当下社会发展的主要矛盾已转变为"人民日益增长的美好生活需要和不平衡不充分的发展之间的矛盾"。"美好生活"所需要的文化产品与服务，应按照市场规律进行创作和运营，以"供给驱动"潜在的、多样化的文化需求。随着新兴业态发展，文化消费从普及型、大众化，向精致型、个性化发展，优秀的文化艺术资源需要借助互联网、科技、金融手段才能活化、商业化，进而完成产业跨界和国际传播。（见下图）

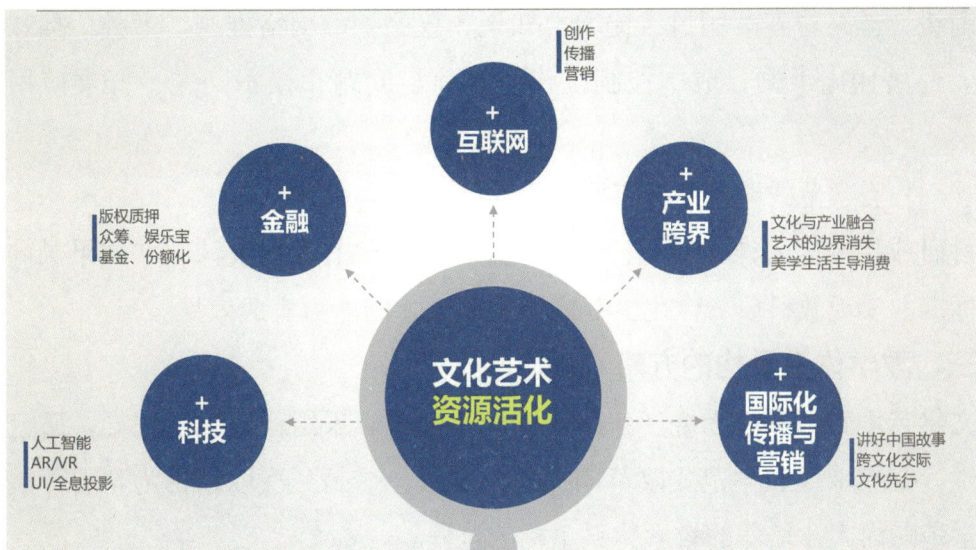

（二）新时代下高校新任务

高校是要素集聚的文化智库，有文化选择、文化传承和文化创新的功能，担负着复兴中国文化的历史使命。新时代下高校的文化创新力必须适应社会生产力和现代商业规律，兼顾艺术原创的社会效益和商业价值，才能真正发挥高校文化创新力对中国经济转型发展的带动作用。因此高校原创艺术资源商业化并为小微文化企业提供原创艺术和商业解决方案，是一个亟待攻克的现实课题，需要高校改变传统艺术人才培养观，从文化产业供给侧改革和新经济发展的人才需求出发，不仅要培养有市场思维的艺术创作者，更要培养有"文化创新力"的艺术管理人才。

二、教学体系重构的任务

高校原创艺术作品具有较高的艺术价值、文化价值，唯独在商业价值上没有进行很好的开发与运营，制约了高校文化创新力对城市文化品牌的卓越贡献，以及高校对区域新兴文化产业转型升级的先导作用。探讨生成性学校文化即校本艺术资源的"商业转化路径"与"市场运营机制"，还可以与高校创新型艺术管理人才培养相结合，以"产学研"机制为教学体系提供项目教学内容、创新教学方法、改善实践教学。《丝路青春》剧目下教学改革要解决的问题归纳如下。

（一）高校原创艺术资源向现实生产力转化

按照新兴文化创意产业的要求，将高校艺术资源转化为文化品牌、文化商品、文化体验、版权增值的文化IP，实现文化产业供给侧改革，提炼商业价值。

（二）发挥高校科研效能探索前沿领域

围绕《丝路青春》剧目，提取"知识产权保护、网络推广、海外传播、体验营销、品牌IP化、剧目成本控制优化"等前沿问题和校本问题，开展应用性研究。

（三）教学范式改革育成应用型人才创新力

科研成果要进入课程专题，通过"翻转课堂"的课程设计，"成果导向"的考核标准，实现教科研一体化，提高应用型人才的能力育成效果。

三、教学体系重构的方略

文化艺术管理学院围绕《丝路·青春》剧目，采用科研项目先导、研究成果进课堂、翻转课堂教学范式改革的探索与实践，这是一次以剧目为牵引开展艺术管理学范畴内人才培养的教学体系重构的过程。

（一）科研攻关课题的提炼

要完成高校文化传承创新功能服务于社会经济发展这一目标，关键在于高校原创艺术资源的商业化，即高校原创艺术资源向文化资本转化、知识产权向现实生产力的转化。这个转化过程，一方面需要具有"商品概念"的艺术原创力，另一方面更需要能将艺术资源向品牌概念、消费商品和增值服务进行转化的文化创新力。而高校受传统学科体系的束缚，如果对新兴文化产业没有应用性科学研究的支撑，就无法在专业前沿、市场认知、新技能等领域积累有价值的教学内容；如果对产教融合协同育人的培养模式缺乏科学研究，就难以培养应用型艺术管理人才。

文化艺术管理学院针对《丝路·青春》剧目在知识产权开发、网络推广、海外传播、体验式营销、品牌IP化、剧目制作的成本控制与优化等方面的难点、热点问题，成立了15个课题组，涉及《<丝路·青春>剧目的文化品牌IP化路径研究》《<丝路·青春>剧目体验式营销策略探析》《高校原创剧目的知识产权保护与开发的策略研究》《<丝路·青春>剧目移动互联网传播策略研究》等文化产业领域的前沿问题。

（二）科研成果导入教学内容

上述科研成果，通过教学内容设计、教学方法设计、教学组织实施、教学效果评价等教学改革环节，已经转化成12项教学任务，被纳入文化产业管理专业、电子商务专业、旅游管理专业和日语专业的相关课程的教学项目或教学专题当中，实现了以剧目为牵引拉动艺术管理人才培养的教学体系重构。（见下图）

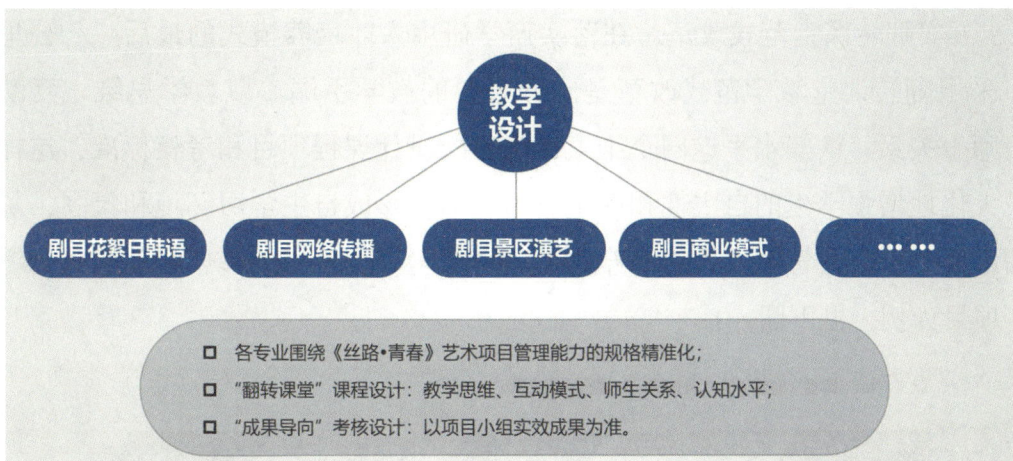

（三）能力本位教学范式改革

1.人才培养能力规格精准。将能力标准与上述教学任务建立对应关系，完成教学体系中教学内容的项目化、模块化设计。（1）围绕《丝路·青春》剧目，把各专业的应用型人才培养的能力规格精准化。比如，文化产业管理专业，要培养学生对剧目进行体验式营销的策划能力和营销活动的执行能力；电子商务专业，要培养学生对剧目的互联网话题传播能力和互联网营销的策划能力；旅游管理专业，要培养学生对"一带一路"沿线人文景区的文化旅游产品规划能力和导游服务的创新能力；日语专业，要培养学生对外文化交流的资料整理与翻译能力；（2）围绕《丝路·青春》剧目，把教学任务（课程模块或项目）的能力规格精准化。比如，在文化项目策划与管理课程上，要培养学生对剧目进行体验式营销的策划能力和营销活动的执行能力；在艺术网络营销课程上，要培养学生对剧目的互联网话题传播能力和互联网营销的策划能力；在文化旅游课程上，要培养学生对"一带一路"沿线人文景区的文化旅游产品规划能力和导游服务的创新能力；在国际文化贸易课程上，要培养学生沿"一带一路"开展对外文化交流的策略规划能力。

2.采用成果导向课程设计。对核心课程模块按照成果导向（Outcome-Based Education，OBE）课程设计理念，由教师团队共同完成课程设计，包括教学内容项目化、考核过程化、能力成果化。在OBE课程设计理念的指导下，教师根据创新型艺术管理人才的能力要求（学生在课程结束后可以运用什么能力、解决什么问题），评量合理地对应课程具体内容进行设计和考核标准设计，并在授课过程中进行提前告知、过程监控和弹性激励，甚至根据学情反馈进行教学内容和考核标准的修正和校准。

3.落实翻转课堂范式改革。在落实产学研用人才培养模式的最后"一公里"时，采用翻转课堂教学范式改革是十分必要的教学手端。以教学思维、互动模式、师生关系、认知水平这四个维度，来重新设计课程项目和考核标准，这样可以最大化地增强学生的自主性和内生学习动力，形成自主学习环境和氛围，从而达到最佳的应用型管理人才的培养效果。（以《<丝路·青春>剧目体验式营销策划》项目为例，见下图。）

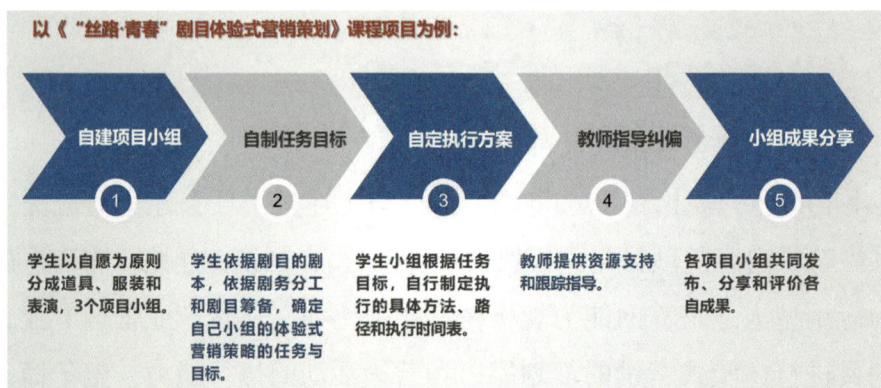

以《"丝路·青春"剧目体验式营销策划》课程项目为例：

自建项目小组 ①	自制任务目标 ②	自定执行方案 ③	教师指导纠偏 ④	小组成果分享 ⑤
学生以自愿为原则分成道具、服装和表演，3个项目小组。	学生依据剧目的剧本，依据剧务分工和剧目筹备，确定自己小组的体验式营销策略的任务与目标。	学生小组根据任务目标，自行制定执行的具体方法、路径和执行时间表。	教师提供资源支持和跟踪指导。	各项目小组共同发布、分享和评价各自成果。

四、教学改革实践的效果

以《丝路·青春》剧目为牵引拉动艺术管理人才培养的教学体系重构，在艺术管理学范畴内培养应用型、创新型管理人才，收到良好的教学效果。

（一）教师的科研攻关与教学能力协同提升

《丝路·青春》剧目既有厚重的历史内涵，也有宏大的时代背景，促进教师在科研过程中，跟进国家文化战略、文化产业发展前沿，同时是对"生成性学校文化"产生的高校原创艺术资源进行"产学研"模式下的教学体系重构的深刻思考和大胆创新；在整个教学体系重构的过程中，教师做科研的目标有两个，一方面要研究剧目在演艺产业中的商业创新，另一方面要将成果融入教学体系和人才培养当中，不仅教师的教学思维和教学能力显著优化，对提升教师的科研能力和教学能力产生积极的协同效果。

（二）学生的专业能力和创新素质逐步育成

上述教学过程，改变了知识灌输为主导的线性教学思维，其中情景式教学拓展教学时间与空间的局限，微信等即时信息交互方式的应用有利于建立师生之间新型的互动关系等等。这些教学方法的创新，促进了学生自主学习习惯养成，大大提高了学生创新意识、认知水平、活动执行力，对学风建设的正向引导作用十分明显。翻转课堂教学范式的改革确实收到较好的教学效果。

创新型艺术管理人才培养的 "成果导向" 课程设计经验分析

高华　张颖　王娜　刘阳威　刘亚杰　王俊奇　杨品林

　　成果导向教育理念在近些年来一直驱动着我国的高校教育改革。区别于传统的教师主导型课堂，成果导向教育提倡建立"以学生为中心"的课堂。将《丝路·青春》剧目纳入文化艺术管理学院各个专业课程教学实践，侧重于学生对文化创意、文化传播与营销以及艺术市场运作等方面的能力培养，从而围绕《丝路·青春》剧目实现了各专业的应用型人才培养的能力规格精准化。

一、"成果导向式"课程设计实施思路

　　成果导向教育理念为"对教育系统中的每个环节进行清晰地聚焦和组织，确定一个学习的目标，围绕这一目标使学生在完成学习过程之后能够达到预期的结果"。这就意味着能够实现成果导向教育理念的课程设计至少包含三个要素：第一，导向式的课程设计；第二，教学成果的可量化；第三，以学生为中心的课堂。（见下图：成果导向课程设计教学模式）

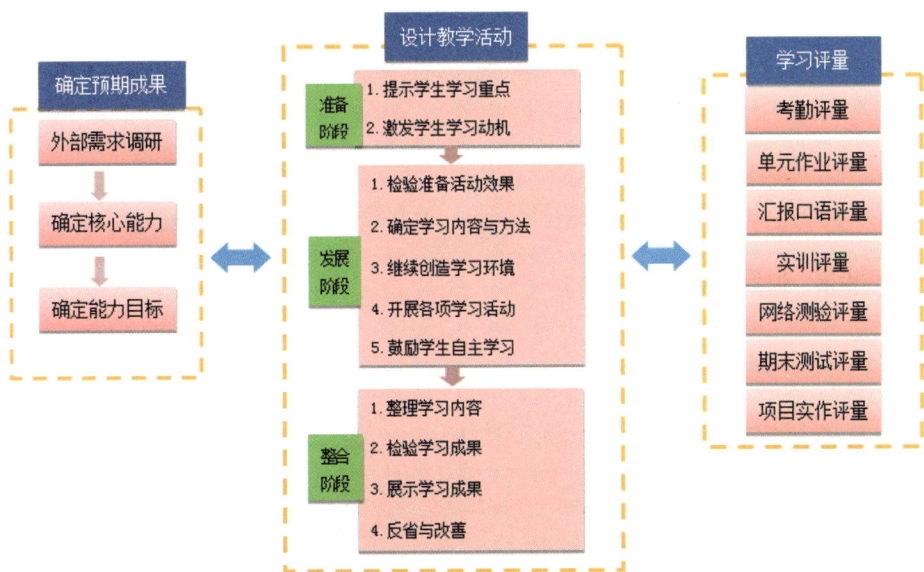

二、"成果导向式"课程设计应用实例

　　（一）成果导向在文化品牌管理课程中的应用实例

　　文化品牌管理是文化产业管理专业的核心课程，基于成果导向课程设计思路，

将本课程的培养目标设计为5个能力目标，对应了5项教学内容。（见下图：能力目标和教学项目）

如在品牌形象识别策划模块，采用艾森品牌传播公司为大洋集团旗下凯门学生装种子基金的LOGO设计为背景，让学生在学习品牌形象策划基本方法的基础上，结合品牌公司的实际业务案例，模拟品牌形象策划情景，为凯门学生装种子基金设计LOGO，并对其展开辅助图形设计及应用，进而达到培养学生品牌形象策划能力的目的。（见下图：学生作品展示1）

在今后的授课中，将以《丝路·青春》剧目为背景，让学生在充分调研的基础上，为其进行LOGO设计以及辅助图形的开发，为其品牌传播和推广打下坚实的基础。

又如：在文化品牌整合营销模块，设计了四大类主题内容，分别为：玉文化、海洋文化、插花艺术、竹编艺术。教学内容设计思路采取学生分组——自由选取主题——市场调研——品牌策划——品牌整合营销。通过这一过程的训练，达到了培养学生品牌策划及品牌整合营销的能力。（见下图：学生作品展示2）

在今后的授课中，采取以《丝路·青春》剧目为主题，让学生进行市场调研，为该剧目进行品牌策划，并利用展板、微信公众号等多种传播手段，对该剧目进行整合营销。

本课程的考核方式采用网络测验（30%）+实训任务（40%）+平时成绩（30%）三种考核方式相结合的形式。（见下图：项目实施单和实训报告样例）

（二）成果导向在网络营销与策划课程中的应用实例

网络营销与策划是电子商务专业的核心课程。将《丝路·青春》剧目融入该门课程主要通过"调研+策划+成果+评价"四个步骤实施的。调研阶段，学生根据教师的授课计划和《丝路·青春》剧目的彩排及演出安排，完成至少三次调研活动，并形成可视化的资料；策划阶段，团队式（学生分组）制定相应的网络营销方法和策略。如，创建微博账号，《丝路·青春》剧目的粉丝团、《丝路·青春》剧目的知识库等，通过各账号信息的互动与轮播，实现病毒式营销；设立"大连艺术学院""一带一路""海上丝绸之路"等有效关键词，寻找潜在客户，实现了聚集目标粉丝圈及增粉过程；利用大连网、金普新区网、大连艺术学院校园网等微博平台发布剧目信息，增加普通网民的关注度；通过不断更新《丝路·青春》剧目的彩排及演出信息，邀请《丝路·青春》剧目导演、编剧、演员等做客微博与粉丝互动等，从而保持《丝路·青春》剧目的微博活跃度；成果是要求学生在进行市场调研和网络营销策划的基础上撰写《丝路·青春》剧目网络策划书；课程实践环节评价主要采用策划书展示和PPT汇报。

（三）成果导向在项目管理课程中的应用实例

项目管理课程作为电子商务专业的主干课程，主要是通过对有关项目管理的基本理论和方法的讲解，培养学生项目调研、分析、策划，以及项目综合运作管理的能力。将《丝路·青春》剧目纳入该门课程8学时的教学实践，并设计教学任务。一是以《丝路·青春》为例，让学生进行立项前的市场调查，调查本校教师和学生对于该项目的需求有哪些，调查演出《丝路·青春》项目的可行性，完成调查报告（可以包含问卷）。二是对《丝路·青春》项目进行工作任务分解。带领学生走访《丝路·青春》剧目演出的立项筹划、组织排练、剧务保障等环节，让学生设计分解项目，绘制WBS。（见下表：能力和实践成果匹配表）

知识点	核心培养能力	显性成果形式	教学方式
市场调查方法和内容	信息获取能力	调查问卷	
项目论证内容	拟定解决方案	数据	案例教学
需求分析	创新应变能力	调查报告	项目教学
项目范围管理的相关理论	团队合作能力	实训报告（WBS）	讨论教学
项目范围管理工具WBS的使用	分析问题、解决问题		

（四）成果导向在财务管理与ERP实训课程中的应用实例

将《丝路·青春》剧目成本控制与优化路径的研究成果融入教学，以《丝路·青春》为教学案例，培养学生成本分析、成本控制能力。

以财务管理与ERP实训课程为例，在《丝路·青春》融入本门课程的教学中，首先要明确课程学习成果，让学生很清楚地知道基于这一模块的学习，需要学生树立成本意识，掌握成本分析、成本控制能力，能够对原创剧目的成本构成及优化提供合理化建议；接着进行课程设计，如以《丝路·青春》为例，分析原创剧目成本构成（见下图：原创剧目成本构成图），通过成本分析，了解原创剧目成本的基本构成，从成本构成出发，进一步研究可控成本和不可控成本，通过事前、事中、事后全方位控制，实现成本费用最优的目标；最后学生可以根据小组讨论、实地调研、网上查阅资料等方式，完成分析报告。

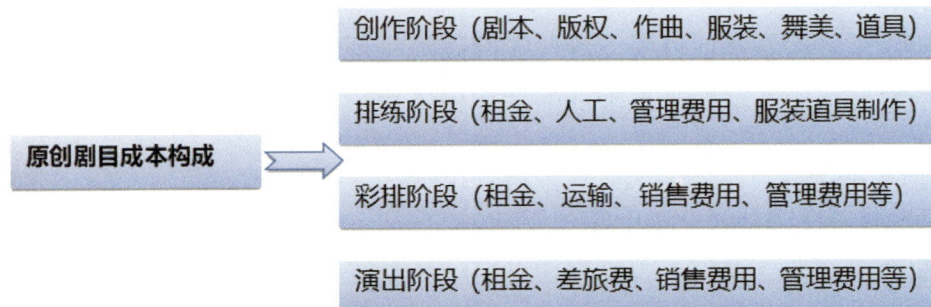

原创剧目成本构成
- 创作阶段（剧本、版权、作曲、服装、舞美、道具）
- 排练阶段（租金、人工、管理费用、服装道具制作）
- 彩排阶段（租金、运输、销售费用、管理费用等）
- 演出阶段（租金、差旅费、销售费用、管理费用等）

如成本控制模块的考核采用多元化评价（最终成绩=教师评分*40%+学生互评*20%+小组互评*40%），主要评价指标涉及方案合理性、文字撰写、资料查阅和口头表达等方面。

三、"成果导向式"课程设计实施效果

成果导向教育促使陈旧的重学科轻学习的课程教育模式转化为以重视学生需求、培养学生知识和能力的增长为导向的新型教育模式。上述以成果为导向，设计实施教学改革，有效地解决了创新型艺术管理人才培养过程中课程教学存在的问题，激发了学生的学习主观能动性，充分结合《丝路·青春》剧目植入教学，培养学生解决问题的能力、自主学习能力和团队协作能力，从而提高了课程教学质量，更好地满足了创新型艺术管理人才的培养需求。

《丝路·青春》翻转课堂教学范式改革的实施效果评价

任雪莲　李丹　汉吉月　白樱　牟燕妮

随着经济发展和社会进步，促使教育改革热潮不断推进。个性化学习的需要占据了教学改革的制高点，传统的教育方式已经无法满足个性化学习的需要。翻转课堂作为教学改革的新范式，改变了知识传递和内化的过程，把学生原来被动接受的学习转变为主动接受有意义的学习，极大促进了教学效果。

一、基于项目案例的翻转课堂教学改革范式

（一）项目案例与翻转课堂的相关性

1.项目案例作为翻转课堂的教学资源

在翻转课堂教学过程中，教师将较大教学项目转化成细小的教学项目，并将零散的知识点融入教学项目中，这样能准确地呈现知识点。项目案例作为翻转课堂的教学资源，能够帮助学生主动的转化理论知识，从而帮助学生将理论知识内化，并且随即转化为实践。

2.项目案例作为翻转课堂的学习驱动

在翻转课堂教学过程中，采用项目引领的教学方法，学生通过教师以项目贯穿的教学任务，学生可以获得一个清晰、完整的学习过程，这样使学生变被动学习为主动学习。

（二）基于项目案例的翻转课堂教学模式的设计

基于项目案例的翻转课堂教学模式，教师将教学的目标进行细化，并将具有现实意义的实践项目分解成详细具体的多个子项目任务，然后将这些子项目任务和对应的学习资源传递给学生，学生在课前对应手中的学习资源主动的学习，逐步完成教师传递的项目任务，最终达到理论知识的内化和操作技能学习水平的综合提升。（见下图，翻转课堂教学范式的教学设计。）

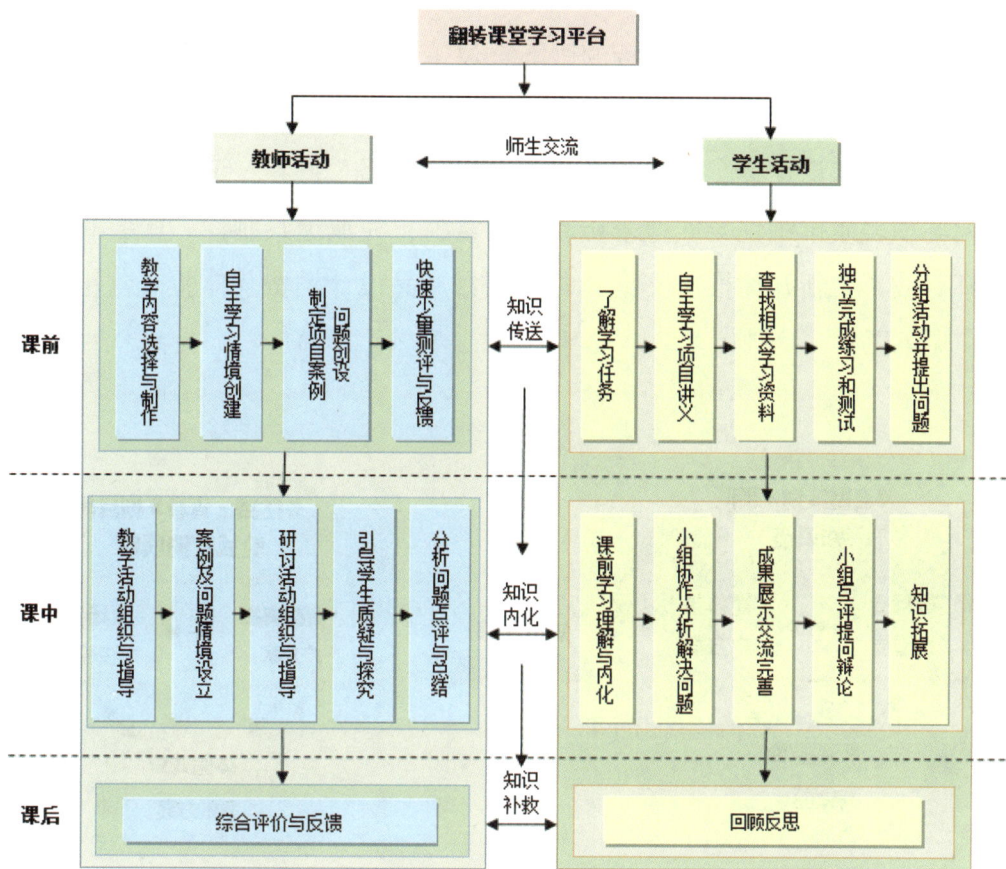

二、《丝路·青春》剧目引领艺术管理人才培养课堂

《丝路·青春》是由大连艺术学院推出的一部舞台剧，以青年学子的视角展开故事的叙述，运用人屏互动、情景表演、多层穿插等舞台表现形式，从丝路沿线国家和地区抽取各自具有民族特色的文化艺术元素，综合了音乐、合唱、朗诵、舞蹈戏剧等形式，向观众呈现了"一带一路"伟大倡议的精神实质。剧目实现了跨专业合作，为多专业融合实践教学提供了丰富的资源和广阔的平台。创、排、演全过程衍生出了许多实践教学项目，为文化艺术管理学院各专业教学提供了具有现实意义的教学案例。

三、《丝路·青春》剧目体验式营销策划项目翻转课堂实施范例

会展策划课程将《丝路·青春》剧目体验式营销策划项目与翻转课堂的教学模式结合，帮助学生更好地掌握理论与实践之间的结合点，从而获得更有效的学习体验，也为学校艺术管理人才培养各门课程提供一定的借鉴作用。

（一）教学内容设计

结合会展策划课程中所讲授的国际会议策划中的媒体推广方案、国际会议服务要素中的国际会议宣传问题、展览策划过程阶段三中涉及的招展宣传及媒体宣传问题，进行知识迁移，各学生小组根据在《丝路·青春》道具制作现场、服装制作现场和表演排练现场实地采访收集的素材，完成道具制作、服装制作及表演排练幕后故事的新媒体推广文案，并为剧目产品设计消费前体验式营销的具体方案。（见下图）

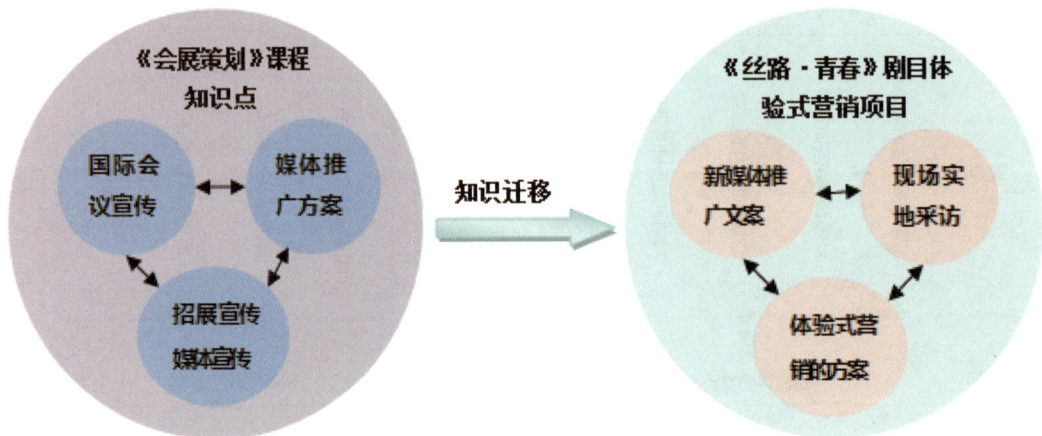

（二）翻转课堂教学设计

课前，首先教师通过翻转教学平台介绍《丝路·青春》剧目体验式营销的项目背景及设计思路，布置幕后故事的调研采访任务；其次，学生根据自身兴趣自愿组成道具、服装及表演三个项目小组；再次，三个项目小组各现场进行了走访，收集相关素材并采访参与人员；之后，各小组经过认真研讨选取剧目消费前体验的一种情景，形成具体的营销创意及方案。课中，各小组进行项目成果的展示汇报，各小组互评提问辩论，教师分析问题点评与总结；课后，综合评价与反馈，学生营销创意及方案进行完善，《丝路·青春》剧目体验式营销翻转课堂教学设计。（见下图）

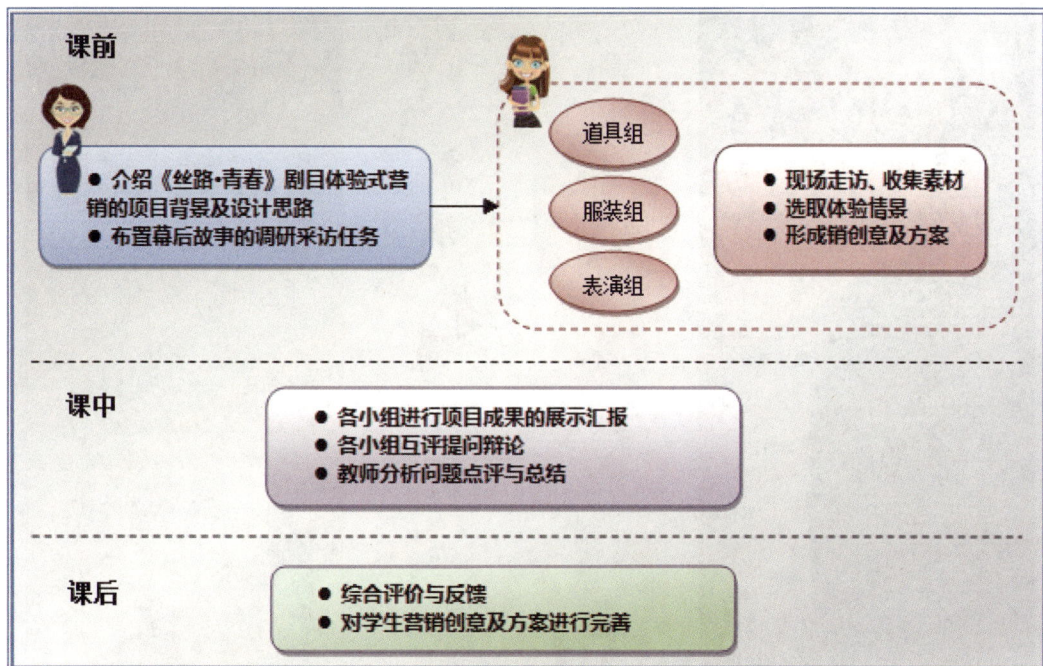

（三）实施效果评价

三个项目小组设计的体验式营销可谓各有特色。表演组同学设计了主题首演仪式，由主创成员走红毯、有奖问答等观众互动和启动仪式三个部分组成，充分体现了大学生群体的特点。道具组同学以《丝路·青春》为背景设计了主题为"奇域·奇遇"的亲子体验馆，并综合运用3D打印、VR技术以及舞蹈体验、手工制作等丰富的互动形式，增强了小朋友体验的参与度及趣味性，效果很好。服装组同学设计了主题为"丝·古今中外"的公益服装展，面向年轻消费群体，在四个展厅中展示了具有不同民族特色及文化元素的服装，融入了服装表演及全息投影，为公益事业筹集资金。三组在营销创意及具体营销活动的安排上既遵循了之前的策略设计，又没有局限于策略的边界，各自取得了一定的成效，但对于时下流行的科技手段的运用还需克服一些落实到操作层面的困难。（见下图，学生项目成果。）

四、《丝路·青春》剧目翻转课堂教学实施效果评价

在《丝路·青春》剧目翻转课堂实施结束后，为了更好地了解各专业学生对于本剧目翻转课堂教学模式实施效果，进行了问卷调查。

首先，题目"我认为《丝路·青春》剧目翻转课堂教学提高了我的专业技能"的结果如下图所示，从图中可以看出，61.58%的同学认为基于本剧目案例的翻转课堂教学模式提高了自身的专业技能，有4.66%对于新的教学模式认为没有提高自身的专业技能，因此，通过数据的分析，新的教学模式能够被大多数同学所接受。

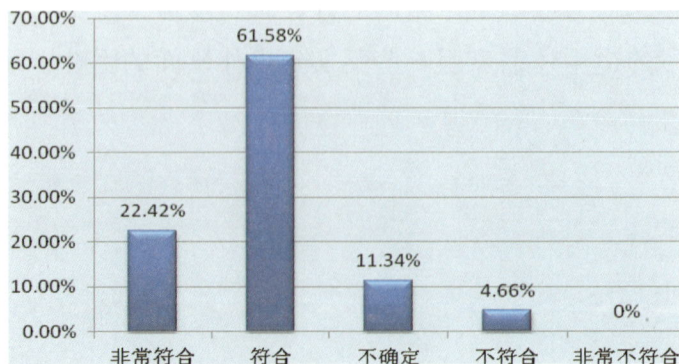

其次，对于题目"《丝路·青春》剧目翻转课堂教学质量令我满意"的统计结果如下图所示，根据图中的数据，58.48%的同学认为新的教学模式令自己满意，有利于自己参与课程的学习，基于本剧目的翻转课堂教学模式能够为半数以上同学满意，能够帮助他们进行课程学习。

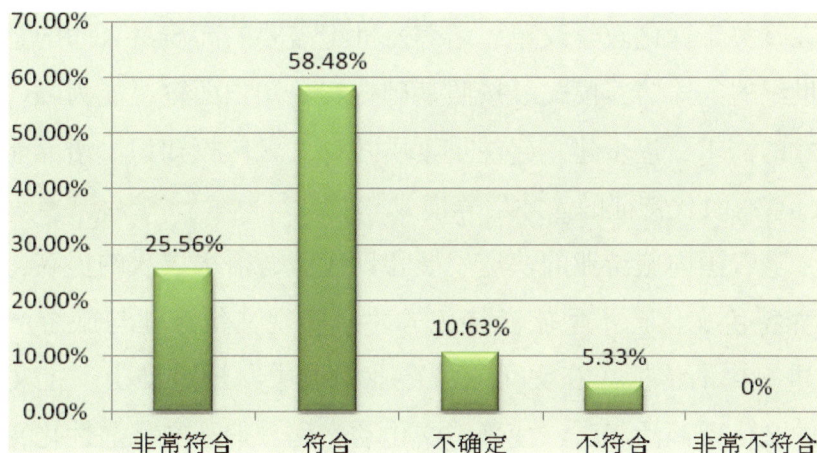

最后，对于题目"通过《丝路·青春》剧目翻转课堂，我学习到有用的东西"的结果如下图所示，有67.43%的同学对于新的教学模式能够帮助自己学习到有用的东西，有少部分人认为新的教学模式对学习没有带来太大的帮助，大多数认为基于本剧目案例的翻转课堂教学有利于新知识的学习，能够帮助他们更好接受知识，提升自身的知识储备。

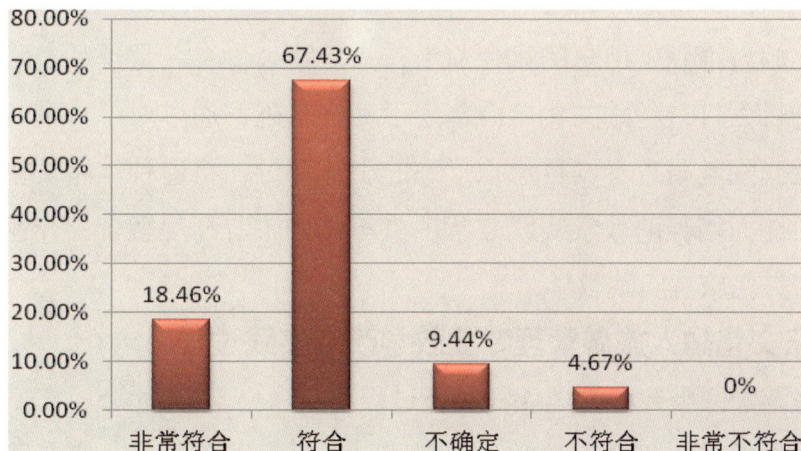

将翻转课堂与案例教学法相融合，并运用到培养创新型艺术管理人才教学环节中，是顺应时代发展要求，能够更好地提高学生学习的积极性和主动性，提高学生分析问题和解决问题的能力。这种新的教学范式有较好的发展前景，具有深厚的研究价值。

丝路文化融入旅游管理专业创新能力培养的教学改革实践

刘洪剑　孙萃　韩静　王志凯　董绍华

教育部在《关于深化教学改革，培养21世纪需要的高质量人才的意见》中明确提出了21世纪的人才培养模式"按照基础扎实、知识面宽、能力强、素质高的高级专门人才的需求，逐步建立起注重素质教育，融传授知识、培养能力和提高素质为一体，富有时代特征的人才培养模式"。

近年来，随着国内旅游业的快速发展和现代旅游需求层次的提高，在人才培养过程中培养特色文化艺术型旅游特色人才，实现文化产业与旅游产业相互融合，促进先进文化的传播。在文化旅游产业发展中，通过推出一批文化创意产品，让静态的文化资源活起来，使静态文化动态化，地下文化显性化，从而既有利于弘扬传统文化中的优秀与先进部分，又有利于建设现代文化，促进先进文化的广泛传播。

一、丝路文化融入旅游管理专业创新能力培养的教学改革实践初衷

根据我院大型原创剧目《丝路·青春》的有利平台和宝贵资料，将《丝路·青春》剧目中所涉及的特色文化旅游项目挖掘出来，依托旅游业的文化性、旅游者的传播性、旅游活动的亲和力、旅游消费的特殊性、《丝路·青春》剧目的影响性，将文化旅游推到了历史的舞台前沿，《丝路·青春》是丝绸之路的升华，这个特殊的剧目为打造丝路文化旅游奠定了良好基础。通过对"一带一路"内涵的解读，以及我院丝路青春剧目意识形态的表达探讨，将这种丝路文化融入旅游管理专业创新能力培养的教学实践改革中，与文化旅游高度融合，开发出具有丝绸之路特色的文化旅游实践教学。

二、丝路文化融入旅游管理专业教学改革实践过程

（一）旅游景区服务与管理课程实施过程

在教学中将丝路文化融入教学改革实践，依据我国首倡"一带一路"全域旅游，收集"一带一路"旅游景区服务与管理创新的实例，整合了旅游景区规划建设、旅游资源及其评价、旅游景区规划建设这几个章节。

以《丝路·青春》大型演艺为导引景区文化演绎策划项目建设为例，对项目三旅游景区经营理论、项目四旅游景区服务与管理创新进行教学改革，在教学中《丝

路·青春》的展演给文化旅游与艺术深度融合的契机，在旅游景区创新中"旅游目的地+文化演艺""民族村寨+文化演艺"或者"山水实景+文化演艺"的做法融入课堂，由学生编导演绎，特色突出，学生积极参与其中，实现了艺术与旅游的跨界融合，有利于丰富旅游内涵，提升旅游品位，促进旅游目的地价值的充分兑现（见下图）。

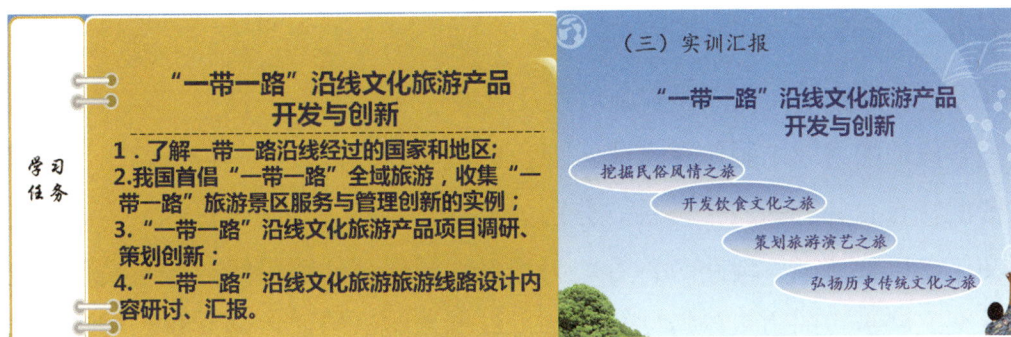

（二）旅行社计调与外联实务课程实施过程

针对一带一路沿线城市的旅游要素、旅游项目和地域文化特点进行国内组团计调操作、计调采购和计调外联三部分的业务训练，将丝路文化融入国内组团计调操作流程的课堂教学中。建立一带一路常规线路分析、一带一路线路设计与报价、丝路文化组团计调操作三个工作任务，并以工作任务为线索，整合第二章理论与实践的内容，利用校内实训室开组四个活动：设计丝路文化旅游产品、丝路文化元素发掘与采购、安排落实旅游计划，以及团队质量跟踪反馈，以此培养学生的沟通能力、职业判断力和综合运用能力，使学生充分认识旅游文化内涵的重要性。

（三）旅游服务礼仪课程实施过程

结合一带一路沿线城市旅游项目和地域文化特点进行导游讲解与服务礼仪的训练，提升学生专业素养和文化底蕴，并提高以演出接待为情景提升服务接待能力。

《丝路·青春》分别在旅游服务礼仪课程的个人礼仪、接待礼仪以及一带一路沿线导游讲解及服务礼仪三个部分融入课堂教学中，为了培养学生的实践能力，在第一部分个人礼仪中，老师要求学生以小组为单位做接待服务人员上岗彩妆和发饰、服装造型设计，并进行服务接待站姿、走姿和引领等体态训练及展示；

（四）创造性思维与创新方法课程实施过程

本课程实践学生以小组为单位设计一条与《丝路·青春》有关的创意十足的旅游线

路，要求包括对线路构思的说明（市场环境分析、自身能力分析、竞争对手分析、构思筛选）、线路编排（主要旅游吸引物、旅游节点、各资源要素位置、交通方式、线路名称、线路行程、景点介绍）、线路定价（各资源要素价格、利润、确定价格）、营销策略（宣传渠道、促销方式）、团队分工等。学生分小组进行《丝路·青春》旅游线路设计实训并展演。通过本次实训，有效调动了学生学习的热情和积极性，挖掘了学生的思维能力和创新意识，提高了对《丝路·青春》和旅游管理专业融合的认知，增强了旅游线路的创意设计能力和导游介绍和讲解能力。

（五）中国旅游文化课程实施过程及效果

教学设计围绕《中国旅游文化》课程的教学内容以及"一带一路"所涵盖范围的资源特点总共分为六个项目。分别为：以音诗画《丝路·青春》为导引解释旅游文化、以音诗画《丝路·青春》为导引中国丝绸之路沿线的旅游文化特征、剖析丝绸之路沿线的山水旅游文化、剖析丝绸之路沿线的古城文化、剖析丝绸之路沿线的古建筑文化、剖析丝绸之路沿线的民俗文化。通过该六个项目的实践锻炼，增强学生的自主性和内生学习动力，形成自主学习环境和氛围，建立了师生之间新的互动关系，从而达到较高的课程教学目标。

三、丝路文化融入旅游管理专业教学改革实践教学成效

丝路文化融入旅游管理专业教学改革实践实训项目给同学搭建展示自己的舞台，增进对"一带一路"国家战略的认知，提升教师、学生自身综合素质，具体体现：

（一）教师实践教学能力提升，体现专业特色

实践教学坚持以学院提出的"宽口径、厚基础、重能力、求个性"为宗旨，以能力培养、适应就业为导向，发挥专业优势，以培养学生的创新创意、独立思考能力为核心，体现专业特色。

（二）教学内容创新，学生做到学有所用

运用现代管理的基础理论与基本原则，提高学生的组织能力和合作意识，同时锻炼学生的思维方式与思维周密性，加强开发和更深度地挖掘学生的自主创新意识和能力。

（三）教学方法与手段提升，学生积极思考、乐于实践

在授课中将《丝路·青春》剧目中所涉及的特色文化旅游项目挖掘出来，注

意了多种教学方法的运用。本课程教学团队根据本单元内容和学生特点，一改过去单一的填鸭式的教学方法，因材施教，灵活运用案例分析、分组讨论、角色扮演、启发引导、项目导向、任务驱动等教学方法，引导学生积极思考、乐于实践，提高教与学效果。

（四）学生创新能力、语言表达能力以及文化素养方面也有明显提高

在教学实践活动方面，收集"一带一路"旅游产品创新的实例，学生掌握本专业能力、社会能力和方法能力，具备旅游从业人员应具备的基本素质，具有较强的语言表达、沟通和协调能力。

四、丝路文化融入旅游管理专业创新能力培养的教学改革实践的启示

立足于国家大力推进"一带一路"发展趋势下，面对激烈的市场竞争，面对越来越挑剔的旅游者，以我院大型原创剧目《丝路·青春》为基础，明确文化旅游产品开发目标，探索《丝路·青春》剧目与文化旅游业融合产品，通过捕捉市场机会,对旅游开发项目进行构思、评价和设计的过程。形成具有全国知名度的文化旅游与艺术创作相结合的创新旅游产品，是旅游管理专业实践教学的一个探索目标。

大连艺术学院旅游管理专业通过产教融合、校企联合培养模式，将丝路文化融入旅游管理专业创新能力培养的教学改革实践，实施了以能力培养为核心的实践教学创新体系，创建了专业人才培养的"文化育人"环境、形成了"校企合作、协同创新"实践教学体系，突出培养学生的创新精神和实践能力，从而打造了"能力本位"理念下的应用型本科人才培养特色。

文化传播视阈下"外语+"项目教学法探究

柳娜　崔琳杰　杨云飞

　　我校作为一所艺术类民办高校，在其发展的18年历程中，艺术精品层出不穷，尤其是2013年以来出品的《汤若望》《樱之魂》《和平颂》"和平三部曲"等原创剧目，大大提升我校知名度的同时，这些艺术成果也在国内艺术领域有所传播。2017年的《丝路·青春》作为我校的品牌剧目，与"一带一路"倡议高度吻合，是沿着"一带一路"发展路径，传导我校的影响力的又一力作，较"和平三部曲"在推广路径及手段上应该上更一个新台阶。这一力作的推广范围不仅要在国内，更要借助国际交流平台加强对外传播，将《丝路·青春》剧目的传播效果达到一个新高度，达到更好地推广效应。以此为目标，我校外语专业以《丝路·青春》剧目为牵引，运用"外语+"项目教学模式把剧目内容引入课堂，并以学习型社团为依托，结合第一课堂、第二课堂实践，在实践活动中充分发挥学生的主体作用，提高学生外语综合应用能力的同时，借助外语优势切实做好对外宣传工作，对外展示学院教学特色和成果、提升学院形象、扩大学院国际影响力。

一、"外语+"项目教学法的实施思路

　　"外语+"项目教学法是一种以学生为中心的教学法，通过在外语认知和实践过程中为学习者提供机会，完成设定的教学项目来展开课程。让学生在项目完成过程中，充分利用已经掌握的语言知识，通过分析、交流获取需要的信息完成任务，最终达到预期的学习目标。那么结合《丝路·青春》剧目的创作过程和内容，以"外语+"项目的形式，在外语教学实践过程中注重外语技能课程内容的实用性，强化外文写作、翻译、播音主持、采编创作等专业知识，突出专业技能课程对实践能力的主导，促进学生的外语的表达能力和扩展专业技能的有机结合。（日语专业为例，见下表：《丝路·青春》引入课堂，"外语+"能力层次分析表。）

课程类别	课程支撑	与《丝路·青春》项目渗透关系	实践项目	能力层次
专业方向与技能课群	日语情景会话	培养学生的语言意识和口语表达能力、跨文化交流能力，结合《丝路·青春》创作实录，进行线上线下日解说。	实践内容：《丝路·青春》涉外宣传解说实践 实践形式：以个人形式，通过自己对《丝路·青春》剧目创作背景、意义、排演情况、社会影响等要素的调研和理解，设计《丝路·青春》涉外宣传思路，撰写《丝路·青春》日语解说词，并结合图片、影像等宣传手段，进行现场解说实践。 实践成果：《丝路·青春》日语解说稿件。	日语解说能力
	日语演讲			
	日语写作实训	选择《丝路·青春》剧目不同创作阶段，主持进行系统的观摩、赏析、讨论，引导学生在观摩过程中进行资料整理和翻译写作。	实践内容：《丝路·青春》花絮片日韩语字幕翻译实践 实践形式：以小组为单位，对学院制作的34x《丝路·青春》花絮片进行中外文双语字幕翻译实践。要求学生对视频中的中文播音材料进行整理，翻译成对应的日、韩文播音材料，并加入外文字幕。 实践成果：《丝路·青春》花絮片外文版视频。	日语采访写作能力
	日语笔译实践			
	日语口译播音实践	进行《丝路·青春》实况采访，激发学生的新闻敏感度、提高学生对信息的采集能力、双语电视节目采、编、播能力。	实践内容：《丝路·青春》双语新闻报道实践 实践形式：以小组为单位，通过对《丝路·青春》台前幕后排演情况的拍摄、采访等，收集素材，自主设计3-8分钟的电视新闻节目，通过双语新闻报道（"中文播报-日语字幕"或"日语播报-中文字幕"）的形式，开展《丝路·青春》涉外宣传。 实践成果：《丝路·青春》双语新闻报道视频	日语播音与主持综合能力

二、"外语+"项目教学法的实施要求

实施"外语+"项目教学法，把外语专业知识分层次延伸到《丝路·青春》项目的创作过程中，即教师根据项目的不同阶段特点，把外语语言技能的培养目标任务化，提出对应的实践项目训练要求，让学生根据要求分阶段完成规定任务，从而提升学生外语知识的融会贯通能力。因此设计的实践项目应具有可操作性、实用性和有效性，符合学生实际水平，使学生在做中学、学中做。并且把相应的评价机制贯穿其中，采取学生互评和教师讲评方式，激发学生的自主学习能力。《丝路·青春》引入课堂，"外语+"项目实施步骤包括项目准备、项目引入、项目练习、具体运用、成果评价。

三、"外语+"项目教学法的实施效果

（一）校本特色与外语专业学习有效结合

"外语+"项目教学法以《丝路·青春》创作过程为依托，将《丝路·青春》涉外宣传纳入外语专业技能课程实践教学中，要求学生深入调研，整理收集《丝路·青春》剧目创作及排练的相关资料，完成《丝路·青春》涉宣传影像的制作、外文字幕制作与配音、外文解说词翻译、涉外宣传画册的设计与翻译等实践项目，充分发挥学生的主体作用，提高了学生外语综合能力的同时，体现了我校原创剧目成果与外语实践教学的有效融合。

（二）优化外语实践能力的培养模式

"外语+"项目教学法与《丝路·青春》剧目的结合，强调了学生在参与、探究、合作等学习过程中提高外语实践能力，而不是单纯一味依赖教师或书本获取知识，改变了学生消极被动的学习方式，有效地平衡了"外语语言能力表达"和翻译、采编、播音、主持等附加能力的培养。通过将外语+采编播译等多元能力相结合，满足了学生双语能力提高的要求，提高了学生学习语言积极性，强化了学生的口语表达能力、沟通能力、节目主持的基本综合能力，奠定外语语言表达的良好基础。

（三）利用国际交流平台开展跨文化传播

以《丝路·青春》剧目为依托的"外语+"项目教学法的实施，促进了学校、学院、师生的"面、线、点"的有机结合。涉外宣传项目组深入《丝路·青春》彩排现场，观摩了音乐学院、舞蹈学院的彩排以及《丝路·青春》的实践教学展示，并与院办、实践教学中心、道具组等相关负责人联系，收集《丝路·青春》剧目创作中的素材和资料进行整理，提炼特色，梳理涉外宣传策略思路，始终将视角放在研究如何实现我校原创艺术成果的对外传播上。并将借助我校与日本创价大学、韩国光州大学等国外高校和其他国际团体的合作交流平台，展示我校的外语专业实践成果，打造我校国际品牌形象，提高我校国际竞争力。

（四）创新对外文化传播渠道形式与内容

加强与社会大众传媒的联系与合作，使学院的对外宣传新闻渠道畅通，及时有效地传播学院信息。利用微信公众号宣传平台、《中韩之桥》等外语类节目、大连天健网外文版等涉外媒体，将"外语+"项目教学法在《丝路·青春》剧目的中实践成果报道出去，有效地帮助在中外国人士认识、了解我校，树立我校的正面形象，进一步扩大我校的国际社会影响。

　　跨文化、跨国界的文化传播是二十一世纪文化发展的动力，积极对外传播展示我校鲜明的办学特色和优秀的艺术实践成果，树立我校良好品牌形象，扩大我校国际影响力是每个外语专业师生义不容辞的责任。通过"外语+"项目教学法在《丝路·青春》剧目中的实施，使外语专业的全体教师和学生都参与到《丝路·青春》剧目的研究中，不仅增强了师生们对《丝路·青春》剧目以及国家"一带一路"倡议的认识和理解，更重要的是在实践过程中，提高了外语专业学生从事对外文化宣传、交流、语言文字等工作的能力。外语专业师生已经在《樱之魂》《和平颂》《池田大作与中国摄影展》等我校重大对外交流活动中充分发挥了涉外宣传的使命，我们将一如既往，紧跟大艺的脚步，为学院发展贡献自己的力量。

大艺《丝路·青春》实践教学模式改革的新航标

张振华

　　为了庆祝党的十九大胜利召开，深入学习贯彻党的十九大精神，宣传国家"一带一路"的伟大倡议，2017年11月24日19点30分，大连艺术学院大型舞台剧《丝路·青春》在人民大会堂的隆重上演，得到国际友人及社会各界人士的一致赞誉。董事长王贤俊先生深思熟虑，高瞻远瞩，倾力打造反映当代主题的大型原创舞台剧《丝路·青春》，这样的策划和创意为实践教学从课堂走向舞台提供了平台，成为今后实践教学、科学研究、服务社会和文化引领的范式，成为今后大艺发展的方向和目标。

　　虽然我们美术学院没有站在舞台上参加演出，但是我们也积极地探索《丝路·青春》与美术类各专业实践教学的结合，抓住这一难得的契机，开展了大量的实践教学活动，并进行了理论总结，引发了对实践教学模式改革的思考。

　　《丝路·青春》与国家"一带一路"倡议紧密结合，与新时期艺术创作的主旋律高度吻合，它不仅是表演类专业创作的素材，也是美术类专业创作的重要素材。为此，美术学院安排李东升、左平、张妲妲三位副教授带领绘画专业学生到排练现场进行观摩和写生，将原有在教室中枯燥的创作课延伸到排练厅和大剧场，使学生收集创作的素材更加生动直观，激发学生的创作热情。为了加深广大师生对"一带一路"的了解，加深对《丝路·青春》的理解，美术学专业带头人刘基教授为美院师生进行题为"新思路下，走进西部"的讲座，介绍"一带一路"沿线地域文化艺术特点和相关艺术创作形态，鼓励师生结合专业特点和个人实际，制订切实可行的创作方案，力求作品创意新颖、主题鲜明，创作出突显专业特色和个人艺术特点的作品。

　　同时各专业结合自身特点，积极挖掘与《丝路·青春》相关的主题性项目教学。陶艺、中国画、书法三个专业协同合作，开展了"青花瓷杯"纪念品项目教学，在教师的带领下，学生们完成了拉坯、绘制、书写、施釉、烧制以及包装的全过程；版画和装裱专业方向共同开展了"木刻版画"纪念品项目教学，在教师的指导下，版画方向学生完成了形象提炼、刻板、印制，装裱方向的学生完成了最终的装裱。雕塑专业师生开展了"丝路"主题创作，并遴选了多件作品在人民大会堂展出，很好地配合了《丝路·青春》的演出。通过这些项目教学，学生们在真实的情境下参与到项目制作的全过程，完成了一大批精美的产品，不仅锻炼了学生的实践能力，而且很好地培养了学生的创新能力、协作能力，也提高了学生的就业、创业意识。

另外，利用实践周，由美术学专业学生策划，开展了"丝路·青春"为主题的艺术创作和展览，国画专业创作出了具有"一带一路"沿线地域特色的写意人物国画作品；绘画专业创作出具有异域风情的油画作品和版画作品。

为了鼓励学生进行艺术创作，美术学院将遴选出的优秀作品推荐到"晒艺网"和"大艺至臻"进行销售，使作品变为商品。

通过对《丝路·青春》相关实践教学资源的挖掘和利用，不仅丰富了美术类各专业的实践教学，也引发了美术学院对实践教学模式进一步改革的思考。

项目教学是提升实践教学效果的最有效手段，是实现教学与行业企业零距离连接的最佳途径。项目教学具有明确的目的、明确的标准、明确的时间，驱动学生在实战的状态下进行岗位能力锻炼，可以有效地提高实践教学的效果。《丝路·青春》大型舞台剧就是一个综合性项目教学的范例，与美术学院各专业引入社会项目进校园开展项目教学具有众多的共同性，也会面对共同的问题。

首先是项目教学普及面问题。学生能力与能力类型存在着差异，而项目的多元化和明确的标准决定了很难通过一个项目普及到所有学生。

其次是项目教学与课堂教学的时间协调问题。项目具有明确的时间要求，而我院现行教学模式下，课堂教学也有明确的授课时间、课时量要求，项目教学的开展，尤其是大型项目教学的开展势必会在时间上与课堂教学产生冲突。

如何有效地解决以上两个问题，使项目教学有效地开展，有效地提高人才培养质量，结合美术学院长期以来开展项目教学的经验，提出以下几点构思。

一、构建开放式的实践教学模式

充分发挥学校的场地、设备和人员优势，建立广泛的社会联系，将学校资源向社会开放，将校内实践教学的内容和层次与社会岗位多层次、多方位的需求相对应，开展广泛的校企合作、校地合作，吸引更多的项目进入校园开展项目教学，以提高项目教学的覆盖面。

通过与企业开展课程共建的手段，将一些稳定、长期的项目引入课堂教学，使项目教学普及到所有能力层次学生，并在实践中引入企业评价，以企业视角检验教学效果，督促学生实践能力的提升。

二、实行多元化、多层次的人才培养

在教学中充分尊重学生的个体差异，引导其发挥自身优势，实行"同专业平台，多类别培养"，构建不同类别的课群，适用多元化的需求。

在项目教学中同样实施分类别培养，一是根据不同的项目类型选择相应能力类型的学生进行实践，二是在同一项目的不同环节选择不同能力类型和不同能力的学生进行实践，提高能力培养的针对性和覆盖面。

三、打造多元化的校内实训工作室

校内实训工作室是开展项目教学的主阵地，打造覆盖本专业社会需求的多元化的校内实训工作室，将不同的项目分门别类地引入相应工作室，学生可以根据自身能力和能力类型选择工作室，进行基于工作全过程的实践操作训练，强化学生专业实践能力，构建学生个性化的核心竞争力。

四、实行以学分认定为依据的教学管理模式

项目教学的时间具有不确定性，学生能力提升速度也因人而异，单纯的以学时和分数认定学分的方式已不能适应我院实践教学的发展。在"以能力为重"的原则下，以专业能力是否达标为依据认定学分，打破课时的限制，将课堂教学与项目教学变为"平常训练，战时打仗"的关系，消除课堂教学与项目教学的壁垒。同时加大选修课程的比例，使学生得以弥补项目教学中出现的能力不足。

《丝路·青春》英语实践教学探索

宋 平

2017年在我校《丝路·青春》紧张排演之际，我接到系部通知要给参与《丝路·青春》的音乐、舞蹈专业学生上一次英语实践课，把英语教学应用于大型舞台剧目，在非常规教学场地进行基础课的教学，把第二语言知识和艺术专业相结合，这每一项都给我即将进行的教学提出了新的要求和难度，如何做出一堂别开生面的英语教学实践课程，又如何在《丝路·青春》所有演职人员紧张排练的间隙做出一节能缓解学生身体上的疲惫还能从语言学习的角度让他们学到东西的英语课成为我的首要任务。

一、关注时事热点，了解"一带一路"

在接到授课任务之前，对于"一带一路"倡议我们大部分人只是从新闻中获取一些内容，但是要在课堂上去给学生讲解，光是了解还是不够的，必须要了解最新的最权威的内容，特别是随着"一带一路"倡议在全球的普及和相关项目的开展，这不仅是一个国家的倡议，还是和全人类栖息相关的倡议。

我通过百度，谷歌等搜索引擎查找和"一带一路"相关信息，并通过校内知网了解和"一带一路"相关文章25篇，总结和英语相关信息词条15条，最终选择3条在英语实践课堂上去讲解。精讲内容包括：

（一）背景知识的中英文介绍

1、丝绸之路经济带 the Silk Road Economic Belt

"丝绸之路经济带"东端连着亚太地区，西边通往欧洲各经济体，是世界上最长、最具活力的经济走廊。

2、21世纪海上丝绸之路 the 21st Century Maritime Silk Road

"21世纪海上丝绸之路"以点带线，以线带面，旨在增进同沿边国家和地区的交往与合作，连通东盟、南亚、西亚、北非、欧洲等各大经济板块的市场链，发展面向南海、太平洋和印度洋的战略合作经济带。

（二）"一带一路"相关内容热点翻译

错误翻译One Belt One Road

正确翻译"the Belt and Road"英文缩写用"B&R"

"倡议"一词译为"initiative"，且使用单数。不使用"strategy""project""program""agenda"等措辞。

一带：丝绸之路经济带 the Silk Road Economic Belt

一路：21世纪海上丝绸之路 the 21st Century Maritime Silk Road

Maritime: connected with the sea/near the sea

（三）"一带一路"相关国家的了解和重点国家英语名称

截止到2017年5月全球已经有超过100多个国家加入"一带一路"倡议，这里面有我们熟悉的国家，还有一些我们没有听说的国家。在包含B级、A级、四级、六级的全国英语等级考试中，国家名称一直都是不出现在词汇表中考点，把"一带一路"沿线国家涉及英语等级考试的国名翻译纳入英语实践教学也是我教学的一个重点内容。这样在课堂中我导入了"一带一路"沿线国名的翻译，重点内容如下：

1.countries along the land and maritime Silk Roads "一带一路"沿线国家

2.countries participating in the "Belt and Road" initiative参与"一带一路"国际合作项目的国家

3、简称B&R countries或participating countries或partner countries

4、具体国家（通过地图讲解）

通地图、路线等图像来从视觉上刺激学生对英语语言的学习；通过正反对比、官方翻译和民间翻译来反向引导学生关于"一带一路"相关内容的记忆，让学生通过实践课程的学习，对热词达到掌握的程度。

二、从学生专业出发，把专业和英语相结合

我进行实践教学的对象是《丝路·青春》音乐和舞蹈专业的学生，如何把英语语言和他们的专业结合，这一部分的课堂设计环节我加入了"预习--提问"环节，这样可以让学生在短时间内有效掌握和本专业相关的英语词汇。具体操作环节如下：

（一）制作语言提示卡，按区域发给学生。

（二）给学生准备时间，区域小组协同合作认词。

（三）采取老师随意点名式提问。

（四）随机加入音乐和舞蹈类型的表演。

这个环节的教学效果超出我在原始设计时的预想，大部分学生非常主动地去了解自己所学专业的相关词汇，在随机提问中区域性表现有学生的主动竞争意识的加入；在

表演环节，被推选的同学不扭捏、不怯场、把专业技能中最好的一面体现出来，充分的发挥以学生为中心的教学优势，达到预期教学效果。

三、从文化出发，把英语和"一带一路"沿线国家艺术类型相结合

《丝路·青春》为一档大型舞蹈音画史诗的艺术表现形式，她从多个角度彰显了中国和"一带一路"沿线国家的经济、政治、文化的发展，而这些在《丝路 青春》中又是由音乐和舞蹈所表现出来的，不管是特殊的语言文化、地域性的饮食文化、宗教性的服饰文化、民族性的歌舞文化都在《丝路·青春》中淋漓尽致地表现出来。把英语教学和部分"一带一路"沿线国家艺术类型相结合，把讲语言变成讲文化，把枯燥的语言学习变成生动的文化学习，这就是《丝路·青春》英语实践教学的最主要目的。

带着这样的目的，我查阅了十几万的文字材料，筛选相关课程资料26000余字进行打印备课，又从这些材料中总结出"一带一路"沿线四个主要国家和区域的相关文化特点进行课程的安排，最终内容如下：

（一）China中国

民族舞folk dance & national dance各民族特色舞蹈例如孔雀舞、扇子舞

这一部分由学生首先示范孔雀舞和扇子舞，然后教师对比总结孔雀舞和扇子舞的特点和不同。

（二）Southeast countries东南亚国家

Instruments: bronze and bamboo (the kingdom of bamboo)

Indonesia: hanging gong Thailand: bamboo flute

Features: related to religion, sacrifice, pray, (court music& dance)

Ornament: golden long nails, golden tower headwear

Style: belly dance, Indian dance, Kong opera(the top level of the dance)

Special foods: curry, vinegar-pepper

这一部分由东南亚国家特殊口味的饮食文化进行导入，从乐器、服饰、舞蹈、饮食四个方面和宗教的联系让学生重点掌握宗教信仰对文化的影响。通过这一部分的教学学生对于长甲舞和他们表演中所穿的服饰都有了深刻的了解。

（三）African countries 非洲国家

Instruments: drum (tribal King)

Features: related to magic, wedding, funeral(music and dance must coordinate well)

Ornament: tiger skin skirt, grass skirt, feather headwear, bone ornament

Special language: /a:/ 音的多频出现 banana, hakuna matata, tanabata

这个版块由1997年电影狮子王的主题曲进行导入，从非洲语言的发音特点讲起，让学生知道不同地域的语言都有其独特的方言特点，以及英语语言中对非洲语单词的引入和翻译，例如香蕉（Banana）、七夕（Tanabata）、幸福快乐（Hakuna Matata）等。由语言推及乐器——鼓；由乐器推及服装——草裙；由服装推及配饰——长羽毛、动物骨头等。通过这样的讲解方式，学生就对《丝路·青春》中涉及非洲版块的歌舞类型有了更好的理解。

（四）Europe欧洲

Feature: famous and excellent musicians （Bach, Haydn, Chopin, Mozart）

Dance style: ballet, waltz, tap(holiday dance)

Special customs: taboos(salary, age)

欧洲是典型的英语语言国家，她的大部分文化特点符合英语语言文化特点，这一部分从文化禁忌讲起，讲禁忌的事情总是能调动学生的猎奇心理，从禁忌到有名的音乐家再到舞蹈类型，这样的学习过程让学生欲罢不能。

在教学过程通过学生展示、教学提问、歌曲引导、文化禁忌等方面内容让学生真正地了解艺术是文化表现的重要形式，语言的学习并不只是书本上枯燥的词汇、繁复的语法。语言就是生活，她包含舞蹈的动作、乐器的声音、宗教的仪式、服饰的原料、饮食的口味和语言的传承。

四、复习与小结

（一）复习

课堂内容的整理和复习是有效提升学生学习效果的一种方式，我使用路线式复习法，看着"一带一路"沿线国家地图，领着学生复习课堂所学内容。课堂教学重点突出——"一带一路"英语热词；课堂教学难点明确——英语与"一带一路"沿线国家特殊的艺术形式相结合。通过这种重点、难点突出的复习，让学生快速而有步骤的掌握整堂课程的内容。

（二）小结

小结我通过思考题让学生阐述是语言重要，还是思想重要？语言的学习不是单一的，语言造就了人类的思想。而先于语言出现、又可以打破语言障碍、让不同语言使用者共鸣于同一种情感的恰恰就是音乐和舞蹈。致敬我们用音乐和舞蹈传递情感的表演者。

这样的语言内容精准、文化内容丰富、贴近学生专业、配合主题实践教学、尊重表演者的实践课程，使学生在有效的时间内掌握了大量的政策热词，完善了音乐和舞蹈表演的整体思路，把英语学习、文化认知和舞台表演相结合，让学生的语言能力切实得到了提升，最主要的是不再抗拒第二语言的习得，起到了事半功倍的效果，也使英语教师的教学能力得到了提升和扩展，为把实践教学带入语言课堂的学习提供了经验、奠定了基础。

实践教学规章制度

创新创业综合训练课程教学管理暂行规定

王忠森　徐艳

根据《国务院办公厅关于深化高等学校创新创业教育改革的实施意见》，在总结近些年我校组织大型实践教学项目的基础上，为适应区域文化事业和文化产业发展的需要，构建培养应用型艺术人才的艺术实践教学体系，在新一轮人才培养方案中设置了创新创业综合训练课程，为加强课程管理，提高教学效益，制定此规定。

一、设置创新创业综合训练课是为了加强学生创新精神、创业意识培养，促进学生专业实践能力的生成。课程内容的设置要根据各专业每学期专业教学安排，有针对性有目的性地结合学校组织的大型实践教学活动，原则上由各学院利用第二课堂活动时间组织实施，项目或活动实施成果在实践周进行集中展示，每学期1学分。

二、各学院每学期初将各专业制定的创新创业综合训练课实施方案报教务处，方案应包括教学目的、教学内容、教学实施计划、考核方式、考核内容标准、教学要求等。

三、各学院应依据实施方案，制定综合训练课课程表，报教务处审批执行。

四、授课或指导教师应撰写教案或指导方案，备齐教学所需设备、器材和资料，各学院对教师要进行开课准备情况检查，达到要求者方可开课。

五、授课或指导教师要建立教学日志，登记每次上课情况或学生学习任务完成情况。

六、各学院应检查综合训练课教学实施情况，评估教学质量，做好查课、考评记录；教务处也应不定时组织检查，及时通报检查情况。

七、课程结束后，对学生进行考核，学生成绩单交由实践教学管理中心认定学分。各学院要对课程教学情况进行总结，并将总结报教务处备案。

八、根据实际情况确需对综合训练课实施方案做适当调整的，必须严格按调课流程办理，经教务处审批同意后再行调整。

九、创新创业综合训练课程教学中所有材料,包括实施方案、课程表、教案或指导方案、教学日志、查课记录、考评记录、学生成绩、教学总结等,各学院均要留存归档。

十、本规定自二〇一七年七月起实施,由教务处负责解。

学生创新创业综合实践学分认定办法

王雪梅　易之含

根据国务院办公厅《关于深化高等学校创新创业教育改革的实施意见》（国办发〔2015〕36号）、教育部《全面提高高等教育质量的若干意见》（高教三十条）、辽宁省人民政府《辽宁省普通高等学校创新创业教育改革实施方案》（辽政办发〔2015〕70号）及《大连艺术学院关于加强实践育人工作的若干意见》文件精神，为进一步激发和培养大学生的创新精神、创业意识和实践能力，鼓励学生在完成专业学习的基础上，积极参与学校组织各项实践活动，提高专业技能，依据2017级人才培养方案对创新创业综合训练课群设置的要求，重新修订学生创新创业综合实践学分认定办法。

一、创新创业综合实践学分认定范围界定

本办法中创新创业综合实践学分认定范围特指对人才培养方案中创新创业综合训练课群教学成果的认定，主要包括实践周活动（6学分）和素质、技能与创新实践活动（6学分）两大部分，共计12学分。

二、创新创业综合实践学分认定程序

1. 实践周活动学分认定（6学分）

根据人才培养方案要求，每学期进行一次实践周活动（除第四学年），各学院（部）要集中安排时间，制定实践周活动方案，组织学生参与各项实践活动。实践周活动结束两周内，由各学院（部）的指导教师根据学生的参与情况为学生申报学分，以各学院（部）为单位负责初步认定并上报实践教学管理中心，由实践教学管理中心最终核准认定。每学期1学分，共计6学分。

2. 素质、技能与创新创业学分认定（6学分）

素质学分是指学生参加学校组织的大型实践项目、各种社会服务、社团活动及比赛的集中训练等所获学分；技能学分是指学生参加校内外专业比赛、展览、演出、各专业产学研项目、考取职业资格证书、作品被收藏等实践活动所获学分；创新创业学分是指学生获得专利发明、参与科研项目、参与大学生创新创业项目、发表论文等所获学分。素质、技能与创新创业学分由各项活动主管部门为参与学生申报，由实践教学管理中心核准认定。

三、创新创业综合实践学分认定要求

（一）创新创业综合实践学分的认定工作于每学期第14周进行，由学生提供学分认定相应佐证材料并粘贴在《创新创业综合实践学分认定手册》上，由各学院（部）审核汇总后交于实践教学管理中心核准、认定。

（二）每学期统计汇总一次，第八学期将认定后的学生创新创业综合实践学分总分值录入教务管理系统。

（三）学生在校期间必须修满创新创业综合实践学分方可毕业。未修满者要进行补修，补修通过才能准予毕业。

（四）素质、技能与创新创业综合实践学分超出培养方案中规定的学分，原则上可以顶替与参赛训练、专业竞赛、演出等实践活动时间相冲突的选修课或专业课学分。

（五）若有本办法之外的其他实践项目学分认定，将由实践教学管理中心会同有关部门依据本办法进行协商认定。

附件：《大连艺术学院学生创新创业综合实践学分认定标准一览表》

附件：

大连艺术学院学生创新创业综合实践学分认定标准一览表

实践类型				评分标准	备注
创新创业综合训练课	实践周活动	实践活动项目		1学分/次	须提供相应证明材料
	素质、技能与创新创业学分	素质学分	社会服务：由学校或各学院、部组织安排的志愿者活动、演出服务、项目服务、社区服务等	2学分/6次 或1学分/32学时	须提供相应证明材料
			社团活动：A.优秀社团成员 B.承接、承办校内外大型活动	A 1学分/次 B 2学分/次	优秀社团评选在每学年第二学期实践周期间进行
			比赛集中训练：学校组建的参赛团队、专业团队，参加文体、专业竞赛训练	1学分/32学时	须指导教师提供证明材料
		技能学分	校内外比赛或加入专业协会 个人 A.国家级	A 一、二、三等奖 6学分 B 优秀奖 4学分	1.如有单项奖等同于三等奖 2.同一项目参加比赛按取得最高级计算
			个人 B.省级	A 一、二、三等奖 4学分 B 优秀奖 2学分	
			个人 C.市级	一、二、三等奖 3学分	
			个人 D.院、校级	一、二、三等奖 2学分	
			团体 A.国家级 B.省、市级	A.4学分/次 B.2学分/次	
			展览 校内 A 参展 B.优秀作品	A 1学分/次 B 2学分/次	校内、外展览均为学生在校期间学校组织的展览活

		校外	A 参展 B 省级以上入选作品	A 4 学分/次 B 6 学分/次	动
	作品 收藏	A 校级 B 学院、部级		A 4 学分/次 B 2 学分/次	提供作品资料与相应证明 材料
	演出	学院、部级		1 学分/次	须提供相应证明材料
		校级		2 学分/次	
		校外		3 学分/次	
	取得 专业 能力 资格 证书	A 国家 级	高级、中级、初级	4 学分/次、3 学分/次、 2 学分/次	所获得的资格证书原则上 由国家社会与劳动保障部 颁发。
		B 省部 级	高级、中级、初级	3 学分/次、2 学分/次、 1 学分/次	
创 新 创 业 学 分	科研 项目	专利		6 学分/次	1. 专利以专利证书为准 2. 科技项目为通过科技主 管部门鉴定的省部级、市 级项目 3. 大学生创新创业项目须 提供相应证明材料
		科技项目		4 学分/次	
		大学生创 新创业项 目	A.国家级 B.省级 C.市级、校级	A 6–8 学分/次 B 3–4 学分/次 C 2–3 学分/次	
	专业 论文	A 核心期刊 B 一般期刊		A 4 学分/次 B 2 学分/次	论文的证明材料以发表期 刊及刊号为准
	其他实践活动				视实际情况评定学分

注：1.非政府部门或权威协会主办的实践项目可获低一级相应基本评分标准；

2.学分认定最终解释权归实践教学管理中心所有。

实践考核内容及评分标准

王忠森 徐冰

交响乐团

学　年	2017-2018	学　期	第一学期	层　次	本科
专　业	器乐（管弦）	年　级	2013-2016 级	学　分	4
考核时间	2017.9.20 2017.10.25 2017.11.24	考核地点	大连开发区大剧院 沈阳盛京大剧院 北京人民大会堂	考核人数	55 人

一、考核形式

《丝路·青春》实践教学汇报演出

二、考核内容及要求

内容：《丝路·青春》交响乐演奏。

要求：带伴奏，穿礼服演奏，化妆。

三、评分标准

1.《丝路·青春》实践考核成绩为五级制：优秀、良好、中等、及格、不及格。

2.《丝路·青春》实践考核成绩由指导教师，在综合编导、导演、指挥、作曲等人员评分后，给出总评成绩。

序号	评分标准（得分点）
1	音准、节奏
2	技术技巧
3	音色、完整性
4	合作能力、舞台表现
5	风格把握

（1）优秀（90–100分）

A.调性正确，音准把握好，节拍、节奏型准确，速度稳定。

B.乐曲技术技巧娴熟，整体完成轻松自如。

C.音色松弛饱满，有感染力，优美动听，整体性完成好。

D.能够在演奏中感情投入，形成自然到位的舞台表现，具有非常强的乐团协作能力。

E.具有好的音乐表现力，感情丰富，音乐作品风格特点把握准确。

（2）良好（80–89分）

A.音准把握较好，节拍、节奏型较准确，速度较稳定。

B.乐曲技术技巧达到作品要求，整体完成较好。

C.音色较松弛饱满，整体性完成较好。

D.在演奏中舞台表现、乐团协作能力较好，能有效完成声部角色。

E.具有较好的音乐表现力，感情到位，较好的把握音乐作品风格特点。

（3）中等（70–79）

      A.音准、节拍、节奏型基本准确，速度基本稳定。

      B.乐曲技术技巧达到合奏需要，基本完成。

      C.音色一般，整体性基本完成。

      D.在演奏中舞台表现、乐团协作能力达到标准要求。

      E.音乐表现力一般，对音乐作品风格特点基本把握。

（4）及格（60–69）

      A.调性不明确，音准把握不准，节拍、节奏型、速度不稳定。

      B.乐曲技术技巧勉强完成，困难片段模糊不清。

      C.音色不够圆润，声音不洪亮，完整性不稳定。

      D.基本能够演奏乐曲声部，但是感情投入不够，舞台表现单一，乐团协作能力有限。

      E.音乐缺少表现力，平淡无味，风格特点不明确。

（5）不及格（0–59）

      练习、排练演出不积极，不能按要求完成乐团演奏。

合唱团

学　　年	2017-2018	学　　期	第一学期	层　　次	本科
专　　业	音乐表演（声乐演唱）	年　　级	2013-2016 级	学　　分	4
考核时间	9 月 20 日 10 月 25 日 11 月 24 日	考核地点	大连开发区大剧院 沈阳盛京大剧院 北京人民大会堂	考核人数	207

一、考核形式

    《丝路·青春》实践教学汇报演出

二、考核内容及要求

    内容：《丝路·青春》合唱团演唱。

    要求：合乐队，穿礼服，化妆。

三、评分标准

    1.《丝路·青春》实践教学成绩分为优秀、良好、中等、及格、不及格五个等级。

    2.《丝路·青春》实践教学成绩由指导教师，在综合编导、导演、指挥、作曲等人员评分后，给出总评成绩。

序号	评分标准（得分点）
1	音准、节奏
2	音色、风格
3	技术技巧
4	舞台表现
5	作品完整性

（1）优秀（900-100分）

    A.音准、节拍准确，速度稳定。

    B.音色松弛饱满，有感染力，优美动听。

    C.歌唱技术技巧娴熟，整体完成自如。

    D.能从演唱中感情投入，形成自然到位的舞台表现。

    E.具有良好的音乐表现力，感情丰富，音乐作品完成准确。

（2）良好（80-89分）

    A.音准把握较好，节奏、节拍较为准确，速度较为稳定。

    B.音色较为松弛，有感染力。

    C.演唱技术达到作品要求。

    D.在演唱中舞台表现力和乐团的协作能力较好。

    E.较为完整地完成作品。

（3）中等（70-79分）

    A.音准、节奏一般，速度基本稳定。

    B.发音圆润，声音不洪亮。

    C.技术完成度一般，不能很准确地表达作品。

    D.在演唱中和乐团的协作能力一般。

    E.作品基本完成。

（4）及格（60-69分）

    A.音准节奏不准确，速度不稳定。

    B.发音干涩，声音不够洪亮圆润。

    C.技术完成度欠缺，不能很准确地表达作品。

    D.基本能够演唱乐曲声部，但是感情投入不够，舞台表现单一。

    E.完成度一般，基本能与钢琴伴奏共同完成乐曲。

（5）不及格（0-59分）

    练习、排练演出不积极，未能按照要求完成合唱作品。

舞蹈团

学　　年	2017-2018	学　　期	第一学期	层　　次	本科 专科
专　　业	舞蹈表演 舞蹈编导	年　　级	2014-2016 级	学　　分	4
考核时间	2017.9.20 2017.10.25 2017.11.24	考核地点	大连开发区大剧院 沈阳盛京大剧院 北京人民大会堂	考核人数	220 人

一、考核形式
《丝路·青春》实践教学汇报演出
二、考核内容及要求
    内容：《丝路·青春》舞蹈舞段排练。
    要求：合音乐，区分每个舞段风格。					

三、评分标准

1.《丝路·青春》实践教学成绩分为优秀、良好、中等、及格、不及格五个等级。

2.《丝路·青春》实践教学成绩由指导教师，在综合编导、导演、指挥、作曲等人员评分后，给出总评成绩。

序号	评分标准（得分点）	分值
1	动作的掌握程度	20
2	动作与节奏音乐的配合	20
3	动作的规范性	20
4	动作风格与表现力	20
5	技术技巧	20

（1）动作的掌握程度——20分

    A.动作要求正确领会，动作表达较好。节拍、节奏性准确。

    B.动作要求基本正确，但动作表达不好。节拍、节奏性准确。

    C.动作整体性偏离。节拍、节奏性有错误。

    D.不能正确把握动作的要领，表达不了。

A.优秀（19—20分）B.良好（16—18分）C.中等、及格（12—15分）D.不及格（12分以下）

（2）动作与节奏音乐的配合——20分

    A.动作与节奏音乐的配合较好。

    B.动作完成较好，但节奏音乐配合不好。

    C.动作完成不好，节奏音乐配合不好。

    D.动作完成不了，并且不能与音乐配合上。

A.优秀（19—20分）B.良好（16—18分）C.中等、及格（12—15分）D.不及格（12分以下）

（3）动作的规范性——20分

    A.动作整体规范性到位。

    B.动作规范性完成不够好。

    C.动作的规范性不到位。

    D.完成不了动作。

A.优秀（19—20分）B.良好（16—18分）C.中等、及格（12—15分）D.不及格（12分以下）

（4）动作风格与表现力——20分

    A.动作的风格能够较好地掌握，并且具有很好的表现能力。

    B.动作的风格能够较好地掌握，但是缺乏表现能力。

    C.动作的风格掌握得不够好，同时也缺乏表现能力。

    D.动作风格无法正确把握，没有表现力。

A.优秀（19—20分）B.良好（16—18分）C.中等、及格（12—15分）D.不及格（12分以下）

（5）技术技巧——20分

    A.动作规范，并能够达到一定数量。

    B.动作的规范性不足，数量上也有所欠缺。

    C.动作完成得不好，同时有重大失误。

    D.完成不了所要求的技术技巧。

A.优秀（19—20分）B.良好（16—18分）C.中等、及格（12—15分）D.不及格（12分以下）

音乐剧

学　年	2017-2018	学　期	第一学期	层　次	本科
专　业	音乐表演（音乐剧） 音乐表演（流行演唱） 音乐表演（声乐演唱） 影视表演	年　级	2013-2016级	学　分	4
考核时间	2017年10月25日 2017年11月24日	考核地点	盛京大剧院 人民大会堂	考核人数	12

一、考核形式

《丝路·青春》第四篇章：《志在四方》汇报演出

二、考核内容及要求

内容：《丝路·青春》第四乐章音乐剧片段：《志在四方》。

要求：穿演出服，化妆，完成演出全部内容。

三、评分标准

1.《丝路·青春》实践教学成绩分为优秀、良好、中等、及格、不及格五个等级。

2.《丝路·青春》实践教学成绩由指导教师，在综合编导、导演、指挥、作曲等人员评分后，给出总评成绩。

序号	评分标准（得分点）
1	作品的完整度
2	人物性格是否鲜明及掌握情况
3	表现能力、和音乐的配合

（1）优秀（90–100分）

A.能够较好地完成作品，音准准确、舞蹈到位、情绪连贯。

B.能够较好完成作品，音准基本准确、能够完成舞蹈部分、能够保持在任务状态里。

C.能够较好完成，节奏基本准确。

（2）良好（80–89分）

A.按照剧中任务给予的性格，能够准确把握。

B.基本能够完成任务塑造。

C.在努力塑造人物。

（3）中等（70–79分）

A.音乐感觉较好，舞蹈具有较好的表现力，感情丰富，作品风格把握准确。

B.基本掌握音乐节奏，舞蹈表现平淡，力度变化幅度小。

C.能够完成作品，舞蹈缺少表现力，平淡无味。

（4）及格（60–69分）

A.能够完成作品，音准基本准确。

B.完成舞蹈动作、人物基本准确。

C.基本完成作品，节奏基本准确。

（5）不及格（0-59分）

    A 不能很好地完成作品，音准不准确。

    B 不能完成舞蹈动作、和人物塑造。

    C 不能够完成唱、跳、演同时出现的表演形式。

第五篇 ~科研篇~

科研工作纪实

孙海涛

　　《丝路·青春》是我院为响应国家"一带一路"的伟大倡议，展现青年一代积极投入"一带一路"建设而进行的大型舞台艺术实践。党的十九大刚开过不久，我院这部大型舞台剧分别在大连、沈阳和北京人民大会堂成功上演，受到了社会各界的高度赞誉。《丝路·青春》发挥了育人、科研、服务社会和传承创新的多元功能，是集思想性、艺术性、教育性和创新性于一体的精品力作。

　　《丝路·青春》是一部大思路、大手笔、大投入、大制作并收到大效益的舞台艺术作品。《丝路·青春》的成功源于音乐、舞蹈、服装、道具、LED等创作团队的反复修改、不断打磨以及立志出精品的艺术创新精神；源于700多名演员废寝忘食，夜以继日，吃大苦、耐大劳的排练和演出；源于各级领导和专家对《丝路·青春》的充分肯定和客观评价，使我们深受鼓舞和感动；《丝路·青春》成功的根本原因是大艺的创始人，《丝路·青春》总策划、总撰稿、总导演王贤俊董事长眼光敏锐，高瞻远瞩，敢为人先，科学决策，他亲自领导、深入一线具体指导以及以自己的模范行动带动全体演职人员共同努力的结果！

　　遵循王贤俊董事长与院领导要全面开展《丝路·青春》学术研究的要求，我们组织精锐的科研人员针对创作、排练、演出全过程展开积极的研究与探索，以期对《丝路·青春》有更深刻的认识，对艺术实践教学有更大的推动。

一、组织课题立项研究

　　科研处于2017年8月11日组织学院教师围绕该剧目进行了"2017年度学院招标课题"的申报。根据研究需要，拟定15个类别展开课题招标。教师申报积极性高涨，申报数量远超历年，达到院级课题申报的高峰。学院领导和学术委员会都非常重视评审工作，于8月23日专门召开了科研课题评审预备会，确定评审原则、评审标准和应注意的事项。

　　会上，孙海涛副处长介绍了本次招标课题各部门申报的基本情况和评审原则，并从"研究价值""研究基础""研究设计""研究方法""研究条件"五个方面阐述了评审过程中的衡量标准。黄金声顾问作了指导性发言，他从四个方面总结了本次招标课题评审时需要遵循的原则。第一，把握课题研究的主要内容；第二，课题必须有创新点及独创性；第三，注重逻辑重点突出；第四，课题带头人及团队合理，要有一定的研究能力。

8月27—31日，科研处邀请9位评审委员对68项课题进行了分组和集中讨论的两轮评审工作。各位评审委员严谨认真地进行评审，并对参评课题的选题意义、研究价值、课题论证情况和存在的问题进行了详细的评价与讨论。最终经个人申报、单位推荐、专家评审等环节，评审重点课题13项、一般课题14项、入选课题18项，每项课题都要求吸纳在校学生参加，并对不同类型课题提出相应的研究要求。同时，要求所有投标的68项课题不论立项与否都要继续研究下去，结项时对所有研究成果进行评奖，择优收录于出版的研讨论文集之中。

9月初各项课题进入研究阶段。科研处于9月18日专门召开课题研究组成员首演前深入研究的动员会议。会上黄金声顾问对课题组成员进行了思想动员和理论指导，号召大家走进排练现场，深入调研和学习丝路的内涵，同时为下一步的研究方向提出几点要求：第一，牢牢把握"一带一路"精髓。主要内容包括互利共赢，和平发展；构建人类命运共同体；以理念为领导力，推动时代发展；中国第一次参与推动全球化的历史进程；"一带一路"首先是经济战略，也是文化战略，还是外交战略。第二，深刻理解《丝路·青春》内涵和时代价值。包括歌颂国家战略，通过文艺宣传，服务社会，宣传群众；传承发展中华民族优秀艺术元素；培养应用型创新艺术人才。第三，艰苦细致深入，多谈、多问、多思、多言，抓问题、抓亮点、抓特色、抓细节，力争产出高质量成果。他重点讲道："我们的文学艺术在'一带一路'中要担当起历史重任，要通过文学艺术，讲好中国故事，将中国元素带入'一带一路'的宣传中。"简而言之，就是以本次演出作为媒介，讲中国人自己的故事，进而影响世界，体现出时代价值。

9月—11月期间，课题组研究人员在创作、排练、演出、研讨、修改到再演出、再研讨、再修改的不断打磨提升的过程中始终参与其中，做深入调研、提出问题解决途径和改进措施，不断进行着理论提炼。最终研究成果已形成学术论文45篇，并均已发表。12月20日组织召开了《丝路·青春》科研课题结项汇报会。音乐学院樊明迪教授、服装学院巴妍副院长、文化艺术管理学院李君院长、院长顾问黄金声教授四位课题研究代表，分别从《丝路·青春》实践教学规范管理的策略研究、《丝路·青春》服装专业剧目实践教学的成效及启示、高校原创剧目牵引下应用型艺术管理人才培养模式研究、论《丝路·青春》的特色进行了阐述。他们从特色提炼、创作思路、价值体系、审美特征、人才培养、教学管理等不同视角进行了研究与总结，有理论支撑也有现场调研，有理有据，同时也对存在的问题进行了梳理与分析。

二、召开学术研讨会

紧跟演出的脚步，科研先行，分别在大连、沈阳、北京召开三场大型学术研讨会，参与人员300余人，邀请校外专家83人，其中大连研讨会邀请专家26人、沈阳研讨会邀请专家22人、北京研讨会邀请专家35人。

2017年9月21日上午在大连召开首演后的学术研讨会。专家们指出，看到演出之后深受震撼，也深受感动。大连艺术学院紧扣时代主题，做出这样一部有思想含量和政治高度的剧目，可以看出大艺的政治觉悟、大局意识和作为一所高校的社会担当。能够宣传"一带一路"伟大战略，激发大学生参与"一带一路"建设的热情，达到思想育人的高度，这种培养人才的理念，让人由衷感到敬佩。在如此短的时间内，大连艺术学院能够打造这样一部集多种艺术表现形式为一体的、具有较高艺术表现力的大型舞台剧，实属不易，也让人心生敬佩。这不是一般的文艺团体能够完成的。从总策划、总导演、总撰稿王贤俊董事长，直到每名参与演出的师生，都一丝不苟、全力打造，表现出高度统一的团队精神。剧目舞台表演具有史诗般的艺术风格，大气磅礴，很多舞台艺术的表现可圈可点，别具匠心。这部剧目为学生们打造了一个绝佳的实践机会，大艺"一切为了学生"的办学理念具体体现在大艺的实践教学的特色。从主题到立意，从取材背景到艺术加工，从灯光舞美到服饰造型……专家们从各自专业的角度提出了深刻的、有价值的意见和建议，对下一步剧目的打磨大有裨益。综合来说，大连艺术学院是一所有实力、有潜力、有追求的民办艺术院校。

　　2017年10月25日在沈阳召开研讨会。由张欢副院长主持，姜茂发院长致欢迎辞。省、市、区有关部门党政领导以及省内各高校和新闻界领导参加了研讨会。领导和专家围绕"剧目带动下的应用型艺术人才培养模式""艺术高校服务社会"两大主题展开研讨。辽宁省作协党组书记滕贞甫对学院打造的几部艺术作品给予了充分肯定，他讲到：大艺的文化自觉令人感动。我们传统文化传承主要靠社会自觉。大艺文化自觉确实令人感动，正因为有了这种文化自觉，我们全民族的文化自信才有了基础，否则就谈不上文化自信。大艺的文化担当令人敬佩。三个大型的舞台剧，从2014年的《樱之魂》，2015年的《和平颂》到2017年的《丝路·青春》，三台大型舞台剧，投入是相当可观的。我们讲文化担当，文化担当是需要投入的。总是喊着担当，一分钱不投，担当什么呢？实际大艺所做的事情，是我们很多国有的或者公办大学，或者国家乐团应该做的事情，但这个事情大艺做了，这是令人敬佩的事情。大艺的文化成就令人惊奇。《樱之魂》我看了介绍，《和平颂》我是在人民大会堂观看的，看了《丝路·青春》的宣传片。这三部舞台剧都体现了大艺的艺术追求在稳步的提升，这个是很了不得的。因为大型舞台剧，每次都有新的学生参与其中，不断地有艺术上的提高。我认为是难能可贵的，确实令人惊奇。沈阳《丝路·青春》的演出是对一中全会最好的献礼，是对十九大最好的庆贺。

2017年11月24日19点30分，大连艺术学院大型舞台剧《丝路·青春》在人民大会堂的隆重上演，正是艺术界特别是青年大学生传递中国声音、讲好中国故事的最佳典范，成为全球性新一轮"丝路热"浪潮中一朵闪亮的浪花。25日上午9点30分，《丝路·青春》学术研讨会，在人民大会堂重庆厅召开。来自光明日报、北京大学、中央党校、中央民族大学、中央戏剧学院、中央音乐学院、北京师范大学、中国社会科学院等高校和科研院所的专家学者济济一堂，对《丝路·青春》在创作理念解读、意识形态把控以及主流文化的担当等方面进行总结，共同见证党的十九大召开之后，《丝路·青春》发出的响应"一带一路"倡议的艺术领域最强音。

　　王晶执行董事主持，姜茂发院长代表学院致欢迎辞，王贤俊董事长、党委于爱华书记、安思国副院长、王贤章副院长、黄金声顾问、阮振铭顾问以及学院部分中层干部全程参加了会议。中友国际艺术交流院副秘书长俞晓东，大连金普新区文联主席、大连市委宣传部巡视员宁明、金普新区党工委宣传部副部长翁铭峰对《丝路·青春》在人民大会堂的隆重上演表示了祝贺，并就大连艺术学院作为民办高校所秉持的执着艺术匠心精神和强烈的政治意识、文化担当，给予了高度评价。

　　大连艺术学院院长助理、教学部部长、博士生导师张小梅教授介绍了学院"剧目教学——舞台实践——服务社会"一体化的实践教学新模式。张欢副院长主持学术部分。他首先对与会专家进行了逐一介绍，并请著名文艺评论家、新疆文联原党组书记、《新疆文库》编委会副主任、博士生导师刘宾教授开启了学术论坛的发言。

　　尔后，北京师范大学原党委副书记、博士生导师唐伟教授；中央民族大学资深教授、博士生导师杨圣敏教授；光明日报副总编兼北京师范大学新闻传播学院院长、博士生导师刘伟教授；中央音乐学院副院长、博士生导师肖学俊教授；吉尔吉斯斯坦国立民族大学文学系教授、博士生导师图卢斯别克·玛拉孜阔夫；土耳其伊斯坦布尔密玛尔·希南美术大学副校长凯汗·于凯尔教授；中国社会科学院考古研究所研究员巫新华；中央电视台资深导演、《百家讲坛》原总策划解如光先生；中央戏剧学院表演系博士生导师徐平教授；中央戏剧学院音乐剧系主任、博士生导师刘红梅教授；中国李白研究会会长、中国人民大学博士生导师薛天纬教授；中央党校著名学者、博士生导师徐平教授；北京大学博士生导师、李建新教授；中国音乐学院博士生导师、谢嘉幸教授都在研讨会上做了精彩发言。

同时，我院和文化部民族民间文艺发展中心联合发出了成立丝绸之路国际艺术教育联盟的共同倡议。联盟是多方合作沟通的纽带和桥梁，是"一带一路"艺术教育的交流组织和服务平台。通过有效的联盟机制，实现教育优质资源的有效利用，传承与创新"一带一路"沿线国家和城市的优秀文化艺术，为共同维护人类文化的多样共存贡献力量。

三、科研工作经验

1.学院领导充分重视，现场指导

董事长和学院领导都非常重视《丝路·青春》的研究工作，为招标课题划拨专项研究经费，鼓励广大教师积极参与研究工作之中。董事长在《丝路·青春》创作之初就要求专业研究和教改研究必须跟上，提出要做好一生多师、各专业结合、项目教学和剧目带动教学、剧目的艺术特点等课题的研究，同时，科研一定要深入创作、排练与演出现场进行研究，不断收集整理各类资料，注重总结，从而提升理论层次。姜院长在开学初部署工作会议上指出科研是强校之路，大学没有科研是不行的，所以要充分重视科研，加强科研项目的管理，通过科学研究不断促进与提升教学。张欢副院长和黄金声顾问多次组织二级学院领导、骨干教师、评审专家、课题项目负责人等召开侧重点不同的各级会议，阐述开展《丝路·青春》研究的重要性、工作要求以及如何更好地进行应用性研究、发散性研究和独创性研究等不同形式的研究工作。

2.研究人员深入现场，热情高涨

68项课题中研究成员多达240余人，30%的老师是从事《丝路·青春》的创作、排练、演出和指导人员，在8月—11月的全过程中都在一线进行艺术创作、现场演出、实践教学和最终的科研成果的提炼。30%的老师是辅助《丝路·青春》排演全过程，如服装学院、传媒学院和音乐学院部分课题。30%是围绕剧目做相关专业研究拓展与管理工作，如文管学院、基础部、教务处、实践中心、科研处等承担的项目。我们集中科研力量完成了一个复杂的系统工程。《丝路·青春》原创

剧目围绕"一带一路"采用科研项目先导、研究成果进课堂以及翻转课堂教学范式改革的尝试。除了有演出排练任务的课题项目负责人已直接参与其中之外,其他所有项目负责人也都深入排演现场全过程研究,在我们建立的"丝路科研课题工作群"中发布每天排练时间与地点,大家分别将采集的现场一手资料也发回到群中与其他研究人员一同分享和讨论,形成了良好的学术研究氛围,研究人员积极性高涨。

3.会务与接待团结协作,细致周到

大型会议的会务工作任务重、要求高、难度大,极为繁杂。由科研处牵头组建的会务工作组、由艺术设计学院组建的会务材料设计工作组和由院办牵头组建的会议接待组共计39人,大家能够分工协作,团结互助,顺利完成了各项工作任务。

工作经验如下:第一,会务安排需提前谋划,精心制定会议方案。会议报到、食宿安排、医疗服务、车辆安排、材料分发、引导入座、会议记录、录音摄像等诸多环节。热情周到地做好服务工作,使场内外各个环节有机衔接。第二,加强沟通,统筹协调。大型会议的顺利开展,是会务组织部门与文件起草、人员邀请、宣传报道、后勤服务等部门密切配合、相互协作的结果,必须加强与各部门的横向沟通衔接工作,合理调整工作进度,共同推进筹备工作全面有序进行。第三,认真做好会前演练。大型会议的会务工作涉及的工作环节多,容易出现疏漏,因此在会前要对每场会议的每项任务和分工进行逐项推演,对可能出现的情况和问题提早研究解决办法。第四,热情周到,搞好会议期间的组织服务。建立联络员制度,方便与参会专家的沟通联系,上传下达和紧急事项的处理,为专家提供更加优质高效的服务。第五,善始善终,合理安排会后有关工作。及时整理会议资料,牢固树立档案意识,在会前、会中、会后都安排专人收集整理会议方案、会议通知、会议须知、发言材料、会议记录、音像资料等会议档案资料,按类别整理成资料汇编,为今后办会提供工作参考。

《丝路·青春》是歌颂"一带一路"的正能量、主旋律的艺术作品,具有很强的时代感和思想性。《丝路·青春》很精致、很壮美,满足了人们的审美需求和体现了社会的审美价值,受到了观众和文艺专家的一致好评,具有鲜明的审美性和艺术性。《丝路·青春》为培养应用型艺术人才开辟了一条新路,为学生搭建了知识转化为能力的艺术实践教学的大舞台，拉动了20多个专业，3000多名学生参加或参与演出，学生的艺术技能、艺术能力和就业创业能力空前提高，具有显著的教育性和育人性。《丝路·青春》是学院自编、自导、自演、自制、自创的大型舞台剧，传承了中华民族优良的艺术传统，传承与创新高度融合，数典继祖，新颖别样，具有强烈的传承性和创新性。

《丝路·青春》是新时代舞台艺术的重大成果，是艺术实践教学的重大突破，是大艺人向社会奉献的艺术精品，以此表示大艺人不畏艰辛，勇于开拓，不断攀登艺术高峰的信心和能力。我们将《丝路·青春》的科研情况作纪实和总结，为其深入进行教学改革和实践研究奠定基础，并起到良好的推动作用。

研讨会综述

大型舞台剧《丝路·青春》在人民大会堂隆重举行

专家学术研讨会综述

张 欢

在人类文明史上，古代丝绸之路建立的东西方经济文化交流传统，演化成两千年来人们津津乐道的宏大历史叙事，成为人类共享的文明遗产。

习近平总书记倡导的"一带一路"伟大构想，正是对这一历史传统的"创造性改造和创新性发展"，获得全球广泛赞同和参与。追随"一带一路"的伟大构想和实践，是我们传递中国声音、讲好中国故事的一个主题、一个平台、一种媒介、一条路径和一个机遇。

2017年11月24日19点30分，大连艺术学院大型舞台剧《丝路·青春》在人民大会堂的隆重上演，正是艺术界特别是青年大学生传递中国声音、讲好中国故事的最佳典范，成为全球性新一轮"丝路热"浪潮中一朵闪亮的浪花。25日上午9点30分，《丝路·青春》学术研讨会，在人民大会堂重庆厅顺势召开。来自光明日报、北京大学、中央党校、中央民族大学、中央戏剧学院、中央音乐学院、北京师范大学、中国社会科学院等高校和科研院所的专家学者济济一堂，对《丝路·青春》在创作理念解读、意识形态把控以及主流文化的担当等方面进行总结，共同见证党的十九大召开之后，《丝路·青春》发出的响应"一带一路"倡议的艺术领域最强音。

研讨会由两部分组成。第一部分由大连艺术学院执行董事王晶女士主持。大连艺术学院姜茂发院长代表学院致欢迎辞。王贤俊董事长、党委于爱华书记、安思国副院长、王贤章副院长、黄金声顾问、阮振铭顾问以及学院部分中层干部全程参加了会议。

中友国际艺术交流院副秘书长俞晓东，大连金普新区文联主席、党工委宣传部副部长翁铭峰对《丝路·青春》在人民大会堂的隆重上演表示了祝贺，并就大连艺术学院作为民办高校所秉持的执着艺术匠心精神和强烈的政治意识、文化担当，给予了高度评价。

大连市委宣传部巡视员宁明代表主办方致辞。他认为，大连艺术学院能够以办学定位为坐标，在剧目创作中解放思想，在精品打造中更新观念，以生动活泼

的文艺作品为载体，贯彻落实党的十九大的精神，非常难得。能够看出这所学校强烈的政治意识、参与意识和社会责任感。以"一带一路"为题材原创剧目，可以说和大连艺术学院把文化艺术精品推向世界的追求，是密不可分的。

大连艺术学院院长助理、教学部部长、博士生导师张小梅教授介绍了学院"剧目教学——舞台实践——服务社会"一体化的实践教学新模式。

第二部分由大连艺术学院副院长、博士生导师张欢教授主持。他首先对与会专家进行了逐一介绍，并请著名文艺评论家、新疆文联原党组书记、《新疆文库》编委会副主任、博士生导师刘宾教授开启了学术论坛的发言。

刘宾教授用习近平总书记在十九届一中全会闭幕后会见记者们时说的一句话"新时代要有新气象更要有新作为"表达对大艺师生们、对《丝路·青春》创作团队、特别是对王贤俊董事长的谢忱和敬意。他说，这部作品从头至尾洋溢着欢快向上的青春气息，一种振奋人心的强大气场，弘扬了高昂的时代精神，表达了中华民族的理想愿望，体现了中国精神、中国价值、中国力量。这台演出虽然创作于党的十九大召开一年之前，但整部作品的基调和思想内涵，同党的十九大精神高度契合，体现了"大艺"创作团队把握时代精神、学习理解党的十八大以来，以习近平同志为核心的党中央构建新时代中国特色社会主义思想的过硬的思想功力。他说《丝路·青春》的演出成功，也是具有创新意义的大艺"实践教学法"的成功。大艺的"实践教学法"同德国职业教育中实行的"双元制"有异曲同工之妙。期望大连艺术学院能够在总结"实践教学法"经验基础上，率先构建起具有中国特色的"艺术职业教育学"学科，为我国的民办艺术职业教育提供理论阐述和教育范式。

北京师范大学原党委副书记、珠海分校党委书记、博士生导师唐伟教授认为《丝路·青春》强烈的政治意识和社会责任感，是对文艺界"娱乐至死"倾向的有力反击。剧目以青年学生在丝路沿线的文化视角出发，构思巧妙、叙事宏大，表演水平也非常高，音乐、舞蹈、朗诵、服装、舞美、声光电技术的结合，具有强烈的冲击力，让人有身临其境感觉。

中央民族大学资深教授、博士生导师杨圣敏非常了解民办高校的艰辛，对王贤俊董事长带领下的大连艺术学院的健康发展表示敬佩。他说，从青春的角度演绎这部剧，选题很好。虽然现在叫"一带一路"倡议，但实际就是一个战略，而且一定是长期的，它的目标是建立人类命运共同体，就是说向全世界发出一个号召，大家不打了，一块过好日子，通过"一带一路"，经济上文化上都联合起来，这是我们给全世界指出的一条路。但是这样一个"一带一路"需要去诠释的，需要去号召的，《丝路·青春》就是对"一带一路"倡议的最好诠释。同时，大连艺术学院以实践促教学的模式，让几千学生参与艺术实践的做法，也要继续发扬。

《光明日报》副总编兼北京师范大学新闻传播学院院长、博士生导师刘伟教授从一个老新闻工作者的角度，提出实践性是艺术与新闻最共同的地方。习总书记在关于怎么办大学时曾说过，要扎根中国大地，办世界一流的中国特色社会主义大学，大连艺术学院《丝路·青春》就是对总书记对大学要求的最好的实践。他想到二十世纪八十年代的经典剧目《丝路花雨》，认为《丝路·青春》通过历史与现实的串联，体现了新时代的文化自信，是一种包容、拥抱世界的情怀。

　　中央音乐学院副院长、博士生导师肖学俊教授认为大连艺术学院充分发挥了综合院校的优势，培养应用型、创新型人才的办学定位非常准确。大连艺术学院在短短几年时间，通过"和平三部曲"、《丝路·青春》等大型剧目在人民大会堂、国家大剧院等不同高层次平台的艺术实践，既锻炼学生表演能力，也培养了学生的凝聚力和荣誉感。他还说，大连艺术学院艺术作品的原创性是最突出的特征，在实践教育的基础上抓创作，积累了大量的优秀作品，这对一个艺术类院校来说，是夯实根基的最佳途径。

　　吉尔吉斯斯坦国立民族大学文学系教授、博士生导师图卢斯别克·玛拉孜阔夫不敢相信《丝路·青春》是师生的表演，学生的专业程度让他吃惊。同时剧目中他看到了自己国家的音乐和舞蹈，非常高兴，并祝愿中国倡议能得到世界的响应。

　　土耳其伊斯坦布尔密玛尔·希南美术大学副校长凯汗·于凯尔教授说丝绸之路不仅是贸易之路，也是文化之路，创新之路。《丝路·青春》通过丝路沿线国家的文化展示，很好地体现了这一点。他希望能通过文化的交流，巩固中国与土耳其之间的关系。

中国社会科学院考古研究所研究员巫新华说，"一带一路"不光是领袖英明的个人创作，而且是中国内涵的历史规律，一个简单的例子，2000年前，派张骞出使西域的时候，正好是西汉建国六十四年，习总书记2013年在哈萨克斯坦提出"一带一路"，和最后提出海上丝绸之路的时候，是中华人民共和国建国64年，也就是说中国历史、中国文明能有这么大体量，几千年的辉煌，他的发展一直是全球化的发展，这种发展在昨天的舞台剧里面有了非常精彩的点题。

　　中央电视台资深导演、《百家讲坛》原总策划解如光先生说：历史和青春的视角是《丝路·青春》的基础，它为我们提供了一个了解丝绸之路的新的视角。他一直在思考一个问题，就是一个民营的教育家，在中国新的文艺复兴的时期要扮演一个什么角色？他说《丝路·青春》这个剧很好地回答了这个问题，那就是政治担当、文化担当、财力担当和道德担当。

与会专家还从演员的表演、剧目的结构、叙事的逻辑性等方面提出了建议。中央戏剧学院音乐剧系主任、博士生导师刘红梅教授希望演员能加强个人内心情感表达的深层投入。中国李白研究会会长、中国人民大学博士生导师薛天纬教授强调了剧中文字表达的准确性。中央党校著名学者、博士生导师徐平教授提出歌曲的创作美声太多，没有照顾到年轻人的需要。中央戏剧学院表演系博士生导师徐平教授认为剧目剧情可以更紧凑，音乐的地域性风格可以再加强。北京大学博士生导师、李建新教授，中国音乐学院博士生导师、谢嘉幸教授也为研讨会带来了精彩发言。

　　大连艺术学院副院长、博士生导师张欢教授代表大连艺术学院和文化部民族民间文艺发展中心发出了成立丝绸之路国际艺术教育联盟的共同倡议。倡议书说：在教育部《推进共建"一带一路"教育行动》的指导下，大连艺术学院与文化部民族民间文艺发展中心以及国内外"一带一路"沿线国家艺术教育团体、科研院所以及相关文化、创意机构，共同倡议，发起成立丝绸之路国际艺术教育联盟。联盟是多方合作沟通的纽带和桥梁，是"一带一路"艺术教育的交流组织和服务平台。通过有效的联盟机制，实现教育优质资源的有效利用，传承与创新"一带一路"沿线国家和城市的优秀文化艺术，为共同维护人类文化的多样共存贡献力量。

丝绸之路国际艺术教育联盟
合 作 倡 议 书

在教育部《推进共建"一带一路"教育行动》的指导下，大连艺术学院与文化部民族民间文艺发展中心，以及国内外"一带一路"沿线国家艺术教育团体、科研院所以及相关文化、创意机构，共同倡议，发起成立丝绸之路国际艺术教育联盟。联盟是多方合作沟通的纽带和桥梁，是"一带一路"艺术教育的交流组织和服务平台。通过有效的联盟机制，实现教育优质资源的有效利用，传承与创新"一带一路"沿线国家和城市的优秀文化艺术，为共同维护人类文化的多样共存贡献力量。

大连艺术学院
文化部民族民间文艺发展中心
2017年11月25日

张欢教授最后学术总结时回到了逻辑起点，深情地说：王贤俊先生，一个渔民的儿子，早在他年轻的时候想读书，收到了大学录取通知书高兴了三天又被收回，原因是成分偏高。改革开放富起来的他发誓要建一所大学，因为他深深知道年轻人对知识的渴望。经过十七年的不懈努力，硬是领着一万五千师生走进了新时代！他不是教育家，却做到了所有教育家想做都做不到的事；他不是教育家，却创办了中国艺术教育史上的奇迹。我们总说他是教育家，一个创建了从无到有的大学事业，他总是谦虚地说，这只是自己的追求和方向。我们这些来到大艺的"教育家"要做的只有一个努力，就是让大连艺术学院成为中国教育史上一道不落的光芒而不是流星。大连艺术学院不忘初心，方得始终，王贤俊是真正的教育家（南开大学客座教授）。张欢教授的总结，引起了与会专家的强烈共鸣，大家用掌声表达了对王贤俊先生的敬意。

大连艺术学院执行董事王晶女士对研讨会进行了总结，她用党的十九大报告中一段专门写给青年人的话与大家共勉：青年兴则国家兴，青年强则国家强。青年一代有理想、有本领、有担当，国家就有前途，民族就有希望。中国梦是历史的、现实的，也是未来的；是我们这一代的，更是青年一代的。中华民族伟大复兴的中国梦终将在一代代青年的接力奋斗中变为现实。全党要关心和爱护青年，为他们实现人生出彩搭建舞台。广大青年要坚定理想信念，志存高远，脚踏实地，勇做时代的弄潮儿，在实现中国梦的生动实践中放飞青春梦想，在为人民利益的不懈奋斗中书写人生华章！

科研论文

《丝路·青春》文学剧本创作的创新性

甘竹溪

　　大型舞台剧《丝路·青春》是我校原创的大型实践教学剧目，作为文学剧本的创作者之一，就文本的创作与修改进行阐述。

一、创作背景

　　自2013年中国政府提出"一带一路"的伟大倡议以来，几年间，世界各国人民积极响应，一个个彰显着中国智慧与中国力量的跨国项目在"一带一路"沿线国家如雨后春笋般出现，体现了中国大国担当的责任感。而在这样的历史洪流当中，在一个个"一带一路"的建设项目当中，我们看到了大量的年轻人的身影。80后，甚至90后往往成了这些项目的中坚力量。他们以年轻人的新思想、新理念为古老丝路精神和国家战略注入了新活力和新血液。中国年轻人，乃至世界年轻人关注"一带一路"、积极参与"一带一路"已然成了一种世界性的新现象。这一情况为《丝路·青春》的文本创作提供了重要的现实依据。

　　大连艺术学院，除了要完成正常教学任务之外，作为一所艺术类高校更承担着服务社会、塑造学生品质与灵魂的重任。学院在实践教学理念的指引下，在人才培养模式转型的背景下，举全院之力打造一部既能体现实践教学成果，又能紧跟时代步伐的作品，在实践教学剧目的排演过程中推进应用型人才的培养，塑造学生的思想和灵魂，对学生进行爱国主义教育，使学生具有时代意识、具有社会与国家责任感，是《丝路·青春》一剧的重要创作初衷。同时，由于剧目的题材可以归类为"主旋律"题材，剧目的创作也希望借此机会对主旋律题材剧目开展创新性创造，进行一次深入的实践与探究。以上种种都是《丝路·青春》的创作背景与创作动意。于是在这样的情形下，大连艺术院要创作一部完全原创的、以学生为创作演出主体的、以展现丝路精神与青春理想为主题的剧目的构思，逐渐清晰起来。

二、叙述视角的创新性选择

《丝路·青春》的文学剧本创作是一个漫长的过程，尤其对于叙述视角的选择和对于剧目的定位并不是一蹴而就的，而是经过了一个不断修改、不断打磨的过程。

作为一部展现当代年轻人投身"一带一路"建设的剧目，其受众主体显然是当代中国年轻人。在文学剧本的创作上，叙述的视角被设定为具有代表性的当代中国大学生。而为了能把"一带一路"沿线国家的历史文化风貌呈现出来，也为了能合理串联起不同地域的歌舞段落。大学生的专业被设置成了艺术专业。于是，以当代艺术类专业大学生沿古丝绸之路方向艺术采风的情节主线被确立起来，而以青春的视角去面对厚重历史的表述方式也明确起来。至此，《丝路·青春》一剧确立了在典型环境下塑造典型人物的构思方向。

在文学剧本的具体创作过程中，我们不断地增加学生的戏份，力图使全剧都是通过学生的视角、青春的视角把"一带一路"沿线国家的风土人情展现出来。为此，我们经过几个版本的修改，削减了原本存在的老师这一角色的戏份，增加了学生自身与"一带一路"建设更为紧密更有深度的情感联系。这一点在第二篇章的情景表演《远方的父亲》中有所体现。众所周知，构建戏剧性的情节除了具有规定情境、矛盾冲突等方面的元素，人物形象与人物内心动作的设计是必不可少的。在情景表演《远方的父亲》中，我们把儿子对父亲的思念与父亲作为远洋货轮船长的责任感与使命感构建成了二元的矛盾对立点，在表现了奋战在21世纪海上丝绸之路的人们的伟大的同时，也勾勒出了深沉动人的父子情谊。这样的情节设计具有情感的代入感，从而避免了传统主旋律题材剧目耳提面命式的说教意味。

三、文本修改的创新性方式

众所周知，电影因其一次性印在胶片之上而不得修改而被称为是"遗憾的艺术"。但舞台艺术则可以通过不断的排演、修改从而不断提升艺术效果。《丝路·青春》文学剧本的创作过程，伴随了整个剧目的排练演出过程。文学剧本的创作随着大连、沈阳、北京三地多场次的演出，不断修改打磨。同时在创作的过程中，学院发挥了综合性艺术大学的优势，跨学科跨专业进行交流，使得创作出来的文学剧本可以满足整场演出中音乐、舞蹈、舞台美术、服装乃至实践教学各个组成部分的要求。具体人物对话，我们也借鉴了台湾表演工作坊的集体即兴创作经验。在排练场，不同专业的老师和同学积极参与，在排练的过程中逐步摸索和整理出剧本台词的最佳方案，再由专门负责文案整理的同学进行剧本的规划与整理。这种创作方式是我们在《丝路·青春》的排演过程中逐步摸索出来的一种文学剧本的创作方式，也是大艺人对艺术作品不断打磨、不断修改的专业精神的体现。

论大型舞台剧《丝路·青春》的价值体系

许安国

按照系统论的观点，任何一件事情的成功都有赖于各子系统的精湛与优秀；同理，我院大型舞台剧《丝路·青春》的成功上演，绝不仅仅是某个方面、某个部分的单独给力，而是整个价值体系的成就。大型舞台剧《丝路·青春》有一套完整的价值链——高屋建瓴的政治价值、赏心悦目的审美价值、历久弥新的传播价值、便捷高效的育人价值。

一、高屋建瓴的政治价值

2013年，习近平主席提出"一带一路"重大倡议，在国际国内引起强烈反响。中国以"胸怀天下、立己达人"的理念，为发展中国家崛起、推动新型经济全球化发展发出了中国倡议，提出了中国方案。"一带一路"倡议浓缩了中国近40年改革开放的经验，承载了中华五千年的文明智慧，既有鲜明的中国特色，又有重要的世界意义。对这样一个重大倡议，作为高等院校，是熟视无睹、麻木不仁，还是反应敏锐、积极作为？以王贤俊董事长为总策划、总导演、总撰稿的学院创作团队，以敏锐的政治意识和政治眼光，做出了一份出色的答卷，在很短的时间内高效运作，迎难而上，使《丝路·青春》如期上演，用艺术的形式，生动地演绎了"一带一路"的历史与现实画卷，热情地礼赞、讴歌了"一带一路"的博大情怀，深刻地揭示了"一带一路"的主旨与内涵，为党的十九大献上了一份厚礼。可以说，大型舞台剧《丝路·青春》，是一部紧扣时代脉搏、表现重大主题、高扬主旋律、充满正能量、蕴含着巨大政治价值的佳作。

二、赏心悦目的审美价值

所谓审美价值，是指客观事物对人所具有的审美意义和审美效能；凡是能够引起人们审美感受的事物和现象，都具有一定的审美价值。大型舞台剧《丝路·青春》之所以受到观众的喜爱，就是因为它具有审美价值的特质和属性，它用美的音乐、美的舞蹈、美的服装、美的道具等，给了观众美的享受。

（一）动人心弦的音乐美。音乐美贯穿于整个剧目的全过程，主要体现在三个方面：一是注重叙事，塑造形象。如序曲中的沙漠主题音乐，生动地描绘出了一幅长河落日、大漠孤烟的古丝路场景和张骞出使西域的音乐形象；第四乐章的歌伴舞《梦在飞》音乐，塑造了即将奔赴"一带一路"沿线国家工作的同学们的兴奋、欣喜、欢乐、激动以及跃跃欲试的群像；第二篇章的音乐，塑造了明代航海家郑和七下西洋的群体形象。二是善于抒情，表达情感。无论是"抒共商共建之情"的孟加拉国《脚铃舞》+中国《单鼓舞》音乐，还是"抒传统友好之情"的巴基斯坦歌伴舞《美丽的国土》音乐，或是"抒大国担当之情"的《倡言》音乐，抒情都体现得非常充分。三是优化旋律,高扬主题。用"开门见山，直奔主题；适时跟进，渲染主题；浓墨重彩，深化主题"三个层次，把主题推向了高潮。如尾声中的歌舞合唱《满江红·千年之约》，从极具震撼力的音乐中，我们听到了中国倡议的铿锵，听到了中国和平崛起的鼓点，听到了构建人类命运共同体的群山轰鸣……音乐把主题推向高潮，也把观众带入了沉思与遐想。

（二）气势恢宏的舞蹈美。舞蹈，是表现人物思想感情、塑造人物性格和精神面貌的重要手段，具有陶冶情操，给人以美的享受、教育和启迪的功能。《丝路·青春》的舞蹈，给人以视觉的享受和心灵的震撼——华美的《盛唐乐舞》，舞出了盛世文明的经典篇章；绝妙的"反弹琵琶"，定格了大唐文化的永恒符号；阳刚的《郑和下西洋》，舞出了海上丝路的壮怀激烈；欢快的《课桌舞》，舞出了青年学生昂扬向上的精神风貌与报效祖国的炽热情怀。还有如《泰国长甲舞》《美丽的国土》《西域风姿》《西班牙舞蹈》等，都生动地表现了"一带一路"沿线国家和民族的独特风情，给人以强烈的视觉冲击与心灵震撼。

（三）流光溢彩的场面美。《丝路·青春》的舞台场面美轮美奂——灯光与LED的精准配合，构成了绚丽多彩的舞台背景；道具与内容的相辅相成，衬托出情节的形象生动；服装与舞蹈的激情碰撞，演绎出一幕幕耀眼夺目、光彩照人的唯美画面，令人震撼。

三、历久弥新的传播价值

我国新时期高等教育的四大功能表明：大学既是社会进步的引领者，又是社会发展的助推器，还是文化传承与创新的主阵地。大型舞台剧《丝路·青春》，是一部政治价值巨大、文化内涵深厚、社会导向正确的主旋律剧目，它的成功上演，正是大学服务社会、引导舆论、传承丝绸之路历史文化的生动实践，具有极大的传播价值。初步统计，国家级媒体新华网、光明网、中新网、《中国青年报》

《中国日报》，外省市媒体如北京的"千寻生活"、上海的"东方头条"、广东的"今日新闻"、山东的"党报头条"、搜狐网、hao123以及本省市媒体《辽宁日报》、辽宁电视台、《大连日报》、大连电视台、《大连晚报》等几十家媒体、网站、微博等刊发、转载了《丝路·青春》演出的消息，引发了良好的社会反响。

最近，党的十九大报告对促进"一带一路"建设做出重要部署，推进"一带一路"建设等内容已写入党章。这说明，宣传"一带一路"是个长期的任务，也印证了《丝路·青春》历久弥新的传播价值。可以预见，随着《丝路·青春》赴北京人民大会堂演出，以及本校教师的研究成果陆续在各地刊物发表，《丝路·青春》的传播价值和社会影响力必将得到进一步的扩大和显现。

四、便捷高效的育人价值

习近平主席在全国高校思想政治工作会议上指出，"办好我国高校，办出世界一流大学，必须牢牢抓住全面提高人才培养能力这个核心点，并以此来带动高校其他工作"。我院《丝路·青春》剧目，正是遵循了全面提高人才培养能力这个核心点，与习主席的要求高度吻合。举全院之力倾情打造的《丝路·青春》，集音乐、舞蹈、戏剧、文学、多媒体、服装、道具等多种艺术形式为一体，台前幕后共三千多名学生参与，涉及二十多个专业。广大师生在这个便捷高效的平台上尽情挥洒，施展才华，把理论变成了实践，把知识转变为能力。传媒学院担任舞台朗诵的学生李向丽说："《丝路·青春》的排演机会珍贵，舞台难得，收获满满，终身受益"。董事长王贤俊的总结一步到位："灯光下、舞台上，是学生实践最好的场地，一生多师、多元教学、优势相长，是实践教学最有效的方式，师生们是真正的受益者。"八一电影制片厂原副厂长、全国政协委员、中国著名剧作家刘星等专家学者，对《丝路·青春》剧目的人才培养模式给予高度评价。

总之，《丝路·青春》是一个完整的价值体系，各个部分之间相互依存，相互交织；你中有我，我中有你；相互映衬，相得益彰，合力铸成了《丝路·青春》的光彩夺目，熠熠生辉。

艺术高校贯彻"一带一路"倡议的责任担当与艺术表现

徐 芳

"新丝绸之路经济带"和"21世纪海上丝绸之路"的倡议，已经引起了国内和相关国家、地区乃至全世界的高度关注和强烈共鸣。"一带一路"的建设离不开人才、科技、文化，高校作为人才培养、科技发明、文化传承基地，在"一带一路"建设中肩负重大的责任。

一、艺术高校贯彻"一带一路"倡议的责任担当

1.为"一带一路"建设培养艺术人才

在现代社会发展中，大学是培养高素质人才的摇篮，是探知未知世界的前沿，是教育向经济社会转化的阵地，也是古今文化、中西文化相互交汇的桥梁。这些功能不是抽象的，而是同当今世界经济社会发展的重大战略需求紧密联系的。面向"一带一路"建设，打造适应并能提升"一带一路"进程的高素质创造性人才，这是高校义不容辞的责任担当。为此，艺术高校培养的人才必须结合所学专业，对沿线国家的艺术文化、语言文字、民族传统、风俗习惯等有所了解，将艺术能力、专业知识与其有机融合，满足"一带一路"建设对综合性国际化艺术人才的需求。

2.开展"一带一路"相关艺术研究

纵观我国学术界和高等教育界现有的涉猎和积淀，对"一带一路"沿线国家和地区的研究是十分缺失和薄弱的。长期以来，我们的高校教育和学术研究兴趣一直被锁定在欧美等发达国家和地区，且几乎将绝大多数精力聚焦于对美国的关注，对"一带一路"沿线各国、各民族的全方位了解极为不足[1]。一方面，对沿线国家的全面了解是推进"一带一路"建设的前提；另一方面，只有深入认知才能使务实合作目标明确，成效显著！为此，艺术高校应结合学科特点，发挥专业优势，以"一带一路"沿线各国、各民族的音乐、舞蹈、绘画、建筑、工艺品、宗教、民俗等为研究对象，重点放在中国文化艺术的对外传播与交流、沿线国家文化艺术的引入与融合、跨国艺术合作研究上。

3.开辟艺术高校服务"一带一路"的新手段

《关于高等学校开展社会服务有关问题的意见》中明确指出："充分发挥高等学校智力密集、多学科综合及信息灵通的优势，结合教学和科研，直接为社会提供较高层次、较高效益的服务……要根据学校和学科特点以及自身的优势和潜力，适应社会的需要，统筹兼顾，有计划、有组织地进行；要注重社会效益，有利于促进物质文明建设和精神文明建设"。艺术高校贯彻"一带一路"倡议，推动相关项目的产学研一体化，将艺术科研成果进行社会实践和教学实践的转化，并进行应用推广；满足国内外对"一带一路"认知的需求，通过展览、影像、乐舞、手工艺品、雕塑等形式，更加形象生动地梳理"一带一路"发展脉络，突出"一带一路""和平合作、开放包容、互学互鉴、互利共赢"的理念。比如，北京建筑大学举办的"一带一路"历史建筑摄影·手绘艺术展，成都纺织高等专科学校举行 "一带一路"文化艺术周活动等，尤其大连艺术学院打造的大型舞台剧《丝路·青春》。

4.推进"一带一路"沿线地区文化传承创新

高等教育是优秀文化传承的重要载体和思想文化创新的重要源泉。在经济全球化、文明多样化的时代背景下，履行好文化传承创新的职能，对于高等学校的人才培养、科学研究和社会服务具有非常重要的促进和提升作用，有助于高等学校在更高层次上为增强我国文化软实力和中华文化国际影响力，为推动人类文明进步做出积极贡献。艺术高校将我国的优秀传统艺术进行系统化、科学化的梳理，在理论讲授和实践教学中，在艺术科研中，在服务社会的过程中，进行传承；民族的艺术也是世界的艺术，在贯彻"一带一路"倡议时，使我国的优秀民族艺术"走出去"，在更大范围内得以传播和接受；同时，了解沿线国家的艺术形式和艺术特点，与我国民族艺术有机融合，在融合中求创新，在融合中求发展，在更大范围继承和创新了我国与沿线国家优秀的艺术内容。

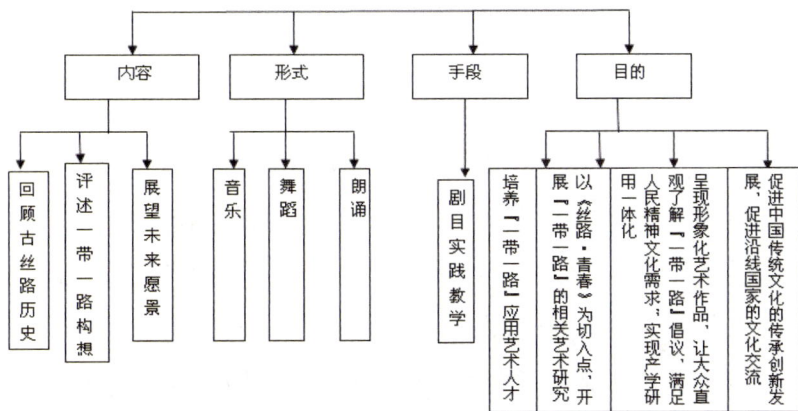

大型舞台剧《丝路·青春》贯彻"一带一路"倡议创新示意图

二、艺术高校贯彻"一带一路"倡议的艺术表现

艺术高校贯彻"一带一路"倡议，必须紧密结合艺术特色，突出学科专业优势，联系地方区域特点，走出一条贯彻"一带一路"倡议的创新发展之路！

我院是一所集音乐、传媒、影视、服装、美术、艺术设计等学科专业的综合类艺术院校。贯彻"一带一路"战略思想，体现"和平合作、开放包容、互学互鉴、互利共赢"的理念，将其有机、综合、科学地融入人才培养、教学科研、社会服务、文化传承创新当中。特别是今年集全院之力打造的大型舞台剧《丝路·青春》可谓是贯彻"一带一路"倡议的创新型典范案例。

大艺以《丝路·青春》剧目实践教学来艺术表现"一带一路"倡议，本剧以序曲、中间的四个篇章以及尾声来划分结构。全剧运用交响乐、演唱、舞蹈、情景表演、朗诵、LED视频、舞台美术、灯光音响等多种艺术表现形式进行综合呈现。在《序曲：历史回眸——深深丝路情》中，恢宏的交响乐配合气势磅礴的LED画面、灯光舞美效果开场，弦乐、木管、铜管、人声一层层叠交展开，最后在人声和乐队的交织共鸣中，随着主题曲的优美旋律，"一带一路"的曼妙画卷在观众眼前徐徐展开。在《第一篇章：文明经典——翩翩丝路魂》中，以情景表演开场，将我国古典舞蹈《盛唐丝路花雨》与"一带一路"沿线国家的特色舞蹈一并展现，有《阿拉伯舞蹈》、巴基斯坦歌舞《美丽的国土》、西班牙《斗牛舞》，歌曲《启迪》以独唱与合唱结合的方式，回顾了丝路历史以及对现代的启迪。在《第二篇章：探索求知——悠悠丝路韵》中，情景舞蹈《郑和下西洋》再现了明代航海家的壮举、男女二重唱《行无畏》讴歌了郑和无所畏惧的勇气与征服自然的坚定决心、而后泰国《长甲舞》和《哈萨克斯坦舞蹈》表达了世界各国人民探索交流的深切愿望。在《第三篇章：精彩纷呈——眷眷丝路梦》中，俄罗斯民歌《夜莺》、孟加拉国《脚铃舞》、中国《单鼓舞》、非洲《狩猎战舞》异彩纷呈，女声独唱歌曲《丝路·礼赞》用音乐展现了几年来"一带一路"沿线国家所获得的丰收成果。在《第四篇章：全球唱响——浩浩丝路云》课桌舞拉开了第四篇章的序幕，这一篇章以音乐剧的形式加以呈现，描述了一群即将大学毕业的青年才俊，在临别之际即将奔赴"一带一路"建设的各个领域。在《尾声：华彩乐章——源源丝路颂》中，主要表现"一带一路"雁栖湖高端峰会的场景。贯穿全剧的几个青年学子在美丽的雁栖湖畔聆听主席的教诲，歌舞合唱表演《满江红·千年之约》以美声与民乐合唱的方式将全剧的情绪推向顶点。全剧以艺术形式将"一带一路"倡议贯穿始终。

三、结语

"一带一路"倡议为艺术高校带来了发展机遇，也是艺术高校责无旁贷的使命与担当。艺术高校要为"一带一路"倡议培养所需人才，进行艺术研究，提供社会服务，推进文化继承创新。学院以《丝路·青春》剧目实践教学的形式，以艺术的形式呈现"一带一路"倡议，并在此过程中将应用型艺术人才培养，《丝路·青春》艺术研究，提供社会服务、满足人民精神文化需求，继承创新沿线国家文化艺术有机地融于一体。走出了一条勇于承担艺术高校贯彻"一带一路"倡议责任，发挥自身优势和专业特色，艺术表现"一带一路"倡议的创新之路！

论大型舞台剧《丝路·青春》艺术审美特征

曲立昂

一、艺术体裁形式特征

对于"一带一路"题材内容的表现，应该说从舞台艺术作品的体裁形式上可以有多种选择途径，诸如：混声合唱、交响曲、舞剧、音乐剧、话剧等不一而足。但是，最终体裁选择——乐舞形式却是创作组经过深思熟虑的结果。音乐艺术的特殊性，即与文学相比较而言的"非语义性"和与绘画及雕塑艺术相比较而言的"非具象性"，决定了音乐艺术要传达具体而鲜活的思想和内容必须借助于其他姊妹艺术相配合，诸如文学脚本（歌词、朗诵词）、舞蹈、舞台美术等。

盛世享乐舞乃中国历史上的明显可寻之规律。六代之乐、西汉武帝时期的相和大曲、唐朝的歌舞大曲以及新中国成立后的大型音乐舞蹈史诗《东方红》（1964）（实则艺术体裁形式仍为乐舞）等皆可为证。唐代宫廷宴乐《十部乐》中的《天竺伎》《龟兹伎》等就是丝路兴盛、中外音乐舞蹈文化交流的很好例证。

二十一世纪现当下，中国政府所提出"一带一路"的伟大倡议，展现出了中国政府和人民虚怀若谷，满怀善意，愿与世界各国人民一道构建人类命运共同体的宏大格局和伟大意义。激情豪迈的大艺人精心打造的《丝路·青春》应运而生，以盛唐歌舞大曲体裁之旧瓶，装当下"一带一路"之新酒，不仅古今文化艺术血脉相承，而且形式内容密合无间，达到了艺术体裁与表现内容的完美结合。

二、剧本文学结构特征

通观《丝路·青春》的文学脚本可以明显看出：该作品在"序曲+四个篇章+尾声"的六段结构中，实则按照唐代歌舞大曲结构：散序（引子）、中序（主要段落）、破（总结和高潮段），即

A 结构："序曲（散序）+四个篇章（中序）+尾声（破）"。

B 主线："回眸——塑魂——传韵——追梦——酬志——偿愿"。

暗含起承转合的内在主线，极具内在逻辑性地次第展开，颇具草蛇灰线，伏脉千里之意。

三、作品艺术审美特征

《丝路·青春》作品以标题引领概括各乐章内容，通观整部作品，充盈其间的总体艺术构思就是——"对经典传统艺术体裁继承弘扬基础上的激浊扬清、博采众长、融和交汇、推陈出新"。其艺术审美特征具体体现在下述四个方面：

（一）经典传承之美

唐代歌舞大曲作为具有高度艺术性的音乐品类，它集中体现了盛唐时期以来中国古代音乐文化的最高成就，既是盛唐国力昌盛的显现，又是中外音乐文化交流的历史见证。大曲中的《霓裳羽衣舞》《秦王破阵乐》虽然已成历史绝响，但我们仍然可以凭借从唐诗及相关历史典籍中的生动记载而想象其当初演出时的精彩盛况。《丝路·青春》对这一体裁的传承及再现，将歌（诗）、舞、乐有机统一，不仅有对传统历史文化的继承性守护，更体现了大艺人对于盛唐荣光过往的虔心致敬和对现当下中国大国和平崛起的由衷歌颂。

（二）创新求变之美

日新月异的现代科技对于舞台艺术发展的变革作用是若干年前的我们所无法想象的。随着以LED为代表的舞台美术形式迅速普及，以其特有的蒙太奇艺术手法所制造的梦幻逼真的舞台背景效果，极大丰富和强化《丝路·青春》的主题及表现力。同时，在歌、舞、乐三位一体为主的表演框架内，创新性地加入朗诵及舞台情景表演，并一直作为统领全剧的情节贯穿舞剧始终。既达到了令人耳目一新的演出效果，又巧妙地将"一带一路"的高度政治性意义与舞台艺术作品的艺术性结合得水乳交融，不露斧凿之痕。

（三）高度融合之美

总体而言，强调事物间和谐共生，互融互通、平等发展、合作共赢，是中外"融和"概念范畴共同的核心思想。《丝路·青春》高度"融和"之美主要表现在下述两个方面：

1.体裁形式要素间的"融和"

《丝路·青春》的整体艺术构思展现过程中，乐舞中歌曲、舞蹈、音乐之间并非自立门户，各行其道，简单拼凑的大杂烩。乃是在主题音乐的总体贯穿之下，通过舞蹈的肢体语言和声乐歌曲的唱词（多媒体画面及舞台美术的烘托对于作品艺术效果的提升亦功不可没）来相互协作，共同完成的不可分割的有机体。只有协同合作，才能发挥乐舞艺术体裁的最大效能和作用。

2.艺术表现手段间的"融和"

在作品具体的艺术表现层面，表现手段之间的"融和"的运用可以说俯拾皆是，随处可见，现仅以下例予以说明：

交响乐队中西洋乐器与民族乐器（竹笛、二胡）、特性乐器（筚篥、手鼓、非洲鼓）的融合，不仅体现在声音效果上，更体现在表现风格的准确传达上。尤其在配器上，作曲家既突出了相应音乐段落的民族性、地域性、国别性特征，又不使其过于突兀，毫无违和感地做到了配器为表现服务，表现为风格服务，风格为审美及主题思想服务。

综上所述，《丝路·青春》艺术体裁形式要素和艺术表现手段之间的综合运用所揭示的高度融合之美，从艺术哲学（美学）的角度来讲，即是通过《丝路·青春》剧目的舞台呈现，通过歌、舞、乐等三种主要表现手段之间及各自内部多种元素间的对比与融合，艺术性地再现了"一带一路"背景之下多元民族文化并存、共荣、共同发展的核心性内涵。

（四）恢宏大气之美

《丝路·青春》剧目的舞台艺术呈现所体现出的恢宏大气之美不仅仅体现在一个多小时时长的演出时间和八百多人的演出阵容上，更突出体现在下述三方面：

1.主题立意高远深邃

首先，从主题上看，"一带一路"建设方兴未艾，从理论提出到实践，愈发显露出这一理论的正确与伟大。同时，在党的十九大后，推动构建人类命运共同体，遵循共商共建共享原则，推进"一带一路"建设等内容写入新党章，《丝路·青春》在主题立意上的前瞻性、准确性和时效性可见一斑！在目前国内艺术团体如此众多的相同、相近类别的舞台剧目中，《丝路·青春》能够最终胜出，笑傲同侪，凭借的是其立意高远，思想深邃，人无我有，人有我精！

其次，从立意来说，《丝路·青春》是真正的青春版"一带一路"，标题既寓意中国古代的丝绸之路的繁荣历史和辉煌过往，又体现了当代大学生和"一带一路"共同成长，使命在肩，舍我其谁，无可匹敌的青春气息。

2.服装布景美轮美奂

舞台美术包括服装、道具等，通过高科技的声光电，同时结合传统的手工精心打造，与台词（剧本）以及音乐、舞蹈风格匹配度极高，最大程度上再现了历史场景与现实中民族及国家服饰文化的原貌，视觉效果令人信服而极具说服力。

3.音乐风格恢宏壮阔

整部作品音乐史诗性气势磅礴（《前奏曲》《满江红·千年之约》）；同时，又不失精致婉约（水墨江南的依依惜别更显情感的温柔与真挚）。整台舞剧音乐绝非偏执一端，安于一隅的小家之气，它彰显出当今世界中国言出必践，全域性负责任的大国气派，恢宏大气之美呼之欲出！

4.舞蹈语言气质翩跹

通过对"一带一路"沿线国家特色舞蹈的深入研究与高度提炼，包括对中国古代舞蹈风格的准确拿捏，以及对现当代年轻人肢体语言和精神风貌的精准再现，方使得整部乐舞作品世人惊艳，气质斐然！

四、结论

大连艺术学院举全院之力精心打造的大型舞台剧目《丝路·青春》，以乐舞的形式，通过歌、舞、乐三者的精妙结合，借助于朗诵及舞台美术的有力烘托，艺术性地再现了丝绸之路的历史风貌和"一带一路"正式提出以来所带来的惊人的、可喜的变化。通过年轻人的视角，展现出了当代中国人时不我待，敢为天下先的勇气与魄力，歌颂了中国政府和中国人民愿与世界各国人民一道携手共进，合作共赢的真挚情感和责任担当。《丝路·青春》的艺术审美特征正是凝结于乐舞经典传统艺术体裁之中，通过多种艺术手段综合作用呈现出的基于各民族文化多样性辩证统一基础之上的创新求变、高度融合、恢宏大气之美。

《丝路·青春》促进应用型高校教学科研团队建设研究

孙海涛

随着高校应用型转型工作的推进，对其教学团队和科研团队的发展也提出了新的要求。以大连艺术学院《丝路·青春》剧目教学团队和科研教学团队建设为例，分析采用剧目教学为抓手，带动教学和科研团队建设发展的有益做法，并提出普适性的建设启示。

一、应用型高校教学科研团队的内涵要求

应用型高校的人才培养目标与定位决定了其教学团队和科研团队的发展方向。应用型高校要培养区域经济发展所需的具有必备的专业理论知识、较强的实践应用能力和良好的职业素养的应用型人才。其教学团队应以培养地方经济所需的应用型人才为目标，由一定数量的年龄、学历、职称结构合理的理论教学教师和实践教学教师（或双师双能教师）构成。科研团队是以一定领域的科研创新为目的组建起来的团队，在团队带头人的带领下，依靠团队合作机制和科学的考核评价机制，善于钻研项目、开发技术，是一支有着较强实践操作能力、科技创新能力的队伍。

二、剧目带动教学科研团队建设的重要性

第一，《丝路·青春》剧目排演对我院这类应用型高校发展具有重大影响和里程碑的价值意义，是学院对"一带一路"国家倡议顶层设计接地气的落实和建设，举全院之力将这部打造成为艺术精品，使《丝路青春》成为大艺改革发展的路标和特色品牌，在这个过程中对艺术人才从理念到实践的培养和对教师能力的提升具有重要意义。

第二，《丝路·青春》剧目排演符合应用型高校强调教师"双师双能"的团队建设要求。强调教师应具备本学科专业所对应的行业和企业的从业背景、挂职经历、实践经验以及校企合作水平。我院重视艺术实践教学，形成以创作演出为平台，以舞台为课堂，以演带练，以演促教的实践教学模式，锻炼和提升了教师的专业技能，是促进个人独立思维、情感意识和表演素养的必要课程，是学校教师技能提升的重要途径。

第三，《丝路·青春》以剧目为纽带是开展高水平教科研团队建设的重要途径。从艺术创作到艺术排演到舞台表现都能体现团队合作，促进团队凝聚力的形成，而且知识创新需要强调专业的交叉融合，大型原创项目就必须是团队行为，因此促进了团队的建设。

三、《丝路·青春》对大艺教学科研团队建设的带动

学院在"和平三部曲"（《汤若望》《樱之魂》《和平颂》）剧目教学所取得的成绩和积累的成功经验基础上，打造了《丝路·青春》，将教学与科研贯穿于剧目编创排演的整个过程，根据专业特点和分工，成立了相应的教学团队；围绕《丝路·青春》剧目，成立各专业相关课题研究的科研团队。

（一）《丝路·青春》剧目教学团队建设

在音乐学院，有编创教学团队、声乐演唱教学团队、乐器演奏教学团队、舞蹈表演教学团队；在服装学院，有负责剧目服装服饰的服装教学团队，有负责演员化妆的化妆教学团队；在传媒学院，有剧本创作教学团队，有负责演出LED设计的动画教学团队，负责剧目台前幕后采访的播音主持教学团队，有负责剧目摄影摄像、节目制作的摄影摄像教学团队；在艺术设计学院，有负责道具设计、制作的道具教学团队，有负责剧目海报、招贴等设计的设计教学团队；在文化艺术管理学院，有负责商务接机、送机模拟实训，前台礼仪、接待礼仪，前厅接待、餐饮服务接待等的商务接待教学团队和为接待外国嘉宾、友人从事英语、日语、韩语翻译的翻译教学团队，等等。

每个教学团队，由5-9名教师组成，尽量形成老中青三代合理的年龄结构，博士研究生教师、硕士研究生教师等合理的学历结构，不同高校毕业的多元化学缘结构，教授、副教授、讲师、助教等合理的职称结构，理论+实践（由专业理论教师+行业专家或者双师双能型教师授课）教学内容的科学设置，并由一名高职称教师（以双师双能型教师为佳）担任教学团队带头人。

在《丝路·青春》剧目编创排演过程中，教学团队内的教师既分工明确，又相互沟通合作；各团队之间也是既分工明确，又相互沟通合作。将讲台从课堂搬到了舞台，以创作演出为平台，以舞台为课堂，用以演带练，以演促教的实践教学模式，提高了教学的实效性，使学生能很好地理论联系实际，这些是单纯地课堂教学所无法达到的，只有针对现实问题，有的放矢地讲解和解决，才能使学生知识的应用能力、心理承受能力、动手能力、艺术感知力和表现力、临场应变能

力、创新能力等都大幅度的提高。

在此过程中，各个教学团队中教师的个人能力都得到大幅度提升，各个教学团队的凝聚力更强，管理也更规范。从整个《丝路·青春》大的教学团队来说，建立多主体联动的全员管理机制，学院的演出办、实践教学管理中心负责全院的实践教学管理和大型演出活动；建立有效的责任机制，明确管理范围和职责，并建立实践教学、教学团队管理的规章制度；建立全过程管理机制，事先明确分工，按专业、任务编写《丝路·青春》剧目实践教学方案、制定教学大纲；事中，制定课堂教学计划和具体规范的教案，具体落实到每个团队中的每名教师，并有各主管部门听课、查课的记录；事后，有剧目实践教学成果的资料和教学团队总结及团队个人总结。建立科学的考评机制，由教学团队测评团队内每名教师的工作量、贡献度，由主管机构测评教学团队的表现，注重定量与定性结合，以激励为主。

（二）《丝路·青春》剧目科研团队建设

以科研项目为纽带开展科研团队建设。开展了校本科研课题的招标工作，广大教师研究热情高涨，共申报68项，立项45项，成立了45个科研团队，涵盖了各个院系和主要部门，几乎涉及了所有专业，带动了全校的科研工作发展。围绕《丝路·青春》，科研课题有宏观研究和微观研究，有理论研究和应用研究，有剧目内涵挖掘和剧目外延探讨，有教学研究和管理研究，有人才培养研究和教师能力研究，等等。

每个科研团队由3-6人组成，由有课题研究经验的老师或者教授、副教授担任带头人；课题组成员有的研究方向相同，有的研究方向互补，鼓励跨学科专业的交叉研究，鼓励老中青结合，便于传帮带，带动青年教师学会做科研；为了更好地培养学生的科研能力，要求每个科研团队要增加1-2名学生，使学生在科研团队中提前感受科研气氛，培养科研兴趣与意识。

在此过程中，各个科研团队中教师的个人能力都得到大幅度提升，管理也更规范。学院除了有相关的科研管理规定和办法之外，还以《丝路青春》课题研究为契机，拟制定《科研团队建设与管理规定》《科研团队管理激励办法》，目的就是填补科研团队制度建设的空白，让科研团队建设与管理更加规范化、科学化，发挥科研团队的最大效益。

四、启示

应用型高校的教学团队和科研团队建设必须通过探索适合自身特点的手段和方式，推进教学团队和科研团队的建设。从大艺《丝路·青春》剧目实践教学带动教学团队和科研团队建设的有益做法中，我们得到启示，作为一所应用型大学，要想搞好两者的建设，必须注意以下几点：

1.教学团队和科研团队建设的长期性。大艺《丝路·青春》相关的教学团队和科研团队不是剧目实践教学一结束就解体，而是尽量在一定范围内保证其稳定性，这样团队经过《丝路·青春》剧目的实践锻炼、互帮互助、共同努力、研讨交流，产生了默契，不仅能顺利、高效完成相应的教学、科研目标和任务，而且能在未来的其他教学和科研任务中更好地发挥团队协作配合的最大效益。

2.教学团队和科研团队的规范性。大艺《丝路·青春》剧目教学团队和科研团队之所以能发挥团队精神，聚集群体智慧，实现最佳效果，就是因为有相应的机制、制度作保证，使得团队的运转正常、科学、有效。

3.教学团队和科研团队的交叉性。一是团队内部学科专业的交叉，这样既可以扩大知识面，弥补教师知识的短板和不足；又可以便于跨专业研究，取长补短。二是教学团队和科研团队的交叉，教学团队和科研团队人员构成可以交叉，因为教学与科研如鸟之两翼、车之两轮，要相辅相成，一体前行，从实际教学中可以挖掘潜在的科研课题方向，科研课题的成果可以用于指导教学，这种交叉更利于产学研一体化的实现。

《丝路·青春》剧目在音乐理论课堂中的教学实践应用

冯萌松

为进一步深化教学改革，加大科研工作力度，提高人才培养质量，大连艺术学院音乐学院音乐理论教研室要将《丝路·青春》剧目的内容，纳入课堂教学中实践应用，让每一个大艺人都了解《丝路·青春》剧目的创作内容、创作背景、创作风格、创作技巧、欣赏作品的艺术价值、提高审美能力、分析音乐作品的曲式结构。

一、《丝路·青春》剧目在音乐理论课堂中教学实践应用的意义

《丝路·青春》是经历了我院教师创作和学生认真排练的经典作品。将总谱改变用于各音乐理论基础学科的课堂教学中，不仅是一种创新教学与实践，更能激起学生学习的兴趣和动力，真正改善课堂教学方式、提高教师教学质量，也使学生对《丝路·青春》剧目的旋律提高熟悉性，让学生对新作品有很高的接受度，能够更好地把握作品演出的难度，吸引学生目光，让学生用真实情感演奏出《丝路·青春》剧目。真正体现曲目教学、节目教学、剧目教学、实践教学等具有我校特色的实践教学方式。

二、《丝路·青春》剧目在音乐理论课堂中教学实践应用的创新点

第一，这是一次创新的实践教学新模式；第二，使音乐理论基础科目教学实现一领域、多视角；第三，将《丝路·青春》剧目作品成功应用于音乐理论基础科目课程的教学当中，使经典作品一剧多用；第四，课堂教学内容增添了我院教师原创的《丝路·青春》剧目，意义非凡；第五，激发学生学习的兴趣和动力，真正改善课堂教学方式、提高教师教学质量；第六，弥补音乐理论基础科目教材中本土化音乐内容的缺失。多数学生在中国音乐作品理解时找不到感觉，反而对西洋音乐作品得心应手，驾轻就熟。重要的原因就是我们教育体系的问题。中国传统音乐在音乐教育中所占份额太少，只是作为一种点缀、一种补充，这样所造成的必然结果就是学生对中国传统音乐的陌生感。所以，借此机会补充教材中传统音乐、本土化音乐元素的不足与缺失。

三、《丝路·青春》剧目在音乐理论课堂中教学实践的应用

1.挑选适合的《丝路·青春》剧目音乐片段作为课堂教学内容使用

①各科音乐理论基础课的教师，如何从《丝路·青春》剧目中挑选出适合的的音乐片段作为课堂教学内容使用，是很关键的问题。音乐片段内容难度既要符合各科目教学大纲的制定内容、又要符合教学进度，对教师来说是一个大的挑战。

②将所选片段打谱、整理、复印，做好开课前准备，这是一个很大强度的工作量，教师要拿出大量时间充分做好课前准备。

2.将《丝路·青春》剧目总谱节选出来具有特点的音乐片段，应用于各音乐理论基础学科的课堂教学中

①基本乐理课堂教学实践应用中：教师在2017级本科声乐班的基本乐理课堂中列举了《丝路·青春》剧目的第四乐章——主题歌《礼赞》的配器。首先，跟学生介绍这首作品，它是整部交响诗的主题曲，整首歌采用通俗演唱法。其次，听一下作品的旋律，让学生分析音乐主题的调式调性，是否有离调和转调、将主题做移调训练。再次，与学生一起交流、分析、研究，最后介绍曲作者的创作理念、风格、写作技术。这首作品在调性上，歌曲的主部使用降A大调，通过几个离调和弦流畅地过渡到调性为降B大调的副部主题，两者之间为二度关系的远关系调。带着这些丰富的内容、专业的写作知识、写作手法，我们再次视唱一下作品，想想会是怎样的效果的呢？学生展现出激昂的情绪，高昂的歌声，让我们陶醉在自己学院的创作中，自豪而骄傲，憧憬着自己美好的大学生活。

②视唱练耳课堂教学：在2016级本科音乐学班的视唱练耳课堂中，也同样列举了《丝路·青春》剧目的第四乐章——主题歌《礼赞》配器的这首作品。课堂中教师讲到作品在节奏上的特点，以附点、附点加连线、大切分、小切分及连续切分的节奏型为主要手段，起到了推动歌曲旋律发展的作用。带领学生把音乐作品中的节奏型单独进行训练，通过单声部、二声部、多声部的节奏训练方式将作品风格特点展现出来。

③和声学基础课堂教学：教师在2016级本科声乐班的和声学基础课堂中，分析《丝路·青春》部分音乐片段的和声编配、写作织体、和声功能分析、和声转调过程、和声写作技术处理。

④复调课堂教学：教师在2014级本科器乐班的复调课堂中，分析《丝路·青春》第二乐章《哈萨克舞蹈》音乐片段的复调写作手法、掌握复调写作的

实际音响效果、分析主调与复调的对比和作用。

　　⑤曲式与作品分析课堂教学：教师在2015级本科流行班的曲式与作品分析课堂中，分析《丝路·青春》第一乐章的主题歌《启迪》章节的曲式结构、调性布局、和声功能进行、音乐写作技术、写出相关音乐内容的文字分析报告。

四、《丝路·青春》剧目在音乐理论课堂中教学实践应用的作用

　　1.大连艺术学院音乐学院的理论教师们，将《丝路·青春》的音乐主题、片段挑选出来作为教学实践练习，例如视唱练耳教学中进行"一曲多调"视唱法的理论与实践，将具有地域特点的特殊节奏型在课堂练习听、写、读能力，将主题进行旋律听写练习。这种创新教学方式、方法，必将带动整体教学质量的提升，是我们学院特有的实践教学新模式，意义非凡。

　　2.创新并实施多种适合艺术院校的实践教学新模式。大力开展曲目教学、节目教学、剧目教学、实践教学等具有我校特色的实践教学方式，加强实践训练，为培养应用型、创新型、复合型人才提供更好的条件。

　　3.加强实践育人工作，在培养社会急需的应用型人才这个广阔发展空间里发挥优势，办出特色。认清高等教育发展形势，努力将实践育人工作搞好，作为我校特色发展的重要突破口。

　　将《丝路·青春》剧目从"纸上谈兵"到"实弹演习"，提升学生演奏作品、理解作品的能力，真正做到音乐理论与实践教学相结合的教学模式，要将大型剧目的排练与演出纳入教学和科研之中的。加强实践育人工作，是全面落实党的教育方针，把社会主义核心价值体系贯穿于教育教学的全过程，大力提高教育教学质量的必然要求。实践育人是高等教育与时代相适应的人才培养模式，是突出学生主体地位，巩固深化学生对理论知识理解和认识的有效途径，是培养学生理论联系实际、掌握科学方法和提高动手能力的重要平台，是考核评价学生综合能力的根本标准，是培养具有实践能力、创新意识人才的重要环节。

　　今后，我们会传承大艺精神，在教育教学的岗位上，开创具有我校特色的实践教学方式。

《丝路·青春》剧目在服装专业实践教学的成效及启示

巴 妍

高等教育成功与否的关键是对于人才能力的培养，其重点就是实践教学部分对于学生实际工作能力的培养。在教育部大力倡导高校转型发展的指导思想下，传统的教育方式已经不能适应现代教学模式，教学方法与教学组织都需要不断更新、发展和改革。项目引导式实践教学就是在进行不同学科的教学时，将项目引导法运用其中，运用项目引导的基本原理，将理论与实践相互融合，让学生参与到项目管理的实际案例中，让其领悟到真正的实际操作技能，提高工作能力，培养应用型人才。

一、任务与过程

服装学院自接到《丝路·青春》项目服装与服饰化妆造型筹备任务以来，迅速反应，积极参与，有计划、有步骤开展相关工作。成立《丝路·青春》大型实践教学项目组，结合每位老师的特长，主动承担各个节目服装、服饰的筹备工作。分三次完成舞蹈演员及朗诵、主持人等近300人的量体任务，完成相关数据的整理及号型划分、归档。做到整体有计划，实施有步骤，阶段有成效。

1.做好理论研究，使整体统筹有的放矢

针对"一带一路"沿线多个国家服装与服饰相似度很高问题，为做好整体设计，服装学院全体参加苏文灏老师主讲的《"一带一路"沿途国家服装与服饰分析与比较》讲座，从理论研究入手，作为后期完成整体服装与服饰统筹工作的基础。设计、工艺、表演及形象设计三个教研室针对各自承担的部分多次讨论，反复研究，力求舞台效果的完美呈现。

2.与课程相结合，项目为引导，实践教学落到实处

整体筹备过程中，包括三次演出后递进的修改与调整，服装学院综合所有本阶段专业课程内容及完成剧目实践教学的需要，做出相应的教学计划，达到课程与项目100%对接。采取第一课堂与第二课堂联动方式，结合工作室及校企合作资源，全力协调整体项目与固有教学内容的结合与拓展。涉及服装学院一至四年级的27个班级，占服装学院全体学生的75%。

针对针织弹力面料多层裁剪问题，服装工艺教研室计划结合校外实践基地的教学任务，带领学生到开展校企合作的"永诚制衣服装有限公司"完成现场教学，利用工厂裁断车间完成面料排料及工业电剪子裁剪。以剧目实践教学为引导，以校企合作平台为基础，将实践教学与校企合作向纵深发展，以工厂车间的现场教学解决实际问题。

3.全程跟踪，做好保障及总结

基于《和平颂》多次演出的经验，针对《丝路·青春》剧目的特殊性，其涉及服装、服饰的类别、数量极多，因此，专门成立了保障小组，由教师带领学生完成服装与服饰的跟踪发放、回收、修改、修补等一系列工作。根据每次演出后的节目调整，迅速做出工作安排，甚至连夜完成修改和制作。在项目整体完成以后，做好相关的资料收集及整理，所有涉及教师、学生做好总结，将参与此次项目的收获、经验、不足分别做好后期讨论及反思，针对如何进一步完善项目引导实践教学整理成一套体系和办法，以期在今后的工作中不断调整、不断进步。

二、意义与价值

1.服务社会效益与经济效益

高校服装专业教学的前提是社会需求，最终目的是服务于产业发展。服装专业教学需要适应社会的发展，最终的目标实现服装设计产业一体化。现代服装产业多元化的发展，对服装教育提出了新的人才观，我们不仅要注重教学的规范性，同时也要强调灵活性。注重科学背景下人才培养的同时，不能忽视产业背景下的人才培养。为此，服装教学要特别注意在服装产业需求和教学之间寻求一种真实意义上的协调一致。教学过程要与服装产业的发展联系在一起。培养适合时代发展的服装专业人才，对服装专业教学提出了很大的挑战，构建具有社会发展特色的服装专业实践教学体系非常重要。

2．师生能力双重提高

所谓项目引导教学模式是指以学生为中心，以项目活动为载体，通过师生之间的亲密合作来解决跨专业问题的教学活动形式。实践教学作为服装专业教学的重要组成部分，承载着将理论转化为实践的关键任务。以具体的项目作为工作目标，引导实践教学方向计划拟定，并围绕具体项目开展实践教学工作，明确学生具体工作能力养成，使人才培养和教育教学有的放矢。从《和平颂》到《丝路·

青春》，针对相对陌生的舞台表演服装领域，我们的师生不断摸索，不断进步，一路前行，这样的"学中做、做中学"的实践教学模式的构建从根本上达到了教师业务能力与学生专业能力的双重提高。

三、思考与启示

1.剧目实践教学是服装专业应用型人才培养重要平台

从"和平三部曲"到《丝路·青春》是学院为我们各个专业提供的良好的实践教学平台，针对整体项目实践教学部分，综合原有专业课程内容和完成项目教学需要，做出相应整体教学计划。灵活教学管理，采取第一课堂与第二课堂联动方式，结合工作室及校企合作资源，全力协调整体项目与固有教学内容的结合与拓展。第一课堂为传统教学的主体，课程的设置多数单独性大于连贯性，学生在完成课程学习的过程中，阶段性的学习对于单独专业课程相对完整，但是从整体能力培养来说，缺乏从始至终的连续性和完整性。而以具体项目引导实践教学是艺术类院校各个专业转型发展的重大尝试以及重大突破，是各专业交叉、各二级学院协作的有效方式。以具体工作内容为引导，将具体问题引入传统专业教学并将二者有机融合、充分协调，使之既不影响正常教学工作的开展，又能以实践教学环节完成所承担的工作任务，全面达到专业班级覆盖、专业教师覆盖、专业学生覆盖。

2.对于人才培养模式和方向具有指导性作用

对于高校专业人才培养而言，一个项目的完成，不仅在于承接和完成过程，更要做好后期的资料整理和总结归档。项目整体完成以后，做好相关的资料收集及整理，所有涉及教师、学生做好总结，将参与此次项目的收获、经验、不足分别做好后期讨论及反思，针对如何进一步完善项目引导实践教学整理成一套体系和办法，以期在今后的工作中不断调整、不断进步。系统化的归档对于后期人才培养方向的调整、人才核心能力的培养等都将起到指导作用，对于新生人才培养方案课程、学时的调整、教学大纲内容的调整、自编教材的方向与内容等都是极其重要的。

综上所述，对于艺术类高校，以服务社会为前提，以转型发展为契机，以切实培养学生专业能力为目的，深化实践教学改革，是我们的教育是否成功的关键。而在现有课程设置中，实践教学在整体教学活动中所占比例高于50%。在实际完成教学内容的过程中，以何种方法作为载体是实践教学是否成功的基础；如何在实践教学中完成人才核心能力培养是需要不断深入研究的重点。以项目为引导介入实践教学的方式，无疑成为满足以上要求的有效途径。项目为牵引，不仅需要每个环节的成果，更需要贯穿始终的精诚合作，在实际的工作过程中不仅是对于专业能力的提升，更是对于学生整体协作能力的提升。

《丝路·青春》动画专业LED制作过程中的问题与对策

戴金玲

　　大型舞台剧《丝路·青春》以交响乐、合唱、独唱、表演、朗诵、音乐剧、舞蹈、LED等多种艺术形式融为一体呈现于舞台，在大连、沈阳、北京人民大会堂的多场精彩演出，观众们好评不断，其中"气势恢宏、美轮美奂"的语言就点明了LED技术在舞台表演中的重要作用。

　　主要体现在：

　　第一，LED丰富舞台演出内容。舞台表演艺术是一种十分独特的艺术创作形式，之所以这样说，是因为其涉及的范围广泛、形式多样，主要包括舞台演出、舞台照明、舞台美术、舞台声效以及舞台道具等等。当今随着高科技的迅猛发展，带动着艺术的大交流、大融合，现代技术的介入，在有限的舞台空间中表现出无限的表演空间，使舞台表演发挥得淋漓尽致。LED作为舞台表演的一种延伸和补充，丰富了演出的内容，为观众提供了表演本身之外的信息。同时，现场观众通过LED大屏幕摆脱了单一、固定的视角，甚至可以看到自己的反应，在视觉上也形成了一定的新鲜感。

　　第二，LED活跃舞台演出气氛。在演出中，LED大屏幕已经作为舞台美术中极其重要的构成元素出现，形成了新的美学功能。大屏幕出现与演出节目相匹配画面，代替了布景功能。所营造出的虚拟画面给了我们想象的空间，比实景更有气氛。LED通过与表演主题相关的画面，对观众进行一种感受的唤醒和启发，让观众在表象之外感觉到了更多的东西，调动了观众情绪，活跃了演出气氛。

　　第三，LED完善舞台演出效果。伴随着影像设备的技术发展，使以前传统布景所无法实现的景象，用LED电子显示屏来实现则显得十分轻松自如。LED在画面的变换上，瞬间就可以完成画面的转换。通过技术手段，可以用LED播放任何可以想象到的画面，动态的、静态的、写实的、写意的、内容多姿多彩，效果也更为生动逼真。不但给观众带来新的完美享受，而且形成了新的期待和审美联想，完善了演出效果。

基于以上重要作用，我们17人的LED制作团队对整个剧目每个章节收集素材300余个，最终制作特效视频46个，每个视频修改多达数十次，可以说工作量相当大。但是通过这次实践，也培养和历练了我们这支年轻的队伍，正如董事长所说："舞台上、灯光下，是老师和学生最好的实践场地；一生多师、教学相长是实践教学最有效的方式。"

简述制作经历与大家分享：

一、细研脚本，注重同步性

《丝路·青春》紧扣时代脉搏、表现重大主题，具有很强的政治性，对LED的制作要求很高。制作者需要熟知"一带一路"伟大倡议内涵，领会全剧的主题和特色以及每章表达的主题内容，并在技术处理上做到LED与剧情和音乐舞蹈相结合。我们每个制作者对剧本进行反复研究，与创作人员不断探讨，认真了解导演意图，了解作品内容，了解演出细节，确保演出中灯光、色彩、剧情、造型、服装、道具、布景有机融合，才能使LED与剧目融为一个天然整体。

二、收集素材，注重准确性

"一带一路"涉及的国家多，风土人情元素复杂，时间跨度大，使我们的素材收集成为工作中最大的难点。在时间紧任务重的情况下，我们按不同沿线国家分成小组，分头查找大量的网络与书籍文字资料，收集图片素材上千张，视频素材300多个，有些能在现实生活中找到的元素，我们就去实拍图像，把握素材使用的准确性。在这个过程中，教师与学生收获巨大，我们建立起《丝路·青春》剧目的资料库，同时还学习了古代丝绸之路和现代"一带一路"延伸国家的文化艺术特点、风土人情，充实了自己的内在艺术素养，为LED后期编辑与制作提供了丰富的资源，奠定了坚实的基础。

三、人屏互动，注重艺术性

为了使舞台多姿多彩，效果生动逼真，LED的主要亮点体现在我们采用了人屏互动的渲染方法，突出舞台演出的艺术性。

如第二篇章中情景剧的泰国港口旁停靠的中国船只，为更好地展现剧情，让舞美与舞蹈承前启后，将历史与现实相结合，一气呵成，体现人屏互动的效果，对素材要求很高。这类素材网上也极少，为保证效果，我们采用3D建模Photoshop

贴图的方式进行处理，在平面与后期软件中一点点拼图合成。但由于制作中模型较大，转角较多，进行渲染时遇到较大困难，时间技术上也增加了很大难度。通过我们反复多次地研究与修改才解决了这个问题，最终形成了较佳效果。

又如第三章《西班牙舞蹈》，开始的构思是放置西班牙斗牛场背景，但因为舞蹈时长为4分15秒，静态的背景不能表现出西班牙舞蹈的活力，斗牛的血腥场面也不适合整场效果。反复调整后，改为开场幕布随着音乐缓缓拉开，显露出欧式宫廷柱廊，水晶吊灯伴随着音乐旋转，徐徐落下。通过对照真实图片进行3D建模，同时采用optical flares光效插件，将原本隐藏在阴影中的舞台和灯光律动地展现在观众面前。这种动中有静，动静融合的设计弥补了前几稿中画面呆板，舞蹈者和LED大屏幕的艺术融合，充分展现出《西班牙舞蹈》特有的奔放和热情。

四、特效制作，注重技术性

《丝路·青春》舞台表演完全被LED等现代化科学技术所武装，运用新技术与电脑制3D MAX制作相结合，3D软件建模与后期软件相结合，给舞台设计赋予了新观念、新方法，使舞台美术表现出形式多样化和个性化的发展趋势。运用技术上的特效制作，形成了空间的流动美，使观众、剧场、演员之间形成艺术共鸣。

如第一篇章中《倡言》，大屏采用水墨的风格制作，水墨的动感都是在AE中一帧帧调出来，通过主屏与副屏不同形式的展现，相互融合达到最佳效果。又如尾声中副歌部分花海的设计，采用AE后期特效合成，呈现出的效果将节目推向了高潮。

这些动画特效，其实每个章节中都有。为了保证技术性和效果性，我们团队的老师与学生没日没夜地抓紧制作，希望将完美的画面呈现给观众。

大型舞台剧LED制作，最终目的是烘托舞台表演效果，LED背景显示做到与舞台灯光、音响、道具、剧本创意和演出阵容的充分结合，与剧情和表演者融为一体、浑然天成，使得舞台表演更加美轮美奂、赏心悦目，保证舞台效果的最大化。在整个项目的制作中，我们享受的是过程，在这个过程中，所有涉及的教师、学生都受益匪浅。对于这类的实践教学，我们将做好总结和后期资料的整理归档，反思不足，做好后期讨论与提升工作。今后，我们专业将以项目为牵引，加强实践教学，不断促进教师与学生专业水平的提高。

服装工程类课程以《丝路·青春》剧目为依托的教学实践

冯素杰

《丝路·青春》剧目教学给服装工程类课程实践教学带来转机，我院教师以此为契机，改变固有教学方式，使学生可以将所学知识应用于实际操作。对整个服装生产任务进行组织和管理，分组协作，进行流水作业，共同完成批量服装的生产方案制定和生产计划实施等工作。教师充分发挥学生的主体作用，在实践中对书本的理论知识加以应用。

一、服装工程类课程的教学现状与问题

1.教学模式固定，多采用"保姆式"教学模式

服装工程类课程多采用传统教学模式，沿用固有的教学方法及组织方式。惯常的实践指导过程是先由教师集中统一示范，然后由学生同步模仿操作，并按规范完成作业，即"保姆式"教学。在现有教学模式下，由于学时数固定，学生水平和接受能力参差不齐，上课内容固定，无法灵活教学。

2.学生缺乏实战经验，不能对所学知识创新应用

在传统教学模式下，学生根据老师的讲授和示范一步步模仿进行对课堂练习和作业的制作，在有限的时间内完成学习任务，没有机会自主学习。不能做到勤于思考，举一反三，更无法达到将固有的知识创新应用的目的。

二、以《丝路·青春》剧目为依托的教学研究与实践

《丝路·青春》剧目教学使我们将大型剧目的舞台服装制作纳入教学中，改变了原有"一课程、一个人、一作业"的"保姆式"教学方式。服装结构制图、服装工艺学课程结合剧目服装制作任务，使学生分组协作，进行流水作业，共同完成批量服装的设计、打版、裁剪、制作的全过程，充分发挥出学生的主体作用。

（一）服装结构制图课程与《丝路·青春》剧目结合的教学与实践

1.量体

服装专业教师组织近百名学生，多次对参加《丝路·青春》剧目演出的二百多名学生及老师进行量体。学生们在老师的指导下对测量样本进行科学测量，现

场计量数据。在测量结束后并对测量尺寸进行归纳、整理、分类、数据分析，并制作电子表格，录入计算机系统，以备服装制作、服装发放、演出整理时使用。

2.前期准备工作

首先，学院组织相关讲座，针对"一带一路"沿途国家服装基本知识、历史、发展等进行培训。其次，学院对涉及《丝路·青春》剧目的相关服装设计及制作进行职责划分和任务分配。最后，以教研室为单位，多方查询《丝路·青春》剧目服装款式特征、色彩特征、面料、尺寸等相关信息进行设计并确定购买样衣制作的材料。

3.样衣打版、制作

老师带领学生们根据《丝路·青春》剧目敲定的服装款式进行款式分析，结合《服装结构制图》课程中所学的打版知识对款式进行打版。并让演职人员进行多次试穿，提出修改意见，修改完善版型，达到最终样板，进行工业制版，做好大货生产前的准备工作。

4.面辅料订购

根据几次样衣试穿及修改后意见确定最终样品，各组分别计算面辅料单耗及品类，制定面辅料订购明细表，上报总务处，完成订货事宜。

（二）服装工艺学课程与《丝路·青春》剧目结合的教学与实践

学生以班为单位，在任课教师的带领下，按照服装款式进行分组流水作业。教师首先根据任务制订了简单的分组和工艺流程表，班长在教师的指导下，根据基础表格扩充具体内容，并完成对班级同学的分工。最后进行确定版的工艺流程图绘制，表格制作工作，根据流水线进行人员分配，计算工时和节拍。

学生在教师和班长的带领下按照样衣和工艺流程单的要求，分组进行生产，以流水线的形式完成排版、铺料、裁剪、粘衬等准备工作，并发挥主观能动性，充分投入到服装大货生产中，按流水线方向和节拍各司其职完成制作任务。不但加深了服装工艺学课程内容的连贯性，又培养了学生自主学习的能力。在实践中连贯了服装设计、版型制作、成衣缝制的全过程。

这样经过剧目与课程教学联动的实践，使学生的三大核心能力得到良好的发展应用和连贯，同时学生的综合实践技能也得到不断提高，服装工程类课程与课程之间能够有效衔接，良好连贯，依托《丝路·青春》得到检验。

三、服装工程类课程以《丝路·青春》剧目为依托的实践成效

1.实践中获得的成果

以《丝路·青春》剧目为依托，项目组把服装结构制图、服装工艺学、服装生产技术管理等工程类课程的教学与《丝路·青春》剧目相结合，实现剧目与实践教学联动的目标，实现了学生在课程中将书本的知识应用到实践中去，并且用实践检验所学知识的目的；提高了课程之间的连贯性，学生也在实践中对课程有了更加深入的理解。

2.研究与实践中解决的问题

在整个过程中，教师对传统教学方法进行改革，依据具体任务灵活教学，指导学生完成《丝路·青春》舞台服装的打版和制作，对服装生产技术管理如流水线安排等实践问题进行深入研究。如由于此次是对舞台服饰的打版制作，要求学生要对所学打版和工艺知识进行灵活应用。学生是大一、大二的居多，还不能把打版知识活学活用，对人体工程学的知识掌握不够熟练，经验不足。教师就要不断引导，让学生联想曾经学过的相近服装版型和部件，让学生做到举一反三，让学生用尺进行测量后在平面纸张上运用公式绘制。

四、结论

《丝路·青春》剧目联动式项目教学为服装专业工程类课程的实践教学开辟了一种全新的方式。服装学院结合本专业特点，对服装专业教师进行分组，其中工程教研室教师负责成衣类服装的打版制作。在整个任务的大方向基础上分类后再进行细分，即多层次的开放式管理。这样各种层次、不同水平的学生都能参与到《丝路·青春》剧目服装的设计与制作中。在教师的带领下，运用创新教学方法，使学生全程参与。在剧目服装打版制作期间,学生可以将书本的知识灵活运用到实践中，《丝路·青春》这种特殊的任务满足了学生们在服装打板制作中个性发展的需要，教师也以此为挑战不断运用灵活的教学方法，发挥了学生的主观能动性，让学生在实践中积累宝贵的实战经验，受到了学生的普遍欢迎。

《丝路·青春》实践教学规范管理的策略研究

杜 陈

《丝路·青春》是我校在"一带一路"倡议中的文化担当，是大学文化传承与创新功能的充分发挥，《丝路·青春》的排演对学院发展具有重大影响和里程碑的价值意义。多年来，学院形成了以创作演出为平台，以舞台为课堂，以演带练，以演促教的实践教学模式。这是将学生从掌握演唱和演奏技能，提升为具备个人独立思维、情感意识和表演素养人才的必要课程，也是学生从被动训练到主动演绎的必经之路。

一、《丝路·青春》实践教学规范管理的必要性

只有通过科学规范的管理，才能避免打乱仗，避免盲目性，从而使实践教学更加科学化，而通过科学化的管理逐步提高师生的艺术技能。具体体现在：

第一，规范管理有助于构建"学、演、赛、创一体化"实践教学体系。体系的建立需要一套科学合理、行之有效的管理办法，做到改革与创新授课方式，合理编排课程与排练时间，编制授课大纲与教材等，这样才能更好地发挥剧目教学在人才培养过程中的重要作用，彰显学院办学特色，不断创作推出新的剧目。

第二，规范管理有助于保证大型剧目的演出效果。剧目排演在实践教学的实施与质量监控过程是不容忽视的。一台大型舞台剧涉及创作团队、演出人员、后勤保障、服装设计、舞台监督、道具筹备、场地环境、课程调整等方方面面的人员与工作，为保证顺利协调，需要有专业人员及机构对其进行规范管理，才能保证高质量地完成任务，从而达到良好的演出效果。

第三，规范管理有助于学生专业能力的提升。应用型艺术人才培养的课堂恰恰应该是课堂与实践的学演一体化平台，无论从宏观还是微观，做大型演出的实践教学都是非常必要的。宏观层面，将排练场、大剧院作为课堂，听国家级、世界级的大师课，感受团队合作，在一场场演出中历练精品，不断打磨积累的经验都是在教室的课堂中学不到的；微观层面，我们通过大面积的采访，可以看出每名参演学生洋溢出的学习热情和排演过程中的专业飞速进步，也是教室的课堂中看不到的。

二、以《丝路·青春》为例开展教学规范化管理的调查分析

主要针对学生参加大型剧目排练的积极性；规范课程管理与授课形式改革；

大型剧目对学生自身知识与技能的提高；大型剧目教师专业能力的提升以及对排练组织管理工作等方面展开调查。采用访谈法和问卷调查法，对交响乐团、舞蹈团、合唱团、服装设计组、道具制作组、剧目保障组的学生与教师调研，共发放问卷350份，收回有效反馈单330份，有效率94.3%。

通过采访我们得到师生的反馈信息：

2016级音乐表演张凯旭同学，他是圆号专业，他说："在乐团排练中，得到了我国著名圆号演奏家王冠老师的亲自指导，专业进步非常大"。民乐学生在第二专业选修大提琴、贝斯的，通过排练，在老师的指导下已经完全能够很好地胜任演出，学生们觉得非常有成就感！还有萨克斯专业于河泳、冯帅铭两位老师，在指挥高大林老师的指导与鼓励下，自学巴松；竹笛专业陈佳老师拜师王冠老师学圆号，胡文杰老师自学中提琴等，经过几年的乐团演出锻炼，现都已成为乐团的中心骨干力量。

研究结论：

1.学生们对于大型剧目教学和舞台艺术实践授课形式的积极性很高；

2.通过舞台艺术实践，学生对自我定位、职业规划、专业技能的提升有了更清晰的目标；

3.在实践过程中教师专业技能和授课形式得到提高与拓展，学生普遍反映良好。

三、大型剧目实践教学的规范管理策略

1.开展分层次教学，为拔尖创新人才构建个性化培养方案

为更好地保证剧目排练时间，解决乐团拔尖学生与普通学生不能统一授课的问题，提出策略为：依据学生专业水平与个人就业意向进行分层次分方向授课，即在各专业方向中再分为A、B、C三层，制定不同的教学目标，实施相应的课程设置和教学方法，为乐团专业才智优秀的学生设计拔尖人才培养方案，并为拔尖人才建立"一生多师"的授课制度，在舞台上、灯光下，全方位进行新授课模式的体验。

对于未能参加演出的学生，通过将经典剧目内容融入教学大纲与教材中，教授学生相关内容；通过教学音乐会的形式，让没参加实践演出的学生在实践中得到锻炼；通过排练观摩教学，使没有参加演出的学生观摩学习等。

2.采取多种授课方式，灵活认定授课学分，调动学生参加演出的积极性

第一，采取网络授课，灵活安排学习时间；第二，邀请省内外音乐表演艺术家定期举办讲座，撰写学习报告认定学分；第三，对于主要演员与参与演员有不同的学分认定方法；第四，规范实践教学考试评价过程，科学认定学分。

3.规范剧目教学管理，将经典剧目内容融入教学大纲与教材中

具体做法：按任务、分专业编写实践教学方案；制定教学大纲、课程表、专业课授课计划；规范授课教案；记录实践教学考核资料；整理实践教学成果汇报的相关资料及照片、视频等，将这些授课的优势转变为常态化的教学，形成培养的新体系、新模式和新方法。

4.建立剧目教学的规范管理制度，保障剧目排演顺利进行

第一，建立多主体联动的全员管理机制。比如音乐学院、传媒学院、美术学院、服装学院等单位，根据每个单位在剧目教学中的特殊性，建立规范的管理制度。

第二，建立多层面统筹的全过程管理机制。比如剧目教学整体团队，交响乐团、合唱团、舞蹈团、民乐团等团队的负责人，根据自身团队的特殊性，建立规范的教学管理制度。

第三，建立多元化考核与评价管理机制。比如老师考核学生，学生也可以考核老师，机关单位考核评价教学单位，教学单位也可以考核机关单位等，建立合理科学的多元化考核评价管理机制。

《丝路·青春》是我院实践教学的又一部力作，也开启了学院对剧目教学改革的相关研究，探索剧目实践教学对人才培养的重要作用，探索高校剧目教学制度化、规范化、科学化的管理机制，为学院长期有序的可持续发展奠定基础，为推动高校服务社会探索一条新路。

《丝路·青春》剧目的动态艺术形式探析

苏娜 于淼

大型舞台剧《丝路·青春》的动态艺术形式的综合表达极具舞台张力，《丝路·青春》融入了戏剧、音乐、舞蹈、影视动画等多种动态艺术形式的表达，起幅序曲到尾声终章，戏剧台词的精美运筹、多部原创音乐作品的应用、合唱团、舞蹈团的精彩演出，LED背景大屏的运用等完美地诠释了《丝路·青春》高超的艺术价值。

一、戏剧台词表达内蕴丰厚

在《丝路·青春》台词构思中凸显了"一带一路"伟大倡议的提出对于促进中外文化交流，助推世界各国经济、文化互通有无的重要意义。台词内容与人物角色设定高度契合。依据肩负历史文化传承使命的学生群体作为叙事主线，在对应的戏剧语言设计中，内容涉及对人与自然的和谐相处、对建立生态文明理念的高度认知，对中国艺术家在人类艺术文明史做出的突出贡献的赞誉，以及对各国人民在丝绸之路沿线文化交流过程中共享人类文明成果的见证。在台词设计上展现出陆地丝绸之路、海上丝绸之路的繁盛带给世界人民美好生活的景象。

二、乐曲呈现精妙绝伦

在这次演出过程中，合唱曲目——主题曲《丝路·青春》歌曲创作显示出磅礴的气势，其中对丝路文明的礼赞通过交响乐团、合唱团的精彩呈现，使受众进入到《丝路·青春》的美好情境中，每个篇章都能使受众感受到浓郁的文化氛围，乐曲整体辞章的铺陈、悠扬的旋律、飘逸灵秀与雄浑激昂相互融合的曲风富有灵动感。观众伴随着优美的旋律被带入到丝路文明的旅程中，每个历程的所见所闻所感使人流连忘返。此外，歌曲《启迪》《行无畏》、女声独唱歌曲《新丝路·礼赞》等原创作品的精彩呈现为受众展开了一幅精美的丝路画卷，将《丝路·青春》的雄浑气势与千古悠远的情怀展现地淋漓尽致。

三、舞蹈表现富有张力

《丝路·青春》的舞蹈使人沉醉，各篇章舞蹈各具特色，情景舞蹈、歌伴舞等多种形式舞蹈精彩绽放，盛唐丝路花雨、阿拉伯舞蹈、在背景介绍后，观众有了穿越的体悟被带入到大唐盛世中，这段舞蹈再现了唐朝的繁盛，以及丝绸之路沿线各国人民在广泛交流中呈现的悦动生活的景象。巴基斯坦舞蹈《美丽的国土》、西班牙斗牛舞，这两部舞蹈作品是具有典型异国民族特色的舞蹈范式，在展现巴基斯坦舞蹈特点时，舞蹈演员身着纱丽服，翩然起舞，象征着巴基斯坦人对祖国的热爱，和对安宁、祥和生活的赞美，在西班牙斗牛舞这个环节中，由于曲目节奏特别快，对舞蹈演员要求也相对高，演员们个个精神饱满，将斗牛场上的扣人心弦的紧张与亢奋淋漓尽致的展现。突出了西班牙斗牛舞充满动感、奔放的特点，泰国长甲舞一经出现，增强了受众对于泰国国教文化的理解，参与演出的舞蹈演员十指戴套金丝长甲，金色服饰与金色背景交相辉映、相得益彰，将泰国文化精髓展现在受众面前。情景舞蹈《非洲狩猎战鼓》节奏强烈，通过舞蹈演员的表演表达出非洲人民高昂的士气、相互砥砺的激情。在课桌舞中所要表现的是优秀的中华儿女将作为新丝路文化的传承者、传递者，将本国先进的文化理念传递到四面八方，将中华文明的成果带给世界人民，与之共谱华彩乐章。

四、动态多样的LED场景动画制作

在《丝路·青春》剧目的LED背景大屏动画制作领域，每个环节的精细程度令人赞叹，各个篇章的背景大屏内容根据台词构建、灯效合成、音乐旋律等设计，将路上丝绸之路沿线文化、海上丝绸之路沿线异国风情以及体现我国现代化进程的军事实力、经济建设、文化交流等方面的内容。在郑和下西洋情景舞蹈展示环节中，背景大屏中蔚蓝的大海中的众多船只仿佛带观众穿越到明朝，随郑和开启海上丝绸之路的进程。在情景舞蹈片段为展示江南水乡，烟雨蒙蒙的环境通过变化多端的水墨画的动态背景大屏呈现，表现力极强且富有代入感。在最后的篇章回到现代，背景大屏动画场景彰显了我国高速发展的现代化建设的美好景象，航空母舰、港口建设、特色建筑等通过积累蒙太奇手法再现。背景大屏设计别出心裁，带给观众一场精彩纷呈的视觉盛宴。

结论：《丝路·青春》这部剧目将动态艺术形式完美呈现，对于戏剧台词的创设，每一篇章都各具特点，歌曲的创作针对不同的国家不同的民族特点风格各异，舞蹈作品将多个国家与民族的多元化的特色逐一展示，LED背景大屏动画制作，每个场景仿佛都将观众带入到丝路文明的进程中，《丝路·青春》的精彩上演生动具象地展现了一部伟大的丝路历程，每一个环节的表达都是对《丝路·青春》的精妙诠释。

《丝路·青春》男性角色舞台服装造型研究

毛九章

在国家"一带一路"背景下，学院大型舞台剧《丝路·青春》应时而出，展现了民族大融合、世界新格局和中国的文化融入世界。通过《丝路·青春》大型舞台剧的排练，研究世界各区域文化舞台的特色，男性舞台角色作为一个切入点，阐释男性舞台、男性文化服饰的造型特色。"一带一路"包含了从中国经陆路及海上丝绸之路最终到达欧洲的诸多国家，在如此广阔的地域区间，以"一带一路"作为连接，使不同的文化集中展示在一起。而随着时代的变化，地域变迁，各个国家服饰也有着截然不同的变化。在这一次的《丝路·青春》大剧目中，选取具有代表性的国家，在舞台角色的造型上亦是有着诸多变化，而舞台角色的服装造型在整个舞台上是演员们代入角色的先决条件。

一、男性角色舞台多元化表演服装造型

（一）基本形式

男性舞台角色戏剧化表演受舞台戏剧作品"再现生活"观念影响，将多元化表演中的某些手段运用到舞台服装表演造型中而产生的舞台视觉，比如在《丝路·青春》制作过程中，设置了"一带一路"沿途各国不同场景不同服装的男性造型场景：一群沿途国家的男性在舞台上自由地跳舞，悠闲地散步，通过两两相遇展现出男性各自的舞台造型技巧，在演出过程中，配合舞台的道具展现出不同小场景的造型特色。

（二）表演特点

戏剧性的表演方式生动活泼，整体感强，能给观众留下深刻印象。这种戏剧化的表演对男性造型具有很高的要求，结合服装和道具能产生很强的造型效果，这种造型不能太平淡，远离情节；也不能太夸张，削弱观众对戏剧的印象。

在《丝路·青春》的创作过程中，总导演设计了不同风格戏剧化的舞台造型表演，埃及和土耳其两个国家男性身上穿着中东国家意味浓厚的混合搭配服饰，头上顶着包头巾或形色各异的麻绳、花草植物等装饰物，迈着健硕的步伐，硬朗地向观众走来，体现出带有野性阳刚的男人之美；驼队沙漠色系的服装在现场灯光的调配下变化莫测，其亮点呈现在带刺绣的宽松长袍和同色系的包头头巾，通过

音乐的瞬间转换和灯光若明若暗的变化，舞台上演员之间艰难地朝目标前进，显然一副戏剧场景。驼队服装在沙漠中的出现，男性在舞台中以沙漠为主题，服装造型特色呈献给观众视觉上的盛宴。在《丝路·青春》演出过程中，往往会配合道具和场景把男性舞台造型体现得很完美。

《丝路·青春》戏剧化表演形式，演绎了一定的故事情节和舞台造型特色。在"一带一路"的大背景下，为增加表演效果，男性角色的阳刚之气在舞台上表现得淋漓尽致。为《丝路·青春》巨作的完美呈现增加了精彩一笔。

《丝路·青春》在设置场景和情节上，还需要用舞蹈的方式来表现。通过肢体的舞蹈性展示，充分而自由的服装表演与人融为一体，从此深入地表现服装、表现人体、表演生活状态。比如各国男性舞台角色造型，这种造型就像灵动的雕塑，把动作姿态、衣褶、构图加以表现。男性表演时排除过多的面部表情，代之以身体表现，不但能表现男性的理解力，还能探索人与服装完美的结合，使人感觉服装生动深刻的精神内涵。

（三）《丝路·青春》创作过程中的三种类型

1.人物关系的戏剧化

男性舞台造型过程中，根据各国的服装特色和舞台造型风格的需要，打破以往展示的模式，把舞台上的人通过各种设计的角色和产生的人物关系杂糅在一起；再通过男性舞蹈者带有一定戏剧化的表演和刻画，达到一种超时空的，进入观者心灵的展示。在泰国长甲舞中，六个男性舞者的服装为金色并且皮肤也涂满金色，多次运用双手合十的动作，配合着音乐以及缓慢的舞蹈动作，使之更符合泰国文化中的不温不火的节奏，夸张地运用金色已达到人物关系戏剧化的效果。

2.场景的戏剧化

《丝路·青春》通过灯光、音乐、多媒体的帮助。产生具象或抽象的舞台效果，如和平向往、民族风情等场景。由远及近、由繁到简，在二维与三维的空间里面，让观者感受到时间这一永恒的概念。人物的戏剧化与场景的戏剧化很好地结合，能使男性舞台造型角色产生电影一样的叙述效果。第二幕序的舞台剧中多媒体的运用让主持人在古希腊、土耳其和埃及三个国家穿梭，演员配合三个不同国家的服装以及标志性动作以加深场景的戏剧化。

3.服饰配件的戏剧化

　　《丝路·青春》服装配件的出现，往往是为了更好地配合表演。配饰有时也有一种戏剧效果，来展示男性角色特色及细节的精美。在特定场景中，加强配饰的戏剧化效果，能让观众在冲突中寻求一种耐人寻味的东西。随着演出的落幕，观众会将这些亮色留在记忆中。开场的驼队运送着硕大的箱子喻示丝绸之路实质为流通之路、交流之路的这一历史背景进行舞台重现。

二、男性角色舞台主题性表演服装造型

（一）基本形式

　　《丝路·青春》用歌舞的形式讲述了"一带一路"经济带上的诸多国家文化大融合的场景。主题性演出表演台面积大，相应的演职人员阵容相当庞大。

（二）表演特点

　　在大型主题性表演中，由于节目众多，表演形式多样，各个节目的表演特点都异彩纷呈。以中国满族《单鼓舞》为例，根据满族单鼓舞的表演形式，整个演出配以萨满音乐，展示出全套男性萨满服饰：男性在舞台根据满族单鼓舞的服装特点展示造型之美，传统粗布麻料唐装，男马甲、背心、马褂、夏季老头衫、无袖汗衫、坎肩中式盘扣等服装特色。男性在舞台中整齐划一的造型感极强，配合跳跃在空中打鼓的动作，不但展示了满族民族文化特色，同时向世界宣扬了中国文化的博大精深。

　　《非洲战舞》也属此类表演之一。它通过男性服装表演宣传非洲民族历史文化，男性在舞台上阳刚之气把非洲特色文化一一呈现，《非洲战舞》男性舞台造型感极强，力量、表情、道具都能体现出非洲男性舞台造型之美，同时也加强了国内外文化交流。《非洲战舞》的编排主要考虑的因素是舞台的艺术特效、灯光点缀、表现的主题及现场演出的氛围。演出的服装造型环节多注重男性的舞台表演技巧和舞台灯光和音乐的效果，服饰色彩鲜艳明亮，款式夸张新颖，造型奇特。《非洲战舞》的服装特色是现实生活中无法穿戴的、纯艺术性的服装。这类演出的服装设计一般具有主题性，与非洲历史典故、非洲民族风情为创作灵感的非洲文化性特色相结合；还有的是对草裙服饰的夸张、变异和对未来幻想的灵感性服装加以概括。在非洲舞蹈的后半部分配合灰暗的灯光，服装上的荧光棒汇成的图案在舞台上给人一种超越时空的感觉。舞台设计和男性服装造型编排上也注重艺术化、民族化，强调多种艺术手段相辅相成的综合运用，特别是舞美、灯光、

音响、道具等现代技术的大胆创新的应用，其大大增强了《丝路·青春》作品表演的效果。

三、结语

　　《丝路·青春》男性角色舞台服装造型研究课题的选取是在"一带一路"背景下，研究沿线国家服装特点和舞台造型艺术，对教学研究有着积极推动作用。从创新的角度分析研究各国男性服装的搭配和特色，男性舞台中的服装造型在教学中实用性操作和实践，从传统的固定教学模式走向更直观的现场教学实践模式。通过对《丝路·青春》排演场景和服装制作场景进行观摩学习，学生充分了解和掌握各国男性舞台服装造型的特色，结合各国音乐和服饰品的搭配，体现了男性舞台服装造型的研究价值，同时对开发学生的实践动手能力和文化理解力有着至关重要的意义。

校本文化资源《丝路·青春》剧目的商业转化路径

于国庆　李君　张颖　李丹　刘阳威　王娜　汉吉月

生成性学校文化是指学校内有关教学及其他活动的生成性价值观念及行为形态，即经过长期的生成性学校文化建设发展的历史积淀而形成的全校师生的教育实践活动方式及其创造的成果的总和，是学校的历史、传统、行为、思维、价值观念及学校规范等的综合。以生成性学校文化为引领进行建设是一种根植于时代变革的新型学校管理模式。大连艺术学院多年来以生成性理念为指导，通过以舞台剧《和平颂》与《丝路·青春》为代表的多个大型实践教学项目的推动，形成了自己独特而丰富的高校文化。并在此过程中，积累了大量校本文化资源。这些校本文化资源承载着较高的美学价值、多元的艺术内容和丰富的文化符号，蕴藏着无限的社会价值和经济价值。因此，如何对其进行商业转化，激活高校文化创意资源，实现文化创新功能的价值变现，这是当下高校发挥文化创意和艺术创作优势、带动区域文化产业发展的重要课题。高校原创艺术与一般的组织机构所完成的艺术生产又具有不同的属性，这是因为高校里从事艺术创作的主体为广大师生。创作过程是学生在教师的带动下，分层次、分专业领域地协同参与其中，从而在师生之间形成了亲密互动的教科研关系，这就使校本文化资源的创作和演出天然具有实践教学的属性。因此其商业开发也应具有与普通文化艺术产品不同的独特性。以《丝路·青春》为例，笔者认为应按以下路径（如下图所示）进行商业转化。

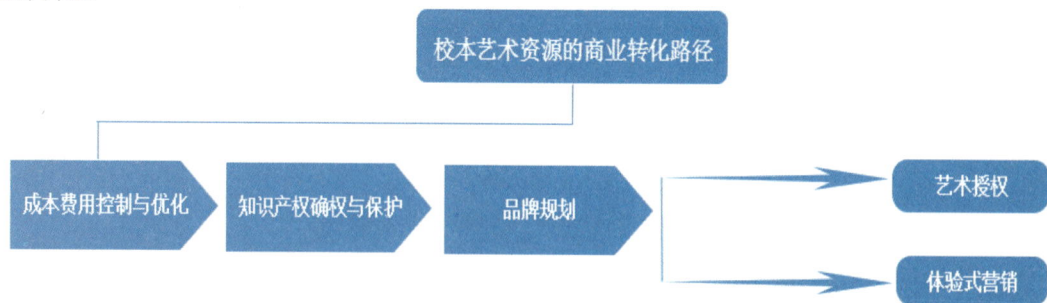

一、以成本费用控制与优化为商业转化的前提与保障

《丝路·青春》从创作到演出，历时长、项目杂、投入资金多，项目运营管理困难。作为民办艺术类高校，资金主要依靠学生的学费，收入来源相对单一，为

确保整个剧目实践教学的效果，如何将有限的资金落到实处，发挥作用，资金管理的意义和作用尤其突出。而高校作为非营利组织，其成本费用的构成与企业有一定的不同，因此在成本费用控制上有其特殊性，需采取较为有针对性的策略与方法。

（一）事前调研成本预算

在剧目确定之后应组织财务人员及专业人员成立资金审核小组，针对剧目运行的各个环节做前期的调研，制定项目预算，简化实施过程中的审批流程，避免出现多头领导、决策，不相关人员尽量不参与采购过程，确保预算的精准执行。

（二）事中成本费用支出控制

项目运行中的成本费用控制是整个成本优化的关键，其中占比较高的是人工成本和原材料成本。人工成本的优化应在保证剧目效果的前提下，合理规划演职人员组成，精简组织机构，避免人浮于事，可一人多用。原材料成本中对于原材料应采取集中采购的方式，有利于分摊成本，降低采购价格。对原材料的领用和保管，应派专人监督，做好收发库管理，做到账实相符，防范滥用、挪用、不珍惜原材料等现象的发生。

（三）事后绩效考核评价

成本费用的支出和控制应建立责权利考核机制。原创剧目在筹备过程中会涉及许多部门，如果各部门随意行事，不利于成本费用的监控和考核，因此每个部门应指定一名负责人，负责本部门的成本费用支出，确保成本费用的支出是在预算范围内的合理支出，临时支出或特殊支出需经领导审核后执行。

（四）构建现代化成本费用管理体系

成本费用的管理及优化需要建立与之配套的科学管理体系，对整个剧目的全过程进行分析，找出其中存在的问题，形成书面报告以便为之后的成本费用管理提供参考。加强各部门之间的信息沟通和数据共享，避免重复性支出的发生，也便于主管部门随时掌握资金动态。设计完整的成本预测、预算、核算、控制、考核、分析制度，将标准成本法、责任成本等成本核算方法融入成本费用管理过程中，切实保障成本费用管理体系的有效运行。

二、以知识产权确权与保护为商业转化的基石

优秀校本文化资源的知识产权由于其自身存在的较大的经济价值正在或潜在的被侵权却无法得到有效的救济。其原因主要在于各相关主体对于原创剧目知识产权的保护缺乏深入认识而未实施有针对性的保护策略和采取有效的保护措施。而在知识产权未得到应有保护的前提下，其进一步的商业转化问题必然会受到影响甚至是无以为继。

（一）校本文化资源知识产权保护的内涵

以原创剧目《丝路·青春》为代表的校本文化资源需要保护的知识产权是著作权。著作权也称版权，是法律赋予文学、艺术和科学作品创作者的一系列专有权利，其范围包括人身权、财产权以及由此而产生的邻接权等。

(二)校本文化资源的知识产权确权与保护策略

1、著作权保护策略

（1）著作权的确权

我国著作权实行自动保护主义原则，作品一旦完成，不会因为任何人为因素而丧失，由此能够更好地保护著作权人的利益。但著作权确权是对作品著作权情况的事后确认，这就使得一旦发生著作权纠纷时，确认著作权归属存在着一定技术上的困难而致使被侵权时可能无法得到救济。因此，高校的优秀原创剧目的著作权要得到有效的保护，确权是重中之重。要求在作品完成后必须及时的确认作品的著作权情况，并注明该作品及素材作品的著作权归属。这种确权看似简单，实际上是较为复杂的。以下三种策略在当前相对有效。

第一，合同约定

以大连艺术学院的原创剧目《丝路·青春》为例，首先要进行剧目整体的确权，其次由于剧目是由众多素材构成，而素材本身也可能构成作品，因此其确权过程涉及素材分解，需要逐一确认各素材的版权情况，才能最终确权本剧目的版权情况。如文稿构成文字作品，舞台设计构成实用艺术作品等。如果作品在创作时就通过合同对著作权加以约定，将会有效地减少著作权纠纷和侵权现象。

第二，确权登记

我国各省、自治区、直辖市版权保护中心负责本辖区的作者或其他著作权人的作品登记工作。办理时，需履行一定的程序，提交作品登记申请表等文件。

第三，版权开发

如在下文所述的知识产权开发策略中，提出由学院署名出版《丝路·青春》的创作档案等开发策略，即会对剧目的著作权形成有效证明，起到确权的作用。

（2）证据的保存

可以作为证据保存的有著作权的底稿、原件、合法出版物、著作权登记证书、认证机构出具的证明、取得权利的合同等。

2、表演者权的保护策略

由于我国著作权法的不完善，在作品为单位作品时，演员个人的表演者权利往往无法得到保证。在高校的原创剧目中，演员通常是高校的教师和学生，演员个人为保护其自身的权利可以与单位在合同中约定权利及其行使方式，并确认其优先地位。如在合同中规定就他人使用该作品时获得合理报酬等。

三、以品牌规划为商业转化的核心策略

高校艺术科研与艺术创作长期以来被束缚于文化艺术公益属性的认识局限当中，忽视了文化消费需求。按照品牌规划思路，推进文化艺术资源开发的商业落地项目，并进行配套的产学研机制改革，才能生成有竞争力的高校文化创新力的价值模式。

（一）校本文化资源实施品牌规划策略的依据

1、校本文化资源的演艺品牌策略

（1）强化校本文化资源的品牌构建

首先，高校校本文化资源应该在创意上多挖掘文化符号的娱乐性和体验感；其次，构建高校原创剧目区别于同类竞争的、特殊而鲜明的品牌符号识别系统，不但要体现剧目的品牌价值，还要便于品牌传播；最后，必须强化剧目的品牌延伸策略。

（2）规划校本文化资源的旅游演艺品牌

演艺与旅游结合是比较成功的品牌规划策略。剧目演艺作为一种生动的文化内容被植入到旅游当中，形成与旅游产品的捆绑式营销，同时旅游的概念和范畴因为文化内容的植入而变得更加富于体验性和娱乐性，拓展了旅游业的发展空间。

2、校本文化资源的品牌IP化策略

（1）品牌IP化的背景解析

高校原创艺术的创作主体是广大师生。而当代大学生属于典型的互联网原住民，他们的原创力体现在颠覆性的创意视角、病毒式的社群传播、个性化的价值主张，处处体现着互联网的创新思维。这一特殊背景恰好与文化产业的品牌IP化趋势产生协同效用。

（2）品牌IP化的生成价值

对高校剧目品牌进行IP化塑造，是应对当前注意力稀缺、信息泡沫、娱乐泛化时代的良策。商品消费已经从纯粹的功能消费转化为内心需要和精神体验。当前商业行为的缘起，都离不开品牌与消费者之间的情感距离，即个性化体验的满足感、强互动参与的存在感。另一方面，IP的含义已经不仅仅停留在"知识产权"这一狭隘的传统概念范畴，进一步代表了消费者的人格塑造。品牌规划的商业思维本身就锁定在目标客户的价值变现，那么对于剧目这一传统的文化产品形态，更需要以"品牌IP化"进行文化品牌升级，力争对消费者形成心智与情感的消费导向，进而强化剧目品牌影响力，成就剧目品牌溢价。

（二）校本文化资源的品牌规划模式

1、剧目的演艺服务与管理输出模式

以目前演艺产业与旅游产业的跨界发展趋势来看，"旅游演艺+主题公园"或"品牌演艺+核心剧院/实验性小剧场"是未来五年最有效的文化品牌营销策略。如大艺的原创大型舞台剧《丝路·青春》剧目，也必然要积极顺应这一跨界融合趋势，以文化品牌的轻资产运营模式，通过成立独立运营的文化旅游项目开发公司，与区域内文化旅游景区、文化主题公园、核心区剧院等合作，进行《丝路·青春》演艺文化服务与管理输出。这种商业模式，一方面借助大连旅游业可观的客流量，让《丝路·青春》演艺服务以最低运营成本走向大众艺术消费市场，进行更有效的国内外文化品牌传播和品牌营销；另一方面又为大连旅游业注入更丰富的文化艺术内容，提升大连旅游业文化艺术附加值，形成合作共赢的谐振局面。

2、校本艺术资源的演艺品牌IP化模式

（1）品牌IP化路径

要实现剧目品牌IP化，需要运用IP思维重新定义。以《丝路·青春》为例，《丝路·青春》剧目的目标客户所偏好的艺术内容、传播渠道、艺术创意、作品内涵、艺术特色，并将《丝路·青春》剧目目标客户全体进行IP粉丝分类，进而开展品牌定位、产品策略、营销策略、渠道优势与IP流量思维下各个环节的对接融合（详见下图：文化品牌IP化的五个维度）。品牌IP化的关键是，品牌定位与IP类型的对接与匹配。按照品牌IP化路径，对《丝路·青春》可以进行剧目跨界衍生品开发和内容营销开发。

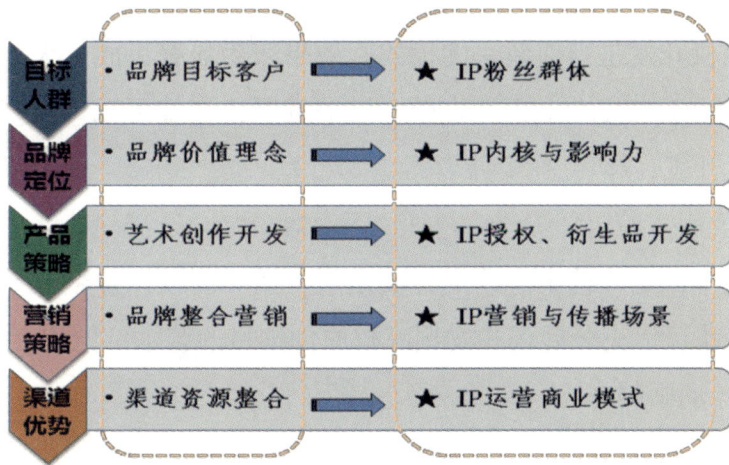

（2）跨界衍生品与内容营销开发

基于《丝路·青春》剧目中特殊的文化内容和文化符号，特别是具有记忆闪回和情感负载的剧目形象，可充分挖掘并再创意，开发出满足目标客户从无形的情感体验到有形的物质产品消费的闭环式营销过程，开展剧目品牌的跨界衍生业务。同时辅以以剧目、综艺、影视、网生内容、微博、微信等为主要载体的内容营销。

四、以艺术授权为商业转化的主要方式

艺术授权是指授权者将自己所拥有或代理的艺术相关权利（如版权）以合同的形式授予被授权者使用，被授权者按合同规定从事生产、销售或提供某种服务等经营性活动，并向授权者支付相应权利金（如版税）；同时授权者给予作者等方面的指导与协助。艺术授权将有限的艺术资产做了无限的传递，使有限的资源获得了无限享用的可能。同时在授权的过程中完成了商品化的转换，实现了市场价值。校本文化资源可以在以下三个方面进行艺术授权。

（一）版权开发

校本文化资源的版权是著作权人控制作品复制、发行、出租、放映、表演、信息网络传播、翻译等经济利用行为的权利。以原创剧目《丝路·青春》为例，除传统版权开发方式以外，还可通过艺术授权进行版权的创新性开发。

1、出版创作档案

当公演成功后，将剧目创作和演出的细节制作成精美的创作档案出版，作为剧目的延伸和总结。一方面可以作为知识产区确权的重要依据，另一方面除其艺术价值外，在特定的领域如高校范围内也是具有一定的商业价值的。

2、网络直播

这种创新版权开发是当前新兴的模式，效果较为显著，而且极为符合高校原创剧目的特点。由于在技术上还存在的一定的难题，高校可以和一些视频网站合作进行此种版权开发。

3、翻译出版

高校可将剧本或制作档案翻译成外文出版，用于高校课堂教学或对外文化交流活动，此项策略可以充分展现和发掘高校原创剧目的艺术价值和社会价值。

4、微电影、动画制作

依托原创剧目的版权，在其尚不具备电视、电影等大规模视听作品版权开发的情况下，可以利用艺术类高校的特点和资源进行微电影制作、动画制作等版权开发策略。并可参加各领域的竞赛评比活动，从而进一步扩大原创剧目的影响力。

（二）衍生品开发

校本文化资源必然展示了一系列场景与情节，塑造了一系列人物角色。这些内容在当前的注意力经济下会得到较大关注，从而具有商业开发价值。《丝路·青春》中由学院精心打造的舞台服装、道具等极具特色，如果再加以改造加工，以艺术授权的方式，与服装生产厂家合作，可以推出以《丝路·青春》为主题的系列服装与工艺品等商业产品，使其商业价值得到进一步的开发。

（三）品牌授权

当校本文化资源以文化品牌的形式通过大众传播积累了广泛知名度，特别是消费者对文化品牌名称、形象标识和品牌价值（艺术风格和文化内容给目标群体的精神和情感认同）已经产生某种"依赖关系"，就意味着可以进行文化品牌授权了。将原创剧目的文化内容和文化符号以异地可复制的方式迅速扩大演出规模和市场占有率，既保证了文化产品标准化，又进一步扩大品牌影响力。

五、以体验式营销为商业转化的传播手段

体验经济时代的到来，消费者的消费习惯和消费方式都发生了深刻变革。这对各行各业的营销模式都提出了新的挑战。以剧目为主的校本艺术资源产品的特殊性决定了其必须作用于人的感官来引发情感共鸣，观看剧目演出本身就是一种体验过程，所以通过体验式营销进一步增加剧目产品与观众之间的互动已经不再是纸上谈兵，而可以进入操作层面付诸实施。

演出不仅应满足观众观看演出时（消费中）的视觉、听觉和心理体验，还应在观众对剧目产生注意到决定购买的"消费前"和持续提高观众的认知价值及满意度的"消费后"都让观众拥有良好的体验，因此体验式营销是贯穿全过程的消费体验。以《丝路·青春》为例，按照全过程营销的思路，将《丝路·青春》剧目的体验式营销划分为消费前体验、消费中体验及消费后体验三个阶段，具体营销策略设计如下图所示。

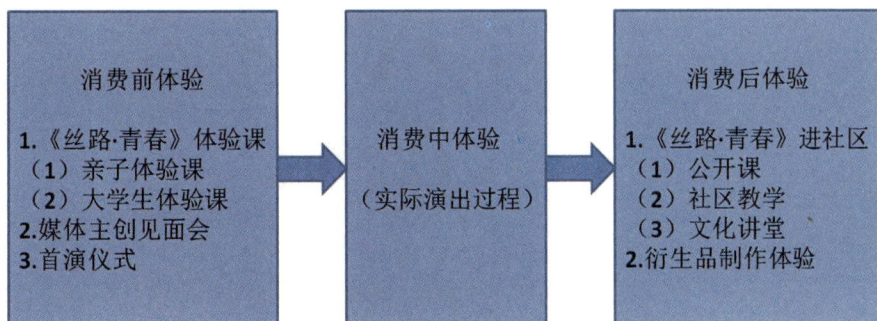

```
┌─────────────────────┐      ┌─────────────┐      ┌─────────────────────┐
│      消费前体验       │      │             │      │      消费后体验       │
│                     │      │   消费中体验   │      │                     │
│ 1.《丝路·青春》体验课  │ ──▶  │ （实际演出过程） │ ──▶  │ 1.《丝路·青春》进社区  │
│ （1）亲子体验课        │      │             │      │ （1）公开课           │
│ （2）大学生体验课      │      │             │      │ （2）社区教学         │
│ 2.媒体主创见面会       │      │             │      │ （3）文化讲堂         │
│ 3.首演仪式            │      │             │      │ 2.衍生品制作体验       │
└─────────────────────┘      └─────────────┘      └─────────────────────┘
```

综上，在生成性学校文化引领下以原创剧目《丝路·青春》为代表的校本文化资源的参与主体虽然是"象牙塔"里的老师和大学生，但培养应用型人才的高等教育改革目标，就是要推倒校园与社会之间的藩篱，通过"产学研用"协同育人的实践教学模式，将高校艺术创作活动置于现实的商业氛围中，激活高校艺术原创力的商业转化效能，真正发挥高校的文化选择和文化创造职能，带动中国文化产业向文化创意产业升级。改变思维定式，才能让高校师生厘清当下社会与经济发展对文化产品的价值追求和消费趋向，才能真正形成有利于高校原创文化资源商业化的治理结构、制度安排和教科研氛围。

第六篇 （教师篇）

教师工作纪实

韩 菲

2016年9月，学院接受了教育部本科教学水平合格评估，专家组对我院办学条件和教学水平给予了充分肯定。站在历史发展的新起点，董事会和院委会科学研判，提出新形势下学院师资队伍的教学能力和科研水平应整体再上一个新台阶的要求。2016年11月，辽宁省教育厅下发了本科应用型院校建设指标体系，明确要求"双师双能型"教师数量占比不低于70%，教师实践能力提升问题再一次被聚焦。对于应用型本科艺术院校来说，教师不仅要能够在课堂上传授知识答疑解惑，还要有能力在校内外各级平台的艺术实践中组织实施实践教学。为此，学院领导提出了统筹资源，以编创大型剧目和排练演出为抓手，全面提升教师队伍能力的要求。

2017年初，学院组织相关教师开始编创大型舞台剧《丝路·青春》，旨在通过更完整的艺术形式，更强烈的舞台表演性与舞台表演现实感，促使一批有才能的学生得到了迅速成长和提高。作为原创教学剧目，对教师的创作、编导、表演和教学组织能力、现场协调能力提出了更高要求。为此，2017年教师培训工作总体思路为：对应《丝路·青春》教学任务，找问题找差距，以实践教学能力为突破口，提升师资队伍整体水平。

2017年2月，王贤俊董事长和王晶执行董事带领相关专业教师、教学管理人员共25人赴台湾进研修学习，在台湾艺术大学、致理科技大学和东方设计学院累计完成了42学时的学习任务，课程内容涵盖了大学治理、学生培养、创新创业、产学合作、教师发展与提高以及教学方法、文化创意产业、艺术设计、美术教育、音乐及影视表演。

3月初，组织了寒假实践锻炼工作情况分析与总结，2017年寒假共有75人参与了实践基地建设、企业实践锻炼或社会服务，达到一个月以上的有25人。

3月上旬，组织开展了"双师双能型"教师资格认定工作，通过个人申报——分院（部）审核，认定了140名教师作为学院首批"双师双能型"教师，主要承担专业创新课程、指导实习实训、校外实践基地建设等任务。

3月中旬，组织了教师业务水平培训和面向全院教职员工的在线学习，内容涵盖信息技术能力提升、课程教学方法与教学能力提升、教师发展与综合素质提升、教师科研能力提升、创新创业教育、师德师风建设、专业课教学培训、高校工作人员专题、应用型院校教学科研能力提升、学生辅导等10个模块，设置了学分要求，细化了学习任务点、教学活动和作业环节的学习标准。

3—6月，组织了第三期科研培训班，通过讲课、专家指导和个人研究，结合年度科研立项，强化实做环节，提升青年教师科研能力。

6—8月，在《丝路·青春》排练过程中，以教改立项为牵引，以教育教学理念变革为依托，引导教师积极开展课堂教学方法与手段改革；以科研课题研究为抓手，促进对以实践教学为特色的校本研究与实践。

9—12月，组织了新教师岗前培训和教学基本功培训，夯实新教师基本教学能力，包括备课、撰写教案、课堂组织等内容，特别融入了《丝路·青春》排演过程中的典型教学案例，使新教师从职业生涯的开端就牢固树立起重视实践教学的教育理念，引导一部分青年教师向实践型教师发展。

在全方位、系统化措施的整体推动下，学院教师的实践教学能力、专业实践能力和科研能力得到了显著提高。在《丝路·青春》中，涌现出一批先进典型，有德艺双馨，甘为人梯的专家教授；有技艺精湛，乐于奉献的中坚力量；也有一鸣惊人，勇于创新的青年教师。他们共同凝聚着一名合格大艺人敢于拼搏、敢于创新的精神。

教育大计，教师为本。全面提高高等学校教师质量，促进教师综合素质、专业化水平和创新能力不断提升，造就党和人民满意的高素质专业化创新型教师队伍是推进高等教育内涵式发展的重要途径。如何培养好教师，各类高校的培养体系均有差异，对于艺术类院校而言，以艺术创新为理念，以原创综合性剧目带动教学改革为路径，促进教师成长与专业发展的思路可供兄弟院校参考和借鉴。

《丝路·青春》集创（曲目和剧本创作）、编（舞蹈编导、剧目编排）、演（舞蹈表演、影视表演、音乐剧）、唱（声乐演唱）、颂（播音与主持艺术）、做（道具制作、服装与服饰制作、LED制作、摄影摄像）等教学任务为一体，子任务之间以专业核心课程为依托，彼此独立又相互支撑,精妙的顶层设计为专业教师提升教学能力和专业实践能力搭建了平台。

首先，以大舞台促进教师教学能力提升。原创教学剧目促使教师遵循理论与实践相结合的原则对教学内容进行重新设计，对应艺术实践任务修订或完善每节课程的教学目标、教学方法、教学组织方式。在履行讲授和指导学生之前，需要经历"研习（剧本、曲目、片段）——自身实践（演、奏、唱、颂）——反思与改正——实施教学——在师生同台中完善"等阶段，艺术实践过程和教学能力提升相互促进，共同提高。

其次，以大课堂推动教育教学改革。以舞台为课堂的教学空间变化必然引发教学方法与手段的改革，教师们面临的不再是虚拟或仿真的教学情境，而是真实的工作任务，工作效果如何要放到舞台上、灯光下接受演员使用和观众感官的检验，这些实践教学过程中的"真问题"，为向应用型转型背景下的教育教学改革找到了切入点。

第三，以大实践带动跨分院教师合作共赢。在"和平三部曲"的基础上，《丝路·青春》包容性的特点得到进一步显现。以往，由于学科属性不同，非艺术类专业教师和公共基础课教师很少会主动考虑艺术实践领域的问题，但在《丝路·青春》"大实践观"的辐射下，这些教师以个体或者团队合作的方式深入排练现场，通过收集真实教学案例，把课堂延伸到排练现场，或是进一步改革教学方法与手段，以多种途径提升教学效果。

教师教学与实践能力提升工作实施计划

韩 菲

在学校向应用型转型发展的新形势下，结合"十三五"规划，在董事会和院务委员会的领导下，秉承"服务、整合、提升"的理念，以"服务教师成长、促进教学质量提升、追求卓越教学文化"为宗旨，通过科学规划和整体设计，整合校内外各类教学资源形成合力，为教师提供系统的高层次的培训资源。

一、基本原则

科学规划，整体设计。以评估整改为契机，以向应用型转型发展和创新创业教育改革为主线，对相关职能处担负的各类教师培训工作进行统一规划和部署，月月有计划，周周有培训。

以教师需求为导向。深入到一线教师中调查了解教师专业发展过程中的问题和困惑，共性培训与个性咨询相结合，分层次分类别有针对性地提供资源与服务，切实提高实施效果。

"教学能力培养"与"实践能力提升"并重。依照"双师双能型"教师的标准，以教学基本功培训和实践锻炼为抓手，建设一支具有艺术学院特色的"双师双能型"教师队伍。

"走出去"与"请进来"并举。积极选取和开发国（境）内外优质教育资源，提高教师发展项目的层次和水平。

二、主要工作任务

（一）教师业务能力培养与提高

1.新进教师岗前资格培训

面向近一年入职的教师开展岗前培训，以师德师风、校情校史和爱校敬业为主题，邀请学校先进工作者和师德标兵以主题报告的形式进行，引导教师树立强烈的职业光荣感、历史使命感和社会责任感，正确理解、充分认识师德规范的基本要求和深刻内涵，提高贯彻执行职业道德规范的自觉性，依法履行教师职责和义务。认真组织好每年一次的高校教师资格证考试工作。

2.教学基本功培训

针对学院年轻教师多的实际情况，充分发掘校内教育资源组建培训团队，打造教学基本功培训系列课程，以备课、试讲、说课和教案撰写等教学准备环节为重点对新教师进行培训，采取集中讲授与实战、互评相结合的形式开展。

3.青年教师导师制

以过程管理与目标管理相结合的原则，在总结经验的基础上，认真做好第二轮青年教师导师制工作。有针对性地选取部分青年教师培养案例进行深入分析，通过对结对子的青年教师与导师进行深度访谈，进一步完善考核方式与评价指标。

4.职业素养提升培训

依托教师在线学习平台，精心筛选课程，组织教师开展职业素养和专业能力提升课程学习活动。完善考核办法，逐渐探索出教师继续教育与职称评审、岗位定级和学年考核等相关工作。

5.科研能力提升培训

继续开设中青年教师科研培训班。以各级政府部门和学术机构招标课题为载体，通过统一授课、专家指导和个人研究结合的形式，指导学员申报课题，辅导撰写学术论文。

（二）教师支持与服务

丰富教学研修资源，搭建共享平台，开展覆盖面广、针对性强的教师研修活动，本年度计划开展以下八项活动：

1."三精彩课堂"评选。指导二级学院选拔出一批在教学环节设计、教学方法与手段创新方面具有一定效果和成效的课堂，在相近专业或承担相近课程教师之间开展课堂观摩活动。

2.教师课堂教学大赛。依托两年一届的"工会杯"教师课堂教学竞赛，以赛促训，鼓励教师全员参与、全程参与，加强教师间的交流。

3.大艺讲坛。邀请校内外专家、知名学者等面向全校师生开设讲座，介绍学术前沿、行业动态，开拓广大教师的视野，活跃校园学术气氛。

4.艺创论坛。邀请成功企业家、创业校友等进校开设讲座，促进教师转变教育理念，培养创新创业教师队伍，营造良好的创新创业氛围。

5.教学沙龙。为广大教师提供与教学名师、教育专家对话的机会，搭建一个畅所欲言地交流教学经验的平台，促进教师学习共同体的形成，丰富学院教学学术文化。

6.校外交流活动。各职能处根据学院年度工作重点和本单位年度培训工作主题，有计划地选拔、资助相关专业教师到校外参加教学、学术交流活动，积极开展校际工作交流活动。

7.教师出国（境）进修、访问和交流。充分利用学校面向国际开放办学的有利条件，根据学校发展和学科、专业建设需要，做好教职工出国（境）进修、访问和交流工作；资助10-20名青年骨干教师赴国外著名高校或研究机构进行为期半年到一年的培训学习，开展合作研究。

8.教师学历层次提升工作。按照就近选派、在职与脱产结合的原则，安排一定比例教师在职或脱产读研，提升学历层次；安排一定比例的教师到相关专业院校、培训机构或行业参加进修和短期培训，及时获取学科和专业最新的知识、理论、技能和研究成果，提高专业能力。

（三）"双师双能型"教师培养与认定

本年度及未来两年，将培养和认定一批既具有中级以上教师资格，又具有工程师等职业资格；既具有较高教学能力，又具有专业实践能力的"双师双能型"教师作为加强师资队伍建设的抓手。

1.实践锻炼与调研

充分利用各二级学院的实践教学基地资源，指导青年教师在寒暑假期间根据自己的专业和所讲授的课程，选择对口的企业岗位参与其实际工作。通过现场观摩、参与实际工作（创作）、交流研讨等形式，了解行业发展趋势、企业岗位设置基本情况，学习新知识、新技能、新工艺、新方法，熟悉相关岗位（工种）职责、操作规范、用人标准及管理制度等具体内容。

组织各专业骨干教师到行业企业中开展调研活动，围绕向应用型转型的专业建设、应用型课程体系建设、产教融合协作育人模式的构建等问题进行深入探索。

2.挂职锻炼

引导和激励教师脱产到企业中进行挂职锻炼，提高专业实践能力。教师要在企业中某一个职位独立开展工作，时间一般半年以上。教师既要完成具体工作，还应参与对企业员工的培训和项目研究，既能贡献自身知识与技术，也能不断吸收企业管理、技术方面的经验提高自身的实践能力。

3."双师双能型"教师认定

对符合我院"双师双能型"教师资格的教师进行认定。为教师报考或参加本专业实际工作部门的中级及以上专业技术职务任职资格的考试和评定提供必要的条件。

（四）加强制度建设，完善工作机制

进一步加强和完善相关制度，充分发挥制度的引领和导向作用，根据学院实际情况制定挂职锻炼、"双师双能型"教师认定、教师继续教育"学分银行"等方面的管理办法和激励政策，促进教师由被动接受培训向积极主动寻求职业生涯发展转变。

三、工作要求

（一）抓好工作任务分解

根据教师发展工作总体需要统筹协调教学资源，科学设计工作方案，细化工作任务，量化实施效果，增强工作的计划性和指向性，避免出现职责不清、工作重复、交叉的问题。

（二）抓好工作过程管控

本着务求实效的原则，采取发展中心成员与二级学院结对子的形式，对各项工作进行过程监控，及时发现问题，提供解决方案。办公室及时汇总各方反馈信息与分析数据为专家指导提供信息参考。

（三）抓好工作成果提升

在工作中逐步形成具有学校特色和专业特点，符合艺术类高校教师队伍建设实际情况的教师培训项目，通过不断发展完善打造出学校品牌项目。

师德师风建设教育活动实施方案

李 剑

建设一支具有良好师德师风的教师队伍，是提高人才培养质量，推动我校各项事业发展进步的根本保证。为认真贯彻落实教育部《关于进一步加强和改进师德建设的意见》（教师〔2005〕1号）和《关于深化高校教师考核评价制度改革的指导意见》（教师〔2016〕7号）文件精神，依据省高校工委关于加强高校师德建设和《大连艺术学院"学三风、树三风"活动的实施方案》《大连艺术学院关于加强教职工职业道德建设的规定》有关要求，结合我校实际，制定师德师风建设教育活动方案如下：

一、指导思想

以党的十八大和十八届历次全会精神和习近平总书记系列重要讲话精神为指导，以《教师法》《民办教育促进法》等法律法规为依据，遵循教育规律和学生成长成才规律，立足我校实情，以热爱学生、教书育人为核心，以"严谨治学，为人师表"的师风为准则，以提高教师思想政治素质、职业理想和职业道德水平为重点，引导教师热心爱教、优质施教、廉洁从教，努力增强广大教师的学识魅力和人格魅力，不断提高教育教学质量，造就一支忠诚于人民教育事业，具有高尚师德、优良教风和敬业精神，有严谨的科学态度和高度责任心的教师队伍。

二、总体目标和工作重点

（一）总体目标

学校师德师风建设教育活动的总体目标是：找准我校师德师风建设中存在的突出问题，以活动促建设，以师德强师能，通过广大教职工的共同努力，建设一支师德高尚、业务精良的教师队伍，进而以优良的师风带动教风、促进学风、优化校风，让学生满意、家长满意、社会满意。

（二）工作重点

1.以倡导"立德树人、德识相长"为重点，不断强化师德师风教育。通过多渠道、分层次地组织广大教师开展多种形式的教育，使他们牢固树立"育人为本、德育为先""立德树人、德识相长"等教育理念，自觉加强师德修养，模范遵守职业道德规范，以良好的思想和道德风范影响和培养学生。

2.以强化管理考核为手段，严格执行教师职业道德规范。落实《教育部关于深化高校教师考核评价制度改革的指导意见》，将师德师风考核摆在教师考核的首位，完善师德师风考核办法，推行师德师风考核负面清单制度，建立教师师德档案。将师德表现作为教师绩效考核、职称（职务）评聘、岗位聘用和奖惩的首要内容。教师有师德禁行行为的，师德考核不合格，并依法依规分别给予相应处理，实行师德"一票否决"。

3.以建立健全长效机制为核心，完善师德师风建设制度体系。健全师德师风建设长效机制，将师德师风教育考核贯穿于日常教育教学、科学研究和社会服务的全过程。积极适应民办高校师德建设新形势，在师德师风建设的观念、内容、形式、方法、手段和制度等方面不断改进和创新，建立完善师德师风建设长效机制。

4.以解决师德师风方面存在的突出问题为突破口，着力抓好集中整改。要广泛听取意见建议，深入查找学校在师德师风教育、建设和考核管理等方面存在的突出问题，深入查找教师在忠诚教育、恪尽职守、教书育人、尊重学生、顾全大局、严谨治学和为人师表等方面存在的突出问题，分析原因，制定措施，采取上下联动、集中整改的办法予以解决。

三、活动步骤和主要任务

师德师风建设要坚持经常，贯穿全年。上半年主要为学习教育阶段，下半年为整改提高阶段。

（一）学习讨论阶段（上半年）

学习教育活动采取单位相对集中学习和分散学习相结合、个人学习思考与讨论交流相结合、讲座辅导与集体讨论相结合、先进典型示范与反面典型警示教育相结合的"四结合"方式进行。组织广大教师深入学习加强和改进师德师风建设方面的文件法规。各二级学院以教研室为单位、机关以处室为单位组织学习讨论，认真做好记录。

学习重点：《宪法》《教育法》《高等教育法》《教师法》《教师资格条例》《民办教育促进法》等法律法规；《社会主义核心价值体系学习读本》《公民道德建设实施纲要》；教育部《关于进一步加强和改进师德建设的意见》（教师〔2005〕1号）和《关于加强学术道德建设的若干意见》（教人〔2002〕4号）；

《关于深化高校教师考核评价制度改革的指导意见》（教师〔2016〕7号）；大连艺术学院《规章制度汇编》有关章节等。

专题辅导：4、5、6月份，分别邀请知名专家教授以"还师德以高尚""贯彻全国高校思想政治工作会议精神，增强课堂育人功能""爱校爱岗爱学生，立足本职干事业"为主题等进行专题辅导。

组织讨论：以总支或教研室为单位，围绕"怎么当好大学教师""新时期师德规范应该包括哪些具体内容""怎样才能做到教书与育人紧密结合""怎样建立新型的师生关系"等主题，在全校教师中广泛开展新形势下如何当一个人合格教师的大讨论。

通过学习讨论，引导教师树立强烈的职业光荣感、历史使命感和社会责任感，正确理解、充分认识师德规范的基本要求和深刻内涵，进一步明确教师的责任和义务，明确教师职业行为中该做什么、不该做什么，提高贯彻执行职业道德规范的自觉性，依法履行教师职责和义务。

（二）检查分析阶段（7月）

组织教师对照文件规定要求，重点查是否坚持依法执教，看有没有传播危害学生身心健康的思想和言论；查是否坚持德育为先，看有没有只教书不育人的现象；查是否坚持认真施教，看在备课、讲课等过程中有无应付、马虎了事的行为；查是否坚持严谨治学，看在科研工作、实践教学中有无图形式和抄袭剽窃等违背学术规范的不端行为；查是否坚持廉洁从教，看有没有借职业之便向学生推销教辅资料及其违规办培训班、办各种职业资格证书等行为；查是否尊重学生人格，看有没有歧视学生和变相体罚学生的行为；查是否做到为人师表，看在日常生活中，有没有违法违纪和违反社会公德的行为。

（三）整改落实阶段（9月-10月）

1.认真进行整改。每个教师从自身实际出发进行整改，坚持有什么问题就解决什么问题，什么问题突出就解决什么问题。对那些需要解决而又不能马上解决的问题，要明确整改时限，逐步加以解决。

2.开展"我最喜爱的老师"征文活动。让学生说自己身边的故事，感受老师对他们的爱，从而激发学生热爱老师、努力学习。

3.组织教职工开展围绕"怎么当好大学教师"为主题的演讲比赛，增强全体教职工的凝聚力，进一步促进优良师德的发扬光大，充分展示我校教师的精神面貌。

4.在第33个教师节前后召开师德师风建设表彰大会，评选、表彰一批先进典型，利用宣传媒体大力宣传师德标兵的先进事迹，营造崇尚高尚师德的浓厚氛围。

5.召开经验交流会。邀请校内外优秀师德典型，面向全校师生组织开展师德建设报告会，树师德先进，学师德典型，促师德建设。

（四）深化巩固阶段（11月-12月）

认真总结师德师风建设教育活动的好经验好做法，形成工作制度，常抓不懈，巩固扩大活动成果。要重点建立和完善师德师风建设工作评估制度、师德考核负面清单制度、师德评价指标体系和考评办法，健全和完善师德师风培养机制、监督评价机制，把师德培养纳入学校师资队伍建设计划，把师德建设与教师的继续教育有机结合起来，形成长效机制，促进师德师风建设逐步走上制度化、经常化的轨道。

四、加强组织领导

(一)提高认识,加强领导。开展师德师风建设教育活动是贯彻落实上级有关部署精神，深化师风、教风、校风、学风建设,从整体上提高教师队伍素质的重要举措。各单位要高度重视，切实做到思想到位、组织到位、职责明确、任务落实，形成统一领导、分工负责、齐抓共管的工作格局,确保教育活动顺利推进。师德师风建设由学校教师教学发展中心统一负责规划，学校成立师德师风建设领导小组，负责学校师德师风建设的组织领导工作。机关各部处、各分院党总支具体负责师德师风建设的组织实施工作，并成立各相应的领导小组，落实学校师德师风建设的总体部署。

(二)突出重点，狠抓落实。要树立重在建设、重在过程的观念，紧密围绕活动主题,针对学校和教师队伍存在的突出问题，着力在更新教育观念、提高教师素质、健全管理制度、规范从教行为、提高教学质量、展示师德风采上下功夫，努力提高教育活动的针对性和实效性。

(三)树立典型,以点带面。要善于发现和挖掘身边的先进师德典型，发挥先进典型的引导、示范、标杆作用，发挥师德师风建设对校风学风建设的带动作用。要发挥领导干部和党员教师在师德建设中的先锋模范作用,用党性铸就师魂。

(四)常抓不懈，重在建设。把师德师风建设纳入教师队伍建设的长远规划，把工作的着力点放在"建设"上，进一步解放思想、更新观念、大胆创新、积极探索，从思想建设、组织建设、队伍建设、制度建设和环境建设等方面为师德师风建设提供强有力的保障，使师德师风建设常建常新。

教师业务水平培训实施计划

王忠森

为深入贯彻落实学校领导的指示精神，全面提高中青年教师的业务水平和教学能力，不断提升我校的教育教学质量，对2017年教师业务水平培训做如下以下安排：

一、指导思想

以教育部和省教育厅关于加强师资队伍建设的文件精神为指导，以师资队伍建设规划为依据，以提高教师的教学水平和课堂教学能力为核心，按照区分层次、多措并举、注重实效、全员提升的原则，扎扎实实地抓好教师业务水平和课堂教学能力培训工作，使教师在教学水平和课堂教学能力等方面得到全面提升，促进教育教学质量持续稳步提高。

二、2017年培训主要内容

围绕提高教师的教学水平和课堂教学能力，做以下六项工作：

（一）组织青年教师教学基本功培训，在全院范围内遴选出12名课堂教学有丰富经验的教师，担任青年教师基本功培训导师，上下学期各安排六名导师，对教龄不满三年的青年教师，进行教学基本功培训。

（二）在总结上一学年度指导工作的基础上，修订和完善了《青年教师导师制工作管理办法》和考核标准，组织2016-2017学年度青年教师导师制工作，计划组织33名青年教师接受26位导师的指导工作。

（三）2016-2017学年第一学期结合全年教学"三精彩"活动，开展公开示范观摩课，提高教师课堂教学能力。在上学期"三精彩"活动前期工作的基础上，各院（部）通过全面听课并选拔出3名优秀教师，参加学校组织的示范观摩课。在全校相关专业范围内通过公开课的形式探讨教学规律，研究教学方法，交流教学经验。各院（部）要组织青年教师或新任课教师观摩相关或相近专业优秀教师的教学，向优秀教师学习教学的艺术和方法，各院（部）要充分发挥教授、副教授在课堂教学方面的示范引领作用，多安排教授、副教授为教师讲示范课，特别是一些重点课、难点课、改革课、创新课。

（四）继续组织全院教师参加全国高校网络中心举办的在线点播培训课程和网络直播课的培训,保证每周至少安排一次网络直播课的培训（培训计划三月初下发）。

（五）组织课堂教学竞赛，促进教师课堂教学水平提高。今年十一月上旬组织第五届"工会杯"教师课堂教学竞赛。预赛由院（部）组织，通过预赛选拔决赛人选，要求教师全员参加，使每位教师在竞赛中得到锻炼和提高；决赛由学校工会与教务处统一组织，经过专家评委对每位参赛教师打分，评选出一、二、三等奖。学校给获奖教师颁发证书和奖金，并记入教师个人业务档案，作为教师评职、晋级的依据。与此同时，学校还将组织优秀教案和多媒体课件的评选，激励教师努力提高教学水平。

（六）今年寒假和暑假组织教师到企业进行实践锻炼，提高教师实践教学能力。提高实践教学能力的最佳途径就是组织教师到企业进行实践锻炼和实践调研。教师根据自己的专业和所讲授的课程，选择对口的企业岗位参与其实际工作。各院（部）要利用寒暑假组织部分教师去本单位的实践教学基地进行实践，时间1-2周。通过现场观摩、参与实际工作（创作）、交流研讨等形式，重点了解实践教学基地工作运行方式、人员岗位设置、企业（行业）发展趋势等基本情况，熟悉相关岗位（工种）职责、操作规范、用人标准及管理制度等具体内容，学习所教专业已应用于实际工作中的新知识、新技能、新工艺、新方法。实践结束后要写出实践锻炼报告，报告中应有实践的岗位、实践的主要内容和体会、对改进教学的意见或建议、单位评语和单位盖章等。

三、工作要求

（一）教师业务水平培训是加强内涵建设、提高教学和人才培养质量的一项重要工作，教务处要统筹协调，制定政策，建立机制，抓好落实；各院（部）领导要亲自参与筹划设计，亲自组织实施，搞好工作分工，加强过程管理，保证工作落实。

（二）教师业务能力培训的主体是教师，要求全体教师必须积极参加，按照扬长补短的原则，针对自身情况制定本人的业务能力培训计划，要一边参与，一边总结归纳，一边将学习成果及时纳入教学之中，提高自身水平，提升教学质量。教务处经常检查各单位组织实施情况，对做得好的单位和个人提出表扬并转发其经验，对做得不好的单位和个人要及时进行通报批评。

（三）教师业务能力培训重在提高教师的教学水平和课堂教学能力，各单位要根据教师教龄、专业、教学水平等情况科学安排、分类管理，有的项目要求必须全员参加，有的项目可区别对待。

教师科研能力培训实施计划

孙海涛

依据学院"十三五"科研目标的总体要求，以"三个一切"的办学理念为指导，以提高青年教师的科研能力为重点，以科研实践为根本途径，把讲课、专家指导和个人研究有机地结合起来，通过一个学期的培训，着力解决好一些青年教师不愿做科研、不会做科研、假会做科研的问题，努力把培训班办成人人有提高、人人有成果、人人有收获的学习研究基地。

一、教学方法

通过讲课、专家指导和个人研究有机结合的形式完成此次培训。聘请校内外专家授课，组织参观见学，统一布置作业。结合各级的年度科研立项，指导学员申报课题，辅导撰写学术论文，强化实作环节。各单位分工高级职称教师对口指导，学院组成专家指导组，负责指导和评审，培训班结束时搞好经验交流与总结。

二、培训计划

实施序列	实施阶段	实施要求	实施形式	教学内容	课时	主讲人/负责人	备注
第一阶段	提高认识阶段	此次培训班要把提高认识和培养坚持精神贯彻始终，使青年教师真正明白科研是安身立命之本，不会搞科研，就无法谋生和立业！	开班仪式	完成阅读作业（阅读必要书目，积累写作知识）	16	各位指导教师	
			讲授	认清科研重要性立志做科研的行家里手	2	黄金声教授	博导
第二阶段	选题立意阶段	用5周时间。要求每位学员必须写一篇论文提纲，6月20日提交给指导教师。选择申报课题题目，8月30日交。	讲授	科研论文写作入门（课题选定资料收集等）	2	章润钦副教授	硕导
			自习	论文选题辅导撰写论文提纲	16	对口指导专家把关	
第三阶段	谋篇布局阶段	解决文章的结构问题。要求围绕主题，写到三层标题，结构没有固定模式，但要求一是要符合逻辑；	讲授	案例教学：努力写好学术论文	2	徐星教授博导	舰艇学院政工学刊主编

			讲授	《一篇优秀学术论文的形成》	2	刘国辉教授	
		要百花齐放，体现个性，根据内容需要确定。8月31日交稿。	学员汇报	撰写论文	16	对口指导专家把关	
			讲授	案例教学：课题的申报、研究和结项过程	16	侯建华博士	大连大学
			学员汇报	课题申报书	2	对口指导专家把关	
第四阶段	撰写修改阶段	用近2个月时间。落笔时要深思熟虑，修改时要精雕细刻，能达到论文发表与课题申报水平。11月20日交稿。	自习	课题与论文的修改	16	对口指导专家把关	
			讲授	如何申报国家基金课题	2	孙海涛副教授	
第五阶段	评审交流总结阶段	评出优秀、大会交流、总结经验。	总结交流表彰	经验交流与培训班总结	2		

三、培训要求

1.严格遵守上课时间，不迟到、不早退、不旷课，提前10分钟进入教室做好课前准备；出勤考勤情况，将作为结课考核的重要内容，结业要求不少于上课时数的2/3。

2.上课时请将手机关闭或保持静音状态，不要随意走动，不要接打电话，不要交头接耳。

3.课前要做好准备，课上要认真听讲，认真领会，做好笔记，注重学习效果。

4.授课时一般不准请假，特殊情况必须请假时，要与联络员提前沟通。

5.保质保量完成作业，学员要主动请单位指导教师给予指导，一般不少于3次。

6.结课前应撰写学术论文一篇，达到发表水平；主持或参与课题研究一项。

大连艺术学院科研工作量计算办法

孙海涛

为规范和加强我院科研工作，完善科研业绩管理、考核与奖励机制，充分调动广大教职工科研工作积极性，提高学院科研水平，增强科学研究的能力，结合我院实际和科研发展的需要，决定对科研工作进行量化计算，并制定本办法。

一、科研工作量类型

本科研工作量计算办法涉及的计算范围主要包括以下三大类型：

（一）科研项目工作量

1、科研项目级别工作量

2、科研项目经费工作量

（二）科研成果工作量

1、学术论文工作量

2、学术著作工作量

3、教材工作量

4、艺术类创作成果工作量

5、成果知识产权工作量

（三）科研奖项工作量

1、人文社会科学奖项工作量

2、艺术类作品奖项工作量

3、优秀论文奖项工作量

4、优秀指导教师（园丁）奖项工作量

二、计算办法

科研工作量的计算办法是将上述计算范围内各种类型的工作量叠加，统一以"科研工作量分"作为计量单位；同一科研工作重复时取高者或补差计算；系数根据本人所参与完成的科研工作任务中的排序确定。具体计算办法如下：

（一）科研项目工作量

科研项目分为纵向项目和横向项目。纵向项目指由科研主管部门审核推荐上报的项目，分为国家级、省部级、厅市级、院局级等级别；其余项目均视作横向项目。

科研项目工作量由项目级别工作量和项目经费工作量两部分组成。

项目级别工作量计算详见表1；横向项目不计项目级别工作量。

纵向项目经费工作量以进入学院财务经费量计算：项目总经费一次性进入学院财务，一次计算；项目经费分年度进入学院财务，则按当年实际进入经费量计算。

横向项目经费工作量按当年实际进入学院财务的经费量一次性计算。

1.科研项目级别工作量

科研项目级别工作量的计分标准见表1：

表1 科研项目级别工作量计分标准

单位：分

级别	国家级		省部级		厅市级		局级		院级			
类别									重点		一般	
类别	立项	验收合格	立项	验收合格	立项	验收合格	立项	验收合格	立项	验收合格	立项	验收合格
得分	500	400	200	160	100	80	50	40	30	20	15	10
注：立项得分在立项年一次性计入，验收合格得分在验收年一次性计入。												

几点说明：

（1）项目级别类型

国家级项目系指国家社会科学基金，教育部、文化部项目，全国教育科学规划项目，全国艺术科学规划项目，中宣部的项目等；

省部级项目系指省社会科学基金（即省哲学社会科学规划项目），省教育厅人文社会科学研究项目，省教育科学规划项目，省社科联项目；国家有关部委下属项目及政府间国际合作项目；

厅市级项目系指各省厅级部门立项项目，大连市哲社规划项目、大连市教育科学规划项目，大连市社科联项目，大连市教育局、文化局项目等；

局级项目系指由副省级（不含副省级）以下城市各委局或县、区政府批准立项的项目等。

（2）国家、省、市政府部门下达的其他科研任务，项目级别工作量以评审立项的政府部门级别为依据认定。

（3）新引进人才在原单位主持的局级及以上科研项目，如果项目转入大连艺术学院（需由项目审批单位核准同意），并且按项目合同规定在研究期内的，其项目级别工作量按上表计分；在原单位参与的各类科研项目,均不计项目级别工作量。

（4）子课题是指在国家、部省级科研项目申报或者签订项目合同时,由项目审批单位直接下达，一般应有项目（合同）编号的科研项目；若科研总项目单位非为大连艺术学院,则需要总项目负责人提供书面审批材料或者合同文本。子课题的项目级别按照所对应科研总项目级别降一等级对待。

（5）校际联合项目是指在申报项目时经科研处审核同意并备案，以大连艺术学院与外单位联合申报的项目。若在项目申报时未经科研处审核同意并备案，视作以个人名义参与外单位合作研究项目，不计项目级别工作量。校际联合项目的级别工作量按以下情况分配计算：以大连艺术学院为第一承担单位的，全额计算项目级别工作量；以企业为申报单位，大连艺术学院为依托单位的联合申报项目，项目负责人为本院教职工的则全额计算项目级别工作量；以大连艺术学院为非第一承担单位的立项资助项目的级别工作量，按大连艺术学院分配所得项目经费占项目总经费比例计算，或者按照表11分配系数计算。

2.科研项目经费工作量

横向项目经费工作量的计分标准按40分/万元计算。

几点说明：

（1）项目经费是指进入学院财务的科研项目经费（不含外拨项目经费）；

（2）以培训班等形式的横向项目和购置设备但财产非大连艺术学院所有的横向项目经费不计项目经费工作量；

（3）学院各类配套经费和院级项目经费不计项目经费工作量。

（二）科研成果工作量

1.学术论文、发表作品工作量

表2 学术论文、发表作品工作量计分标准

单位：分

期刊类别	SCI/SSCI/A&HCI/EI/ISTP	国内核心学术期刊、五大索引扩展版	国际学术会议论文集（外文版）	一般学术期刊	大连艺术学院学报	国内有刊号学术会议论文集	核心学术期刊增刊	一般学术期刊增刊
得分	200	100	50	15	10	10	10	5

（注：SCI：科学引文索引；SSCI：社会科学引文索引；A&HCI：人文艺术引文索引数据库;EI:工程索引；ISTP：科技会议录索引。）

几点说明：

（1）论文级别的认定以国家评审认定的核心期刊目录（北大图书馆2012年期刊目录）为依据；

（2）在《人民日报》《光明日报》《中国教育报》和《文艺报》上发表的论文，工作量计算视同国内核心学术期刊。在其他公开发行的报纸上发表的学术文章视同一般学术期刊对待。报纸发表的论文，字数在1500字以上按全额计算，在1500字以下按半额计算。刊物发表的论文或作品，一个版面按100%计分，超过一个版面的按150%计分，半个版面（含半个版面）以下的按50%计分。

（3）论文入选《新华文摘》《人大复印资料全文数据库》，科研工作量计算视同国内核心学术期刊。并乘系数1.2。

（4）计算科研工作量的学术论文，其署名单位必须为大连艺术学院；对新引进教职员工，在引进当年，其发表论文的署名单位不做要求；一年后计算工作量，必须以大连艺术学院为署名单位。

（5）同篇论文被检索以就高原则计算，不再重复计算工作量。

（6）港澳台地区学术期刊需具有正式出版刊号，工作量计算视同国内同档次学术期刊。

（7）在报刊上发表的艺术作品，参照以上办法计算工作量。

2.学术著作工作量

学术著作分为专著、译著和编著，其工作量计分标准为：

专著：15分/万字

译著、编著：10分/万字

几点说明：

(1) 学术著作类别以出版社认定为依据（出版社级别界定以学院公布的国家级专业出版社目录为依据）。第一作者为大连艺术学院，著作工作量全额计算，并按照系数计算工作量。第一作者非大连艺术学院教师，著作工作量按我院教师实际撰写字数计算；若著作中无明确说明撰写字数，则按照表9系数计算工作量。

(2) 对于国家级专业出版社出版的学术著作，其工作量再乘1.2系数。一本著作或译著、编著，最高分不超过400分。

(3) 只参与组织、规划、设计，未参与编写的丛书总编按每套20分计算工作量。

(4) 修订再版的专著、译著、编著，其工作量按原工作量的30%计算。

3.教材工作量

教材工作量参照表3

表3 教材工作量计分标准

单位：分

类别	规划类教材	一般教材
国家级出版社	400（国家统编）	200
其他出版社	250（省级统编）	150

几点说明：

(1) 出版社级别界定以学院公布的国家级专业出版社目录为依据。

(2) 第一主编工作量=得分×20%+（撰写字数/教材总字数）×得分×65%；排名第二的主编（副主编）工作量=得分×10%+（撰写字数/教材总字数）×得分×65%；排名第三的主编（副主编）工作量=得分×5%+（撰写字数/教材总字数）×得分×65%；其他参编者工作量=（撰写字数/教材总字数）×得分×65%。

(3) 再版的教材工作量按原工作量的5%计算。修订再版的教材按原工作量30%计算。

4.艺术类创作成果工作量

(1) 文艺作品集工作量

文艺作品集工作量计算参照表4。

表4 文艺作品集工作量计分标准

单位: 分

国家级出版社出版	其他出版社出版
每页 4 分	每页 3 分

说明: 作品集的作品应为本人创作作品, 否则不计分。

（2）创作或改编作品参演参赛工作量

参演、参赛的艺术作品, 其中属于原创或改编的, 计算科研工作量, 参照表5。

表5 创作或改编作品参演参赛工作量计分标准

单位: 分

级别	国家级		省部级		厅市级		县局级	
类别	原创	改编	原创	改编	原创	改编	原创	改编
得分	300	150	150	70	100	50	30	10

注: 入选资格主要参照《全国性文艺新闻出版评奖管理办法》认定; 级别的确定以组织评审该奖项的单位的级别来认定, 依据证书印章核准; 或者依据展、演、赛平台的级别认定。

（3）创作参展作品工作量

创作参展的艺术作品, 计算科研工作量, 参照表6。

表6 创作参展作品工作量计分标准

单位: 分

级别	国家级	省部级	厅市级	县局级
得分	300	150	100	30

注: 入选资格主要参照《全国性文艺新闻出版评奖管理办法》认定; 级别的确定以组织评审该奖项的单位的级别来认定, 依据证书印章核准; 或者依据展、演、赛平台的级别认定。

5.成果知识产权（专利）工作量

成果知识产权（专利）工作量单项计分标准见表7。

表7 成果知识产权专利工作量新时期计分标准

单位：分

专利类别	发明专利	实用新型专利	外观设计专利
职务发明	300	80	80
非职务发明	50	20	10
注：职务发明指专利权属大连艺术学院的发明。			

（三）科研奖项工作量

1.人文社会科学奖项工作量

人文社会科学奖项工作量的计分标准见表8。

表8 人文社会科学奖项工作量计分标准

单位：分

类别	国家级成果奖				省部级成果奖			厅市级成果奖			院级成果奖		
等级	1	2	3	优秀	1	2	3	1	2	3	1	2	3
得分	3000	2000	1500	800	1200	600	250	200	120	70	60	40	20

几点说明：

（1）奖项级别类型：

国家级成果奖是指国家技术发明奖、国家科学技术进步奖、国家自然科学奖、国际科学技术合作奖、全国教育科学研究优秀成果奖、国家社会科学基金项目优秀成果奖、国家级优秀教学成果奖等。

省部级成果奖是指国家部委、省政府颁发的奖项，如教育部人文社会科学优秀成果奖、全国青年社会科学优秀成果奖、省哲学社会科学优秀成果奖、省优秀教学成果奖等。

厅市级成果奖是指省教育厅高校科研成果奖、省教育科学优秀成果奖、省社科联优秀成果奖、省青年社会科学优秀成果奖、大连市哲学社会科学优秀成果奖、大连市社科联奖项等；

（2）副省级以下城市委局或县、区政府组织评审的科研成果奖，其工作量按院级成果奖计分；

（3）学会、协会组织的成果评比获奖级别的确定，以与学会、协会相关政府机关部门或社科联、文联机构的级别来认定；群众性、自发性的学会、协会组织的评奖不计科研工作量。

（4）大连艺术学院为获奖成果完成单位，全额计算工作量；获奖成果其他单位合作完成，按照表11分配系数计算工作量。

2.艺术类作品奖项工作量

艺术类作品奖项工作量的计分标准见表9，特殊情况请专家认定。

表9 艺术类作品奖项工作量计分标准

单位：分

参展、演、赛级别	一等奖	二等奖	三等奖	四等奖 优秀奖
国家级	1500	800	500	200
省部级	400	250	120	50
厅市级	100	60	40	20
院局级	50	30	20	10

注：获奖作品主要参照《全国性文艺新闻出版评奖管理办法》认定；级别的确定以组织评审该奖项的单位的级别来认定，依据证书印章核准。

3.优秀论文获奖工作量

优秀论文奖工作量的计分标准见表10：

表10 优秀论文奖工作量计分标准

单位：分

类别	国家级			省部级			厅市级			院局级		
等级	1	2	3	1	2	3	1	2	3	1	2	3
得分	1000	600	400	300	200	100	80	60	40	20	15	10

说明：学会、协会组织的论文评比获奖级别的确定以与学会、协会相关政府机关部门或社科联、文联机构的级别来认定；群众性、自发性的学会、协会组织的论文评奖不计科研工作量。

4.优秀指导教师（园丁）奖工作量

优秀指（辅）导教师（园丁）奖工作量计分标准见表11。

表11 优秀指导教师奖工作量计分标准

单位：分

参展、参赛类别	一等奖	二等奖	三等奖	优秀奖
国家级	240	120	50	15
省部级	80	30	20	10
厅市级	30	10	8	5
院局级	8	5	3	2

说明：

（1）若涉及多位教师指导学生获奖情况，需参照表11分配系数计算工作量。

（2）大学生创新创业项目的指导教师工作量，计分标准为：国家级一个项目指导教师计60分，省部级一个项目指导教师计30分，多位教师指导一个项目，参照表11分配系数计算工作量。

三、系数计算办法

科研工作量对涉及多人、多单位合作情况，合作系数分配见表12。

表12 科研工作量系数计分分配

人数	1	2		3			4				5				
排序	1	1	2	1	2	3	1	2	3	4	1	2	3	4	5
系数	1	0.6	0.4	0.5	0.3	0.2	0.5	0.3	0.1	0.1	0.5	0.25	0.15	0.05	0.05

人数	6						7						
排序	1	2	3	4	5	6	1	2	3	4	5	6	7
系数	0.48	0.25	0.15	0.05	0.05	0.02	0.48	0.23	0.15	0.05	0.05	0.02	0.02

关于"双师双能型"教师队伍建设的实施意见

王慧英

为进一步加强"双师双能型"教师队伍建设，切实提高教师专业实践能力，提升教育教学水平，更好地满足应用型本科人才培养需要，结合本校实际，特制订本意见。

一、指导思想

坚持科学发展观，以培养应用型人才为宗旨，以提高教师队伍的专业实践能力和育人能力为重点，深化教育教学改革，强化培养培训，实施政策引导，加强规范管理，构建长效机制，努力建设一支具有现代教育理念、深厚的专业理论、扎实的专业实践能力、适应应用型人才培养需要的"双师双能型"教师队伍。

二、基本原则

坚持专职与兼职相结合、培养与引进相结合、学校与行业相结合、请进来与走出去相结合，理论与实践并重、教学能力与实践能力并重、考取资质证书与专业能力培训并重的原则。

三、内涵界定

"双师双能型"教师指高等学校中具有中级及以上教师职称，又具备下列条件之一的专业课教师：

(一)有本专业实际工作的中级及以上技术职称（含行业特许的资格证书及其有专业资格或专业技能考评员资格者）。

(二)近五年中有两年以上（可累计计算）在企业第一线从事本专业实际工作的经历，或参加教育部组织的教师专业技能培训且获得合格证书，能全面指导学生专业实践实训活动。

(三)近五年主持（或主要参与）两项应用技术研究（或两项校内实践教学设施建设及提升技术水平的设计安装工作），成果已被企业（学校）使用，达到同行业（学校）中先进水平。

四、建设目标

力争到2018年，"双师双能型"教师比例达75%，初步形成一支数量较为充足、结构较合理、素质优良的"双师双能型"教师队伍。

五、主要措施

(一)加强教师专业实践工作。在不影响正常教学的情况下，各二级学院每年要有计划地安排一定数量的专业课和专业基础课教师，充分利用课余及寒暑假时间，以脱产或半脱产的形式到专业对口的企事业单位挂职、兼职锻炼，开展科研开发、技术服务、项目研制、艺术技能实践等活动，切实提高教师专业实践能力。五年内，实现缺乏行业任职经历的专业课和专业基础课教师实践累计时间至少半年以上，部分中青年骨干教师实践累计时间力争达一年以上。

(二)鼓励教师参加本专业国家组织的各类执业资格培训和考试，获取相应的执业资格证书；鼓励教师报考或参加本专业行业中级及以上专业技术职务任职资格的考试和评定，学校为教师的报考和参评提供必要的条件。积极选派中青年骨干教师参加教育部组织的专业技能培训，获取合格证书。

(三)加大引进和柔性聘用"双师双能型"教师力度，拓宽"双师双能型"教师队伍建设渠道。在人才引进中，同等条件下优先引进具有行业任职经历和具有执业资格和专业资格证书的人才。柔性聘请企事业单位尤其是产学研合作教育单位实践经验丰富、实践能力强的技能型人才，来校承担实践操作性较强的课程教学和实践教学任务，并参与学生毕业设计（论文）的指导。

(四)建立校外"双师双能型"教师培训基地。各二级院要结合产学研合作教育，选择专业相关的企事业单位，按照互利互惠、合作共赢的原则，积极建设"双师双能型"教师培训基地。力争到2017年底，每个院都建成1-2个校外"双师双能型"教师培训基地，使该基地不仅是教师"双师素质"培训基地，而且是"双师双能型"教师的实践基地和外聘教师的来源基地。

(五)充分发挥校内培训作用。加强校内实训基地建设，建立校内培训基地，定期组织专业课教师参加由实训经验丰富的教师指导的技术培训，掌握实训教学能力。加强各专业教学研究活动，专业理论课教师和专业实践课教师相互取长补短，进行传帮带。

(六) 邀请具有艺术影响力的大师或顶尖人才来校讲学或授课。通过开阔艺术视野和激发创作灵感，促进单一型教师向复合型教师的转变，提升教师的综合素质，优化教师的队伍结构，达到"双师双能型"教师队伍建设的目的。

六、保障机制

(一)建立"双师双能型"教师队伍建设领导机制

学校成立"双师双能型"教师队伍建设工作领导小组，负责全校"双师双能型"教师队伍建设的组织实施。领导小组下设办公室，办公室设在人事处，负责处理日常事务。各二级院成立"双师双能型"教师队伍建设工作小组，具体组织实施本单位的"双师双能型"教师队伍建设。

(二)建立"双师双能型"教师队伍建设激励机制

为鼓励和支持教师尽快提升双师素质，实行以下激励办法：

1.脱产到企事业单位实践的教师，实践期间其原职务、工资福利和岗位不变，实践期满考核合格的视同完成规定的各项工作量；非脱产到企事业单位实践的教师，二级院根据实际给予一定的教学工作量（课时数）补贴。

2.由学院统一安排参加教育部组织的专业技能培训并获取合格证书的，学校给予报销培训费用。

3.参加本专业国家组织的各类执业资格培训和考试，获取相应的执业资格证书者，学院给予一定的奖励。

4.根据各二级院校外"双师双能型"教师培训基地建设和教师培训工作开展情况，学校给予一定的基地建设经费。

5.在各级科研项目申报立项上，向应用技术研究项目倾斜。

6.柔性聘请的具备双师双能素质的企事业单位兼职教师，学校视其专业技术职务和实际承担的教学工作量情况，给予一定的报酬。

7.经认定为"双师双能型"教师的，同等条件下在专业技术职务晋升、岗位聘任、评优、选派研修等方面给予倾斜。

8."双师双能型"教师队伍建设成效突出的二级院，学校给予一定的奖励。

(三)建立"双师双能型"教师审核认定机制

二级学院成立"双师双能型"教师资格认定工作组，每年12月份依据"双师双能型"教师条件对申报"双师双能型"资格的教师进行初步审核认定，并将通过认定名单及证明材料于12月底前报人事处。人事处与教务处、科研处等职能部门对二级院报送的认定材料进行复核，复核通过后予以发文公布，"双师双能型"教师资格有效期为三年（超过三年的重新申请认定）。

七、其他要求

(一)各二级院要根据学校的实施意见，制定符合本单位实际的"双师双能型"教师队伍建设方案，方案要明确培养对象、阶段（年度）目标、实现途径和配套的激励政策。"双师双能型"教师队伍建设方案经二级院党政联席会议研究通过后，报人事处备案。

(二)各二级院每年3月底前须向人事处报送当年度教师专业实践选派计划，计划要具体到人、实践单位、实践内容和实践时间等，原则上选择市内与我校教学科研工作联系密切的企事业单位进行，若因特殊原因需要到外地市专业实践的要报批。教师专业实践期间，日常考勤由实践单位负责。教师专业实践结束后，须完成不少于3000字的实践总结报告，填写鉴定考核表，由实践单位做出鉴定意见。

(三)缺乏本专业实践经历的专业课、专业基础课教师原则上都要制定个人的双师素质培训提高计划。计划要具体，具有可操作性，包含准备何时参加专业实践锻炼、争取何时考取何种执业资格或专业技术职务任职资格证书等。计划经教研室讨论、二级院院长审核后执行。

(四)承担公共课的教师要结合本专业开展社会实践或社会调查研究工作，培养双师素质。

(五)"双师双能型"教师每年须有不少于一个月的时间从事相关专业的实际工作或研究工作。在完成好理论教学的同时，要全面指导学生开展专业实践实训活动，若出现违反教师职业道德行为、教学事故、不能全面指导学生专业实践实训活动等情形的，取消"双师双能型"教师资格，一年内不得重新申请认定。

(六)"双师双能型"教师培养工作成效作为二级院领导干部考核的重要内容之一。

教师心得与体会

由参演《丝路·青春》引发的教学反思

稽 含

2017年对于所有大艺人来说是值得激动并自豪的一年，"丝路""青春"，也成为大艺人的新关键词。随着参与《丝路·青春》的排演，舞台主持的经验也为今后的课程内容和人才培养发展提供了新的思路。

通过总结，可以从传播能力、心理素质、语言表达能力与舞台审美能力四个方面进行探讨。

2017年，"十九大"胜利召开，中国特色社会主义进入新时代，新时代、新征程，不忘初心、牢记使命。在这个具有划时代意义的一年，大艺人响应国家号召，全体师生排演了大型舞台剧《丝路·青春》，作为党的十九大的真挚贺礼。而作为整场晚会的主持人，肩负着特殊职责，在舞台上应正确地把握主流价值观，进一步有效的传播到受众心里。所以作为一名合格的主持人应具备良好的政治思想素质、高尚的道德情操以及强烈的社会责任感。加强自身修养，了解社会动态，不断的自我提升，才具有良好的传播能力。

舞台主持有别于电视节目主持，特殊的环境也需要主持人具有"不可出错"性，那么舞台主持人更需要锻炼自身的心理素质、思维能力、以及控场意识。在平时也应多多训练这几方面的内容，可以采用对镜子练习、自我心理暗示、多进行演讲活动等训练，从而提升心理素质。

舞台主持在语言表达能力上也有要求。舞台语言不同于节目主持语言，应庄重而朴素大方、夸张而富有节制。舞台主持人与受众在同一空间产生了双向交流，主持人把有效信息传递出去的同时受众也在反馈信息传递给主持人，这就需要主持人运用及其规范标准的普通话外还要能够引起现场受众的注意，但同时也要注意避免给受众造成"距离感"，应在不同感觉的语体中自如切换以达到最佳的主持效果。

对于一个舞台主持人，具有较高的审美能力也是主持人必备的技能之一。在服装的选择搭配上，应注意选择与舞台整场布景的搭配统一、与男主持人之间的服装搭配和谐以及可以突出自身特点、彰显个人魅力的服饰。同时也需要注意自身的体态美，从侧幕出场以及下场的走路姿态，也需要舒展、大方、自然、亲切，这也是彰显主持人魅力的又一需求。

综上所述，舞台主持人需具有较高的传播能力、心理素质、语言表达能力以及舞台审美能力。在今后的教学中也应多多思考、多多交流，从而丰富舞台经验。

《丝路·青春》促成长

郑 帅

我非常荣幸能参与我院大型原创实践教学剧目《丝路·青春》排练演出，在整个排演过程中对专业、学生以及我个人的提高都是显著的，我将从以下三个方面进行阐述。

一、大胆创新，理论实践有机结合

随着媒体技术和舞台艺术的不断发展与演变，有声语言与副语言在舞台艺术中的运用与影响依然十分明显，具有重要意义。有声语言在舞台艺术中的应用十分关键，以大连艺术学院大型原创剧目教学成果《丝路·青春》为例，《丝路·青春》是集音乐、舞蹈、戏剧、文学、多媒体等多种艺术表现形式于一体的大型舞台教学剧目。

在《丝路·青春》的章节里，每一篇章中都会运用到有声语言，交响乐、伴奏等乐器的声音以及合唱、朗诵等人声的交替配合与使用，都是有声语言在舞台艺术中所展现的魅力。有声语言的使用不仅能够反映和传达表达者的思想感情，同时，通过声音与受众进行思想的交流与情感的传递，因而有声语言在舞台艺术中的表现主要是艺术审美空间经过感受、想象、认知和再现这一过程。一名优秀的语言艺术工作者如播音员、主持人，他们运用有声语言为受众建构了一个审美空间来传播美，同时提升语言艺术美的层次。

董事长八月初给我们朗诵团开会时就说过，要打破播音学生的"被动僵硬"状态，在舞台上要会说会演会走路，当时并没有完全领会董事长的这种创新精神，但是我和影视学院黄院长，商议打破常规，播音和表演切磋语言，表演指导播音演技，事实证明，董事长这种创新思想呈现在舞台上效果非常不错。主持人作为美的传播者，主要通过有声语言与副语言的交叉使用，密切配合来实现最佳的传播效果。而播音，有声语言是观众听觉的需要，副语言则是观众视觉的需要。如《丝路·青春》演出过程中的朗诵学生需要感受语言，体会音乐和意境，结合舞蹈情境。副语言中，手势语也是最常用的，手势语可以起到补充口语表达效果，增强生动性和感染力的作用，如学生们在台上的手势动作、走路都是副语言的最好例证。

心理学研究表明，人们获取信息的渠道83%是依靠视觉，即非有声语言，仅有11%的信息获取是通过有声语言，可见副语言的重要性。而副语言在舞台的应用表现有时比有声语言更有说服力和感染力，传达信息也往往更为准确。

二、一专多能，学生提升专业技巧

2017年9月17号，地点是大艺老校区的体育场，我们再一次亲临"丝路"的排练现场。在与学生的交流之中很明显地感受到了一种团队精神，一种大艺精神。

当时的场地很简陋，室内体育场的地板是由一块一块小软板拼接而成，在等待上场时，学生们或在练功对词，或是躺下闭目养神。但我没有从他们的神情眼神中感受到丝毫的疲倦，他们的眼中充满的斗志，充满着期待，哪怕是已经很多天没有睡过好觉。正是看到了战士般的学生们，我更是感受到了像这种为了梦想不怕苦不怕累，为了集体荣誉不在乎外在条件，为了一个使命般的演出而奋斗的精神，这也正是我们每一位《丝路·青春》演职人员的体现。

值得一提的是播音专业的四名学生，2014级朱荣新、2015级韩佩璇、李向丽、2016级彭帅男，确实是术业有专攻。无论是旁白，还是叙述节目，光听声音就知道他们非常的专业！身为一名播音生本身就是热爱舞台的，于是台上的他们尽情展现和绽放，得到了大家的一致好评，而这其中凝聚了很多汗水与泪水，作为朗诵团的唯一一名刚上大二的学生，彭帅男的声音很有质感，但是由于刚刚结束了大一的基本功课，没有舞台实践的经验，在第一次与乐队联排是就出现了很大纰漏。高大林指挥的音乐响起时，他总是找不到节奏点，合着音乐说话，总是先大喘气，再说话，我在一边帮他数拍子也不好用。于是就在每次和音乐的时候，到了节点就拍他一下。天气较热，看到他头上满是汗水，我又得安抚他慢慢来不着急，一遍一遍听录音师传给我的音乐，记旋律、记节奏，以便提升他对音乐美和播音视像感的感知力和创造力。反复磨合一个阶段，他学会了举一反三、活学活用，对作品语言的把控能力得到了明显的提高。

参与这次实践活动，对大三学生李向丽而言是一个来之不易的好机会。让大三的她更刻苦、更努力、更学会了反思。她是一名学习播音主持的学生，但在这次演出中要做的是情景表演。从有腔带调、一板一眼端庄的主播台下来、转到释放天性、塑造生动形象、灵活表演这一个专业大跨度真的不容易。这意味着在短时间内，我们必须挖掘出一个全新的自己。在这期间，她自己几乎处处碰壁。但是她是一个很要强的人（姥爷病危也全力参加演出排练），要做一件事就必须做到最好。我开始辅导她最基础的背词，她没日没夜地背，寝室熄灯就打灯背，早上没亮灯就开手电筒背，把稿子吃透。接着便在各位表演、台词老师等前辈们的指导下分析人物角色、再进行形体的表达和规范。我们不断的练习，在每一场的演出中寻求突破，一刻也不敢松懈。她清晰地记得所参与的情景表演：序曲《薪火相传》、第一篇章《情迷莫高窟》、第二篇章《友谊的港湾》《远方的父亲》、第三篇章《烟雨江南》、第四篇章《重逢》、尾声《展翅雁栖湖》。演出结束接受采访时，她说：我倍感荣幸，并且收获满满，这些收获就是能够帮助自己成长的催化剂，并且受用一生。感谢大连艺术学院、感谢学校领导以及老师同学！

经过了《丝路·青春》的多专业实践，交响乐是灵魂，朗诵和配乐合唱调动这听觉和想象力，经过全面、全程、实地的、针对性的指导，学生普遍反映他们的舞台表现能力、音乐感受力、配合度、心理素质都有很大的提高。

三、夯实专业，继往开来创辉煌

在这次大型舞台剧《丝路·青春》的排演过程中，学生们的热情高涨，平时课堂所学专业知识有了实践平台，在舞台上充分发挥他们的主题作用，大大提高了学生们的专业技能和艺术修养，更为播音专业的拔尖人才培养夯实了基础，在今后的教学中，我们应该运用科学合理的培养模式，提高学生的艺术能力和综合素质，真正达到实践教学培养高素质复合型人才的最终目标。

在大力发展我院的实践教学特色的基础上，播音专业要有目标有方向，定期开展艺术实践活动，提升学生的专业能力，丰富舞台表演经验和话筒的掌控力，加强教育和管理的力度。教育以人为本，教学以学生为主体，按照我院"三个一切"的办学理念，开设对升学和就业创业有实际帮助和指导的课程，教师要参与到学生的创新创业中去，带领他们，充分发挥"工匠精神"，有责任有担当，夯实专业，继往开来，争取创造辉煌！

我的教学探索与体悟

李忠华

　　播音与主持艺术专业对于表演艺术的需求是显而易见的，也是十分重要的。我们首先要让学生树立起一种表演的意识，一旦建立起表演艺术这种意识，播音与主持艺术专业就会获得一个全新的面貌。在本次《丝路·青春》剧目的表演中，我们大胆尝试运用播音专业的学生进行主持人的舞台表演，在起初的阶段，我们也在不断地探索，应如何把表演的元素结合到主持人的舞台表现之中，即不失主持人的这一角色定位，同时也能够使整个剧目成为一个整体而不显突兀。

　　在整个剧目中，我负责的是主持人的舞台表演环节，在这个过程当中，我们有创新、有收货，同时也发现了本专业教学过程中的问题所在。对于播音与主持艺术专业的学生来说，如何把形体、表演与主持很好地融合到一起，是具有一定难度的。我们专业日常的表演课程上，要求学生要会演，但在这次演出的排练过程当中发现，这一要求是远远不够的，我们的学生应该不但要会演，而且应该演的要恰如其分、恰到好处。所以，在今后播音专业的表演教学当中，我们要着重加强主持时舞台的整个表现力上的训练能力。

　　播音与主持艺术专业的表演教学，强调以现实生活为基础的生活化的表演，追求现实时空流程中的真实与细腻，并顾及大众化的娱乐特征，适度变形和夸张训练等等，但同时还要做到虽变形而不做作、要夸张但不虚假、是娱乐并不媚俗，因而在教学中，要尤其强调学生能够把自己的身形肌肉与心理意识紧密结合起来，在受众面前能够视同现实生活中的"有机活体"，从中还要能够突显自身鲜明的个性特征，从而真实、有机、准确地为达到既定的传播目的而积极、自如地实施动态演播技能。从这个基本要求出发：第一，就应该从舞台表演艺术的基础课入手。第二，之后让学生学会在规定情境中有机的行动，从而建立正确的舞台自我感觉。第三，为了把表演意识和理念投入到专业的学习当中去，就需要完成观察生活和交流小品的表演训练，这就需要我们的老师引导学生模仿身边熟悉的人物，观察他们生活中的细节，捕捉微小的习惯动作，抓住人物外部特征和传达出来的信息，使之转化为内心的感受，进行加工塑造，形成一种创新方法。第四，要根据文学作品来改变表演片段，通过学生选择出来的文学作品，由学生自编、自导、自演，这一方法主要训练学生能够在文学作品中发现自身的创造力和敏锐的社会洞察力，用自己的方式来诠释作品。第五，要进行独幕剧、话剧的综合排演阶段，并形成综艺晚会汇报的形式，进行编导训练，以培养出复合型的专业人才。

经过排演的整个过程，我认为，主持人的舞台形体动作不能是纯粹的自然生活动作的直接表现，而应该是被艺术化的，给人以美感的带表演艺术成分的形体语言，另外还有一个重要的部位就是面部表情，主持人的面部表情是要进入到情景之中的，这也需要戏剧表演的功底。

在排练的过程当中，有一幕是讲主人公发现远处船上的父亲时，同行的伙伴与其一同呼喊他的父亲，但是几位演员的眼神定点却是不同的方位，这些细微的眼神表现都体现出我们的学生在舞台表现的过程当中，逻辑思维的不统一。虽然演员们都在表现故事的剧情，但是没有真正地投入到真实的情境之中，而是为了动作而动作，没有真正地表达出动作的意图。

还有一幕就是在花海的环节，女演员退场的时候，需要几个转身的动作，但是我们的学生在表现的过程当中，整个肢体显得特别僵硬、不自如，后来我们结合了芭蕾舞蹈的动作，经过多次的动作排练和感受，我们的学生在舞台表现的时候稍有好转，也不会显得特别僵硬，并能给受众的视觉上带来美的感受。

通过以上两个在排演过程中的实例，我们可以看出表演、形体等课程对于我们播音与主持艺术专业的学生在舞台的表现上是至关重要的，缺一不可。因此，我们在今后的教学过程当中，要结合自身专业的特点，着重加强和细化表演、形体课程的教学内容，强调表演逻辑的准确性以及形体表现上的美感，以此来给我们的主持起到锦上添花的效果。

《丝路·青春》实践教学回顾与感受

郑孝龙

距离《丝路·青春》在人民大会堂成功上演已经过去半年有余，可每每看到《丝路·青春》这几个字的时候，所有与之相关的实践教学情景都会历历在目。

一、冲在实践教学的第一线

2017年暑假结束后，传媒学院为了贯彻院领导有关《丝路·青春》实践教学指示，号召全体教师努力投身到舞台剧排练现场进行实践教学，将理论与实际相结合，为培养应用型人才积累经验。我对新闻采访与写作课重新进行了课堂设计，在讲到"如何进行现场采访，如何体验现场情境，如何进行现场观察"的内容时，我将学生带到了交响乐排练现场。首先让同学们安静地进行现场观察，发现自己感兴趣的细节，设立采访问题。在排练休息时，同学们踊跃采访乐团的老师和同学。现场采访结束后，我们又回到课堂，我认真地倾听着同学提出的问题，之后对具有共性的、与采访写作密切相关的问题进行了归纳、总结和讲解，让学生们能够对新闻采访尤其是对采访中的准备、提问、人际交往等全面、系统和深入把握。

二、积极发挥引领示范效应

广播电视编导是尤为注重实践操作和经验积累的专业，实践教学是将理论知识转化为应用能力的有效途径，我和李天斌、许安国等教授都有一定的行业经验，深知实践教学对于人才培养的重要意义。因此，我们作为专家指导组积极带动青年教师深入排练现场，把《丝路·青春》融入课堂教学。在以《丝路·青春》为牵引的编导专业实践教学活动中，学生分成小组协作创作，从前期的创意、策划、文案，到现场的拍摄再到后期制作，真正明白了各种技能之间的内在联系以及在节目前期后期中发挥的作用，很好地将理论与实践相结合。通过实践教学使学生更直观地了解了所学的理论知识，引发学生的创新能力及创作激情。

三、关键时刻披挂上阵

在这次整个排练演出过程中，我主要承担电视台业务指导及拍摄工作。进京前学院便把拍摄国务委员陈至立的任务交给我。这让我既激动又担心，激动的是还能发挥自己专长来为大艺服务，可担心的则是怕年事已高，不能圆满地完成任务。可以说，是院领导的信任与期望坚定了担负起这项任务的勇气和信心，给了我战胜一切的决心和力量。演出当天，从早晨开始便不断地拍摄院领导策划会，安排学生如何拍到有价值的照片和影像，帮助现场采访的同学确立采访主题，联系安排被采访者。关键的是为了完成贵宾室的拍摄，还需要与大会堂的负责者进行沟通与攻关。最后一项任务就是演出结束后要拍摄董事长上台与演出师生互动的场面，凭借自己多年从事新闻工作的经验，我很早就做好了准备，因此拍到了很多无比珍贵的镜头。

《丝路·青春》实践教学工作的启示

刘姮

从大连开发区、沈阳盛京大剧院再到北京人民大会堂作为《丝路青春》模特组的带队教师，主要负责模特部分的演出任务和礼仪的工作，同时还要安排好学生日常学习、训练。

为了能够呈现更好的舞台效果，进京前积极配合导演组的训练安排进行节目的调整，并利用课余时间继续带领学生加强练习舞台的表情展示。

剧目编排要求服装表演专业学生将舞台剧目表演的艺术形式融入演出当中。从第四篇章《全球畅想——浩浩凌云志》的《课桌舞》中，模特们扮演一群身穿学士服的毕业生，到尾声篇章穿着24国服饰演绎"一带一路"沿途各国的人文风俗。对于服装表演专业来说是一次全新的尝试与突破，尝试性地将服装表演与舞台剧的艺术表演形式相结合，突破了单一的服装展示，融入了舞台表演艺术元素。对于服装表演专业的学生来说，也是首次参与大型的演出舞台剧的演出活动，相比以往的服装走秀要有很大的区别。

为了能够更好地完成演出任务，将演出中的舞台表演内容与专业课程服装设计概论、形体训练3、服装表演和镜前造型展示相结合，强化学生的镜前表情与肢体语言协调性的训练，在理解服饰风俗特征的基础上增强表演的真实性。使学生们真正地做到理论与实践融合、课堂与舞台链接、排练与实训一体的艺术实践教学。通过课堂训练与彩排，发现一部分学生的表演情绪带入较慢，如何在短时间内调动演出情绪，增强表现力，突出活力与青春成为训练的重中之重。我在课堂上结合情景训练，舞台下结合台词、舞蹈、音效的渲染使模特的表演表现力大大提升。

《丝路·青春》实践教学工作感悟

于述平

　　舞台服装设计与制作的任务大都是在第一、二课堂完成的，主要利用学生课余时间，晚上、周六日时间，加班加点，保质保量地完成任务。以服装专业工程类典型课程服装CAD设计、针织服装工艺与设计、服装结构与工艺为对象，进行三门课程的联合教学，同时完成《丝路·青春》大型舞台剧目中针织舞蹈服装的量体、款式设计、样板设计、样衣制作以及大货生产的一系列设计生产过程。

　　由于学生以前没有学习过针织服装知识，因此，我先对学生进行辅导，使学生能够真正深入到设计制作过程，对针织服装生产的各个环节能有所掌握，以大型舞台剧目实践教学为导向基础，采用联合教学模式开展实践教学，使学生真正了解岗位工作要求，了解行业的未来发展动向，从而做好自己的学习规划。任务完成是第一课堂和第二课堂结合，《行无畏》剧目在第二课堂，通过剧目教学与服装课程教学的结合，以学生为主体，教师引导，以剧目教学来检验服装实践教学，提高学生的综合实践、解决问题的能力，改变教学传统模式，提高学生实践应用能力，让学生真真切切、实实在在参与，收获很多，遇到困难进行实践，想尽一切办法解决。感谢学校给老师和学生提供这次实践锻炼的机会。

《丝路·青春》剧目引导下的教学实践与探索

王 琳

为了给《丝路·青春》舞台服装提供保障，暑假前服装学院召开了关于《丝路·青春》大型舞台剧演出服装设计及制作的工作会议，领导对于演出服装设计制作做了相应的任务布置。我主要负责演出人员的量体、归档、分号，《行无畏》等剧目的演出服装、道具设计制作及演出礼品制作的任务。

在接到任务后，首先查阅相关资料，对"一带一路"的精神进行了学习，了解"一带一路"沿线国家的服饰特点；接下来分析各类服装款式设计及制板要求、制作工艺；对已经确定的演员进行人体测量共参与量体245人；并根据演出节目类别、性别、款式特点等进行服装的分号归档；组织学生利用假期时间进行演出服饰面料、结构、工艺制作的资料搜集。

暑假期间的工作内容主要包括两部分：一部分进行服装制作材料的统计分析及市场调研，与总务处人员进行沟通，确认采买面、辅料等。第二部分根据服装款式及面料特点对制板、制作进行分析，并进行各款式服装的样板设计、修改样板，确定下一步制作方案。

开学后带领学生进行服装制作的样衣成品试制。与导演沟通确认，确定最终演出服装面料、色彩、款式并结合舞蹈要求、面料特点和试衣效果进行样板调整，完成第二批样衣试制，确定最终样衣款式和制作方案。接下来进行演出服装批量制作阶段，在分析所任课班级学生各自特点后，根据其各自特长安排生产流水线、布置任务、对学生进行生产工艺指导，指导学生进行服装制作、整烫、质检等。

在《丝路·青春》礼品——围巾制作环节，接到任务后，立刻组织8名学生成立设计、制作小组进行前期图案设计。为了把礼品带有《丝路·青春》标志围巾尽可能做到精致，小组成员分为两组，一部分学生进行两色提花制板，一部分学生进行三色提花制板。小组成员画好板子后进行样品试制，觉得花型不合适再调整再打样，反复调整商讨，最终确定两色提花组织为围巾组织。在设计过程中，全体设计人员力求每一针、每一线都做到精致。样品确定后进行批量制作阶段，在时间紧任务重的情况下，小组成员利用课余时间及晚上加班加点，经过1周多的努力完成《丝路·青春》礼品围巾的横机制作、缝合、后整理、整烫、包装等全部工艺生产过程，共完成礼品围巾制作60余条。

在本次实践教学中，以《丝路·青春》大型舞台剧目为依托，进行服装类实践教学模式的联建探索改革。通过舞台剧目教学与服装类课程的联建，课程与课程间的联建，共同打造实践教学平台，提高学生的实践应用能力。在剧目引领下课程改革以服装专业工程类典型课程服装CAD设计、针织服装工艺与设计、服装工艺学为教学改革对象进行三门课程的联合教学，共同完成《丝路·青春》剧目里针织舞蹈服装的样板设计、样衣制作、再到大货生产的一系列设计生产过程。通过本次实践教学，使同学们了解"一带一路"的精神内涵及服饰文化，体会舞台针织服装样板设计的特点和工艺设计要求。在实践中，提高学生的设计实践应用能力和具体解决处理问题的能力。通过舞台剧目检验教学，《丝路·青春》演出舞台服装效果的精彩呈现，检验学生课程的学习效果。以剧目演出实践检验教学成果，才能真正提高学生的设计应用能力。通过本次实战课程训练，双向教学法使学生真正了解到岗位及行业的发展需求，了解自身发展方向，规划学习过程，实现服装人才培养的一体化设计。

通过本次参与大型舞台剧《丝路·青春》的实践教学活动，让我感受最深的是大艺的凝聚力与创造力，学生的学习热情和积极参与、不叫苦不叫累的学习态度。在本次实践教学活动中，作为青年教师的我也在实践教学活动中不断成长，不仅丰富了我的教学经验和人生阅历，同时也提高了我的设计能力和组织能力。我深深地感觉到教学不仅是一份普通的工作，更是一份伟大的事业。我为能够参与其中感到无比荣幸，也感谢大艺给师生们提供一次宝贵的实践锻炼的机会，《丝路·青春》的完美上演也是我们每一位大艺人的骄傲。

《丝路·青春》思维的碰撞

金令男

　　《丝路·青春》从大连、沈阳至北京的演出已圆满结束，能够再次参与这种大型的舞台剧我深感荣幸，身为大艺人我倍感自豪。当接收到参与《丝路·青春》舞台剧的化妆及配饰制作的工作任务时，我非常兴奋，因为这不仅又会是一次实践教学的成功案例，对于我自身专业能力也会有所提升，对于学生来是一次特别宝贵的经验积累与经历，同时对于课上的知识也会有更深入的理解与掌握。

　　《丝路·青春》前期，我带领形象专业的两位老师及学生开始着手准备配饰制作与定妆。首先是配饰，根据节目中涉及的国家进行配饰与形象整体造型进行调研，将学生分组，每组负责一个国家，逐一推敲。与设计《丝路·青春》服装的专业老师沟通，与服装搭配，最后敲定款式，然后开始购买配饰零件，进行样品制作。

　　长甲舞的指甲因其形状的特殊性，需要购买原始材料，烧制打磨才能制作，制作程序复杂，很多客观条件我们都不具备，无法制作，购买现成泰国长甲价格又很昂贵，于是我们与学生立刻调整方案，查找类似的替代品进行二次加工，在购买回来的代替品上加上弯曲的细指尖，然后再刷金色漆，使其与真正的泰国长甲形状与色泽一样。配饰样品制作出来后与导演沟通、审核，有问题的再进行第二次修正，直到审核通过后开始进行大批量的制作。

　　在《丝路·青春》实践教学中我的业务水平有提升，学生有锻炼，更重要的是我对于教学又有了新的认识与启发，我会深入研究，更进一步的精进，然后将方式方法应用到日常教学中。

在《丝路·青春》实践教学中体会身为大艺人的责任与使命

戴文翠

大型舞台剧《丝路·青春》通过全院师生的共同努力，以无比惊艳的美轮美奂先后呈现在大连开发区大剧院、沈阳盛京大剧院、北京人民大会堂的舞台！它作为又一张大连艺术学院的文化名片，让我们参与其中的教职员工感到无比欣慰和骄傲！

因2017年上半年面临硕士研究生的毕业答辩等工作，我是从2017年8月份开始丝路青春服装组的保障工作，主要负责完成了两部分内容，即前半程由我负责统筹的服装小组中演出服的管理工作和中后期协助巴妍院长带领服装学院服装保障大组完成大连、沈阳和北京的演出任务。

一、前期筹备阶段的工作情况

为了更好地完成好本次《丝路·青春》的服装保障任务，服装学院领导在划分任务时做到了责任到人，以每位老师为组名，各自承担不同的节目，各自根据任务量的不同选拔自己组的学生成员。我小组共计负责一百三十余套演出服的统筹和管理，是所有服装小组中最多的，包括《丝路花雨》30套（头饰、上衣下裤）、《孟加拉》20套（饰品、上衣下裤）、《梦在飞》20套、《郑和下西洋》30套（头巾、方巾、鞋子、铠甲、衣裤）、《黑衣人》30套、大礼服1套。这些服装中像郑和、丝路花雨、孟加拉都是之前《和平颂》演出时使用过的服饰，但都需要在原有的服装基础上根据现在的演出要求加以修改和调整，由于数量大、修改次数多、配件种类多等，完成的过程也十分不易。

为了将本次工作做好，我从当时任课的2015级本科一班和二班中选拔出了8名同学进组，历时一个月、二十余课时量的时间，通过与导演组沟通，一次次地重新修补服装、头饰；配合舞蹈演员动作需要，重新改良铠甲结构等，经常是晚上八九点钟才能下班。在演出前后，为保证演出质量和舞蹈演员穿着舒适，我们多次利用间歇时间洗晒维护演出服，力保演员穿着的舒适卫生和使每件服装在舞台上呈现出最佳的效果！

服装学院的全体教师为了《丝路·青春》的演出可以说每个人都做了大量的工作，为了给大家分担工作，我也会帮助其他老师向后勤总务处借阅所需参考服装、服装道具箱、帮助制作量繁重的教师组赶制服装等，在这个过程中，让我深深地感受到了，在巴妍院长带领下的服装保障组的每一位教师、每一位学生在这个团队中默默地贡献自己的光和热，大家不分你我，为了一个共同的目标一起努力的过程使我至今铭记于心。

二、演出阶段的工作情况

在老校区彩排和开发区大剧院彩排、演出期间，我在后台负责服装保障大组的协调工作，及时将巴院长得到的最新要求尽快分配安排给学生，通过这次演出不仅仅要让学生们增长专业知识，更要通过这次活动教会学生们要有责任心，要有团队意识！所以不论是彩排还是演出，我和巴院长都是与学生一起检查完服装数量、收拾好后台卫生后最后离开的，经常是十一二点才开车回家！

在沈阳盛京大剧院的《丝路·青春》排演中我作为服装保障组的副带队老师和化妆组的跟车车长，配合巴妍院长协调保障服装组全部节目六百余套服装的管理工作。从10月18、10月19日两次大型联排到24日全面进驻沈阳盛京大剧院，学生们因为有了大连站的演出经验，所有工作异常顺利，也得到了相关部门的认可，在演出过程中我们及时对每次排练后对出现破损的服装、配饰、鞋子修整，对合唱队、演唱组的大礼服进行熨烫等。

因25日演出结束后需要尽快撤场、尽快发车上高速回大连，所有服装组的同学们以最快的速度、最严谨的工作态度确保了所有服装、配饰等全部整齐装箱、搬运上车，并将所用房间收拾干净后离开剧场。在返回的高速车上，领导、老师和同学们因为几天的高负荷工作都沉沉地睡着了，因为担心司机的行车状态，我一路未睡，拿着对讲机听着头车负责人的最新安排，及时上报行车的位置，与司机保持交流，避免司机疲乏打瞌睡，当凌晨一点半车辆顺利下高速后，看到开发区凌晨的马路上一排排红色的大巴车、看到大艺保安整齐站在门口迎接车队进校，我悬着的心终于放了下来，因为车上的每个学生都平安回校了，我们的这次任务才算真的完成了！送完学生，开车回到市内的家中已经两点半，开门看着几天未见熟睡的孩子和家人，才意识到真的下班了！

《丝路·青春》在北京人民大会堂的演出，无疑是每个大艺人为之震撼的大事儿！在这次排演中，我作为服装保障组的副带队老师，同样是配合、协助巴妍院长协调保障服装组14个节目、四百余套服装服饰以及服装组15名同学、化妆组38名师生、模特礼仪组16人的管理工作。服装保障组先期于11月20日最早到达北京，冒着北京冬天里的第一次寒流侵入，所有的服装学院学生真的是以最大的热情投入到工作中去，连续3天都是工作到后半夜，但是无一人叫苦喊累，第二天又积极参与到工作中。11月22日化妆组到达北京，下午进人民大会堂安检时，因化妆组师生名单迟迟未能出现在人民大会堂安检员手中，我和化妆组的三名老师带领学生们，在寒风中等了一个半小时，直到顺利通过安检，大家马不停蹄投入到彩排前的定妆工作，彩排至凌晨后回到寝室。当整场演出在人民大会堂落下帷幕后，我们像之前每一次的演出一样，最后走出后台，同学们与我们老师一起挽着胳膊从长安街一路走回前门的住所，那份心情始终溢于言表，就是无比的轻松和高兴，也感觉不到寒冷，每一个人都真正感觉到了作为大艺人的骄傲和自豪。我想这次特殊的经历是大艺送给这些优秀的孩子最好的礼物，当他们离开大学校门后，这段经历会让他们今生久久难以忘怀。

今年是我来大连艺术学院的第10个年头，之前很荣幸参与了大艺的转设演出、校庆、专业评估等很多大事件，无论是被安排带领"大艺礼仪队"，还是整理服装学院专业评估材料，这一段段的经历实实在在构建了令我自豪的职业生涯。

项目管理课程的教学新模式随想

王俊奇

2017年11月24日，由我院原创的，讴歌"一带一路"伟大倡议的大型舞台剧《丝路·青春》在人民大会堂上演。这是我们全体大艺人的骄傲，在我院各级领导的指导及各专业师生的不懈坚持与努力下，剧目演出完满成功。

回首整个《丝路·青春》的创作、排练过程，作为文化艺术管理学院的一名教师，我无法从艺术的角度去参与剧目的规划、创作和演出，但是借此项目，让我看到了艺术类专业师生如何通过该项目提升学生的实践能力，如何将本专业的实践项目融合到该剧目的排演过程中，我深受启发。同时我也在努力以《丝路·青春》项目为契机，改变原有的教学模式，变革思路，全新诠释。

下面以我所讲授的《项目管理》课程为例，谈谈我结合《丝路·青春》剧目所进行的教学新模式尝试。该课程的教学目标是讲授有关项目管理的基本理论和方法。学生通过课程学习，全面理解和掌握项目的各关键环节管理内涵，实现对项目管理知识与能力的综合应用，培养学生项目调研、分析、策划，以及项目综合运作管理的能力。在研究了教学的目的后我认为该课程的重点是解决问题而非知识堆砌，所以我设计了以项目管理知识体系特点为牵引的成果导向实践教学模式。

实践项目的核心部分由两个环节构成，以《丝路·青春》为例，第一个环节是让学生进行立项前的市场调查，调查大连艺术学院教师和学生对于该项目的需求，调查演出《丝路·青春》项目的可行性，完成调查报告（可以包含问卷）。另一个环节是对《丝路·青春》项目进行工作任务分解。带领学生参观、走访《丝路·青春》剧目演出的立项筹划、组织排练、剧务保障等环节，让学生根据自己对《丝路·青春》的理解，设计分解项目，绘制WBS。

学生通过完成这些实践项目，能够获得多方位的能力提升。因为是实境的真实案例，学生需要针对环境的变化做出建议和决策，而在决策前则必须要获得足够的信息，从而增加决策的准确性。在老师的指导下学生运用各种渠道进行信息收集，信息调研工作，从而提高学生获取信息的能力。学生要适应变化的环境，在项目实践的过程中分析和解决多变的实际问题，在提升分析问题、解决问题能力的同时也提升了创新能力。通过组建团队的形式来完成实践项目又加深了同学间的了解，提升团队协作能力。

大型舞台剧《丝路·青春》项目给了我很多的启示，让我开阔了教学的新视野，在以后的教学过程中要继续创新，在教学的道路上不断成长。

《丝路·青春》在电子商务专业的课堂实践

高 华

以微博、微信的迅速兴起和普及化为代表，一个微时代悄然而至。微时代的到来，恰好为电商的教学实践开创了新思路。围绕我院《丝路·青春》剧目，在课堂教学中可以依托"粉丝、关注、转发、@"这些微时代的关键词汇，构成典型的微时代案例。将《丝路·青春》剧目引入到电子商务专业课堂，提高了电子商务教学实战性、互动性于一体的教学效果。

笔者以《丝路·青春》纳入电子商务项目创意及策划实践课程教学为例开展研究，以下是在教学实践中的一些探索成果。

一、教师科研植入教学，形成教学专题

围绕《丝路·青春》开展剧目的网络推广研究，并将科研成果植入到课程教学，形成教学专题（如图1所示），实现了教科研一体化。

图1 《丝路·青春》剧目纳入电子商务项目创意及策划课程教学专题

二、以微项目为核心，进行教学设计

在进行教学设计时，将课堂实践环节进行微项目分解，如可以分解成能力目标设计、能力项目实现和项目测评展示。主要是以学生活动为主，分为课前、课中和课后。课前是自主学习阶段，教师引导学生进入《丝路·青春》排练现场进行

体验式学习从而形成真实的任务，提示学生学习重点，激发学生的学习兴趣，同时要求学生做好学习资料准备并成立项目小组；课中是互动学习阶段，教师根据学生提问，小组学习情况，进行教学引导，对于学习中的重难点进行剖析，设置典型任务，组织探究式课堂或讨论式课堂；课后是评价阶段，学生整理学习内容和展示学习成果，教师也进行教学反思，最后提出教学改进措施。具体如图2所示。

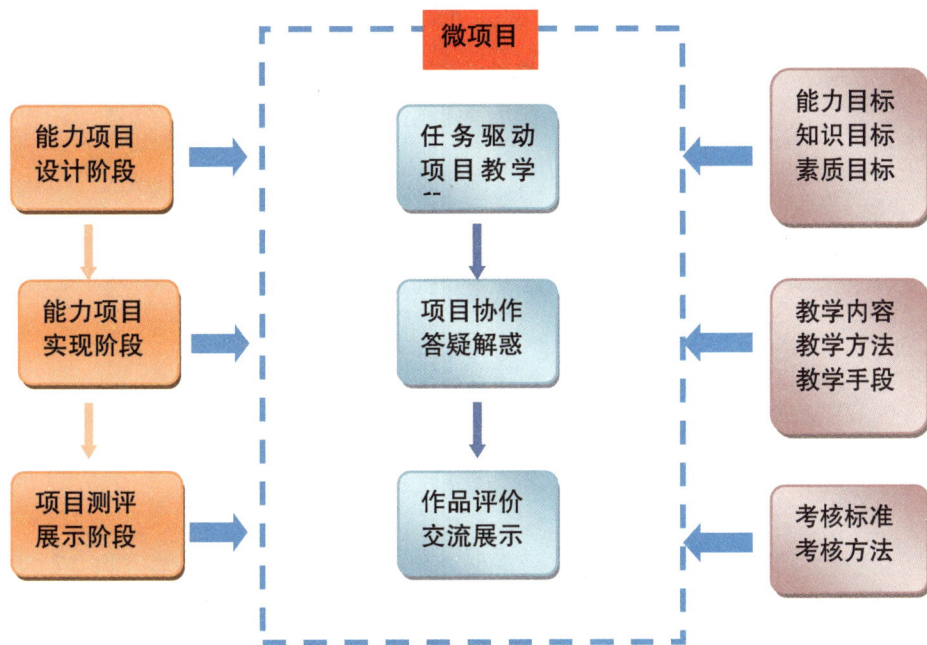

图2教学设计流程图

三、以微平台为主线，确定课程目标和教学内容

以微博、微信为媒介平台，围绕《丝路·青春》剧目确定互联网营销策划教学内容，以此明确课程目标。如利用微博精心策划话题传播、预告式营销和情感式营销等。具体微项目设计如表1所示。

表1 教学内容设计

序号	项目内容	微项目内容	说明
1	微博营销	注册微博	课程目标：本课程旨在引导学生利用移动互联网平台开展营销推广。通过查阅资料了解《丝路·青春》剧目概况，运用互联
		添加粉丝	
		发表博文	
2	微信营销	注册微信账号	

		朋友圈推广	网平台小组合作活动完成《丝路·青春》互联网营销与推广。
		公众号推广	
3	二维码营销	制作二维码	
		推广二维码	

　　将《丝路·青春》纳入课堂教学实践取得了较好的教学效果。这不仅为学生创设一种有计划、有意义的教学情景，还锻炼了学生的创新能力和激发学生参与课堂的积极性，培养了学生的综合能力，提高了学生解决实际问题的能力。

艺术网络营销课程翻转课堂改革实践

刘亚杰

一、艺术网络营销课程教学现状

艺术网络营销课程是一门从艺术市场的概念出发，深入浅出地讲解艺术网络营销全过程的应用型课程。通过本课程学习，要求学生深层次地理解艺术网络营销的全过程，提高艺术实践技能，培养学生艺术市场管理与运营的实践能力。由于该课程是一门新兴交叉学科，更是一门理论和实践结合紧密的学科，授课过程中存在着教学难度大、教学效果差、实践环境脱离实际等问题，采用传统教学的项目教学法、案例分析法效果很是一般。

二、艺术网络营销课程翻转课堂改革

从艺术网络营销课程的教学内容和课程特点出发，结合翻转课堂教学理念进行翻转课堂课前、课中、课后改革实践。如图1所示：

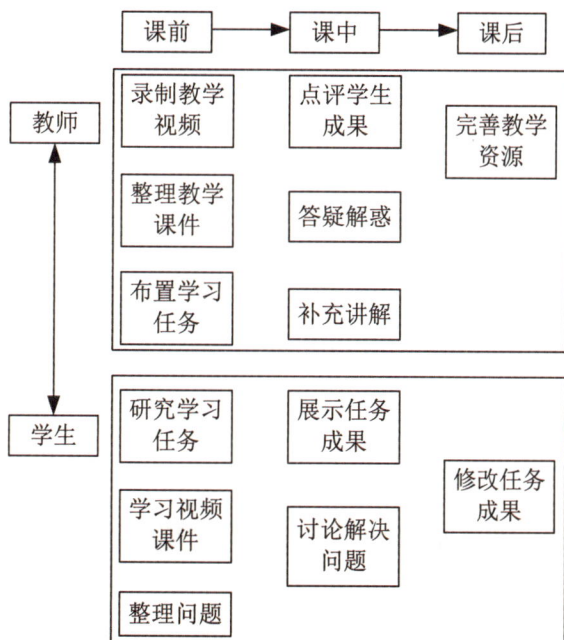

图1 艺术网络营销课程翻转课堂课前、课中、课后实践互动图

1.注重学生的课前准备

翻转校园平台将复杂的信息技术手段融入手机APP应用中，在课外预习与课堂教学之间建立起了沟通桥梁，让课堂互动永不下线。利用翻转校园平台，教师将视频、课前预习课件、学习任务等内容推送到学生的手机，学生在手机上完成课前理论知识的学习，并以小组为单位完成相应的习题和任务。对当天课上要学习的知识点进行相关视频及课件的观看，然后完成教师布置的练习题，如果有自己不懂的问题，可通过网络与教师及时进行在线沟通，最终让疑问消除。

2.课堂上边做边学

通过课前的准备与探究，课堂上教学活动主要分为重难点知识解答和学生成果展示两个环节。在重难点知识解答过程中，可根据学生在课前学习时整理出的问题、答题时错误率较高的知识点教师有针对性地进行知识解答，师生互动讨论，并结合相应的案例加以分析，帮助学生巩固知识、加深理解，从而解决疑难杂症；除此之外，教师适当进行知识点的扩充，扩大学生的知识面；在学生成果展示过程中，学生以小组为单位按照课前的学习任务，以PPT汇报、情景表演等形式展示其学习任务的完成情况，汇报结束后教师就学生的成果和现场表现进行点评，指出存在的问题及改进的方法。学生在点评的过程中能够清楚地看到自己的不足，为其课后进行任务成果的修改提供了帮助。

3.注重课后实践

通过课堂的学习，学生的理论知识和实践操作技能均有了一定的提高，因此在课后要及时总结，对所学项目进行积极的实战练习，最终将书本上的知识吸收为自己的知识。在网络营销课程，课程目标设置十分重视学生动手能力，因此，一定要在短时间内提高学生知识内化的能力，注重课程的创新与设计，翻转课堂在其中的运用将很大程度上帮助学生提高自己的实践能力。

三、《丝路·青春》剧目牵引下的艺术网络营销课程翻转课堂改革实践

《丝路·青春》剧目进入艺术网络营销课程，在原有翻转课堂教学改革基础上，开展"调研+策划+成果+评价"模式的艺术网络营销课程改革实践。

1.调研

教师根据授课计划和学院《丝路·青春》舞台剧的彩排及演出安排，组织学

生完成至少三次调研活动。每次调研结束后让学生将调研过程及感受形成视频、图片和文字，以备后期使用。该项任务是为了让学生掌握剧目式艺术市场调研的基本方法，扩大学生的艺术视野和思路，为剧目式艺术网络营销搜集更多的材料。

2.策划

为了使学生能够更好地得到实战锻炼，以学生依次抽签的形式来决定其所在小组以及他应承担的任务。每个小组形成以后，由该组成员民主选出一个组长，负责整个团队的协调，该小组整个模式操作过程的监督与督促，以及和老师之间及时的沟通与交流。在学生掌握了一定《丝路·青春》剧目资料和艺术网络营销知识后，根据分组时分配的营销工具，制定相应的网络营销方法和策略。如"E创工坊"团队采用微博营销对《丝路·青春》剧目进行网络营销策划，首先创建了多格多元化的极具吸引力的微博账号，如《丝路·青春》剧目的官方微博、《丝路·青春》剧目的粉丝团、《丝路·青春》剧目的知识库等，通过各账号信息的互动与轮播，实现病毒式营销；其次是聚集目标粉丝圈及增粉过程，一是设立"大连艺术学院""和平颂""一带一路""海上丝绸之路"等有效的关键词，寻找潜在客户，二是利用大连网、金普新区网、大连艺术学院校园网等微博平台发布剧目信息，增加普通网民的关注度，三是邀请《丝路·青春》剧目的导演、编剧、演员、学院学生等关联微博账号，增加粉丝关注；最后是保持《丝路·青春》剧目的微博活跃度，通过不断更新《丝路·青春》剧目的彩排及演出信息，邀请《丝路·青春》剧目导演、编剧、演员等做客微博与粉丝互动等。该项任务是让学生更好地掌握艺术市场环境下的网络营销工具和方法，掌握《丝路·青春》剧目网络营销策划的过程和思路。

3.成果

在进行艺术市场调研和网络营销策划的基础上要求学生撰写《丝路·青春》剧目网络策划书。内容要求包括：艺术市场调研、《丝路·青春》剧目SWOT分析、营销目标定位和营销工具选择、策划的目的与内容、策划的时间、策划的假设与前景、策划的方法和策划的总体预算、策划的效益评估等。初稿完成后，由教师和组员讨论头脑风暴，形成修改意见，完善《丝路·青春》剧目艺术网络营销策划书。该项任务不仅能够体现出策划团队间的合作精神，也能更好地培养学生的角色分配与协调的能力，掌握艺术网络营销策划的全过程。

　　4.评价

　　《丝路·青春》剧目牵引下的艺术网络营销课程翻转课堂改革评价过程公平合理。每组选派一名学生代表用10-15分钟的时间来讲解本组的策划书，包括最初的策划思路、营销工具选择的初衷、开始的设计、讨论的过程、方案的确定、策划书形成的过程及最后的定稿。评价的过程，为体现公平讲解的顺序由各组组长抽签决定，评委由教师及各组组长组成，评分采用100分制，去掉一个最高分和一个最低分，取平均分为最后得分。各组成员最后得分还要结合其平时表现，包括课堂讨论、作业、策划书形成过程中的贡献等。该项任务是对《丝路·青春》剧目牵引下的艺术网络营销课程翻转课堂改革的检验，既开发了学生的创新思维，又激起了学生的兴趣，在实践当中更好地运用艺术网络营销的相关知识。

　　总之，《丝路·青春》剧目紧扣时代的脉搏，紧跟时代的脚步。艺术网络营销课程翻转课堂改革以该剧为牵引，在艺术实践过程中培养了学生实践创造力和艺术设计表现力，掌握了剧目式艺术市场营销策划及执行全过程。《丝路·青春》剧目牵引下的艺术网络营销课程翻转课堂改革实践以学生为中心，尊重学生自主性，重视其个性化发展和团队协作能力提升，学生的实践能力、分析解决能力、自主学习能力等都能够得到极大的提高。与此同时，艺术网络营销课程为我院原创《丝路·青春》剧目的艺术实践融入了现代营销元素，利用新媒体传播优势，抓住艺术市场消费者心理，推动《丝路·青春》剧目的无线传播，为《丝路·青春》剧目创造了网络虚拟价值，在一定意义上提升了《丝路·青春》剧目应用价值。剧目融入艺术课程的实践教学并不多见，而将剧目融入商业类课程更寥寥无几。《丝路·青春》剧目牵引下的艺术网络营销课程改革实践首创"调研+策划+成果+评价"创新实践教学思路，建立全新的课程理念，培养了学生实践创造力和艺术设计表现力，使学生在熟悉剧目式网络营销策划方法同时，掌握剧目式网络营销策划执行过程。该实践在一定的基础上，给其他专业课程教学带来了新的方法和指导思路，有效地促进了剧目式教学的有效开展。

在《丝路·青春》实践中体会实践教学的重要性

张春夏

转眼时光飞逝，今年已经是我来到大连艺术学院工作的第三个年头，三年的时间，从一名初登讲台的教师成长为一名合格的大艺教师。在2017年有幸带学生参与《丝路·青春》剧目演出服装的制作。在《丝路·青春》剧目中服装学院承担了所有演职人员服装的制作任务和演职人员的化妆任务，在接到任务后服装学院领导高度重视，组织了全体教职员工学习"一带一路"的精神，了解一带一路沿线国家的服饰特点，并进行了任务分工。根据分工，我承担"长甲舞"节目的演出服装设计与制作任务。在"长甲舞"节目演出服装的制作过程中，切实地体会到了《丝路·青春》实践活动对于实践教学的重要性。"长甲舞"一共演出人员为26人，其中女演员20人，男演员6人。需要设计演出服装4套，需要制作的服装一共26套，52件。参与《丝路·青春》的过程，是实践教学的过程，对于我们教师来说是一次新的机会、新的尝试、新的体验，对学生来说可以深入地去了解和认识服装设计元素及工艺制作流程。经过一个多月的制作，我们顺利地完成《长甲舞》演出服装的制作。

《丝路·青春》是大连艺术学院以国家"一带一路"发展战略为指导，以培养艺术创新应用型人才为目标，结合学院各个分院的专业特色，以学生为主体，以舞台为课堂，带领学生共同创作的一部集合了人屏互动、情景表演等绚丽的视觉效果的原创音画舞蹈交响剧。在董事长的带领，全体大艺人的努力下，2017年11月24日大连艺术学院大型舞台剧《丝路·青春》在人民大会堂华彩绽放！从大连开发区大剧院到沈阳盛京大剧院，再到人民大会堂，再受邀至泰国巡演，每一场演出都向观众展现了我们大艺师生们的辛勤努力和对艺术的不懈追求。

在《长甲舞》这个节目的舞台服装设计和制作过程中。如何表现泰国的传统服饰？怎么样设计适用于舞台效果？选择什么样的面料？面料的制作工艺等，都是待解决的问题。这次任务对于教师本身是一个挑战，同时也是一个机会。在前期的设计的过程中与舞蹈演员多次沟通，了解需求。在这期间学生们第一次有目的性的进行项目实物设计，多次出现问题，数次修改设计，多次实验面料性能。

在设计和制作的过程中遇见非常多的教师以此作为引导性问题，让学生在实践中学习，在讨论中交流，设计出一个既符合面料的物理特性又适合自己的工作效率的解决方案，在保证舞台效果的同时，解决面料的本身不容易缝纫和不耐高温的难题。这样既加深了理论知识，又提高了实践能力，在实践过程中引导学生发现规律，学会自主地解决问题。在《丝路·青春》项目中充分地体现了大连艺术学院的特色教学模式"实践教学"。

以服装与服饰设计专业为例，在《丝路·青春》剧目运作过程中，结合项目教学法针对服装与服饰设计专业的特点，带领学生对剧中各个节目的服装与服饰，进行款式设计及成品制作，通过真实的学习情境和学习项目，促使学生在"做中学"，在"学中做"，最终配合《丝路·青春》剧目的需求完成学习目标，并通过剧目在舞台上的展演来检验学习成果。而作为服装与服饰设计专业在以《丝路·青春》剧目为依托的项目建构的过程中，教师与学生都得到了充分的锻炼。使理论与实践关联性得到进一步的巩固，促进学生形成自身的知识建构。

在《丝路·青春》剧目实践中体会实践教学的重要性，注重学生实践能力的提升，在实际体验中获得知识和经验，在具体运用和实践过程中，综合起来有以下几点体会：

1.实践教学内容综合性强，使教师和学生的实践能力得到了充分的提升

2.充分体现了大连艺术学院"培养应用型人才"的人才培养目标

3.《丝路·青春》项目实践教学引发参与者的兴趣点

4.《丝路·青春》项目在实践过程锻炼自我控制能力

在本次实践教学中，以《丝路·青春》大型舞台剧目为依托下的服装类课程实践教学改革，进行服装类实践教学模式的联建探索改革。通过舞台剧目教学与服装类课程的联建，课程与课程间的联建，共同打造实践教学平台，提高学生的实践应用能力。《绘图软件基础》《舞台服装设计》《服装工艺学》三门课程在剧目实践的引领下进行三门课程理论联系实际的教学结合，完成任务的样板设计、样衣制作、再到大货生产的一系列设计生产过程。

在《丝路·青春》剧目的实践教学课堂中，以《丝路·青春》真实项目为引

导，培养学生的实践能力。充分地体现了大连艺术学院在建校初期就明确了"培养应用型人才"的人才培养目标。"灯光下、舞台上"是学生最好的实践场地，一生多师、多元化教学、优势相长是实践教学最有效的方式。在《丝路·青春》实践中老师与学生都体会实践教学的重要性。通过舞台剧目检验教学，《丝路·青春》演出舞台服装效果的精彩呈现，是检验学生学习效果的最好方式。以剧目演出实践检验教学成果，才能真正提高学生的设计应用能力。通过本次实战课程训练，双向教学法使学生真正了解到岗位及行业的发展需求，了解自身发展方向，规划学习过程，实现服装人才培养的一体化设计。

作为青年教师的我也在实践教学活动中不断成长，不仅丰富了我的教学经验和人生阅历，同时也提高了我的设计能力和组织能力。我深深地感觉到教学不仅是一份普通的工作，更是一份伟大的事业。我为能够参与其中感到无比荣幸，也感谢大艺给师生们提供一次宝贵的实践锻炼的机会，《丝路·青春》的完美上演也是我们每一位大艺人的骄傲。

在最后我想说出心中的一句话：我爱大艺，从未离开。

《丝路·青春》引发的思路革命

迟作清

大型舞台剧《丝路·青春》2017年11月24日在人民大会堂隆重上演并获得了圆满的成功。整台演出主题明确、歌声悦耳、舞美人美、灯光耀眼、大气磅礴，我在现场看完演出后，我的视觉、我的感觉、我的心灵、我的理念等各个方面都受到了极大的冲击，也可以说是我进行了一次思路革命，这次思路革命可以用八个字来概括既"震撼、震惊、震动、震颤"。

一、震撼

震撼的感觉可以用"四个宏大"来描述，即：

宏大背景："一带一路"倡议是习近平总书记针对"世界是个地球村""世界各国人民是命运共同体"和"构建新型国际关系"的新时代条件下提出的，它是一项功在当代利在千秋的伟大事业。在"一带一路"倡议指引下，大连艺术学院的"青春的、艺术的丝绸之路新时代"已经开启。

宏大场面：在"人民大会堂"这个国家最高殿堂展现民办院校的大型原创舞台剧，场面真的恢宏、大气、上档次。

宏大制作：全部原创的词、曲、歌、舞；全部自制的音响、灯光、道具、服装；全员参演的大艺师生，没有一个外援。

宏大投入：《丝路·青春》的演职人员700余人，参与人员3000多人，这是学科和学科的大融汇、这是专业和专业的大串联、这更是人、财、物的大投入。

最终结论：董事长的宏大背景、宏大场面、宏大制作、宏大投入的"四个宏大"做法和习近平提出的"四个伟大"即"伟大斗争、伟大工程、伟大事业、伟大梦想"及其地相似。它带给我的"震撼"是引发了我"思路革命"的视觉诱因。

二、震惊

震惊的感受可以用"四个敢于"来解读，即：

一所普通的民办艺术学校敢于在人民大会堂汇报实践教学成果。

一个大碗和外援都没有敢于在人民大会堂上演原创剧目。

民办学校敢于领跑公办学校创作《丝路·青春》这样的新时代作品。

中央电视台敢于用1分26秒的时长报道《丝路·青春》的演出盛况。

最终结论：董事长制定的沿着丝绸之路复兴中国文艺的道路；学校的发展要与国家战略紧密结合的理念；经典作品要全员参与的制度；用大艺精神传承中国文化的做法和习近平指引的"四个自信"，即"道路自信、理论自信、制度自信、文化自信"极其的吻合。它带给我的"震惊"是引发了我"思路革命"的理念动因。

三、震动

震动的体会可以用"四个震动"来形容，即：

震动了现场观众：现场观众掌声雷动、目不暇接、闪光灯在不停闪耀。

震动了京城人们：演出前和演出后都有许多京城的人们在"摇头"？然后他们还在窃窃私语地说"不可思议，真的不可思议"？一个外地的民办学校可以到北京人民大会堂演出这么宏大的剧目？

震动了大艺师生：在职的大艺老师和在校的大艺学生，许多人带着自己的父母和亲人到北京观看演出；许多往届的毕业生也自掏路费带着领导和朋友去人民大会堂欣赏母校的剧作；更有不可思议的是还有已经从大艺离职的老师也带着家人和孩子来到现场。

震动了大艺师生亲朋好友的朋友圈：演出的前后几天，大艺师生的朋友圈总是被刷屏，原因是《丝路·青春》的演出引起了众人关注。

最终结论：董事长的大型舞台剧《丝路·青春》给大家引起的震动是全方位的、是立体的、是空天一体的，它包括学苗的质量、教师的底蕴、舞台的大小、剧目的优劣等等方面。就像习近平在十九大上提出的"总体布局""战略布局"和"两个一百年奋斗目标"一样震动了全国和全世界人民。它带给我的"震动"是引发了我"思路革命"的直观原因。

四、震颤

"四个震颤"可以代表我的震颤感受，即：

震颤了视觉：这是一场千载难逢的视觉盛宴，不看视觉就会受限，看了眼界就像被"开了光"似的豁然开朗。

震颤了思想：《丝路·青春》观看之后，我的思想受到了震颤、受到了洗礼、受到了冲击，我们不能再墨守陈规了，我们要敢于创新、我们要善于创新。

震颤了目标：《丝路·青春》在人民大会堂演出之后，我们坚定了有目标就不怕迷失方向，有实力就不怕被超越的远大理想，并且要坚定目标一定要定的高、一定要定的远。

震颤了行动：按着《丝路·青春》的策划目标，按着《丝路·青春》的演出标准，按着《丝路·青春》的总体布局，我们一定要把所有的工作做实、做细、做精，行动从现在开始。它带给我的"震颤"是推动我"思路革命"的最关键成因。

总之，《丝路·青春》给我影响最大的是"不断创新"，给我印象最深的是"永不停步"，给我永远难忘的是"思路革命"。《丝路·青春》给我们指明了工作方向，给我们理清了工作标准，给我们充足了前进的动力。

传承丝路精神 发扬大艺文化

郑 昊

海线两岸同发展，丝路青春正当时。大艺人响应"一带一路"倡议，原创大型舞台剧《丝路·青春》推出，并在北京人民大会堂成功演出。

从学校排演、预演，到沈阳盛京大剧院，再到人民大会堂，《丝路·青春》经历了一个又一个阶段，宣扬并坚守着大连艺术学院多年来矢志不渝的使命，继承传统智慧，勇于时代担当，体现了大艺创办人王贤俊先生深思熟虑，高瞻远瞩，与祖国同行，与国家的心路同节奏的时代责任感，他提出要倾力打造反映当代主题的大型原创舞台剧《丝路·青春》，使"青春遇上新时代"不只是作为目标和口号，更是从学生本身开始，从艺术出发，展现发扬大艺文化。

"丝路"对于大艺人来说是个成功的开始。丝路所激发的大艺人的传承文化，使"青春遇上新时代"成为今后大艺发展的方向和目标，成为推向社会的舞台精品，成为今后实践教学，科学研究，服务社会和文化领域的范式，文化传承正当时。

习近平总书记倡导的"一带一路"伟大构想，是对历史文化传统的"创造性改造和创新性发展"，追随"一带一路"的伟大构想和实践，是我们传递中国声音、讲好中国故事的一个主题、一个平台、一种媒介、一条路径和一个机遇，而《丝路·青春》舞台剧对于学院只是一个开始，是保持学院的凝聚力和影响力，发扬大艺人文化的开始。

中华文化发展五千年，大艺学风传颂18载，虽有时间长河相隔，但文化主心不变。学院学风不仅要紧跟时代风向，展开新时代青春，更要注重思想政治教育，再发掘引导学生的思维力、想象力和创造力。做未来新兴艺术家，千锤百炼，需保持思政初心，做传承文化大艺人，精雕细琢，需铭记思政校训。思政教育不是口号，它是中国精神文明建设的首要要求，将要求落实到学院中，学院的丝路精神，便成了思政教育的主心骨，丝路精神是文化传承，青春新时代精神也是文化传承，传承正当时。

大学生在中国新的文艺复兴的时期要扮演一个什么角色？《丝路·青春》这个剧很好的回答了这个问题，那就是政治担当、文化担当、财力担当和道德担当，它秉持着执着匠心精神和强烈的政治意识，指引了新时代思政教育的方向。其为了"一带一路"付出青春的选题，是思想政治觉悟的升华，大学生是国家进步的中流砥柱，是中坚力量，是思政教育的主要受众，时代青春这个主题很新，它所蕴含的内容不光是大艺人文化的传承，还有革新。是时代的新，更是青春大学生的新，也是传承的新。

传承了两千年的丝路，自古至今到未，一代一代人沿着海线两岸走着走着，初心未泯，总有新的思想政策，总有新的时代目标，唯有文化脉脉相传，争做明德精艺大艺人。

管理艺术中的《丝路·青春》

唐鑫颖

党的十九大刚开过不久，我院创作的大型舞台剧《丝路·青春》分别在大连，沈阳，北京人民大会堂成功上演，收到了社会各界的高度赞誉。《丝路·青春》发挥了育人，科研，服务社会和传承创新的多元功能，是集思想性，艺术性，教育性和创新性于一体的精品力作。

《丝路·青春》是歌颂"一带一路"的正能量，主旋律的艺术作品，具有很强的时代感和思想性。《丝路·青春》很精致，很壮美，满足了人们的审美需求和体现了社会的审美价值，收到了观众和文艺专家的一致好评，具有鲜明的审美性和艺术性。《丝路·青春》位培养应用型艺术人才开辟了一条新路，为学生搭建了知识转化为能力的艺术实践教学的大舞台，拉动了20多个专业，3000多名学生参加或者参演出，学生的艺术技能，艺术能力和就业创业能力空前提高，具有显著的教育性和育人性，《丝路·青春》是学院自编，自导，自演，自制，自创的大型舞台剧，传承了中华民族优良的艺术传统，传承语创新的高度融合，新颖别样，具有强烈的传承性和创新性。

《丝路·青春》是一部大思路，大手笔，大投入，大制作并收到大效益的舞台艺术作品。《丝路·青春》的成功源于音乐，舞蹈，服装，道具，LED等创作团队的反复修改，不断打磨以及立志出精品的艺术创作精神，源于700多名演员废寝忘食，夜以继日，吃大苦，耐大劳的排练和演出，源于各级领导和专家对《丝路·青春》的充分肯定和客观评价，使我们深受鼓舞和感动，《丝路·青春》成功的根本原因是大连艺术学院的创始人，《丝路·青春》总策划，总撰稿，总导演王贤俊董事长眼光敏锐，高瞻远瞩，敢为先人科学决策，他亲自领导，深入一线具体指导以及自己的模范行动太懂全体演职人员共同女里的结果！

《丝路·青春》是新时代舞台艺术的重大成果，是艺术实践研究的突破，是大艺人向社会奉献的艺术精品，以及表示大艺人不畏艰辛，勇于开拓，不断攀登艺术高峰的信心和能力。

　　文化艺术管理学院，作为大连艺术学院八大学院中唯一一个以纯文化课为基础的学院，我们深化改革，遵循以学院发展创新为基础，坚持以一带一路，思路青春为主体思想的模式带领学生脚踏实地地向前迈进。文化艺术管理学院，简称文管学院，是由旅游管理，电子商务，文化产业管理，商务日语等四个本科专业，工商企业管理，市场营销，旅游管理等三个专科专业共七个专业组成的多元化全方位人才培养的组织。

　　无论是在学习上，生活上，我们辅导员都坚持贯彻坚持学院《丝路青春》中坚守的："一带一路"思想，这正符合我们文管学院整体趋势，第一，"一带一路"中的"贸易、金融、交通、基建、文化、旅游"等战略重点建设内容，将推动高校人才培养、科学研究、社会服务、文化引领等功能的拓展。第二，学院要加强国际化。要逐步形成具有特色的国际化的高等教育规模。开设有"文化交流、金融交互、能源开发、交通运输、农业产业、旅游开发"等的针对高校人才培养的专业群，大力支持并鼓励不同院校间的专业人才培养合作；积极推动创新人才培养的模式，建构多主体共同协作的新一代人才培养机制。第三，推动高校的转型升级，全面推进校地合作，为相关行业提供全方位、高质量高层次服务，加大产学研结合力度，加强科技成果转化，增强地方高校服务区域发展能力。第四，要通过调整专业设置和不同层次人才的培养来寻求发展，培养出更多的应用型人才、专门人才和高层次管理人才，为"一带一路"倡议服务。第五，充分发挥、挖掘文化资源，加强文化辐射力度，成为一带一路"助推器"。

　　"一带一路"倡议的全面铺开，对人才的需求量也会逐渐增大，在人才的质量上要求也越来越高，这就对高校辅导员的工作提出了更高的要求，需要所培养学生与新要求相互平衡。这也就是说，高校辅导员要对培养方案进行相应的调整。

　　但，就业是一个双向的选择，不但需要考虑企业的需求，还需要考虑学生的想法，高校辅导员要对学生进行有效的就业指导和职业规划，如此，企业可以招聘到合适的员工，学生也可找到心仪的岗位并由此获得职业幸福。大部分辅导员都很清楚就业工作对学校和学生的重要程度，并且也都很努力地在做这方面的工作，但是由于精力、学习时间和职业认识的不足，使得他们没有过多的关注学生的内心需要，更缺乏引导。

当前，大学生大多通过学校的招聘会、网络或家人、老师来获得就业的渠道，这样的渠道不仅有限，而且有很大的片面性。大学生在就业方面更多的是听从父母的意见，或者将重点放在国家公务人员、事业单位、国企这些所谓的"铁饭碗"上，很少研究这些岗位与自己的专业或者理想是否契合，这就间接为未来的工作单位发展带来了隐性的阻力。"一带一路"倡议全面展开之时，必定会有越来越多的招聘单位到高校进行人才选拔，也会出现越来越多新的领域亟须开拓。这些都使得企业对人才的需求日益增长，但是传统的就业观念却导致人才对这些企业很少过问，这些新兴企业往往在招聘时无人问津。

总之，高校辅导员需要引导学生对自己有一个正确的认识，并且对职业有一个理智的目标，要让学生们充满斗志的用知识将自己武装起来，适应社会、服务社会，为"一带一路"的建设尽自己的微薄之力。要把职业规划的概念深深扎根在大学生心里，让他们在"一带一路"大环境下找到合适的时机，拥有合适的职业。

在坚守学院《丝路·青春》"一带一路"倡议中，使用网络是一个重要手段。目前，由于电脑的普及，网络已经是我们专递信息和获取信息的重要途径。大学生则是网络使用的主力军，他们在网上学习、娱乐和了解国内外的信息。网络已经是大学生生活中不可缺少的一部分。所以广大辅导员一定要占领网络思想政治教育工作的阵地。

作为高校辅导员要用开放和包容的心态来看待网络思想的传播，发达的网络能让大学生的学习更加全面高效，与此同时，网络所带来的娱乐方式也是各式各样，丰富多彩。网络打开了大学生更好认识世界的大门，使他们拥有更加多元的思维方式。当然，网络也像一个打开的窗口，我们可以感受到新鲜的空气，同时也需要抵御外来的沙尘和病菌。由于网络的多元化，消极的思想也在其中广泛的传播，作为高校的辅导员，我们一定要及时清理学生心理上的不良思想。

传统的思想政治教育工作是较为枯燥的，不仅说教效果不明显，还容易让学生产生逆反心理，如果能在网络上开辟出思想政治教育的阵地，这种状态也许会有明显的改观。当然，这目前只是一个理论上的想法，实践中，高校辅导员们往往深陷繁琐的事务性工作中，想法和行动很难两全其美。大多高校也都开设了网站和微信平台，这也对高校的辅导员提出了更高的技能要求。

多元文化交流对马克思主义价值观教育的挑战，马克思主义价值观一直以来都被理论化和政治化，往往离大学生的生活会相对较远，这使得大学生群体普遍对其敬而远之。随着学院贯彻"一带一路"倡议的实施，多国文化和价值观念都会在大学校园中广泛传播，如果高校辅导员不对此进行正确的引导，大学生很容易因为好奇心就去接触马克思主义价值观以外的观念，而且，这些生活化的价值观念，往往更容易被接受。这就为高校辅导员进行马克思主义的传播带来了新的阻力。

再者，在争取下一代人支持的"战争"当中，西方反华势力向来就暗暗用力。那么随着我国综合国力的提升，这场看不见的战争也必将愈演愈烈，这鞋势力也一定会利用"一带一路"所营造出的开放环境对"一带一路"的实施从中作梗，继续在寻找思想上志同道合的同盟者。此外，我们不难发现，这种潜移默化的思想上的影响也随着时代的变迁变得越来越隐蔽。

"一带一路"是高校辅导员的机遇，更是高校辅导员的挑战。作为一名高校辅导员，应该始终坚持马克思主义的理念，通过日复一日的学习充实自己，只有这样，才能在面对不同的价值取向时坚持真理。另外，还要尽力将马克思主义理论与平常的生活结合起来，用朴实的语言和生活中的实例引导学生正确对待马克思主义价值观，让他们学会明辨是非，对社会上不同的价值观有正确的认识。

"一带一路"的实施和稳步推进，已经使世界瞩目于中国的经济、政治领域，中国经济的发展同时对思想的跟进提出了要求，合适的思想理念对经济有能动的推进作用。所以，作为一名高校辅导员，应该要预见到"一带一路"倡议给教育事业带来的影响，给自身本职工作带来的挑战和机遇，这样才能更好地指导工作与现实的有效结合，在新的历史背景下更好地推动高校思想政治教育工作的进步。

从培养方案、师资队伍、教学资源，以及打造校企合作平台等各方面，大艺以《丝路·青春》等剧目为纽带，多方强化对人才应用能力的培养。教学单位根据剧目制定了教学方案，并综合现阶段专业课程内容，除了"第一课堂""第二课堂"，文化艺术管理学院把"一带一路"沿线国家文化解读课搬到交响乐排练厅。人才培养得怎么样，最好的检验就是毕业生就业能力。大艺有多名学生在央视实习后被留用，有的毕业生在国家级院团里从事本专业，不少学生考上了研究生、博士。这些，跟他们参与过的实践教学，不能不说有着密不可分的关系。

王贤俊董事长感慨地说："高校要承担社会责任，弘扬主旋律。剧目可以在教学实践过程中给大艺学子带来思想政治觉悟上的提升，使他们具有大视野、大格局，'有理想、有本领、有担当'。我想这就是我们的大艺梦，融入中国梦中的必要过程吧。"

《丝路·青春》虽然落下帷幕，但未结束，这将又是新的开始。但它将带着大艺不忘的初心，继续前行。大艺将以一个个新的发展目标为引领，向着中华民族伟大复兴的中国梦不断前进！

《丝路·青春》教学与实践的完美结合

牟明慧

11月24日，由大连艺术学院原创大型舞台剧《丝路·青春》在北京人民大会堂隆重上演。这是继大型音画舞蹈交响史诗《和平颂》之后，大连艺术学院的舞台艺术作品第二次登上人民大会堂的舞台。

学院以"一带一路"为题材创作《丝路·青春》，在剧目创作中解放思想，在精品打造中更新观念，以生动活泼的文艺作品为载体，贯彻落实党的十九大精神，这也是民办高校所秉持的艺术精神与社会责任和文化担当。"十年打基础，二十年出风采，三十年实现大艺梦。"王贤俊董事长说，大连艺术学院要通过剧目的实践，为青年的发展搭建大舞台，提供大平台，使他们有理想、有本领、有担当，有能力承担社会责任。大连艺术学院要不忘初心，继续办好党和人民满意的大学，培养人才、服务社会，让更多学子成人，成才，成功。

实践出真知，《丝路·青春》大型舞台剧通过理论与实践的结合、演员与舞台的沟通，学生与社会的接轨，进一步培养学生的专业水平、舞台表演技能、与人相处的技巧、团队协作精神、待人处事的能力等，尤其是观察、分析和解决问题的实际工作能力，以便提高自己的实践能力和综合素质。一般来说，学校的课堂环境和舞台的表演环境存在很大的差距，学校主要专注于培养学生的学习能力和专业技能，而舞台实践则更专注于学生的专业知识运用和舞台表演能力。一台成功的舞台演出，除了要加强课堂上的理论知识外，还必须要亲自参与表演实践，通过实践获取更多的经验以及知识。实践教学在帮助艺术学生从校园走向社会起到了非常重要的作用，因此要给予高度的重视。通过实践教学的大舞台，让学生找出自身状况与社会实际需要的差距，并在以后的学习期间及时补充相关知识，为求职与正式工作做好充分的知识、能力准备，从而缩短从校园走向社会的心理适应期。

一丝一路一青春

王 迪

璀璨的灯光，变幻的LED、磅礴的交响乐，一片浩瀚的沙海映入眼帘。几个青年学生，正沿着丝绸之路进行艺术采风，"一带一路"的磅礴画卷徐徐展开……一切仿如如同一场梦

时光荏苒，转眼已经是来到大艺的第八个年头了，还记得初入校园的时候，大艺青涩稚嫩如同我当时的迷茫的脸庞，望向大艺，十八年的建校历程，历尽沧桑，风雨无阻。十八年风雨浸润，流金岁月，积淀下沉沉履步，十八年峥嵘穿透纯净书声，抒写出精彩华章。十八年的拓荒播种，这里已成为一片沃土，十八年的锲而不舍，这里已成为人才的摇篮。

2017年我的大艺经历了一次蜕变，让我更加为我的学校感到自豪。

2017年11月24日，由大连艺术学院原创、讴歌"一带一路"伟大倡议的大型舞台剧《丝路·青春》在人民大会堂隆重上演。这是大连艺术学院继大型音画舞蹈交响史诗《和平颂》之后，第二次登上人民大会堂的舞台。该剧的上演得到了中国人民对外友好协会、辽宁省教育厅的大力支持，让大艺的名字在全中国更加让人熟知，该剧是由大连艺术学院王贤俊董事长担任总策划、总导演、总撰稿；由一级作家、学院阮振铭教授及青年教师执笔；作曲家高大林领衔作曲，并由学院知名专家和教授牵头，各专业骨干教师参与，上千学生为演出主体，是大连艺术学院继"和平三部曲"——《汤若望》《樱之魂》《和平颂》以及五项国家艺术基金立项项目之后，又一次推出的精品。该剧展现了大艺把精彩浓缩到舞台的追求，把育人根植在实践的特质，上演了民办高校发展史上的"新传奇"。

还记得去年有幸听到王贤俊董事长在图书馆报告厅演讲关于丝路青春的策划，让我受益匪浅，也对自己母校的未来充满憧憬，仿佛清晨逐渐升起的朝阳，我们的大艺即将成长为一个传奇。

《丝路·青春》不光展现在了舞台上，自己身边的生活也处处在改变。大艺一时间成长的我刮目相看，充分体现了学校领导对学生的重视。

　　清晨的校园，被一层淡淡的金光笼罩着，隐约透出一股青春的朝气。同学们踏着轻盈的步伐在校园里行走着，传媒院练习着嗓音，安静的校园一下子被打破了沉静，一路上，有的同学在聊作业，有的在聊论文，校园主干道上人山人海。而后上课铃声的响起，热闹的校园主干道又恢复了清晨的沉静。只剩下那喷泉缓缓地从下涌出，亦如校园无穷的潜力。

　　走进校门，一座建筑物挺拔的凤凰、一座座雄伟的教学楼、一排排粗壮挺拔的树木、一座座路边的雕塑、碧绿的小草坪、尽情欢唱的鸟儿……组成了一幅美如梦境的轻院画，挂在我们每个人的心中。

　　来到图书馆门口，"明德、精艺、崇实、尚美"的校训石矗立门前，作为一个标尺，激励和劝勉轻院的教师和学子们不畏艰难，奋勇直前。走进图书馆，各种各样的书籍应有尽有，无论是世人瞩目的名著，清新似水的散文，还是富有哲理的中外诗篇，都能通过检索系统检索出来。一直以来我都喜欢着图书馆，安静自由行走，沙沙翻书声的寂静，更让我有读书的欲望，空气里都是书香。

　　图书馆旁就是学生的宿舍楼。宿舍可谓是他们的安乐窝，所有的喜怒哀乐，都在这个"家"里。从去年开始大艺二期工程就已经启动，学校大力出资改善学生的生活环境。让大艺学子在最舒适的环境里放飞梦想的翅膀。

　　课程教学中也无时无刻不体现着"一带一路"的精神文化，有了这一方向，学生的学习更加充满了动力和信心。

　　大艺梦是什么？王贤俊董事长说："大艺梦是不忘初心，继续办好党和人民满意的大学；是灯火阑珊处，方显大艺学子身影；在天底下最光辉的地方，都有大艺学子工作和事业拼搏的脚印。《丝路·青春》打造过程也是深化改革的过程，涉及科研、教学、实践教学、考核管理等多个层面，是提升办学质量的新增长点，更是大艺培养优秀人才的新契机。我们希望能够为青年的发展搭建大舞台，提供大平台，让更多学子成才。"

　　我们梦想开始的地方在大艺，大艺为我们实现梦想提供了最坚实的基础，我们最美好的年华在大艺，对于许多学生来讲"丝路青春"见证了他们的大学，实现了他们对艺术的渴求，对梦想不再是憧憬，二是真真切切的投身于当下，青春在丝路，为我是大艺人而骄傲。

第七篇 〔服务篇〕

管理育人、服务育人是高校育人的重要组成部分，高校各类管理人员和工勤人员通过管理和服务工作，用自己的形象和言行教育引导学生，从而达到育人的目的，是高校永恒的课题。

管理与服务工作纪实

梁 云

每位欣赏过《丝路·青春》的观众，都会难以忘却舞台上青春飞扬的年轻大学生，都会被该剧巧妙的构思、宏大的叙事和优美的表演深深吸引，都会被该剧强力的感官冲击和身临其境的艺术氛围深深打动。但是，我们今天要记述的不是专家、媒体和观众们看到的台前演出，而是《丝路·青春》幕后鲜为人知的管理与服务保障工作纪实。

一、沈阳北京待演出，保障工作部署紧锣密鼓

《丝路·青春》的演职员达到八百余人，为学院历史最高，这次"大兵团作战"的异地演出保障的难度可想而知。为了保证沈阳和北京演出的安全顺利完成，学院委派梁云副院长任保障工作总指挥，刘永福副院长担任保障顾问，分别成立了由梁云副院长任组长，党办李剑主任、院办田苗苗副主任、人事处王慧英处长任副组长的接待保障组；由学生处任思斌处长任组长，音乐学院戴伟书记、校团委司阳书记任副组长的安全保障组；由总务处张峻祥处长任组长，总务处刘德菊经理、孙富强任副组长的剧务保障组，又甄选了若干优秀的学生工作者共同完成演出的服务保障工作。

保障组面临的第一个困难就是策划保障方案的时间非常紧迫，必须在短时间内完成实施方案和工作细则。诸如全体演职人员花名册、信息核对、车辆编排、住宿安排、餐饮计划、行车路线、学生安全预案、学生管理制度、学生异地演出教育内容、车长（组长）人员选拔、通讯联络方式等具体的细节问题，全都摆在了保障组的面前。

在梁云副院长和刘永福副院长的领导下，各组分别召开了工作部署会，强调结合《丝路·青春》沈阳、北京演出的保障工作，做好管理育人、服务育人的重要意义，确定了工作目标，进行了工作分工，规定了完成时限，提出了明确要求。

保障工作的核心是"管理加服务"，我们要做到"精心管理、尽心保障、热心服务"，每个环节都不能留下隐患。要保证每名参演的学生除了获得专业和艺术上的提高之外，还必须在我们的管理和服务中，安全愉悦顺利地开展学习、实践和生活。全力保障沈阳、北京演出的成功，是我们责任；以管理和服务的形式引导、教育和影响学生们的提高和成长，更是我们责无旁贷的使命。

事实证明，在管理和服务交融，制度与机动互补的作用下，《丝路·青春》的保障工作由教职工的言传身教变成了学生们的行为自觉，参演学生互相关注、互相提醒、互相照顾，在沈阳、北京两场共计9天的异地出行、就餐、住宿、演出、返程的过程中，没有影响一次演出排练，没有发现一起安全隐患，没有发生一例安全事故。

二、最佳预案磨砺出，精细调整保障管理服务

离赴省城的日子还有不到10天，保障组每天都在紧锣密鼓研究方案，针对反复核对过的演职人员花名册进行车辆编制、住宿安排、行车路线策划和安全预案拟定……这些看似和艺术实践教学并无太大关联的工作，落实起来却更显繁杂，更需周全。保障组的成员几乎每天都处于"开会研究—落实细节—发现问题—再次研究—再次落实"的循环往复之中。常常是电脑上刚刚完成一套时间人员表格的制定，排练现场就传来人员变化的消息，又马上修改保障计划的细节。在离开大连之前最后的几个晚上，保障组成员不论在学院值班，还是回到家里，大多加班到深夜十一二点，无数次核实人员、车辆和宾馆的安排，最终精准地编织了一套860余名演职人员全覆盖的安全保障网络，为完成安全保障任务打下了坚实的基础。

异地演出，学生们有太多的时间处于校园和舞台之外，如何体现一名大艺大学生的精神面貌和综合素质，就显得更加重要。大艺的学生就是学院呈现给社会的一幅画卷，我们不要一面绚丽、一面灰暗的展示，而要展示大艺学生青春与阳光的形象、文明而善良的品格、自律又高尚的境界。在校内，我们严格管理，认真教导；到了校外，到了社会，我们更要以身示范、言传身教，在管理中教育学生向好向善，在服务中引导学生成长成熟。

在沈阳盛京大剧院彩排和演出期间，一开始个别有吸烟习惯的学生没能自觉遵从临行前的文明行为教育，利用排练间隙偷偷躲在角落吸烟，引起剧院工作人员的反感。这时，我们并没有当众批评或训斥违纪的学生，而在小声提醒之后，

每人一个垃圾袋在偌大的剧场停车场不停地检查，把一个个烟头和垃圾捡起来；每次餐后，还要把个别学生不注意随手丢弃的饭盒、水瓶和手纸清理干净……

看着学校的领导和老师把自己刚刚随手丢弃的烟头和垃圾一次次拾起来，许多学生演员脸红了起来，有的尴尬得手足无措，有的惴惴地说着"老师，我来，我来"……老师们的以身示范不仅起到了立竿见影的效果，本来剧场外随处可见的烟蒂和垃圾很快消失无踪，而且悄无声息、润物无声的言传身教还最大限度地维护了学校的声誉和学生演员们的自尊和演出情绪。更重要的是，这样言传为辅、垂范为主、以上率下的管理育人、服务育人，为《丝路·青春》北京人民大会堂的演出打下了坚实的文明行为和纪律观念基础。

三、大任即降不畏难，及时调整计划灵活应变

2017年10月20日下午，保障组遇到了突然变故——省政府规定"在十九大召开期间，每辆大客车所乘人员（含司机）不能超过30人。"这一突变要求推翻了我们原有的保障计划。

大艺校园10月20日的晚上安静而漫长，但是在安全保障组这里，却呈现出另一番情景：不断重复核对的新乘车人数和人员名单、重新编排的15辆大客车号码、车辆与宾馆新的对应方式、无法乘车人员的身份证号码和火车票信息、安保带队人员重新分工分车，还有铺满桌面的打印版花名册……这看似股票交易市场的繁忙景象，实际上忙而不乱、紧张有序。我们唯一需要的就是时间，如同《最强大脑》的比拼一样，最佳方案的诞生没有疑问，只是越早解出答案就对第二天的通知和部署越有利。在接近凌晨四点的时候，每辆大巴乘坐29人，其余人员乘坐火车，合理对应宾馆和发放餐食，并保证按时分批抵达沈阳的全新方案再次出炉，《丝路·青春》安全保障工作的最后一块拼图终于完成。

四、创新联络显奇效，书写大艺版"速度与激情"

在沈阳，要求演出当晚连夜返程，这需要我们在场外布置好演出结束后的返程准备。10月25日下午3点，我们就将864份夜宵和饮用水分别装袋分配到每辆大客车的每个座位上，保证辛苦演出的师生，可以在车上吃上可口的夜宵，得到充分的休息。经过三四个小时的忙碌，刚把夜宵分发完毕，又紧接做返程准备，除了要合理安排头车和其他车辆顺序、分配带车组长、敲定行车路线之外，还要重点考虑在路上的行车时间。根据《交通法》"禁止长途客运车辆凌晨2时至5时在高速公路通行"的规定，21点演出结束演员离场，除留下个别收尾的师生，所有

演职员必须在10—15分钟内全部上车，力争尽早发车，尽早上高速，以保证16辆大客车能在凌晨2点之前下高速；否则就得提前下高速，走我们不熟悉的、计划外的路线，这样不仅降低夜间行车的安全性，还会增加行车路程和时间，甚至可能像上次一样迷路。经过几天的相处和工作配合，各位司机、车长和组长很快领会其重要性，并在演出之前就把演出结束后离场和上车的时间、要求布置给所有的演职员。为了充分利用时间，我们提前在停车场将车辆顺序和位置安排妥当，在距离演出结束10分钟时，点亮了车辆序号牌，1—16明亮的数字仿佛大艺召唤孩子们回家的灯塔。演出结束后，每个人都快步如飞地跑出大剧院，迅速有序按照车号找到自己的大客车和座位，女生的箱子有同组的男生主动帮忙拎着，动作稍慢的同学有小组长和车长及时的催促和导引方向，几乎没有任何人再把任何杂物和垃圾丢弃在我们下午刚刚清理过的停车场内……短短的10分钟时间，800余人全部上车完毕，16辆大客车不漏一人，在预计时间浩浩荡荡地离开了盛京大剧院，唯独留下了青春的脚印和观众们赞赏的掌声。我们欣喜看到之前的教育管理、热情服务、尽心保障和言传身教开始见效了。

沈阳演出的最后一关也在大家的急中生智中得以完美解决，16辆标识着"大连艺术学院"的红色大客车，全部按时、按预定路口下了高速。最后一辆大客车是凌晨01:55下高速，虽是险胜，但在这场与时间赛跑的竞赛中，大艺版的"速度与激情"带给了我们许多新的工作灵感和宝贵经验。

五、安全责任大于天，大艺人顶风冒雨战严寒

党的十九大刚刚闭幕的庄严氛围，仍然在天安门广场和人民大会堂的上空，首都北京的浓重政治气氛，无形中为我们的这次演出保障任务提出了更高的要求。从熟悉、掌握、服从、保证排练和演出的工作计划，到依据导演组的要求，详细安排演职员的出行时间、车辆计划和吃饭、饮水的时间、地点，北京之行的保障工作比沈阳演出更加艰巨。为保万无一失，学院领导和各组负责人提前赴京按计划路线，坐同一时间的火车经鞍山进行实地、实情考察，最终研究改变了演出结束就当晚乘火车回连的预案。

北京11月末的夜晚和凌晨的气温已近零下，演职员要么在大会堂排练、用餐，要么在温暖的宾馆短暂休息，但保障组的成员们不是在大会堂西门外守候，就是早早起床去北京站迎接新到师生，或到预定的早餐饭店忙活了。没有一个组员叫苦喊累怕冷，相反大家脸上流露出的却是自豪、乐观和坚强的斗志。始终处于工

作状态的组员们，都免去了见面时的寒暄，取而代之的是快人快语的情况交流和沟通，"哪个组已经起床吃早餐了，哪个组已经进发大会堂了，第二遍联排已经到第几乐章了，哪个组已经出发回宾馆了……"最复杂的工作环节被一条最简练的服务保障链条紧密地串联在一起，各组随时有人负责，信息实时进行共享，突发情况立刻反馈汇报，安全隐患及时控制消除。在保障组成员的共同努力下，凌晨2点的北京仍然充满着关怀和坚守的温暖，清晨6点的前门也早已被大艺的热情点燃。

平日在校园里不甚熟络的师生关系，在短短的几日里发生了质的变化。演职员里的许多学生开始注意到身边的这些守护者，路上遇见会主动地和我们打招呼道声"老师好"；在餐厅吃完饭出来看见我们还在维持秩序，会突然塞过来一瓶"老北京酸奶"，然后又跑向大会堂；晚上排练结束看见我们，学生骨干会主动汇报大会堂里面的情况……一些平淡无奇的举动却让我们看到了学生们在思想境界、服务精神和管理经验上的快速成长与蜕变。

六、铁脚板铸就完美，铁骨柔情只为丝路延伸

在北京演出，除人员、数量变化较大外，更没有统一的出发时间、住宿地点和接送车辆，仅在人员交通一项上，就涉及大巴、火车、地铁和徒步。在人身安全和时间把控上，全组成员自始至终未敢有丝毫的懈怠和疏忽。为保障导演组排练和演出时间的变化和要求，安全保障组13名成员24小时待命，并随时根据各团组的日程开展工作。"吃饭没有规律，眨眼忙到凌晨，日行两三万步……"正是安全保障组北京几日工作的真实写照。

天安门广场和前门附近无法停车，《丝路·青春》全体演职员在住宿宾馆到人民大会堂的路程必须步行。安全保障组成员每天除了多次护送团组进场和宾馆、餐馆往返带队之外，还要负责迎接新到北京的学院领导和参演师生，为他们引路和安排住宿。北京前门大街长845米，行车道宽20米，在这条拥有古老历史和见证北京变迁的老路上，安全保障组的老师们用双脚丈量了它的面积，用双脚踩出了大艺的痕迹，用双脚描绘了一幅属于大艺人、大艺精神的全新画卷。

11月24日演出的当天，我们在忙完中层领导、民乐团的接站、入住和各团组的午餐工作之后，本可稍事休息，但马上又接到要当天分发次日返连动车午餐的任务，在大家的配合下，直至深夜十一点钟，数十箱的牛奶、面包、香肠和酸奶，才被化整为零成800余份午餐，准确分发到每个演职员手中，返回宾馆房间后，才发现脚底都已磨出了几个大水泡。

七、全天全员全身心，披星戴月只为青春绽放

大连、沈阳、北京三地的演出，其中有太多的温暖故事应该记载，幕后有太多的感人镜头应该放大，这一路往返几千公里的演出之旅，大艺有太多的领导和老师不曾备课、不曾说教、不曾板书、不曾提问，却为学生们在列车上、宾馆里、停车场或马路边上了一堂又一堂生动的育人课。以身示范、以上率下、言传身教是教学手段，精心管理、尽心保障、热心服务是教学态度，而教学目标则是提升学生们的思想境界、服务精神；加强学生们的纪律观念、安全意识；培养学生们的文明行为、道德品质；提升学生们的管理经验、工作能力……

保障组作为《丝路·青春》不上台演出的特别行动组，负责人员安全，落实服务保障，以严格合理的管理教育为手段，以热情尽心的服务保障为宗旨，在《丝路·青春》灯光照不到、音乐飘不到的地方贡献我们的智慧和勤奋。

如果说《丝路·青春》在教室里、排练场和舞台上，是学生专业和艺术的锤炼；那么《丝路·青春》在路上、在车上、在站台，就是学生综合素质和思想觉悟的拓展和延伸，就是学生在社会实践中汲取的成长能量。综合在一起，学生才能全面地获得思想上的深刻洗礼，灵魂上的深入触动，信念上的深度唤醒，这才是我们这部有关历史、政治和青春的艺术鸿篇《丝路·青春》具有的完整的育人成果。

管理与服务育人的经验做法

梁云　司阳

王贤俊董事长经常讲"实践教学是管理育人的主要内容和主攻方向。"这一理念也在《丝路·青春》的管理服务中得到充分诠释。

保障组成员既是服务者也是教育者，他们的思想作风和工作态度对学生有直接的影响，能起到春风化雨、润物无声的教育作用。寓教育于高效优质的管理服务当中，通过保障组成员的言行举止给学生带来一种潜移默化的影响，学校大型演出中的管理育人、服务育人与教师的教书育人具有同等的重要地位。保障组成员不断增强管理育人、服务育人意识，弘扬敬业精神，内练素质，外树形象；仪表端庄，语言文明；态度和蔼，主动热情；不断提高管理水平，使学生在接受管理过程中，受到良好作风和高尚情操的熏陶和感染。这种教育是学生在课堂上和教科书中无法找到或看到的，《丝路·青春》演出是"没有讲台的课堂"，保障组成员是"不上讲台的老师"，自觉践行"处处是课堂，人人是教师"，寓"育人"于管理服务工作之中。

一、用有效的教育引导学生

在保障《丝路·青春》演出的实践教学活动中，做好管理育人、服务育人，首先要有针对性地认真做好学生的教育引导工作，改变重管理、轻教育的倾向。每次演出前王贤俊董事长都到排练现场慰问看望师生，进行演前动员，给师生鼓劲加油。各学院党总支和带队老师，还以道德行为规范教育为主要内容，以执行规章制度为重点，以培树文明校风为标志，强化管理教育力度。

《丝路·青春》演出前，我们多次协调院办、学生处、总务处、保卫处、教务处、二级学院书记和政治辅导员进行研讨，对演职员生活、排练过程中可能出现的困难和问题进行系统梳理，制定了相应的教育管理方案，从而保证了《丝路·青春》保障工作的落实。演出期间，我们在车上、码头、车站、宾馆里、饭桌上设立了大课堂，通过面对面、一对一地跟踪引导和微信平台及时推送政策信息的教育，最终实现了实践教学向管理育人的转化。

保障组随时根据情况变化和保障演出的需要，每天编发管理服务通知和注意事项，在沈阳、北京共发30余次，采取动员会、协调会、微信群等多种方式教育引导。一要守时。不论乘车、吃饭，还是起床、就寝都要守时；尤其排练、演出更要守时。二要守规。往返乘车互相谦让不打闹，垃圾杂物不乱扔；入住宾馆语言文明，举止端正，支持配合，相互关照；剧院排练不让去的不去，不准动的不动，不许扔的不扔。三要守纪。在十九大召开和闭幕期间，必须增强政治、大局、核心、服从意识；服从领导，听从指挥，敢抓善管，确保安全。

保障组成员充分认识《丝路·青春》在沈阳、北京演出具有重大而深远的意义，不讲价钱、不打折扣地坚决完成保障任务，就如同打仗支援前线那样，排练、演出需要什么，我们就必须保障好什么。24日在北京演出的当天上午，王晶执行董事指示要保障演职员演出后的夜宵，保障组打破加班23：00后才配发夜宵的惯例，姜贵春顾不上吃饭，立即四处协调购买，在演出结束前保障到位。司阳、任鑫、孙成斌在演出当天，刚忙完接站、午餐，顾不上休息，又马不停蹄地奔走于8家宾馆，分发次日坐动车人员的午餐。

通过及时有效的教育引导和管理人员的言传身教，大艺学生在三地演出中，始终保持高昂的排演热情、忘我的吃苦精神、严格的组织纪律、文明的举止言行，人人维护大艺形象，处处展示大艺风采，取得良好的育人效果。

二、用严格的管理规范学生

遵守纪律，加强管理，是确保演出成功和演职人员安全的重要保障。学院制定下发了《大连艺术学院大型舞台剧<丝路·青春>沈阳盛京大剧院演出规定》《北京人民大会堂演出管理规定》，保障组成员对规章制度进行细致的宣讲，使学生对其重要性及内容充分理解，强化学生的纪律和法治观念；严格执行规章制度，使学生的优秀行为得到正向强化而继续保持和发扬，而不良行为则因负强化作用而逐渐消退。

为加强对800余名参演学生昼夜长途往返沈阳、北京的管理服务，确保按时参加排练、演出和安全，严密健全组织，严格层级管理。各单位、各团组都明确负责人、联络员；各住地都有召集人、管理员；各车选派车长、每10人指定一组长。定人定岗，随时到位，形成了一条无形的贯穿全局和各团组的工作链条，有效防止意外发生，做到出行无迷路、餐食无投诉、住宿无事故，最大限度地保障和服务了《丝路·青春》的幕后工作。

按照王贤俊董事长"六个凡事"的工作标准，在《丝路·青春》演出前主动收集广大演职人员的信息，特别是10名"重点人"的资料，并把他们的性格、爱好、习惯、岗位等重要信息录入"大数据库"，进行预测分析。依此，我们拟制了各种问题的处置方案，确定了管理责任人，明确了管理要求，使管理工作达到了人人有责、人人管人、人人被管的标准。《丝路·青春》的"大数据"管理模式，虽然只是掌握信息层面上的"大数据"学生管理教育工作的雏形，但是在"大数据"的运用过程中，我们的确尝到"精准管理"的甜头，看到了"精准管理"的效果，实实在在地提高了我们的管理能力。

为保障862名演职员出北京站后，安全顺利地换乘地铁到前门驻地，梁云副院长带着任思斌处长、戴伟书记、司阳书记，往返坐地铁实地体验，针对购票难、行人多、路口杂、时间紧等问题，一方面与地铁售票处协调，连续4天派姜贵春每天一早就提前去购买团体票；另一方面在北京站出口、地铁入口、1号线与2号线交叉口、站台上车处、前门出站口、过街地道口、街道转弯路口等10余处设立引导哨，高举大艺的引导牌，从11月21日到24日连续四天，李剑、戴伟、姜贵春等带领5名引导员，每天早上顶风冒寒手举引导牌，奔波于北京站和前面各宾馆，辛勤引领，无怨无悔。

实践证明，只要规章制度的制定、宣讲与贯彻执行是适当的，定会有助于学生养成良好的行为习惯，建立良好的学习、演出、生活秩序，形成良好的校风、学风。用严明的纪律规范学生健康成长，是管理育人最主要的途径。

三、用优质的服务感染学生

大型演出的服务保障工作不是"头痛医头，脚痛医脚"式的被动服务，而是围绕排练和演出任务的主动服务。以优良的管理、优质的服务，达到育人的目的。不论在沈阳，还是在北京，都临时出现一些情况变化，保障组成员在梁云副院长带领下，不叫苦畏难，积极应变，全力保障。

我们在"大数据""大方案"的帮助下，通过微信平台精准推送有关政策信息和管理要求，最终实现"服务育人"的工作目标，为保障好沈阳演出960余人的吃、住、行，10月10日梁云、任思斌、姜贵春去沈阳人艺附中、建筑大学、万鑫宾馆、九江之星宾馆等驻地实地协调安排好10月21日至25日《丝路·青春》在沈阳演出期间的各项保障工作。当20日下午梁云副院长在去沈阳的高铁上，突然接到沈阳人艺附中候校长电话，因省文化厅领导检查十九大期间安全稳定工作，为落实省政府十九大召开期间禁止30人以上团体活动的规定，决定取消130多人在沈阳人艺附中吃住的预定。梁云副院长想到第二天就有100余人到沈阳入住，这一突然取消弄不好直接影响演出计划。为此他在高铁上就急忙上网、打电话查询，通过与几家商务酒店反复协调，并把原来安排的入住单位和男女人数立即调整，终于在当晚睡觉前重新安排好130多人在沈阳井田宾馆吃、住的问题。

尤其注意根据客观情况的变化和排练、彩排时间的调整，及时协调更改吃、住、行计划。如为落实省政府在十九大期间大客车不准超过30人的规定，10月22日至25日姜来、任鑫连续四天为350余人购票，改乘火车前往沈阳。在大连每天为躲过上班高峰堵车，提前一小时把参演学生送到金州火车站，保证不落一人按时上车；在沈阳提前安排大客车去沈阳站迎接，并及时保障好全体人员就餐和住宿。

10月24日06：30合唱团230余人坐学院大客车赶往沈阳，13：00在盛京大剧院参加《丝路·青春》联排，忙到晚上24：00多，女声合唱团117人入住沈阳建筑大学女生公寓后，因没到供暖期，加之又遇寒潮房间阴冷，还有少数房间因长期没住人霉味刺鼻，大家无法入睡。学院艺术总监高大林指挥连夜打电话向负责保障的梁云副院长通报，梁云副院长在凌晨30分前，遵循王贤俊董事长"一切为了学生，一切为了教学，一切为了学院发展"的办学理念，未经请示领导就赶紧协调，安排姜贵春、薄夫密组织117人调换到青年大街高登宾馆，保证了学生的良好休息和第二天演出的演唱效果。

《丝路·青春》在北京演出时，原定合唱团11月24日即演出当天09:30到人民大会堂参加彩排，导演组为保证演出质量改变计划，决定合唱团提前23日到京参加联排。梁云副院长坚持支持配合，立即协调保障组姜来、任鑫连夜改签213人提前一天到北京的火车票，同时在北京人民大会堂附近协调安排合唱团入住东升平前门宾馆，保障了联排、彩排的顺利进行。

医务室肖医生随队来到北京，和演员一起奋战在大会堂，随叫随到，毫无怨言。23日晚大会堂的彩排持续到凌晨二点半，有一位歌唱演员因肠炎肚子疼，肖医生得到消息后，马上来到学生住处，为她送药看护，直到好转才回到宾馆休息。每到吃饭的时候，也是学生看病最多的时候，这个发烧了，那个嗓子疼，还有脚扭伤的，肖医生顾不上饭菜凉了，总是先给她们处置完才吃饭。

保障组成员牢固树立管理服务育人观念，自觉地把本职工作与育人工作结合起来，及时收集师生的意见，不断提高服务质量，不断改善师生的排演和生活条件，使广大师生感到家一样的温暖，形成强烈的主人翁意识和集体主义观念。保障组成员以全心全意为参演师生演出和生活管理服务的模范表率作用影响教育学生。

四、用高尚的人格激励学生

保障组成员在管理服务中，通过自己爱岗敬业、诚实守信、勤勤恳恳、不辞辛苦、任劳任怨的高尚品德影响和激励学生，培养学生尊师重教、文明礼貌、节约水电、爱护公物的良好修养和行为规范。

负责学生工作的刘永福副院长，妻子患重病化疗，需要他在身边照顾，为保证800多学生往返北京、沈阳演出的安全，他让女儿请假照顾母亲，10月25日04:30他就到学校组织学生上车，带车准时出发；当晚演出结束21:30又组织16台大客车，带领800多师生连夜返程，26日04:30安全回家，连续操劳24小时不喊累叫苦，令人叹服。11月23日晚带领民乐团、研讨会师生160余人，从金州坐火车到北京，24日他主动放弃院领导住人民大会堂宾馆，却和民乐团师生一起入住离人民大会堂最远的远东饭店，单程步行就得40多分钟，刘永福副院长职务最高、年龄最大，以身示范、与生同住，用实际行动教育激励学生吃苦肯干，无私奉献。

负责保障工作的梁云副院长，右腿膝盖半月板裂纹、有积液和小囊肿，行走酸痛不便，但他为了服务保障好《丝路·青春》在沈阳906人、北京862人演出时的吃、住、行，履职尽责，"轻伤不下火线"，每天戴着护膝往返剧场和各驻地间步行不下两万步。在北京为组织安排好师生就餐，他总是顶风冒寒站在饭店门口指挥协调，既要安排每个师生有座吃饭，又不能各桌空位造成浪费，不少师生都劝他快吃饭，但每餐他都看大家坐下吃饭后，才找个空座匆忙吃几口，又开始忙活其他工作。为吸取沈阳女声合唱团半夜调换住宿的教训，他顾不上去北京火车站接妻子，却去迎接合唱团送到东升平宾馆，直到安排好入住才离开。他还不图享受，与党办李剑主任在沈阳、北京合住200元的双标间，为其他保障组成员做好表率。

从《丝路·青春》开发区演出1170张票，至沈阳演出1350张票，再到北京人民大会堂演出6000张票共计8520张票，票务组做了大量细致工作。尤其在北京发票中，组长李剑认真组织演出票的分配工作，副组长王慧英严格管控好票，加班熬夜，废寝忘食，引发胃病呕吐，她边吃药边坚持工作，还兼做接待工作。

票务组范晶家离学校远，家里孩子小，但在《丝路·青春》大连演出时，经常加班加点，忙时那几天晚上22点多到家；沈阳、北京演出时都提前几天"打前站"，出差加班，无怨无悔。她为防止大家分心照顾，隐瞒了怀孕的实情，带着各类保胎药，偷偷吃了继续工作。她虽兼接待、结账工作，但对票务分配认真负责，一丝不苟，对分发的每张票进行登记签字，北京接待各方取票70余人次，签收后还嘱咐要保证不空位和观演人员素质。

保障组成员的自我形象与道德人格是一种德育力量，会成为学生模仿的对象或学习的榜样，其思想行为会对学生产生直接影响。人格育人实际上不仅表现在管理活动及日常行为中，保障组成员的人生经历本身就是一部好教材，它可以向学生传导对社会的感受、人生体验、治学态度与奋斗精神，并作为实际范例为学生提供启示和借鉴。

五、用文明的言行陶冶学生

要努力构建积极向上、文明和谐的人文环境，以此来影响人、感染人、教育人。这不仅有助于学生调节情绪，振奋精神，减少德育逆反心理，而且有助于培养、陶冶学生高尚的情操。在沈阳、北京演出时，国家、省、市和高校领导、专家及中外嘉宾达200余人观看演出，保障组成员的服务态度和言行举止对学生的思想情感和行为有着直接的影响。

接待保障组在组长田苗苗、副组长姜来带领下，注重以礼貌的语言、热情的态度、端庄的仪表、周到的服务给学生以良好的影响和熏陶，使学生耳濡目染逐渐形成文明礼貌的行为习惯。接待保障组全员24小时待命，不怕苦不叫累，即使工作餐摆在眼前，也会因接待嘉宾的需要放下碗筷，累了就在房间地毯上席地而坐，天天忙到深夜。

负责联络接待外宾的张祯顾不上年幼儿子，辗转三地邀请了美、俄、德、日、越南、土耳其等23个"一带一路"沿线国家的100多位驻华友好使节和专家教授观看演出，他们高度评价"大艺为我们呈现了一场精彩绝伦的演出"，扩大了大艺的国际影响。

11月24日北京演出当天，原定早餐后全体演职员进场，就没有安排全体参演师生的午餐。导演组根据排练情况，为让排练到下半夜两点多的师生多休息一会，头晚23:35决定改为午餐后进场。梁云副院长接到通知后，赶紧联系协调几家饭店，帮助饭店想方设法克服困难买菜做饭，甚至选派了10余名志愿者帮厨，从11:00—12:30分三批，保证862人有序用餐，并组织全体演职员按时进入人民大会堂，确保了13:30的彩排按计划进行。

保障组成员的自我形象与道德人格是一种德育力量，会成为学生模仿的对象和学习的榜样，其思想行为会对学生产生直接影响，向学生传导对社会的感受、人生体验、治学态度与奋斗精神，并作为实际范例为学生提供启示和借鉴。

六、用优良的作风熏陶学生

一是发扬求真务实精神，真抓实干。王贤俊董事长在《丝路·青春》动员会上强调："《丝路·青春》关系大艺的发展，演出是否成功，管理教育工作是重要环节，必须进行调查研究。"为此，保障组成员经常深入参演师生中调查研究，了解情况，及时解决管理中存在的问题。依据导演组的排练和演出的工作计划，详细安排演职员的出行时间、车辆计划和吃饭、饮水的时间、地点，一切服从、服务于排练和演出的需要。

我们认真汲取过往大型演出中管理教育工作的经验和教训，考察组行程上千公里，对演职人员吃、住、行的线路进行了详细的调研。11月11日梁云、任思斌、戴伟、司阳提前赴京实地协调安排860余人的吃住行。按计划路线，12日23:03乘K95次火车，13日07:27到鞍山，08:34乘7382次火车，12:41回大连进行实地、实情考察，根据从人民大会堂到北京站需步行20分钟，再乘地铁2号线到北京站，经排队安检进站需要1个多小时，800余人不仅时间来不及，还会有不少人走错赶不上火车；鞍山转车需等1个多小时，天寒地冻800余人的早餐和候车又是难题；尤其鞍山到大连的火车是沈阳的过路车，人多拥挤，行李杂乱，上下频繁，容易引发少数头晚坐车没休息好的学生与其他乘客的矛盾纠纷。最终坚决贯彻王贤俊董事长"一切为了学生"办学理念，坚持"实事求是，从实际出发"，为保证师生健康和安全，改变原定在北京演出结束后850余人连夜转鞍山回大连的计划，协调全员在京多住一晚。以此拟制了可操作性的"大方案"，细至行程分秒，小到定人定座，从而保证了管理教育工作精准到位。

二是发扬高度负责精神，精细精心。总务处刘德菊经理带领汪杰颖，在时间紧，任务重的情况下，兢兢业业，严把标准，在十一前就把需要的样品买回，经导演组确认无误才进行采购。上千件小商品需逐一确认，面料的颜色、款式、链接、尺寸、数量、规格，每一种面料所对应的缝纫线、码边线、花边等都不同，都需要一一核对，每一个细节出错都有可能耽误演出。汪杰颖利用十一假期做市场调查，再比较网上质量和价格，逐一攻坚克难，通过反复商讨协调，解决了几百套服装的定制面料、服装辅料、道具配件，顺利完成了526件道具、服装、首饰的各项后勤采购保障工作。

大连和沈阳演出期间，需要现场舞台搭建，这项工作需要与灯光、音响、LED各工种相互协调，紧密配合，稍有疏忽就会耽误时间，影响进度。总务处多次与其他工种协商，现场调度，没有出现窝工现象。为了争取时间，舞台搭建通常都是夜间进行，张峻祥处长和孙富强带领安装工人，昼夜奋战，珍惜分秒，深知早完成一分钟，就为排练多争取一分钟，为演出的成功就多一份保障。为此，他们两地演出期间工作到下半夜两三点是家常便饭，第二天还要早起随演员到排练现场保障排练；演出结束后，来不及分享演出成功的喜悦，还得连夜将所有的演出物资撤出剧场，当他们完成撤出剧场时，东方已露出了鱼肚白。

三是发扬艰苦奋斗精神，勤俭办学。保障组成员在服务保障《丝路·青春》沈阳、北京演出时精打细算，勤俭节约。

吃。改变过去按入住宾馆人数订早餐的做法，根据演职员晚上排练累、大多起不来吃早餐的实际，采取吃一个算一份的办法，节省近70%的早餐费；能不在剧场吃盒饭的，我们尽量安排在饭店吃桌餐，力求在标准范围内，让大家吃饱吃好，更好地投入排练演出。

住。在北京确保每人一个床位，尽量挑选离剧场较近、环境设施较好、价格相对合理的宾馆。为此保障组4名领导提前赴京进行实地考察和协调洽谈，两天之内联系了北京20余家宾馆和饭店，最终挑选确定了12家宾馆，如欣燕都前门店、天街店优惠我们比金卡会员每间还省28元。

行。改变以往在北京演出每天早晚大客车接送演职员的做法，根据北京站及前门驻地停车难和离人民大会堂较近的实际，整个北京演出的862人不论是接送站，还是到大会堂排练，没用一次车，800余人往返地铁票用了不到5000元，节省了每天16000元的租车费用。

四是发扬团结拼搏精神，确保安全。剧务保障工作主要由总务处张峻祥处长和孙富强负责，接到任务时，距离开发区首演仅有20多天，为了顺利完成舞台制作任务，与导演组多次联系，与舞美设计人员紧密配合，从图纸审核到材料选择再到制作厂家敲定，各个环节，没有出现丝毫问题，开始制作后又多次到厂家实地监督制作进度，把好质量关，提前完成了舞台制作任务。

为了能够更好地适应演出场地，根据导演组要求，不差丝毫在老校区体育馆安装1:1的规范舞台。为此，张峻祥处长和孙富强蹲在地上四个多小时，高效率地用彩色胶带按照舞台实际尺寸，制作出一个平面舞台，得到导演组的一致好评。导演组现场验收时又提出排练场地照明不够，希望增加照明，第二天就要彩排，为了保证彩排顺利进行，他俩不顾脚疼腿麻，爬上6米高脚手架，连夜增加照明，达到了排练要求；对排练期间提出的供水、供暖要求，及时响应，迅速解决，高效率、高标准地完成了排练保障任务。

总务处管理科科长薄夫密带领车队司机，积极投身于保障工作中，既要保证车辆安全，又要展示大艺形象，用司机的言谈举止反映大艺人的精神风貌。在保障导演组用车期间，克服时间紧、任务重，甚至经常半夜、凌晨才能回家休息，都毫无怨言，尽职尽责，安全正点。在沈阳盛京大剧院演出前的排练及演出时，保障大客车44台次，货车21台次，小车56台次；保障北京人民大会堂演出，接送演职员4批1600余人，用车262台次。

我们在保障《丝路·青春》大连、沈阳、北京演出的管理育人、服务育人的实践中深刻体会到：育人是管理和服务的内在要求，管理服务育人能使管理服务的职能更完整地得到实现。从一定意义上说，管理服务育人的实现程度是衡量一所高校管理水平的重要指标。强调管理服务育人，会促进管理保障组成员深入了解教育对象，更新管理观念，遵循管理道德，改进管理服务态度、方法和作风，提高管理和服务质量，并为管理服务工作塑造起一个良好的形象。有利于大艺实践教学的延伸拓展，有利于塑造大艺良好的办学形象，有利于优质高效地保证办学目标的实现。

管理与服务工作体会

履职尽责勇担当 不顾腿痛忙保障

梁 云

1.周密计划，精心部署。要服务保障好《丝路·青春》的演出，首先必须主动熟悉、服从、保证排练和演出的工作计划。必须依据导演组的计划，详细安排演职员的出行时间、车辆和吃饭、饮水的时间、地点，一切服从、服务于排练和演出的需要。尤其必须根据客观情况的变化和排练、彩排时间的调整，及时协调更改吃、住、行计划。

2.健全组织，按级负责。一要健全组织，层级管理。二要明确分工，各负其责。我作为组长责任重大，每晚思绪万千，充分考虑一切变数，超前主动发现问题和隐患，随即编写微信通知要求30余篇，预防在先，确保安全。

3.安全第一，严格管理。为遵守纪律，加强管理，确保演出成功和演职人员安全，学院制定下发了《大连艺术学院大型舞台剧 <丝路·青春>沈阳盛京大剧院演出规定》《北京人民大会堂演出管理规定》；还随时根据情况变化和保障演出的需要，及时编发通知和注意事项，采取动员会、协调会、微信群等多种方式宣传教育。"吃饭没有规律，睁眼忙到凌晨，日行两万多步"是我们工作的真实写照。

4.优质高效，保障到位。一是搞好宣传教育，增强服务意识。我坚持以会代训，先后5次召开正副组长或全组协调动员会，反复宣讲《丝路·青春》在沈阳、北京演出的重大深远意义，做到不讲价钱、不打折扣地坚决完成，就如同打仗支援前线那样，排练、演出需要什么，我们就必须保障好什么。二是积极攻坚克难，全力灵活应变。不论在沈阳，还是在北京，都临时出现一些情况变化，但从不叫苦畏难，全力积极应变。

5.忍受腿痛，工作为重。我右膝患有"内侧半月板后角损伤、关节腔积液、腘窝囊肿"。10月21日至25日在沈阳演出期间,我负责总协调工作,每天从九江宾馆去剧院好几次,尤其早上中巴车坐不下导演、剧务人员,我就带工作人员步行20分钟到剧院,前几天膝盖只是发热酸胀,后又犯病"打软腿",但我没有停步,忙到结束。11月11日我和保障组3名同志提前进京实地考察和协调洽谈吃住行,两天之内走遍前门大小胡同,联系了北京20余家宾馆和饭店,最终挑选了12家宾馆,每天步行不下两万步,14日早上在鞍山出站下台阶时又犯病"打软腿"。我坚持"轻伤不下火线",当大艺师生需要我的时候,决不当"缩头乌龟"。

尝试新理念 收获好经验

任思斌

《丝路·青春》在大连、沈阳和北京三地演出期间，学生处及其全体学生工作者严格按照王贤俊董事长提出的管理育人、服务育人、实践教学和"六个凡事"的总要求，创新工作，大胆尝试"四大"（"大数据""大方案""大智慧""大课堂"）管理教育理念，实现了安全保障的工作目标。

一、是发挥"大数据"作用。习近平总书记号召"用好大数据，布局新时代"，按照王贤俊董事长"六个凡事"的工作标准，在《丝路·青春》演出前主动收集广大演职人员的信息，进行预测分析，拟制了各种问题的处置方案，确定了管理责任人，明确了管理要求，使管理工作达到了人人有责、人人管人、人人被管的标准。我们还发挥"大数据"作用，把往返大连、沈阳和北京的客车火车、候车室和站台、住宿的宾馆房间、演出的剧院和座位当成管理教育活动的主战场，严格落实管理制度，细致入微地巡逻检查，把管理责任落实到人，从而确保了《丝路·青春》的安全稳定。因此，加强学生管理教育工作和改进学生管理教育模式，提高学生管理教育的能力，既是学校发展的内在要求，也是学生处下一步重点研究的课题，是大有可为的广阔舞台。

二、完善"大方案"内容。习近平总书记强调指出："调查研究不仅是一种工作方法，而且是关系党和人民事业得失成败的大问题。"王贤俊董事长在《丝路·青春》动员会上要求："《丝路·青春》关系大艺的发展，演出是否成功，管理教育工作是重要环节，必须进行调查研究。"为此，考察组行程上千公里，对演职人员吃、住、行的线路进行了详细的调研，并依此拟制出了可操作性的"大方案"，包罗万象、细致分秒，定人定座，从而保证了管理教育工作精准到位。成功的"大方案"，收获的必是有效的管理教育。

三、凝聚"大智慧"。《丝路·青春》演出前，学生处多次协调院办、总务处、保卫处、教务处、二级学院书记和政治辅导员进行研讨，对演职人员生活、排练过程中可能出现的困难和问题进行了系统梳理，并制定了相应的保障方案，从而保证了《丝路·青春》管理工作的落实。所以，我们必须具备改革创新的意识，牢固树立"大智慧"的理念，从改变"单打独斗""想当然"的惯性思维入手，通过主动地学习并凝聚大家的智慧，不断推动学生管理教育工作向纵深发展。

四、开设"大课堂"。王贤俊董事长经常讲，"实践教学是管理育人的主要内容和主攻方向。"这一思想在《丝路·青春》的管理中得到了充分诠释。演出期间，我们在车上、码头、车站、宾馆里、饭桌上设立了大课堂，通过面对面、一对一地跟踪引导和微信平台及时推送政策信息的教育，最终实现了实践教学向管理育人的转化。

《丝路·青春》的成功经验告诉我们，抓好"大数据""大方案""大智慧""大课堂"建设，形成机制和体系，充分发挥微信平台的作用是学生管理教育工作发展的必由之路，前景广阔。

吃苦肯干不畏难 剧务保障谱新篇

张峻祥

我带领总务处员工和剧务组学生，在整个演出过程中担任物资采购、医疗保障、车辆保障、剧务保障等后勤保障工作，在整个演出前期准备及演出中和演出后发扬积极肯干、合理安排、保障有力的总务精神。

剧务保障工作主要由我负责，接到任务时，距离开发区首演仅有20多天，在时间紧、任务重、标准高、要求严的情况下，我不叫苦、不畏难，加班加点，连夜苦战。为了顺利完成任务，与导演组多次联系，与舞美设计人员紧密配合，从图纸审核到材料选择再到制作厂家敲定，各个环节，没有出现丝毫问题，开始制作后又多次到厂家实地监督制作进度，把好质量关，提前完成了舞台制作任务。

由于剧院实地彩排的时间很短，为了在老校区体育馆安装1:1的规划舞台，我和孙富强两人蹲在地上四个多小时，制作出平面舞台，得到导演组的好评。导演组现场验收时提出了排练场地照明不够，希望增加照明。第二天就要彩排，为了保证彩排顺利进行，我不顾脚疼腿麻，爬上6米高脚手架，连夜增加照明，达到了排练要求；对排练期间提出的供水、供暖要求，及时响应，迅速解决，高效率、高标准地完成了排练保障任务。

大连和沈阳演出期间，需要现场搭建舞台，我多次与其他工种协商，现场调度，没有出现窝工现象。为了多争取排练时间，舞台搭建通常都是夜间进行，我带领安装工人，昼夜奋战，不忍浪费分秒时间，两地演出期间工作到下半夜两三点是家常便饭。

北京演出期间，我主要负责服装、道具、乐器的运输及剧务保障工作，根据大会堂时间要求，与运输公司紧密联系，合理安排，按期将物资运抵人民大会堂，带领50名学生志愿者提前到达北京，由于都是深夜工作，白天还需现场保障，基本上是昼夜连轴转，没有一个叫苦叫累，我看到他们累得在舞台上睡倒一片时，也被大艺学子的大艺精神深深感动。

通过本次演出的剧务保障工作，我感触颇深。就像舞台背后的LED工作灯一样，它们在闪闪发光却不被人关注。幕后演员也一样，前台看不到，观众也不知道我们的存在，但我深知剧务保障的重要性。是我们用一个个神奇的箱子打造出一个华丽的舞台，当演出圆满成功时，当演职人员向我们竖起大拇指时，当听到观众们经久不息的掌声时，我们知道所做的一切都是值得的。

以身示范理讲明 教育管理重育人

戴 伟

我作为音乐学院党总支书记，在《丝路·青春》工作中担任安全保障组副组长，从大连至沈阳至北京，安全保障组进行了大量细致的工作，从出发前的准备部署，出发后的管理协调，都有专人负责，基本做到了保障有力，尤其是在沈阳和北京的演出中，由于十九大相关管理规定的出台，致使我们原有的计划被迫修改，根据应急保障计划及时做出了调整，保证了演员的顺利到达和演出的顺利进行。

我与主管院长及组长在演出前制定了相应的保障计划，从师生名单统计、车次的排序及安排、车长的任命及出发前的协调工作，都进行了周密的部署，通过沈阳演出的经验，在赴京前又制定了应急保障计划，为应对突发情况做出了相应的准备。

北京演出的顺利进行使我深感欣慰，也使我从中吸取了大量的经验和总结出了许多新的思路，为我在今后的学生管理和大型演出的保障工作积累了大量宝贵经验。在服务保障《丝路·青春》的实践中，我体会感受有三大功能性作用：

一是政治引领功能：《丝路·青春》是我院自"和平三部曲"之后的又一原创力作，在政治意义上既迎合了国家"一带一路"的政策实施，又是对我院全体师生建立爱国、爱校情怀，了解国家政策上了一堂生动的政治课。

二是实践创新功能：《丝路·青春》的成功上演为我院的实践教学模式提供了很好的事实验证，本次演出从前期准备到参演师生共达到3000余人，占全校学生的四分之一，所有参演学生都积累了大量的实践经验，为今后的专业学习和就业创造有利的条件。

三是凝心聚力功能：《丝路·青春》的整个排演过程中，无论从教师还是学生，都对演出充满了向往，全体院领导及演职人员凝心聚力，通力合作，克服一切困难，加班加点工作，使大艺整体校风、学风达到了空前的高度，整个校园充满了正能量。

丝路青春孕众蕊 管理服务育新葵

司 阳

1. 丝路绵延谱新曲，青春大艺洒芬芳。《丝路·青春》蕴含着深邃和隽永的文化积淀，富含着唯美和浪漫的青春气息，是一台呈现出古今交织和中外交流的舞台视听盛宴。我作为大艺的团委书记，能够参与学院这项艺术实践教学重点工程，倍感荣耀和激动。尽管《丝路·青春》在人民大会堂的演出已经落下帷幕四个月有余，但我们在沈阳和北京两地演出保障的工作情景至今仍历历在目，记忆犹新。

2. 安保到位计划先行，工作落实勤勉求精。我作为安全保障组副组长，坚决按照演出的总体实施方案，灵活细致地配合领导，反复推敲安全保障工作的各个细节，主动和同组成员一起不断细化方案中的人员安排、车辆安排、住宿安排、车长安排、路线安排、时间安排等的具体工作。临出发前的几个晚上，不论是在学院值班，还是下班回到家里，几乎每晚都要忙到深夜十一二点。最终，我们精准地编织出了一套800余名演职人员全覆盖的安全保障网络，有效地预防了各种意外的发生，为安全保障组取得"出行无迷途、餐食无投诉、住宿无事故"的工作成绩打下了的坚实基础。

3. 实践教学舞台中，成果延伸育人功。学生管理是一项复杂而艰苦的工作，需要我们的管理服务保障人员倾注更多的心血，以精心的管理制度、尽心的保障手段和热心服务态度来以身示范和言传身教。我精心策划行动方案和管理预案，确保每位演职员清晰知晓出行在外每项安排的时间、地点、要求和注意事项。尽职尽责，热情服务，积极协调，事无巨细，确保每位演职员轻松舒适出行，准时入住休息，及时洗漱用餐，按时入场准备。保证每一位演职人员的信息准确完善，每一张车票提前下发到位；保证每一支演职团组合理分配住宿，得到充分的休整；保证每一天的演出用餐充足、可口、营养，使演职人员随时精力充沛、身心愉悦。

4.德育众蕊爱培新葵，丝路深韵青春修为。《丝路·青春》的演出，从大连到沈阳、再到北京这一路的旅途中，大巴上、候车厅、车厢里、地铁旁，还有宾馆大厅、用餐食堂、演出后台、前门大街、出站广场……时时处处都是学院管理育人、服务育人的讲台，都是大艺学子修身立德、成长成才的课堂。学生们在安全保障组每一位老师管理育人和服务育人的和风细雨中，纪律观念和规矩意识得到了明显的提高，文明行为和服务精神得到了进一步的培养，思想境界和综合素质得到了又一次的升华。在《丝路·青春》的演出之路上，大艺学子们仿佛孩童一般自由而快乐地追逐着自己的艺术梦想，又仿佛向日葵一般沐浴着学院"三个一切"的教育光芒。同时，实践教学丰硕成果的拓展延伸，在学生们成长成才的过程中，也带给了学院无数的惊喜和欣慰，这正是"丝路青春孕众蕊，立德树人学子规，艺术实践酿陈香，管理服务育新葵"。

勤奋细致最认真 票务接待忙不停

范 晶

1.认真做好票务工作。我首先在学院OA发通知和利用各种渠道，发布消息，积极广泛通知省区市各级领导、各高校领导师生及我院师生家属。认真细致统计各类人员所需票数，在领导的指挥下，按重要程度、需求量等进行科学合理分配，从《丝路·青春》开发区演出1170张票，至沈阳演出1350张票，再到北京人民大会堂演出6000张票中的3400张票共计近6000张票，观看群众涉及面广，有国家政府机关领导，省市领导，各高校领导，外国使馆使节、国际友人、创业就业、文体、交通、银行、各新闻媒体朋友，师生家属等，最终比较圆满地完成票务工作。我虽身兼接待、配合结帐工作，但对票务分配工作认真负责，一丝不苟，特别是沈阳演出时，由于票到手晚，分票时间紧，连续加班至凌晨12多。在北京发票工作中，更是要求严格，分期每张票进行登记签字，北京接待各方取票70余人次，签收后还嘱咐要保证人员素质并要求一定到场。

2.认真做好预算账务工作。我配合梁云副院长，认真做好接待组246万元的预算工作，并对参演800多名师生的吃饭、住宿费用进行严格控制把关、结账，并在活动结束后2周内报销完毕，做到认真、准确、及时。还陪同财务处会计，在沈阳、北京各大旅店、饭店结账。特别是在北京，每天穿梭在6家旅店，每天步行超2万步。

3.热情接待学院老领导。我在《丝路·青春》大连首演期间，负责接待大艺首任院长曹屯裕，沈阳演出期间负责接待王一民，北京演出期间负责接待10余为老领导及家人。我提前联系日程、订机票、吃住行、接送机等事宜。虽然身兼多职，很复杂很辛苦，但利用每分钟做好每项工作，老领导纷纷发来感谢的短信。

4.舍小家顾大家争做贡献。我家离学校远，家里孩子小，但在《丝路·青春》大连演出前，连续几天加班加点，忙到晚上22点多到家；沈阳、北京演出时我都提前几天去"打前站"，出差加班无怨无悔。为防止大家分心照顾，我隐瞒了怀孕的实情，带着各类保胎药，偷偷吃了继续工作。事后数月同事才知道我怀孕的事，有人不太理解为什么这么拼。因为我遗憾自己没有艺术特长，能为大艺大型活动做点事儿，一定要尽最大的努力，默默地、兢兢业业地做好服务保障工作。特别是看到《丝路·青春》三地演出场场爆满，越来越精彩绝伦，深感作为一名为演出做出一点贡献的大艺人，我发自内心地感到无比的骄傲和自豪。

积极贡献无遗憾 不怕苦累心觉甜

姜贵春

为保障《丝路·青春》北京、沈阳演出，保障组因为我在《和平颂》保障工作的突出表现，决定抽调我到保障组负责演职员吃饭、饮水和分发盒饭、早点及夜宵等保障工作，我刚接服装学院辅导员、妻子快要临产，事情很多，非常忙活，但坚决服从工作安排，积极投入到保障演出的各项工作中。

一、不畏难保用餐，任劳任怨。我发挥肯吃苦、会协调、能办事的能力优势，不讲价钱、不打折扣，坚决完成领导交办的保障任务。在沈阳期间保障大连出发早餐共930人份，饮用水221箱，回程夜宵930人份，在沈阳期间共保障演职人员2700余人次的用餐（含早餐）。保障赴京人员出发早餐911份面包套餐；在京期间保障演职人员800余人共2300余人次用餐（含早餐）；保障排练期间22日、23日共1100人份夜宵汉堡，24日上午王晶董事指示要保障演职员演出后的夜宵，我顾不上吃饭，立即四处协调购买，在演出结束前950人份夜宵汉堡保障到位；保障25日返程人员午餐930人份面包套餐，购买、搬运、分发。

二、多兼顾常加班，吃苦肯干。在沈阳、北京保障演出期间，我经常边走路边给留校学生骨干布置工作、传教方法和交代注意事项，用电话、微信遥控300多学生的安全稳定。24日晚23:30接梁云院长电话后，我立即起床二话没说，迅速按预案临时协调女声合唱团117人，从建筑大学女生公寓更换到高登宾馆。11月21日至25日连续5天，我每天早上六点半起床购票出发，赶往北京站、前门站为赴京、离京1600余人次，购买和发放地铁票，尤其25日返程日，早五点半起床到地铁站购票，并一直在地铁站一批又一批地等待出发人员到达发票送行到八点多钟。

三、积极服务保障，确保安全。《丝路·青春》是本年度学院工作的重中之重，我作为来院工作十年的大艺人，能够参加《丝路·青春》演出保障工作，是一次极其难忘的经历，倍感幸运和幸福。对于此次工作中付出的努力和汗水，更是无怨无悔。我深刻领悟到，保障工作虽然在幕后，却是整个演出活动的重要环节，愿意为大艺任劳任怨地不懈努力，为学院的发展做出自己更大的贡献。

协调计划忙制表 优质高效安全保

任 鑫

1.以高度的政治责任感和敏锐性认真对待《丝路·青春》安全保障工作。《丝路·青春》演出恰逢党的十九大胜利闭幕之际，作为保障组的一员深感责任重大，使命光荣。我按照董事长对《丝路·青春》演出动员的重要指示，会后与21日保障的各团组组长统一了思想，凝聚了力量，为《丝路·青春》安保工作的顺利开展奠定了坚实的思想基础。

2.顽强拼搏，甘于奉献圆满完成各项工作任务。我负责统计全体赴京演职员名单，本次演出共涉及25个大小团体，860余名演职人员。为了数据的准确性，我每天奔走于各学院，逐个确认人员名单，并根据导演组安排初步制定每日出发人员名单，为《丝路·青春》北京人民大会堂演出做好了前期准备，为后续的买票任务提供了保障。11月8日，我与院办姜来老师到大连火车站购买往返火车票1600余张。11月21日晚18：30分，我带领的5台大客、7个团组、共计225人顺利登上赴京列车。22日早9：00在接站人员的正确引导下，我带领225人安全顺利地换乘地铁到达驻地宾馆，并安排住宿和吃饭。我实地勘察路线为顺利入场打好前站，在演职员顺利入场排练后，我开始准备当晚的夜宵，深夜23:00全部发放到位。23日凌晨2点带领排练人员安全返回宾馆。有了第一天的经验，在后面几天里为了保障后续人员能够安全顺利地换乘地铁到前门驻地，我果断加入每天北京站接站的队伍里，每天早上7：30出发顶风冒寒手举引导牌，发放地铁票，为到达人员断后，严防掉队人员，奔波于北京站和前门各宾馆，成功保障了后续570余人安全到达驻地。辛勤引领，无怨无悔。11月25日确保757名演职人员顺利返程，早晨6:30分别到各宾馆督促退房情况，保证了全员安全顺利抵达达北京火车站乘坐动车返回大连北站，最后分别乘15台大巴车安全抵达新校区。

3.落实安全措施，高效保障到位。在驻地去往人民大会堂踩点途中，我发现如果采取穿越胡同，过马路的路线可以缩短路程，但是考虑到过马路存在很大的安全隐患，同时绿灯较短，如果一次不能通过会大大影响大部队行进时间。最后我为了保证安全，决定绕道走地下通道。11月23日午餐，当时抵京人数已有700余人，负责保障吃饭的两个饭店同时容纳的用餐人数仅为280人左右，以入场时间为顺序，各团组为单位，分3个时间段带领人员到餐厅就餐，保证了700余人有序用餐，准确出发，按时进入人民大会堂，确保了彩排按计划进行。11月24日，演出的当天，在忙完早晨的接站、住宿和午餐工作后，本来可以稍事休息的时候，我和司阳接到分发次日动车午餐的任务，又开始马不停蹄奔走在8间宾馆之间，直至下午5∶00终于将800余份午餐分发到各宾馆驻地。顾不上吃饭赶紧前往大会堂保障演出，待演出结束带领各团安全返回驻地，开始将一份份动车午餐分发到各团组成员的手中，保证了第二天的顺利返程。当我俩返回所住宾馆后，才发现脚底磨出很多水泡。

在本次《丝路·青春》北京演出过程中我和我的团队成员自始至终未敢有丝毫的懈怠和疏忽。《丝路·青春》不仅是一场演出，更是一次对全校各项工作的最大考验。在今后的工作中我将继续践行董事长"六个凡事"的工作要求，从实际出发，完成学院交给的各项任务。

保障《丝路·青春》 引领大艺学子

孙成斌

我们保障组的工作是虽然看起来很简单，小到参演人员的随行早餐、出行车次、每一个人的地铁票，大到舞台道具、学生酒店的住宿、800多人的出行保障。在这些工作中，我作为一名老师，应给学生树立一个良好的榜样，让学生们知道做人，就要做个有责任感的人。责任教育则是学生德育教育中十分重要的一项内容，培养学生强烈的责任意识，建立科学的责任认知，履行正确的责任行为，这样的学生才会是人人称赞的优秀学生，将来也才会是受欢迎的人才。

更要引导让学生知道团队精神的重要性。对于创建学习型组织来说，团队精神的影响力是深远的。《丝路·青春》的演出圆满成功靠的不是一两个人的努力，而是我们整个团队的努力和所有老师、学生的努力。也要让学生从中增强社会责任感，大学生是否具备社会责任感对社会发展和推动起着重大影响和作用。不仅可以提高大学生参与社会的能力，而且可以使他们明确自己的责任。

两会期间大客不能超过30人，我们需要立刻着手联系火车站，部分人坐火车，部分人坐大巴，为保演出顺利进行立刻兵分两路出发。让学生学会并且提升随机应变能力，只有提高自己在较小范围内的随机应变能力，才能推而广之，应付更为复杂的社会问题。在工作、学习和日常生活中，遇事沉着冷静，学会自我检查、自我监督、自我鼓励，有助于培养良好的随机应变能力。

魅力新丝路 青春大艺行

赵 航

11月24日对于大艺来说是一个值得铭记的日子。而对于我们每一位大艺人来说，这一天也是值得我们骄傲以及铭记一生的重要日子！当看着灯火辉煌的舞台上大艺师生声情并茂、精彩绝伦的演出大获成功的时候，我的心情汹涌澎湃，为这场盛大的演出所动容。一周的废寝忘食，早出晚归，换来台前师生没有后顾之忧的成功演出，所有的一切辛苦付出都是值得的。

作为保障组的我，没有台前演员的光鲜亮丽，却有着自己的战场，我想用四个词来形容我的这次战役，"坚持、严谨、责任、奉献"。

坚持。《丝路·青春》北京演出，我担任保障组7车车长兼北京欣燕都酒店（天街店）负责人。11月20日，出发前一天，突发重感冒，高烧39°，因为持续高烧，头脑昏沉，但是为了保证参演师生能够顺利演出，我不敢休息，更不敢出错，咬牙坚持在保障的第一线，并且在这次演出保障工作中没有出现任何疏漏，出色地完成了学校交给我的各项工作任务。

严谨。作为第7车的车长，我要掌握第7车所有乘车人员名单，认真核对人员信息，包括师生上车地点与时间，早餐领取时间及地点，确保每一位师生携带赴京演出所需证件等。顺利上车后为每一位师生发放早餐，确保人手一份。到达车站后，组织师生有序排队进入车站等候上车，并在上车后规划第二天到达北京后的路线行程以及时间安排等信息。到达北京后，为7车师生领取地铁票，在发放的同时统一收取火车票及身份证，为每一位7车师生安排宾馆住宿房间并通知在京演出期间的食宿以及演出时间安排等事宜。这些看似简单，但是工作烦琐，事无巨细，每一个环节都不能出错，每个细节都要注意，平时严谨的工作作风在这一次的考验中交出了一份满意的答卷。

责任。到达北京后，我的身份发生了变化。在将7车师生安排妥当后，我成了交响乐团在欣燕都酒店（天街店）食宿负责人，负责交响乐团的食宿安排管理工作。在23日交响乐团到达北京前，我要核对好乐团的所有人员信息以及住宿信息，并根据酒店现有的房间数量及房型做出妥善的住宿安排。提前与乐团负责人取得联系，确定好酒店办理入住的流程等。在随后的工作中，每天清晨，乐团师生起床前我已经开始了我的工作。与酒店联系早餐，并个人垫付早餐费用；协同乐团负责人共同组织学生前往人民大会堂进行排练并安排午餐；每天深夜，乐团师生排练结束后，确保所有人员安全到达并全部就寝后，我一天的工作才算结束。

奉献。不管是带病坚持工作，还是每天早起晚睡，吃饭也是能简则简，每天只能吃一顿饭，为组织安排工作节省时间，并且时刻精神高度紧张，生怕出一丝一毫的差错，这一路支撑我坚持下来的就是为大艺奉献我的青春与能量的信念。《丝路·青春》人民大会堂的演出工作已经圆满结束，在不久的将来我相信大艺还会迈向更大的舞台，绽放大艺璀璨的光辉！

管理与服务工作方案、计划

联络保障组协调会工作方案

梁 云

为认真贯彻落实学院8月11日"新学期、《丝路·青春》工作会议"精神和王贤俊董事长"总结《和平颂》经验,力求做到完美无缺""加强组织领导,确保万无一失"的指示,8月14日上午《丝路·青春》联络保障组召开协调会,研究了《丝路·青春》联络保障组的工作安排。

1.分工明确,责任到人

(1)领导嘉宾联络组

组长:田苗苗

负责大连、沈阳、北京三场演出和研讨会的四级领导(国家、省、市、区)、嘉宾(外宾)的邀请、联络、确认、接送站、服务保障。

(2)演职人员保障组

组长:任思斌

负责三场全体演职人员吃、住、行和日常管理。

(3)组织观众联络组

组长:李 剑

负责三地、三场演出的观众邀请、联络、统计、分票、发票,组织引导,严肃纪律,确保如数入场和剧场秩序。

2.分段实施,落实到底

(1)准备阶段(8月11日——20日)

①健全组织,挑选配强副组长和联络员,搞好培训。

②拟报预算,分交通、住宿、租车、餐费四类,根据时间、地点、人数做好经费预算,力求精打细算,勤俭办事。

③拟制各组工作计划。（8月20日前上交梁云）

（2）实施阶段（8月21日——A、B、C场演出前）

①尽早邀请四级（国家、省、市、区）领导、嘉宾、外宾；

②预先协调联系接送车辆、高铁专列，待北京、沈阳演出时间确定后，尽早出票；

③预先协调联系北京、沈阳领导嘉宾和演职人员的住宿地点，待北京、沈阳演出时间确定后，立即按人数、标准预订房间；

④提前统计学院教职工及家属、学生及家属需要票数，教职工由人事处负责统计，学生由学生处负责统计；

⑤根据学院需要票数，视情协调联络北京、沈阳友好艺术院校师生观看；

⑥统计学院董事、监事、老领导和现任领导及家属观看演出人数，提前收集名单、身份证号和手机号，打印成表备用；

⑦提前收集全体演职人员的名单、身份证号和手机号，打印成册备用；

⑧抓紧设计印制邀请函、节目宣传单、演出证、工作证、参会证等。

（3）观演阶段（演出前——演出结束）

①力争提前完成三地、三场演出票的分发、送达，并强调必须保证按时入场，不迟到早退，不准空位浪费；

②尽早保证演职人员专列车票、接送车辆，做到无遗漏、无差错、无脱节；

③按《和平颂》标准，提前分配好演职人员房间，随到即住，保证演职人员多休息；

④安排好演职人员一日三餐和加班排练夜宵，检查饭菜质量，保证饮食安全；

⑤安排好领导、嘉宾的接送站、入住、就餐（晚宴）、发证、送票、参会、观演等服务保障工作；

⑥做好三地、三场"研讨会"的会场准备及会务保障。

3.分区保障，服务到位

北京、沈阳演出期间分领导嘉宾、演职人员、现场协调保障三个驻区保障，领导嘉宾由田苗苗负责统管协调，演职人员由任思斌负责统管协调，现场协调保障由梁云、李剑负责统管协调。为完成好《丝路·青春》演出的联络保障任务，特提出以下几点要求：

（1）思想认识要高。完成好《丝路·青春》演出的联络保障任务，影响深远，责任重大，必须认真继承发扬《和平颂》演出联络保障的传统作风，只有服务保障更好，才能向各级领导嘉宾和全校师生交上合格的答卷。

（2）工作计划要细。要认真学习借鉴《和平颂》演出联络保障的宝贵经验，工作计划一定要细，确保无失误、无遗漏、无盲区。只有想到，才能做到；想都没想到，不可能做到。

（3）联络协调要实。《丝路·青春》演出的联络保障工作，必须真抓实干，抓铁有痕，不虚夸瞒报，不擅作主张。时时有人管，事事有人干，件件有回音。

（4）服务保障要优。要完成好《丝路·青春》演出的联络保障任务，必须时时处处用王贤俊董事长"完美无缺，万无一失"的标准激励鞭策自己，人人尽心，事事尽力。坚信只要联络保障组全体同志心往一处想，劲往一处使，不怕苦，不畏难，就一定能攻坚克难，奋勇直前，坚决完成学院董事会、院务会领导交给我们的联络保障任务，让领导嘉宾、演职人员和我们自己三满意。

《丝路·青春》联络保障组

2017年8月14日

赴沈阳演出接待保障组工作实施方案

梁 云

为了保障《丝路·青春》沈阳演出的顺利进行，安全保障组按照学院的整体部署和安排，特制定本组工作实施方案。

1.领导小组

顾 问：刘永福

组 长：任思斌 副组长：戴伟 司阳

组 员：薄夫密 姜贵春 任鑫 孙成斌 赵航 王映兮 高景彧 赵润 各车车长

2.日程与时间安排

（1）10月22日，早05:40集合，06:00发车，道具12人、剧务20人、服装15人、司机1人、布展4人、票务2人，合计54人，乘坐15号大巴（辽B7007H）前往沈阳，11时入住人艺附中，全体在人艺附中1F餐厅用过午餐后，直接集合前往盛京大剧院准备，17:30在盛京用餐（盒饭，人艺附中餐厅提供）。

（2）10月23日，早4:45集合，05:00发车，舞蹈团193人、联络5人、音响3人、朗诵9人、音乐剧13人、主持2人、模特（24+1）人、摄像8人、新闻1人、司机6人，合计265人，乘坐1号—6号大巴车前往沈阳，10:00左右入住沈阳建筑大学宾馆，11:30凭大艺饭票在建大宾馆餐厅3F就餐，午饭后建大宾馆门口集合，13:00到盛京，17:30在盛京吃盒饭（建大宾馆提供）。

（3）10月24日，早4:45集合，05:00发车，合唱团女121人、司机8人、交响乐团95人、合唱团男101人、管理人员5人、化妆35人、服装教师6人、礼仪6人、会务组4人、传媒31人、新闻2人、开会6人，合计420人，乘坐7号—14号大巴车前往沈阳，10:00左右直接到盛京大剧院，11:30在盛京用午餐（盒饭各自住地提供），17:30在盛京用晚餐（盒饭各自住地提供），工作结束后，乘坐各自大巴车分别返回建大宾馆、瑞心东方和人艺附中办理入住。

（4）10月25日，根据导演组具体安排，在各自住地用过早餐后，出发前往盛京，准备晚上的演出。午餐由各自住地提供盒饭，晚餐有各自住地提供盒饭。演出结束后，21:00，全体人员乘坐1号—14号大巴车，返回大连。

3.注意事项

为了保证大型舞台剧《丝路·青春》在沈阳盛京大剧院演出的顺利进行，更好地展现我院的风采，特提出以下几点要求：

（1）每一位演职人员必须深刻领会此次演出的重大意义，并内化为对自我的严格要求，服从大局，互相关心，互相帮助，互相提醒，保证一切行动听指挥，不给整体活动添麻烦。

（2）在去沈阳的过程中必须按照已定的车辆安排，服从管理人员的统一调度，任何人不得私自调换。车长必须认真清点人员，确保没有遗漏。

（3）在沈阳期间，有任务的人员需按时履行职责，暂时没有任务的人员可在宾馆休息、调整，但不得私自离开或外出，以便有事方便通知。

（4）整个活动期间，必须时刻注意自身身份和形象，注意言谈举止，遵守宾馆和盛京大剧院相关要求，全程室内禁烟，充分展示我院师生良好的精神风貌和道德水平，为学院增光添彩。

（5）所有人员必须自带洗漱用品（含毛巾）和拖鞋，所入住宾馆不负责提供。

（6）入住宾馆期间，来回要锁好门，谨防物品丢失。禁止动用房间内和宾馆内的各种非服务设施。爱护宾馆和校园内的教学设备设施、生活用品和公共设施，不得随意参观除宾馆以外办公、教学区域。

（7）此次入住人民艺术剧院附属艺校学生宿舍、沈阳建筑大学女生宿舍，要求艺校发放全新的备品，将床单、枕套翻面进行铺垫、套用，务必保持整洁，该批备品还要还给宾馆供新生使用。禁止在寝室、走廊、食堂等公共区域大声喧哗、跑跳打闹、乱丢杂物，全校禁止吸烟，寝室禁止使用电吹风、电夹板等违禁电器。宾馆每晚22:30熄灯，熄灯后，我演职人员返回住所务必要做到低声细语。

《丝路·青春》赴沈演出接待保障组

2017年10月13日

沈阳盛京大剧院演出规定暨注意事项

梁云　任思斌

为庆祝党的十九大胜利召开，安全圆满完成《丝路·青春》沈阳盛京大剧院演出任务，进一步展示大艺师生良好的精神风貌，根据沈阳市党的十九大期间安全维稳要求和保利大剧院全国统一规定，经学院与沈阳盛京（保利）大剧院协调议定，大艺全体演职人员必须严格规定：

1.每人必须随身携带本人身份证，如有丢失，抓紧补办（临时身份证）。

2.每个演职人员必须携带演出（工作、媒体）证。

3.凡需进入剧场内工作的人员除携带工作证、媒体证外，还必须一人一票，凭票入场，摄像机需有机位证。

4.演职人员进入剧场排练和演出期间，没有全通证的一律不准到场内走动和休息，持有全通证的领导、导演到场内工作，只能在场中过道摆放的10把折叠椅就座，任何人不允许非演出时间到观众席就座。

5.演职人员进入剧场排练和演出期间，不准带食品进入剧场，除少数在食堂就餐工作人员外，一律到自己乘坐的大客车上吃盒饭；不准带水杯、饮料进舞台。凡经安保人员检查发现，一律没收食物、饮料，同时没收演出（工作、媒体）证。

6.演职人员进入剧场排练和演出期间，自觉爱护设施、设备和公用物品（桌、椅、镜子、布展地面等），入场时由学院验收，离场时清查交接，凡损坏物品一律加倍赔偿。

7.剧场（大客车）全方位禁烟，严禁任何人在剧场、舞台、走廊、水房、卫生间抽烟，违者安保人员将拍照取证，严肃处罚。

8.严禁任何人在剧场内外动用明火，不准移动、遮挡消防器材和设备，违者安保人员将拍照取证，严肃处罚。

9.进出场时间：

21日19:00器材、设备候场，21:00进场，24:00离场。

22日至24日09:00人员进场，22:00离场。

25日09:00进场，24:00离场；LED可视情推迟离场。

10.排练演出期间作息时间：

07:30 起床

08:00 早餐

08:30 乘车前往剧院

11:30 午餐

17:30 晚餐

22:00 乘车返回驻地

22:30 就寝休息

11.讲究卫生，保持清洁。不论在剧院、宾馆，还是在大客车上，都要相互提醒、相互监督，自觉做到不随地吐痰、不乱丢垃圾。

12.大艺演出用车，尽量整齐停放到剧院指定的停车场，停不下的车可停放在紧靠停车场旁边的道边（剧场已与交警协调好，不予处罚）。

为确保以上规定的贯彻落实，防止发生不该发生的问题，特提出以下具体要求：

一要守时。一是乘车守时，大连早5点，排练08:30，发车不能晚，演完21:00连夜返校；二是起床、就寝守时；三是吃饭守时；四是保证不误排练、演出更要守时。

二要守规。一是往返乘车守规，互相谦让不打闹，垃圾杂物不乱扔；二是入住宾馆要守规，语言文明，举止端正，支持配合，相互关照；三是剧院排练要守规，不让去的不去，不准动的不动，不许扔的不扔。

三要守纪。一是守政治纪律，在十九大召开期间，必须自觉与党中央保持一致，增强政治、大局、核心、服从"四个意识"；二是守组织纪律，服从领导，听从指挥，不讲价钱，不打折扣，心往一处想，劲往一起使。三是守生活纪律，不能吃的别吃，不准喝的别喝，不该拿的别拿，不应谈的别谈，不让扯的别扯。

四要确保安全。全体演职人员必须强化"安全第一"的意识，人人、事事、时时、处处讲安全，确保排练、出行、饮食、钱物、健康和车辆安全，不辜负学院董事会、党政领导的重托和大艺14000余师生员工的希望，以圆满完成沈阳演出任务的实际行动，向党的十九大献上大艺人的厚礼！

以上规定和要求，各团、组尽快组织宣讲教育，做到人人皆知，自觉遵守执行。如有违规问题发生，将追究各团、组负责人领导责任，由当事人写出书面检讨并赔偿经济损失，视情节轻重和认错态度给予严肃处理。

赴京演出接待保障组工作实施方案

梁 云

1.所带物资

11月24日15:30前接待保障组需带进人民大会堂物品如下：

（1）接待组带节目单、宣传册2000册。

（2）保障组带花篮24个、鲜花8束。

（3）接待组带领导嘉宾名签100余张。

2.工作职责

接待保障组负责此次活动的吃、住、行保障工作，负责嘉宾的邀请、接待工作，负责票务工作。根据接待保障工作的需要下设3个工作组：

（1）领导、嘉宾联络接待组 组长：田苗苗 副组长：姜来

负责国家、省、市、区领导，中外友好嘉宾，董事会、学院新老领导及家属联络、接送站、住宿、就餐、观看演出、参加研讨会的接待保障工作。

（2）演职员生活保障组 组长：任思斌 副组长：戴伟 司阳

负责赴京演出各团组846人的吃、住、行的人员核实、组织管理、安全保障工作。

（3）票务组 组长：李剑 副组长：王惠英

负责赴京演出观众的联络、协调和分、发、送票的票务工作。

3.工作计划

11月13日　上报接待保障组实施方案；办理剧务、道具、服装等提前20日赴京的火车票改签。

11月14日　 明确各团组赴京负责人、联络员、管理员，熟知本团组人员、人数、往返时间，吃住地点和相关注意事项。

11月15日　联系确认接、送站车辆，分车编组，指定车长、组长，健全管理组织。

11月16日　 协调确认北京地铁购票，开具商请函；具体确认北京住宿宾馆人数、时间。

11月17日 各工作组在下班前，必须让所属成员在赴京登记表上签名，明确各自的往返时间、车次、住宿宾馆及安全注意事项； 继续汇总确认学院内部需要演出票数量，拟定北京艺术高校邀请方案。

11月18日 协调联系、分时购买20日—23日晚四批赴京846人的早餐食品。

11月19日 组织各团组确认、分发846人赴京的演出证、工作证和往返火车票。

11月20日 组织各团组负责人、联络员、管理员召开赴京动员会，最后检查赴京一切准备工作落实情况。当晚第一批赴京67人20:02乘K683出发。

4.目前需解决问题

（1）演职员进入人民大会堂排练的时间明确后，我们才能细化安排起床、早餐、午餐、晚餐和组织提前集体前往大会堂的时间。

（2）根据排练时间，协调在大会堂订盒饭的时间、人数和标准。

（3）24日演出结束后，是否按惯例安排领导嘉宾、主要演员和重要亲属的夜宵宴请。

（4）按惯例在大会堂这次需要摆放多少花篮、准备多少鲜花。

5.人民大会堂活动期间需协调问题

（1）请大会堂尽早提供大礼堂座位图，最好22日能出节门票。

（2）846人在大会堂的盒饭分发地点和就餐地点。

（3）846人在大会堂期间的垃圾存放地点和处理办法。

（4）24日晚演出期间需向大会堂购买在领导嘉宾席摆放的矿泉水6箱。

（5）25日上午在重庆厅召开的研讨会需向大会堂订购摆放茶歇水果、食品和饮料。

（6）25日中午研讨会领导嘉宾需在人民大会堂宾馆预订午宴。

《丝路·青春》赴京

演出接待保障组

2017年11月13日

北京人民大会堂演职员乘车、食宿安排方案

任思斌　司阳

大连艺术学院大型舞台剧《丝路·青春》北京人民大会堂演职员乘车、食宿安排计划

计划	序号	入住日期	入住单位、专业（人）	人数	出发时间	住地点	用餐	带队人	联络员	备注
出发	1	21日	剧务25、道具12、服装15人、摄像4、朗诵1、接待4、财务4、司机7、工作组1、保障3	76	20日20:02 K683	欣燕都前门店12人，富润酒店住剧务25人，道具12人，服装12人，接待4人，摄像4人、保障1共57人，司机7人大众宾馆	25早餐06:30—07:20，22、23日不进场排练的午餐、晚餐京川缘饭店，进场排练在大会堂盒饭	梁云	戴伟	转乘地铁2号线前门下，切记从C口出站
	2	22日	舞蹈团170、音乐剧13、朗诵6、主持2、LED5摄像4、保障4、布展10、音响2、医生1、服装1	218	21日20:02 K683	欣燕都前门店住乐剧127人（舞蹈80人、音乐剧、朗诵、主持、LED摄像、布展、医生、保障47人）；大众宾馆住舞蹈90人；富润酒店住服装1	音早餐06:30—07:20、22、23日24日进场排练的大会堂盒饭，不进场午餐、晚餐在京川缘饭店（金豆餐厅）	任鑫	赵航 赵润 王映兮	转乘地铁2号线前门下，切记从C口出站
	3	23日	LED6、传媒9、交响乐团93、横特25、合唱领唱8、化妆33、服装5、保障5、音响2、研讨会2	184	22日20:02 K683	欣燕都天街店住交响乐93人，住其余的90人，欣燕都前门店住首、响1、馆，皓明宾馆任乐园专家6人。	早餐天街，连升宾馆前台领餐券，23日午餐交响乐在得月楼餐，连升90人在京川缘饭店，专家由刘黎芹负责	司阳	李靖	转乘地铁2号线前门下，切记从C口出站
	4	24日	传媒24、新闻5、合唱团男90、接待10、外事5、财务2、保障5、研讨会11、工作中层9、解说4	368	23日20:02 K683	东升平住合唱团211人，远东住民乐团92人，京文或京川宾馆前台领说33人，皓明宾馆接待、外事、研讨会、新闻记者、接待、中层12人。23人、7天由财务负责	92早餐06:30—07:20民乐团在远东饭店前台领券，午餐在京川缘饭店；其余人员早餐在京川缘饭店，金豆饭店，晚餐大会堂盒饭	刘永福 任思斌	孙成斌 王福 高景彧	转乘地铁2号线前门下，切记从C口出站
	5	自行前住	合唱团男1、传媒1、化妆2、范棋、由胜梅、张丹、郭瑞、桑磊、郭宗奇 乐园专家6人	16		自行赴京的随自己团组住宿	自行负责			

	序号	返程日期	入住单位、专业（人）	总人数	时间／车次	出发地点	用餐	带队人	联络员	备注
合计				862						
计划 返程	1	11月25日	舞蹈团 168、音乐剧 11、朗诵 4、LED11、传媒 25、交响乐团 92、横特 18、合唱团男 100、合唱团女 118、民乐团 91、化妆 33、服装 21、保障 11、音响 1、医生 1、道具 12、剧务 24、布展 10、	757	25日 D41次 09:50 北京站，16;05 大连北，全体人员 07:00 起床，07:30 早餐，08:00 从驻地出发	欣燕都（前门店）、大众宾馆、欣燕都（天街店）、连升宾馆、东升平宾馆、富润宾馆、远东饭店	在各地驻地配发午餐	刘永福 任思斌	戴伟 司阳 任鑫	乘地铁 2 号线北京站下、切记从 C 口出站、上来就是进站口
	2	11月25日【研讨会】	舞蹈团 2、音乐剧 2、朗诵 2、主持 1、传媒 16、新闻 5、横特 7、接待 12、外事 3、工作中层 12	79	25日 K681次 20:25 北京站，26日 08:00 大连，19:50 前到北京站集合，尽早进站。	各自驻地，各组分头前住北京站	25日 06:30～07:30 早餐、11:30 午餐京川缘饭店、晚餐 17:00 金豆餐厅	李剑 孙海涛	姜贵春	乘地铁 2 号线北京站下、切记从 C 口出站、上来就是进站口
	3	自行返回	朗诵 1、主持 1、传媒 1、合唱 1、化妆 2、接待 4、财务 1、剧务 2、朗诵团男 2、化妆 2、专家 1、专家 6 人、司机 7 人	26				自行负责		
合计				862						2017 年 11 月 20 日修改

第八篇 （交流篇）

铸就艺梦 吐露芬芳

张 祯

中国国家主席习近平在2013年9月出访哈萨克斯坦和同年10月出访印度尼西亚时发表的演讲中先后提出了共同建设"丝绸之路经济带"和"21世纪海上丝绸之路"倡议。随着2015年3月28日《推动共建丝绸之路经济带和21世纪海上丝绸之路的愿景与行动》的发布,"一带一路"也由战略理念和构想逐渐发展为更加明晰的行动指南和路线图。

"一带一路"倡议的中心是建设人类命运共同体,它既展现了中国在政治、经济和贸易方面的全方位对外开放战略,也充分反映了中国推进世界各国文化互通与交融的梦想和愿望。"一带一路"的倡议,是以互联互通为着力点,促进生产要素自由便利流通,打造多元合作平台,实现共赢和共享发展。"一带一路"的倡议是中国根据古丝绸之路留下的宝贵启示,着眼于各国人民追求和平与发展的共同梦想,为世界提供一项充满东方智慧的共同繁荣发展的方案。"一带一路"建设秉持的是共商共建共享原则,不是封闭的而是开放的,不是中国一家的独奏,而是沿线国家的合唱。

中国政府颁布的《国家中长期教育改革和发展规划纲要(2010-2020)》明确指出:"将扩大教育开放,通过'引进来'和'走出去',双管齐下,加强国际交流与合作,提高中国教育国际化水平的影响力和竞争力,培养大批具有国际视野、通晓国际规则、能够参与国际事务和国际竞争的国际化人才。"这与"一带一路"是相通的。中国高校的国际交流与合作工作越来越多地肩负着服务国家战略和外交大局的重任。艺术类院校更应抓住这个历史机遇,通过借力和服务于国家"一带一路"倡议来开展国际交流与合作,推进艺术类院校自身的国际化发展和世界一流大学建设。

大学不仅履行着文化传承、人才培养、科学研究与服务社会的基本职能,还发挥着人文交流的重要纽带作用。在"一带一路"背景下,艺术类院校应充分深入挖掘自身所蕴藏的丰富对外交流资源，充分发挥艺术类院校文化传播作用，赋予艺术类院校国际交流与合作的新使命，为"一带一路"建设及区域大发展做出更大的贡献，本着"和平合作、开放包容、互学互鉴、互利共赢"丝路精神，在促进文化交融、政治互动、经贸往来等方面发挥重要作用；在构建大学合作的过程中，采取一种有力的、带有中国色彩的文化动作，将文化生活纳入"一带一路"合作体系，将合作上升到大学承载的人文精神交流层面，反映沿线国家的切实利益以及世界人民的普遍追求。

大连艺术学院大型舞台剧《丝路·青春》正是抓住这个历史机遇，通过借力和服务于国家"一带一路"来开展国际交流与合作，从而推进艺术类大学自身的国际化发展和世界一流大学建设。

1.服务国家战略，发挥艺术类院校在人文交流中的纽带作用

大连艺术学院积极致力于"一带一路"的研究，深入开展了《丝路·青春》实践教学活动。《丝路·青春》是以学院国家级专家教授牵头，各专业骨干教师参与，全院学生为演出创作主体，师生同创，倾力打造的集音乐、舞蹈、戏剧、文学、多媒体等多种艺术表现形式为一体的大型舞台教学剧目。《丝路·青春》的创作演出是以习近平总书记提出的"一带一路"倡议为指导，以学生为主体，以舞台为课堂，以创新创业为动力，以实践演出为途径，以培养应用型人才为目标，以服务经济文化建设为宗旨的教学实践活动。《丝路·青春》在国际交流与合作中不仅通过形式多样的舞台演出、学术研讨和国际文化艺术合作等软性的活动来满足学校自身的国际化发展，还把自身发展同国家战略有机地结合起来，通过国际交流活动的开展，承担了很多政府部门的对外交流工作，配合政府树立积极和正面的国家形象，进而培养与沿线国家人民的深厚友谊，增进各国家人民之间的理解和互信。

2.培养应用型创新艺术人才，构建艺术实践教学模式

"一带一路"从宏观上看，是影响世界格局的大蓝图。提出以来，已经有100多个国家和国际组织积极响应支持，"一带一路"的朋友圈正在扩大。《丝路·青春》的艺术呈现上，学院师生通过丰富的舞台表现形式，发掘世界各国文化遗产，撷取全世界不同地域、不同民族充满活力的文化元素，将"一带一路"的精

神实质呈现出来。剧目展现了青年学子热爱人类文明精粹，探索创新发展之路，以及胸怀远大志向的锐气与活力，以及将"一带一路"传承深远的信念，激发更多青年学子积极投入到"一带一路"建设的时代使命感。大连艺术学院通过《丝路·青春》的舞台，向国内外以艺术演出、交流合作、学术研究等形式，将艺术能力、专业知识、实践创新有机融合，打造"一带一路"背景下应用型创新艺术人才，构建艺术实践教学模式。

3.开展国际交流合作，深化艺术类院校的创新性艺术成果

大连艺术学院以《丝路·青春》为课程和课题，展开实践教学与科研，拉动学院的创新发展，全面促进育人水平的提升。学院把各二级学院的教材、课程和教法全部与剧目相对接，并确保其发挥最强的育人效力。二十余个专业、三千多师生直接或间接参与《丝路·青春》的教学实践，使学生能够在舞台上、灯光下，实现一生多师和多专业门类的交叉学习，打造了师生较强的实践育人及实践学习能力。三分之一以上的教师申报了围绕《丝路·青春》剧目开展的课题，掀起了科研工作的新浪潮。大连艺术学院还举办了《丝路·青春》学术研讨会，国内知名文学评论家、剧作家、艺术类院校的音乐家以及"一带一路"沿线国家院校中的专家教授等对剧目的艺术价值、表演形式、实践经验等进行了深入的研讨。

艺术类院校是汇聚艺术人才和集聚文化与美的摇篮，是文化艺术创新的重要源泉。通过开展主题学术研讨等方式的国际文化合作，艺术类院校可以汇聚"一带一路"沿线国家的优秀人才，交流文化思想和理念，在不同文明和思维方式的碰撞中互相启迪，不断产生创新的艺术成果。

书写传奇 华彩绽放

张 祯

原创舞台剧《丝路·青春》的诞生，不仅是数月的战略准备和具体实施，也是大连艺术学院十余载的充分酝酿、辛勤耕耘下产生的硕果。回顾2017年9月20日大连、10月25沈阳、11月24日北京三地的演出，大艺人完成了一个个艰巨的任务，大艺国际交流工作书写了一段段传奇。

《丝路·青春》舞台剧辗转三地的演出以及大连、北京两次《丝路·青春》国际学术研讨会的举办，无论是从人数上还是规模上，都是大连艺术学院国际交流的工作中最高规格、最大规模的隆重接待。对外接待工作在王贤俊董事长的精心部署下，由王晶执行董事亲自挂帅，精心组织，全面指挥。本着"规范、高效"的原则，为切实做好外事接待工作，外事办提前2个月成立了外事活动筹备工作小组，统筹协调有关外事接待负责工作。筹备工作小组成立以后，结合本次活动特点，外事办动员全体人员明确划分了每个人的工作任务，提出了具体的工作要求，确定了工作时限。外事接待小组所有工作人员心往一起想，劲往一处使，团结协作，敢打敢拼。大家分工不分家，在做好各自工作的同时，遇到重要任务、技术问题时，大家都是齐心协力，一齐上阵，基本上接待地点的每一个场所，都留下了每个外事接待人员忙碌的身影。

经过划分，名单汇总、接机安排、就餐安排、陪同人员安排、车辆保障、宾馆联络、票务服务等任务都落实到人，人人各负其责，相互衔接，相互帮助，在筹备人员的一致努力下，各项工作环环相扣，井然有序，确保了本次活动顺利圆满完成。

1.大连演出期间：及早策划，明确要求

早在学院封闭创作《丝路·青春》剧本时，外事办对该剧目的对外联络工作已经进行了全面的策划和准备，从拟定外文邀请函、配图说明到实地联系各高校、外资企业的高管和"一带一路"沿线国家的驻连友好人士，外事办按照全力以赴，环环相扣，紧密联系的总要求，统一思想，协调步调，经常联系到半夜，

最后成功邀请了大连外国语大学、大连理工大学、东北财经大学、大连外国语大学、金石滩美国学校的外籍专家及学者（分别来自南非、俄罗斯、美国、伊朗、孟加拉国、斐济、尼泊尔、巴基斯坦等国家），德国大众、美国英特尔大连分公司的高管共计36名。其中来自巴基斯坦古吉拉特大学的教授卡西姆·阿巴斯还在第二天的学术研讨会上代表发言，对《丝路·青春》表示明确肯定和高度赞誉。他说："当代社会对贸易的定义，不仅仅局限于商业，它还涵盖技术、思想、文化、艺术以及文明的交流与碰撞，因此，现代社会中巴经济走廊的核心还是要在科学、技术、语言、文化等方面互联互通，并在'一带一路'中发扬光大。让我们铭记丝绸之路的真谛，希望继续延续新丝路的伟大构想，不断前行(开拓创新发展之路)，共话人类文明新发展、新丝路。"

2.沈阳演出期间：抓住重点，强化执行

外事办把沈阳演出期间邀请外国驻沈的总领事等人员作为一个重要的环节，在一开始就予以高度重视。外事办先第一时间联系了省教育厅国际交流合作处，对邀请驻沈的外籍人员做了书面汇报申请。在征得省厅的同意之后，外事办克服困难，对演出时外宾的邀请做出了自己的努力。最后终于成功邀请了德国驻沈阳总领事馆总领事Peter Kreutzberger先生、副总领事Peter Stache先生及夫人、行政领事DavidSchmeiduch先生；俄罗斯驻沈阳总领事馆的总领事Sergey Paltov先生及夫人、女儿，礼宾处处长Alexey Naryshkin先生及夫人，外交官Irina Larina；美国驻沈阳总领事馆行政处处长Kim Kwang先生及家人、通讯处处长Joseph Plunkett先生及家人、商务处首席商务官Taylor Moore先生及家人；以及工作人员等共计63人。并提前联系新闻中心、学院电台在演出结束后的第一时间对主要外宾进行了报道采访，留下了珍贵的影像资料，扩大了学院的知名度。

3.北京演出期间：精心准备，勇挑重担

北京《丝路·青春》的外事接待工作紧张有序，不仅有中国人民对外友好协会邀请的来自18个国家的32位友好使节（包括索马里大使Yusuf Hassan Ibrahim、参赞Ali Moharned Hussein，马拉维大使Charles Namondwe,阿塞拜疆大使Akram Zeynalli及夫人，毛里求斯大使李淼光先生及秘书，塔吉克斯坦驻华大使助理Nosirov Amriddin及夫人，还有来自亚美尼亚、纳米比亚、加蓬、喀麦隆、新加坡、

中非、刚果、赤道几内亚、吉尔吉斯、安哥拉、利比里亚、越南等国家参赞及秘书），还包括外事办牵头邀请的25所外国友好合作院校的校长及教授。在北京演出期间，外事接待小组每人负责陪同一个国家的校长或教授，在生活方面无微不至地照顾各位被邀人员的饮食起居、游览陪同；在工作上做好外宾发言的翻译工作。在采访和研讨会致辞期间，高强度的翻译工作尤其耗费精力和体力。但是外事办树立了大局观念和一盘棋思想，大家各负其责，分工不分家，加班加点，对交叉性工作加强沟通、相互衔接、相互帮助，确保各项工作高效率运转、高质量完成，圆满地完成了筹备领导小组交办的各项外事工作任务。在演出结束之后，外事办又单独邀请了土耳其米马尔希南美术大学的副校长来校交流访问，加深了两校之间的了解与合作，两校之间的友好合作协议将于近日内签署完成。

《丝路·青春》圆满成功之际，观看完演出的国外嘉宾真情流露，情不自禁在镜头前留下感人肺腑的寄语，字里行间流露着朴素的情感和源自内心深处的坦诚。

"在艺术教育中最重要的环节就是实践，只有你开始尝试去实践，你才会变得越来越杰出。当你站在舞台上进行表演，你会发觉这种途径对你的学习会大有裨益。我会为大艺的老师们和学生们送上最诚挚的祝福。他们不仅完成了他们的工作，更为观众们展现了一个绚烂的世界。我真的找不到语言来形容，这个节目真的是太精彩了！"

——土耳其米马尔希南美术大学的副校长 凯汗·于凯尔

"我第一眼看到的时候只能感叹这场演出实在太惊艳了！最开始便是一望无际的绿色，给予观众一种静谧和平的感受，让人会不自觉沉浸其中！与大艺老师之间的合作非常友好，我甚至可以通过他们的肢体语言了解他们想要传递的教学内容。

第二个问题是关于我观看过后如何评价这场表演。首先，在我观看这场表演前，我猜测这将会是一场由大量文学文献、演讲演说组成的极其无聊糟糕的表演；但是，当我参加观看这场演出时，我惊奇地发现它太棒了！我非常享受这场表演，尤其是舞美和演员们，真的是华美宏伟非常！另一方面，我从这场表演中可以清晰地获知一切有关国家、文明、文化历史发展等信息，这些内容全部融入整个表演中，观众可以在其中获益良多！

最后，实践教学应该是什么？就我而言，任何事都可以有两个步骤，首先是被动输入，之后是主动输出。正如你所见，你学习的专业是艺术类、应试类，这些在我们的社交生活和日常生活中有很多的实践机会，因为我们每天都会接触电视和电影，每个人都喜欢电视和电视节目，因此我们可以通过实践和反复练习来提升这些；另一方面，我建议老师们能够更多地将实践性教学融入活动中，例如一些商场内表演、校园表演等等。因为我是一位理科教师，我相信没有任何事是可以忽略反复尝试和练习的。依我之见，实践训练一定是至关重要不可或缺的！谢谢！"

——巴基斯坦古吉拉特大学教授卡西姆·阿巴斯

"我来自伊朗，非常高兴能够观赏到这场表演！这场演出是如此的震撼和华丽，以致我到此刻还无法平息激动的心情！我十分喜爱这场演出！我也祝愿大连艺术学院能够越来越好，不断创作出更多像《丝路·青春》一样优秀杰出的作品。"

——伊朗商人

"感谢大连艺术学院为我们呈现了一场精彩绝伦的演出。它的精彩不仅仅是感官上的，更是大连艺术学院在音乐教育上，在戏剧表演上文化教育等各方面所取得成果的集中体现。若不是亲眼得见，我甚至不敢相信这是台由一所高等艺术院校的师生共同完成的作品。但我还是想说他们很专业！观演之初，我的确有所期待，因为之前的了解，我知道这个剧目是在中国丝绸之路背景下的，期待在某处能有来自自己国家的音乐舞蹈能被呈现，当自己民族的传统音乐响起时，我还是非常的激动，非常荣幸。能真切地体会到中国很看重吉尔吉斯斯坦的传统文化。我这里看到了不同文化之间人文交流与对话。通过最近几天的互动，我了解到如果没有董事长王贤俊先生，以及执行董事王晶女士的坚持和强有力的领导，我们不会有机会得见这场完美的演出，在此我要向二位表达由衷的感谢和祝贺！丝绸之路是中国献给世界建立国际友谊文化交流的理想平台，希望中国的伟大倡议能成为世界上更多国家的共识！"

——吉尔吉斯鲁斯别克·玛拉孜教授

　　"这场表演是如此特别，相当地特别！尤其是各位舞者、歌者与音乐的搭配是如此契合，在参观表演之前我就已经很期待这场表演会是什么样子，今天观赏的过程中我惊奇地发现所有人都沉浸在这场无与伦比的演出中，所有的观众都被这场演出所表现的文化和内涵深深吸引，可以看出所有的工作人员都做了十分精心的准备，我也想替所有沉浸其中的观众们感谢他们！对于一场演出而言，能够将不同的国家、不同的文化融合在一起，这需要大量的努力，并非一朝一夕可以完成；大连艺术学院的这部作品不单单昭示着学校自己和中国的文化，更将世界多元文化通过这部作品展示出来，能够观赏到这么优秀的佳作，我要再次表达感谢之情！谢谢！"

——俄罗斯留学生

　　"我来自韩国，虽然演出的内容是中文的，但是我依然能够感受到音乐传递给我的力量，我能够从中了解到中国的发展，我更能够从这悠久的中国历史中感受到中国人是多么努力，感受到中国发展至今的缘由，正是因为中国人坚忍不拔和持之以恒的精神，才会有丝绸之路如今的成功！(记者：我想告诉您这场表演全部是由学生来完成的。)天啊！居然不是教授老师来完成，居然全部是学生！我真的没有想到！虽然他们的年纪不大，但是他们的表现力实在是太惊人了，就像这场表演中传递给我的中国力量，那是历史的力量，但是学生们表演给我的是年轻的力量，是无限的朝气！就好像现在中国与亚洲其他国家以及与西方国家的交流，这是一种文化的碰撞！我非常享受这场表演，感谢你们！表演真的很震撼，真的非常有力量！"

——韩国留学生

继往开来 谱写新篇

张 祯

建校以来，王贤俊董事长、王晶执行董事一直秉承积极开展对外交流与合作的坚定信念，逐步建立了与美国、德国、法国、意大利、澳大利亚、日本和韩国等国的知名大学的校际合作关系，有力地推动了大连艺术学院的发展，加快了学院与国际教育接轨的进程。二十年风雨艰程，欢欣与鼓舞，忧虑与思考，一路走来令人难忘。重新翻过创业史，背后的故事蕴含了许多跌宕起伏的辛酸苦辣。大连艺术学院的国际性展演活动也在奋斗中铸就辉煌，在坚持中创造卓越。

2000年，意大利驻华使馆与中国意大利文学学会联合召开"二十世纪意大利文学周"，王贤俊董事长作为主席团成员，阮振铭顾问代表学院在国际研讨会上作重点演讲，同时我院师生艺术团应邀参加，在闭幕式上为中外友人奉上专场的中国民族音乐会。大家付出千倍的努力，倾注万般的热情，圆满完成了这次任务，给"意大利文学周"添上了亮丽的一笔。

2001年，大连艺术职业学院意大利文化艺术研究中心在我院成立，意大利驻华使馆文化参赞萨巴蒂尼教授出席揭牌仪式并祝词。中心的成立为学院在意大利语言文学、美术绘画、服装设计、声乐等学科建设上，提供充分的文化学术基础。同年9月，我们年轻的学院承办了由中国大连市外事办公室、开发区政府和意大利驻华使领馆主办的一次令人瞩目的大型国际文化交流活动——"中国大连·意大利文化周"。这是一次真正的国际性艺术盛会，闻名遐迩的意大利艺术家、评论家和研究意大利文化的中意学者云集此地，意大利文学研讨会、意大利七十载艺术作品展、由世界一流交响乐团和一流演奏家奉献的系列专场音乐会等文化活动令人顾盼流连、目不暇接。

2002年，学院充分利用艺术专业领域的人力资源、策划实施了"童牛岭友好之声系列音乐会"，扩大了学院在国外的影响并提高国内知名度。我院邀请欧洲著名长笛大师朱塞佩·诺瓦为团长的意大利皮埃蒙特室内乐团来大连，同时邀请了美国著名指挥家、小号演奏家杰夫和小提琴演奏家侯塞加盟，在开发区举行了三场室内音乐会，其中一场是由我院师生与国外艺术家们联袂奉献的精彩节目，不仅展现了我们优秀的民族音乐和文化，也丰富了师生们的舞台经验。

2003年，我院选送20名学生赴意大利3所知名大学留学，包括意大利马切拉塔大学意大利语专业、意大利弗里乌里镶嵌艺术学院镶嵌画专业和意大利威尼斯音乐学院声乐专业。

2004年，学院成功举办了阿德雷德艺术学院师生设计艺术作品展，从而使零三年与澳大利亚TAFE艺术学院的合作意向在今年得到具体实施。为我们与澳大利亚进行学术交流，学习其先进的办学经验，开辟了道路。阿德雷德艺术学院的DUNDON女士和莱特展览馆馆长GRASS女士还为我院艺术设计师生举办了有关澳大利亚艺术教育方面的专题讲座，对我院师生大有裨益。

2005年，王贤俊院长、阮振铭顾问访问意大利阿尔巴期间，与意大利国际音乐交流协会及美国马里兰圣玛丽学院达成国外文化交流协议，我院艺术专业教师被邀请在七八月间参加美国马里兰州"大河之声"系列音乐会和意大利阿尔巴等城市艺术节的演出，并同时举办画展。四月份，国际音乐交流协会的项目总监德丽安女士专程回访我院，不仅就该项目的前期准备和落实与院领导进行磋商，还签订了九月份由我院主办"第二届中国大连意大利文化周"的合作协议。

2006年至2011年间，王贤俊董事长连续访问欧洲艺术类高校，学习借鉴国外高等艺术院校教学管理先进经验之外，学院还在海内外的大型展演中屡创佳绩。第七届中国音乐金钟奖合唱比赛中优秀奖，第八届金钟奖银奖，第九届金钟奖合唱比赛银奖，第三届海峡两岸（福州）合唱节获"金茉莉"奖，第四届海峡两岸（新竹-福州）合唱节比赛金奖，民乐团白俄罗斯演出金奖……羽翼渐丰振翅远，剑锋初试壮心高！一座座充满重量的奖杯、一个个载满荣誉的奖状，无一不记录着大艺人辉煌绚丽的历史。

2012年以来，学院更是不断加大对国际交流的关注度和重视度。积极实施外向促进战略，全方位、多渠道扩大在省内外、国内外的对外交流与合作。积极参加各类学术会议和展演活动。2012年由德国驻华大使馆、大连金州新区管委会主办，大连艺术学院承办的清唱剧《汤若望》在国家大剧院倾情上演。

2014年大连艺术学院原创清唱剧《樱之魂》在大连开发区大剧院首演，创价大学校长马场善久、创价学会代表团出席。

2015年原创大型舞蹈交响史诗《和平颂》在北京人民大会堂倾情上演，55位外国使节莅临观赏，同年，大艺男声合唱团赴台参加第八届海峡两岸合唱节暨金奖巡演音乐会。

2016年，学院组织25名中层领导干部及优秀骨干教师赴台湾艺术大学、台湾致理科技大学、台湾东方设计大学进行为期10天的参访和师资培训，借鉴了台湾高等院校教育及管理经验，加强了本院师资队伍的建设。

2017年大型舞台剧《丝路·青春》在北京人民大会堂演出，该剧的上演得到了中国人民对外友好协会、辽宁省教育厅的大力支持，活动由中友国际艺术交流院、大连市委宣传部、大连金普新区党工委、大连市文化广播影视局、大连市文学艺术界联合会、大连艺术学院联合主办。演出后，来自高校和科研院所的中外专家学者在人民大会堂重庆厅围绕《丝路·青春》展开研讨；同年，大连艺术学院40人艺术团受中国驻泰国孔敬总领馆邀请，参加"孔敬国际蚕丝节"文艺展演。演出结束后台下掌声雷动，王贤俊董事长与泰国文化部长官、中国驻孔敬总领馆代总领事以及泰国孔敬府尹官员就中泰的艺术交流问题进行探讨。

2018年，为服务于国家"一带一路"倡议开展国际交流与合作，推进艺术类院校自身的国际化发展，进一步推进大连艺术学院与泰国博仁大学的友好合作关系，学院与博仁大学达成成立独立设置的国际艺术学院的协议。

十八年光阴，对峥嵘岁月而言是不足挂齿的，但对大连艺术学院，对创始人和建设者们则是一段承载着太多艰辛与感动、磨砺与成熟、求实与思考的难忘历程。《丝路·青春》就是在不断追求卓越、超越自我中继往开来，为大连艺术学院的国际化发展开启了新的篇章。

国家对民办教育的探索和政策扶持在日益发生变化。怀揣着繁荣民族教育事业的理想，善于捕捉时代脉搏的学院创办者王贤俊董事长并没有为已取得的成绩而心情坦然，相反，对未来的发展，他陷入了深深的思考。如何让大连艺术学院在下一个五年、十年、百年走得更高更远更有特色？幸运的是，除了众多跟随着他艰苦创业的建设者们还有源源不断从四面八方汇聚而来的各路人才，大家都希冀着大连艺术学院下一个更加辉煌的腾飞，都牵挂着学院的每一步迈得更稳也走得更快，因为这里已成为他们的精神乐土和实现个人价值、寻找生命意义的家园。王贤俊董事长曾在很多公开场合敞开心扉地坦言道："我会义无反顾地带领大家向前走，任何人任何事都不能阻止我；学院是大家的，不是我一个人的，任何人任何事都不能改变学院向前发展的方向；我会坚定地引导学院一往无前，任何人任何事只要适应学院向前发展的潮流，就一定能在不久的将来共同收获胜利的果实！"这是一位热爱教育事业的企业家发自内心的"呐喊"。我们要感谢他，因为如果没有他过人的魄力和非凡的勇气，如果没有他对教育的投入和坚持，我们不会有机会在大连艺术学院这块沃土上耕耘；我们也很欣慰，因为在他的领导下，过去几年的经历使我们的青春焕发了光彩；我们也感到肩负的责任，应该用怎样的努力去完善自身，从而更加适应学院的快速发展呢？

在大学综合改革发展和"十三五"伊始的新时期，艺术类院校可以结合学校自身发展特点和优势，通过借力和服务于国家"一带一路"有计划、有重点地开展国际交流与合作。艺术类院校应该积极"走出去"，加强与"一带一路"国家的大学合作与交流，深化大学联盟等合作模式，积极拓展境外办学，面向"一带一路"沿线国家需求调整人才培养方案，扩大国际化人才培养与交流，推进国际文化艺术合作，服务大学应用型创新艺术人才培养，促进人文交流，助力国际化发展。

1.围绕"一带一路"需求培养国际化人才，助力"民心相通"

在"一带一路"背景下，中国与"一带一路"沿线国家频繁的经贸往来和基础设施建设将会带动大量的国际化专门人才需求。在中国学生的国际化培养过程中，艺术类院校国际交流与合作要积极开拓渠道，通过暑期学校、交换学习、短期访学、海外实习等形式的项目，为在校学生在学期间创造海外学习的机会和条件，体验不同的大学课堂和教学模式，感受不同的文化；艺术类院校的国际交流与合作也要通过组织各种跨文化交流活动，如世界文化系列讲座、世界各国大学日、海外教授讲学等，让学生在大学校园里体会思想和文化的碰撞与交流。

随着我国留学生政策的全面放开，奖学金资助规模的持续扩大，来华留学人数呈现大幅度增长态势，留学生生源结构也随之发生变化，其中亚洲生源占据首位，非洲生源对我国留学事业起拉动作用，未来"一带一路"沿线国家将成为来华留学事业的发力点。为继续完善来华留学生事业，艺术类院校要坚持质量和数量并重，结合自身的优势学科和专业，发展有特色的本科生层次学历教育，以及高水平的研究生层次教育，打造有影响力的品牌学科，真正成为"一带一路"建设的艺术人才培养平台，继续鼓励艺术类院校开展教育创新实践，提升留学生培养质量，开展以沿线国家政府和行业为引导、继续探索多种形式的合作办学，促进境外产教融合，把艺术类院校优质的艺术类人才培养与国际化人才培养结合起来，推动沿线国家高质量留学生来华就业，推进"民心相通"服务建设，使我国培养的高质量人才"走出去"。

2.发展高层次境外办学，打造艺术类民族教育品牌

我国高校境外办学已初具规模，目前与世界180多个国家和地区建立了双边和多边教育交流合作关系，如同济大学佛罗伦萨校区、浙江大学英国帝国理工学院以及清华大学全球创新学院等。当前，艺术类院校应围绕"一带一路"需要，及时调整对外合作思维，发挥优势学科及特色学科的比较优势，积极开拓与中亚、西亚、中东、东欧、非洲等地区的合作，吸收沿线国家大学办学经验，丰富艺术类院校的文化教育内涵和社会服务功能，发展高品质、高质量、有影响的大学教育。

加强国际合作与交流，推进教育国际化，是把我校建设成为国内一流、国际知名的高水平艺术类大学的重要途径。大力推进教育国际化，要在大连艺术学院长期以来积累的办学传统和丰富经验的基础上，积极贯彻大连艺术学院人才培养的"国际接轨"原则，既要积极努力抓好教育国际合作项目，又要积极试点面向所有学生的"国际教育本土化"工作。在高素质创新人才培养中，要进一步开拓和国外高水平大学合作办学的新模式；在教育教学改革中，全面引入国外先进的办学理念、管理模式和优质教学资源；在国际化人才培养中，更多地吸引境外学生来我校学习深造。让更多学生走出去，让更多外国留学生走进来。把学院办好，让学院得到更多的认可，办国际化一流的艺术学院！

第九篇 （成果篇）

成果形成纪实

王雪梅

学校紧紧围绕办学定位和人才培养目标，从区域文化发展和文化新业态兴起的需要出发，致力于培养高素质应用型艺术人才。以学生的艺术素养、艺术能力和就业创业能力为主线，着力推进艺术实践教学的改革与创新。近几年，学校的办学特色日趋鲜明，初步形成了"在艺术实践教学中培养高素质应用型艺术人才"的办学特色。即以培养和提高学生的艺术素养、艺术能力、创新创业能力为主线，把艺术教学拓展到课外，延伸到社会，理论与实践融合，课堂与舞台链接，学院与行业合作，专业与企业协同，"三个课堂"联动的"练、演（展）、赛、创"一体化的人才培养模式。

早在2004年，依据社会需求和学生的实际，学校就提出了"实用型艺术人才"的培养目标，积极组织各种课外艺术活动，如参加全国青歌赛等各种比赛，组织民乐团对外演出，在美国、意大利举办画展等。2009年举办了全校性关于学校定位和人才培养目标定位的大讨论，明确了"应用型"艺术人才培养目标定位。通过顶层设计，把艺术实践教学划分为第一、第二、第三课堂，制定了"三个课堂"中素质学分、技能学分和创新学分的认定标准、程序和办法，形成了以学分为纽带的"三个课堂"联动的艺术实践教学体系。

为确保艺术实践教学的重要地位，从2009年开始，将艺术实践教学纳入人才培养方案，纳入课程体系，纳入学业考核，为应用型艺术人才培养提供了时间保障；近三年投入实践教学经费四千多万元，为实践教学开展提供了资金保障；校内建有238间琴房，9个大型舞蹈排练厅，3个大型音乐排练厅，环绕立体声录音厅、美术馆和大型演播厅、缝纫机房、特种机房、雕塑场、3D打印机房、激光印花、激光切割等实训工作室118个；省级实验教学示范中心1个；校外实践教学基地100个，其中4个为省级大学生校外实践基地，为实现人才培养目标提供了条件保障；成立实践教学管理中心、演出办、创新创业学院和文化科技创意园，从校、院两级配备专职人员负责实践教学，为实践教学管理提供了组织保障；制定了《关于加强实践育人工作的若干意见》等15项实践教学制度，为实践教学发展提供了制度保障。

　　为提高学生的综合能力，学校结合国家和地方重大节日、纪念日和文化艺术活动，有计划地组织大型演出，学生不仅获得了大师、名家现场指导的机会，提高了艺术感知能力、艺术审美能力、艺术表现能力和艺术创新能力，还与所学专业实际应用"零距离"接触，达到实习、实践链接就业的目的。近五年，学校共组织大型校外演出63场，高达20000余人次参加大型高品质剧目演出。每年举办的"四季情韵音乐会"已成为大连地区的品牌活动；推出了"和平四部曲"分别走入国家大剧院、两次荣登人民大会堂，特别是《和平颂》《丝路·青春》这两部大型剧目从创作、排练到演出，20多个专业参与，800余人同台，展现了理论与实践融合，课堂与舞台链接，排练与实训一体，教学与科研并举的实践教学模式，在北京人民大会堂等地演出10场。截至目前，大型舞台剧《丝路·青春》被国家级、省级、市级媒体报道近40余次，网络报道近百次。中央电视台、中国教育电视台分别在《朝闻天下》《中国教育报道》栏目进行大篇幅播报；中新网、《中国日报》、新华网、《中国青年报》《中国经济日报》等媒体对其进行了多角度报道；另外，《环球时报》（英文版）还将《丝路·青春》的演出盛况通过报纸传递至海外，进一步提升了剧目的国内外影响力，受到社会各界广泛赞誉。学校连续两年共有近千人次赴央视参加"五月的鲜花""七一特别节目""庆祝八一建军特别节目""民歌大会"等系列演出，大大提升学生的艺术视野；搭建展览展示平台，近五年，举办展览400多期，实现校园内天天有展览；自2009年参赛获奖达1193项，5名教师油画作品入选第十二届全国美术作品展览；承担国家艺术基金项目5项。

　　通过构建科学合理的实践教学体系，创新多种实践教学模式，人才培养质量明显提高。近三年，我校就业率平均达到95.06%，培养大批创新创业人才和拔尖创新人才。文化科技创意园共孵化97个团队成功创业；美术学院雕塑工作室培养出周镇等多个创业人才；声乐表演专业学生莫龙丹获得2010年"花儿朵朵"全国总冠军；表演专业优秀毕业生崔永平获得"超级演说家"第一季冠军，成为林兆华工作室演员；表演专业毕业生姜寒参演电视剧《永不磨灭的番号》《马向阳下乡记》等；王攀、童振军等参演《闯关东中篇》等大型电视剧，这与平时通过剧目教学，练学演结合的人才培养模式分不开的。我校还为各大媒体输送优秀主持人和编导人才，如中央电视台财经频道主持人于添瑶、央视少儿频道主持人王伟、央视音乐频道编导姜珂、上海东方卫视编导戚浩、山东日照台新闻记者周红滨、黑龙江电视台记者吴楠、央视文化中国栏目于怀涛、唐人影视传媒公司金鑫、浙江台州电视台主持团朱燕波等等。

我校实践教学改革成果突出，中央教育电视台对我校进行了实践育人方面专题报道。中央电视台、辽宁教育电视台、大连电视台、《中国教育报》《文艺报》《中国日报》《光明日报》等多家媒体对我校实践教学成果都进行宣传报道。2012年6月2日，《中国教育报》以"大连艺术学院强化实践教学，注重能力培养，给学生搏击市场的'金刚钻'"为题，大篇幅地报道了我校实践教学改革经验。2015年6月29日，《中国日报》也对大连艺术学院实践教学成果进行报道；2015年10月30日，《中国教育报》以"突破传统模式　加快创新实践—大连艺术学院实践教学探索成效显著"为题，对深化艺术实践教学改革进行专题报道。2018年1月31日，《文艺报》对大连艺术学院剧目教学进行报道，评价剧目教学是"以舞台为课堂，以练、演、创为途径，理论与实践相结合"的实践教学模式。由于多家媒体宣传，我校实践教学在社会上产生一定影响，多所院校来校进行实践教学方面实地调研、交流、学习。近几年，学校接待了北京电影学院、中央戏剧学院、北京舞蹈学院、中央音乐学院、中国音乐学院等11所艺术高校。大连民族大学、大连海洋大学、大连大学等15所省内高校以及来自其他省的中国矿业大学银川学院、湖北大学商贸学院、云南师大商学院、深圳大学升达经贸学院、成都理工广视学院、黄河科技学院、河北传媒学院、海口经济学院、新疆石河子大学等，来访院校都对学校实践教学成果叹为观止，建立了友好的校际交流关系。

实践证明，在培养应用型艺术人才的目标指导下，建立以学分为纽带"三个课堂"联动的实践教学体系，构建多种符合艺术人才培养规律的实践教学模式，不仅有利于培养学生的实践能力与创新能力，也成为我校人才培养的一个重要特色。

各类赛事 捷报频传

李 茜

我校创建多个实践教学团队指导学生参赛，所获奖项硕果累累，自2009年学生参加全国大学生艺术展演、"桃李杯"、大学生创新创业竞赛等政府或权威协会组织的比赛347场，获奖1193项。

一、国家级赛事

我校学生参加政府或权威协会组织的国家级比赛26场，获奖42个。学校合唱团2010年获得第三届海峡两岸合唱节金茉莉奖，2011年获得第四届海峡两岸合唱节金奖，2012年获得第八届中国音乐金钟奖比赛银奖，2014年9月获得第九届中国音乐金钟奖比赛银奖，2015年合唱作品《黄水谣》《羊角花开》获得由教育部组织的第四届全国大学生艺术展演活动二等奖。音乐学院学生党爽在2016年全国职业院校技能大赛音乐表演中荣获个人三等奖。学校原创舞蹈作品《赶海乐》《戏梦人生》在第九届、第十届"桃李杯"全国舞蹈大赛中连获群舞表演和原创剧目两项银奖。2012年原创肢体话剧《杨门女将》在第三届全国大学生校园戏剧节上获"优秀剧目"称号。学院原创舞蹈作品《在那遥远的地方》在2013年全国职业院校技能大赛艺术专业技能比赛中荣获一等奖，《卖花姑娘》《火焰在燃烧》分别荣获三等奖；2014 年全国职业院校技能大赛中，我校舞蹈作品《乡愁无边》《爬坡上坎》分别荣获二、三等奖；2017 年，我校学生党爽、李佳怡、刘柏杨在全国职业院校技能大赛中国舞比赛中分别荣获三等奖。2016年，艺术设计专业学生王一帆在全国大学生广告艺术设计大赛中荣获一等奖。2017年，我校作品《对话信仰红色文化网络平台》在大学生网络商务创新应用大赛中荣获一等奖。服装专业学生在历届全国高等院校服装类专业教学成果展示活动中获服装设计、服装表演和化妆造型比赛23项大奖。

二、省级赛事

我校学生参加政府或权威协会组织的省级比赛59场，获奖296个。在辽宁省第二届大学生艺术展演中，我校获奖30项，原创作品《突然有一天》《同学》《苗女》《嬉戏》《原味斋》等荣获美术类、绘画类、工艺设计类一等奖11项。2011

年在辽宁省第三届大学生艺术展演中，我校作品《谁动了琴弦》《离天最近的地方》《金满楹中式酒店休息区设计方案》分别荣获一等奖。2014年在辽宁省第四届大学生艺术展演中，我校作品《黄水谣》《羊角花开》《"桦语--北放少数民族旅游纪念品设计"》分别荣获一等奖。2012年，我校作品《觅》《打鬼》《舞之光影》《小放牛》《白帆》《夜深沉》在辽宁省高校民族器乐展演中荣获最佳乐团金奖、单曲三项金奖、三项银奖、乐团指挥获最佳指挥奖和艺术指导奖等多个奖项。2013年9月诗歌情景剧《党的儿女》在辽宁省第四届大学生戏剧节上荣获剧目一等奖；2017年，学校原创剧目《德龄与慈禧》在辽宁省第六届大学生优秀戏剧节中被评为优秀剧目，短剧《选择》《追梦的路》被评为最佳短剧。我校连续多年在辽宁省大学生创新创业大赛（以下简称创新创业）中荣获佳绩，2012年，作品《畅想青奥 激情无限》《分享青春 共筑未来》荣获创新创业大学生广告艺术大赛一等奖；2013年，作品《反正乐下水世界历险记》荣获创新创业计算机设计竞赛一等奖；2015年，作品《婴儿辐射保温台造型设计方案》荣获创新创业工业设计竞赛一等奖；2016年，作品《1e生辉电子商务工作室》《趣吃披萨》分别荣获创新创业网络商务创新应用大赛、创新创业广告艺术大赛一等奖；2017年，作品《对话信仰红色文化网络平台》荣获创新创业网络商务创新应用大赛一等奖。2016年12月，辽宁省大学生创业大赛在我校圆满举行，文化艺术管理学院学生张缘、左文迪创业项目《风雅颂国学馆》荣获一等奖。2017年，传媒学院学生宋硕在辽宁省首届主持人大赛中荣获一等奖；艺术设计学院学生曲博、汪洋在辽宁省新媒体设计竞赛荣获一等奖。

三、国内外权威协会赛事

我校学生参加行业权威赛事262场，获奖855个。学校在2016、2017连续两年承办"靳埭强设计奖·全球华人设计比赛获奖作品巡回展"（大连站）活动，艺术设计专业学生杨瑞婷荣获"2016靳埭强全球设计奖"一等奖；播音与艺术主持专业学生张璐、胡俞琦在2017年第十三届国际动漫节声优大赛中斩获特等奖、最佳创意奖、最受关注奖等奖项，本次获奖还在央视《朝闻天下》进行了专题新闻报道。美术学院学生连续3年参加全国雪雕大赛，荣获一、二等奖共18个。服装学院学生赵明明、刘诗祎的作品《五色迷离》和《三角关系》分别在首届和第三届国际泳装设计大赛中获得金奖；张靖宇的作品获得"爱我中华"校园服饰设计大赛"金孔雀奖";高阳的《粉墨登场》获得首届东北三省服装设计效果图大赛金奖;2017级服装表演与设计专业学生于琳获2017年世界小姐大赛东北赛区最佳才艺奖;16级服装表演与设计专业学生杜瑞雪获2017年世界小姐大连赛区十佳、2017年香港风尚模特大赛季军、2017年中国职业模特大赛十佳;15级表演(服装表演与设计)专业梁余存获2017年世界旅游小姐东北赛区十佳模特。音乐学院学生文诗羽在2016年参加第25届美国音乐公开赛荣获银奖;刘宇在2016第三届香港国际音乐节中荣获一等奖;王珏、张蕾等在2016香港国际钢琴邀请赛中分别获得一等奖。

搭建平台 展示风采

李 茜

学校通过开展课程作业展、阶段性成果展、师生优秀作品展、校外参展等方式为学生提供展览展示平台。近五年来，校内、外展览达400多期，实现校园内天天有展览。

一、举办实践教学成果展，展示学校办学特色

实践教学成果展是体现大连艺术学院实践教学特色，展示学校实践教学成果的一个平台。学校大型原创剧目《和平颂》《丝路·青春》演出期间，分别在大连、沈阳、北京组织进行实践教学成果展7场，2015、2017年三次走进人民大会堂进行实践教学成果展览展示。

二、搭建平台展示学生优秀课程作业

美术学院、艺术设计学院、服装学院、传媒学院（动画专业）结合学期课程安排，每学期制定展览计划，定期在各二级学院内进行课程作业展、阶段性成果展。如传媒学院动画专业动画速写课程作业展、服装学院礼服设计课程作业展、美术学院写生作品展、艺术设计学院教学成果展等等，在为学生提供一个作品展示的平台的同时，促进学生间的作品交流，并以此提高学生专业学习兴趣，建立良好的学术氛围。

三、组织师生优秀作品展

自2013年，学校多次组织师生开展优秀作品展示，通过对师生艺术作品的广泛征集，筛选出优秀艺术作品，分别在图书馆一楼、四楼以及学校美术馆进行美术学院师生优秀作品、雕塑陶艺展、首饰设计优秀作品展、家电产品设计优秀作品展、服装设计优秀作品展等多次展览，展现我校师生浓厚的创作热情，新锐独到的创作理念，以及青春向上的精神风貌，均获得广大来校嘉宾的高度赞扬。

四、组织优秀毕业作品展

开展毕业生优秀作品展，绽放毕业生艺术成果。我校已开展十届毕业生优秀作品展，由美术学院、艺术设计学院、传媒学院、服装学院参加。毕业生优秀作品展的举办，有利于进一步深化我校实践育人改革，促进我校创新创业育人发

展，也为培养高素质的应用型艺术人才提供了重要的展示平台，展览旨在给学生搭建一个属于自己的展示平台，希望学生以此为激励，在离开校园后的艺术之路上，不断充实自我，保持锐意进取的精神。

学校深化实践育人改革，明确实践育人思路，构建实践育人体系，创新实践育人模式，培育实践育人特色，学生毕业作品每年也在质量与数量上不断提高。以2017年毕业生优秀作品展为例，参展作品达600余件/套，相比2016年展览作品增加近100件，展览质量与往年相比也有明显提高。同学们的毕业作品饱含旺盛的艺术创造力和丰富的艺术想象力，毕业展在为同学们搭建展示自我学习成果舞台的同时，也是对我校实践教学工作和人才培养质量的一次检验。本次毕业展通过互联网这一新鲜的展览平台和创新的展览手段，采用线下线上以及多媒体相结合的方式，展现当代大学生浓厚的创作热情，新锐独到的创作理念，以及青春向上的精神风貌。在展览开展期间，我校邀请兄弟院校代表团队进校参观，积极促进兄弟院校艺术专业学子之间的交流学习。

五、校际、国际合作开展专业交流展览

近年来，我校与全国多所艺术院校、权威专业协会进行合作交流，不定期举办艺术作品交流展。学校在2016、2017连续两年承办"靳埭强设计奖·全球华人设计比赛获奖作品巡回展"（大连站）活动。2016年，聘请著名设计师靳埭强先生为我校特聘教授，并为艺术讲堂题字揭幕。2017年6月，由我校承办，与大连理工大学、大连工业大学三所设置雕塑专业的高校共同主办了大连市第二届雕塑毕业生作品联展，展览期间，多所艺术高校师生进校参观交流。本次展览作为大连市高校雕塑专业的盛会，成为本地区一道亮丽的风景。

2017年6月，我校与日本创价学会开展国际合作，由我校承办、与日本创价大学共同主办，在我校美术馆《池田大作——与自然对话》摄影展，展览开幕式邀请中日友好协会嘉宾、大连中日友好协会领导出席。本次展览不仅向社会各界展示了池田大作先生精美的摄影作品，更在合作中，推动多领域的民间交流，促进中日友谊的发展。

校台合作 成果丰硕

李 茜

近几年，大艺学子多次亮相央视舞台，展现了大艺人无尽风采。在央视音乐频道跨年晚会"维也纳新年音乐会"的转播中场，大艺混声合唱团演唱了经典无伴奏合唱《拨弦波尔卡》，给全国观众留下了难忘而深刻的印象。在该频道"五一"与"五四"晚会中，流行音乐和音乐剧专业的学生担任了重要的演出任务，与歌星们同台，频频登场展露风采。

2015年，我校同中央电视台、辽宁电视台等建立了合作关系，标志着"校台合作"由地方走向国家级最高平台。仅2017年与央视共组织9次大型演出，协调组织赴央视演出师生达800余人次，获得央视导演组一致认可。

我校音乐学院原创舞蹈作品登上央视舞台、合唱团放歌央视2015跨年音乐会；学校在2016、2017连续两年受邀参加央视《五月的鲜花》全国大中学生文艺会演、《中国民歌大会》第一季与第二季、《星光璀璨演唱会》等大型节目的演出。学校合唱团、舞蹈团、模特团等多个实践教学团队在央视综合频道"五月的鲜花——全国大中学生文艺会演"中接连亮相，2017年，我校作为唯一受邀的民办院校参加《2017五月的鲜花——激扬青春梦》大型文艺会演，我校模特团身着气球服装亮相央视舞台，成为会演中一道亮丽的风景，我校优秀毕业生管栎作为演出嘉宾在文艺会演中登台演唱；在绚丽的《中国民歌大会》舞台上，大艺学子演绎了多彩的民族风情，2017年《中国民歌大会》第二季，我校学生与央视主持人朱军、董卿共同演绎民歌节目。学校师生优异的表现得到了央视导演的高度赞扬，《五月的鲜花》《中国民歌大会》在栏目结束后纷纷向我校发来感谢信。2016年，学校舞蹈团作为整场唯一受邀参加的舞蹈演出团队参加央视音乐频道彝族专场音乐会；在纪念长征胜利80周年前夕，学校师生受邀赴四川参加中央电视台音乐频道特别节目《伟大的征程·中篇》；十一期间，我校受邀参加《我和我的祖国》国庆特别节目。在2017年跨年之际，学校学子登上央视电影频道新年特别节目《电影之夜》的舞台。2017年春节期间，大艺学子再度亮相央视音乐频道放送的新年特别节目——《合唱春晚》中，学校合唱团与舞蹈团再度亮相央视，把艺术之美呈现给了全国观众。2017年6月8日，中央电视台邀请我校参加《唱支山歌给党听》庆祝中国共产党成立96周年主题歌会，整场晚会共有23个节目，我校参演了13个节目，并与李谷一、阎维文、殷秀梅、降央卓玛等艺术家同台演出，我校学生在老师和央视导演的共同指导下，紧锣密鼓地排练，同学们珍惜机会，认真对待上台彩排的一分一秒，每一个节目都承载着大艺人的汗水。同年7月，为庆祝中国人民解放军建军九十周年，中央电视台推出特别节目《光荣与梦想》，我校作为唯一一所受邀参加的艺术院校，分别参与了陆军、海军、空军、火箭军、武装警察五大军种的专场演出二十多个节目，在央视舞台上，我校学生以专业的技能，敬业的精神，充分展示了建军90年来中国人民解放军的威武雄风。此外，在中央电视台《我爱满堂彩》国庆特别节目等等，共有1000多人次学生登上央视舞台，通过CCTV-1、CCTV-15、港澳频道向全国观众展现大艺学子的艺术追求与风采。

学校同中央电视台、辽宁电视台以及本地电视台建立了合作关系，传媒学院两年共派出14个批次学生在教师带领下赴央视、辽台实习实践，与栏目组共同完成电视栏目编制与播出。央视音乐频道和辽台导演组多次到学校现场指导排练，进行录制转播节目的实况教学。

2015年至今，我校建立与央视合作关系，传媒学院学生先后参与了《五月的鲜花》《中国民歌大会》《星光璀璨演唱会》《我和我的祖国》《电影之夜》《百花迎春》多个大型节目的"策、采、编、导、播"等系列工作，扎实推进实践育人教学模式，专业的技能与优异的表现给央视导演留下了深刻的印象。毕业生杨凡在央视实习后成为"五月的鲜花——全国大中学生文艺会演"导演组的成员；在校生陈学良、朱荣欣经央视实习后也进入《五月的鲜花》导演组，多名编导专业大四学生在央视完成自己的毕业实习。我校师生参加央视演出与实践，得到导演组以及主持人的赞扬与鼓励。中央电视台朱军、李思思、尼格买提等著名主持人纷纷寄语大艺学子，《五月的鲜花》导演组也期待与大艺师生有更多的合作。

在与央视建立合作的同时，我校与辽宁广播电视台也积极开展合作育人项目。传媒学院学生多次跟随辽宁卫视转播车赶赴现场进行实习实践。2016年1月，我校与辽宁广播电视台签订《辽宁电视台新媒体中心与大连艺术学院战略合作协议》，将辽宁卫视部分栏目引入校内演播室进行，再从演播室选拔拔尖人才送到辽台、央视实习。传媒学院演播室在教学条件相当完善的情况下，为了达到辽宁卫视录播标准，学校重新投入200多万，由辽宁卫视出装修改造方案进行重新改造，目前已合作编制播出了多期栏目。2017年，我校新闻传播实验教学中心被评为辽宁省实验教学示范中心。

2018年伊始，我校与天津卫视开展合作，并受邀参加天津电视台新春特别节目，师生204人在春节期间赴天津参加节目的彩排与录制。

我校通过构建科学合理的实践教学体系，创新多种校台合作实践教学模式，为各大媒体输送优秀主持人和编导人才，如中央电视台财经频道主持人于添瑶、央视少儿频道主持人王伟、央视音乐频道编导姜珂、上海东方卫视编导戚浩、山东日照台新闻记者周红滨、黑龙江电视台记者吴楠、央视文化中国栏目于怀涛、唐人影视传媒公司金鑫、浙江台州电视台主持团朱燕波、辽宁电视广播电视台北方频道主持人李金洋等等。

校企合作 成效显著

易之含

学校以培养高素质应用型人才为目标，始终致力于以企业为龙头的产学研一体化建设，通过建立"人才共育、过程共管、成果共享、责任共担"的校企合作长效机制，不断创新人才培养模式，提高了人才培养质量，走出了一条适合自身发展、融入行业企业、服务区域经济文化发展的特色道路，实现了学生、教师、学院、企业和政府多赢的良好局面。

一、组织健全。我校成立了由学校领导挂帅，实践教学管理中心、教务处、学生处、校企合作基地负责人、各二级学院主管实践教学院长和相关政府部门领导组成的校企合作领导小组，共同解决问题，召开校企合作研讨会、成果展览会等，构建了一个良好的校企合作平台。

二、联合培养人才。主动对接产业发展人才需求，共同制定人才培养方案、开发课程、教材和培训项目等。校企合作使我校随时得到新的市场信息，企业随时把新的市场需求、发展趋势信息提供给学校，并对学校专业课的设置提出建议，极大地推动了教学模式和教学方法的改革。在我校2015级人才培养方案修订过程中，大连蒂姆服装服饰有限公司总经理杨雪松等4名企业高管加入我校教学委员会，指导并参与制定了教学大纲和课程设置等内容；旅游管理专业与大连凯伦饭店共同开发校企合作课程饭店督导、餐饮管理、前厅客房服务与管理等，共同开发校企合作教材《前厅客房服务与管理》等，达到校企共同培养对口的专业人才的目的。

三、积极开展企业引入模式。积极开展校企合作办学，共建生产性实训基地和研发机构，服装学院与三家企业在校内合作建立了"天诚泳业泳装制作工作室""伊美雅女装设计研发中心"和"上海精玺实业面料应用研发中心"，获得企业捐赠价值约30万元的设备，形成了"订单式研发中心→校内工作室实战训练→企业职业化岗位训练"三个层次递进的校企合作艺术实践教学的新模式；产品设计专业与大连开发区品承工业设计公司合作共建造型设计实训室，企业捐赠3D

打印机、苹果电脑等硬件设施，并常年委派2名技术人员在校内共同进行教学与项目研发。

四、建立了一批稳定的校外实践教育基地。截止到2017年底，我校建有100个校外实践教学基地，包含4个省级校外实践基地，分别是大连凯伦饭店有限公司、大连蒂姆服装服饰有限公司、大连丽影文化传媒有限公司、大连紫云花汐薰衣草庄园。我校制定了《大连艺术学院校外实践基地建设及管理办法》等规章制度；签署了具有规范意义和可操作性强的协议，保证了实践教学基地有效运行和规范管理。此外，我校根据企业行业的用工要求调整实训计划，定期组织学生参观企业生产实践，聘请企业的管理人员或技术骨干作为企业指导教师协同指导学生实习实训，前期有计划，学生有笔记，结束有总结。学生经常走进企业，与专业人士零距离接触，使学生被发现、被鼓励、被培养、被推荐，有的学生受到企业认可，在毕业后与公司签约；有的学生作品被企业采纳；有的学生已经直接进入企业人才库。

五、构建订单式人才培养模式。目前为止，我校已与6家企业签订了订单式人才培养项目合作协议，教学与生产同步，实践与就业联体，学生的基础理论和专业理论由学校负责完成教学，企业负责提供协助学生完成顶岗实习，借助企业的优势资源，实现学生的高规格训练。例如，文管学院与辣苹果跨境电子商务有限公司、亨联通商贸（大连）有限公司等企业合作，定期选拔订单人才，每批次3个月，每次不超过10名学生。合作企业设立企业冠名的奖学金，奖励思想上进、学习优秀、做出突出贡献的订单班学生，用于鼓励和帮助学生们勤勉学习，完成学业，目前已有2名同学获得此奖学金。

六、校企合作专业赛事。由企业发放奖金，学校举办了多次由企业冠名的专业技能竞赛，评出一二三等奖，由企业领导来校发奖和证书。如我校与大连紫云花汐薰衣草庄园举办的"薰草闻香旅游＋创新创业项目大赛"，参与人数240人，获奖24人，奖金2万余元。这种形式既调动了学生学习实践的积极性，提高技能，确立信心，也是企业挑选优秀人才的重要途径。

七、加强双师型队伍建设。不断优化师资力量，建立了一支"师德高尚、适应实践教学要求、职称学历达标、科研能力强"的双师型教师队伍。我院的师资队伍是由学校专职教师和来自企业行业的专业人才组成，通过"请进来、走出去"

的形式，一方面，引进行业企业业务水平高、工作经验丰富的专家来校担任兼职教师，承担部分的教学；另一方面，定期邀请行业专家来校进行专题报告，为我校带来了全新的教学理念、企业文化和精神财富。例如深圳时装设计师协会的林姿含设计师多次来我校讲座，将自己多年来积累的经验、技巧毫无保留的传授给学生；此外，我院的优秀骨干教师还被合作企事业聘为培训师，对员工进行培训，比如音乐学院的孙毅院长每年为中小学培训音乐老师。这种学校教师与企业专家相互交流、互为参与的"互兼互聘"方式，使双方人力资源的优势得到了充分的发挥，也提高了我校教师的实践能力和授课水平。

八、校企合作研讨会。2017年，我校服装学院与金普新区服装行业协会的领导和40多名企业代表举行了交流座谈会，会议就"人才培养与需求合作交流"主题进行了深度的研讨和交流，双方探求新思路、新方法，将在人才资源培养、实践教学应用、原创设计开发、品牌运营等领域开展合作。这次研讨会规模大、范围广、效率高，着力解决实际问题。通过研讨会，既增进了我校与上级领导、行业协会、企业之间的沟通交流，又有利于我们及时调整教学计划，扩展学生就业窗口，为共建共赢培养应用型人才和振兴大连服装行业打下坚实的基础。

校地合作 项目繁多

易之含

　　我校主动为地方发展和经济建设服务，不断加强与地方政府、企事业单位的合作，在人才培养、产学研建设和服务地方发展方面做了大量的工作。通过"剧目教学——舞台实践——服务社会"一体化的实践教学模式，坚持基础理论教育与剧目教学相结合、课堂教学与舞台实践相结合、实践教学与艺术创作相结合，把课堂搬到了各大舞台上、社区里，把产学研的项目成果用到服务政府公共管理与地方的经济文化发展上，不仅加快提升了我校人才培养质量和学科建设水平，也加强了校地优势互补，推动了校地合作的顺利开展。近年来，我校党政领导高度重视校地合作，结合我校实践教学的特色办学理念，全局统筹，稳步推进，把人才培养、学科建设、项目研发与社会服务工作有机结合起来，把社会服务纳入全校及各部门工作规划中去，牢固树立合作办学意识，通过社会服务，广泛吸纳社会优质资源，更好地促进人才培养和学科建设；牢固树立主动服务意识，密切关注地方发展需求，积极承担各类服务项目，提升人才培养质量，增强学校核心竞争力。我校打造的交响乐团、合唱团、民乐团和舞蹈团等专业实践教学团队，以"曲目、剧目、节目"带动教学，以合作项目为纽带，同地方政府、文化部门、剧团在演出、教育、旅游等领域开展紧密合作，建立长期、全面、深度的战略合作关系，破解了学生和实践脱节，在传统课堂上苦学、死学的局面，真正实现应用型人才培养新模式，把演出过程变成人才培养的过程，在各领域均取得了一定成效。

一、与本地政府合作打造文化惠民工程项目

　　我校与大连金州新区党工委宣传部和金普新区社会事业局签订演出委托合同书，自2012年已连续6年承办本地政府文化惠民工程"春、夏、秋、冬——四季情韵音乐会"，承办了新区新年音乐会和跨年音乐会，迄今已为大连市民奉献了40余场高品质的音乐会，为营造和谐新区，加快新区文化事业的发展，提升民众的文化艺术素养，打造新区文化品牌贡献了一分力量。

二、与本地旅游局合作开展旅游纪念品研发设计

为满足本地对具有地域特色和文化品位的旅游纪念品需要，我校艺术设计学院工艺美术专业承办了由辽宁省旅游局主办的辽宁省旅游创意产品暨"银帆国际"金州新区旅游纪念品设计大赛，评选出了一批优秀的作品，举办了大型研讨会和展览，取得了良好的社会效应，达到了"校地联动、合创共赢"的校地合作的宗旨。

三、与本地教育局合作开展艺术教育师资培训

我校注重发挥自身艺术教师教育专业齐全、教育科研能力强、学科建设水平较高的办学优势，通过有计划、有针对性的合作，提升地区艺术教育水平，同时促进我校本身的教育研究和教学改革。我校和大连市教育局合作，共同致力于提升大连市艺术基础教育和职业教育的办学水平。音乐学院为全市中小学音乐教师进行培训，自2011年以来累计培训1400余人次，孙毅副院长还被聘为"大连市中小学音乐教师培训班主讲教师"和"大连市童声合唱团指挥"。我校加强与本地中小学的联系，在开发区红梅小学和高城山小学建立了大学生教育实践基地，开展定期的合作交流，受到学校师生的欢迎。

四、与本地街道、社区开展文化结对活动

我校依托音乐表演、舞蹈表演、舞蹈编导、美术学、雕塑、服装与服饰设计等特色专业，以发展和繁荣地方文化为己任，积极与地方文化部门合作积极开展各类文化研究推广、文化建设、文化产业开发等活动。我校与本地区的街道、社区建立文化结对单位，将文化艺术送到社区，共同开展文化建设。我校教师多次为金州先进街道举办讲座，指导基层人员进行书法、美术创作活动，获得了金州新区党工委宣传部和金州新区教育文化体育局颁发的"2015年度街团文化结对共建成果突出单位"的光荣称号。

我校师生为大连金普新区文化体育局举办的新区运动会，金州新区湾里街道的文体大会等活动提供了多个场次的文艺演出节目，获得广泛好评，成为本地艺术表演的代表性团体。

五、合作开展全国高等院校服装类专业教学成果展示活动

在教育部体育卫生与艺术教育司的指导下，我校服装学院与中国艺术教育促进会、辽宁省服装协会合作，连续承办三届全国高等院校服装类专业教学成果展示活动，包括北京服装学院在内全国40多所高校参展。

基地建设 内外开花

易之含

我校始终以培养高素质应用型艺术人才为办学目标，更注重学生的实践能力和创新能力的培养，定位明确，特色鲜明。作为实践教学的主要基地，校内实训室成为我校重点建设的项目之一，主要目标是大力加强教学科研仪器设备建设，不断提高和改善教学条件，为师生营造良好仿真的教育教学环境，建设和发展一批立足于专业素质教育，着眼于培养学生实践能力和综合素质的实训(工作)室，重点培养学生的职业技能和综合素质，改变实训教学在教学中的辅助、服务性角色，转换为创新教育中的主体、主导性的角色。我校制定了《大连艺术学院教学科研仪器设备建设发展五年规划》，依据专业设置、学生数量，投入大量经费先后改善了实训教学设施和场地、配置了先进的常规性教学仪器设备，台件数和设备总值大幅增加，使我校的仪器设备水平和实训条件得到较大的改善。教学科研仪器设备总值6158.85万元，2015至2017学年新增教学仪器设备值分别为1500万元和573万元。同时，我校建立了一整套管理措施，配备了足够的设备管理人员，完全满足了日常教学、实践教学及应用型人才培养的需要。

我校现有校内实训（工作）室118个，面积达到25373.54平方米。传媒学院的新闻传播实验教学中心被评为2017年辽宁省大学生实验教学示范中心。美术馆、服装动态展厅、静态展厅等6大展厅于近三年承办了400余场展览；管弦乐团排练厅、民族乐团排练厅、合唱排练厅、录音棚和九个舞蹈排练厅占地面积3408平方米，是我校坚持基础理论教育与剧目教学相结合、课堂教学与舞台实践相结合而进行剧目教学的重要场所，推出了"和平四部曲"等多部大型原创剧目，真正走出了一条艺术人才培养的实践教学特色之路；2013年我校建成的一号演播厅作为大型多功能模拟演播大厅配备了编辑机、摄像机、照相机、录像机、摇臂、轨道、导播台、手持话筒、无线话筒等设备，2016年我院与辽宁广播电视台达成协议，由辽宁广播电视台设计、我校出资建设的二号演播厅正式投入使用，两个演播厅均达到大型节目播出、制作的标准，使我院学生足不出户就可以学习到本行业一线实践能力；雕塑场作为我校最大的实训场所，占地500平，配置了大型空压机、数控台锯、台钳、台钻、木工刨床、气动磨机、油锯等一系列设备，2016年9月，7轴3D雕塑机械手臂的调试完成，标志着我院雕塑专业仪器设备达到了国内同专业先进水平；服装学院与企业合作建设的泳装研发工作室、校企合作车间等3个生产性实训基地，创建贴近实际的模拟、虚拟、仿真的实训环境；旅游管理、电子商务、文化产业管理三个专业所属实训室近年来陆续购置三维虚拟仿真场景教学资源库系统、文化项目管理模拟实验沙盘等相关教学软件6项；此外，我校现有计算机教室37间配置苹果、联想、戴尔等品牌计算机2045台，数字化语音室16间866个座位，多媒体教室132间9277个座位。我校实践场所充足，设备齐全，利用率高，有利于学生培养专业职业能力，可以满足应用型人才培养需求。

在校内实训（工作）室里，我校坚持真学真做、现场教学、工学结合的培养方式，学生在实训中做到"五个合一"，一是企业现场与教室合一，强化企业意识，让学生真刀真枪的动起来。我校的实训场地与现场配置相似，利用实习实训场地的设施设备和技术条件，将企业现场作为教学的课堂，确保技能训练到位；二是学生学徒合一，学生实习实训时，既是一个技能学习者，又通过训练成为一个合格产品的生产者，实现了学校与企业，岗位与学生零距离；三是教师师傅合一，专业教师既是理论的传授者，又是指导技能的师傅，克服了理论教师灌输一套，现场操作指导一套的矛盾问题；四是理论实践合一，实施一体化教学，在实训中学理论，在学理论的同时去操作，现场完成实际操作并解决疑难问题；五是作品产品合一，学生实训时的作品就是为企业加工的产品，直接接受市场的检验。我校服装学院与葫芦岛德容（集团）制衣有限公司积极合作，在校内共建泳装研发中心，共同研发出可以将学生作品转化为可生产的市场产品；艺术设计学院的学生在课余时间，围绕生产、生活、身边事物进行产品的设计、改造、制作与创新，把设计成果演变成了真正的文创产品，比如"大连有轨电车"和"意趣大连"系列产品等，并把这些产品搬上了我校组织的"凤凰市集"，实现了实训作品变产品，产品变商品的转换，实现了实训作品由消耗型向盈利型的转变，取得了良好的效益。

我校实践教学体系的建立与运行是通过"三个课堂"联动，实践环节遵循项目的方法，模块运作，逐层递进。"三个课堂"分为两个渠道，主导渠道和自主渠道，两个渠道互补、互联，相辅相成。主导渠道是在教师的指导下要完成的实践内容；自主渠道是利用课余时间，学生参加的自主实践、学科竞赛等。艺术设计学院在项目实践教学方面成效显著，比如环境设计专业把项目引入教学，把我校新校区内的建筑装饰规划和环境改造方案与材料与施工工艺课程联系起来，带领学生在项目运行中学习，真正做到实战工程、现场教学；同时，学生在课外通过"时报金犊奖"等各种大赛项目进行实训实践，取得好的成绩，达到了自主实践的目的。通过参与实际项目和产品的实训，对于学生和教师，都强化了专业技能，并将理论与实践有效地进行了结合，使自身的知识与技能能够及时跟上企业和市场的发展步伐，快速与企业和人才市场需求实现无缝对接。

我校重视综合性、设计性实践项目的开发，为了让每个学生都参与到实训实践中，学校连续8年举办实践周活动。实践周为培育实践特色，展示实践成果搭建平台，本着"一学院以特色，一专业一品牌"的原则，组织各类实践活动，每一期的实践周活动都会展示70余项综合性、设计性实践项目，推出了一批原创作品，学生和教师的参与度达到100%。比如我校旅游管理专业与凯伦饭店合作的"凯伦杯"中餐主题宴会设计大赛、传媒学院组织的"微电影大赛"等，都是通过实践周的契机，让学生在实践中发现问题、分析问题和解决问题，激发学生的学习热情和勇于实践、开拓进取的精神。

创新创业 成绩非凡

王雪梅

大连艺术学院作为辽宁省较早开展创新创业教育的本科高校，始终把建设特色鲜明、区域一流的高水平应用型大学作为发展目标，高度重视创新创业教育工作，坚持把创新创业孵化基地建设作为创新创业教育的重要平台。以国务院办公厅《关于深化高等学校创新创业教育改革的实施意见》（国办发〔2015〕36号）精神为指导，以辽宁省人民政府《辽宁省普通高等学校创新创业教育改革实施方案》（辽政办发〔2015〕70号）为依据，坚持"创新引领、创业开拓、项目牵动、校企共建"的理念，学校成立了创新创业学院和文化艺术科技创意产业园。组建创业教育团队，聘请创业导师，设置创业教育课程，开设创业特长班，举办创业夏令营，开展大学生创新计划项目，共有22个国家级、90个省级大创项目获得立项。50个大学生、47个教师创业团队成功办理企业营业执照，共550名大学生直接参与，2017年创造销售额2000余万元。学校分别获得由国家科技部授予的"国家级众创空间"以及获得"全国深化创新创业教育改革特色典型经验高校""文化部文化产业双创服务体系建设扶持单位""省级大学生创新创业训练计划项目实施单位""辽宁省首批创新创业示范高校"等荣誉。文创园获批为"大学生创业孵化示范基地"和"大学生创新创业基地"。

第十篇 评价篇

社会评价纪实

韩 群

他们跟随大连艺术学院的师生们从大连再次来到"帝都"北京，已是冬季。冬季的北京，没有大连咸涩的海风，却也一样寒冷。街头巷尾那些时代的风貌，浓郁的文化艺术气息，都让来到北京的媒体朋友们既熟悉又新鲜。北京的媒体记者们更能体会北京的神奇之处——无论自然的季节如何变更，这里始终生机勃勃。美丽传奇即将破茧而出，一部作品即将腾空出世，就像泥土之下经历了一场化雨春风的竹笋，它们将用所有的生命力去萌发。11月24日，十九大之后的人民大会堂，雄伟庄严。这场演出是十九大胜利召开之后第一场公开举办的大型活动。

大型舞台剧《丝路·青春》究竟有多"吸粉"？除了领导、专家、校友、家长、市民等，各路媒体团的报道阵容也堪称"豪华"。既有央视《朝闻天下》以及中国教育电视台、《环球时报》、中国经济日报网、光明网等国家级媒体记者的大力报道，又有《辽宁日报》、辽宁广播电视台以及大连全媒体的矩阵式报道，可以说实现了报纸、电视台、网络、新媒体各种宣传形式的覆盖式报道，力度空前。

能否代表大连的城市文化艺术形象——领导反复论证

提升作品的政治性、思想性、艺术性，使之成为民办高校原创剧目的典范，成为讴歌"一带一路"倡议的经典艺术创作，这是大连艺术学院对作品反复打磨的出发点。此外，上级部门的关怀和认可，又让这部剧承载了大连的城市情怀。

2017年9月19日19时30分左右，开发区大剧院灯火通明，"一带一路"沿线国家的异域风情和大学生的青春表达首次在舞台亮相，大型舞台剧《丝路·青春》终于揭开了神秘的面纱，连续彩排正在进行。这场彩排引起了大连市委宣传部、大连市文化广播影视局、金普新区宣传部领导的关注和重视，他们挤时间赶到了开发区大剧院。大艺董事长王贤俊、执行董事王晶早早来到现场等候。领导们观看了节目，重点对第一幕和第四幕提出了指导意见，从剧目表现内容、服装搭配、到LED画面，都一一指出问题，并提出修改意见。

在沈阳盛京大剧院的演出过程中，大连市委宣传部几名领导专程到现场观看演出，并在当天深夜不辞劳苦地坐高铁返连。

大型舞台剧《丝路·青春》在沈阳的演出收获了鲜花和掌声，《大连晚报》的一个整版报道——《大连艺术学院又创高校艺术实践教学新传奇》吸引了很多目光。这篇文章是在现场采访二十余名领导和师生的基础上，由学院新闻中心主任韩群撰写，发布在晚报2017年10月26日A15版。荣幸的是，与之相连的A2版内容是十九届中央委员会总书记和中央政治局常委的照片和名单。晚报发行部反馈，当天的报纸"竟然出乎意料地全卖光了，一张也不剩，可能是大家要收藏""研讨会上，应该也把这张有收藏价值的报纸给来宾们也放在资料中"，王贤俊董事长责成新闻中心联系报社加印五百份。市委宣传部相关领导在驻连媒体群里转发了由报道制作的晚报微信，使更多的媒体领导和记者了解这部剧目。

为了使上级部门了解并支持剧目在北京人民大会堂的精彩呈现，学院委派李天斌教授多次沟通协调。大连市委宣传部在几次调研和会议讨论后，在演出前一周做出了成为大型舞台剧《丝路·青春》人民大会堂演出的主办方之一的决定，而大连市文化广播影视局、大连市文学艺术界联合会也做了同样的表态。有人评价，大连市三家权威文化部门和单位为一部高校剧目的演出作主办单位，这样的情况是鲜有的。大艺的这部作品成为了大连的一张城市文化艺术名片，作品的思想政治高度、艺术表现力也得到了上级部门认可。

在北京的研讨会上，大连市委宣传部的领导在发言中说，大连艺术学院能够以办学定位为坐标，在剧目创作中解放思想，在精品打造中更新观念，以生动活泼的文艺作品为载体，贯彻落实十九大的精神，非常难得。能够看出这所学校强烈的政治意识、参与意识和社会责任感。以"一带一路"为题材原创剧目，可以说和大连艺术学院把文化艺术精品推向世界的追求，是密不可分的。

打造出不断升级的作品靠什么——媒体现场感受

"能在人民大会堂这座气势宏伟的圣殿展演，是很多演出团体的梦想，年轻的艺术高校——大连艺术学院已经第二次登上这个舞台。11月24日，人民大会堂灯火辉煌，大型舞台剧《丝路·青春》的演出引起了观众们如潮的掌声。剧目是为庆祝十九大胜利召开，讴歌"一带一路"伟大倡议与宏伟事业而原创的新作。"这些是给记者提供的通稿的部分内容。为了给记者们提供采访报道的便捷，学院的新闻中心准备了好几份不同版本的新闻通稿和资料，并通过邮件、微信等各种方式在演出开始两天前就送到了媒体记者们的手中。

记者们在多次采访报道中熟知大连艺术学院，他们中的大多数已经第三次跟随大连艺术学院进京报道，第一次是2013年，参加的是清唱剧《汤若望》国家大剧院演出的新闻发布会；第二次是2015年，报道的是在人民大会堂上演的大型音画舞蹈交响史诗《和平颂》；而此次，还是在人民大会堂。

"前年也是在人民大会堂，当时天空下着细雨，演出因为与其他活动冲突而推迟了，即将开演，我和大连晚报、新商报的记者从西门绕到正门，想取点观众入场镜头。一到正门，发现观众们打着伞，排起长龙在焦急而耐心地等待，那壮观场面真让我们难忘。晚报记者拍了好几张绝好的照片。"大连金普新区电视台记者高云飞说起了这段往事，笑意浮上了嘴角。"对啊，上次人民大会堂的演出是座无虚席啊，"其他记者也一同回忆。

对于这部剧，从大连到沈阳，媒体记者也是一路"追剧"，虽然有的已经数次观看了演出，但是对于打磨后的大型舞台剧《丝路·青春》的升级版，以及在人民大会堂演出的舞台效果，他们说："相信一定会非常精彩"。

通过安检进入人民大会堂，记者们立即开展工作。特别是中国教育电视台、大连电视台和金普新区电视台的记者在开场前一个多小时前就进入了后台，采访起艺术总监高大林以及参加演出的声乐演唱专业的学生宋嘉怡。此时的后台紧张而有序，演员们都在自己的化妆间内做着准备。包括上一次接受辽宁广播电视台记者的采访在内，艺术总监高大林已经接受过好几次关于大型舞台剧《丝路·青春》的采访了。他微笑着和记者聊起剧目的创作和舞台实践对学生的影响，三家电视台摄像机架在他的对面，面对镜头自信地侃侃而谈。"你们的高总监真有大将风范，从学生们身上能够看得出他们准备得很充分了，看来你们就等着瞧好儿了，"拍摄后台花絮照的新商报摄影记者曾智评价。

演出过程，电视台记者对新闻中心的跟随媒体实践和帮忙的学生记者胡俞淇说："你们这样的演出太好拍了。"学生疑惑不解地问："为什么？""因为从舞台到灯光到超大、超清晰的LED，一直到演员的服装、动作、表情，舞台上的每个元素都非常协调，怎么拍都能拍出完美的视听效果，完全无死角。如果所有的演出都以此为范本，我们的工作就好做喽！"

精彩的演出，边观赏、边工作，返回宾馆的途中，他们发自内心地评价这部剧目："真比以往打造得都要好!""和在大连的首次演出有了不小的差别，你们学校真的肯下功夫。""大连能有这样一部剧在人民大会堂上演，真很给力、很提气!"

如何评价这部原创作品——记者接连追击

"为什么要投入这么多人力、物力、财力原创、排演这样一场大型演出?""您能说说这部剧和大艺培养人才有什么联系吗?"王贤俊董事长接受各路媒体采访的时间是2017年11月26日，位置是人民大会堂重庆厅的大型舞台剧《丝路·青春》的展板前。

作为剧目的总策划、总导演、总撰稿，王贤俊董事长连续几天操劳，面对各路记者的"围追堵截"，面对架在他面前的"长枪短炮"的采访设备，他气定神闲地说："大连艺术学院的青年学子们，通过这场舞台剧的排练创作，提升了政治敏感和发展空间，提升了创作思想和演绎能力，还提升了自己的担当……"

他每一句话都铿锵有力，一点没有拖沓或者迟疑。"好的!您说得非常好!谢谢董事长接受采访!"当记者收拾设备的时候，中国教育电视台的记者张晓俞和董事长拉起了家常。"感觉您比我两年前见到您的时候清瘦了些。""是啊，我脑子里想的事情比较多，特别是学校的这些大事。""您多注意身体，别太累。""好的，谢谢你的关心!"董事长笑盈盈地再次返回了研讨会的会场。

专家该采访谁呢?这可难倒了记者。"全是大咖啊，能不能找研讨会的负责人帮我们选几位?"新闻中心立即与科研工作的主管副院长张欢和科研处处长孙海涛协商，接连请出了几名专家接受采访。"专家就是专家!""这几名专家讲得都很好!""专家的评价也加深了我们对《丝路·青春》的理解!"现场采访的记者们说。

如何在媒体上全方位展示——报道集中呈现

一项工作的结束是人们的狂欢，而对于从事新闻宣传的人员来说，是进入又一个紧张的环节，始终不能松懈。

内容为王，新闻通稿只是基本的资料，各媒体要根据不同的角度进行取舍，进行资料的补充，才能保证新闻的价值性和可读性。这就需要学院新闻中心做大量的后期对接工作。"多少名观众观赏演出，相对准确的数字是多少?""你们下一步有什么打算？""能把主要专家的讲话稿整理一份给我吗？"这些不能事先预知，无法写在通稿里的报道的内容一个都不能错，都要一一落实，而且要高质量。

在研讨会结束后，新闻中心突然接到了来自辽宁日报、大连晚报和新商报的信息——根据记者的反馈，《丝路·青春》在北京的演出非常成功，很受瞩目，报社领导认为有重点报道的价值，要加大报道篇幅，请你们火速提供更多研讨会的现场素材。"没问题，媒体什么速度，大艺就要同媒体一起抢什么速度！"时间就是报道的价值和生命！演出结束36小时之内，新闻中心又陆续提供了各种新闻素材16800字，以及各类图片，提供的素材均被媒体采用，与媒体密切配合保证了素材的多角度运用。

终于，当四十六篇报道见诸电视、报端、网络、新媒体平台，当一个个带有"大连艺术学院"字样的标题醒目得闪耀着光彩时，我们知道，他们是这样评价大艺的。

专家评价

刘宾 新疆文联原党组书记、新疆文库常务副主任、中国著名文学评论家、教授、博士生导师

首先我想说的一句话是：作为一名观众，我们衷心感谢大连艺术学院的师生们在这个新时代，以新的艺术作为在首都舞台上展示了新气象！我借用习近平总书记在十九届一中全会闭幕后会见记者们时说的话，表达对大艺师生们、对《丝路·青春》创作团队、特别是对王贤俊董事长的谢忱和敬意。

在全国上下正在深入学习贯彻党的十九大精神的今天，欣赏到这样一台集思想性、艺术性和观赏性为一体的优秀舞台剧，感到恰逢其时、特别有意义，也深受教育。这台作品有饱蕴的深刻的思想意义和独特而成功的艺术构思，从头至尾洋溢着欢快向上的青春气息，一种振奋人心的强大气场，弘扬了高昂的时代精神，表达了中华民族的理想愿望，体现了中国精神、中国价值、中国力量。特别令人钦佩的是，这台演出虽然创作于党的十九大召开一年之前，但整部作品的基调和思想内涵，同十九大精神高度契合！这部作品在思想内涵上有两个非常明显的亮点：一个是，自始至终传播和弘扬了社会主义的核心价值观，表达了对党的十八大以来就开始逐步形成的习近平新时代中国特色社会主义思想的深入理解和阐发，充满了对中国共产党代表全中国人民利益谋划的美好愿景的向往和为之努力奋斗的强烈的历史责任感、使命感、决心和信念。另一个是，它艺术地阐释了我们党对坚持构建人类命运共同体的倡导和决心，对习近平总书记首倡的"一带一路"发展理念做出了热情洋溢的艺术解读。这部作品能够做到和十九大精神高度契合，并非偶然。这体现了"大艺"创作团队把握时代精神、学习理解党的十八大以来以习近平同志为核心的党中央构建新时代中国特色社会主义思想的过硬的思想功力。

"丝路"一词指代的是"一带一路"。在能够派生出几乎无限多的关联主题的情况下，这部舞台剧的编创团队选择了"青春"这个主题。"丝路"和"青春"并列的创作理念高瞻远瞩，绝对是妙笔高招，其意蕴深远久长，构思独辟蹊径。在党的十九大报告中有专门一段写给青年人的话："青年兴则国家兴，青年强则国家强。青年一代有理想、有本领、有担当，国家就有前途，民族就有希望。"

这部舞台剧恰是如上所述，极为精准和艺术地表现了"十九大"对青年人的期盼和要求。

在艺术表现上，这部舞台剧体现了坚守中华文化立场，同时又谋求开放创新、包容互惠的艺术价值取向，努力表现促进和而不同、兼收并蓄的文明交流美好图景。全剧思想深刻、努力追求艺术表演精益求精和舞台制作精良相统一，满怀激情讴歌党、讴歌祖国、讴歌人民、讴歌英雄主义，表现出很强的正能量文艺原创力。"大艺人"从"和平三部曲"到《丝路·青春》，包括他们的众多社会艺术实践，都坚持与时代同行，表现时代的脉动，高扬奋发向上的时代精神。

《丝路·青春》给我们带来的重要启示是：追随"一带一路"的伟大构想和实践，是我们传递中国声音、讲好中国故事的一个主题、一个平台、一种媒介、一条路径和一个机遇。大连艺术学院的《丝路·青春》，无疑可以被比喻为方兴未艾的全球性新一轮"丝路热"浪潮中一朵闪亮的浪花。

时代是艺术之母，生活是艺术之源。围绕着这一理念，认真总结《丝路·青春》的成功经验，是"大艺人"下一步要认真做的一件事。从职业教育的目标出发，形成独具特点的课程设置、教材选择、教学方法、课时分配、考核形式等，会明显有别于强调专业性和专业区隔的普通高校。这是一个大有作为的领域，存在很大创新空间和许多具有重要价值的理论与学术生长点。我真心地建议和期望，大连艺术学院在总结"实践教学法"经验基础上，经过几年努力，率先构建起具有中国特色的"艺术职业教育学"学科，为我国的艺术职业教育提供理论阐述和教育范式。

刘伟 光明日报党委书记

我是一个新闻工作者、新闻教育工作者，我今天更多的是从新闻媒体、新闻教育的角度谈谈自己的看法。艺术教育和新闻教育有共同之处，那就是强调实践性，新闻教育强调实践教学，艺术教育也强调实践教学。习总书记在提到怎么办大学时强调，要立足中国大地，办世界一流的中国特色社会主义大学。包括各种各样的大学。大连艺术学院这一台舞台剧，《丝路·青春》，确实是非常好的实践教学，是符合习总书记对大学的要求的。

　　这台剧的第一出就是薪火相传，这使我想起了改革开放之初我们有一台舞剧，《丝路花雨》，它给我们以深刻的启示，我们不仅在经济上要改革开放，在文化上也要改革开放，展示我们拥抱世界的情怀。《丝路·青春》它既是面向国内的，也是面向世界的，是艺术和现实的串联。大艺领导在组织这台剧时，展示了高度的政治敏锐性，确实很了不起。

　　《丝路·青春》舞台剧用艺术的角度传播一带一路的思想，这种传播功能作用是非常大的。大连艺术学院不仅有高度的政治敏锐性，同时有高度的对艺术的追求，他们在这样一个历史节点上，做出一台含义非常深刻艺术水准非常高的舞台剧，很了不起。当下，我们需要更多的艺术精品，不仅要关注经济价值，更要关注艺术水准。《丝路·青春》就是一个精品，是对艺术市场庸俗的、低俗的东西一个有力的回击。《丝路·青春》展示了各个民族、各个国家、各个地域的艺术，同样给我们以震撼。通过这个舞台，展示了我们的文化自信，展示了大连艺术学院的艺术追求，也体现了我们所有艺术工作者的艺术追求。再次祝愿大连艺术学院有更多的艺术成果、教学成果献给时代。

解如光 中央电视台资深导演、《百家讲坛》原总策划

　　我讲两个方面。一是这个戏给我们提供了一个非常好的了解丝路的视角。这个视角，就是把历史上的一个伟大的事件和我们青春的梦想结合在一起。这是一个所有的文艺创作能够成功的捷径。你们这个戏抓住了这条捷径，是你们成功的基础，而且也是这个剧可以继续打磨成为一个艺术精品的可能。

　　二是想到了一个问题。一个民营的教育家，他在一个中国新的文艺复兴的时期要扮演一个什么样的角色？大家都看到了，我们正处在一个新的时代到来的方兴未艾的时候。文化肯定是这当中的一个重要的部分。要建立我们的自信，文化自信是绝对不能少的。这一点大家看得很清楚了。一个民营企业家是一个文化人。在这里应该扮演一个什么样的角色？这部剧已经回答了我们，要做好这样一个文化人，必须有几个担当。第一政治担当；第二文化担当；第三财力担当；第四道德担当。有了这四个担当，我们就能成为文艺复兴时代的一个非常好的民营教育家。

刘星 全国政协委员、著名编剧、作家

这是一台有思想含量的演出，同时又是一台带有政治高度的演出，是正规院校以及歌舞团所不能完成的，是集民族、通俗、美声为一体的具有高度艺术水准的一台舞台剧，是音、美、舞、诗的有效结合。在这种文化体制改革的当下，国家团队也很难承担。这是一台有艺术水准极高、政治含量极强、思想含量极丰富的一台舞台剧目。

在此，我思考两个问题。一是艺术学校人才培养在哪里？我想是课堂与舞台两者结合在一起，课堂与舞台是相辅相成的，没有课堂的教育就没有舞台的呈现，而这部剧就是在课堂与舞台的有效结合，培养和锻炼学生的实践能力，是重要的教学成果；二是艺术院校是培养拔尖人才还是应用型人才？这一点大艺定位很准确，着力培养应用型艺术人才。只有这样，学生的就业方向才会不断拓宽。

院校评价

杨圣敏 中央民族大学资深教授、博士生导师

首先，向大连艺术学院师生表示衷心的祝贺。能够在人民大会堂成功演出，得到北京许多媒体的高度评价，表明这是一次非常成功的演出。作为高校工作几十年的老师，我知道作为一个民办院校，办事、建设学校会有很多的困难，在这里我特别向大连艺术学院的王贤俊先生表示敬意。感谢他对艺术的支持，感谢他在办学过程中克服的那些困难，向他表示敬意。

作为一个民办院校，师生共同努力，编导演出这样一个舞台剧是成功的。成功之处，第一是《丝路·青春》的选题很好。"一带一路"是中国向世界提出的一个倡议，过去讲是战略，现在不用战略，用倡议，其实也是战略。我们中国的国际战略有几次变动，有几个发展阶段。五十年代是"一边倒"战略，倒向以苏联为首的社会主义阵营，反对美帝；六十年代以后是"三个世界战略"，反对两霸，团结第三世界。现在我们提出"一带一路"倡议，它不会是短期的，一定是长期的，它的目标是建设人类命运共同体，向全世界发出一个号召：大家不打仗了，大家和平相处，过好日子，通过"一带一路"，经济上、文化上联合起来，这是向世界指出一条路，这样走，对大家有好处。这样一个倡议是需要大家响应号召的。二是演绎的角度也很好，整个"一带一路"的命题都演绎出来不太可能，但你们从一个角度，青春的角度，号召年轻人为"一带一路"努力，这个角度很好。另外，作为实践教学方式，几千学生能够参加得到锻炼，这样的努力值得继续坚持发扬。这也是这个剧最成功的地方。

总之，我对大连艺术学院师生表示祝贺。《丝路·青春》确实是一个非常好的舞台剧。我向王贤俊先生表示敬意。能够作出这样的成就，不知道付出了多少艰辛。我也希望在此基础上，继续努力，提高一步，更上一层楼，打造出更有影响力的，能够走向世界舞台的艺术精品。

唐伟 北京师范大学原党委副书记、珠海分校党委书记、教授、博士生导师

《丝路·青春》这部舞台剧，大家一致的强调、一致的表示，这是高水平的、具有强烈艺术感染力和震撼力的一台剧。说高水平，主要体现在以下几个方面：一是立意比较高，它紧扣时代的脉搏，呼应、响应国家的和平发展的大的战略部署，这反映出大连艺术学院以王贤俊董事长为核心的领导政治意识强，社会责任感强。前些年在艺术界不怎么提文艺为国家的战略服务，不怎么提政治意识，认为艺术就是娱乐，让大家高兴，所以，就出现了一种娱乐至死的倾向，甚至一些低水平或者庸俗的东西泛滥，不但起不到艺术应有的价值，而且失去艺术的优越性，发挥不了真善美的教育作用。二是表演水平比较高，不论是歌唱、舞蹈，还是朗诵，包括服装，艺术水平都是很高的。而且还有我感受比较深的一点，包括舞美，舞台背景，充分利用现代声光电的技术，给人以强烈的冲击，使人身临其境，给人留下深刻的印象。高水平的第三点，就是构思巧妙、叙事宏大。构思巧妙在于通过丝路，或者说是线索，把历史和现实、古代和现代、中国和外国都联系起来，把中外的艺术精髓，歌舞的精华联系起来，使我们享受到高水平的艺术盛宴。场面宏大，《丝路·青春》的演出将人民大会堂这样的大舞台非常艺术、非常合理地利用起来。直接参加演出的人员近千人，间接参加的两千多人，在指导思想方面是宏大的叙事，在艺术方面有强大的演职人员阵容，让人确实感觉震撼。

此外，使我们更为震撼和震惊的是，这样的一台高水平阵容强大的舞台剧演出，出自大连艺术学院这样一个年轻的民办院校，使我这个在高校工作几十年的，也见过很多表演的人，发自内心地说出三个字：了不起，确实了不起。我觉得这个舞台剧，不仅是大连艺术学院教学成果的成功展示，也是他们教学理念的成果的展示，这个教育理念就是一定要把艺术教育理论和艺术实践密切结合起来，让学生们在实践当中开阔视野、接受锻炼、增长才干、提高素质，这种教学模式的探索改革尝试和大连艺术学院培养应用型艺术人才这样的高等院校是紧密结合的，而且成果也是非常突出的。这部舞台剧的成果会在学生身上长久地起作用，会在学生的职业生涯中有所体现和表现，这点值得总结。

发展是永无止境的。我们希望大连艺术学院取得更好的成绩，更大的成功。

肖学俊 中央音乐学院副院长

首先热烈地祝贺大连艺术学院打造的《丝路·青春》在北京演出成功，尤其在十九大会场余音还在绕梁的时候，作为献礼的节目意义还是十分重要。我怀着激动兴奋的心情观看了节目，场面宏大，画面精美。办学十七年，一个民办艺术院校拥有了本科的资质，而且不输于公办。

通过观看演出，更加坚定了我的判断。什么判断呢？就是我觉得大连艺术学院以王贤俊董事长为首的办学者是真正地在考虑如何办好艺术教育。在任何一个高校，不管公办民办，它都会说，社会责任第一、育人第一，经济效益第二，我觉得大连艺术学院是真正地在做。它们在选择教育方向时是育人为主，是把社会责任放在第一位，所以才能有这么好的育人成果。他们的办学特色确实是应用型的、创新型的，真正是从学校的实情出发，学校要培养什么样的人，教出什么样对社会有贡献的人。艺术实践对于教学来讲是十分重要的，但实施起来又是十分困难的，太不像一般课程按部就班地就上了，它是要设计、要投入人力、财力的支撑才能实行的，所以这次他们做得非常不容易，可以说他们在培养人才上是不惜花钱的。而且我昨天看了一下展板介绍，近三年他们搞了50多场大型演出，16000多人次参与，这次演出参与的人就有近千人。因此这么高这么大的投入对于学生人才成长的作用是很大的。国家大剧院、人民大会堂、中央电视台那么高的舞台对于学生的锻炼还是很大的。同时，也能形成一种凝聚力，对大艺来说这也是一种光荣的传统。

第二点我想说的是在受教育、实践的同时能够抓重点，尤其是原创的重点。这个我觉得能够繁荣我们的创作，歌颂伟大的时代，歌颂我们的人民，包括改革开放和一带一路。这些方面将我们的教学和社会热点联系起来，能够真正培养出高素质的人才。具体说到《丝路·青春》我认为选题非常好，应该说这个政治性、思想性、理论性都很好。我感觉到一点，就是大连艺术学院在进行社会艺术展演的时候充分发挥了综合艺术院校的优势，对于我们中央音乐学院来说，要让我们拿出这样的一部作品，我们拿不出来。因为我们是单一性的音乐学院，那么对于大连艺术学院，通过剧目和作品的打造，充分地把音乐、舞蹈、美术和服装等等全都调动起来了，就是全民创作，这是非常好的。在这里也祝愿我们大连艺术学院越办越好，越走越高。

黄启明 广州美术学院副院长

受大连艺术学院的邀请，观看了《丝路·青春》大型歌舞剧的演出。师生们的精彩演出有着强大的冲击力，很震撼，给我留下了深刻的印象，让我对大连艺术学院的办学水平和办学能力有了新的认识和新的定位。大连艺术学院作为一所民办专业院校，在办学方向和办学定位人才培养上，有宏伟的目标，有为国家、为社会、为人民的心胸和情怀。教学推动创作，创新促进教学。以独特的舞台表演形式讴歌了"一带一路"的过去、现在和未来。紧跟新时代的脚步，弘扬了时代精神，展现了师生训练有素、不断创新的能力和风貌。感谢大连艺术学院师生们用青春的畅想演绎了一段令人难忘的美好的丝路故事、青春故事、大艺故事。祝大连艺术学院创作出更多更好的时代力作、艺术精品！

谢嘉幸 中国音乐学院教授、博士生导师、音乐教育学会理事长

首先，这场音乐会，将一带一路的国家的伟大事业和育人结合在一起，特别感兴趣的是王贤俊董事长的办学理念，把实践和教学融合在一起。在国务院颁发了文件之后，20多个省坚持这条路，这个文件有很重要的一点，就是把活动、实践纳入课程体系。所以我觉得这个是非常了不起的。其实我们中国传统文化中强调人的远大理想，我觉得《丝路·青春》这台大型舞台剧就是非常巧妙地把个人的理想与家国情怀和祖国的建设融合起来。

丝路是一种非常好的连接中国与外国的纽带。在中国2500年的历史当中，丝绸之路不仅仅是艺术，而且是我们的传统。最近孔学堂和我提出加强文化自信，但我觉得大悦与天地重合，大义与天地整体。那么这个和字，和而不同，怎么体现？如何体现人类社会的各美其美，美美与共？我觉得，《丝路·青春》这部剧，在这个意义上考虑的也是非常到位的。尽管说，并不是十全十美，还有需要改进的地方，但是，就像一部好的作品，它最重要的一点，就是有大的进步发展的空间。比如我们的音乐方面，怎么能够加强整台文化演出的文化厚度？我觉得这个方面我们还可以做一些改进。但是在这里，我还是由衷的感谢，并表示祝贺，也希望能够把我们这台音乐剧推广出去，成为一个我们美育的典范。

薛天纬 中国人民大学教授、博士生导师

《丝路·青春》这部舞台剧的整个构思非常巧妙，大连艺术学院的学生沿着"一带一路"沿线的国家进行采风的艺术实践，通过这样的一个线索，通过大学生的眼光去观察，用大学生的心理去感受，表现大学生们获得的知识和他们受到的教育从而展现他们的青春力量和他们的向往。他们这样的构思的线索是很巧妙的，它可以把不同的时空不同的国家历史和现实的东西都串联起来。否则的话，像这么多的国家，这么漫长的历史，恐怕是不太好组织的，我想这是一个很好的创意。从整台节目来看，充盈着青春的气息、校园风格的气息，感觉非常朴素清新。第四章的《课桌舞》应该说很出乎我的意料，把课桌搬上舞台，这恐怕还是没有什么参照性的，因此我觉得如果学校的老师和学生看到这样的表演还是会比较赞同的。

徐平 中央党校教授、博士生导师

非常荣幸昨天看到演出。非常宏大，确实非常震撼！谈三点感想：

第一，体现了大连艺术学院的实力和欣欣向荣的活力！很少一个演出单位能有近千人上场，用舞台剧的形式，把多种艺术形式用在一起，而且声光美结合。确实达到一种轰动性、震撼性的效果。这体现了大连艺术学院的实力，同时也体现了办学上的成功。特别是把教学和实践在战争中学习战争，在演出中培养人才的理念，非常好！

第二，讲好了中国故事。中国故事中最重要的一个故事是什么呢？中国梦。中国梦已经跨越几千年了。所以我们从一个丝绸之路的经济带，一个海上丝绸之路，其实是从两条线，跨越千年给我们讲述一个中外文化的交流史。其实这里边也包含两个战略，一个是欧亚大陆战略，另一个是航海战略。这不光是古代，今天也是世界战略的集中力。一跨越千年，就把中华民族伟大复兴这个主题词凸现出来。同时把我们一个最大的梦想，最大的事业，习总书记用了四个伟大来形容的东西体现出来。所以我说这个故事讲得好。

第三，体现了时代的精神。十九大告诉我们，我们进入新时代了！新时代要干吗，和老时代有什么大的区别？老时代告诉我们，基本实现现代化。新时代就是要建设社会主义强国。这种背景下，我们把古今打通。把中国梦变成一个很现

实的青年一代的梦。所以我觉得丝路后边青春两个字非常重要。不仅让丝路焕发青春，最关键就是习总书记说的"青年兴国家兴"。我觉得这个主题抓得也特别好。我们面对一个新时代依托青年人，在我们古老的一带一路上面放飞理想，既实现个人的情怀，更实现民族的梦想。所以我说这台剧确实有气势有气魄。

李建新 北京大学教授、博士生导师

首先第一点我觉得这个中国故事讲得很好，就是沿着丝路和青春这两个元素用得非常好，丝路我们知道这个概念是德国历史学家十九世纪末提出，但实际上这是人类的一个变迁时代，变迁自人类开始就伴随着迁移，迁移就伴随着种族，民族，文化，历史的交融，所以说丝路串起来就是点出了一个大的时空，大的时空往大了说就是整个物质文明精神文明。这一点我觉得把中国文化的特点就展现了出来。中国文化的特点简单说就两个，一个是历史悠久，一个是包容，博大。所以丝路把这个特点展现出来了，这是一点感受。另外一点就是青春这个元素，也非常好。从个人生命历程来看，青春是最美好的时期，最有潜力，最有创造，对于民族也是如此，毛泽东一代就已经给青年人定了位，更不用说十九大对青年人的定位，是继承过去，迎接未来的一代，所以我觉得从民族复兴这个定位，乃至到中国，中国历史久远，但是又是常性的。所以中国的历史担当在博大的空间中的定位我觉得也非常好，这就是我对这台晚会的感受。第二方面，令我非常惊讶的是大艺作为一个地方院校，能承办这么大的晚会，我觉得包括我在座的应该都会像王先生充满敬意，他是民营企业家，这笔钱可以投入到很多地方，但是我们的社会很需要这种积极向上的、在新时代引领的作品。最后，希望我们能一起联手做出更大的贡献。

阿扎提·苏里坦 原新疆师范大学校长

我觉得这是一个有政治高度的舞台剧，这个演出总的给人感觉和党的十九大召开很吻合，和"一带一路"倡议配合的也很吻合。在当前这个形势下中国在各个方面取得的成绩，世人都在关注，国外国内都在总结、都在关注。在这样一个情况下，把"一带一路"这样一个倡言，用艺术的形式展示出来，这样一个大主题非常震撼，没有相当的积累和准备是拿不下来的。

看演出的时候我跟旁边的人也沟通了一下，他们的规模都没有大艺这么大，一个小的音乐学院是拿不下来的。这个主题这么大，弄一个歌舞团百十来人不可能；一个省宣布一个专项来组织可能做到，但是目前也不太现实。而大连艺术学院能把这个主题拿下，能用文艺的形式展现出来，表明这个学校有魄力，所以我们应该感谢董事长牵头的这支队伍。这是一个年轻的学校，年轻就说明它各个方面都不是很成熟，经验也不是很丰富，而它却能在我们国家率先做这样的事情，这是一个大思路。这也是一个意义重大的事情，不容易。

另外，我一辈子就在教育上，几个高校都工作过，虽然我们在新疆工作，但是国内高校的情况也是清楚的。怎么样办教育，是高校的领导都在考虑的一件事情都有自己的一个想法，特别是通过什么样的途径培养学生，很多领导都不注重实践环节。工科类的实践基地，教育专业也有一些专业的实践要求，但是往往因为一些条件因素的影响，达不到实践要求的保障。实践环节在教育中应该放在更重要的位置上，课堂教学和实践教学应该很好的配合起来，这是从事教育的都很清楚的一件事情。但是一个民办的学校，这样重视实践教学，我觉得给我很大启发。给学生这么大一个舞台，包括年轻的老师，让他们得到这样的机会得到锻炼与社会的认可，将来就业也有利。所以大艺这种思路是我非常赞赏的。

总的来说，大连艺术学院让我感觉非常好，很受教育，也很感动，是一个很有潜力的学校，一个民办学校给学生创造这样好的硬件软件设施，这么大的舞台，作为一个老的教育工作者，我向大艺人表示感谢和致敬。

宋波 上海音乐学院教授

这台大型舞台剧集音乐、舞蹈、话剧、舞台美术、舞台剧目等多种艺术元素为一体，通过对丝路沿线国家和地区的不同音乐文化形式的展示，呈现出一带一路产生的中国和沿线国家多赢的合作关系，演出形式新颖、内容丰富、情节感人，而且充满了青春气息，凸显出大连艺术学院综合实力，这也符合艺术学院办学特色。

我作为文化部文华奖的评委，经常参与全国歌剧、音乐剧、舞剧的评审工作，对大连艺术学院出品的这个实践教学成果给予充分肯定和高度评价，它不但思想性很强也展示出较强的艺术性。这么大这么重要的舞台剧，由一所年轻的民办艺术大学创作完成，非常令人震惊和钦佩。我是大连人，对家乡院校大连艺术学院的成长、进步及所取得的成就感到高兴和自豪。

现在艺术高校都在忙于创作出品歌剧、音乐剧、舞剧等等，进入了一个创作高峰。如何保证创作的质量留下艺术精品、教学与实践的关系和度的把握应该是大家共同思考的问题。

最后预祝大连艺术学院王董事长和院长们的领导下，在学科建设、人才培养方面迈向高峰。

杨志浩 解放军艺术学院舞蹈系教授

在剧目形式上，我们国家有一种很重要的形式就是"乐舞"，它本身就是诗、舞、乐一体的，这一台剧目其实是非常好地体现了这一特点。它不是单一的音乐剧或话剧的形式，而是一个"乐舞"的形式。"乐舞"是我们国家很早以前的一种艺术形式，但这么多年来很少在舞台上呈现，大艺这个舞台剧的呈现让我非常震撼，用这么特殊的艺术形式体现了这么宏大的主题，非常值得敬佩。

刘桂腾 上海音乐学院教授

整场演出气势宏伟，看得出大连艺术学院的师生为此付出了很大心血，《丝路·青春》凝聚了大艺人的壮丽梦想，向勇攀高峰的大艺人致敬！

媒体评价

歌舞剧《丝路·青春》的四个美

黄金声 李天斌

　　由大连艺术学院创作演出的大型歌舞剧《丝路·青春》日前分别在大连、沈阳和北京人民大会堂上演，受到了社会各界的高度赞誉。该剧以青年人的视角，把丝绸之路的历史与现实联系起来，以融于一体的歌舞诗画形式，讴歌了"一带一路"的伟大构想，是一台集思想性、艺术性、教育性和创新性于一体的新时代的舞台作品。

　　《丝路·青春》讲述了一群即将毕业的大学生，在"一带一路"沿途艺术采风的故事。剧作着眼于现实，从古丝绸之路讲起，从月牙泉到雁栖湖，从中国到欧亚非，从"文明瑰宝"到"千年之约"，讲渊源、讲历程、讲发展、讲和谐，歌颂中华灿烂文化，歌颂世界人民友好和平，充分体现了中华民族的文化自信与文化自觉。同时，由大学生表演"一带一路"，既是认识"一带一路"由来、本质和重大意义的教育过程，也是内化"中国梦""大国担当"和全球化的实践过程，有助于他们树立远大理想和抱负，成为具有国际视野的新一代建设者和接班人。

　　该剧本质上是"尚美""求美"的，它以美的艺术让观众获得了感官上的美好体验和心灵上的滋养。至善至美是艺术的最高意境，该剧的艺术之美主要体现在：

　　其一，综艺融合之美。《丝路·青春》运用了9种舞台艺术形式，但多而不杂，在主题音乐的引领下，各种艺术形式紧紧围绕主题，互通互融，和谐共生，浑然一体。音乐自身有交响乐与合唱、领唱的融合，仅唱法就采用了民族、通俗和美声三种，达到了水乳交融的演出效果。舞蹈与音乐的融合，舞蹈融于音乐，音乐化于舞蹈，音乐与舞蹈如鸟之双翼，相辅相成，交互生辉。

　　其二，恢宏大气之美。从古丝绸之路开始，跨越众多国家，演唱多国歌曲，表演多国舞蹈，该剧演绎了2000多年时空变幻、中外文化艺术交流的风情诗画。

整场演出结构紧凑、节奏鲜明。交响乐气势磅礴，合唱、独唱婉转悠扬、悦耳动听，舞蹈艳丽炫目、美妙灵动，朗诵情感充沛、铿锵有力。整场演出如梦如幻，行云流水，扣人心弦。

其三，细腻精致之美。该剧从文学剧本创作时起，就从每个字、每个音符、每个动作、每件衣服、每个画面、每件道具都精心设计、精心制作、精益求精。每次修改，全部乐手的谱子都要调整。服装服饰细到每个演员、每件服饰，郑和的服装和配饰上下十几件，设计、制作与匹配并不容易；泰国长甲舞的头饰、项链、长甲一项一项研究制作，撒在演员身上的金粉从购买原料到研磨，研磨到什么程度的金粉在舞台上效果最好，都要试验定妆，直到满意为止。

其四，青春活力之美。该剧的"青春"，一是讲古老的丝绸之路，在"一带一路"倡议下，实现了历史与现实对接，让历史焕发了青春；二是年轻人讲青春，表演者除交响乐团有老师参加、合唱团领唱是老师外，其余全部由学生组成，而且绝大多数是大一、大二的学生。青春人演青春剧，带来的是青春的气息和青春的张力。歌曲《丝路·青春》唱出了"丝路光芒普照大地的气魄"。舞蹈《郑和下西洋》跳出了中国力量，那种"让梦绽放""让爱飞翔"、活力四射的表演，诠释了"青年兴则中国兴，青年强则国家强"的真理。

中国传统文化博大精深，源远流长。该剧继承了盛唐"歌舞大曲"的体裁形式，运用了大量的民族歌舞元素和外域的艺术元素，创造性地运用了歌舞诗画等综艺形式，是以舞台为课堂，以练、演、创为途径，理论与实践相结合，课堂与舞台相链接，排练与实训为一体，专业与行业相契合，教学与科研并重，多专业综合实作的高素质应用型艺术人才培养的最佳载体。

特别值得一提的是，剧中的音乐注重了叙事原则，在主题音乐的引领下，塑造了一个个鲜活的音乐形象，《张骞出使西域》在西洋交响乐中加上了唢呐、琵琶、二胡等中国元素，不仅表现了历史的厚重，而且表现了漫漫征途的艰辛和完成使命的愉悦；用多层次的音乐手法塑造了《郑和下西洋》的群体音乐形象；结尾的《千年之约》通常是用美声唱法，便于把剧情推向高潮，这次领唱的8位演员，4人是美声唱法，4人是民族唱法，结合完美，高亢嘹亮。此外，舞蹈运用各种舞蹈语言，通过不同的舞蹈表演形式，准确地体现了古丝绸之路向当今"一带一路"演变的过程及发展，《盛唐丝路花语》突出腰舞、袖舞的特点，轻盈之极，雅典之极；《单鼓舞》与孟加拉国的《脚铃舞》同台欢跳，整齐划一，毫无杂乱和违和之感；《课桌舞》使用大量的街舞元素，寓意深刻，简洁明快，课桌安上无声滑轮，"会跑会跳"，突出了青年学子积极进取，朝气蓬勃的群体形象。舞者与道具的高度契合，是《丝路·青春》舞蹈创新的典范。

　　《丝路·青春》的演出启示我们，传承是根基，创新是生命，最好的艺术作品和艺术教育必然是传承与创新的完美结合。

——《文艺报》 2018年1月31日

大型舞台剧《丝路·青春》绽放盛京大剧院

韩群 张晓敏

由辽宁省教育厅、大连金普新区党工委、大连市文学艺术界联合会主办,大连艺术学院原创、排演的大型舞台剧《丝路·青春》10月25日在沈阳盛京大剧院上演。该剧以恢宏的气势和美轮美奂的舞台展现获得到场的国际友人及社会各界人士好评。

以"大漠驼铃"的情景表演为开端,该剧叙述了一组大学生跟随老师,在"一带一路"沿线国家艺术采风时的故事。这是大连艺术学院继"和平三部曲"——《汤若望》《樱之魂》《和平颂》以及五项国家艺术基金立项项目之后,又一次倾情推出的精品力作。

通过青春的视角,运用人屏互动、情景表演、多层穿插等丰富的舞台表现形式,撷取不同地域、不同国家、不同民族充满活力的文化艺术元素,将"一带一路"伟大倡议的精神实质以艺术表演的形式予以呈现。剧目艺术化地呈现了青年人视野中的历史、理想和未来,展现其锐气与活力及他们秉承的"一带一路"的信念,倡导青年学子,志存高远,脚踏实地,投入到"一带一路"建设的伟大事业当中。

《丝路·青春》由大连艺术学院董事长王贤俊担任总策划、总导演、总撰稿;由国家一级作家、学院阮振铭教授及青年教师执笔;作曲家高大林作曲,并由学院的专家和教授牵头,各专业骨干教师参与,是以学生为演出主体,举全院之力倾情打造的一部集音乐、舞蹈、戏剧、文学、多媒体、服装、服饰、人物造型等多种艺术表现形式为一体的大型剧目。台前幕后参与的师生有三千多人,涉及二十多个专业。

王贤俊表示,高校不仅要为青年的发展搭建大舞台,提供大平台,让他们成才,而且要承担社会责任,弘扬主旋律。剧目可以在教学实践过程中给大艺学子带来思想政治觉悟上的提升,使他们具有大视野、大格局,有理想、有本领、有担当。

　　文化部民族民间文艺发展中心主任李松、清华大学美术学院原院长李当岐、原八一电影制片厂副厂长刘星等专家们认为，大连艺术学院在短时间内原创出这样一部集多种艺术表现形式为一体、艺术表现力较强的大型舞台剧实属不易。剧目为学生们提供了绝佳的实践机会，大艺的实践教学特色十分显著。剧目紧扣时代主题，展现了大艺的政治觉悟、大局意识和高校的社会担当。

——《中国日报》 2017年10月26日

大连艺术学院大型舞台剧《丝路·青春》在沈演出

韩群 王莹

《盛唐乐舞》和《阿拉伯舞蹈》同台竞技，孟加拉国《脚铃舞》与中国传统《单鼓舞》相互融合……10月25日，由辽宁省教育厅、大连金普新区党工委、大连市文学艺术界联合会主办，大连艺术学院原创、排演的大型舞台剧《丝路·青春》在沈阳盛京大剧院演出，这是继"和平三部曲"——《汤若望》《樱之魂》《和平颂》以及五项国家艺术基金立项项目之后，大连艺术学院又一次倾情推出的精品力作。

《丝路·青春》以名为"大漠驼铃"的情景表演为开端，叙述了一组刚踏入社会和即将毕业的大学生，跟随老师，在"一带一路"沿线国家艺术采风时的故事。回眸历史，在原汁原味的民族音乐的铺垫中，观众们跟随青年们一起欣赏了"一带一路"文史色彩浓郁的磅礴画卷。剧目深邃而蕴含文化积淀，唯美而极富青春气息。

"灯光下、舞台上，是学生实践最好的场地，一生多师、多元化教学、优势相长，是实践教学最有效的方式。"董事长王贤俊说，《丝路·青春》台前幕后参与的师生有三千多人，涉及二十多个专业，师生们是真正的受益者。

剧目排演过程中，各教学单位均结合实际制定教学计划。服装学院师生们到校企合作单位"永诚制衣服装有限公司"，进行工业电剪裁剪；文化艺术管理学院把"一带一路"沿线国家文化解读课搬到交响乐排练厅；传媒学院师生把"长枪短炮"和"新闻眼"带到了彩排现场；艺术设计学院把道具设计的实践技能编到了教材中。剧目的"一生多师"教学及专业加技能的交叉实践特色，使学生们大呼过瘾。学院还针对参与师生制订了激励政策，学生可以获得相应选修课学分。

剧目艺术化地呈现了青年人视野中的历史、理想和未来，倡导青年学子，志存高远，脚踏实地，投入到"一带一路"建设的伟大事业当中。原八一电影制片厂副厂长刘星等国内外专家、学者们认为，剧目为学生们提供了绝佳的实践机会，展现了高校的大局意识和社会担当。

——新华网 2017年10月28日

大连艺术学院大型舞台剧
《丝路·青春》在沈阳上演

韩群 王晨

由辽宁省教育厅、大连金普新区党工委、大连市文学艺术界联合会主办，大连艺术学院原创、排演的大型舞台剧《丝路·青春》近日在沈阳盛京大剧院演出。

据介绍，大型舞台剧《丝路·青春》由大连艺术学院王贤俊董事长担任总策划、总导演、总撰稿；由国家一级作家、学院阮振铭教授及青年教师执笔；作曲家高大林作曲，并由学院的专家和教授牵头，各专业骨干教师参与，是以学生为演出主体，举全院之力打造的一部集音乐、舞蹈、戏剧、文学、多媒体、服装、服饰、人物造型等多种艺术表现形式为一体的大型剧目。

《丝路·青春》以"大漠驼铃"的情景表演为开端，叙述了一组大学生跟随老师，在"一带一路"沿线国家艺术采风时的故事。回眸历史，在原汁原味的民族音乐的铺垫中，观众们跟随青年们一起欣赏了"一带一路"文史色彩浓郁的磅礴画卷。剧目深邃而蕴含文化积淀，唯美而富有青春气息。

《丝路·青春》台前幕后参与的师生有三千多人，涉及二十多个专业。从培养方案、师资队伍、教学资源，以及打造校企合作平台等各方面，大艺以《丝路·青春》等剧目为纽带，多方强化对人才应用能力的培养。

王贤俊介绍，高校不仅要为青年的发展搭建大舞台，提供大平台，让他们成才，而且要承担社会责任，弘扬主旋律。剧目可以在教学实践过程中给大艺学子带来思想政治觉悟上的提升，使他们具有大视野、大格局，有理想、有本领、有担当。

—— 《中国青年报·中青在线》2017年10月25日

大连舞台剧《丝路·青春》在人民大会堂演出

韩群 王臻青

11月24日，大连艺术学院原创大型舞台剧《丝路·青春》在北京人民大会堂上演。这是继大型音画舞蹈交响史诗《和平颂》之后，大连艺术学院的舞台艺术作品第二次登上人民大会堂的舞台。当晚，6000多名中外观众观看了演出。

六个篇章展现丝路艺术风貌

《丝路·青春》分"薪火相传""文明瑰宝""古今求索""中外荟萃""丝路青春""千年之约"六个篇章，该剧讲述了一群大学生在"一带一路"沿线国家进行艺术采风时所发生的故事。回溯历史，时光流转，以张骞出使西域、郑和下西洋等为引线，现场观众跟随剧中的大学生们一起欣赏了"一带一路"历史文化艺术的磅礴画卷。该剧撷取丝绸之路沿线不同地域、不同国家、不同民族的艺术元素，融合音乐、舞蹈、朗诵、情景剧等多种艺术形式，为观众呈现出一部古今交织、中外融汇的舞台艺术作品。剧中，《盛唐乐舞》《泰国长甲舞》《孟加拉脚铃舞》《郑和下西洋》等作品精彩纷呈，美轮美奂。

该剧的上演得到了中国人民对外友好协会、辽宁省教育厅的大力支持，本次活动由中友国际艺术交流院、大连市委宣传部、大连金普新区党工委、大连市文化广播影视局、大连市文学艺术界联合会、大连艺术学院联合主办。《丝路·青春》由大连艺术学院董事长王贤俊担任总策划、总导演、总撰稿，由国家一级作家、大连艺术学院教授阮振铭及青年教师执笔，作曲家高大林领衔作曲，并由学院知名专家和教授牵头，各专业骨干教师参与，上千名学生为演出主体。

中外专家赞视角独特

该剧演出结束后，来自北京等地的专家与"一带一路"沿线国家的专家学者在京围绕《丝路·青春》创排演出展开研讨。研讨会上，与会专家对大连艺术学院所秉持的艺术精神与社会责任、文化担当给予了高度评价。大连艺术学院以"一带一路"为题材创作《丝路·青春》，在剧目创作中解放思想，在精品打造中更新观念，以生动活泼的文艺作品为载体，展现"一带一路"历史文化艺术风貌。五年间，大连艺术学院创排的四部大型剧目先后在国家大剧院、北京人民大会堂上演，台前幕后万余名师生参与创作演出，教师执教能力、学生实践能力大幅度提高。

　　北京大学教授李建新认为，《丝路·青春》这个中国故事讲得很好，丝路和青春，这两个元素运用得非常好，丝绸之路的发展，伴随着民族、文化、历史的交融，《丝路·青春》这部舞台剧展现了这一主题，突出了这个特点。青春是人一生中最美好的时期，最有创造力。从青年人的视角回溯与展望丝路，这是进行"一带一路"文艺创作很好的一个视角。央视资深导演解如光认为，历史和青春的视角是《丝路·青春》的基础，它提供了一个了解丝绸之路的新视角。他认为，该剧还可以继续打磨成为一个艺术精品。

　　《光明日报》副总编兼北京师范大学新闻传播学院院长刘伟说："观看此剧时，我想到20世纪80年代的剧目《丝路花雨》。"他认为《丝路·青春》通过历史与现实的串联，体现出新时代我们的文化自信。吉尔吉斯斯坦国立民族大学文学系教授图卢斯别克·玛拉孜阔夫认为，这场演出专业程度非常高，难以想象这是以在校大学生为主体的表演团队演出的剧目。在剧中，他还欣赏到了自己国家的音乐和舞蹈。土耳其伊斯坦布尔密玛尔·希南美术大学副校长凯汗·于凯尔说，"丝绸之路"不仅是贸易之路，也是文化之路、创新之路，《丝路·青春》很好地体现了这一点。

——《辽宁日报》 2017年12月1日

大型舞台剧《丝路·青春》震撼省城

韩群 张明春

10月25日,由辽宁省教育厅、大连金普新区党工委、大连市文学艺术界联合会主办,大连艺术学院原创、排演的大型舞台剧《丝路·青春》在沈阳盛京大剧院演出,该剧磅礴大气,震撼省城。

恢宏的气势、美轮美奂的舞台展现,无一不让观看此剧的国际友人及社会各界人士好评不断。他们认为,这部剧既有家国天下情怀、历史文化底蕴,还具新时代青春气息。这部剧目,从策划、创作到展演,都由年轻的艺术高校大连艺术学院独立完成。该剧展现了大艺把精彩浓缩到舞台的追求,把育人根植在实践的特质,上演了民办高校发展史上的"新传奇"。

该剧通过青春的视角,运用人屏互动、情景表演、多层穿插等丰富的舞台表现形式,撷取不同地域、不同国家、不同民族充满活力的文化艺术元素,将"一带一路"伟大倡议的精神实质以艺术表演的形式予以呈现。剧目艺术化地呈现了青年人视野中的历史、理想和未来,展现其锐气与活力及他们秉承的"一带一路"的信念,倡导青年学子,志存高远,脚踏实地,投入到"一带一路"建设的伟大事业当中。

为了能给观众展现最佳的舞台效果,将最精彩的演出绽放,大连艺术学院就演出细节问题召开了三次研讨会,精益求精,反复推敲。研讨会上,来自国内外的专家学者是带着惊喜评价这部剧的。文化部民族民间文艺发展中心主任李松、清华大学美术学院原院长李当岐、八一电影制片厂原副厂长刘星等专家们认为,在如此短的时间内,大连艺术学院原创出这样一部集多种艺术表现形式为一体、艺术表现力较强的大型舞台剧实属不易。剧目为学生们提供了绝佳的实践机会,大艺的实践教学特色十分显著。剧目紧扣时代主题,展现了大艺的政治觉悟、大局意识和高校的社会担当,让人由衷敬佩。

打磨文化精品 彰显艺术魅力

厚积而薄发,原创出这样一台大型舞台剧绝非偶然。这是大连艺术学院继

"和平三部曲"——《汤若望》《樱之魂》《和平颂》以及五项国家艺术基金立项项目之后，又一次倾情推出的精品力作。

《丝路·青春》以"大漠驼铃"的情景表演为开端，叙述了一组大学生跟随老师，在"一带一路"沿线国家艺术采风时的故事。回眸历史，在原汁原味的民族音乐的铺垫中，观众们跟随青年们一起欣赏了"一带一路"文史色彩浓郁的磅礴画卷。剧目深邃而蕴含文化积淀，唯美而富有青春气息。

"大艺速度"是惊人的，大艺对作品的精雕细琢的精神也令人赞叹。短短数月中，几轮讨论，多次修改，主创团队在文本上一字一句地推敲，音乐上一音一调的修改，表演上一招一式的斟酌，背景上一帧一画的调整。学校所有参与人员日夜兼程创作、排练。

9月20日，该剧在大连首演后，根据国内外业界专家的建议意见，剧目主创团队进一步完善作品的思想性、艺术性、表现力。学院艺术总监高大林说："改动是牵一发而动全局，比如我的总谱，大的修改两次，小修改不计其数，改一段，各声部的谱子都要调整，这一调整工作量就大了。剧目在沈阳的演出更为紧凑，更为凝练了"。在作品修改最艰难的时候，王贤俊董事长和所有人员一起全力攻坚。这时，所有大艺人都坚信，《丝路·青春》一定会破茧成蝶，在中外文艺的百花园中飞舞翩跹，更会浴火重生，在历经打磨后不断升华。这就是大艺的凤凰涅槃精神。

强调应用育人素质 深化实践教学改革

大艺在建校初期就确立了培养"应用型艺术人才"的人才培养目标。王贤俊董事长说："灯光下、舞台上，是学生实践最好的场地，一生多师、多元化教学、优势相长，是实践教学最有效的方式。学院主要领导的大部分精力也放在这儿，就是为了让从大艺走出去的学生，都能有更强的就业能力直至创业能力。"

大艺以"一带一路"的国家重大战略为深化培养应用型艺术人才的突破口，以剧目拉动了学校的育人成果养成。《丝路·青春》台前幕后参与的师生有三千多人，涉及二十多个专业，师生们是真正的受益者。

从培养方案、师资队伍、教学资源，以及打造校企合作平台等各方面，大艺以《丝路·青春》等剧目为纽带，多方强化对人才应用能力的培养。教学单位根据剧目制定了教学方案，并综合现阶段专业课程内容，做出相应的教学计划。服装学院100%的教学课程与项目结合。从设计、确认款式、做样衣、定材料直到发放等，学生对服装行业的运作有了清晰认识。除了"第一课堂""第二课堂"，师生们还到校企合作单位"永诚制衣服装有限公司"，进行工业电剪裁剪。文化艺术管理学院把"一带一路"沿线国家文化解读课搬到交响乐排练厅；传媒学院师生把"长枪短炮"和"新闻眼"带到了彩排现场；艺术设计学院把道具设计的实践技能编到了教材中……

而剧目的"一生多师"教学及专业加技能的交叉实践特色，使学生们大呼过瘾。舞蹈的编创、排练由央视资深编导和学院教师共同完成；播音和表演专业的学生同台表演要分别强化台词和表演的融合能力……

学院还制订实行了激励政策，教师工作量统计有新标准，学生可以实践完成部分选修课学分。很多课堂教学的内容可以业余时间在线学习。

人才培养得怎么样，最好的检验就是毕业生就业能力。大艺有多名学生在央视实习后被留用，有的毕业生在国家级院团里从事本专业，不少学生考上了研究生、博士。这些，跟他们参与过的实践教学，不能不说有着密不可分的关系。

践行办学理念 燃烧梦想追求

"一个人只要活着就要有梦想，一所高校也要在创办过程中把梦想贯穿始终，每一个个体和集体的梦想，才能汇聚成整个中华民族的中国梦。"

王贤俊董事长说："《丝路·青春》的创作、再创作，每个人都要有付出，要有体验，每个人也都会得到收获。有梦想，方可成才。对于从事艺术教学和实践的师生来说，作品呈现在舞台就是最大的梦想，也会带来极大的空间和创作乐趣。有了创作，传承民族文化，强化政治引领和担当的服务意识，每个人才会体现出更大人生价值。"

十年打基础，二十年出风采，三十年完成大艺梦。大艺梦是什么？王贤俊董事长说："大艺梦是不忘初心，继续办好党和人民满意的大学；是灯火阑珊处，方显大艺学子身影；在天底下最光辉的地方，都有大艺学子工作和事业拼搏的脚印。《丝路·青春》打造过程也是深化改革的过程，涉及科研、教学、实践教学、考核管理等多个层面，是提升办学质量的新增长点，更是大艺培养优秀人才的新契机。我们希望能够为青年的发展搭建大舞台，提供大平台，让更多学子成才。"

王贤俊董事长感慨地说："高校要承担社会责任，弘扬主旋律。剧目可以在教学实践过程中给大艺学子带来思想政治觉悟上的提升，使他们具有大视野、大格局，'有理想、有本领、有担当'。我想这就是我们的大艺梦，融入中国梦中的必要过程吧。"

《丝路·青春》在盛京的演出落下帷幕，但未结束，这将又是新的开始。但它将带着大艺不忘的初心，继续前行。大艺将以一个个新的发展目标为引领，向着中华民族伟大复兴的中国梦不断前进！

—— 《大连晚报》 2017年10月26日

大连艺术学院舞台剧《丝路·青春》
在人民大会堂上演

韩群 辛敏娟

　　能在人民大会堂展演，是很多演出团体的梦想，年轻的艺术高校——大连艺术学院已经第二次登上这个舞台。11月24日，人民大会堂灯火辉煌，大型舞台剧《丝路·青春》的演出引起了观众们如潮的掌声。

　　大型舞台剧《丝路·青春》演出的支持单位是中国人民对外友好协会、辽宁省教育厅，主办单位是中共大连市委宣传部、中友国际艺术交流院、大连金普新区党工委、大连市文化广播影视局、大连市文学艺术界联合会、大连艺术学院。剧目由大连艺术学院原创、排演。这是该剧在大连、沈阳成功演出后的又一轮亮相，也是继大型音画舞蹈交响史诗《和平颂》之后，大连艺术学院在人民大会堂展演的第二部原创剧目。

　　该剧通过青春的视角，运用人屏互动、情景表演、多层穿插等丰富的舞台表现形式，撷取不同地域、不同国家、不同民族充满活力的文化艺术元素，将"一带一路"伟大倡议的精神实质以艺术表演的形式予以呈现。剧目艺术化地呈现了青年人视野中的历史、理想和未来，展现其锐气与活力及他们秉承的"一带一路"的信念,倡导青年学子，志存高远，脚踏实地，投入到"一带一路"建设的伟大事业当中。

　　大型舞台剧《丝路·青春》深邃而蕴含文化积淀，唯美而富有青春气息。把历史与现代、东方与西方的时空元素优化融合，以序幕、尾声、四个篇章的脉络进行组合，呈现出了一幅古今交织，中外交流的舞台视听盛宴。以"大漠驼铃"的情景表演为开端，剧目叙述了一群大学生，在"一带一路"沿线国家艺术采风时所发生的故事。历史回眸，时光流转，以张骞出使西域、郑和下西洋等为引线，在原汁原味的民族音乐的铺垫中，观众们跟随青年们一起欣赏了"一带一路"文史色彩浓郁的磅礴画卷。《丝路·青春》带给人们的是神秘的色彩、探索的精神和西域的文化风貌。《丝路·青春》以雄浑有力的交响乐、合唱、领唱、独唱，生动的表演、朗诵、音乐剧，以及舞蹈等艺术形态，体现了多时空、多情境、多点式表演完美搭配的精妙；以LED、灯光、音响、服装、道具极致渲染的综合视觉效果，呈现出舞台艺术与舞台科技交汇融合的巧妙。

大型舞台剧《丝路·青春》由大连艺术学院董事长王贤俊担任总策划、总导演、总撰稿，并由学院知名专家和教授牵头，各专业骨干教师参与，全院学生为演出主体，是该校倾力打造的一部集音乐、舞蹈、戏剧、文学、多媒体、服装、服饰、人物造型等多种艺术表现形式为一体的大型剧目。《丝路·青春》台前幕后参与的师生有三千多人，涉及二十多个专业。从培养方案、师资队伍、教学资源，以及打造校企合作平台等各方面，大艺以《丝路·青春》等剧目为纽带，多方强化对人才应用能力的培养。

"高校不仅要为青年的发展搭建大舞台，提供大平台，让他们成才，而且要承担社会责任，弘扬主旋律。剧目可以在教学实践过程中给大艺学子带来思想政治觉悟上的提升，使他们具有大视野、大格局，'有理想、有本领、有担当'。培养应用型艺术人才也是大艺梦汇入中国梦的一个必要过程。" ——大连艺术学院董事长王贤俊

——《半岛晨报》 2017年11月25日

《丝路·青春》用时尚和艺术打通"古往今来"

韩群 军辉

　　恢宏的交响乐奏响，磅礴的背景画面展开，璀璨的灯光亮起，一片浩瀚的沙海映入眼帘。几个青年学生，正沿着丝绸之路进行艺术采风。意气风发的他们，被悠远厚重的历史打动，他们感怀历史、抒发壮志。此时，弦乐声、管乐声、人声交叠展开，主题曲《丝路·青春》唱起，"一带一路"的曼妙画卷徐徐展开……

　　11月24日，由大连艺术学院原创、讴歌"一带一路"伟大倡议与宏伟事业的大型舞台剧《丝路·青春》在人民大会堂隆重上演。这是大连艺术学院继大型音画舞蹈交响史诗《和平颂》之后，第二次登上人民大会堂的舞台。

　　《丝路·青春》通过青春的视角，以张骞出使西域、郑和下西洋等为故事线索，撷取不同地域、不同国家、不同民族充满活力的文艺元素，融合音乐、舞蹈、朗诵、情景剧等艺术形式，为观众呈现出一幅古今交织、中外交流的舞台视听盛宴，其中，《盛唐乐舞》如飞仙翩然、《泰国长甲舞》《孟加拉脚铃舞》充满异域风情、情景舞蹈《郑和下西洋》恢宏壮观、《课桌舞》活力满满、情境表演《远方的父亲》深情动人……

　　据悉，《丝路·青春》由大连艺术学院王贤俊董事长担任总策划、总导演、总撰稿；由一级作家、学院阮振铭教授及青年教师执笔；作曲家高大林领衔作曲；并由学院知名专家和教授牵头，各专业骨干教师参与，上千学生为演出主体，是大连艺术学院继"和平三部曲"——《汤若望》《樱之魂》《和平颂》以及五项国家艺术基金立项项目之后，又一次推出的精品。

　　该剧演出完毕后，来自北京大学、中央民族大学、中央戏剧学院、中央音乐学院、北京师范大学、中国社会科学院等高校和科研院所的专家学者济济一堂，在人民大会堂重庆厅围绕《丝路·青春》展开研讨。

　　大连市委宣传部副巡视员宁明代表主办方致辞。他表示，大连艺术学院以"一带一路"为题材打造《丝路·青春》，在剧目创作中解放思想，在精品打造中更新观念，以生动活泼的文艺作品为载体，贯彻落实党的十九大精神，非常难得。

与会专家对大连艺术学院作为民办高校所秉持的执着艺术匠心精神和强烈的政治意识、社会责任、文化担当，给予了高度评价，并针对该剧提出诸多宝贵建议，他们期待这部剧可以进一步打磨，成为精品中的精品。

大连艺术学院王贤俊董事长表示，"高校不仅要为青年的发展搭建大舞台，提供大平台，让他们成才，更要承担社会责任，弘扬主旋律。剧目的打造排演，可以在教学实践过程中给大艺学子带来思想政治觉悟上的提升，使他们具有大视野、大格局。"

该剧的上演得到了中国人民对外友好协会、辽宁省教育厅的大力支持，本次活动由大连市委宣传部、中友国际艺术交流院、大连金普新区党工委、大连市文化广播影视局、大连市文学艺术界联合会、大连艺术学院联合主办。

——《新商报》 2017年11月27日

照片

韩 群

2017年11月25日中央电视台《朝闻天下》栏目报道了《丝路·青春》在人民大会堂演出盛况

2017年11月26日中国教育电视台对王贤俊董事长进行专题采访

《辽宁日报》大篇幅阐释剧目的青春视角、丝路风貌

大连舞台剧《丝路·青春》在人民大会堂上演

从青春视角呈现丝路风貌

□韩 群/本报记者/王臻青

六个篇章展现丝路艺术风貌

《丝路·青春》分"薪火相传""文明现宝""古今求索""中外荟萃""丝路青春""千年之约"六个篇章,该剧讲述了一群大学生在"一带一路"沿线国家进行艺术采风时所发生的故事。回溯历史,时光流转,以张骞出使西域、郑和下西洋等为引线,现场观众跟随剧中的大学生们一起欣赏了"一带一路"历史文化艺术的磅礴画卷。该剧撷取丝绸之路沿线不同地域、不同国家、不同民族的艺术元素,融合音乐、舞蹈、朗诵、情景剧等多种艺术形式,为观众呈现出一部古今交织、中外融汇的舞台艺术作品。剧中,《盛唐乐舞》《泰国长甲舞》《孟加拉脚铃舞》《郑和下西洋》等作品精彩纷呈,美轮美奂。

该剧的上演得到了中国人民对外友好协会、辽宁省教育厅的大力支持,本次活动由中友国际艺术交流院、大连市委宣传部、大连金普新区党工委、大连市文化广播影视局、大连市文学艺术界联合会、大连艺术学院联合主办。《丝路·青春》由大连艺术学院董事长王贤俊担任总策划、总导演、总撰稿,由国家一级作家、大连艺术学院教授阮振铭及青年教师执笔,作曲家高大林领衔作曲,并由学院知名专家和教授牵头,各专业骨干教师参与,上千名学生为演出主体。

中外专家赞视角独特

该剧演出结束后,来自北京等地的专家与"一带一路"沿线国家的专家学者在京围绕《丝路·青春》创排演出展开研讨。研讨会上,与会专家对大连艺术学院所秉持的艺术精神与社会责任、文化担当给予了高度评价。大连艺术学院以"一带一路"为题材创作的《丝路·青春》,在剧目创作中解放思想,在精品打造中更新观念,以生动活泼的文艺作品为载体,展现"一带一路"历史文化艺术风貌。五年间,大连艺术学院创排的四部大型剧目先后在国家大剧院、北京人民大会堂上演,台前幕后百余名师生参与创作演出,教师执教能力与实践能力大幅度提高。

北京大学教授李建新认为,《丝路·青春》这个中国故事讲得很好,丝路和青春,这两个元素运用得非常好,丝绸之路的发展,伴随着民族、文化、历史的交融,《丝路·青

11月24日,大连艺术学院原创大型舞台剧《丝路·青春》在北京人民大会堂上演。这是继大型音画舞蹈交响史诗《和平颂》之后,大连艺术学院的舞台艺术作品第二次登上人民大会堂的舞台。当晚,6000多名中外观众观看了演出。

春》这部舞台剧展现了这一主题,突出了这个特点。青春是人一生中最美好的时期,最有创造力。从青年人的视角回溯与展望丝路,这是进行"一带一路"文艺创作很好的一个视角。央视资深导演解如光认为,历史和青春的视角是《丝路·青春》的基础,它提供了一个了解丝绸之路的新视角。他认为,该剧还可以继续打磨成为一个艺术精品。

《光明日报》副总编兼北京师范大学新闻传播学院院长刘伟说:"观看此剧时,我想到上世纪80年代的剧目《丝路花雨》。"他认为《丝路·青春》通过历史与现实的串联,体现出新时代我们的文化自信。吉尔吉斯斯坦国立民族大学文学系教授图卢斯别克·玛拉孜阔夫认为,这场演出专业程度非常高,难以想象这是以在校大学生为主体的表演团队演出的剧目。在剧中,他还欣赏到了自己国家的音乐和舞蹈。土耳其伊斯坦布尔密玛尔·希南美术大学副校长凯汗·于凯尔说,"丝绸之路"不仅是贸易之路,也是文化之路、创新之路,《丝路·青春》很好地体现了这一点。

辽宁广播电视台播报了《丝路·青春》台前幕后的实践成果

辽宁省教育厅网站发布演出新闻

大连广播电视台多次跟踪报道

《丝路·青春》创作、演出与教学纪实

《大连晚报》整版解读剧目的政治性、思想性和艺术性

2017年10月26日 星期四
编辑/金佳睿 首席美编/平云 校检代文华 专题 大连晚报 A15

大连艺术学院又创高校实践教学新传奇
大型舞台剧《丝路·青春》震撼省城

文/本报 韩群
摄影/杨贺东 倪鹏飞

《丝路·青春》在盛京大剧院隆重演出，剧目的政治性、思想性和艺术性得到国际友人及社会各界人士的一致赞誉。

剧目描摹了别致美炫的"一带一路"沿途人文与自然风情的魅力与风骨。在对历史、理想和未来的艺术化呈现中，剧目展现了当代青年才俊的活力与担当。

A. 打磨文化精品 彰显艺术魅力

B. 强调应用育人素质 深化实践教学改革

C. 践行办学理念 燃烧梦想追求

《大连日报》赞誉《丝路·青春》的时代精神

引导激励更多青年投身于"一带一路"伟大实践
大连艺术学院舞台剧《丝路·青春》人民大会堂放异彩

本报讯（韩群 记者谢小芳）舞台上，历史与现代、东方与西方的时空元素优化融合，以雄浑有力的交响乐、合唱、领唱、独唱、生动的表演、朗诵、音乐剧、舞蹈等艺术形态，呈现出了一幅幅古今交织、中外交流的磅礴画卷。11月24日，人民大会堂灯火辉煌，大连艺术学院原创大型舞台剧《丝路·青春》大放异彩，赢得观众们如潮的掌声。

《丝路·青春》是为庆祝党的十九大胜利召开，讴歌"一带一路"伟大倡议与宏伟事业而原创的新作。本次演出由大连市委宣传部、中友国际艺术交流院、大连金普新区党工委、大连市文广局、大连市文联、大连艺术学院主办，是该剧在大连、沈阳成功演出后的又一轮亮相，也是继大型音画舞蹈交响史诗《和平颂》之后，大连艺术学院在人民大会堂展演的第二部原创剧目。

《丝路·青春》以"大漠驼铃"的情景表演为开端，叙述了一群大学生在"一带一路"沿线国家进行艺术采风时发生的故事。通过青春的视角，运用人屏互动、情景表演、多层穿插等丰富的舞台表现形式，撷取不同地域、不同国家、不同民族充满活力的文化艺术元素，将"一带一路"伟大倡议的精神实质以艺术表演的形式予以呈现。该剧艺术化地呈现了青年人视野中的历史、理想和未来，展现其锐气与活力以及他们承载的"一带一路"的信念，倡导青年学子志存高远，脚踏实地，投入到"一带一路"建设的伟大事业当中。

《丝路·青春》由大连艺术学院董事长王贤俊担任总策划、总导演、总撰稿，台前幕后参与的师生有3000多人，涉及20多个专业，是大连艺术学院继"和平三部曲"——《汤若望》《樱之魂》《和平颂》以及五项国家艺术基金立项项目之后，又一次倾情推出的精品力作。

大连艺术学院以"一带一路"的倡议为深化培养应用型艺术人才的突破口，以剧目拉动了学校的育人成果养成。王贤俊说："高校不仅要为青年的发展搭建大舞台，提供大平台，让他们化之有为，而且要承担社会责任，弘扬主旋律。排演该剧目能给青年大学生们带来思想政治觉悟上的提升，使他们具有大视野、大格局，'有理想、有本领、有担当'。"

在11月25日举行的《丝路·青春》学术研讨会上，与会专家学者对该剧给予了高度评价，称其紧扣时代脉搏、高扬时代精神，将历史与现实、中国与世界沟通起来，展现了中华民族伟大复兴的辉煌前景，是一台直接古今时空、跨越中外文化的大作品，充分表达了中国人民对"一带一路"倡议的认同与支持，并且用恢弘的气势渲染了中国人民的热情与信心。

434

《新商报》深度挖掘演出和研讨会的价值、意义

新商报　新闻朋友圈　网后文娱　A16
2017年11月27日 星期一
编辑：王军辉 电话：82645872 美编：慕琳琳 校检：锦传强

大连艺术学院又一部力作登上人民大会堂舞台

《丝路·青春》用时尚和艺术打通"古往今来"

恢弘的交响乐奏响，磅礴的背景画面展开，璀璨的灯光亮起，一片浩瀚的沙海映入眼帘。几个青年学生，正沿着丝绸之路进行艺术采风。意气风发的他们，被悠远厚重的历史打动，他们感怀历史、抒发壮志。此时，弦乐声、管乐声、人声交叠展开，主题曲《丝路·青春》唱起，"一带一路"的曼妙画卷徐徐展开……

11月24日，由大连艺术学院原创、讴歌"一带一路"伟大倡议与宏伟事业的大型舞台剧《丝路·青春》在人民大会堂隆重上演。这是大连艺术学院继大型音画舞蹈交响史诗《和平颂》之后，第二次登上人民大会堂的舞台。

《丝路·青春》通过青春的视角，以张骞出使西域、郑和下西洋等为故事线索，撷取不同地域、不同国家、不同民族充满活力的文艺元素，融合音乐、舞蹈、朗诵、情景剧等艺术形式，为观众呈现出一幅古今交织、中外交流的舞台视听盛宴，其中，《盛唐乐舞》如飞仙翩翩、《泰国长甲舞》《孟加拉脚铃舞》充满异域风情、情景舞蹈《郑和下西洋》恢弘壮观、《课桌舞》活力满满、情境表演《远方的父亲》深情动人……

据悉，《丝路·青春》由大连艺术学院王贤俊董事长担任总策划、总导演、总撰稿；由一级作家、学院阮振铭教授及青年教师执笔；作曲家高大林领衔作曲；由学院知名专家和教授牵头，各专业骨干教师参与，上千学生为演出主体，是大连艺术学院继"和平三部曲"——《汤若望》《樱之魂》《和平颂》以及五项国家艺术基金立项项目之后，又一次推出的精品。

该剧演出完毕后，来自北京大学、中央民族大学、中央戏剧学院、中央音乐学院、北京师范大学、中国社会科学院等高校和科研院所的专家学者济济一堂，在人民大会堂重庆厅围绕《丝路·青春》展开研讨。

大市委宣传部副部级巡视员宁明代表主办方致辞。他表示，大连艺术学院以"一带一路"为题材打造《丝路·青春》，在剧目创作中解放思想，在精品打造中更新观念，以生动活泼的文艺作为载体，贯彻落实党的十九大精神，非常难得。

与会专家对大连艺术学院作为民办高校所秉持的执着艺术匠心精神和强烈的政治意识、社会责任、文化担当，给予了高度评价，并针对该剧提出诸多宝贵建议，他们期待这部剧可以进一步打磨，成为精品中的精品。

大连艺术学院王贤俊董事长表示，"高校不仅要为青年的发展搭建大舞台，提供大平台，让他们成才，更要承担社会责任，弘扬主旋律。剧目的打造排演，可以在教学实践过程中给大艺学子带来思想政治觉悟上的提升，使他们具有大视野、大格局。"

该剧的上演得到了中国人民对外友好协会、辽宁省教育厅的大力支持，本次活动由大连市委宣传部、中友国际艺术交流院、大连金普新区党工委、大连市文化广播影视局、大连市文学艺术界联合会、大连艺术学院联合主办。

韩群 记者军辉

摄影 曾智 侯鹏飞 杨贤东

专家评论

● 文艺评论家、新疆文联原党组书记、《新疆文库》编委会副主任、博士生导师刘宾教授认为，这部作品从头至尾洋溢着欢快向上的青春气息，有着振奋人心的强大气场，弘扬了高昂的时代精神。此外，他也认为，《丝路·青春》的成功，也是具有创新意义的大连艺术学院"实践教学法"的成功，他期望大连艺术学院为我国的民办艺术职业教育提供理论阐述和教育范式。

● 北京师范大学原党委副书记、珠海分校党委书记、博士生导师唐伟教授认为，《丝路·青春》强烈的政治意识和社会责任感，是对文艺界"娱乐至死"倾向的有力反击。剧目从青年学生丝绸之路采风的文化视角出发，构思巧妙、叙事宏大，表演水平也很高，音乐、舞蹈、朗诵、服装、美美、声光电技术的结合，具有强烈的冲击力，让人有身临其境之感。

● 中央民族大学资深教授、博士生导师杨圣敏认为，《丝路·青春》的选题很好，"一带一路"的倡议，其目标是建立人类命运共同体，这是我们给全世界指出的一条路，这个倡议需要去诠释、去号召，舞台剧《丝路·青春》就是一次非常好的尝试。

● 光明日报副总编兼北京师范大学新闻传播学院院长、博士生导师刘伟教授在看剧时想到上世纪80年代的经典剧目《丝绸路·花雨》，他认为《丝路·青春》通过历史与现实的串联，体现了新时代的文化自信，让大家看到了一种拥抱世界的情怀。

● 中央音乐学院副院长、博士生导师肖学俊教授认为，大连艺术学院在短短几年时间，通过"和平三部曲"、《丝路·青春》等大型剧目在国家大剧院、人民大会堂等高层次平台的艺术实践，既锻炼了学生的技术能力，也培养了学生的凝聚力和荣誉感。

● 吉尔吉斯新坦国立民族大学文学系教授、博士生导师图尔斯别克·努拉孜同夫不敢相信《丝路·青春》是师生合作的表演，他认为这场演出专业程度非常高。在剧中看到自己国家的音乐和舞蹈，他非常高兴，并祝愿中国倡议能得到世界的响应。

● 土耳其伊斯坦布尔密玛尔·希南美术大学副校长凯汗·于凯尔教授说，丝绸之路不仅是贸易之路，也是文化之路、创新之路，舞台剧《丝路·青春》通过丝绸之路沿线国家的文化展示，很好地体现了这一点。

● 中国社会科学院考古研究所研究员巫新华认为，中国历史、中国文明能有这么大体量、有几千年的辉煌，其发展一直是全球化的发展，这种发展在《丝路·青春》里有非常精彩的点题。

● 中央电视台资深导演、《百家讲坛》原总策划解如光先生认为，《丝路·青春》为大家提供了一个了解丝绸之路的视角。看剧时，他也在思考一个问题，一个民营企业家、教育家，在中国新的文艺复兴时期要扮演什么样的角色？《丝路·青春》这个剧很好地回答了这个问题，那就是政治担当、文化担当、财力担当和道德担当。

家长评价

任思斌 司阳

《丝路·青春》大型原创舞台剧，是大连艺术学院"和平三部曲"——《汤若望》《樱之魂》《和平颂》以及五项国家艺术基金立项项目之后，又一次推出的精品力作。该剧以提高学生实践能力和培养高素质应用型人才为导向，以剧目教学纳入日常教学体系为手段，以创作、排练、演出为途径，采取舞台为课堂的方式，实现了理论与实践的有机结合。

《丝路·青春》在大连、沈阳和北京三地演出，一方面，完成了科研成果到实践的转化；另一方面，充分展现了艺术为社会服务功能。

《丝路·青春》社会反响强烈。很多学生家长，尤其是观看演出的学生家长，纷纷以不同的方式表达了自己评价和对学校的感激之情。现摘录13位学生家长的心声，以飨读者。

张永刚 2015级舞蹈表演专业学生张湘悦父亲

我是张湘悦家长（父亲）张永刚。

谈起对《丝路·青春》的评价，我感到无比的骄傲与自豪。感谢大连艺术学院为孩子们艺术之路提供的多样的实践机会，没有辜负所有家长对本校的选择与期望。《丝路·青春》在央视的完美呈现，给了孩子们一个不一样的高度，让她们在实践中不断地提升了自己，同时为本校也增光添彩。

作为大艺学生的家长，我真诚地感谢大艺的每一位领导及老师，对你们说一声"你们，辛苦了"。你们为了《丝路·青春》的顺利演出，为了大艺每一位学生，顾不上照顾在家年迈的父母，顾不上照顾自己幼小的孩子，你们为了学校的荣耀把自己宝贵时间和精力都奉献给了大艺每一位孩子们身上，这种精神是无法用语言来诠释的，我只能用真诚的一颗心来感谢你们，祝福大艺，愿大艺的明天更加美好。

首先，祝贺大艺在中国乃世界艺术的专业领域越来越耀眼夺人！愿大艺的学子们越来越出彩！其次，像大艺这样，让学生在课堂上努力学好基础知识与能力，然后结合舞台培养提升学生的实践能力，对于孩子们综合素质的提高和未来就业都有着很大的帮助。最后，作为大艺学子的家长，通过《丝路·青春》在舞台上的完美呈现，看到老师们对孩子们的尽心尽力，看到孩子们在舞台上尽情地绽放自己，真的感受到"台上一分钟，台下十年功"的刻苦与努力。成功演出的背后离不开每个人的付出，作为学子的家长，我深感骄傲。"思路"引领"丝路"，青春吐露芳华！为年轻的大艺喝彩！为发展中的大艺加油！

我认为，大艺已经实现了"办党和人民满意的大学"的承诺。创新是大艺基业长青的秘诀，是学院发展的不竭动力。《丝路·青春》的创作问世，将大艺不断创新的理念推向了一个新的高度。大艺为学生的前途着想，培养出了全面发展的学子。望大艺的教育事业更上一层楼，祝愿大连艺术学院越办越好，愿我们大连艺术学院的所有学子们相信自己的选择，更希望每位娃娃牢记两句话：不忘初心，方得始终；共同努力，引领大艺学子成就梦想。

肖慧 2015级音乐表演（音乐剧）专业学生尹淇母亲

我是15级音乐剧班尹淇的妈妈。

看了孩子在人民大会堂《丝路·青春》的演出，我觉得孩子在不管是台词方面还是表演方面，还是舞蹈方面啊，都是有很大的提升。谢谢学校给这次这么好的机会，让孩子们出去历练。

尹淇从小到大都是一个很内向不善言谈的孩子。真的没想到她能在大学有机会学音乐剧专业，感觉孩子的性格真的比以前开朗了许多，还能在这么大的舞台上演出，没有感觉到她有任何的不好意思，怯场。

真的没有想过孩子在大学能够上这么大的舞台，这次真的感觉是选对了学校，在别的学校一定不会有这么好的机会上这么大的舞台。看着孩子能在舞台上，能这么的收放自如，做家长的真的太欣慰了。

希望学校还能有更多这样的机会，让孩子有更多实践的机会，在大学能学到更多的技能，孩子能多丰富自己，让自己变得更优秀。

范庆祥 2016级舞蹈表演专业学生范新雨父亲

当孩子告诉我学校让我写一份关于观看大型舞台剧《丝路·青春》体会的时候，我意外的同时又感到学校对办学的认真和严谨，因为学校和家长的密切联系更能充分地了解孩子和帮助孩子。同时，也感谢学校能给我这个机会来表达自己的心情。作为家长，我们将孩子托付给贵校是十分放心的，因为学校对孩子的认真负责是我们有目共睹的，尤其学校在给孩子一个良好的学习环境的同时还能给孩子一个演出的平台，一个展示自己的学习成果和自己青春活力的机会。我家小孩是学习舞蹈的，俗话说地好"台上一分钟，台下十年功"，孩子平时刻苦练习，完成着严格的训练为的就是台上的这一分钟。如果没有学校提供的演出平台，平时的学习成果也得不到展示，也不能充分了解自己的不足，所以我是由衷地感谢学校能给孩子这么好的机会，让孩子的付出和汗水得到认可。这次学校自主举办的大型舞台剧《丝路·青春》让我们再一次见证了孩子的成长和学校的不断提升和进步。虽然排练很辛苦，但是当我们和孩子通电话的时候能够听出疲倦的声音里还有激动、兴奋和自豪。我知道，他是为能够在更大更好舞台上跳舞而感到激动和兴奋，为学校让他在人民大会堂演出感到自豪。《丝路·青春》在大连开发区大剧院、沈阳盛京大剧院演出盛况我在媒体上看到了报道，普遍给予了认可和好评。人民大会堂的演出，将《丝路·青春》推向了顶点，社会反响强烈。

戚如锋 交响乐团学生李雪薇当兵的哥哥

以前去人民大会堂都是开会、执行公务，这次能有机会去人民大会堂看自己妹妹的演出很不一样。没想到，一所艺术大学能导演出如此精彩、专业并且紧跟时代背景的剧目！在十九大刚结束之时，在国家深度推进"一带一路"的当下，大连艺术学院用舞台表演的形式让学生充分了解"一带一路"的思想和十九大精神，让同学们精神上融入国家行动之中，我觉得非常棒！我尤其觉得《丝路·青春》的音乐创作非常贴切，把丝绸之路经过国家的本土音乐创作得这么生动，非常罕见。我的妹妹在交响乐团演奏让我们家人也觉得骄傲和自豪！感谢大连艺术学院让我看到了这么精彩的演出，让妹妹得到锻炼！

温风娥 2015级舞蹈表演专业学生张弛母亲

观看了儿子参演的大连艺术学院大型舞台剧《丝路·青春》心中感慨万千！舞台上精彩表演，绝非一朝一夕之功，这中间注入了孩子们的汗水和努力，更离不开大连艺术学院的领导和老师们的心血。让孩子们集不同地域，不同国家，不同民族的文化元素于一身，将"一带一路"伟大倡议的精神实质以艺术形式表现出来，是孩子们在学院领导和老师领导下努力学习、奋发实践的结果。"实践是检验真理的唯一标准"，《丝路·青春》的震撼演出就是最好的证明。作为大艺学子的家长，我们引以为豪。"路漫漫其修远兮，吾将上下而求索"，相信孩子在学院的领导下会再接再厉，发奋图强，在演艺舞台上会越走越远。衷心祝愿大连艺术学院蒸蒸日上!更展宏图，再谱华章!

马金琳 2014级舞蹈表演专业学生贺亚梦母亲

女儿上大学以后，就频频听说参加各类排练和演出，最初的《和平颂》家里人通过电视镜头看见了她在人民大会堂的精彩演出。听说《丝路·青春》也即将上演，于是从南到北亲自到北京人民大会堂来感受艺术的盛宴，为女儿加油。传承是根基，创新是生命，最好的艺术作品和艺术教育必然是传承与创新的完美结合。《丝路·青春》在对历史、理想和未来的艺术化呈现中，展现了当代青年才俊的活力与担当。恢宏的气势、美轮美奂的舞台展现，无一不让观看此剧的人感叹一番。作为一名艺术学生家长，我必须感慨一句：孩子真的选对了学校。这么好的实践教学，本着一切为学生的教学理念，必然培养出社会应用型的人才。感谢学院以及老师的培养，祝学院越办越好。

包春华 2016级音乐表演（声乐演唱）专业学生白雪松家长

《丝路·青春》把"一带一路"的思想与落实充分地演绎了出来，是一部史诗级的巨作。它向世界宣传中国文化的博大精深，讲述了中国梦和大艺梦，我为我儿子的大学骄傲。孩子在这一年更是受益匪浅，他的艺术修养，道德修养更是有着很大的变化，这都是学校的功劳。祝愿大连艺术学院在以后的教育生涯越办越好，在艺术的道路越走越远，将来会创作出一部又一部惊人的史诗级剧作。

王佳欢 2016级舞蹈表演专业学生王钰莹家长

看过了《丝路·青春》这一大型舞台剧，作为一名孩子的家长，我的心情久久不能平静。不仅仅是因为这部舞台剧声势宏大，在视觉与听觉上给人绝佳的享受，更让我感到激动的是它展现出了丰富的文化内涵，以及大艺与时代发展相结合的文化教育理念。中华历史泱泱五千年，古人留下的文化深刻又壮美，是我们在精神上取之不尽用之不竭的宝藏。而《丝路·青春》取材于古老的中华文化，凝聚中西方、多民族的发展历史，并结合教育元素，以一种极具现代感、青春、梦幻的方式呈现出来，带领观众领略那一段令人魂牵梦萦的古老岁月。随着时代的进步，人们对于艺术文化的精神需求正在逐步提高，为社会培养输送优秀的艺术人才，提供优质的艺术文化作品是一大重任。大艺与大艺的老师们在这件事上为社会做出了卓越的贡献，一届又一届优秀的青年才子从这里步入社会，为建设社会主义新文明、新风尚添了砖加了瓦。看到《丝路·青春》这样的艺术作品，我为自己的孩子能够在大艺这所学校中学习、成长感到欣慰，感到自豪！

2016级音乐表演（声乐演唱）专业学生武欣怡母亲

由大连艺术学院创作演出的大型歌舞剧《丝路·青春》受到了社会各界的高度赞誉。作为家长，不管是父亲还是母亲，对孩子在学校里的生活及学习情况是非常看重的。孩子的成长很大部分是从学校里开始的，包括学习新的知识、与人相处等。如果从孩子在学校与在家的时间比来计算，学校就是另一个大家庭，学校为父母亲分担了很大的工作量，担负着学生们的基础知识学习、待人接物的培养、脑力及体力方面的培养。所以，作为父母亲，对学校、对老师，都有一颗莫大的感恩之心。学校弥补了家长在教育孩子上面的不足，让孩子了解更多东西，教会他们如何在一个集体中生活。如果说父母亲对孩子来说是伟大的，那么，学校也一样伟大，最伟大的人物也都是从一所所学校里出来的。儿子参演《丝路·青春》，让我非常自豪，很感谢大艺对孩子的栽培。

高建英 交响乐团学生张凯旭家长

大艺师生用他们高超的技艺，把千百年来不同的文化在古丝绸之路上的交相辉映、互相激荡而积淀的和平、开放、包容、互信、互利的丝绸智力精神展现得淋漓尽致。师生通过交响、合唱、情景表演、音画舞蹈等丰富的表演形式，把世界各国不同地域、不同国家、不同民族的物化元素展示给我们的每一位观众，使我们家长对古丝路文化有了更一步地了解，大艺师生在感动中创造了奇迹。我作为学生家长，深深地感觉到这种实践教学的方式对学生的成长以及今后的发展所起到的积极作用！感谢学校培养，同时也为孩子们的表演点赞！我们家长坚信：在学校的努力培养下，孩子们一定会有很大的进步！将来会为新时代中国特色的社会主义建设做贡献！在此感谢学校！祝大艺走向更大的辉煌！

张馨月 交响乐团学生尹文泽家长

《丝路·青春》歌颂了中华灿烂文化，充分体现了中华民族的文化自信与文化自觉。同时，由大学生表演"一带一路"，既是他们接受"一带一路"的教育过程，也是他们内化"中国梦""大国担当"和全球化的实践过程，有助于他们树立远大理想和抱负，成为具有国际视野的新一代建设者和接班人。作为学生家长，我很自豪，也很感谢学校为学生提供这么有意义的实践机会，感谢各位老师对学生的指导。我相信在学校的培养下，学生会越来越棒，会走向更大的舞台。

2016级音乐表演（声乐演唱）专业学生王诗语母亲

2017年下半年，我与女儿交流中得知，学校在排练大型歌舞剧《丝路·青春》。不时地，女儿会传给我她在排练时的照片，有开发区大剧院的，有沈阳盛京剧院的，有人民大会堂的；有在路途上的照片，有在舞台上的照片。看到这些照片，觉得对女儿都是很不错的锻炼和经历，惊叹之余觉得女儿在这样的环境下一定会受益很多。最让我激动的是她与人民大会堂五角星的合影，可以感觉到女儿的心情澎湃，我也感到弥足珍贵和自豪。平时，在与女儿的聊天中，最多的是听到她说这个作品有多么精彩。每一次演出结束后，我听到的都是她不同的感想。我心里默默地开心着，知道她在不断地学习着，觉得这样的实践对孩子来说体会得会更多，学习得会更多，有着不同于理论学习的效果。2017年11月24日，我得以在北京第一次有幸进入人民大会堂亲自观看女儿一直在给我描述的演出，见证了她们的排练成果，见证了《丝路·青春》的精彩演出。在那时那刻，我心底是为我的女儿感到自豪，能够在人民大会堂演出尤为不易，大艺却做到了。感谢大艺对孩子们的付出和用心。同时，我发自内心的感谢学校提供的机会，可以让女儿有机会站在人民大会堂的舞台上放声歌唱。女儿的专业是声乐表演专业，对于艺术生而言，只有专业技术上的优秀是不够的，艺术的表现离不开艺术表演者本身的文化素养与价值观、道德观念和格局。"丝路"主题，切合了现如今国家的战略和一定的世界格局，体现了中国的优秀传统文化和伟大的历史。作为大学生，祖国的新生力量，我女儿应该具备这样的爱国情怀，胸怀世界格局。

附 录

附录一 剧本

阮振铭 甘竹溪

大型舞台剧
《丝路·青春》

序曲：薪火相传

第一篇章：文明瑰宝

第二篇章：古今求索

第三篇章：中外荟萃

第四篇章：丝路青春

尾声：千年之约

序曲：薪火相传

男学生： 长河落日，大漠孤烟。壮美的古丝绸之路在我们的脚下延伸。

女学生： 这次我们从西安出发，沿着古丝路的方向艺术采风。一路走来，历史的画卷一幕幕浮现在眼前。

男学生： 你看！就在这里，曾走过张骞出使西域的驼队。

女学生： 你听这回荡在沙海中的驼铃啊，似乎还在诉说着两千年前那段"以商废武"的历史佳话。

男学生： 今天，在艺术采风的道路上，我们循着前人留下的足迹，坚定地走下去。

一带一路建设秉持的是共商、共建、共享的原则，不是封闭的，而是开放包容的；不是中国一家的独奏，而是沿线国家的合唱。

——国家主席 习近平

合唱——主题曲《丝路颂》

你是塞外的大漠孤烟

你是古今的山高路远

你是大洋的波涛万千

你是岁月的永久呼唤

穷天地灵气

寻古今流变

望不断，千百年的长路漫漫

听不完，敦煌楼兰的琵琶反弹

心相牵，华夏魅力世界相连

梦在圆，丝路绵延薪火相传

第一篇章：文明瑰宝

女学生：月牙泉，你是人间的美景，更是大自然的恩赐。

男学生：你知道吗？有段时间，月牙泉几乎干枯了，还好啊，现在她又恢复了原来的样子。

女学生：她就像是镶嵌在这茫茫沙海中的一颗璀璨的明珠。

男学生：真美啊！

男学生：走过了月牙泉，前面就是敦煌莫高窟了！咱们这次艺术采风的重要一站。

女学生：她是东方文明的瑰宝，更是世界艺术史上的一个奇迹！

男学生："飞天"，你融汇了东西方艺术元素的精华，在这荒凉的大漠中，经过千百年的孕育，最终凝结成了顾盼生姿、自由飞翔的精灵！

女学生：你那反弹琵琶的舞姿，跳出了中原文化的典雅，西域文化的婀娜。在你面前，就连时光的长河也会忘记了流淌。

男学生：我们的祖先，就是在这荒凉的洞窟中，在一盏昏暗的孤灯下，

女学生：用天才的艺术创作，描绘了一幅幅盛唐乐舞的迷人画卷。

舞蹈——《盛唐乐舞》+《阿拉伯舞蹈》

女老师：在巴基斯坦北部城市吉尔吉特，有一座中国烈士陵园。一位叫作玛哈马德的巴基斯坦老人，50年来不计报酬、无怨无悔地为中国烈士守灵。

50年前，中巴两国人民克服了巨大的施工困难，携手修建了一条高原上的天路。可是却有88位中国工程人员长眠于此。

玛哈马德老人说：当年为了修路，我和中国兄弟穿同一套工作服，在同一个碗里吃煮不熟的米饭。在那次塌方事故中，是中国兄弟用身体挡住了致命的石块……我还活着，而你们却永远的闭上了眼睛。

坚守在陵园是我生活的全部，等我老了，动不了啦，我会让我的儿子继续为陵园服务，让他继续好好守护你们，因为你们是我的恩人呐。

50年后，在构建"中巴经济走廊"的战略布局中，这条承载着两国友谊的道路全面翻修，昔日的天路又一次繁忙起来。她就像一条巨龙翻越了昆仑山脉、穿过了帕米尔高原，一路通向巴基斯坦，那片美丽的土地……

歌伴舞《美丽的国土》

舞蹈《西域风姿》

歌曲——《站在古丝路上》

歌曲：《倡言》

站在古丝绸之路

东方的起点

中国西安

情动智生

浮想联翩

回眸历史

听到沙海回荡声声驼铃

望见大漠飘飞袅袅孤烟

当今世界

不确定性充溢其间

人类对未来既有困惑

又期待不断

世界的格局

中国的倡言

人类都在思考

世界风云动荡不安

百思东突西破

学理走活升鲜

依据古代遗产发出的倡言

着眼当今人类共同的发展

中国提出伟大的倡言

一时间应者云集万船竞帆

这是中国高识远见的凝聚

这是中国高风亮节的呈现

这是中国大国担当的举措

英辞润金石，高义薄云天

她不是中国独家的道白

这是世界大合唱的诗篇

第二篇章：古今求索

男学生： 600多年前，首次出海的郑和在泰国海域遇到了一次罕见的风浪。为了躲避危险，水手们把船停靠在了一个就近的港口，那里的人们，热情地款待了远方的客人。于是，这里也就成了日后郑和七下西洋的重要补给站。

今天，泰国作为"21世纪海上丝绸之路"的重要战略要点，正发挥着她得天独厚的地理优势。古老的泰国连接起历史与现代的时空，而这里的人民也展露出了美丽的笑容。

舞蹈——《泰国长甲舞》

舞蹈——《郑和下西洋》

学生1： 你们看，这个港口可真美啊！还有这儿！真美啊！

学生3： 这儿就是当年郑和躲避过风浪的港口，我好像现在还能看见当年郑和的船队，进入港口时的情景。一定非常非常的壮观。

学生2： 咱们这次来泰国艺术采风，你不是说你爸爸的船也会经过这里吗。你能看见你爸爸啦！

学生3： 他们的船只是经过这个港口躲避风浪。不靠岸。

学生2： 啊？不停啊！那你又见不到他啦，我还想着和你上船上去玩玩呢！

学生1： 那你有好久没看到你爸爸了啊。

学生3： 四年啦。

学生1、2： 四年！

学生3： 这些年我都是通过视频电话和我爸爸聊天的！可就算是这样，我也不能随便打电话给他！我爸是船长，他在工作的时候不让我打电话！但是能理解，我真的能理解。这次能远远地看到他的船，我就很满足啦。

学生1： 船，船来了！

学生2： 快看，五星红旗！

学生3：是爸爸的船，我爸就在这条船上！

学生1、2：叔叔，叔叔！

学生3：爸爸！爸爸！

学生3：每年春节，我都只能通过电话听到你的声音，也只有我和妈妈两个人吃年夜饭。我多想明年的春节，咱们一家三口能坐在一起吃一顿团圆的年夜饭啊！您常年在海上，我知道您爱喝老家的高粱红。你看，我带来了儿子今天就替你喝下这家乡的酒啦！爸！我想你我们等你回家……

歌曲——《行无畏》

扬风帆，下西洋

迎狂风，踏巨浪

与君同行，路漫长

歌我壮志放声唱

行无畏，好胆量

开心路，竞时光

与君同行，心欢畅

中华美名传四方

第三篇章：中外荟萃

学生1: 那美轮美奂的西子湖畔.那三潭印月的波光潋滟。

学生2: 那古寺灵隐的静蕴云烟,那华贵曼妙的诗词经典。

学生1: 家乡的美景真令人陶醉啊，可是我却要走了。

学生2: 啊？你要去哪？

学生1: 我要去很远的地方学习外国艺术，去追寻我的梦想。

学生2: 你走以后，会记得这儿的一切吗！

学生1: 当然，这段时间的艺术采风让我重新认识了家乡的茶叶、瓷器还有丝绸。是他们搭建起了东西方文化交流的桥梁。

学生2: 还有呢？还会记得什么？

学生1: 再看一眼这柔美的江南水乡吧，让她在我心里的痕迹再重一点。

学生2: 还有呢？

学生1: 还记得那首你写给我的《凝望》吗？你说过，你最大的梦想，就是希望我把这首歌唱遍世界的每一个角落……

歌曲——《凝望》

我摊开地图看你

丈量那古老的土地

旅途的痕迹，前行的脚步

诉说着世界的故事

我摊开地图看你

丈量那古老的土地

拨动的琴弦，动人的旋律

伴你听世界的美丽

飞越高山，摘一片云朵做翅膀

跨过海洋，架一段彩虹的桥梁

让梦绽放，盛开喜悦和幸福

让爱飞翔，化五彩铸丝路

舞蹈——《脚铃舞》+《单鼓舞》

舞蹈——《西班牙舞蹈》

第四篇章：丝路青春

学生1： 采风旅行结束啦，同学们从世界各地回到了熟悉的校园，同学们的收获很多，大家也增进了感情。不知道，她回来了没有。

学生2： 我离开故乡之后啊，就带着咱们国家的单鼓舞，先去了孟加拉国，我们的单鼓舞还和孟加拉的脚铃舞还同台演出呢。

学生3： 还有呢？你还去哪了？

学生2： 后来，我们又去了西班牙。看到了最纯正的斗牛舞！这段时间啊，我们让全世界都感受到了中国民间艺术的魅力。

学生1： 还有呢？

学生4： 该上课啦！

舞蹈——《课桌舞》

学生1： 毕业啦，从今以后我们就要离开校园奔赴广阔的天地中去啦。

学生2： 再见啦，亲爱的同学们。我们俩要到"一带一路"沿线国家去工作啦，从今以后我们就要四海为家。

学生们： 你们都要去哪儿啊？

学生2： 我要到希腊的比雷埃夫斯港。那里正在修建一个吞吐量巨大的港口，物流专业在那里会大有用武之地。

学生3： 我要驾驶着从苏州开往华沙的中欧专列，搭建起连接欧亚大陆的贸易桥梁，创造一个个中国奇迹！

学生4： 我是一名眼科专业的医学毕业生。听说在非洲的赞比亚，有很多人因为白内障而失明。我要让那里的人们重见光明。

学生5：妈妈，我也要和您告别啦。还记得小时候爸爸所在的部队驻守边关常年不在家，每到春节你就指着窗外对我说，爸爸正在远远的望着我们呢。现在爸爸年纪大了，能回家陪您了。可我又要走啦。我要去当一名和平的卫士，光荣地成为中国维和部队的一员。以后我不能常回家看您啦，您老一定要保重身体啊！

【画外音】：孩子，从前我有一个献身国防的丈夫，现在又有了一个维护世界和平的儿子，妈妈为你们感到骄傲！

学生1：我们愿做灯塔，指引着水手扬帆起航！

学生2：我们愿做鸿雁，把和平的声音传遍东方和西方！

学生3：我们愿做桥梁，连接起世界的每一个方向！

【随着地名的增多，节奏逐渐加快，最后重叠】

学生1：我要到哈萨克斯坦

学生6：我要到印度尼西亚

学生7：我要到希腊

学生4：法国

学生8：英国

学生9：俄罗斯

学生10：德国

学生11：澳大利亚

学生12：荷兰

学生5：波兰

学生2：捷克

学生7：匈牙利

学生1：菲律宾

学生3：奥地利

学生5：芬兰

学生4：立陶宛

学生：蒙古

合（所有人）："一带一路"，我们来啦！

【歌伴舞《梦在飞》】
《梦在飞》

梦，在飞翔

路，洒满阳光

你和我，充满力量

把志向，装进胸膛

爱，在徜徉

海，美丽宽广

你和我，充满希望

让理想，扬帆起航

告别校园携手奔四方

肩负使命天地任我闯

让青春插上时代的翅膀

一路追逐勇敢飞翔

告别校园携手奔四方

肩负使命天地任我闯

用信念把生命点亮

一路闪耀追梦的光芒

尾声：千年之约

学生1：春末夏初的北京，全世界的目光，都聚焦在了这里，"一带一路"的中国倡言描绘了一幅恢宏壮丽的世界画卷。

学生2：我们正目睹着这幅画卷在眼前徐徐展开。我们正亲手描绘着人类命运共同体的美好明天。

学生3：雁栖湖，一个充满灵性的地方。

学生4：多少美好的向往乘着鸿雁的翅膀飞向远方。

学生5：雁栖湖，一个诞生奇迹的地方。

学生1：多少年轻的生命，借着时代的东风，扬帆起航。

学生2：美丽的雁栖湖啊，请见证这份青春的誓言。

学生3：我们聆听习主席的教诲。

合（所有人）：蓄势待发，接受祖国与时代的使命召唤。

"一带一路就像一对腾飞的翅膀，让我们以雁栖湖为新的起点，张开双翼，一起飞向辽阔的蓝天，飞向和平发展、合作共赢的远方。"

——习近平

【歌曲＋舞蹈 主歌《满江红·千年之约》】

北京春色

千年约

款款协和

相悦处

举事共赢

华夏方策

当今世界有焦虑

英辞润物曲方合

大蓝图格局好气魄

归心折

花钿侧

犹鲜活

人间事

何堪说

如鸿雁腾空

舞动山河

指挥谦恭妙手起

歌者乐手尽欢歌

待华彩迭出惊世界

天地乐

副歌《将改革进行到底》

一带一路，一带一路

开天辟地的大设计

古往今来的大手笔

将改革进行到底的要义

展示了世界共同发展的主题

这要义，这主题

人人遵循共享红利

中国倡言，中国话语

定能将改革进行到底

建人类命运共同体

光芒普照人间大地

【完】

附录二 大事记

田苗苗

1.2017年3月6日，在学院新校区图书馆国际交流中心，王贤俊董事长、姜茂发院长与阮振铭教授交谈，谈话中确定学院今年将全力以赴创作、排演大型舞台剧《丝路·青春》，并将之确定为学院2017年"头号工程"。

2.2017年3月7日，王贤俊董事长召集会议，成立文学剧本创作组，王贤俊担任总撰稿、阮振铭教授执笔、甘竹溪老师负责收集资料素材。

3.2017年5月17日，在凯伦饭店15楼行政阁，剧本创作组召开第二次会议，确定基本创作思路和整体架构。

4.2017年5月22日，创作组经过三日闭关创作，大型舞台剧《丝路·青春》剧本第一稿完成。

5.2017年5月24日，在新校区图书馆419会议室，召开《丝路·青春》剧本研讨会，参会人员有王贤俊董事长、姜茂发院长、王贤章、张欢副院长、高大林艺术总监、阮振铭、李天斌教授和甘竹溪老师。

6.2017年5月30日，在老校区果园会议室召开了大型舞台剧《丝路·青春》筹备组工作会议。会议由王贤俊董事长主持，姜茂发院长宣读了《〈丝路·青春〉演出工作实施方案》。会议主要强调:剧本创作工作已经初步结束，接下来的曲目创作、排练、演出、实践教学和科研工作等要全面开展。

7.2017年6月4日，在老校区果园会议室，王贤俊董事长召集《丝路·青春》科研工作会议，确定将《丝路·青春》各项工作纳入年度绩效考核中。

8.2017年6月5日下午1点，在新校区一号演播厅和图书馆报告厅，两场联动进行《丝路·青春》实践教学公开课。公开课由王贤章副院长主持，阮振铭教授进行剧本创作的详细讲解，王贤俊董事长主讲。

9.2017年6月7日，学院邀请到央视王昌智导演一行抵连，进行深层次的校台合作，与学院相关人员针对《丝路·青春》演出剧本进行深入研究。

10.2017年6月28日，在新校区图书馆419会议室召开《丝路·青春》演出与实践教学第二次动员大会。学院中层以上干部和项目组人员参加会议，会议由姜茂发院长主持，高大林总监对《丝路·青春》项目下一步工作进行了安排部署。王贤俊董事长做了动员讲话。

11. 2017年7月6日，在新校区图书馆国际交流中心，又一次召开《丝路·青春》剧本研讨会。此次会议邀请到了国内著名专家学者，针对剧本的整体架构内容又一次进行了探讨，研讨会由张欢副院长主持，传媒学院甘竹溪老师为与会专家做了剧本讲解，八位专家依次发言。

12. 2017年7月7日，在新校区图书馆419会议室，学院召开《丝路·青春》工作第三次动员大会，会议由姜茂发院长主持，高大林总监进行详细工作部署，董事长做动员讲话。

13. 2017年8月6日，以高大林为首的曲目创作团队经过半个月的封闭辛勤劳作完成全部曲目创作。

14. 2017年8月7日，排练工作正式启动。

15. 2017年8月9日，经过多番讨论，核心创作组决定大型舞台剧《丝路·青春》中正式加入音乐剧元素。

16. 2017年8月10日，学院交响乐团正式进入分排。

17. 2017年8月15日，学院舞蹈团正式进入分排。

18. 2017年8月20日，学院合唱团正式进入分排。

19. 2017年8月24日，王贤俊董事长邀请原中国音乐学院赵塔里木院长抵连观看排练。

20. 2017年8月29日，《丝路·青春》科研工作组召开大型舞台剧《丝路·青春》科研课题筹备会议，确定课题内容。

21. 2017年9月1日，王贤俊董事长陪同日本石川县日中友好协会会长古贺克己先生观看了《丝路·青春》的排练，古贺克己先生给予高度赞誉。

22. 2017年9月7日，在姜茂发院长办公室召开《丝路·青春》财务工作会议，针对项目预算以及接下来演出期间的各项费用进行系统研究。

23. 2017年9月11日，在新校区图书馆会议室召开《丝路·青春》大连首演工作筹备会议。

24. 2017年9月15日，大型舞台剧《丝路·青春》在老校区体育馆进行了第一次整体合排。

25.2017年9月20日，历时一年精心创作的大型舞台剧《丝路·青春》在大连开发区大剧院首演，国际友人、各级领导、各兄弟院校以及社会各界朋友观看了演出，高朋满座。大连金普新区党工委书记、管委会主任王强莅临现场观看演出，并给予演出高度评价。

26.2017年9月21日，在新校区国际交流中心召开了《丝路·青春》学术研讨会。参加研讨会的是国内外专家学者，他们对《丝路·青春》的演出叹为观止，同时也对大连艺术学院实践教学育人模式表示肯定和赞许，也为剧目的下一步打磨提出了宝贵的意见。

27.2017年10月8日，在老校区果园会议室召开《丝路·青春》沈阳演出筹备会议。

28.2017年10月9日至20日，剧目进行修改提升，演出团队认真排练。

29.2017年10月25日14:00，在沈阳皇朝万鑫酒店会议室召开了《丝路·青春》沈阳演出学术研讨会。省、市、区有关部门党政领导以及省内各高校、高中和新闻界领导参加了研讨会。研讨会由张欢副院长主持，姜茂发院长致欢迎辞。领导、专家共同探讨"剧目带动下的应用型艺术人才培养模式""艺术高校服务社会"两大热议主题。大连艺术学院王贤俊董事长在研讨会上做了发言。

30.2017年10月25日19:00，大型舞台剧《丝路·青春》在沈阳盛京大剧院隆重上演。各国驻沈领事馆领事，辽宁省委、省政府、省政协、省人大，辽宁省教育厅、文化厅相关领导以及各兄弟院校师生观看了演出，并且给予大艺师生极高评价。

31.2017年11月9日，在新校区图书馆419会议室召开《丝路·青春》北京人民大会堂演出工作协调会议。

32.2017年11月17日，在新校区图书馆419会议室召开《丝路·青春》赴京前的全院动员会议。

33.2017年11月24日，在中国人民对外友好协会、辽宁省教育厅的支持下，我院与中友国际艺术交流院、中共大连市委宣传部、大连金普新区党工委、大连市文化广播影视局、大连市文学艺术界联合会共同主办的大型舞台剧《丝路·青春》在人民大会堂万人礼堂华彩绽放。十一届全国人大常委会副委员长陈至立、中国文联党组书记李屹、中国人民对外友好协会副会长户思社、教育部部长助理郑富芝、来自18个国家的驻华使节、各界嘉宾6000人到场观看。

34.2017年11月25日，在人民大会堂重庆厅召开了《丝路·青春》北京演出学术研讨会。来自光明日报、北京大学、中央党校、中央民族大学、中央戏剧学院、中央音乐学院、北京师范大学、中国社会科学院等机构高校和科研院所的专家学者济济一堂，对《丝路·青春》在创作理念解读、意识形态表达以及主流文化担当等方面进行探讨交流。

35.2017年12月20日，在新校区图书馆一楼报告厅，召开大型舞台剧《丝路·青春》工作总结和研究课题结项大会，会议表彰了在《丝路·青春》项目工作中表现突出的先进集体和先进个人，王贤俊董事长和姜茂发院长对《丝路·青春》的各项工作进行了总结。

附录三 剧照

2017年11月24日，大型舞台剧《丝路·青春》在人民大会堂绚丽绽放

十一届全国人大常委会副委员长陈至立女士与王贤俊董事长亲切交谈

王晶执行董事欢迎喀麦隆文化参赞苏雷玛努前来观看演出

《丝路·青春》用青春的视角积极响应国家"一带一路"伟大倡议

大型舞台剧《丝路·青春》的圆满演出展现了大艺人在
追梦的路上勇于突破自我、不断前进的精神

《丝路·青春》在沈阳盛京大剧院演出圆满成功
辽宁省政协领导观看演出后给予高度评价

王贤俊董事长与前来观演的俄罗斯、美国、德国驻沈阳领事馆大使合影

《丝路·青春》首演成功后，全体人员合影留念

王贤俊董事长十分重视剧本创作，反复修改润色

剧本创作者对《丝路·青春》文学剧本进行反复推敲

曲作者夜以继日地进行曲目创作

《丝路·青春》剧本创作研讨会

导演组对剧目呈现形式进行研讨

王贤俊董事长在实践教学公开课上与师生畅谈创作初衷

《丝路·青春》实践教学公开课访谈总策划、总导演、总撰稿王贤俊董事长

《丝路·青春》教学、实践教学、科研工作会议

传媒学院动画教研室进行LED设计课实践

艺术设计学院师生进行道具设计课实践

艺术设计学院师生进行道具制作课实践

服装学院师生进行服装设计课实践

交响乐团分组排练课实践

校外专家正对舞蹈团进行实践课现场指导

台词指导课程

美术学院师生在开发区大剧院现场进行实践教学

戏剧与传媒学院师生在开发区大剧院进行现场实践教学

我校传媒学院的采编一体化实践团队为《丝路·青春》留下了宝贵的影像

实践教学成果展示——舞蹈《盛唐乐舞》

实践教学成果展示——歌伴舞《美丽的国土》

实践教学成果展示——舞蹈作品《西班牙舞蹈》

实践教学成果展示——情景舞蹈《郑和下西洋》

实践教学成果展示——舞蹈《西域风姿》

实践教学成果展示——舞蹈《泰国长甲舞》

实践教学成果展示——音乐剧《梦在飞》

实践教学成果展示——情景舞蹈《郑和下西洋》

实践教学成果展示——舞蹈《课桌舞》

《丝路·青春》受到中央电视台关注，并在《朝闻天下》进行播报

《丝路·青春》受到中央电视关注，并在新闻频道进行播报

央视15频道全程转播大型舞台剧《丝路·青春》

中国教育台对《丝路·青春》进行播报

《文艺报》对《丝路·青春》进行报道

后 记

　　本书的框架和体例由王贤俊董事长和王贤章副院长设计、审定。序、谋划篇、创作篇、演出篇和附录由阮振铭教授统稿；教学篇、科研篇、教师篇、服务篇和成果篇由王贤章副院长统稿；交流篇和评价篇由安思国副院长修订。全书由易之含组稿，姜星伊编稿、排版，徐芳、许安国作文字校对。

　　本书从动员，明确责任到交稿、联系出版共用了21天，全部工作都处在战斗奔跑之中。王雪梅、姜星伊、易之含、徐芳等人员为此付出了艰辛的劳动，忍着病痛，牺牲"双休日"，用实际行动诠释了"大艺精神"。

　　在此，对本书做出贡献的所有人一并表示衷心感谢！